KB235225

현대시와 도시체험의 미적 근대성

이 도서의 국립중앙도서관 출판시 도서목록(CIP)은 e-CIP 홈페이지(http://www.nl.go.kr/cip.php)에서
이용하실 수 있습니다. (CIP제어번호 : CIP2009002382)

현대시와 도시체험의 미적 근대성

김홍진

Contemporary Poem and
Aesthetic Modernity of the City's Experiences

푸른사상
PRUNSASANG

다시금 서문을 쓴다. 글쓰기는 언제나 나에게 막막하고 두렵다. 백지의 순결한 처녀성은 엄청난 공포이면서 동시에 뿌리칠 수 없는 유혹이다. 두 해 전에 책을 낼 때도 이런 고백을 했다. 글쓰기란 사막을 건너는 막막함과 갈증을 경험하는 여행이라고 말이다. 그때나 지금이나 달라진 게 없다. 모든 글쓰기가 그렇듯이 비평적 글쓰기도 사막을 건너는 일에 다름 아니다. 텍스트는 다가서면 저만치 물러서서 다시 손짓하는 신기루와 같다. 그래서 텍스트의 사막을 건너는 일은 매혹과 공포의 경험이다. 끝끝내 나는 내가 바라는 텍스트의 심연에 도달하지 못할 것이며, 그 침묵의 미로 안을 탈출하지 못할 것이다. 나에겐 아리아드네의 실이 없다. 다만 그 미로 안을 엿보고자 하는 무모한 호기심과 그 미로의 막막함을 견디어 내는 행위만 있을 뿐이다. 그러므로 이 책은 사막 같은 침묵의 언어 속을 이리저리 방황한 흔적의 기록, 흐린 눈을 부비며 더듬더듬 길을 찾는 감각의 흔적이다.

시詩를 파자破字하여 그 뜻을 풀어보면, 사원[寺]에서 쓰는 말[言], 혹은 언어[言]의 경전[寺]이다. 시는 그러므로 사원의 말, 말들의 사원이며, 시인은 언어 사원의 사제이다. 그 언어 사원의 사제들이 뱉어놓은 말들은 침묵의 형식이다. 침묵의 언어 사원을 이리저리 헤매는 일은

행복하면서도 고단한 일이다. 내 호기심은 사제들이 펼치는 침묵의 제의에 동참하고자 욕망한다. 그러나 그 침묵의 텍스트는 모든 것을 다 말하는 듯하면서도 끝내 아무것도 말해주지 않는다. 그것은 언뜻 동참을 허락하는 듯하지만 결국엔 완강하게 나를 거부하고 더 깊고 어두운 미궁 속으로 나를 밀어 넣을 뿐이다. 비평의 언어는 이즈음에서 좌절하고 패배한다. 그러나 그 좌절과 패배는, 그 미완의 형식과 결핍은 비평의 언어로 하여금 다시금 고뇌어린 모험을 감행하게 한다.

침묵의 형식으로 직조된 텍스트의 언어 속을 모험하는 일은 편견에 치우친 여행이어서 그 자체로 미완이며 결핍이다. 모든 글쓰기는 텍스트의 절대 언어에 도달하지 못한 헛된 욕망과 편견의 부산물이며, 텍스트의 침묵 속에 갇힌 좌절과 패배의 기록이다. 그런 의미에서 모든 글쓰기는 출구를 찾아나가는 행위라기보다는 출구가 아닌 더 깊고 어두운 미로의 심연 속으로 투신하는 행위이다. 다시 한 번 오르페우스처럼 뒤를 돌아본다. 뒤엔 아무것도 없다. 잉여된 결핍으로서의 에우리디케는 끝내 저 어두운 동굴의 미로 속에 갇히고, 다시금 나는 그녀를 찾아나서야 할 것이다. 이것이 비평의 운명이 아닐까.

두 해 만에 책을 엮는다. 그때도 그랬고 또 앞으로도 그럴 것이겠지만 부끄러움을 감출 수 없다. 이 비평집은 주로 두세 해 동안 이곳저곳의 문예지에서 청탁을 받거나 논문의 형식을 의식하고 쓴 글들을 추리고 약간 개고改稿하여 모은 것이다. 제1부는 근자의 한국 현대시의 정신적 지형을 더듬으면서 최근 우리 시단이 이룬 성과에 대한 해석과 평가에 대한 글들을 모아 놓았다. 제2부는 시인론을, 제3부는 시집평을, 제4부는 시인들의 근작 시론을 모아 엮었다. 일일이 헤아릴 수 없이 정을 주시는 분들의 얼굴이 떠오른다. 이 모든 분들께 여름 창 밖의 푸르게 팔랑이는 나뭇잎을 빌어 감사드린다. 또 이렇게 한 시절을 정리하며, 더욱 정진하는 수밖에 별 다른 도리가 없다.

2009년 여름

김 홍 진

제4장 실존의 허기와 신생의 꿈

제1장

서정의 표정과 지형

서정의 현실적 정황과 시적 프리즘
문명의 탈신화화와 아우라 경험의 재생
현대시의 도시체험 확대와 일상성의 성찰

서정의 현실적 정황과 시적 프리즘

1. 인식론적 단절과 층위의 전환

90년대가 보여준 인식론적 단절과 층위의 전환은 전시대와의 연속적이며, 동시에 단절적인 관계성 위에서 파악되어야 한다. '시와 시대적 정황 사이의 상관관계'를 논의할 때도 역시 이러한 계승과 전복의 차원에서 이해해야 한다. 90년대는 전시대와 현격히 구별할 수 있는 대내외적 조류와 함께 시작되었다. 대내적으로는 정치상황의 변화, 대외적으로 동구의 현실 공산주의 몰락과 냉전의 해체는 인식론적 지각변동의 핵심 축으로 작용하였음은 재론의 여지가 없다. 이러한 정황은 권력의 독점으로부터 분산으로, 마르크시즘의 쇠퇴, 거대권력(담론)으로부터 미시권력(담론)으로의 관점 이동, 삶의 다양한 형식과 다원적 관점으로의 변화를 수반하였다. 대내외적으로 충격된 인식론적 단절은 90년대 이후의 문화지형을 포괄하는 규정력을 행사한다.

90년대 이후 한국 현대시의 현실적 정황은 무엇보다도 이념의 전선이 사라지고 바야흐로 '전선 없는 싸움'이 시작되었다는 점이다. 90년대 이후 한국 현대시를 포함한 인문학적 지형은 한 시대를 비추던 이념과 진리의 등대가 그 빛을 잃고 일상성, 생태·환경, 여성, 육체, 욕망, 다원주의, 포스트모더니즘 등이 사유의 전면에서 활거한 시대이다. 우리를 이끌던 강고한 계몽주의의 등대는 빛을 잃고 이념의 깃발은 철거되었다. 민족, 민중, 해방, 통일, 당파성, 계급 등의 이름으로 한 시절을 비추던 거대 이념의 등대는 꺼지고, 새로운 인문학적 욕망이 여기저기에서 봉기하기 시작한 것이다. 진리에 대한 확실성이 무너지고, 이념에 대한 신념이 무너진 자리에 새로운 인문학적 화두가 대두하게 된 것이다. 이념의 우상이 철거된 유적지에는 그 동안 억압되었던 다양한 사유들이 새로운 언어 권력을 행사하며 꽃을 피우기 시작한다.

80년대 후반 안팎으로부터 충격된 변혁적 상황이 인문학적 사유에 끼친 영향은 지대한 것이다. 그것은 인식론적 단절을 통한 층위의 전환을 요구하는 것이다. 이와 함께 간과할 수 없는 사실은 자본주의적 질서의 확대 심화와 그 강력한 자기증식력에 의한 삶의 생태적 조건 변화일 것이다. 자본의 무의식 세계로의 침투와 함께 새로운 정보매체와 매스 미디어의 발달 등으로 인한 문화적 환경 변화는 문학의 생산과 소통과 소비의 구조를 상업적으로 결정하게 되었다. 후기산업사회 혹은 탈자본주의 사회로 지칭되기 시작한 우리 사회는 모든 가치를 물화시키는 물신사회로의 이행을 가속화했다. 감각의 직접성과 동시성이라는 무기를 앞세운 자본주의 기계문명의 압도적이고 달콤한 권력은 문화산업을 확장하고 새로운 억압기제로 부상하였으며, 이러한 요인들은 문자문화에 대한 위기의식을 고조하는 결과를 촉발하였다. 이에 따라 '문학의 죽음'이니 하는 위기론이 바이러스처럼 번지고 풍문처럼 번성하게 되었다. 그러나 역설적이게도 위기론은 위기의 국면을 돌파할 수 있는 가능성을 열어주는 것이다.

시와 시대적 정황 사이의 상관관계를 논의하는 이 글은, 특히 '90년대 이후 한국 시의 현실적 정황에 초점을 맞춘다. 행복한(?) '시의 시대'를 다 보내고 '문학의 죽음'이 운위되는 시절에 아이러니하게도 시는 그 양질의

면에 있어서 더욱 팽창한 양상을 보이고 있다. 돌이켜보면 우리는 위기를 돌파해 나간 의미 있는 다양한 경험들을 가지고 있다. 이 글은 각기 다양하고 폭넓은 스펙트럼을 가지고 있는 시적 작업들을 단순하게 유형화하는 한계, 즉 다른 무수하고 빼어난 시적 성과와 사례를 사장할 수 있다는 걱정을 무릅쓰고 몇 가지로 범주화하여 살펴보고자 한다. 일상성의 문제, 생태학적 상상력, 페미니즘 시학, 육체성(몸)의 시학, 세기말의 묵시록적 상상력 등과 관계되는 것이 그것인데, 이러한 테마들은 실상 서로 떨어져 있는 별개의 문제라기보다는 뫼비우스의 띠처럼 서로 연결된 관계라 하겠다.

2. 묵시록적 상상력과 일상의 시학

후기산업자본주의가 모든 것을 물화시키는 묵시록적 종말로 치닫는 시대에서의 시쓰기란 존재의 불안과 상실, 죽음과 공포, 자아와 세계의 분열, 인간 소외를 아프게 경험하고 확인하는 일일 것이며, 그것을 확인하고 극복하는 일일 것이다. 세기말의 도시문명과 긴밀히 관계하는 90년대 이후 한국 시의 현실적 정황과 서정은 그로테스크한 이미지들을 통해 현대 자본주의 도시문명의 착란적인 흥분과 소외, 불안과 상실의 세계를 보여주면서 일상적 삶이 주는 비인간성, 소외, 가치의 상실, 무기력, 무의성無意性, 물화된 세계에 민감하게 반응한다. 이러한 후기산업자본주의와 도시적 삶의 양상은 다분히 묵시록적으로 나타난다. 프랭크 커모드Frank Kermode의 말처럼 묵시록적 경향은 다양한 시간의 범주들이 일으키는 무정형의 혼돈을 감지하고 맞서려는 인간의 근본적이며 보편적인 욕구에 의한 것이다. 그것은 자신의 결핍을 자각하며 사는 인간은 누구나 묵시록적 갈망을 갖게 된다는 윌러스 스티븐슨Wallace Stevens의 문맥에서, 시인은 그 결핍을 시를 통해서 충족시키려 하고 혼돈을 이해하려는 것으로 볼 수 있다.

처참하게 일그러진 트럭이나 구겨져 버린 승용차,
바퀴를 하늘로 쳐든 채, 누워버렸거나
불탄 잔해만 앙상하거니.
그 전투의 현장을 지나면서도
그는 그저 쯧, 쯧,
혀를 차며 잠시 치를 떨 뿐,
또다시 싸울 준비라도 된 듯
폭압적인 질주에 뛰어든다

— 엄원태, 「Road Warrior」 중에서

  지난 시대를 이끌던 지배적 이데올로기가 사라진 사회는 혼란스러운 양상을 보여준다. 후기산업자본주의 사회로 대변되는 사회는 급격한 사회 변화에 따라 가치의 상실과 일정한 질서를 상실한 세기말적 상황처럼 보인다. 자본주의의 문명화는 인간을 소외시키고 분열을 낳았다. 그 속에 자리한 시적 자아에게 경험되는 세계는 매우 낯선 것이며, 혼란스러울 수밖에 없다. 산업자본주의 총화라 할 수 있는 도시공간은 묵시록적 상황의 집약적 상징으로 나타난다. 위의 시는 어떤 불길함과 황폐함, 디스토피아의 세계, 묵시록적 상황이 엄습하는 느낌을 준다. 시인이 전하고 싶은 전언, 혹은 우리가 느끼는 주관적 판단에서 공통적으로 마주할 수 있는 의미 자질은 분명 문명의 디스토피아이다. 시인은 산업도로의 무한 질주를 통해 우리의 생활 가운데서 파멸과 종말, 죽음의 실체를 우리 앞에 내놓고 산업 도시문명이 안고 있는 묵시록적 위기감을 표현하고 있다. 그 사유 속에는 죽음과 파멸의 강렬한 이미지가 있다. 시인들은 도시적 문명과 묵시록적 이미지를 통해 우리 세계에 닥쳐오고 있는 어떤 불길한 운명을 예감하고, 그것을 경계하고 그러한 삶을 반성적으로 성찰하고자 한다. 그런 점에서 묵시록적 세계는 일상의 리얼리즘이면서 동시에 현실의 구체적 반영이라는 의미를 지닌다.

　　현대사회의 일상성은 문명화된 도시의 산물인데, 과거에는 단순히 속악
성俗惡性을 대표하는 개념으로 베르그송의 말대로 희극적 대상이 되거나
시인이 금기시해야 하는 소재 거리에 불과했다. 그것은 무가치하며 무의
미한 것이다. 그것은 낯익고 습관화되어 자동적으로 반복되는 것이다. 그
러나 80년대 후반부터 떠오르기 시작한 도시적 일상성의 문제는 묵시록적
상상력과 관계하면서 90년대 이후 한국 시의 주요한 시적 사유 가운데 하
나로 기능한다. 그것은 일상성이 현대성의 구체적인 일면이라는 점에서
현대성에 대한 시적 인식의 중요한 주제가 되었다는 것을 의미한다. 또한
일상을 지배하는 이데올로기에 대한 미시적 관찰과 반성은 삶의 진정성에
이르는 중요한 계기를 제공한다. 도시공간 속에서 시인의 관찰과 반성은
지금 이곳의 삶을 비판적으로 인식하고 또 다른 전망을 내다보는 행위이
다. 그들은 지리멸렬하면서도 화려하고, 현란하며 매혹적인 세속의 이면에
숨은 권력과 무의식적으로 강요된 타율성과 비개성적 존재방식을 발견하
고 이를 비판적으로 인식한다.

엉성한 망으로 쇠줄을 얽어 만든 현대식 의자에 앉아
그는 다리를 꼰 채 광고지를
펴든다 또는 신문을 본다
또는 잡지를 읽는다
그는 늘 그러하다
그 자신의 뿌리가 망에 얽어매인 듯하다

　　　　　　　　— 이하석, 「그는 언제나 광고지를 펴든다」 중에서

　　이하석의 작품에서 일상성은 반복과 균일성으로 나타나고 있다. '그'의
하루는 언제나 광고지와 신문지와 잡지를 읽는 것이 전부이다. '그'의 삶
은 지극히 기계적이다. '그'의 개인적 주체성은 삭제되어 있으며, 기계적
으로 주어진 조건에 따라 움직일 뿐이다. 그는 "그 자신의 뿌리가 망에
얽어매인 듯" 어떤 거대한 일상의 보이지 않는 논리에 얽매여 있는 형국

이다. '그'는 개별적 주체성을 지닌 존재로 존재하지 못하고, 오직 대상으로만 존재한다. '그'의 얼굴은 "광고지와 신문지와 잡지의 그늘 때문에" "보이지 않는" 것처럼 주체로서의 어떤 본질적 개성이 존재할 수 없다. '그'는 강요된 타율성과 비개성적 방식으로 존재할 수밖에 없는 현대적 일상의 초상처럼 보인다.

자본주의의 쾌속적인 발전에 의한 자본의 지배와 도시적 삶의 양적 팽창은 평균적이며 균일적 일상성으로 현대인의 삶을 변화시켰다. 그것은 삶의 질적 변화로서 어느 한 분야에 국한한 현상이 아닌 문화 전반에서 광범위하게 나타난 현상으로 삶의 근본 틀을 전면적으로 바꾸어 놓았다. 평균적 균일성은 현대적 삶의 근본적 특징이다. 일상에서 어느 누구의 삶을 막론하고 예외 없이 규격화되어 있으며, 그 규격화된 틀로부터 자유롭지 못하다. 이것은 하이데거의 지적에서도 드러나듯이 대량생산과 도시화, 그리고 대중매체의 발달로 인해 촉발된 현상이다. 자본의 물신이 지배하는 도시공간에서의 사람들의 삶이 일정한 유형을 반복하게 되면서 일상성이라는 범주가 현대성을 이루는 중요한 개념으로 자리 잡게 된 이유가 여기에 있다.

90년대 이후의 시인들에게는 일체의 초월적 이념이 사라진 누추하고 지리멸렬한 현실과 자본주의적 일상의 삶이 주요한 시적 관심사로 자리 잡게 되었으며, 이러한 현상은 세기가 바뀐 현재에도 지속되고 있는 엄연한 사실이기도 하다. 세계의 신성성과 초월적 이념이 사라지고 자본주의가 배태한 전면적 물화의 세계는 어떠한 신성과 초월성도 허용하지 않으며, 시는 현실과 일상의 삶을 떠나서는 존재 의미를 상실한 상황에 놓이게 되었다. 그것은 앞서 언급했듯이 도시적 일상성은 도시화된 현대인의 삶의 근본적 특징이기 때문이다. 도시적 일상의 삶은 앙리 르페브르Henri Lefebure의 표현처럼 오늘날 사회를 알기 위한 실마리로서 '현대성의 무의식'이라는 이데올로기와 정치성을 읽어내는 데 가치를 갖는다.

시인들이 찾은 일상성의 서정을 문제 삼는 것은, 그들이 일상을 받아들이기 위해서가 아니라 그 자본주의적 삶의 일상적 구조에 대한 비판적 인식 때문이다. 자본주의적 일상은 역동적이고 생산적이며 동시에 탐욕적이고, 욕망을 끊임없이 부추기고 억압하며 관리하는 거대한 이데올로기이다. 시인들은 이러한 일상에의 매몰을 경계하며, 그 안에 숨겨진 물신의 억압을 비판적으로 성찰하려 한다. 일견 무의미하고 건조하게 보이는 자본주의적 일상성은 고도로 조직화된 자본과 제도의 '보이지 않는 손'에 의해 분배되는 평균적 균질성을 중요한 속성으로 한다. 따라서 시인들에게 일상성은 사회적 욕망과 삶의 운명을 포착할 수 있는 좋은 대상이다. 일상은 관리되고 조작되는 것이며, 자본의 자기증식 논리에 의해 조직되고 유도되는 것이다. 따라서 시인들은 일상의 평균적 반복성을 통해 은폐된 제도적 억압과 삶의 비극성과 죽음의 불안을 폭로한다.

한국사회에서 후기산업사회 혹은 소비자본주의라는 사회적 징후들이 나타나기 시작할 때부터 우리는 본격적으로 도시적 정신구조와 감수성을 만나기 시작했다. 그것은 일종의 훼손된 세계에 대한 고통스런 시적 확인에 가깝다. 그것은 낙관적 미래 전망을 얻지 못하고 훼손된 세계를 훼손된 방법으로 고통스럽게 보여준다. 90년대는 물론이거니와 현재의 시인들이 보여주는 일상성에 대한 관심의 증대는 결국 근대화의 과정을 통해 자본의 무의식 세계로의 침투가 야기한 문제에 대한 자기비판과 새로운 서정의 자기 정체성을 모색하는 성격을 띠는 것이다. 또한 계몽과 해방의 이념적 언어가 사실은 또 다른 억압과 지배의 언어 권력이었다는 반성을 담고 있는 것이기도 하다. 그러한 반성적 성찰은 일상성을 통해 서정의 원리를 확산하고 자본주의적 억압의 논리가 우리에게 가하는 횡포와 그것이 안겨준 허무나 가치붕괴에 대해 저항적인 꿈꾸기를 행한 것이기도 하다. 그것은 자본주의의 억압적 횡포에 대한 미학적 대응의 양식이다.

3. 문명의 위기와 생태시학

오늘날 인류가 처한 가장 심각한 문제 가운데 하나는 자연환경의 파괴에서 고조된 생명의 위기이다. 이와 같은 정황에서 생태주의 시인들에게 중요한 것은 정치적 억압이 아니라 보다 광범위하고 근원적인 차원, 즉 반생태적 문명의 삶이 유발한 세계의 물화와 생명에 대한 위기감이다. 이들이 생산해내는 문제의식은 우리의 삶과 환경이 생태론적 위기에 처해 있다는 인식에 공통적으로 기반하고 있다. 생태론적 위기의식에서 촉발된 생태적 상상력이 중요한 가치로 작용하고 있는 이유는 환경의 문제가 인간의 생존과 직결되는 문제이기 때문이다. 이것은 역사의 낙관적 진보를 꿈꾸며 테크노피아의 세계를 건설하려는 도구적 이성의 과학 기술문명이 낳은 필연적 결과이다.

생태학적 상상력은 문명의 일상을 넘어 자연의 논리와 감각을 호흡하면서 문명적 삶과 사유를 반성적으로 바라보려는 태도이다. 생태위기는 인간과 자연의 잘못된 관계에서 비롯된 것이기 때문에, 인간과 자연의 관계를 새로운 관점으로 보도록 요구한다. 생태학적 상상력은 문명 차원의 위기, 생명의 위기의식에서 출발한다. 생태적 위기의 밑변에는 물질에 대한 인간의 밑 빠진 욕망, 그리고 인간과 자연을 독립적이고 적대적인 관계로 보는 도구적 지식 체계, 인간과 자연의 건강한 소통을 단절하는 파편화되고 고립화된 사유가 자리 잡고 있다. 따라서 생태위기는 우리의 삶과 사유에 대한 근본적인 반성을 촉구한다.

자연 파괴와 환경오염이 생명의 위기로 대두하기 전부터 문학은 자연을 노래해 왔으며, 문명적 삶의 비인간성과 반윤리성을 비판해 왔다. 그리고 문명에 내재한 위험성을 경고하고, 그 문명발달의 결과로 발생할 수 있는 디스토피아dystopia의 비극성을 예견해 왔다. 우리 문학에서 본격적으로 생태위기의 문제에 대해 예민하고 전위적인 반응을 보이기 시작한 것은 90

년대 후반의 일이다. 산업화의 부산물인 공해의 문제나 환경파괴의 문제에서 출발하여 80년대의 문명비판시에 이르러서는 계도적 의식화의 차원을 넘어 환경문제를 시 속에 깊이 육화시킨다. 이것이 90년대에 이르면 더욱 첨예하게 쟁점화되었으며, 이후 한국 시의 큰 주류를 형성한다. 그 가운데 최승호, 김지하, 정현종, 정진규 등과 같은 시인은 주목할 만하다.

근대사의 파행적 질곡, 특히 산업화의 속도전 속에서 시적 자아는 동일성을 상실한 지 오래이다. 자연은 문명에 의해 훼손되고 오염되었으며, 심각하게 변질되고 왜곡되었다. 이와 같은 상황에서 시인들은 부조리하고 모순에 찬 현실, 현대의 파편화된 시간, 도시적 문명공간에서 벗어나 자연을 재신화화하려거나, 원시적 토착 영토의 훼손과 파괴의 실상을 긴장감 있게 드러내 보여줌으로써 인간의 욕망과 문명의 반생명성 내지는 반윤리성을 비판적으로 성찰한다. 그럼으로써 거기에서 어떤 예측된 상상(像)으로서의 디스토피아적인 세계상을 통해 파괴의 실상에 대해 반성적 성찰을 요구한다. 이러한 양상은 근본적으로 우리의 삶이 생태론적 위기에 처해 있다는 것과 인간과 자연, 자아와 세계가 참된 관계를 다시금 회복해야 한다는 전언을 내포한다. 여기에는 보다 바람직한 삶에 대한 꿈과 희망, 그리고 이상적이자 긍정적인 사회상에 대한 유토피아적 열망이 다소간 내포되어 있다. 그것은 또한 반대급부로 지배 이데올로기에 대한 대항 담론의 성격을 가지며, 동시에 미래에 대한 예측 가능한 상상(像)으로서의 디스토피아적 경고의 메시지를 작동시키는 것이기도 하다.

> 한 숟가락 흙 속에
> 미생물이 1억5천만 마리래!
> 왜 아니겠는가, 흙 한술,
> 삼천대천세계가 거기인 것을!
>
> 알겠네 내가 더러 개미도 밟으며 흙길을 갈 때
> 발바닥에 기막히게 오는 그 탄력이 실은

수십억 마리 미생물이 밀어올리는

바로 그 힘이었다는 걸!

— 정현종, 「한 숟가락 흙 속에」 전문

　우리는 자본주의의 고도로 발달한 물질문명 속에 살아가면서도, 역설적
이게도 의식의 한 구석에는 문명에 대한 반감 혹은 적개심 같은 것을 간
직한 채 살아가고 있다. 우리는 지금 이곳의 삶이 비인간적이고 환멸스러
울수록 의식의 한 구석에 도사린 반문명에 대한 적개심은 자연을 꿈꾸고
그리워한다. 거기에는 현재의 혐오스런 나라에서 벗어나고픈 또는 멀리
떨어져 있고 싶은 반항심과 지금 이곳과는 대비되는 피안의 공간에 대한
유토피아적 열망이 잠복해 있다. 가령, 정현종의 『한 꽃송이』(1992), 『세상
의 나무들』(1995) 등에서 가이아Gaia의 명상과 생명의 황홀경을 모색하는
경우가 그렇다. 그는 시적 대상 혹은 그 동안 타자로 여겨져 온 자연과의
내밀한 교감을 통해 생명의 구경에 이르고 생명의 환희를 노래한다. 그의
네 번째 시집 『한 꽃송이』에 실려 있는 위의 작품은 가이아 명상으로 인
간과 생명을 성찰하는 시이다. 가이아 현상에 대한 인식과 그것의 신비와
황홀감을 자연스럽게 형상화하면서 물리적 환경을 스스로 조절함으로써
지구를 건강하게 유지하는 능력이 있는 자기조정적 실체로서의 생명권을
갖는 가이아의 세계를 잘 드러내고 있다. 이는 생명의 원리에 반하는 자
본주의 문명과 물질의 폭력성, 그리고 인본중심주의, 혹은 여기에서 더 나
아가 물본物本중심주의에 대한 비판 의식의 소산이라 할 수 있다.

　신성한 자연, 그 내밀한 생명과 원초적 꿈의 공간을 잃어버린 서정 시
인들에게 있어서, 끊어낼 수 없는 원죄의 서정을 노래하는 근저에는 그곳
으로 돌아가려는 무의식적 회귀의 욕망과 함께 그것을 회복하고자 하는
욕망이 동시에 자리하고 있다. 여기에는 전지구화되었다 해도 그리 틀리
지 않은 후기산업자본주의의 도시화와 문명의 현실이 얼마나 반생명적인
가를 아프게 깨닫고 이를 환기하는 대항적 의식이 함께 자리한다. 이러한

본능적 태도는 현실의 정치·이데올로기적 조건을 포함하는 동시에 물질적 토대로서 문명의 조건에 대한 반응의 층위에서 결과한 것이다. 이들에게 중요한 것은 무엇보다도 현실의 억압이 아니라 보다 광범위하게 펼쳐져 우리의 무의식까지도 지배하고 조종하는 산업자본의 도시문명이 감추고 있는 이데올로기이다. 후기산업자본주의가 번식해 놓은 문화적 바이러스, 그러니까 모든 가치의 물화와 반생명성이 배태한 불길한 예감과 위기감이 반유토피아적 서정을 잉태하고 양육한 이유이다. 생태적 사유는 문명에 대한 반테크노피아적 사유가 자리하며, 과학 기술문명이 인류에게 커다란 물질적 풍요를 안겨주었지만, 그에 비례하는 양만큼의 재앙을 가져다주게 된 데 배경이 있다. 이러한 상황은 결국 반테크노피아적 사유와 상상력을 잉태하고 번성하게 한 요인으로 작용한다.

자연에 대한 낭만적 그리움은 이상향을 동경하는 태도로 나타나기도 하지만, 도심 속의 도시인들은 또한 이지적인 현실주의자이기도 하다. 그들에게 지상낙원은 현실적으로 존재할 수 없는 불가능한 공간이다. 말 그대로 이상향이다. 그들은 이지적 현실주의자이기 때문에 자연과 문명 사이의 긴장 관계 속에서 자연의 재신비화로 나가지 않고 둘 사이의 긴장 관계가 파생하는 문제에 대한 비판도 가능해지는 것이다. 이들은 자연에 대한 낭만적 이상화를 거부하고 자연과 문명 간의 긴장을 문제 삼는다. 그들은 자연의 재신화화를 꿈꾸지 않는다. 다음과 같은 시에서 '위험한 숲'을 산책하기란 섬뜩한 일이다.

> 뙤약볕 아래
> 몸을 꼿꼿이 세우고 있는 나무들
> 지상에 단단한 옹벽을 만들고 있다.
>
> 숲 속에는, 잡풀만 우거진 메마른 샘터의 갈증과 한 평생 허리 눕혀 쉴 수 없는 직립의 고통이 있다. 병든 몸끼리 부딪쳐 상처난 자리마다 맷돌처럼 무거운 옹이의 한숨이 매달려 있다. 산성비에 절어 썩지 못한 낙엽들이 켜켜이 쌓이고

흘러가지 못한 채 소문처럼 풀썩이는 추억이 있다. 때가 되면 다시 못 올 손님처럼 떠나가는 뼈아픈 이별이 있으나 별빛에 섞여 깜빡이다 사라지는 반딧불 같은 그리움은 없다.

뙤약볕 아래
수천수만의 나뭇잎 풀어
저를 감추는, 한여름의 숲은 위험하다.

— 신덕룡, 「여름 숲」 전문

신덕룡의 작품은 환경 파괴의 실상을 고발하는 생태주의 시에 가깝다. 자연 환경의 파괴는 인간의 근원적 터전으로서 자연이 지니는 상징적 의미마저도 왜곡 변질시킨다. 자연의 원형적 공간으로서 숲은 병들었고, 병든 몸을 "수천수만의 나뭇잎 풀어" 감춘 것이 '여름 숲'이다. '여름 숲'은 그것이 지닌 본래의 생명의 이미지를 잃고 불길하고 괴기스러운 이미지로 변질되어 있다. 자연과의 재결합이 가져다주는 건강한 기쁨보다는 자연과의 합일이 불가능하다는 분리 의식의 시적 정조가 우리를 불편하게 만든다.

오랜 세월 자연의 숲은 시인들에게 상상력의 젖줄을 대어준 곳이다. 이러한 숲은 원초적 세계의 복원, 모태로의 회귀 혹은 존재의 중심을 회복하려는 욕망의 시적 이미지로 쓰여 왔다. 그런 의미에서 숲의 이미지는 뿌리 뽑힌 일상인의 삶에 생명력을 제공해주는 곳이기도 하다. 그러나 인용 시에서처럼 기계론적 세계관이 지배하는 문명의 시대에 숲과 자연은 우리가 찾아가도 편안히 안길 수 있는 곳이기보다는 이미 더럽혀지거나 상처받은 신성이며 찢기고 피 흘린 불임의 처녀성으로 존재한다. 때문에 숲은 정령들이 품은 신성한 생명력으로 휩싸여 있기보다는 극도로 불길하고 공포스럽다. 자연은 더 이상 어머니의 품이 아니다. 숲의 정령들은 살해당했다. 화자는 자연으로의 회귀보다는 그 회귀 불가능성을 통해서 문명의 불길함을 암시한다. 그럼으로써 원초적 생명을 상실한 병든 숲, 불길한 자연의 모습을 역상逆像으로 비춰주면서 문명과 생태의 문제에 대한 반성적 성찰을 요구하는 것이다.

자아와 세계는 분열되고 과학과 산업에 대한 신앙은 모든 존재를 물화시킨다. 주체와 객체, 자아와 세계, 인간과 자연이 조화롭게 일치하던 시대의 신성은 더럽혀졌으며, 그러한 문명의 세계에서 서정적 자아는 행복한 표정으로 인간과 세계를 노래할 수 없다. 현대의 서정시란 바로 불협화음의 삶 가운데서 상실된 세계와 행복하게 일치했던 동일성의 세계로 돌아가려는 서정적 자아의 힘겨운 자기반성이다. 위독한 도시, 자기 생식력과 자기정화 기능을 상실한 문명의 도시를 떠나 푸른 자연에 안기고자 하는 일군의 시인들이나 문명의 반생명성과 반윤리성에 대한 비판적 인식은 당연한 일로 받아들여진다.

4. 여성의 글쓰기와 여성시학

'타자' 혹은 '주변'의 목소리로 여겨졌던 여성시학과 생태시학은 20세기 말에 일정한 대안적 주류미학을 구축하였다. 이 가운데 여성시학 혹은 여성의 글쓰기는 새로운 전환기를 맞는 시대적 상황에서 시의 역동성과 가능성을 동시에 보여준 사례이다. 여성시학은 여성운동의 태동과 성장에 힘입은 바 크다. 여성해방운동에 관한 이론은 페미니즘이라는 개념으로 수렴된다고 할 수 있는데, 여성 작가들이 다루고 있는 여성문제는 남/녀라는 성차별 의식에서 파생하는 여성의 사회·정치·문화적 지위라는 여러 문제에 천착한다. 말하자면 여성들은 자신들의 생물학적 성차와 억압에 민감하게 반응하면서 자신들만의 글쓰기 형식을 통해 이를 극복하려는 노력을 보인다. 그것은 여성들이 경험한 역사적 특수성을 인류의 보편적인 식민성으로 치환하여 사유하고, 그 식민성을 극복하는 형식으로 남근중심·이성중심·중앙집권적 권력 담론을 해체하려는 야심 찬 기획의 산물이다.

페미니스트들은 남성중심주의적 사유방식에 반대한다는 점에서 동일한 입장을 취하지만, 그 대항과 극복의 방식에서는 차이를 보인다. 그러나 이들의 공통된 지평은 인류 역사 이래 서구 문화는 근본적으로 남근중심적이고 억압적인 것으로 분석한다는 점이다. 특히 프랑스의 정신분석학적 페미니스트인 엘렌 식수스Helene Cixous 같은 이는 그 억압에 대응하기 위하여 여성의 육체적 경험과 조건에 기초한 '여성적 글쓰기'를 제안한다. 남성은 신체의 각 부위를 독재로 다스리는 '중앙집권적 육체'를 갖지만 여성의 경우에는 '지역분할'이 이루어진다. 그녀에 따르면 여성의 무의식은 세계적이고 우주적이다. 따라서 여성의 언어는 무엇인가를 안에 담기보다는 실어 나르며, 억제하기보다는 가능케 한다. 여성의 언어는 관념과 권위의 언어가 아니고 육체의 내면에서 흘러나오는 언어이다. 여성은 신체적 특성, 모성 구유에 의하여 무한한 상상력과 환상을 지닌다. 말하자면 억압된 논리나 제도를 벗어난 리듬, 비결정적이고 미종결적인 흐름으로써의 글쓰기가 가능하다. 이것이 '여성적 글쓰기'이다.

그런데 비결정적인 형상으로 우리 몸 속에 거침없이 흐르는 우주적이고 세계적인 상상력은 상징계의 억압, '아버지의 율법', '아버지의 이름'을 통해 차단당한다. 상징계는 이른바 남근지배적인 논리가 장악하는 세계이며 여성성이 발휘될 수 없는 금지와 명령, 억압과 규율의 세계이다. 여성의 담론은 금지와 명령, 억압과 예속에 예민한 반응을 보이며 남근중심의 지배적 논리체계에 대한 저항이고 도전이며 해방의 꿈꾸기이다. 이들은 상상계 속에 짓눌린 채 남은 무의식을 꺼내 억압된 세계를 들춰내고 남성 언어 속에 구축된 여성성을 탈구축한다. 20세기 후반에 와서 이러한 몸짓은 더욱 가열되었으며, 그 가열의 한 양상으로 여성적 글쓰기가 자리하는 것이다. 90년대 이후 우리의 여성시학도 이와 같은 맥락에 닿아 있다.

여성시학은 이미 80년대 김승희, 고정희, 최승자, 김정란 등의 시에서 여성적 정체성의 문제를 드러내는 괄목할 만한 성취를 보여준다. 이들은 모두가 내용과 방법에 걸쳐 나름의 시적 성취를 획득하고 있다. '페미니

즘이라는 요괴' 같은 여성시가 문제 삼는 문제가 무엇인지는 가령,

> 여인들의 울부짖는 소리가 어찌
> 범패보다 아름답지 않습니까?
> 범패보다 더 진한 막다른 소리들이
> 관처럼 하얀 방을 자욱히 매웁니다.
> 오뇌와 비원의 처절한 촉수들이
> 찢어지는 살점을 쥐고 흔듭니다.
> 쾌락처럼 그렇게 실신하면서
> 나는 천지 아득히 터지는 범종소리를
> 들은 것 같습니다.

— 김승희, 「여인등신불」 중에서

와 같은 김승희 시인의 작품에서 좋은 본보기를 찾을 수 있다. '세브란스 병원 분만실에서'라는 부제를 달고 있는 위의 시는, 생명을 잉태하고 출산하는 여인들의 고통과 생명탄생의 장엄함을 노래한다. 시인은 분만실에서 산고를 겪는 여인을 등신불로 등가한다. 그리하여 등신불이 갖는 상징적 의미인 살신성인을 실천하는 구도와 구원의 숭고한 아름다움을 표출한다. 이러한 숭고미는 여성만이 갖는 특권인 생산의 신성성에 엄숙한 가치를 부여하는 것이다. 전체적으로 보았을 때 생물학적으로 여성만이 경험할 수 있는 출산이라는 생명탄생의 경이로움을 화자는 점층적 방식으로 전개한다. 즉 산고의 아픔을 점점 크고 깊게, 그리고 강하게 고조시켜 나가다 마침내 '관' 속의 죽음과도 같은 '실신' 끝에 한 생명이 탄생하는 '신탁처럼 장렬한' 순간의 경이로움과 생명창조의 신성성을 노래한다. 시인은 여성만이 지닌 이런 모성을 여자의 극진한 아름다움으로 비유한다. 즉 진정한 여자의 아름다움은 무엇보다도 여성만이 지닌 생산성에 있다는 것처럼 들린다. 여자가 한 생명을 잉태하고, 그 생명을 세상에 내어놓을 때, 여자만의 찬연한 미덕이 극에 달한다. 그래서 이 시는 전체적으로 '분

만실에서' 산고의 고통을 끝내 참아내고 아이를 출산하는 여인을 살신성인의 경지를 실천하는 '등신불'로 비유하면서 여성의 정체성을 부각하고 있다.

전체 5연으로 구성된 이 시에서 화자는 "온몸을 물어뜯으며 울부짖는" 산고의 고통을 겪고 마침내 한 생명이 탄생하는 과정을 그린다. 이 때 "원통한 아픔"과 "짐승처럼" "온몸을 물어뜯는 울부짖는" 산고에서 "한 남자란 이제 지극히 사소한 우연에" 지나지 않으며, 여기에는 어떤 숭고하며 신성한 의미가 있음을 노래한다. 그 산고의 고통은 단지 "한 남자와 잠깐 쾌락을 같이 했다 하여" 겪는 "원통한 아픔"이 아니다. 여성이 경험하는 출산의 고통은 다름 아닌 "스님이 영혼을 구하기 위하여" "다비의 불바다 속으로 들어감과 같"은 경험이며, "하얀 도자기를 구워내기 위"한 "불가마 속에 천하무비의 큰불을" "지피는 것과 같"은 행위이다. 화자는 여성만이 경험할 수 있는 이러한 산고의 고통 뒤에 있는 생명탄생을 범례적인 통과제의적 원형 모델을 바탕으로 형상화한다.

보통 아이를 낳는 것은 꽤 큰 고통, 즉 산고를 동반한다. 그런데 화자는 1연에서 우선 "하얀굴"이라는 원형적 이미지를 통해 생명창조의 신성성을 상징적으로 암시한다. 즉 "울고 찢기고 흐느끼며 발광하는" 분만실을 화자는 "성스런 하얀굴"로 비유하면서 생명탄생의 통과제의적 장소로 상승시킨다. "하얀굴"은 화자의 진술 그대로 성스러운 공간이며 탄생을 준비하는 일종의 모태로서의 공간이다. 그곳은 단군신화에서와 같은 동굴의 이미지로 입사식이 행해지는 장소이다. 입사식은 새로운 탄생을 가져온다. 그것은 정신적 차원에서의 신비적 재생으로서 다른 존재 양식으로 이르는 길, 즉 새로운 성숙을 가져온다. 화자는 분만실의 출산이 주는 고통을 입사식으로 본다. 신성한 공간에서 통과제의적 고통을 겪는 여인을 화자는 계속해서 "스님이 영혼을 구하기 위하여/다비의 불바다 속으로 들어"가는 것과 "도자기를 구워내기 위하여/불가마 속에 천하무비의 큰불을/

지피"는 신성한 제의로 비유한다. 여기에는 새로운 탄생의 신성한 의미가 깃들어 있다.

2연에서는 분만실을 '도살장'으로 비유하면서 출산의 과정에서 겪게 되는 고통을 점차 극대화한다. 산고는 '정수리' '숨골'에 도끼날이 박히는 고통이며, 그때마다 튀어오르는 "흰불의 꽃송이"는 4연에 이르면 "만다라의 꽃잎", "자비의 세례"로 종교적 법열의 세계로 승화한다. 고통의 극대화는 생명창조 이전의 무형형과 혼돈―새로운 생명창조에 필수불가결하게 나타나는 입문병의 범례적 상징을 통해 종교적 법열의 세계로 승화되는 것을 볼 수 있다. 이러한 제의적 상징은 마지막 연의 '관'의 상징적 의미에서도 드러난다. 마지막 연에 이르면 산고의 아픔은 극점에 달한다. 그리하여 마침내 한 생명이 탄생하는 "신탁처럼 장렬한" 장면을 노래한다. 보통 입문식은 새로운 탄생을 전제로 한다. 새로운 생명탄생의 입문식은 의사 죽음의 형태 혹은 원초적 공허의 세계로 돌아가는 범례적 모델을 갖는다. 이러한 범례를 따라 마침내 '관' 속에 "실신하면서 太虛를 울리는 범종소리를", 아가의 "첫 울음소리를" 듣는다. 화자는 원초적 공허, 원초적 시공에 마침내 울리는 "범종소리"로 비유된 아가의 "첫 울음소리", 생명탄생의 장엄한 순간을 맞이한다.

여성시는 90년대 이후 한국 문학의 커다란 성과 중에 하나이다. 80년대에 민중이 계급의식을 통해서 주체의식을 획득했던 경험을 내면화하면서 출발한 여성시학은 다양한 세계를 보여준다. 강은교, 김승희, 최승자로 이어지는 여성시는 최승자에서 꽃을 피웠다. 그녀는 여성 언어가 갖는 사유의 느슨함과 억압의 단계에서 나올 수 있는 괴음성이 안으로 삭혀져 있다는 점을 평가할 수 있으며, 나희덕이나 이진명 같은 시인도 거론할 수 있다. 이들은 모성성을 바탕으로 자신을 둘러싼 세계와 조응하고 그 의미를 자신만의 문체로 삶의 문제를 숙고하며, 여성만이 가질 수 있는 진술 어법을 담백하게 풀어내는 특성을 갖는다. 여성의 말하기 방식이 다르다는

사실을 보여주고, 여성의 무의식에 입을 달아준 김혜순, 박서원, 노혜경을
비롯하여 김언희, 최영미, 신현림, 이경림, 김상미 등과 같은 시인들도 역
시 탁월한 여성시를 보여준 시인이라 할 만하다.

— 정화진, 「불완전한 문장」 중에서

정화진의 시는 여성적 삶의 한 원적原籍, 즉 기억 속에 머무는 궁핍하
고 왜소한 여자의 삶에 대한 시적 보고처럼 읽힌다. 기억 속에 새겨진 여
자들의 이미지는 매우 초라하고 누추하다. 원적 속에 거주하는 여자들의
이미지는 여성의 초상이다. 정화진이 여성의 삶의 원적을 그려나가는 수
법은 사실적이라기보다는 매우 상징적이다. 그러나 기억 속의 여자들은
나와는 다른 타자들의 모습이 아니라 어쩌면 현재 '나'의 경험을 반영하
는 것처럼 보인다. 시인은 무의식적 경험의 깊은 골짜기로 들어가 여자들
의 슬픈 삶의 원적을 길어 올린다. 부엌의 공간에는 당연히 있어야 할 불
기가 없고, 낡고 음산하다. 불기가 없는 부엌의 아궁이는 여자들의 생산이
결여된 결핍과 불모의 공간이다. 그곳에 대한 화자의 기억은 "어떤 혐오
를 닮아 있는 문장을 따라나선 것 같"은 것이어서 "불기도 구원도 없는"
불모의 공간이다. 그 여자들은 "증오의 시선"을 하고 있으며, "늙은 문장"
이나 "허약하고 비틀대는 문장"처럼 보인다. 그들은 "낱말이나 문장을 잃
어버린 듯한 표정"이며, 제목의 "불완전한 문장"은 그래서 "그 많은 문맥

들 이쪽과 저쪽에서 소외된 여자들"의 삶에 대한 비유이다. 부엌은 여성들의 소외되고 척박한 여성의 삶과 운명에 대한 슬픈 비유가 되는 것이다. 이와 같이 여성의 정체성을 문제 삼는 접근법은 여성시학의 일반적인 한 형식이다.

일일이 거론할 수 없을 정도로 많이 쏟아지는 여성의 말, 밖으로 내어놓지 못한 채 웅얼거리던 말, 여성의 몸 깊이 배어있는 말, 감금되었던 말들이 쏟아지고 있다. 많은 여성들이 시를 썼고, 또 지금도 쓰고 있으며, 많은 시집을 내고, 앞으로도 그러할 것이다. 여성의 말들이 쏟아지고, 우리가 귀가 따갑게 들어온 말, 즉 남근중심주의적 담론에 대한 반성이라는 유례없는 반성의 시대 한 가운데에 여성시학이 자리하고 있다. 다시 엘렌 식수스의 말을 빌리면 지금도 '최초의 음악, 모든 여성이 보존하고 있는 그 노래는 끊임없이 울리고' 또 흐를 것이다.

5. 신체적 사유와 육체의 시학

육체 혹은 몸의 담론 역시 90년대 이후 한국 시의 중요한 관심사였다. 이제까지 사유의 역사는 정신의 역사이며 이성이나 의식, 정신만이 중요한 가치로 인식되어 왔다. 역사 이래 육체는 불결하고, 이에 따라 육체에 대한 사유는 금지되고 은폐된 미지의 영역으로 남아 있다. 우리는 육체의 어둠 속에 의식의 빛이 있다고 믿어온 것이다. 이러한 믿음에서 육체의 사유는 금기와 억압의 대상으로 취급되고 망각되어 왔다. 육체의 언어는 금기의 언어이고 중심으로부터 이탈한 주변의 언어였다. 그것은 불순하고 불온한 것이어서 말해서는 안 되는 것이다. 육체의 언어는 음습한 것이어서 은폐해야 할 것이다. 따라서 육체에 대한 담론은 그 자체로 정신의 역사에 대한 저항이며, 억압과 금지에 대한 위반이고, 그에 대한 해방의 가능성을 타진하는 행위이다.

거칠게 말해 몸을 시의 전략적 거점으로 삼는 데에는 몸에 대한 금기와 매혹이라는 정반대의 두 관점이 자리한다. 몸에 대한 금기는 몸과 마음, 육체와 정신, 신체와 의식을 구분하고 전자를 무시하고 죄악시하는 이원론적 사유에서 비롯한다. 육체는 유한성에 의해 지배받는 물질의 덩어리로 보는 이러한 입장은 정신적 가치를 구현하기 위해 반드시 극복해야 할 장애요소로 여기게 만든다. 몸은 저주받은 대상이며 불순한 욕망의 덩어리이다. 몸은 본질에 대한 위협이자 끊임없이 불안과 절망을 재생산하는 열등한 것이다. 따라서 육체의 언어는 금지되고 억압되어야 하며 감금되어야 할 대상이다. 육체의 언어는 발설되어서는 안 되는 금기의 대상이다.

한편으로 육체는 후기산업사회에서 새로운 문화현실을 반영하는 대상이기도 하다. 몸에 대한 매혹이라 할 만한 이러한 관점은 후기자본주의 사회의 일반적인 문화현상에서 찾을 수 있다. 후기자본주의는 육체를 기호화하고 그것을 상품화하여 소비 이미지로 전락시킨다. 후기산업사회의 문화현실은 몸의 실존적 실재성을 증발시키고 몸을 또 하나의 환영으로 만든다. 이러한 사회에서 몸은 예전처럼 경제적 착취나 종교적 단죄의 대상이 아니라, 새로운 숭배의 대상으로 특별한 대우를 받고 있다. 광고와 각종 대중문화 매체 등에서 육체는 새로운 지위를 얻었다. 그러나 그것은 육체의 상품화·물신화에 지나지 않으며 대중 소비사회가 마련한 소비조작의 코드에 따라 생산된 것에 다름 아니다. 후기자본주의 사회에서 몸은 현란한 기호와 영상에 의해 치장되고 변형되어 개별성과 실재성을 박탈당하게 된다. 이것은 소비사회의 등장과 관련되는 문화지형의 변화에 따른 육체의 지형변화와 권력이동의 상황에서 대중정치와 문화정치적 실천의 새로운 가능성 문제와 상관한다.

육체성의 시학에서 문제는 몸에 대한 관심이 시의 가능성과 만나는 접점에서 찾아야 한다는 것이다. 90년대 이후 시인들이 보여준 몸에 대한 신체적 사유는 후기자본주의 시대에 미만한 몸에 대한 잘못된 인식과 육체를 열등하게 생각하고 정신을 우월한 가치로 여기는 이원론적 사유를 깨뜨리고 몸을 실존의 본질로 회복하고자 하는 것이다. 몸은 무시되거나 무화되어야 할 무엇이거나 소비문화 속에서 보다 시장성 높은 상품이 아니다. 육체와 정신, 육체성과 지성에 대한 관념론적 이해를 해체하고 육체에 대한 이해를 위한 새로운 지도가 필요한 바, 이 새로운 지도 속에서 중요한 것은 육체와 정신의 비대칭성이다. 육체성의 시학은 바로 우월한 정신과 열등한 육체라는 대칭적인 이원론적 사유 대신 복합적인 사회 문화적 함의를 지닌 육체성에 기반한 지성의 새로운 기능을 비대칭적으로 모색하고자 하는 열망의 한 표현이라 할 수 있다. 근대성의 반성과 함께 제기된 육체에 대한 관심이 전면에 떠오른 '몸의 시학'은 이와 같은 현실적 경향과 관련되어 있으며, 우선 '알'로 대표되는 생명의식에 깊이 천착한 정진규를 꼽을 수 있다.

> 길이 열릴 때 보면 밝음이 늘 어둠 안쪽에서 몸을 키워 키를 키워 밤을 새워 어둠 밖으로 길을 내놓던데, 엄지발가락 하나가 상해 있던데, 어렵게 거미줄 뽑듯 시작하던데, 오늘은 그렇게 보이지가 않았다 直方으로 왔다 길이 밝음 그대로 몸이 되어 덩어리로 그냥 걸어 나왔다 낙산 의상대에 가서 바다에서 뜨는 해를 새롭게 만났다 어둠과 이미 한평생 잘 살고 나온, 한살림 차렸던 흔적이 역력한, 이미 싸움을 끝낸, 피냄새가 나지 않는 해를 새로 보았다.
>
> ― 정진규, 「몸詩·86」 전문

육체성의 시학과 관련하여 언급하지 않을 수 없는 시인이 정진규이며, 여기에 기념비적인 시집 『몸詩』(1994)가 자리한다. 그의 '몸시' 연작에 나타난 육체성은 환상이나 상상이라기보다 일상성을 기초로 하는 살아있는 건강한 몸으로서의 현실적 실재성이다. 그는 몸의 사회적 의미를 시 속에 끌어들여 몸 속에 일고 있는 강한 생명력을 자신과 자신을 둘러싼 삶 속에서 공동체와의 본유적인 동일성을 발견하고자 한다. 그 본유적 동일성은 알의 생명시학과 관계하면서 근대정신이 품고 있는 건강한 육체의 복원을 완성시키고자 한다. 그는 일상에 산재하는 평이하고 범속한 사실에서 인식의 전환을 가져올 만한 통찰을 이끌어낸다. 위의 시에서 우리는 육체에 대한 부정적 인식을 발견할 수 없다. 시에서 육체는 어두운 것이 아니라 밝은 것이며 닫혀 있는 것이 아니라 열려 있는 것이다. 동해의 일출은 빛과 어둠의 투쟁의 결과가 아니다. 그것은 순간적으로 자연스럽게 "直方으로" 오는 것처럼, 순결한 정신과 불결한 육체라는 이원적 사유는 존재하지 않는다. 정진규의 '몸시'는 몸의 생태에 대한 반성적 성찰을 통해 몸과 마음의 조화와 균형을 꾀하며, 몸을 둘러싼 관계의 건강성과 균형의 회복을 꿈꾸는 것이다.

정진규를 필두로 젊은 시인들의 시에는 육체적 사유가 대거 등장한다. 이 가운데 남성적 글쓰기의 전형을 보여주면서 육체에 대한 사유를 건조한 언어로 밀도 있게 구축하고 있는 김기택을 들 수 있겠다. 정진규와 함께 육체성의 시학을 선취해 보여준 이가 김기택이다. 그는 육체가 가지고 있는 특성을 치밀한 관찰과 묘사를 통해 통찰해내면서 동시에 문명과 전쟁, 자본과 폭력에 의한 의식의 훼손을 훼손된 육체를 통해 드러낸다. 『바늘 구멍 속의 폭풍』(1994)은 육체성의 시학을 논의하는 자리에서 빼어놓을 수 없는 중요한 시집이다. 아래의 시는 이 시집의 표제작이다.

> 필사적으로 바람을 견디다가 찢어진 비닐 조각처럼, 떨어져 덜컹거리는 문짝처럼, 망가지고 허술해진, 바람을 더 견디기엔 불안한 몸뚱어리를 그는 조심스럽게 침대 위에 눕힌다. 조금이라도 호흡이 거칠어지거나 불규칙하면 몸 속에서 쉬고 있는 폭풍이 꿈틀거린다. 숨이 바늘구멍을 무사하게 통과하게 하느라 그는 아슬아슬 호오호오 숨을 고른다. 불순했고 반항적이었던 생각들과 뜨겁고 거침없었던 감정들로 폭풍에 맞서온 몸은 폭풍을 막기에는 이젠 너무 가냘프다. 고요한 마음, 꿈 없고 생각 없는 잠이 되려고 그는 더욱 웅크린다.
>
> — 김기택, 「바늘 구멍 속의 폭풍」 중에서

우리는 이 시에서 표현의 즉물성과 삶의 허무에 대한 자각, 그리고 생명의 현실에 대한 인식을 발견할 수 있다. 위의 시에서 육체는 폭풍 앞의 등불처럼 위태롭게 묘사되고 있다. "너무 오랫동안 사용해서" "낡고 닳아" 버린 육체는 숨을 쉬는 것조차 어려워 보인다. 육체의 위태로움은 몸 속에 있는 폭풍으로 환기된다. 폭풍은 아마도 육체 안에 깃들어 있는 불안과 공포, 죽음의 상징처럼 보인다. 육체는 그 폭풍을 견뎌낼 수 없을 만큼 위태로운 것이다. 폭풍을 견디기 위해 숨을 고르지만 그것을 견디기에 육체는 "너무 가볍고 가냘프다." 육체는 폭풍을 간직한 공간이고, 폭풍은 어떤 죽음의 징후이다. 이와 같이 그의 시의 육체성은 죽음의 징후로 둘러싸여 있으며, 그것은 삶과 죽음이 맞물린 세계의 혼돈과 모순을 들춰내려는 인식의 소산이다. 육체의 현실에 대한 시적 통찰은 그러니까 우리가 '현대성'이라고 하는 시대적 경험과 대면하는 정신이다. 따라서 육체성에 대한 탐색은 일상적 주체의 자명성을 반성케 하는 것이다.

김기택과 함께 백무산, 유하의 경우도 흥미로운 사례이다. 노동시인으로 활동하던 백무산의 육체성의 시학은 이성중심적 부르조아의 세계 인식에 억눌려 있던 노동자 계급의 몸의 세계관이 잘 드러난다. 이것은 이성의 독재에 저항하는 몸의 반란이다. 여기에는 노동자 계급의 사회적 성장이라는 새로운 세계관의 모색이라는 주제가 실려 있으며, 자본주의 노동과정의 발달 속에서 심화되는 육체노동과 정신노동의 분화와 관련된 육체의 문제가 중심에 가로 놓여 있다. 즉 노동과정의 새로운 재편성 속에서 육체노동과 정신노동의 재편성 문제 및 그에 따른 이데올로기 형성의 문제에 관련되어 있다. 자본주의적 생산과정은 노동력 가치의 재생산에 해당하는 필요노동시간과 낭비되는 노동시간의 틈을 줄이는 대신 잉여가치 생산에 해당하는 잉여노동시간을 극대화하기 위해 노동과정에 대한 기술적이며 조직적인 통제장치들을 발전시켜 나가는 과정이라 할 수 있다. 이러한 과정은 전반적으로 노동자의 정신과 육체를 기계처럼 대하려는 시도를 수반하는데, 여기에 대한 새로운 성찰을 보여주는 것이다.

유하는 소비사회의 상징적 모델이라 할 수 있는 '압구정동'이라는 문화공간을 통해 육체의 관능과 욕망을 탐색한다. 그는 육체의 관능에 매혹되면서 그것의 비본래성을 성찰하려 한다. 물론 압구정동이라는 문화공간의 부정성을 비판하고는 있지만 중요한 것은 새로운 문화현실 속에서 육체의 매혹에 대한 표현을 담고 있다는 것이다. 이러한 사유 태도는 소비와 쾌락의 측면에서 떠오르는 육체를 쟁점화하는 것이다. 이것은 근본적으로 소비사회의 등장과 관련되는 문화지형의 변화와 관련되는 것이다.

이와 더불어 김혜순이나 채호기, 그리고 그보다 먼저 최승자가 보여주었던 육체성의 시학은 탈현대적 사유를 감행하는 것이며, 육체와 정신의 균형과 조화를 통해 동일성의 위기를 돌파하고 생명의 관계망 안에서 주체의 재정립을 도모하는 작업이라 할 수 있다. 그리고 여성의 육체를 남성에게 드러내 보임으로써 피학과 관음을 교묘하게 교차시켜 일그러진 섹슈얼리티를 이끌어내는 김언희, 육체가 육체에게 집요하게 파고들며 상호 일체성을 꿈꾸는 악마적이면서도 괴기적인 육체성을 보여주는 채호기의 사례도 들 수 있겠다. 경우야 어떻든 탈근대적 문맥에서 몸이 부활하는 것은 자연스러운 일로 보인다. 이것은 데카르트적 사유를 해체하고 존재 자체의 완전성을 꿈꾸는 행위이다. 육체성의 시학은 따라서 인간존중, 생명존중의 인문주의적 태도를 보여주는 중요한 사유 담론이다.

6. 글을 맺으며

비평은 태생적으로 불행하다. 왜냐하면 선행하는 원텍스트를 숙주로 기생하기 때문이다. 더구나 한 시기에 발표된 작품을 놓고 시평을 쓸 때 비평가는 선택과 배제의 피할 수 없는 갈림길에서 고민할 수밖에 없을 때, 그것은 고약한 운명의 장난처럼 짓궂다. 그들은 한 시대의 문학적 경향을 하나의 축약된 도식으로 치환하여 사유하고 진단하려는 태도를 보편적으로 지니고 있다. 수적으로 일일이 확인할 수 없을 정도로 많은 분량의 시들이 축복처럼, 은총의 말씀처럼 쏟아지고 있는 판에 그것을 전체적으로 아우르는 작업은 고단한 일이다. 무수한 작품들의 개별적 존재태가 독립적이며 나름의 자율성과 자족적인 존재 가치를 확보하고 있음에도 불구하고, 비평가들은 이들의 세계를 몇몇의 대표적 갈래로 분류하고 진단하며, 거기에 어떤 미학적 가치를 부여하려 애쓴다.

그러나 분명한 사실은 지금까지 우리가 논의한 1990년대 이후 한국 현대시의 미학적 세계와 그 가치 판단은 단선적으로 그릴 수 없는 다채로운 빛깔의 다양한 형상을 지니고 있다는 점이다. 공시적이며 통시적인 문학의 지형도 안에서, 다양한 형상을 지닌 지도 안에서 그것들은 서로 다른 높낮이, 서로 다른 넓이와 깊이의 거울로 서로를 비추며, 그들끼리 서로 다른 차이를 확보하고 자기만의 영역을 구축하기 위해 자기갱신의 운동을 부단히 펼쳐나가고 있다. 그러나 우리는 지금까지의 논의에서 거론할 수 없었던 수없이 많은 시인과 작품, 그리고 그들이 품고 있는 미학적 세계와 성과를 결코 간과하거나 경시할 수 없음을 마땅히 인정해야 한다.

문명의 탈신화화와 아우라 경험의 재생

1. 우리 시대 서정의 표정

예나 지금이나 서정 시인들이 노래하는 시적 형상 가운데 자연이 차지하는 비중이나 위상은 단연 절대적이다. 전통적으로 시에서 자연은 시적 상상력을 촉발하는 대상 가운데 하나로 기능해 왔다. 고대가요에서부터 현대시에 이르기까지 자연은 시인들의 시적 감흥을 드러내는 중요한 상관물로 활용되어 왔다. "자연은 원형성, 보편성, 체험의 직접성" 등을 표상하며 "근원적으로 창작 주체의 경험과 의식 속에 광범위"[1]하게 작용한다. 서정 시인들은 그들의 상상력의 중요한 수원水源으로 자연에 빚을 지고 있으며, 자연에 대한 체험으로부터 시를 써 왔다. 그런 만큼 자연은 시적 영혼을 양육하는 젖줄이라 할 만하다. 자연은 "인간에게 삶의 배경이자 삶의 토대 그 자체"[2]인 까닭에 "비유의 아버지"[3]로 여겨져 왔다.

자연 대상의 시적 이미지는 주로 인간의 보편적인 정서적 범주를 표상

---

1) 유성호, 「우리 시대 현대시조의 미학」, 『서정과 현실』 제5호, 2005, 48면.
2) 김창완, 「시와 자연」, 『한국 현대시와 시정신』, 새미, 2005, 52면.
3) 정현종, 「초록 기쁨」, 『사람들 사이에 섬이 있다』, 미래사, 1991, 86면.

한다. 향가나 고려조의 「청산별곡」 등에서 보이는 자연 소재와 전원적 전통은 조선조를 거치면서 한국 시의 중요한 맥락으로 작용해 오고 있다. 전통 시가에서 시인들은 자연을 통해 현실적 삶의 좌절이나 회의에서 벗어나 "위안과 서정叙情"을 추구하고, 거기에서 "규범과 표준"4)을 찾으려 했다. 이와 같은 특성은 현대시에 이르러서도 계승되고 있으며, 변함없이 한국 현대시의 지배적 양상으로 나타나고 있다. 자연의 제재는 현대시의 밑변을 흐르는 하나의 저류라 할 만하다.

전원적 전통은 1930년대 자연친화적인 시인들의 시에 대해 '목가시' 혹은 '전원시'라는 명칭을 붙이게 만든 바 있다. 일제 강점기의 자연에 토대를 둔 전원 지향은 보통 식민지배 체제의 현실적 좌절과 패배의식을 치유하고 위안을 얻기 위한 방법이었다. 이것은 곧 현실을 외면한 무책임한 도피거나 패배주의라 평가되기도 한다. 그러나 "한 편의 서정시가 지닌 비사회성이야말로 사회적인 것"5)이라는 역설적인 주장처럼 서정시의 내용이 갖는 보편성은 본질적으로 사회적이며 시대적이다. 서정시는 "그것이 사회적인 것을 거부하는 정도만큼 사회를 반영하는 역사적"6) 산물이다. 서정시가 갖는 "사고의 구조 자체 속에는 이미 내적인 것에서 외적인 것으로, 개별적인 사실이나 작품으로부터 그 뒤에 있는 뭔가 보다 넓은 사회경제적 현실로 나아가는 움직임이 전제"되어 있다. 상부구조를 이루는 예술로서의 서정시는 "사회경제적 토대 내지 하부구조와의 관계"7)에서 파악해야 한다. 따라서 자연 지향의 시를 단순히 현실도피나 현실적 좌절과 패배에서 오는 귀거래의 은둔주의라 평가하는 것은 온당하지 않다. 이런 의미에서 이 글은 자연 지향을 부조리와 악, 모순과 고통의 현실을 돌

---

4) 이건청, 『韓國田園詩 研究』, 문학세계사, 1986, 18~27면 참조.
5) 車鳳禧, 「아도르노의 '부정의 미학'」, 『비판미학』, 문학과지성사, 1990, 139면.
6) 프레드릭 제임슨, 여홍상·김영희 공역, 『변증법적 문학이론의 전개』, 창작과비
   평사, 1984, 47면.
7) 프레드릭 제임슨, 여홍상·김영희 공역, 위의 책, 18면.

파하려는 유토피아 정신의 결과로 보고자 하는 문제의식에서 출발한다.

근대사의 파행적 질곡, 특히 산업화의 속도전 속에서 시적 자아는 동일성을 상실한 지 오래이다. 이러한 시적 자아 앞에 나타나는 자연 또한 이전과는 전혀 다른 모습을 취하고 있다. 그 자연은 문명에 의해 훼손되고 변질되었다. 이와 같은 상황에서 시인들이 택할 수 있는 방법은 크게 두 가지이다. 하나는 자연을 재신화화하여 원초적 자연의 세계를 원형 그대로 복원하는 방법이다. 이와 같은 원형적 자연의 아우라Aura 경험의 재생은 부조리하고 모순에 찬 현실, 현대의 파편화된 시간, 도시적 문명공간에서 벗어나고자 하는 현대인의 황금시대에 대한 유토피아적 욕구와 관련되어 있다. 이는 탈주와 초월의 이탈 욕망인 동시에 문명에서 받은 좌절의 한 표현이기도 하다. 이는 자연이 갖는 모성의 안락한 세계로 돌아가고자 하는 욕망과 관련되어 있다. 그리고 일상의 초월이며, 차안을 떠난 피안의 환각을 탐닉하는 행위이기도 하다. 그렇지 않다면 또 하나의 방법은 자연을 재신화화하지 않고 탈신화화하는 방법이다. 자연의 탈신화화는 원시적 토착 영토의 훼손과 파괴의 실상을 긴장감 있게 드러내 보여줌으로써 인간의 욕망과 문명의 반생명성을 비판적으로 성찰한다. 이 방법은 자연을 유토피아적 세계관으로 이상화하거나 재신화화하지 않고 자연과 문명 사이의 긴장관계를 주목한다. 그럼으로써 거기에서 어떤 예측된 상像으로서의 반反유토피아적인 세계상을 보고자 한다. 그들은 자연을 재신화화하지 않고 탈신화화하여 파괴의 실상에 대해 반성적 성찰을 요구한다.

이러한 두 양상은 근본적으로 한 뿌리에서 자란 두 가지이다. 그것은 우리의 삶이 생태론적 위기에 처해 있다는 것과 인간과 자연, 자아와 세계가 참된 관계를 다시금 회복해야 한다는 전언을 내포한다. 여기에는 보다 바람직한 삶에 대한 꿈과 희망, 그리고 이상적이자 긍정적인 사회상에 대한 유토피아적 열망이 내포되어 있다. 그것은 또한 반대급부로 지배 이데올로기에 대한 대항 담론의 성격을 가지며 동시에 미래에 대한 예측 가능한 상으로서의 디스토피아적 경고의 메시지를 작동하는 것이기도 하다.

이 글은 한국 현대시에 나타나는 문명의 탈신화화와 자연의 아우라 경험의 재생, 혹은 자연의 재신화화가 어떠한 양상으로 나타나며, 이러한 반응이 함축하는 의미를 유토피아적 관점에서 추적해 보고자 한다. 이러한 시도는 곧 자연에 대한 시인의 의식을 현실과의 관계에서 파생한 문제로 인식하고자 하는 것이다. 여기에 크게 작용하는 문제는 역사 민족적 현실과 도시문명의 신화화이다. 특히 이 글은 일제 강점의 식민화에 따른 반대상, 즉 역상逆像으로서의 유토피아적 이상향과 문명의 신화화에 맞선 자연의 재신화화와 탈신화화가 갖는 의미를 추출해 볼 작정이다. 보통 전원지향의 자연 추구에 대하여 대부분의 논자들이 낭만적 차원의 접근과 분석으로 일관함으로써 한국 현대시가 지니고 있는 유토피아 추구의 의미가 축소되어 있다. 따라서 이 글은 한국 현대시에 나타나는 유토피아 의식의 특징을 살펴봄으로써 그것의 함의를 추출해 보는 데 목적이 있다.

2. 자연의 재신화화와 유토피아 의식

서정시는 근본적으로 역사 현실로부터 자유로울 수 없다. 현대시가 자연을 재상징화하거나 재신화화하려는 의식에는 부조리와 모순의 역사 현실을 초월하려는 유토피아적 상상력이 한 구석에 도사리고 있다. 유토피아 의식의 관점에서 현대시를 살피려고 할 때 자연 친화적인 낭만성은 바로 이러한 특징과 멀리 떨어져 있지 않다. 유토피아 의식은 역사적 현실 인식의 끝에 발생하는 의식적인 것이다. 여기에서 유토피아 의식이라는 것은 현실을 은폐하거나 도피하려는 행위가 아니라 칼 만하임의 전언대로 "행동의 단계로 이행하면서부터 기존의 질서를 부분적으로나마 혹은 전적으로 파괴해버리는 현실 초월적 방향설정을 뜻한다."[8] 현실 초월적인 유토피아 의식은 "인류 정신사에서 인류 공동체를 통해서만 실현되는 올바

름의 갈망"9)인 것이며, 현실에 대한 분석과 비판을 통해 특정한 사회와
국가에 대한 구체적 상을 제시해준다.10) 유토피아적 충동은 현실비판의
부정의 원리와 이상세계의 창조라는 긍정의 원리, 말하자면 '희망의 원리'
가 됨을 뜻한다.11)

어느 시대나 사람들은 지상낙원을 꿈꾸어 왔다. 이 지상낙원으로서의
유토피아는 현재의 세계에는 어디에도 존재하지 않는 부재하는 공간이다.
토마스 모어가 처음 사용한 '유토피아Utopia'12)는 말 자체가 역설적이다.
그것은 지상에는 존재하지 않는 행복한 나라라는 뜻을 가지고 있기 때문
이다. 이 세상 어디에도 없는 이상향에 대한 추구는 동서고금을 막론하고
인류의 보편적인 정서적 전통이며 문학적 관습이다. 이런 점에서 에덴동
산이나 무릉도원을 떠올리게 하는 이상향으로서의 유토피아는 현실적이지
못하기 때문에 현대라는 시대성과 현실원칙의 이성과는 어울리지 않는 허
무맹랑한 개념처럼 들리기도 한다. 하지만 에른스트 블로흐Ernst Bloch가 갈
파했듯이 인간은 '아직 없음'으로 '항상 새 것을 산출하려는 희망과 창조
적 충동을 가진 동물'13)이라는 점을 감안한다면 충분히 이해할 수 있는
바이다.

유토피아 사상은 현실비판이라는 부정의 원리와 규범의 제시라는 긍정
의 원리를 동시에 지니고 있다. 부정의 원리는 현실 사회의 부조리와 모
순을 고발하여 사회개혁 사상을 고취시켜 주며, 긍정의 원리는 인간의 가
능성에 대한 신뢰를 통해 이상사회의 목표와 방향을 제시함으로써 역사적

---

8) 칼 만하임, 임석진 역, 『이데올로기와 유토피아』, 청하출판사, 1991, 263면.
9) 마르틴 부버, 남정길 역, 『유토피아 사회주의』, 현대사상사, 1993, 38면.
10) 김영한, 『르네상스의 유토피아 사상』, 탐구당, 1988, 15면.
11) 임철규, 『왜 유토피아인가』, 민음사, 1994, 29면.
12) 토마스 모어가 『유토피아』에서 그리는 이상세계는 16세기 초의 영국의 구체
    적인 현실상황을 극복할 수 있는 대안으로서 이상적인 섬으로서의 유토피아
    를 상정하고 있다.
13) 李成珪, 『중국의 유토피아사상』, 지식산업사, 1990, 22~23면.

창조의 바탕이 된다. 유토피아는 "현재 상태에 대한 불만과 그로 인한 고통으로 인해 탄생한다."[14] 현대시에서 황금시대 같은 원초적 원형을 재상징화하고 자연을 재신화화하며 자연을 배반한 문명의 이데올로기를 탈신화화하려는 전략적 기획은 모두 현재 주어진 현실에 대한 불만과 고통으로부터 출발한 것이다. "행복한 사람들은 몽상을 좇지 않는다. 오직 만족을 모르는 자들만이 몽상을"[15] 좇는다. 주어진 현실에 만족하고 안온한 행복감을 느끼는 자는 결코 유토피아를 꿈꾸지 않는다. 유토피아는 억압당하면서 고통스럽게 현실을 살아가는 자들이 꾸는 꿈이다. 유토피아는 원초적으로 억압과 강제 노동이 없는 삶에 대한 꿈이며, 유토피아의 역사는 그러한 억압적 현실을 전복하고자 하는 꿈의 역사이다.

한국 현대시가 출발한 이후 자연친화적 특성이 두드러진 시가 등장하는 시기는 1930년대이다. 이 시기는 일제의 식민지배가 강화되던 때이다. 식민의 시대상황은 한국 현대시에서 자연 지향의 시가 대두하게 되는 원인을 살필 수 있는 단서를 제공해준다. 1930년대 시의 자연 지향은 조선조의 봉건적 지배체제가 시인들로 하여금 전원에 귀의하게 한 것처럼 일제의 강압적 식민체제가 낳고 양육한 결과이다. 식민지 아래에서 시인들에게 현실은 강압과 굴욕의 공간일 수밖에 없었다. 결과적으로 전원 혹은 목가시는 식민 현실이 주는 좌절과 패배, 억압과 굴욕에서 기인한 것이다. 전원파 시인들은 지금의 현실과는 다른 피안의 세계를 자연에서 찾았던 것이다. 전원시가 유토피아적 이상향을 추구하는 계기는 이 지점에 자리해 있다. 전원시인들은 일제의 억압적 폭력과 파시즘이라는 정치적 현실, 해방 후 정치적 혼란 앞에서 이상사회의 목표와 방향을 자연에서 찾았다. 그들의 시는 현실적 조건과는 전혀 다른 자아와 세계의 동일성이 확보된 원초적 황금시대의 원형을 재현함으로써 부조리하고 모순에 찬 현실을 되

---

14) 박설호, 「유토피아, 그 개념과 기능」, 『이화어문논집』 제18집, 이화어문학회, 2000.10, 9면.
15) S. 프로이트, 정장진 역, 『창조적인 작가와 몽상』, 열린책들, 1996, 39면.

비추는 역상逆像으로서의 의미를 갖는다. 그들이 자연을 재상징화해 보여주는 것은 곧 지금의 역사적 현실과는 다른 세계상으로서의 사회이다. 그들의 시는 궁극적으로 회복해야 할 세계가 어떠한 세계인가를 역상으로 제시하는 것이다.

이러한 특성을 가장 잘 대변하고 있는 시인이 『靑鹿集』(1946)과 『山桃花』(1955) 시기의 박목월이다. 전원시인이니 목가시인으로 일컬어지는 청록파의 대표적 시인 목월의 경우 초기의 두 시집에 실려 있는 「閏四月」, 「靑노루」, 「나그네」 등의 무대가 되고 있는 곳은 깊은 산 속, 사슴이 노니는 골짜기나 강나루를 건너 밀밭의 풍경이 평화롭게 펼쳐진 이상화된 자연공간이다. 목월의 초기 대표작 「靑노루」는 이 세상 어디에도 있지 않은 소재들이 동원된 대표적인 작품이다. 이 시의 '靑雲寺'나 '紫霞山'은 물론 '靑노루'는 지상에는 존재하지 않는다. 그것은 실재하는 절이나 산, 노루가 아니다. 모두 이상화된 자연이다. 푸른 구름이 드리운 꿈 속의 절간과 저녁 놀에 비친 고개 마루의 전설 같은 관문은 목월 초기 시의 기본 심상이다.

山은
九江山
보랏빛 石山

山桃花
두어 송이
송이 버는데

— 박목월, 「山桃花」 중에서

이 작품은 목월의 두 번째 시집 표제작이다. 자연의 이상향으로서 도화원의 정경을 노래하는 이 시에 등장하는 "보랏빛 石山"인 '九江山'이나 '山桃花', '옥 같은 물', '암사슴'은 모두 유토피아를 표상하는 소재들이다. 구강산은 지도에 없다. 박목월의 초기 시에 등장하는 자연은 주로 고운 의미와 고운 소리로 이루어진 산이다. 산의 이미지는 색채 이미지, 즉 청색과 보라색이 함께 어울리면서 암울한 시대를 초월하여 현실을 재구축하려는 시인의 의식이 투사된 대상이다. 보랏빛은 이상향의 상징 색조이다. 목월은 암울했던 일제 강점기를, 이상향을 꿈꿈으로써 극복하려고 했다고 말한 적이 있다.[16] "충족되지 못한 욕망은 몽상을 움직이는 힘이고, 모든 몽상은 욕망의 완결이며 동시에 만족을 주지 못하는 현실에 대한 보정補整"[17]인 것처럼 역사적 현실에 대한 보정작용으로 나온 것이다. 그것은 "시대의 절망적인 환경이" 향토적 자연에 애착을 갖게 만든 것이며 "그 세계가 나를 길러 준 것"[18]이라는 목월의 표현대로 현실과의 긴장 위에 있다. 그래서 초기 시에서 화자는 "애닯은 꿈꾸는 사람"(「임」)이며, 시의 배경은 청색의 자연이고 이상향의 보랏빛 색조를 띤다.

위의 시에는 현실 이야기가 없다. 역사적 삶이 투영되어 있지 않다. 이것은 이 시가 쓰인 일제 말기의 역사적 상황으로 보면 현실도피이며 반사회적이다. 식민 상황에서 적극적인 저항을 펼치지 못하는 목월의 서정적 자아는 이상향을 꿈꾼 것이다. 반사회성은 따라서 사회적 조건에서 파생한 것이다. 도화원은 시원의 고향으로서 단순한 현실도피가 아닌 고향의 회복, 자연과의 만남이라는 의미를 지닌다. 목월의 도화원, 그 선경은 우리들 시원의 고향이다. 그 곳은 현실과의 긴장 위에서 창조된 유토피아적 공간으로 궁극적으로 회복해야 할 시원의 공간이다. 시원의 회복은 '동일성의 시학'에 연관된 개념으로 실존적 동일성을 찾으려는 시적 실천이다. 유토피아는 부재하므로 우리를 더욱 매혹하는 힘이다. 유토피아는 지상에 없는 행복한 나라이기 때문에 더 강한 매혹으로 우리를 사로잡는다. 희랍의 헤시오드Hesiod가 말한 황금시대 이후 사람들은 더욱 그곳을 그리워할 수밖에 없다. 식민지적 고통과 억압에서 자유로울 수 없었던 목월의 시적

---

16) 박목월, 「보랏빛素描」, 『朴木月自選集』, 삼중당, 1974, 82면.
17) S. 프로이트, 정장진 역, 앞의 책, 39면.
18) 박목월, 앞의 글, 82면.

자아는 총체적 동일성이 확보된 이상적 세계를 꿈꾼 것이다. 따라서 목월의 유토피아는 현재 상태에 대한 불만과 그로 인한 고통으로 인해 탄생한 것이다.

식민 상황이 해소된 이후 시인들에게 다가온 문제는 문명의 근대화이다. 근대화의 긍정적 차원에도 불구하고 그것은 자아와 세계의 극심한 소외와 분열을 초래하게 되었다. 그 속에서 현대인들은 신처럼 살았으며 사철 봄처럼 따뜻하고, 슬픔이 없고 노동도 고통도 없는 황금시대인 시원의 고향을 그리워한다. 문명의 그늘이 드리워 있지 않은 자연, 훼손되지 않은 목가적인 전원, 오염되지 않은 숲, 섬, 동산, 고향은 인간에게 잃어버린 낙원을 표상해준다. 황금시대, 그 동일성의 세계를 시인들은 문명의 한복판에서 그리워하며 그것의 회복을 꿈꾼다. 변화와 소외는 현대의 가장 일반적인 체험 양상이며, 시는 이러한 "변화와 소외의 세계 속에서 동일성을 되찾으려는 시도"19)를 뿌리칠 수 없다.

<blockquote>
처음 이곳에 대나무숲을 가꾼 이 누구였을까
푸른 대나무들이 도열한 창기병 같다
장독대 뒤편 대나무 가득한 뒤란
떠나고 이르는 바람의 숨결을
空寂과 波瀾을 동시에 읽어낼 줄 안 이 누구였을까
한 채 집이 할머니 귓속처럼 오래 단련되어도
이 집 뒤란으로는 바람도 우체부처럼 오는 것이니
아 그 먼 곳서 오는 반가운 이의 소식을 기다려
구군가 공중에 이처럼 푸른 여울을 올려 놓은 것이다
</blockquote>

— 문태준, 「대나무숲이 있는 뒤란」 전문

자연 대상물 가운데 숲은 어머니의 자궁과 같은 공간이다. 숲은 온갖 동식물을 잉태하고 양육한다. 숲은 식물의 자궁이며, 자연의 자궁이다. 도

---

19) 이광호, 「시적 환원과 시적 갱신」, 『위반의 시학』, 문학과지성사, 1993, 328면.

시에서 자라고 있는 나무와 풀과 꽃들은 자신들의 근원인 숲을 꿈꾼다면, 인간은 자신을 잉태한 어머니의 자궁을 꿈꾼다. 숲은 모태처럼 편안하고 안락하다. 나무와 풀과 꽃이 원초적 근원인 숲을 꿈꾼다면, 자연을 버린 인간은 역설적이게도 자신들이 버린 자연을 꿈꾼다. 자궁이나 숲은 우리가 그쪽으로 돌아가려 하는 만큼의 관성으로 우리를 거부하며, 동시에 그쪽에서 벗어나려 하는 만큼의 힘으로 우리를 끌어당긴다. 위의 시는 '장독대가 있는 뒤란의 대나무가 가득한 숲', 그 숲의 '공중에 푸른 여울'이 출렁이는 원형적 공간을 재현한다. 인간은 낙원상실 이후 원초적 공간을 동경하였고 그곳으로 되돌아가고픈 욕망을 끊임없이 가지고 있다. 흔히 모태회귀라는 말로 표현되는 원초적 공간에 대한 그리움은 인간 심리의 보편적 무의식이다. 문학에서 유토피아로서의 원초적 공간은 대개 숲이나 정원으로 표상되어 왔다. 그곳은 모성의 힘과 보호가 자리하는 모태와도 같은 공간이다. 그 숲에서 자라는 나무는 대지에서 태어나 빛과 공기에 의해 풍요로워지는 수직적 존재로서, '한 그루 우주 나무'[20]로서의 신화성을 간직한다.

고즈넉이 자리한 시골집의 뒤란 대나무숲 풍경을 서정적으로 묘사하고 있는 위의 시는 우리가 잃어버린 유년의 옛날 집에 대한 시적 재현에 가깝다. 모든 현실적 요구를 외면한 채 자연 대상을 마주한 화자는 일상 경험을 초월한, "공중의 푸른 여울"로 상징되는 초역사적인 영원의 세계를 꿈꾼다. 화자는 현실을 괄호 안에 묶어두고 나머지 여백의 공간에서 원형의 공간을 재현한다. 가볍고 경쾌한 언어 구사로 투명하게 우리의 옛 공간을 색칠하고 있는 이 시가 궁극적으로 말하고자 하는 것은 무엇일까. 그것은 자아와 세계의 원초적인 만남과 그에 기인한 은밀한 떨림이다. 시인에게 대나무숲은 "空寂과 波瀾"의 멈춘 듯 순간 모습을 바꾸고 파동하는 것으로 비친다. 이를 따라서 시인은 부드럽게 공중에 떠오르는 새처럼

---

20) 김열규, 『한그루 우주 나무와 神話』, 세계사, 1990, 275면.

가볍게 언어를 구사한다. 대나무숲의 움직임처럼 시인의 언어는 대상을 붙잡으려 하기보다는 현상과 함께 명멸할 정도로 찰나적이다. "대나무숲이 있는 뒤란"이라는 제목이 암시하듯 "空寂과 波瀾"의 미묘한 운동의 떨림과 고요의 풍경을 포착함으로써 세계와의 조화로운 관계를 꿈꾼다. 그 관계는 초역사적 관계의 참된 복원이라 할 수 있다.

신성을 상실한 이후 인간은 원초적 공간으로서 숲을 동경해 왔다. 마치 "푸른 대나무들이 창기병처럼 도열한" "장독대 뒤편의 뒤란 대나무숲"은 우리가 잃어버린 공간이며, 그곳은 "할머니 귓속처럼 오래 단련"된 우리가 돌아가야 할 모성의 공간이다. 뒤란에 자라는 대나무숲은 수직적 존재로서 신화적 우주의 기능을 담당하면서 문명의 세계로부터 떨어진 원형적 거소로 자리하고 있다. 왜냐하면 뒤란의 대나무숲으로 둘러싸인 울은 안정된 영혼의 휴식처를 의미하기 때문이다. 숲은 인간의 정신 속에 원형적 공감을 일으키는 공간이며 조화와 안정으로 가득 찬 장소로서 문명의 정신을 순화시키는 성소와 같은 장소이기 때문이다. 대나무숲은 신성의 공간에서 멀어진 이후 그 안락한 공간에서 영원히 거주할 권리를 박탈당한 우리가 되돌아가고 싶은 모성의 공간이다. 끊임없이 움직이는 자연의 "空寂과 波瀾을 동시에 읽어낼 줄 안 이"의 지혜에서 시인은 영원 회귀와 그를 통한 존재의 변모를 대나무숲에 이는 "푸른 여울"의 물결처럼 꿈꾼다. 그곳은 우리가 문명이라는 이름으로 숲을 배반하고 떠났지만 "할머니의 오래 단련된 귀"로 상징되는 집처럼 우리가 다시 돌아오기를 기다리는 곳이다. "공중에 푸른 여울이" 넘실대는 숲, 우리를 먹여 살렸던 장독대와 숲으로 둘러싸인 동그란 원형의 뒤란으로 이제 그만 돌아온다는 소식을 기다리는 곳이다. 왜냐하면 대나무숲으로 둘러싸인 장독대 뒤란의 이미지는 누구나 회귀하고자 하는 원형의 이미지를 환기하는 원초적 공간이기 때문이다.

할머니는 털실로 숲을 짜고 계신다. 지난밤 호랑이 꿈을 꾸신 것이다. 순모사 실뭉치는 아주 느리게 풀리고 있다. 한올의 내력이 손금의 골짜기와 혈관의 등성이를 넘다들며 울창해진다. 굵은 대바늘로 느슨하게, 숲에 깃들 모든 것들을 섬기면서. 함박눈이 초침소리를 덮는 밤, 나는 금황색 양수 속에서 은발의 할머니를 받아먹는다. 고적한 사원의 파릇한 이끼 냄새! 저 숲을 입고 싶다. 오늘밤에는 할머니 꿈속으로 들어가 한마리 나비로 현몽할까? 어머니는 오월 화원이거나 사월 들판으로 강보를 만드실지도 모른다. 그러면, 이백여섯 개의 뼈가 뒤틀린다는 진통의 터널을, 나는 통과할 수 있을 것이다.

— 조명, 「모계의 꿈」 전문

위의 시에서 숲의 이미지는 매우 환상적인 형태로 나타난다. 이 시는 숲이 지닌 모성으로 인하여 지극한 고요함과 평화로움, 그리고 온화한 안정과 생명의 경이를 들려준다. 시인은 지금 우리가 잃어버린 신성의 숲, 그 숲이 내장하고 있는 신화적 질서의 세계를 복원한다. 여기에서 숲은 현세적 모순이 제거되고 신성과 생명의 내면적 리듬이 충일한 공간으로 제시된다. 숲에는 원시적 생명의 리듬과 태고의 심성이 그대로 숨 쉬고 있다. 숲, 그 원형적 공간으로서의 자궁은 멀어진 만큼의 관성적 힘으로 우리를 그곳으로 끌어당긴다. 숲은 모태요 원초적 세계이기 때문이다. 숲은 자궁이다. 숲은 깊고 내밀하다. 깊고 내밀할수록 그 속에 깃든 생명의 시원은 드넓게 펼쳐지게 마련이다. 숲은 모태처럼 편안하고 안락한 이미지를 지닌다. 이 시에서 보여주는 숲은 탄생을 꿈꾸는 자궁이다. 시인은 숲이 품은 아늑한 생명의 호흡을 들려준다. 이러한 것들은 모두 '숲', '양수', 태아로 보이는 '나'의 '진통의 터널'을 통과하는 모태와 출산의 이미지에 의해 결속된다.

이 작품에서 숲은 모성으로 충만해 있다. 할머니의 뜨개질에서 촉발된 시인의 상상력은 숲-꿈-탄생이라는 이미지의 연쇄를 따라 완성된다. 이야기의 고리는 할머니의 뜨개질, 양수 속 '나'의 생각, 어머니의 행위, 그리고 나의 탄생으로 연결된다. 할머니는 "지난밤 호랑이 꿈을" 꾸시고 그 속에 "깃들 모든 것들을 섬기시면서" "털실로 숲을 짜고 계신다." 호랑이의 꿈에 내포된 태몽의 상징과 그에 연계된 숲의 이미지, 숲에 깃들 생명에 대한 섬김은 자궁으로서의 숲의 신성한 비밀을 말해준다. 그 신성한 비밀은 생명에 대한 경외감이다. 그것은 실 한올 한올로 조직된 숲의 내력이며 여성적 이미지가 함축한 모성의 내력으로서 생산성의 숭고함을 말하는 것이다. 다음으로 현상적 화자인 '나'는 아직 모태 속 양수에 싸인 태아이다. 그래서 '나'는 어머니의 "금황색 양수 속에서 은발의 할머니를 받아먹"으며 할머니가 짠 "숲을 입고 싶"고, 또 "할머니 꿈속으로 들어가 한마리 나비로 현몽"하기도 한다. 어머니는 "오월 화원이거나 사월 들판으로 강보"를 만들고, 그러한 모성의 내력에 따라 '나'는 "진통의 터널을" 통과해 탄생한다는 것이다.

무엇보다도 이 시에서 느낄 수 있는 분위기는 환상적이며 몽환적인, 그래서 아늑한 양수 속 태아의 호흡을 느끼게 해주는 데 특징이 있다. 몽환적 분위기가 지배적인 시적 구도에서 읽을 수 있는 것은 숲이 지닌 모성의 신성성과 생명탄생의 경이로움이다. '숲', '양수', '터널' 등은 자궁과 모태의 이미지로서 가장 내밀하고 아늑하고 편한 공간으로서의 시적 기능을 한다. 시인이 몽상 속에서 만나는 숲의 풍경은 시원으로서의 원형적 공간과 관련되어 있다. 시인은 눈을 감고서 내면세계로 눈을 돌린 다음 '모계의 꿈'을 꾼다. 그 모계의 꿈은 생명을 잉태하는 모성의 내력이다. 그 꿈은 영원 회귀와 그를 통한 존재의 변모, 곧 "뼈가 뒤틀린다는 진통의 터널을" 통과하는 생명탄생의 통과제의에 다름 아니다.

이러한 유토피아적 이미지로서 모성의 강조는 공산주의를 설명하는 데에서도 찾을 수 있다. 가령 '사랑·평화·협동을 강조하는 공산주의는 여성적인 이미지로 특징지어야 할 자연의 목가적인 세계이며, 또한 여성적 모성의 이미지는 모든 시대의 유토피아니즘이 공유하는 공통적인 이미지이기도 하다. 이러한 까닭에 에른스트 블로흐도 마르크스의 공산주의를 황금시대, 젖과 꿀이 흐르는 땅, 영원히 여성적인 것으로 이름하지 않았던 가'21)에서 볼 수 있는 것처럼 유토피아적 세계는 분열과 대립이 사라진 동일성의 상태를 의미하기 때문에 여성적 이미지로 가득 차 있다.

3. 자연의 탈신화화와 반反유토피아 의식

황금시대라는 시원에 대한 향수로 인하여 어느 시대나 사람들은 지상낙원을 그리워해 왔다. 특히나 우리는 자본주의의 고도로 발달한 물질문명 속에 살아가면서도, 역설적이게도 의식의 한 구석에는 문명에 대한 반감을 간직한 채 살아가고 있다. 우리는 지금 이곳의 삶이 비인간적이고 환멸스러울수록 의식의 한 구석에 도사린 반문명에 대한 적개심은 자연을 꿈꾸고 유토피아를 그리워하게 되어 있다. 거기에는 현재의 혐오스런 나라에서 벗어나고픈 또는 멀리 떨어져 있고 싶은 반항심이 잠복해 있다. 그러나 그 지상낙원, 황금시대의 이상향은 존재하지 않는다.

우리는 온전한 의미로서의 서정으로부터 너무 멀리 멀어졌다. 설령 그 꿈 속으로 돌아간다 해도 그것은 행복한 서정의 황금시대에 대한 동경에 그칠 뿐이다. 우리는 다만 상상계의 질서 안에서 황금시대의 행복한 가락에 몸을 맡겨 춤을 출 뿐이다. 밤 하늘의 별을 보며 길을 찾던 서정 자아의 순결하고 충만했던 눈과 의식은 자본과 문명의 풍요로운 외관 안에 깃든 불길한 징후와 인간 소외 앞에서 미아처럼 불안에 떤다. 신성이 사라진 시대에 주체와 객체, 자아와 세계의 조화로운 일체감과 동일감은 상상의 언어와 유토피아적 상상력의 자력 안에서만 맴돈다. 후기산업화 시대의 서정시란 바로 이러한 불협화음의 삶 가운데서 상실된 세계와의 행복했던 일체·동체 신혼의 밤으로 돌아가려는 서정적 자아의 힘겨운 자기반

---

21) 임철규, 앞의 책, 42면.

성이거나 고립된 경계에 위치한 그리움의 말이다. 그것은 급속한 산업화의 일상에서 느끼게 되는 어쩔 수 없는 감수성의 서정인데, 그 길 외에 원시적 토착 영토의 훼손과 파괴의 실상을 긴장감 있게 드러내 보여줌으로써 인간의 욕망과 문명의 반생명성을 거울로 비춰 보여주는 것이다. 여기에는 반유토피아적 사유가 자리한다.

반反유토피아는 안티유토피아 혹은 디스토피아와 거의 동일한 개념이다. 이는 "어떤 바람직하지 않은 끔찍한 사회상을 담고"[22] 있다. 반유토피아는 19세기 후반부터 집중적으로 나타났다. 그것은 19세기 말부터 제국주의의 식민침탈과 파시즘, 그로 인한 전쟁과 학살이 주요 요인이다. 그리고 과학기술은 인류에게 커다란 풍요와 행복을 안겨주었지만 그에 비례하는 양만큼 재앙을 가져다주게 된 데 배경이 있다.[23] 이러한 상황은 결국 반유토피아적 사유와 상상력을 잉태하고 번성하게 된 요인으로 작용한다. 그러니까 반유토피아적 사유와 상상력은 현대의 사회적 상황 때문에 나타난 현상으로 볼 수 있다.

남진우는 리오 마르크스의 견해를 빌어 자연을 재신화화하려는 시인들의 노력을 소박한 자연 예찬과 전원적 꿈을 추구하는 '감상적 목가주의'와 자연과 도시문명의 상호 역학관계를 탐구하는 보다 현대적인 '복합적 목가주의'[24]로 나누어 이해한다. 그런데 우리가 주목해야 할 것은 자연에 대한 낭만적 이상향을 지양하고 자연과 문명 양자 간의 긴장관계를 문제삼는 복합적인 목가주의이다. 왜냐하면 후기산업사회로 명명되는 오늘날 과학에 대한 맹목의 신앙이 지배하고 자아와 세계가 심각하게 분열된 상황 때문이다. 삶과 세계를 총체적 질서로 파악하려는 노력이 좌절되고 모든 존재를 물화시킨 자본주의적 논리 속에서 시인은 자연으로의 회귀보다는 회귀 불가능성을 노래하는 경우가 많아졌다.

---

22) 박설호, 앞의 글, 15면.
23) 박설호, 앞의 글, 16면.
24) 남진우, 「묵시록적 시대의 글쓰기」, 『신성한 숲』, 민음사, 1995, 76면.

1960년대 이후 우리 사회는 산업화와 공업화로 규정할 수 있다. 급격한 산업화와 도시화로 인하여 인간 소외, 물질화, 자연 생태계의 파괴와 같은 문제를 급속하고도 광범위하게 파생시켰다. 가령 인간의 순박성이 상실되어 가고 있는 현대의 문명에 대한 비판적 입장을 취하는 김광섭의 「성북동 비둘기」는 문명 비판을 논의하는 자리에서 단골로 등장하는 작품이다. 그만큼 이 작품은 '복합적 목가주의'의 좋은 예이다. 복합적 목가주의는 자연에 대한 낭만적 이상화를 거부하고 자연과 문명 양자 간의 긴장관계를 문제 삼는다. 이러한 문제의식은 후기산업자본주의 시대에서 우리의 삶이 위기에 처해 있다는 것과 자아와 세계의 참된 관계를 회복해야 한다는 시적 인식으로 요약할 수 있다. 이것은 산업자본주의 시대의 문명에 대한 안티테제로서의 의미를 갖는다.

> 성북동 산에 번지가 새로 생기면서
> 본래 살던 성북동 비둘기만이 번지가 없어졌다.
> 새벽부터 돌깨는 산울림에 떨다가
> 가슴에 금이 갔다.
>   … 중략 …
> 사람과 같이 사랑하고
> 사람과 같이 평화를 즐기던
> 사랑과 평화의 새 비둘기는
> 이제 산도 잃고 사람도 잃고
> 사랑과 평화의 사상까지
> 못하는 새가 되었다.
>
>   — 김광섭, 「城北洞 비둘기」 중에서

이 시는 "60년대 후반부터 이 땅에 급격히 대두되기 시작한 산업화의 병폐와 부조리의 문제와 연결된다"[25]는 점에서 중요한 의미를 지닌다. 현대 기계문명과의 위화감을 드러내는 이 작품은 산과 사람, 곧 자연과 인

---

25) 김재홍, 「怡山 金珖燮」, 『한국현대시인연구』, 일지사, 1986, 176면.

간 모두를 잃게 된 비둘기의 소외 현상을 통해 현대문명은 사랑과 평화와 축복의 메시지마저 전달할 수 없는 관계성의 파괴를 고발하는 소박한 복합적 목가주의의 전형을 보여준다. 자연과 인간을 잃고 쫓기는 비둘기는 현대인의 불안한 실존적 모습과 다를 바 없다. 비둘기가 표상하는 자연 상실과 인간성 상실의 모습은 물질문명 앞에서 자연을 훼손당하고 인간성마저 박탈당해가는 현대인의 아이러니컬한 모습을 상징적으로 제시하고 있다. "사랑과 평화의 사상까지 낳지 못하는 새"로 전락한 비둘기는 더 이상 사랑과 평화라는 보편적 상징을 보유하지 못한다. 이와 같은 상징의 파괴는 곧 "현대문명의 비정성과 소외의 비극"[26]을 함축하는 것이며, "인간상실의 시대에 있어서 사랑의 철학, 평화의 사상이 얼마나 소중한 것인가"[27]를 제시하는 것이다.

김광섭의 「성북동 비둘기」에 나타나는 문명과 자연의 관계에서 파생하는 문제의식은 후기자본주의 사회로 진입하면서 직접적이며 적극적인 양상으로 나타난다. 시대의 어둠을 밝혀주던 이념의 등대가 불빛을 잃은 지금은 후기산업자본주의로 지칭되는 사회이다. 이와 같은 문명사회의 한복판에서 독특한 관찰법과 시정신으로 자본주의의 현대문명이 갖는 황폐성을 비판적으로 조망한 시인이 최승호이다. 그의 시편들에서 훼손된 자연의 생태적 전체성의 파편들은 대체로 그로테스크하게 제시된다. 훼손된 자연의 그로테스크한 왜곡의 표현이 충분한 실감으로 전달되는 것은 현실 자체가 그만큼 그로테스크하게 왜곡되었음을 역설적으로 드러내는 것이다. 그로테스크한 직접성은 생명 말살 위에 건설되는 문명의 전도된 상황을 그리는 다음과 같은 시에서 독특하게 나타난다.

무뇌아를 낳고 보니 산모는
몸 안에 공장지대가 들어선 느낌이다.

---

26) 손종호, 「김광섭 문학 연구」, 충남대 대학원 박사학위 논문, 1988, 129면.
27) 김재홍, 앞의 글, 178면.

젖을 짜면 흘러내리는 허연 폐수와
아이 배꼽에 매달린 비닐끈들.
저 굴뚝들과 간통한 게 분명해!

— 최승호, 「공장지대」 중에서

참으로 끔찍하며 괴기스럽기 짝이 없다. 산모(몸)와 공장지대, 배꼽과 비닐끈, 자궁과 고무인형이라는 대립소들이 병치되면서 그려지는 그로테스크한 상상력은 전율스러운 시적 반향을 분출한다. 산모, 배꼽, 자궁 등이 직접 암시하는 신성한 생명의 생산성은 문명의 산물인 불길한 대립소들과 병치되면서 몸은 공장의 굴뚝과 간통한 형국이 되고, 그 결과 무뇌아를 낳고, 젖은 허연 폐수처럼 흐른다. 문명의 종국을 보는 듯하며, 머지 않은 미래의 예측 가능한 디스토피아 상을 보는 듯하다. 인류 문명의 폐해가 종국에 이르렀을 때 인류의 미래는 보장받을 수 없다는 인식은 이 시에서 매우 깊이 작용하고 있다. 최승호는 진정한 인간 삶의 방향과는 다른 쪽으로 전개되는 산업사회의 모순을 건조하게 관찰한다. 그의 관찰은 문명 전체 혹은 지구라는 유기적인 생명 공동체 전반을 조감하는 행위이면서 동시에 비판적 의식으로 근본 모순의 문제를 숙고하는 반성적 성찰의 행위이다. 이는 곧 문명의 지배 이데올로기에 대한 대항이기도 하다.

최승호가 보여주는 것처럼 시인들에게 자연은 그 자체로 온전하게 받아들여질 수 없으며, 그 자연의 복원은 이제 상상적 질서 안에서만 가능하다. 우리 시대 시인들은 서정의 집에서 램프를 밝히고 시를 쓰지만, 그 집은 자아와 세계가 행복하게 일치를 이루는 동일성만의 세계가 아니다. 산업자본주의 시대에 세계를 총체적 질서의 체계로 파악하는 것은 무리이다. 그 속에서 서정시는 자아와 세계, 육체와 정신이 농밀한 화학적 결합을 구가하는 노래일 수 없다. 일치를 꿈꾸고 영원을 꿈꾼다 하더라도 그것은 이전의 서정 세계로의 귀환이거나 회귀일 수는 없다. 다만 그러한 세계의 시적 복원은 인간이 세계와 참다운 관계를 맺어야 한다는 시적 울림으로 들린다.

　신성한 자연, 그 내밀한 생명과 원초적 꿈의 공간을 잃어버린 서정 시인들에게 있어서, 끊어낼 수 없는 원죄의 서정을 노래하는 근저에는 그곳으로 돌아가려는 무의식적 회귀의 욕망과 함께 그것을 회복하고자 하는 욕망이 자리하고 있다. 그리고 여기에는 전지구화되었다 해도 그리 틀리지 않은 후기산업자본주의의 도시화와 문명의 현실이 얼마나 반생명적인가를 아프게 깨닫고 이를 환기하는 대항적 의식이 함께 자리한다. 이러한 본능적 태도는 현실의 정치·이데올로기적 조건을 포함하는 동시에 물질적 토대로서 문명의 조건에 대한 반응의 층위로서 결과한 것이다. 이들에게 중요한 것은 무엇보다도 현실의 억압이 아니라 보다 광범위하게 펼쳐져 우리의 무의식까지도 지배하고 조종하는 산업자본의 도시문명이 감추고 있는 이데올로기이다. 후기산업자본주의가 번식해 놓은 문화적 바이러스, 그러니까 모든 가치의 물화와 반생명성이 배태한 불길한 예감과 위기감이 반유토피아적 서정을 잉태하고 양육한 이유이다.

　유토피아는 지상에 없는 행복한 나라이다. 자아와 세계가 행복한 일치를 보이는 황금시대는 오래 전에 이미 오래 전에 지났다. 그것은 하나의 꿈이며 이상향이다. 자연에 대한 낭만적 그리움은 이상향을 동경하는 태도로 나타나기도 하나지만, 도심 속의 도시인들은 또한 이지적인 현실주의자이기도 하다. 그들에게 지상낙원은 현실적으로 존재할 수 없는 불가능한 공간이다. 말 그대로 이상향이다. 그들은 이지적 현실주의자이기 때문에 자연과 문명 사이의 긴장 관계 속에서 자연을 재신비화하지 않는다. 이들이 이지적 현실주의자들이기 때문에 둘 사이의 긴장 관계가 파생하는 문제에 대해 비판과 사회적 풍자, 현실적 지배 이데올로기에 대한 대항도 가능하다. 이들은 자연에 대한 낭만적 이상화를 거부하고 자연과 문명 간의 긴장을 문제 삼는다. 그들은 자연의 재신화화를 꿈꾸지 않는다. 그러기보다는 훼손된 자연 대상이나 문명의 반생명성, 인간 욕망의 탐식을 보여주기 위해 노력한다.

위의 시에서 불길한 예감으로 휩싸인 숲을 산책하기란 섬뜩한 일이다.
왜냐하면 우리가 언젠가는 만나게 될지도 모를 미래의 상, 불길하고 불순
한 디스토피아의 '예측된 상'이 제시되어 있기 때문이다. 오랜 세월 자연
의 숲은 시인들에게 상상력의 젖줄을 대어준 곳이다. 이러한 숲은 원초적
세계의 복원, 모태로의 회귀 혹은 존재의 중심을 회복하려는 욕망의 시적
이미지로 쓰여 왔다. 그런 의미에서 숲의 이미지는 뿌리 뽑힌 일상인의
삶에 활력을 제공해주는 곳이기도 하다. 그러나 이 시대에 숲과 자연은
우리가 찾아가 편안히 안길 수 있는 곳이기보다는 이미 더럽혀지거나 상
처받은 순결이며, 피 흘린 처녀성으로 존재한다. 그곳의 신성은 오염되었
다. 때문에 숲은 불길하며 공포스럽다. 그러한 원시적 토착 영토의 훼손과
파괴의 실상을 그대로 드러내 보여주는 작품이 위의 시이다. 이 시는 자
연과의 친화와 합일이 주는 기쁨보다는 자연과의 친화나 합일이 불가능하
다는 고립의식이 지배적으로 깔려 있다. 자연은 이제 더 이상 어머니의
품이 아니다. 위의 시는 자연으로의 회귀보다는 그 회귀 불가능성을 통해
서 어떤 불길함을 암시한다. 시인은 원초적 건강성을 상실한 병든 숲, 불
길한 자연의 모습을 역상으로 비추면서 문명과 생태의 문제에 대해 생각
하게 한다.

위의 시는 환경 파괴의 실상을 고발하는 생태주의 시에 가깝다. 자연환

경의 파괴는 인간의 근원적 터전으로서 자연이 지니는 상징적 의미마저도 왜곡·변질시킨다. 자연의 원형적 공간으로서 숲은 병들었고, 병든 몸을 수천수만의 나뭇잎을 풀어 감춘 것이 '여름 숲'이다. 때문에 여름 숲은 그것이 지닌 본래의 생명 이미지를 잃고 불길하고 공포스러운 괴기적 이미지로 변질되어 있다. 자연과의 재결합이 가져다주는 건강한 기쁨보다는 자연과의 합일이 불가능하다는 분리 의식의 시적 정조가 괴기스럽다. 숲을 감싸고도는 음험한 분위기는 그야말로 불길하고 공포스럽다.

숲은 시인에게 이제 더 이상 원형적 공간으로서 우리가 꿈꾸는 시원의 동산이거나 자궁이 아니다. 숲은 자연의 생명, 시원의 신성을 잃고 어둡고 불길한 기억이 내장된 이미지 공간으로 기능한다. 숲은 음습한 기억의 저장고 같다. 산업자본주의의 집약적 상징이 도시문명이라면 숲으로 표상된 자연은 그러한 부정적 현실의 지평 너머에 떠오르는 구원의 자리로서 기능하지 못한다. 그것은 이미 생태적 순환성을 상실하고 죽음을 앞두고 있는 병든 숲이기 때문이다. "몸을 꼿꼿이 세우고" "지상에 단단한 옹벽을 만들고 있"는 "숲 속에는" "메마른 샘터의 갈증"과 "직립의 고통이 있"을 뿐이다. 샘이 지닌 원초적 생명성과 나무의 수직 직립이 지닌 초월적이며 신화적 우주성의 이미지는 상실하고 말았다. 숲은 "병든 몸끼리 부딪쳐 상처난" "옹이의 한숨이 매달려 있"을 뿐이며, "산성비에 절어 썩지 못한 낙엽들이 켜켜이 쌓"여 있을 뿐이다. 숲은 더 이상 우리에게 "별빛에 섞여 깜빡이다 사라지는 반딧불 같은 그리움"을 주는, 우리가 꿈꾸는 원형적 공간일 수 없다. 이제 숲은 "수천 수만의 나뭇잎 풀어" "저를 감추는, 한여름의 숲은 위험"한 지경에 이른 것이다. 이제 숲은 원초적 처녀성을 상실한 채 위험한 지경에 이르게 되었다. 대지에 뿌리를 박고 숲을 이루는 나무들은 전면적 위기 상황에 처하게 되었고, 그것은 강제된 인간 욕망에 의해 생명을 잃고 수직 직립의 초월적 가치를 상실하고 만다. 여기에서 불행하게도 우리는 신성과 초월, 생명이 아닌 죽음의 공포스러운 숲을 비껴 갈 수 없다.

> 새로 난 산길을 따라 나무들이 베어져 있다.
> 이제 겨우 소녀의 종아리 굵기만큼 자란 나무들이다.
> 근육과 핏줄이 잘려나간 동그란 단면마다 잔잔한 파문이 일고 있다.
> 한쪽에는 껍질이 벗겨진 나무들이 차곡차곡 쌓여 있다.
> 강제로 벗겨진 하반신처럼 유난히 희어서 부끄러운 살색이다.
>
> — 김기택, 「어린 나무들」 전문

김기택의 시 「어린 나무들」은 자연을 살해한 범행의 현장 검증에 다름 아니다. 숲은 인간의 채울 길 없는 욕망으로 인하여 산중에 길이 나고, 그 사이로 나무들이 "강제로 벗겨진 하반신처럼" 베어져 있는 풍경이란 가없이 무한한 인간 욕망의 절경을 보여준다. 그런 점에서 이 작품은 자연의 탈신비화 내지는 무한 욕망의 절경에 가깝다. 인간의 욕망에 의해 신성은 문명의 길이 새로 나고, 그것이 숨기고 있는 반생명성에 그 무지막지한 파괴적 속성에 시인은 집중하고 있다.

자연의 재신화화를 꿈꾸는 시가 그런 상황의 현실 조건을 넘어서 결핍으로 가득 찬 지금 이곳의 상황과 대비되는 시공간으로서 시원에 대한 그리움이란 형태로 드러난다면, 자연을 탈신화화하는 시는 자연 파괴의 황폐성을 건조하게 전달한다. 시인은 자연에 귀의해 일치하고자 하는 상상적 욕망보다는 그러한 현실의 실상, 그 무차별적 훼손의 풍경을 그대로 묘사한다. "새로 난 산길을 따라 나무들이 베어져 있"고 그 베어진 나무들은 "겨우 소녀의 종아리 굵기만큼 자란 나무들이다." 베어진 어린 나무가 소녀의 종아리, 그리고 잘려나간 핏줄과 근육, 강제로 벗겨진 소녀의 하반신이란 이미지로 전이하면서 가없는 인간 욕망의 풍경과 그 탐욕이 저지른 끔찍한 자연 파괴의 실상을 보여준다. 인간의 편리와 문명의 전도를 위해 베어진 어린 나무가 '소녀의 종아리'로 치환되면서 인간 욕망의 잔인성은 부각되고, "껍질이 벗겨진 나무들"은 "강제로 벗겨진" 소녀의

'하반신처럼 흰 살색'으로 연상되면서 그 잔혹감은 고조된다. 강제로 벗겨
진 소녀의 하반신이라니! 시인은 어린 나무의 훼손을 통해 자연이 지닌
원시적 처녀성의 상실을 아프게 환기한다. 그래서 이 시는 인간의 욕망과
그 욕망이 쌓아올린 문명의 바벨탑이 감춘 반생명의 층위에서 읽힌다. 인
간의 자연 훼손 그 자체가 아니라 보다 근원적이고 광범위한 부분에서 세
계의 물화와 생명에 대한 위기감으로 읽힌다.

4. 근원의 상실과 희망의 원리

시의 언어는 서정의 언어이고, 시의 서정성은 예술로서의 시의 원형적
자질을 획득하게 하는 원초적 원소이며 질료이다. 서정적 자아의 원형은
자아와 세계가 행복하게 일치하는 동일성에 위치해 있다. 그런데 인간과
인간, 인간과 세계의 동일성은 파괴되고, 억압과 결핍, 혼돈과 분열의 세
계에 시적 자아는 위치해 있다. 그 속에서 삶과 세계를 총체적 질서로 파
악하려는 노력은 좌절될 수밖에 없고, 삶과 세계의 신성성과 초월성은 더
이상 우리 곁에 행복한 표정으로 머물 수 없다. 자아와 세계는 분열되고
과학과 산업에 대한 신앙은 모든 존재를 물화시킨다. 주체와 객체, 자아와
세계가 조화롭게 일치하던 시대의 신성은 더럽혀졌으며, 그러한 문명의
세계에서 서정적 자아는 행복한 표정으로 인간과 세계를 노래할 수 없다.
현대의 서정시란 바로 불협화음의 삶 가운데서 상실된 세계와 행복하게
일치했던 동일성의 세계로 돌아가려는 서정적 자아의 힘겨운 자기반성이
다. 위독한 도시, 자기 생식력과 자기정화 기능을 상실한 문명의 도시를
떠나 푸른 자연에 안기고자 하는 일군의 시인들, 혹은 현대 도시인들이
보여주는 도시 탈출의 심리적 정서가 보여주는 태도는 당연한 일로 받아
들여진다.
그런데 아도르노의 지적처럼 서정시의 내용이 갖는 보편성이란 본질적

으로 사회적인 것이라 할 때, 현대시에 나타난 자연이 종말론적 세계관과 직접적 관련성이 없다손 치더라도 그것은 사회적 현상과의 상관성 아래 파악되어야 한다. 그래야만 단순한 자연 예찬이나 회귀가 아닌 그것을 극복하는 가치의 진정성을 획득할 수 있기 때문이다. 아도르노의 말은 서정시가 주체의 주관적 감성을 직관에 의해 포착하는 순수 언어에 의한다지만 그것은 정치·사회·문화·시대적 정신과 무의식까지도 강력하게 반영한다는 뜻이다. 그러니까 현대시에 나타나는 자연은 단순히 예찬의 대상일 수도 있겠지만, 그보다 자연은 문명이라는 현대의 지배적인 문화와 신화에 대한 반작용으로서의 대응 문화, 혹은 대응 담론으로서의 의미를 지닌다.

한편 동일성의 시학을 지향하면서도 현대시는 디스토피아적 세계관으로 종말을 바라보기도 한다. 현대시는 문명의 한복판에서 그것들과 적극적으로 대결하기도 한다. 현대 시인들의 싸움은 새로운 시작을 꿈꾸는 행위이며, 존재의 거듭남을 모색하는 행위이다. 시인들은 거대 도시문명의 문화논리가 지배하는 공간의 밑자리에 바싹 몸을 감춘 욕망과 그것이 내포한 죽음의 이미지를 본다. 도시의 시인들은 문명에 끊임없이 달라붙어 숨 쉬는 앙상한 죽음의 생생한 이미지를 파헤치는 장례사이다. 시인들이 도시적 삶을 노래한다는 것은 단순히 도시라는 공간적 배경이 시의 제재가 되어서가 아니다. 중요한 것은 현대의 도시에 몸담은 시인들이 도시적 삶을 시로 형상화함으로써 머지않은 미래에 우리에게 닥칠지도 모르는 어떤 종말의 순간을 경계한다는 점이다. 그것은 또한 새로운 시작 또는 삶과 존재의 새로운 거듭남을 모색하는 유토피아적 전망이기도 하다.

현대시의 도시체험 확대와 일상성의 성찰

1. 도시체험의 확대와 일상성의 성찰

자본주의의 발전에 의한 도시적 삶의 양적 팽창은 평균적이며 균일적 일상성으로 현대인의 삶을 변화시켰다. 도시적 일상의 평균적 균일성은 현대적 삶의 근본 특징이다. 대량생산과 도시화, 그리고 대중매체의 발달로 인해 현대인의 삶이 일정한 유형을 반복하게 되면서 일상성은 현대성을 이루는 중요한 개념으로 자리 잡았다. 일상성은 세속적 삶의 속악성과 반복성, 타율성과 범속성으로 인해 미적 범주에서 부정되어 왔던 개념이다. 그러나 자본의 무의식 세계로의 침투가 가속화되는 후기산업사회로 접어들면서 일상성은 현대성을 이해하는 데 중요한 개념이다. 따라서 일상성에 대한 탐구는 전지구화된 자본주의와 이것이 배태한 도시문명의 현대성을 이해하고, 그 상부구조를 이루는 문학을 이해하는 데 일정한 준거틀을 제공해준다.

이런 점에서 벤야민의 「보들레르의 몇 가지 모티브에 대하여」라는 평문은 현대사회에서 시인의 운명을 이해하는 데 유용한 관점을 제시해준다. 그는 보들레르가 군중에 매혹되어 그들 사이를 거닐면서도 동시에 군중과 자신을 격리시키는 이중적 태도를 취함으로써 근대 세계에서 시인의 위치를 상징적으로 암시해준다[1]고 한다. 보들레르와 같이 현대 시인들도 일상의 속악한 세속도시의 한복판에서 삶을 살아가고 있으며, 그로부터 시적 소재를 취하고, 도시적 감수성으로 상상력의 폭을 확장해 나가고 있다. 이러한 일상의 세속세계는 초월성이 거세되고 무의미한 풍요와 화려함만이 현시되는 공간이다. 도시공간은 일상의 무의미함과 권태, 반복과 통속이 압도한다. 그러나 일상성은 우리의 삶과 존재가 현현하는 공간이며 방식이기 때문에 '삶의 구체성'을 이루는 것이기도 하다.

한국 문학에서 '도시가 문제적인 공간으로 떠오르기 시작한 1930년대 이래, 산업사회의 여러 징후들이 본격적으로 나타난 70년대 이후부터 도시는 중요한 문학적 관심사의 하나'[2]로 자리 잡았다. 이것이 80년대 말 후기산업사회에 대한 사회학적 고찰을 동반하면서 이에 대한 비평적 논의[3]가 활발하게 진행되어 왔다. 이는 일상성이 현대성의 구체적인 일면이라는 점에서 중요한 시적 주제가 되었다는 것을 의미한다. 일상성에 대한 시인들의 미시적 관찰과 반성은 삶의 진정성에 이르는 중요한 계기를 제공한다. 왜냐하면 그들은 도시의 삶, 혹은 현대적 삶의 일상을 지배하는 물질과 기호의 현란함에 스며들어 있는 욕망과 미시권력의 작동을 엿보고, 이를 반성적으로 인식하기 때문이다. 그들은 화려한 외관의 세속도시 이면에 숨은 권력, 무의식적으로 강요된 타율성, 비개성적 존재방식을 발견하고 이를 비판적으로 인식한다. 이 같은 측면에서 이 글은 1990년대

---

1) 발터 벤야민, 이태동 역, 「보들레르의 몇 가지 모티브에 대하여」, 『문예비평과 이론』, 문예출판사, 1987, 236~237면 참조.
2) 김준오, 「도시시와 포스트모더니즘」, 『도시시와 해체시』, 문학과비평사, 1993, 117~118면 참조.
3) 대표적으로 오세영의 「80년대 도시시의 위상」(『문학정신』, 1989, 7월호)과 『시운동』(1989, 6월호)에 실린 정한용의 「도시적 삶과 소외」, 장석주의 「새로운 도시의 문법을 위하여」, 하재봉의 「일상적 초월과 도시시」, 김경수의 「시와 일상」, 그리고 구모룡의 「우리 시와 도시 체험」(『현대시세계』, 1990, 6월호) 등의 논의를 들 수 있다.

이후 도시적 일상성을 탐사하면서 지금 여기에 깃든 '현대성의 무의식'[4]에 대한 인식과 성찰을 보여주는 시들을 주목한다. 그리하여 대도시공간의 등장으로 발생한 일상성에 대한 시인들의 미적 체험을 논의한다.

현대시의 중요한 시적 사유 가운데 하나는 도시공간에서 이루어지는 일상성에 대한 성찰이다. 현대시는 일상성에 대해 민감하고도 전위적인 반응을 보여준다. 왜냐하면 현대인의 삶은 대개 이전과는 다른 고도로 발달한 후기산업사회의 도시공간에서 이루어지고 있기 때문이다. 이러한 문화적 환경변화, 즉 "도시화, 또는 도시체험의 증대는 한국 현대사회와 시의 역사적 변화에 주요한 지표로 기능한다."[5] 여기에서 일상성은 가장 중요한 개념 가운데 하나이다. 세속적 삶의 속악성俗惡性을 대표하는 개념으로 일상성은 "희극적 대상이 되거나 시인이 금기시하기까지 하는 소재"[6] 거리에 불과했다. 그것은 낯익고 습관화되어 자동적으로 반복되는 것이며, 그래서 관습적이며 기계적인 삶을 말하는 것이다. 한마디로 현실의 세부로서 세속적 일상성은 미적 대상이 될 수 없는 추하고 무가치한 것으로 부정되어 왔던 것이 사실이다.

그러나 '아우라 경험'[7]의 붕괴와 도시체험의 확대는 자본주의적 일상성을 새롭게 주목하게 한다. 일상성이 지배하는 도시는 사회적 공간, 즉 정치적이며 경제적인 공간이면서 동시에 미적 공간이기도 하다. 우리는 도시에서 일상적 사회생활을 하면서 동시에 미적 체험도 한다. 이러한 미적

---

4) 앙리 르페브르, 박정자 역, 『현대세계의 일상성』, 세계일보사, 1990, 172면 참조.
5) 서준섭, 「한국 현대시와 자본주의」, 『감각의 뒤편』, 문학과지성사, 1995, 186면.
6) 김준오, 「현대시와 일상성」, 『도시시와 해체시』, 문학과비평사, 1993, 24면.
7) 벤야민에게 경험은 언어로 전승되는 인류의 집단적 지혜를 의미하고, 체험은 개인적 지각을 의미한다. 그에게 대도시는 경험이 사라지고 체험이 지배하는 공간이다. 즉 자연의 아우라 경험은 대도시의 발전으로 몰락하고 산업시대의 미적 체험은 불연속적인 도시의 일상적 체험이 주를 이룬다(Graeme Gilloich, *Myth & Metropolis: Walter and the City*, Cambridge; polity, 1996, p.143). 구체적인 내용은 심혜련의 「발터 벤야민의 아우라 개념에 대하여」(『시대와 철학』 제12권 1호, 2001)를 참조 바람.

체험은 탈근대적 도시의 등장 이전에는 없었던 새로운 현상이라 할 수 있다.[8] 특히 "자본주의적 일상성이란 고도로 조직화된 자본과 제도의 힘에 의해 분배되는 시간의 균질성을 중요한 속성으로 삼고 있기 때문에, 한 사회의 욕망과 운명의 표정을 간취할 수 있는 가장 좋은 대상이다."[9] 이 러한 관점에서 이 평문은 현대시의 도시체험 확대와 관련하여 새롭게 부 각되고 있는 일상성에 주목한다. 이 평문은 특히 1990년대 이후 한국 시가 자본주의적 일상성을 어떻게 주목하고 있으며, 그리고 도시체험의 시적 주 체가 이에 대해 어떻게 반응하고 있는가를 조명하고자 한다. 이는 곧 도시 적 일상성을 논의의 중심에 두고, 도시적 일상성에 대한 미적 체험이 어떠 한 양상으로 나타나는가를 밝히는 작업이다. 이로써 도시적 일상성의 시적 스펙트럼을 이해하고 나아가 문학과 인간, 도시적 환경이 보다 나은 미래 학적 전망을 열어가는 토대를 마련하는 것이 이 글의 목적이다.

2. 묵시록적 상상력과 공포의 미학

우리 사회는 농경사회에서 산업사회로, 산업사회에서 정보사회로 급격 하게 변화해 왔다. 농경사회의 환경이 주로 자연이었다면, 산업화 이후 우 리를 둘러싼 환경은 도시이다. 더군다나 후기산업사회로 지칭되는 오늘날 의 고도로 문명화된 대도시의 출현은 현대인의 생활방식은 물론이거니와 정신생활과 지각방식을 질적으로 변화시켰다. 근대문명의 총화로서 도시

---

8) 대도시 등장이 가져온 새로운 미적 체험을 주목한 이가 벤야민이다. 벤야민은 대 도시를 사회적 공간인 동시에 미적 공간으로 보았다. 이에 대한 논의는 비교적 활 발하게 진행되고 있는데, 이진경, 『근대적 주거공간의 탄생』(소명출판사, 2002) ; 주은우, 『시각과 현대성』(한나래, 2003) ; H. R. 야우스, 김경식 옮김, 『미적 현대와 그 이후』(문학동네, 1999) ; 심혜련, 「새로운 놀이 공간으로서의 대도시와 새로운 예술체험」, 『시대와 철학』 제14권 1호(2003)를 참고바람.
9) 유성호, 「일상성에 대한 새로운 시적 비전과 아이러니적 상상력」, 『한국 시의 과잉과 결핍』, 역락, 2005, 72~73면.

는 삶과 정신의 물질적 토대를 이루며 우리의 삶과 정신을 규정한다. 그만큼 도시는 물질적 토대로서, 그리고 삶의 조건으로서 현대적 삶을 지배하는 공간이다. 따라서 도시적 일상성은 삶의 양식과 의식을 반영하고 새로운 미적 체험을 가능케 하는 문제적 양상임에는 틀림없다. 그 가운데 특히 후기산업사회로 대변되는 탈근대의 사회는 급격한 사회변화에 따라 가치의 상실과 일정한 질서를 상실한 묵시록적 상황처럼 보인다. 자본주의의 도시적 문명은 인간을 소외시키고 분열을 낳고 있다. 그 속에 자리한 시적 자아에게 경험되는 세계는 매우 낯선 것이며 혼란스러울 수밖에 없다. 현대시에서 일상의 도시공간은 묵시록적 상황의 집약적 상징으로 나타난다.

> 나는 죽은 꽁치들이 빽빽한 통조림 속에
> 머리를 내밀고 있는 느낌이었다
> 불쾌했다
> 내 안에서 부패가 진행되고 있는 느낌이랄까
> 나는 손을 들어 파리를 쫓았다
> 그 동작이 늪 수렁에 빠져 살려고 버둥거리는
> 허우적거림으로 비쳤을지 모르겠다
> 죽음에 둘러싸여
> 무력했지만 파리 쫓을 힘은 있었다
> 빌딩을 오르내리는 날개 없는 요일들
> 엘리베이터가 올라가고 있었다
> 올라가도 거대한 수렁 속으로 빠져드는 듯
> 함몰과 큰 추락에 대한 공포에 나는 떨고 있었다
>
>   — 최승호, 「엘리베이터 속의 파리」 중에서

휘황찬란한 세속도시의 이면에서 도시문명의 부정적 폐해를 비판적으로 인식하고, 그것을 묵시록적 상상력을 통해 그로테스크하게 표현한 시인이 최승호이다. 위의 인용 시에서처럼 시인이 투시하고 있는 것은 "죽음만이 살아있는" 그로테스크한 일상의 풍경이다. 화자는 엘리베이터라는

도시적 일상의 공간을 불길한 죽음을 내장한 묵시록적 풍경으로 제시한
다. 화자는 일상의 공간 속으로 갑자기 날아든 파리를 통해 일상의 영역
에 내재한 죽음의 불길한 공포를 환기한다. 죽음에 기생해 사는 파리의 기
분 나쁜 이미지는 곧바로 엘리베이터라는 일상의 공간을 죽음의 이미지로
뒤덮어버린다. 즉 파리가 날아들자 그 일상의 공간은 "내 안에서 부패가
진행"되고 있는 "죽은 꽁치들이 빽빽한 통조림 속"이 된다. 죽음의 냄새를
맡고 날아든 파리를 쫓는 동작이 "늪 수렁에 빠져 살려고 버둥거리는" 함
몰의 이미지와 "올라가도 거대한 수렁 속으로 빠져드는" 추락의 공포로 전
도되는 현실은 구원의 가능성을 상실한 묵시록적 세계를 지시한다.

엘리베이터는 수직 상승과 하강이라는 속도로 인해 편리하고 쾌적한
도시적 삶을 보장하는 일상의 소품이다. 이러한 엘리베이터로 상징되는
문명의 도시는 "함몰과 큰 추락에 대한 공포"를 배면에 거느리고 있다.
이와 같은 도시적 일상성에 대한 시적 탐사와 그 안에 드리워진 묵시록적
분위기는 자본주의적 물신화가 필연적으로 가져온 결과라 할 수 있다. 후
기산업사회로 지칭되는 90년대 이후 서정시에서 도시적 '일상성의 강화는
전시대를 이끌어 왔던 거대이론의 붕괴가 초래한 필연적 결과'10)이다. 이
러한 묵시록적 세계 인식은 전망의 부재와 파국에의 불길한 공포적 예감
으로 나타나며, 따라서 도시체험의 묵시록적 상상력은 문명비판적 성찰을
보여주는 것이기도 하다.

> 육교의 검은 철근에 매달려
> 다리를 버둥거리던 너,
> 깨진 블록처럼 투덜거리며 침을 뱉고
> 찌그러진 태양의 헬멧을
> 다시 눌러 쓴다.
> 금이 간 두 눈을 깜박일 때마다
> 황색과 초록의 틈새로 흰 먼지의 불꽃이 피어나고

---

10) 남진우, 「묵시록적 시대의 글쓰기」, 『신성한 숲』, 민음사, 1995, 56면 참조.

검은 원숭이떼 자욱하게 몰려간다.

— 이기성, 「1호선」 중에서

이 시는 지하철을 소재로 문명의 디스토피아적 전망, 즉 문명의 처참한 몰골을 음산하게 그려내고 있다. 지하철은 도시적 삶의 공간이동을 가능케 하는 주요 수단이다. 지하철은 아파트나 백화점, 자동차와 같이 없어서는 안 될 도시적 일상의 중요한 세목이다. 그것은 공간이동을 보장하는 물질적 조건이면서, 동시에 도시적 삶과 경험의 기본적인 국면을 이루는 지배소이다. 화자는 문명의 최첨단에서 문명의 잔해, 거대한 욕망의 탐식이 내뱉은 폐허의 부산물을 보고 있다. 인간의 욕망은 과부하에 걸려 "과열된 퓨즈처럼 녹아내리"고, "육교의 검은 철근에 매달려/다리를 버둥거리"는 지하철 1호선에서 화자는 문명의 디스토피아를 본다. 도시는 '악몽 속의 풍경'과 흡사하고, 그 속에 존재하는 인간 군상은 "검은 원숭이떼"에 불과하다. 그곳에서 태양은 "휘어진 고압선 너머로 쿨룩" "기침을 하며" 떠오르고, "세상은 온통" "탄식처럼 거리를 점령한 원숭이떼"의 "벌건 엉덩짝처럼 타오"른다. 이것은 다시 환경오염과 인간성 마멸 등속의 우리 주변에 상존하는 문명의 부정적 이미지들과 어울리면서 침울한 악몽 속의 풍경을 연출한다. 보들레르의 '대낮에도 유령이 행인들을 붙드는' 망령의 도시처럼, 이 시에 그려진 도시도 "검은 원숭이떼"가 사방에서 "킥킥거리며 튀어나"오고 "자욱하게 몰려"가는 '유령'의 도시와 같다.

후기산업사회의 도시적 일상에 대한 미적 체험은 이처럼 묵시록적이다. 도시문명과 일상성에 대한 묵시록적 인식은 도시체험의 한 양상이며, 이것은 그러한 묵시록적 세계에 대한 대결의 한 방식이면서 일상을 이해하는 한 방식이다. 시인들이 도시적 일상성을 탐구한다는 것은 단순히 도시라는 공간적 배경이 시의 제재가 되어서가 아니다. 중요한 것은 도시적 일상성을 시로 형상화함으로써 그것이 은폐하고 있는 공포와 폭력을 경계

한다는 점이다. 따라서 묵시록적 상상력은 존재의 불안과 공포, 자아와 세계의 분열, 소외와 상실을 경험하고 확인하는 것이며, 이를 통해 현대문명의 착락적인 흥분과 소외, 공포와 불안의 세계를 반성적으로 성찰하는 것이기도 하다. 왜냐하면 묵시록적 상상력은 다양한 시간의 범주들이 일으키는 무정형의 혼돈을 감지하고 맞서려는 인간의 근본적인 보편적 욕구에 의한 것이기 때문이다.

3. 반복의 신화와 가능성의 균등화

근대도시란 합리주의 정신을 바탕으로 한 근대문명의 소산이다. "근대도시의 출현은 사회학적으로 인간의 소외를 의미하지만 문학적으로는 생활방식과 문학적 감수성의 변모에 따른 새로운 형태의 글쓰기를 뜻한다."[11] 도시에 거주하는 시인들의 미학적 자의식의 형태는 모더니즘이란 이름으로 한국 문학에서 널리 다루어온 주제이다. 특히 후기산업사회라는 변화된 물질적 기반과 고도로 문명화된 도시에서 생성된 시의 인식구조는 대체로 "고독과 소외, 꿈, 개인주의적 경향, 비인간화 또는 통합된 개인의 붕괴"[12] 등의 속성을 내포하고 있다. 시인들은 왜곡된 도시적 삶의 비인간적 양상을 있는 그대로 드러냄으로써 도시적 일상을 해부하고자 한다. 이러한 시적 욕망은 도시적 일상을 재현하고 아울러 도시적 삶의 불모성을 집요하게 천착해 들어가 그것의 정당성과 절대성을 전복시키고자 하는 것이다.

남자 앞의 남자가 신문을 보고 여자 옆의 여자가 책을 읽는다. 뜨거운 이야기의 마을에 이른다. 이야기가 끝나면 주인공이 타오르는 그런 마을. 하나둘 셋 둘둘 셋 박자를 맞추어 남자들이 다시 잠이 들었다. 여자들 때때로 방향을 바꾸었다.

---

11) 서준섭, 「모더니즘과 문학의 신비화」, 『감각의 뒤편』, 문학과지성사, 1995, 121면.
12) 서준섭, 위의 책, 142면.

> 가방이 미끄러지고 치마 속이 드러나고 지갑은 주인을 잃지만 꼬리에 꼬리를
> 물고 열차가 달리고 얼굴을 바꾸어갔다 남자들이 내리고 여자들이 내리고 하나
> 둘 셋 둘둘 셋 박자를 맞추어 걸었다 나는 분명히 직각으로 어깨를 세우고
>
> — 이근화, 「지하로 달리는 사람들」 중에서

　일상의 신화에 내재하는 반복과 평균율은 비개성적 방식으로 일상인의 존재를 규정한다. 위의 작품은 일상적으로 주어진 친근한 환경 속에서 자기의 고유한 '현존재'가 타자라는 존재양식으로 분열되는 상황을 그리고 있다. 하이데거는 일상의 평균율 속에서 자기 자신은 없고 타자의 의향이 현존재의 모든 존재 가능성을 임의대로 조정하는 경우를 '존재 가능성의 균등화'[13]로 보았다. 존재 가능성의 균등화는 획일성 혹은 균일성으로서 일상성의 존재양식을 규정한다. 이때 개인은 완전히 무화되어 타자에 귀속되고 주체로서의 '나'는 사라진다. 그런데 중요한 것은 타자의 지배는 눈에 띄지 않고, 타율성은 이미 뜻하지 않게 '나'에게 떠맡겨져 있다는 것이다. 이런 점에서 이 시는 가능성의 균등화라는 일상적 세인世人의 실존적 성격을 잘 드러내고 있다.

　화자는 "가방이 미끄러지고 치마 속이 드러나고" 지갑을 잃는 지극히 일상적인 지하철 속에서 타자를 관찰하고 타자화되어버린 자기 자신을 발견한다. 시적 주체는 일상적 생활 세계의 관찰을 통해서 부지불식간에 타자화된 자신을 발견하는 셈인데, 거기에는 '나'는 없고 나의 의식과 행동을 지배하는 평균율의 반복만이 존재한다. 화자인 '나'는 "남자 앞의 남자가 신문을 보고 여자 옆의 여자가 책을 읽"고, "하나둘 셋 둘둘 셋 박자를 맞추어 남자들이 다시 잠이 들"고, "여자들 때때로 방향을 바꾸"고, "꼬리에 꼬리를 물고 열차가 달리고", 반복되는 리듬에 "박자를 맞추어" 걷는 일상적 풍경을 통해 비개성적 존재방식으로서의 일상성을 강화한다.

---

13) 마르틴 하이데거, 전양범 옮김, 『존재와 시간』, 시간과공간사, 1992, 180~185
　　면 참조.

시적 화자인 '나' 역시 예외는 아니어서 끝까지 "직각으로 어깨를 세우고" 있다. "직각으로 어깨를 세"운 기계적 경직성이 바로 일상이다. 화자는 이렇게 균등화된 일상 세계를 통사구문의 병행과 어휘 및 음절 반복을 통해서도 의미론적 효과를 거두고 있다. 즉 문법적 병행 구조를 전경화 하여 시적 분위기와 정조를 창출하고, 화자가 전달하고자 하는 일상성이 내포한 가능성의 균등화라는 의미를 강화한다.

> 지하철 신도림 역에 내리면
> 화살들이 정신없이 쏟아진다
>
> 계단을 올라가라
> 옆으로 돌아가라
> … 중략 …
> 치약은 저 거다
> 여기가 최고다
> 발 밑을 조심하라
>
> 화살에 맞고도
> 그 많은 사람들이
> 피 한 방울 흘리지 않은 채
> 잘 살아가고 있다
>
> — 신미균, 「화살표」 중에서

  인용 시는 도시적 일상생활에 대한 시적 보고에 가깝다. 화자는 이 보고를 통해서 일상의 무의식을 지배하고 조종하는 이데올로기에 대한 탐색을 보여준다. 화자는 도시적 삶의 일상적 사실에 접근해 반복되는 경험의 타율성과 속악성을 전경화한다. 일상의 세부는 볼품없고 추하다. 그것은 인습적이고 기계적이며 자동적이다. 그러나 이러한 일상성은 소비자본주의 사회로 명명되는 오늘날 "사회를 알기 위한 실마리"[14]를 제공해주는 것이기도 하다. 이 시는 '화살표'로 상징되는 강제된 욕망과 물신적 이데올로기에 대한 반성으로 읽힌다. 화자는 '화살표'를 통해 타인과 똑같이 인식하고 똑같은 틀에서 똑같은 견해를 갖고 똑같은 행동을 하도록 요구하는 도시적 삶의 균일성과 비자율성, 그 억압적이며 획일적인 이데올로기를 비판한다.

도시의 일상적 삶에 강제된 획일성은 '현대성의 무의식'이라는 명제를 드러내는 본보기이다. 강제된 획일성과 타율성은 도시적 문명의 삶이 요구하는 것이며, 그것을 강제하고 조장하는 것 가운데 하나가 "치약은 저 거다" "여기가 최고다"라고 지시하는 상품미학의 이데올로기이다. 인간의 자유로운 사유와 행동을 억압하는 '화살표'는 도시적 삶을 획일화하는 강제적 명령의 기호이다. 그것은 질서와 편리라는 이름으로 일상인을 지배하고 억압한다. 화자는 도시의 일상성이 품고 있는 강제성, 즉 화살표의 지시적 명령에 조종되는 현실을 반성한다. 화살표가 상징하는 편리와 합리, 그리고 현실원칙과 질서는 인간의 욕망을 조절하고 금기하는 규칙이다. 화자는 이러한 도시적 삶과 일상에 내재한 도구화되고 획일화된 타율성에 대해 비판한다. 그러한 비판은 현실의 맹목적 상태에 대한 시적 반성이다. 그러니까 "화살에 맞고도/그 많은 사람들이/피 한 방울 흘리지 않은 채/잘 살아가고 있"는 무반성적 보행, 즉 '현대성의 무의식'에 대한 반성적 성찰이다.

도시적 일상의 신화를 해부하는 이와 같은 미적 인식은 현대성의 무의식에 대한 비판이라는 의미를 지닌다. 문제적인 것은 시인들이 단순히 도시라는 공간적 배경을 제재로 삼아서가 아니라, 도시문명이 안고 있는 비개성적 존재방식의 표현이다. 시인들은 가능성이 균등화된 도시적 삶을 형상화함으로써 일상이 내재하고 있는 어떤 불길한 운명을 예감하고, 그것을 경계하고 그러한 삶을 반성적으로 성찰하고자 한다. 그런 점에서 그들의 시는 일상의 리얼리즘이면서 동시에 현실의 구체적 반영이라는 의미를 지닌다. 이는 또한 균등화된 일상적 현실을 직시하고 그것을 넘어 새

---

14) 앙리 르페브르, 박정자 역, 앞의 책, 63면.

로운 현실을 전망하고자 하는 의지적 노력이다.

4. 욕망의 생태와 환幻의 세계

아우라가 사라진 사회현실에서 기호와 이미지 가치가 지배하는 소비사
회의 풍경은 익숙한 것이다. 상품의 효용성이나 사용가치보다는 기호와
이미지 자체의 상징가치가 우세한 소비사회의 현실에서 일상인의 욕망은
화려하고 풍요로운 물신의 매혹에 무력하다. 지시대상과 분리된 채 부유
하는 현란한 기표들의 매혹, 풍요와 행복의 고혹적인 공격으로부터 현대
인의 욕망은 무력하다. 우리의 현실은 "소비가 생활 전체를 사로잡고 있
으며" 소비를 위해서 "환경은 전면적으로 조절되고 정비되어"15) 있다. 이
와 같이 잘 정비되고 조절된 소비의 도시에서 일상인은 삶을 꾸리고, 그
경험세계 속에서 살아간다. 지시대상을 잃은 떠도는 기표의 현란한 이미
지들은 우리들에게 자유와 행복, 풍요와 유토피아의 황금시대에 대한 환
상을 심어준다. 그것들은 기표가 기표를 낳고 또 낳는 자기증식을 거듭하
며 욕망을 조작한다. 도시의 시인들은 이러한 소비도시의 물질과 패션, 기
호의 풍요로움과 현란함에 깃든 욕망의 확대 재생산과 미시권력의 작동을
바라보며 이를 비판적으로 사유한다.

> 나뭇가지에서 마른 잎들 떨어져
> 부랑아처럼 뒹굴고 쓰레기통 걷어차며
> 분통 터뜨리는 어둠 속 악다구니에서
> 오래된 종자의 힘이 느껴진다
> 극장 입구 무리 지어 걸어 나오는 유령들
> 소실점처럼 아득히 꺼진 눈빛으로
> 담배를 피우며 이미지에 취해

---

15) 장 보드리야르, 이상율 옮김, 『소비의 사회』, 문예출판사, 1991, 18면.

맥 빠진 몸을 흐느적흐느적 저으며
3을 향해 가고 있다

— 장경린, 「재개발지역 2」 중에서

인용 시에서 화자는 효용성이 다해 재개발을 앞둔 지역의 황량함에서 새로운 욕망의 재창출을 본다. 재개발이라는 욕망 충족의 확대 재생산을 위해 이제는 "사용할 수 없게"된 지역에서 화자는 "이미지에 취해" 인간의 욕망이 끊임없이 확대 재생산되는 순환의 고리를 보는 것이다. 화자는 한계효용이 체감하고 욕망의 한계충족이 체감함에 따라 욕망이 더욱 새롭게 확대 재생산되는 것을 본다. 마치 "속에 무엇인가 꽉 차서/텅 비어 보이는 9"처럼 인간의 욕망이란 충족될 수 없는 결핍된 것이기에 끊임없이 새롭게 재개발해야 하는 욕망의 순환을 보여주는 것이다. 화자는 끊임없이 욕망의 결핍을 촉발할 수밖에 없는 과정을 '재개발 지역'을 통해서 보는 것이다.

욕망 충족의 순환에 비례해서 그 충족의 가치율은 갈수록 하락할 수밖에 없다. 화자는 이러한 결핍과 충족의 순환 고리가 단축되는 욕망의 생태를 비감하게 조망한다. 화자는 "꽉 차서/텅 비어 보이는" 것에서 낡은 욕망의 폐기와 새로운 욕망의 확대 재생산을 본다. 화자가 바라보는 '재개발지역'은 꽉 차서 텅 빈 '9'이며, 그 거리는 "마른 잎들"이 떨어져 "부랑아처럼 뒹굴고" "어둠 속 악다구니에서" 사람들이 "쓰레기통 걷어차"는 삭막하고 황폐한 곳이다. 그 속에서 사람들은 '9'처럼 꽉 찼지만 텅 비어 있는 결핍의 풍요와 환幻에 취한 '유령'이다. 그들은 속이 텅 빈 풍요와 거짓 욕망으로 "이미지에 취해" "소실점처럼 아득히 꺼"져 간다. 화자는 이것을 "이미지에 취"한 환의 현실로 인식한다. 그것은 결국 부정되어야 할 세계이며, 그 속에 매몰되어 의식을 마비당한 채 그것이 거짓된 세계인 것조차 망각하고 있는 인간의 모습을 역설적으로 드러내는 것이다. 결국 화자가 도시의 '재개발지역'에서 발견한 것은 "이미지에 취해" 의식을

마비당한 채 환의 세계에 함몰되어 있는 인간과 조작된 욕망으로 이루어
진 허상의 세계이다.

무엇이든 입속으로 들어오면
무조건 빨고 깨물고 질겅대는 당신의
무의식에 시동을 건 나는
이제 당신이 기계적으로 씹는 대로 씹히면서
황홀한 자본의 오르가슴을 향해 치닫는
단물 빠진 질기디 질긴 창녀가 다 되었다
결코 삼킬 수 없는 그 천박성 때문에
아니, 나도 당신의 그 캄캄한
욕망의 목울대를 넘볼 용의는 없지만,
말로 오입하듯이 수다와 잡담의 대용으로 즐기다가
射精하듯 퉤, 뱉어버리는 일을 두고
그 어떤 짐승은 기분 나쁘다는 듯이

— 이덕규, 「자일리톨 껌」 중에서

　이덕규의 시는 감각적인 언어적 기교와 성적 상상력을 통해 상품이 주
는 매혹과 쾌락을 도발적으로 보여준다. 화자는 조작된 욕망의 세계에서
"황홀한 자본의 오르가슴"을 경험한다. 그는 우리가 일상에서 무의식적으
로 흔하게 구매하여 씹는 '자일리톨 껌'의 일회적이며 천박한 속성을 통
해 자본의 상품논리와 거기에 무반성적으로 사로잡힌 욕망의 모습을 가감
없이 드러낸다. 그것은 자본주의의 상품논리와 상업적 책략이 감춘 허구
성을 드러내는 것이며, 체제의 문법이 갖는 천박성을 폭로하는 것이다. 화
자는 이 시의 이러한 의미 자질을 일상에 편재한 무의식적 욕망에서 길어
올린다. 욕망의 생태를 통해 화자는 인간의 탐욕적인 실존을 확인하고 자
본의 상업적 책략, 그 "현란한 혀굴림에 놀아나"는 무의적 욕망의 작동을
냉소적으로 성찰한다.
　껌을 씹는 행위는 무의식적 행위이다. 그런데 화자는 그러한 무의식적

행위를 특수화함으로써 그 행위의 부정성을 환기한다. 문제는 이러한 상품의 무의식적 소비가 내포한 부정성 자체가 아니다. 이 시가 겨냥하고 있는 것은 그것에 길들여져 도취된 의식과 그 상업적 책략에 점령된 무의식적 욕망, 그것에 의한 소비 행태의 일차원성이다. 이 시의 문제성은 입 속에 껌을 넣고 씹는 무의식적이며 '기계적'인 반복 행위와 성적 욕망의 '오르가슴'을 연상해 겹쳐 놓는 데 있다. "자일리톨 껌"이라는 상품이 자동적으로 환기하는 일정한 연상작용과 성적 행위를 겹쳐 놓음으로써 자본주의 체제 속에 길들여진 관성화되고 습관화된 우리의 의식을 깨닫게 하는 것이다. 화자는 물신의 욕망에 대한 독특한 독법을 통해 상품이 강제하는 타율성과 그 상품이 유포한 욕망의 질서 속에서 맹목의 상태를 반성하지 않는 의식을 반성한다. 화자는 무엇인가를 계속하여 소비하지 않고서는 못 배기는 도시적 일상의 욕망을 굴절해 보여줌으로써 그것의 절대성과 환상을 전복한다.

　도시적 삶과 자본의 상품 논리가 유포한 왜곡된 욕망에 대한 이러한 인식은 비단 이들 시만이 갖는 독특한 것은 아니다. 자본주의 도시문명과 상품의 논리에 마비된 의식과 왜곡된 욕망에 대한 시적 독해는 오늘의 시인들에게 폭넓게 수용되고 있는 실정이다. 이러한 시적 인식과 성과는 80년대 이후 많은 시인들이 가졌던 시적 성과와 더불어 있으며, 이제 그것은 현대 시인들에게 보편화되었다. 온갖 이미지와 기호가 인간의 욕망을 지배하고 억압하는 한복판에서 시인들은 거기에 몸담고 언어를 무기로 대결한다.

5. 물신체험과 소외의 수사학

　자본주의적 삶의 양식에서 상가나 백화점은 물질적 쾌락을 보장하는 조건이며, 도시체험의 기본적 국면이다. 자본주의 상품미학의 전시장인 거리나 백화점은 새로운 미적 체험을 가능하게 하는 공간이다. 그래서 이들

공간은 도시적 삶의 풍요로움과 물질적 풍요의 신화를 보장해주는 기호로 작용한다. 그러나 벤야민의 분석처럼 도시공간에서의 미적 체험의 주체는 상품의 황홀한 유혹에 매혹당하면서도 그 상품의 매혹을 비판적으로 인식하는 양가적인 자이다.[16] 상품에 대한 매혹이야말로 "대중의 참다운 모습을 포착하는 것이며, 동시에 그 대중을 사로잡는 일상에 있어서의 권력을 붙잡아내는 것"[17]이다. 따라서 도시체험의 확대에 따른 일상성에 대한 탐사와 복원은 왜곡된 현대성으로부터 삶의 진정성을 찾는 일에 부응하는 것이다.

> 눈여겨 보지 마. 난 아무 것도 감추지 않았어. 유통기한 지난 젤리처럼 아무도 모르게 상해가고 있을 뿐이야. 나를 좇아 다니는 CC-TV도 이제 그만 꺼줘. 언제부터 이 쇼핑몰을 맴돌고 있는 건지 나도 잊어버렸어. 퓨즈가 나가버린 머리를 달고 나 고장난 장난감처럼 같은 곳만 맴돌고 있어. …중략… 쇼핑몰의 여자들은 이제 집으로 돌려보내고 매장 안에도 다른 음악을 틀어 봐. 도돌이표 가득한 네 소절 단음, 이제 더 이상 밟을 스텝도 없어.
>
> — 김경인, 「쇼핑몰의 여자」 중에서

도시에서 쇼핑몰은 지배적인 일상의 세목이다. 그것은 소비의 쾌감을 보장하고 욕망을 실현할 수 있는 물질적 조건이며, 욕망을 실현하는 공간이다. '소비자본주의'라고 부르는 사회형태에서 소비의 조합된 양식에 의해 인간 생활이 연쇄됨은 물론 욕망의 충족에 이르는 확실한 통로를 발견하게 된 것이다. 소비 창출의 욕망 조작 메커니즘은 일상생활의 그물망과 더불어 잘 조직되어 있다. 그 대표적 공간이 백화점과 같은 현대적 쇼핑몰이다. 그곳에서 사람들은 "소비활동의 종합을 실현"한다. 그 "소비활동의 대개는 쇼핑"[18]이다. 그 공간은 심리조작의 그물망으로 이루어져 있으

---

16) 발터 벤야민, 이태동 역, 앞의 책, 237면 참조.
17) 신범순, 「유하의 거리 풍경과 게으른 산책가」, 『글쓰기의 최저 낙원』, 문학과 지성사, 1993, 291면.
18) 장 보드리야르, 이상률 옮김, 앞의 책, 16~18면 참조.

며, 그 그물에 포획된 일상인의 생활은 자유롭지 못하다.

　김경인의 시는 이와 같은 거대한 쇼핑몰에 감금된 "쇼핑몰의 여자"를 통해 현실 소비사회의 극단적인 초상을 제시하고 있다. 화자는 "쇼핑몰의 여자"와 진열된 '마네킹'을 자기 자신과 동일시한다. 그녀는 진열대 위의 마네킹처럼 "언제부터 이 쇼핑몰을 맴돌고 있는 건지" 잊어버렸으며, "퓨즈가 나가버린 머리를 달고 나"는 "고장난 장난감처럼 같은 곳만 맴돌고 있"는 것이다. 화자에게 주체적 보행은 허락되지 않는다. 쇼핑몰의 소비적 충동과 달콤한 유혹은 거부할 수 없는 거대한 중력으로 작용한다. 왜냐하면 그곳은 소비의 감옥이며 "더 이상 밟을 스텝"이 허용되지 않는 "도돌이표"로 반복되는 일상이기 때문이다. 그곳은 "가도 가도 출구가 안 보이는" 미로이며 감옥이다.

　화자는 쇼핑몰은 일상생활의 주재자가 되었고, 그곳에서의 인간은 몰주체적이며 비개성적임을 환기한다. 화자는 쇼핑몰이라는 풍요로운 신전 안에서 자기 자신을 비롯한 일상인들이 주체적 개성을 거세당한 채 감금된 상황을 비극적으로 보여준다. 시인이 보기에는 쇼핑몰이라는 그 풍요로운 신전 안에서 어떠한 일상인도 예의 물신의 무릎 아래 엎드린 노예와 같은 것이다. 그 신전 앞에서 일상적 삶은 가혹하고 그 늪은 측정할 수 없는 깊이로 욕망의 끈을 잡아끈다. 그 안에서 인간의 주체성은 보장할 수 없다. 다만 마네킹과 같이 화려한 패션으로 치장한 허상만 있을 뿐이다. 그래서 일상은 일상적이지 않으며 불길하고 불순하다.

　　　나에게 필요한 건 따뜻한 포옹과 빛나는 웃음이다. 강철과 유리로 지어진 냉정한 빌딩을 긴 칼로 내리치자 유리창이 깨어지고 노래가 튀어 나왔다. 끈적끈적한 리듬과 따뜻한 음색이 목을 휘감았고 뜨거운 눈물이 목을 타고 내렸다. …중략… 옆을 봐도 사람의 노래는 없었고 뒤를 보아도 사람의 온기溫氣는 어디에도 없었다. 앞에는 노래하지 않는 또다른 철골과 유리창의 빌딩이 버티고 서 있었다. '악' 하고 소리를 쳐보지만 메아리마저 화살이 되어 되돌아와 심장에 꽂힌다. 벚꽃잎들이 곱게 깔려진 골방 안에서 벽을 보고 돌아앉아 나는 모래보다 작은 점으로 변해간다.

— 김경수, 「화가 뭉크의 고백 1─도시인의 절규」 중에서

거대한 도시 안에서 일상인은 철저하게 왜곡되고 조작된 욕망에 시달리게 된다. 위의 작품에서 화자는 도시공간에 갇혀 자기를 상실한 자아를 발견하고 절규하고 있다. 이 작품은 표현주의 화가 에드발트 뭉크의 그림 「비명」에서 착안한 듯하다. 뭉크의 그림이 그렇듯이 이 시도 우리에게 어떤 불길한 공포감을 불러일으킨다. 그 공포는 '악몽 속의 풍경'에 다름 아니다. 뭉크가 이 그림에서 표현하고 있는 자아의 불안과 공포를 시인은 그의 시에 그대로 전사시켜 놓고 있다. 시의 부제가 말하고 있듯이 빌딩 숲에 갇힌 "도시인의 절규"를, 그 심리적 공황을 묘사하고 있다. 뭉크의 그림은 극도의 자기 소외와 공포·불안 등을 표현했다면, 이 시도 마찬가지로 공포와 불안을 현대화된 도시공간을 통해 표현한 것이다. 즉 화자는 위기에 처한 자아 정체성의 극단적인 경우를 표현하고 있는 것이다.

화자는 "강철과 유리로 지어진 냉정한 빌딩"의 도시에서 "따뜻한 포옹과 빛나는 웃음"을 바라지만 "사람의 온기溫氣는 어디에도 없"는 비정함을 노래한다. 화자는 "철골과 유리창의 빌딩"에 갇힌 자아를 발견하고는 "'악'하고 소리를 쳐보지만 메아리마저 화살이 되어 되돌아와 심장에 꽂"히는 공포를 경험한다. 그러한 심리적 경험에 의하여 화자는 "나는 모래보다 작은 점으로 변해간다." 이와 같은 자아의 상실과 왜소화는 도시적 삶의 고독과 소외의 경험으로 볼 수 있다. "골방 안에서 벽을 보고 돌아앉아 나는 모래보다 작은 점으로 변해간다"는 진술에서 알 수 있듯이 화자가 느끼는 불안감은 소외와 공포이다. 화자는 "따뜻한 포옹과 빛나는 웃음"을 희망하지만 그 희망을 받아들이기에 빌딩의 철골은 너무 강하며, 유리창은 반사의 빛이 너무 세다. 그 불모성에 화자는 경악한다.

한 시인에게 비인간화와 물신주의의 세계에서 느끼는 소외감은 존재를

자각하는 동인으로 작용하기도 한다. 인간성을 자각케 하는 소외감은 그렇기 때문에 물신화된 세계에 대한 저항의 양식으로 자리한다. 그것은 자본주의 상품 논리와 이데올로기에 길들여진 존재이기를 거부하고 물질적 동물이기를 거부하는 도시적 삶의 감수성이다. 이렇게 볼 때 산업자본주의 사회에서 부정성은 예술의 한 전형을 이루는 것이다. 예술은 현실세계의 부정적 인식을 보여주는 대표적 모델로서, 이 부정성은 산업사회의 비인간적인 물신화와 문명에 대한 맹목적 신앙에 대한 인간적 자각이며 저항이다.

6. 일상의 신화화와 탈신화화

도시적 일상성은 현대적 삶의 근본적 특징이다. 이 글은 도시체험의 확대와 일상성에 대한 미적 인식이 현대시에서 어떠한 양상으로 나타나는가를 살폈다. 지금까지 다룬 주제들은 특히 90년대 이후 지금까지 주요한 시적 관심사로 기능하고 있으며, 이와 같은 일상성에 대한 시인들의 반응은 다양한 양상으로 나타난다. 일상성은 다름 아닌 도시공간의 일반적 생활방식의 핵심적 준거틀이다. 따라서 일상성은 오늘날 '사회를 알기 위한 실마리'로서 이에 대한 미시적 접근과 해석의 필요성이 제기된다. 이러한 관점에서 일상성에 대한 시적 관심과 미적 반응이 갖는 의미는 크게 보아 묵시록적 상상력과 공포의 미학, 반복의 신화와 가능성의 균등화, 욕망의 생태와 환幻의 세계, 물신의 체험과 인간소외라는 내용종목으로 추려볼 수 있다. 그런데 사실 이와 같은 주제들은 서로 떨어져 무관한 것이 아니라 서로 밀접하게 연관되어 있다.

시인들이 인식하는 후기산업사회의 도시적 일상에 대한 미적 체험은 지극히 부정적이며 비판적이다. 도시문명과 일상성에 대한 부정적 인식은 도시체험의 한 양상이며, 그것은 시적 주체가 세계와 대결하는 한 방식이면서, 동시에 일상을 이해하는 한 방식이다. 왜냐하면 부정적 상상력은 다양한 시간의 범주들이 일으키는 무정형의 혼돈을 감지하고 맞서려는 인간의 보편적 욕구에 의한 것이며, 이를 통해 새로운 전망을 내다보고자 하는 행위이기 때문이다. 따라서 지금까지 주목한 일상성에 대한 부정적 사유는 존재의 불안과 공포, 자아와 세계의 분열, 소외와 상실을 경험하고 확인하는 것이며, 이를 통해 현대문명을 반성적으로 성찰하고, 또 다른 관계의 모색과 전망을 내다보는 행위라 할 수 있다.

도시적 일상의 신화에 대한 미적 인식은 현대성의 무의식에 대한 비판적 의미를 지니는 것이다. 문제는 현대 시인들이 단순히 도시라는 공간적 배경을 제재로 삼아서가 아니라, 도시문명과 일상의 생태학이 안고 있는 묵시록적 위기감을 표현하는 데 있다. 시인들은 도시적 삶을 형상화함으로써 일상의 신화에 내포한 불길한 운명을 예감하고, 그것을 반성적으로 성찰하고자 한다. 그런 점에서 현대시의 일상의 신화에 대한 재현과 해부는 현실의 구체적 반영이라는 의미를 지닌다.

결국 한 시인에게 비인간화와 물신주의의 세계에서 느끼는 소외감은 존재를 자각하는 동인으로 작용하기도 한다. 인간성을 자각케 하는 소외감은 그렇기 때문에 물신화된 세계에 대한 저항의 양식으로 자리한다. 그것은 자본주의 상품 논리와 이데올로기에 길들여진 존재이기를 거부하고 물질적 동물이기를 거부하는 도시적 삶의 감수성이다. 이렇게 볼 때 산업자본주의 사회에서 부정성은 예술의 한 전형을 이루는 것이다. 예술은 현실세계의 부정적 인식을 보여주는 대표적 모델로서, 이 부정성은 산업사회의 비인간적인 물신화와 문명에 대한 맹목적 신앙에 대한 인간적 자각이며 저항으로 볼 수 있다.

제2장

불온한 정신과 성찰적 사유

부정의 정신과 '날이미지'의 시

— 오규원론

1. 부정의 정신과 언어탐구

오규원은 시적 방법론에 민감한 자의식을 가진 시인이다. 그는 자신의 시론을 치밀하게 구축하였고, 그에 입각하여 시를 썼으며, 그에 따라 시적 성취를 이룬 시인이다. 그는 철저하게 시적 방법론을 앞세우고 그것을 실천하는 작업으로 시를 썼다. 그는 창작과 병행하여 여러 편의 시론적 성격의 글을 발표하였는데, 이것은 시 창작에 있어서 하나의 방법론으로 기능한다.[1] 오규원의 시세계에서 시의 변화란 시적 방법론의 변화에 다름 아니며, 시는 곧 그가 내세웠던 시적 방법론의 실천적 산물이라 해도 지나치지 않다. 따라서 오규원 시의 세계를 분석하고 이해하는 데 있어서 창작 방법론이라는 형식을 통해 해명하는 것은 중요한 접근법이라 할 수 있다. 왜냐하면 방법은 단순히 시인의 내면을 드러내는 장식이 아니라, 시인이 세계와 교섭하고 세계를 반영하는 방식이며 내용이기 때문이다.

---

[1] 오규원의 시적 방법론은 『현실과 극기』(문학과지성사, 1976), 『언어와 삶』(문학과지성사, 1983), 『가슴이 붉은 딱새』(문학동네, 1996), 『날이미지와 시』(문학과지성사, 2005)에서 확인할 수 있다.

오규원이 추구하였던 시적 방법론은 언어와 존재에 대한 문제에 집중된다. 그가 첫 시집 『분명한 사건』(1971)에서 마지막 시집 『새와 나무와 새똥 그리고 돌멩이』(2005)에 이르기까지 모두 아홉 권의 시집을 상재하면서 언어에 대한 문제를 한번도 소홀히 한 적은 없다. 그의 시적 방법론은 현실이나 삶의 문제를 배제하고 대상을 투명하게 인식하고자 하는 입장에서 출발하여, 대상을 새롭게 인식하고자 하는 해석의 측면에 대한 관심을 거쳐, 궁극적으로 "개념화되거나 사변화되기 이전의 의미", 즉 사물의 살아 있는 "'날[生]이미지'"[2]를 포착하려는 현상시학에 이르게 된다. 그의 시세계는 이와 같은 시적 방법론의 추이에 상응한다. 이 과정에서 낡은 관념의 "관습화된 시각과 때 묻은 언어를 넘어서 대상을 투명하고 순수하게 드러내는 것"[3]이 오규원의 일관된 시적 편력이다.

오규원의 시적 편력 가운데 중심을 관류하는 흐름은 부정의 정신과 언어에 대한 탐구이다. 그는 "고착화된 관념의 독재와 맞서 싸우"[4]는 치열한 부정의 정신을 소유하고 있다. 개념적이고 사변적이며 관리되고 규격화된 언어에 대한 부정의 정신은 그의 시적 방법론의 토대이다. 오규원의 시적 방법론은 자동화되고 관습화된 세계의 언어에 대한 응전의 양식이다. 그는 시에 대한 고정관념을 허용하지 않는다. 기존하는 관념에 대한 부정의 정신은 낡은 관념의 해체를 통해 대상의 본질에 이르고자 한다. 이러한 노력은 '세계의 현상'을 있는 그대로 투명하게, 즉 '날이미지' 그 자체로 드러내고자 하는 의식에서 비롯한다.

시인 스스로 "중요한 것은 진리라든가 믿음이라는/말의 옷을 벗기는 일"(「우리 시대의 純粹詩」)이라고 고백하고 있듯이, 그의 시적 작업은 언어가 숙명적으로 지닐 수밖에 없는 상투적 관념화를 해체하는 일이다. 그것은

---

2) 오규원, 앞의 책, 문학과지성사, 2005, 103면.
3) 이남호, 「날이미지의 의미와 무의미」, 이광호 엮음, 『오규원 깊이 읽기』, 문학
   과지성사, 2002, 267면.
4) 김동원, 「물신 시대에서 살아남기 위하여」, 이광호 엮음, 위의 책, 161면.

언어가 사실을 사실 그대로 드러낼 수 없다는 인식 때문이다. "사실을 사실로 읽을 수 있는 시각"5)의 중시는 언어에 달라붙어 있는 고착된 관념을 제거하여 '해방의 이미지'6)를 얻고자 한다. '해방의 이미지'는 언어에 덧붙은 관념을 벗겨내고 '살아있는 의미'로서의 '날이미지'를 획득하는 일에 다름 아니며, 서정시의 전통적 구성원리로 기능하는 은유적 수법에서 환유적 수법으로의 방법적 전환을 의미한다.

오규원의 시적 방법론에서 '관념의 해체', '살아있는 의미', '날이미지', '환유적 사유체계'는 그의 창작 방법과 시적 주제를 규제하는 전략적이며 정신적인 기본 국면이다. 이는 그의 시론적 입장을 구성하는 기본적 토양이다. 때문에 그의 시세계를 조망하고 이해하는 데 시적 방법의 개념들은 매우 유용하게 작용한다. 왜냐하면 시적 방법에 대한 통찰은 시의 형식적 특성에 대한 탐구를 넘어 정신적 지형도를 이해하게 해주기 때문이다. 따라서 이 글은 오규원이 제시한 시적 방법론에 대한 이해를 토대로 그의 시가 어떻게 창작되고, 또 그의 시가 함유하고 있는 미적 세계의 특성을 조명하려는 의도에서 출발한다. 즉 그의 방법론이 실제 시창작과 어떻게 맞물려 있고, 또 어떻게 변형되어 수용되고 있으며, 그 과정에서 노정되는 시적 자의식의 변화와 그에 대한 정체성을 밝히는 것이 이 글의 목적이다.

2. 관념 해체와 지각의 갱신

세계가 불확실하고 부조리해도 사유 주체가 있기 때문에 자아의 동일성은 확보될 수 있다. 사유는 언어를 통해 이루어지고, 존재는 언어를 통해 증명된다. 하이데거의 선언적 명제처럼 '언어는 존재의 집'이기 때문이다. 우리는 언어 안에서 살며, 언어를 통해 세계를 질서화하고 인식한다.

---

5) 오규원, 『가슴이 붉은 딱새』, 문학동네, 1996, 137면.
6) 오규원, 앞의 책, 41면.

세계를 인식한다는 것은 곧 세계를 해석하고 의미를 부여한다는 뜻이기도
하다. 이때 세계의 인식이나 해석은 언어를 통해 이루어지는데, 그러나 언
어는 불투명하고 관념의 상투화에 복무하므로 대상을 투명하게 드러내는
데 한계를 지닐 수밖에 없다. 오규원은 언어의 한계, 즉 언어에 덧붙은 관
념의 때를 제거하고 대상을 투명하게 드러내려 한다.

　오규원의 시는 모든 언어는 기존하는 관념에 물들어 있다는 언어에 대
한 자의식에서 출발한다. 이러한 점에서 근본적으로 그에게 "시쓰기에 대
한 자의식과 언어에 대한 반성적인 물음이 그 자체로 시의 주제"[7]를 이
룬다는 전언은 타당하다. 우리의 시각은 관습화되어 있고, 우리가 사용하
는 언어는 관념의 때가 묻어 있다. 우리는 언어를 통해 사물을, 혹은 관념
을 드러낸다. 그러나 언어는 베일과 같아서 사물을 드러내는 동시에 사물
의 진면목을 감추는 이율배반적인 기능을 한다. 이러한 오규원의 언어관
에는 언어를 관념으로부터 분리하여 사실을 드러내 지각의 갱신을 이룩하
려는 의도가 숨어 있다. 이를 위해 그는 언어에 덧씌워진 관념의 상투성
을 제거한다. 사물에 덧씌워진 기존의 언어는 상투적 관념으로 물들어 있
으므로 그것은 제거해야 할 필요가 있기 때문이다.

추상의 나뭇가지에
살고 있는
언어들 중의
몇몇은
위험한 나뭇가지 사이를
날아다니다
떨어져 죽고

— 「몇 개의 현상」 중에서

　언어는 순수하거나 투명할 수 없다. 언어는 타락한 현실에 의해 훼손되

---

7) 이광호, 「에이론의 정신과 시쓰기」, 이광호 엮음, 앞의 책, 241면.

고 오염되어 있다. 그러나 시인은 인간의 순수정신의 창조물로 사물의 본질을 간직한 순수 언어를 꿈꾼다. 그것은 "아무 데서나/심장을 놓고/기웃둥, 기웃둥 소멸을/딛고"(「겨울 나그네」) 일어서고자 하는 행위, 즉 언어를 통해 존재에 대한 확신을 구하려는 태도에서 기인한다. 언어에 대한 고민의 일단을 살필 수 있는 인용 시에서 "인식의 나무"나 "추상의 나뭇가지"는 시에서 아무런 등가적 의미를 갖고 있지 않다. 여기에서 '나무'는 은유적으로 해석된 '나무'가 아니다. '나무'는 시인의 관념과는 무관하게 그저 있을 뿐이다. 그것은 스스로 자재自在하는 것이다. 여기에서 '나무'에 대한 상투적인 은유적 관념들은 제거된다. 나무는 그저 "그냥 서 있음"이며, 위험한 나뭇가지 사이를 날아다니다 떨어져 죽는 "추상의 나무들"일 따름이다. 거기에는 아무런 등가적인 의미를 내포하지 않는다. 이것은 사물들로부터 언어를 자유롭게 풀어주는 행위이다.

　시인 스스로 언명하듯 "언어를 믿고 세계를 투명하게 드러내려는 노력"8)의 시기라 할 수 있는 초기에 오규원은 언어에 대한 민감한 자의식을 바탕으로 대상을 투명하게 드러내려는 데 주력한다. 그의 초기시에 드러나는 두드러진 특성은 언어의 한계에 대한 인식이다. 언어의 한계에 대한 인식은 "절대 세계에 도달할 수 없다는 것에 매번 절망하면서도", 그러나 그 절대 세계에 대한 "믿음을 결코 버리지 않는", 즉 "시인의 언어(시의 도구)에 대한 믿음"9)을 반영한다. 초기 시집 『분명한 사건』이나 『순례』에서 오규원은 대상을 투명하게 파악하려 노력했고, "대상이 되는 불투명한 관념이나 심상을 '구체적인 사물'로 치환시키거나 또는 의물화, 의인화시켜 그 추상성을 구상성으로 바꾸어놓"10)으려 힘쓴다. 이와 같은 의물화·의인화, 그리고 우화적 수법은 초기시의 두드러진 방법적 특성이다.

---

8) 오규원, 앞의 책, 107면.
9) 정과리, 「안에서 안을 부수는 공간」, 이광호 엮음, 앞의 책, 137면.
10) 오규원, 앞의 책, 109면.

언어는 추억에
걸려 있는
18세기형의 모자다.
늘 방황하는 기사
아이반호의
꿈 많은 말발굽쇠다.
달아빠진 인식의
길가
망명정부의 청사처럼
텅 빈
상상, 언어는
가끔 울리는
퇴직한 외교관댁의
초인종이다.

— 「현상실험」 중에서

위의 시에서 '언어'는 '모자'나 '말발굽쇠' 같은 구체적인 사물로 치환되고 있다. 그럼으로써 추상화된 관념들은 구체적인 형상으로 나타난다. 그러나 이러한 비유는 추상적인 관념을 시각적인 것으로 대체하고 있을 뿐, 결국 다른 관념을 계속해 불러올 뿐이다. 사물에 하나의 관념이 덧칠해진 것이다. 여기에서 시인은 언어의 한계를 자각한다. '언어'를 대신하는 대체 관념인 '18세기형의 모자', '아이반호의 말발굽쇠', '퇴직한 외교관댁의/초인종'은 언어에 대한 또 다른 대체 관념일 뿐이다. 이러한 대체 관념은 기존의 관념이 지어준 이름으로 머무는 한, 언어는 무상한 것임을 이 시는 일깨워주고 있다. 언어에 대한 대체 관념은 또 따른 해석적 관념을 필요로 하는 것이기 때문에 "'언어'의 어떤 의미를 밝히는 인식적 작업"11)이 된다. 관념은 관념을 불러오고, 관념이 덧칠해질수록 대상의 본질이나 투명성은 뒤로 감춰지기 마련이다. 결국 남는 것은 본질을 벗어난 허위의 또 다른 관념들로 사족蛇足화할 뿐이다.

---

11) 오규원, 앞의 책, 16면.

수면은 가장 음험한 얼굴로
우리를
길 밖에 머물게 한다.

수면에 비춰 있는 세계
잡을 수 없으나 가장 명확한
그러나
명확한 만큼 우리의 말을
정면으로 빈정대누나

— 「별장 3편」 중에서

위의 작품 또한 언어의 한계에 대한 자의식을 잘 보여준다. 이 시에서 '우리'는 세계와 사물의 상像을 명확히 포착하려는, 나아가 그 진실에 이르려 길을 나선 시인이다. 화자가 보기에 수면은 세계를 명확히 담아낸다. 그렇다고 수면에 비친 세계의 상이 세계 그 자체는 아니다. "수면에 비춰 있는 세계"는 "잡을 수 없으나 가장 명확한" 세계이지만 "명확한 만큼 우리의 말을/정면으로 빈정"댈 뿐이다. '우리의 말'은 그러한 명확함에 이를 수 없기 때문이다. 화자는 "번번이 실패하고 다시 기대하면서" "단 하나의 확신을 구"하려 한다. 그러나 "단 하나의 확신"인 순수한 언어, 절대의 언어는 추상의 세계에만 머문다. 순수한 언어가 머무는 곳은 "고요한 환상"(「몇 개의 현상」)의 '등기되지 않은 현실'의 세계에서만 가능하고, 시도 마찬가지이다.

자원 전쟁 시대 유류 전쟁 시대 그러나 걱정 마라, 우회 전쟁 시대, 이 글은 패배 전쟁 시대의 시 얘기가 아니니 오해 마라. 시는 언제나 패배이니 승리는 오해 마라.
시인의 나라는 높은 산 골짜기에 있다.

— 「시인들」 중에서

> 이 시대의 순수시가 음흉하게 불순해지듯
> 우리의 장난, 우리의 언어가 음흉하게 불순해지듯
> 저 음흉함이 드러나는 의미의 미망, 무의미한 순결의 몸뚱이, 비의 몸뚱이
> 들……
>
> ─「이 시대의 순수시」중에서

　언어의 투명성에 대한 한계 의식은 "시인의 나라는" 현실과는 동떨어진 추상의 "높은 산 골짜기에 있"으며, "이 시대의 순수시"는 "음흉하게 불순"하고, "우리의 언어" 또한 "음흉하게 불순"하다는 인식을 낳는다. 그 순수한 추상의 세계는 현실에 "승리"하지 못하고 "패배"한다. 모든 것이 "산문의 시대"인 현실에서 "시인의 나라는 높은 산 골짜기"로 추방당한 것이다. 이런 산문의 시대에 순수는 더럽혀지기 십상이며 패배를 확인하는 작업이 시 쓰기라는 고통스런 자각은 견자로서의 깨어 있음의 반성적 성찰을 통해 이루어진다. "문득 잘못 살고 있다는"(「문득 잘못 살고 있다는 느낌이」) 생각에 '잠이 오지 않는 밤'(「남들이 시를 쓸 때」)의 "시詩에는 아무것도 없다"(「용산에서」)는 통찰에 이르렀을 때, 시인은 이제 언어의 깊은 좌절에 빠진다. 늘 패배하지만 시인은 현실적인 가치와는 다른 순수를 지향한다. 그러나 현실은 오염되었고 타락했으며 고통스러운 곳이다. 현실과는 다른 순수의 세계를 지향하며 떠났던 '순례'의 길, 즉 "등기되지 않은 현실"(「등기되지 않은 현실 혹은 돈 키호테 略傳」)에서 '등기된 현실'로 돌아온 시인은 현실에 대한 비판적 주체의 부정적 상상력을 획득하기에 이른다. 결국 순례의 길에서 다다른 '등기된 현실'은 자본의 물신이 지배하는 타락한 산문의 세계이다.

3. '방법적 드러냄'과 부정의 정신

　순수 추상의 세계는 현실 속에서 머무를 곳이 없다. 오규원은 "등기되지 않은 현실", 즉 환상을 떠나 현실을 수용함으로써 비판력을 획득한다.

그가 순례의 길에서 만난 현실은 모든 것이 산문인 세계이다. "정치도 산문 사회도 산문 시인도 산문"인 현실에서 "시인의 나라는 높은 산 골짜기에 있다"(「시인들」)는 부정적이고 냉소적인 인식은 새로운 시적 방법론을 요구하기에 이른다. 그것은 현실에 대한 부정의 방법이다. 이러한 부정성은 관념의 허위성에서 사물의 이름을 해방하고 절대적 명명을 시도하며 언어의 좌절을 극복하기 위해 부정의 방법론을 견지해 왔던 초기 시의 방법적 연장선에 있다. 기존하는 이름을 부정함으로써 새롭게 명명을 시도했던 시인은 "자질구레하기만 한 우리의 집 뒤와 골목에서, 느닷없이 또는 고통스럽게 죽어가야만 했던 사람들이 걸어간 발자국"을 보며, 그들의 "찢어진 옷이며 살점이며 피, 핏방울……."(「코스모스를 노래함」)을 시에 끌어들인다.

　대상을 투명하게 드러내려는 노력은 한계에 부딪치고, 오규원은 그에 따라서 주체의 비판적 시각을 강조하는 방법을 모색한다. 왜냐하면 시는 사실을 있는 그대로 드러내는 것이기도 하지만, 대상에 숨겨진 본질을 언어로 읽어내는 작업이기도 하기 때문이다. 타락한 현실의 부정성을 부정하는 측면은 주체의 인식적 역할을 강조하는 것이다. 시인은 주체의 인식적 기능을 통해서 현상의 이면에 숨겨진 본질을 보고자 한다. "모든 인간이 던지는 종국적 질문은 '나'라는 존재로 향하게 되어 있"고, "한 시인이 세계를 투명하게 인식하고자 한다면 그것은 곧 '나'의 존재를 올바르게 파악하고자 하는 노력"이며, "세계란 '나'의 형식이며 본질이며 허상이며 실상이어서 '나'를 가장 잘 비추는 거울"[12]이라는 그의 전언은 주체의 인식적 차원을 강조하는 대목이다.

　그러나 그것은 대상을 시인의 주관적 시각을 중심으로 대상을 관념으로 덧칠하는 것이 아닌, 대상의 숨겨진 본질을 표현하고자 하는 태도이다. 즉 "시적 대상을 어떤 관념으로 파악하거나 재해석하는 게 아니라 그 대상을 주관적으로 왜곡시켜 언어로 정착시키는 작업을 통해서 대상을 새롭

---

12) 오규원, 앞의 책, 84~85면 참조.

게 드러냄과 동시에, 그 새롭게 드러난 대상을 있게 하는 언어의 존재 또는 언어의 아름다움이 어떤 것인가를 우리 앞에 내보"13)이는 방법적 드러냄을 말한다. 방법적 드러냄은 언어를 통한 현상적 본질의 드러냄이다. 이는 대상에 대한 자동적 인식을 탈자동화하여 익숙한 대상을 아주 낯설게 하려는 수법과 같은 문맥이다. 아래의 인용 시에서 볼 수 있는 것처럼 시인의 방법론에서 전략적으로 자주 쓰는 자기반영의 언어, 아이러니, 패러디, 알레고리 등의 수법은 바로 방법적 드러냄을 위한 장치로 볼 수 있다.

> 生界엔 별일 없음. 문협 선거엔 미당이 당선된 모양이고, 내 사랑 서울은 오늘도 안녕함. 서울 S계기의 미스 천은 17살(꿈이 많지요), 데브콘 에이 중독. 평화시장 미싱공 4년생 미스 홍은 22살(가슴이 부풀었지요), 폐결핵. 모두 안녕함.

> 亡界의 수영은 김우창의 농사가 잘되어 술맛이 좀 풀린다고 히죽 웃음. 오후 3시, 엿가락처럼 늘어져 누워 있는 나에게 亡界의 쥘르 형으로부터 편지 옴

> ― 「나의 데카메론」 중에서

위의 시는 지루하고 권태로운 어느 일요일의 일기, 혹은 간단한 메모 형식의 작품이다. 일기 형식의 메모는 물론이거니와 제목의 데카메론, 라 포로그의 시 한 연을 패러디하고, 미당, 김수영, 김우창, 쥘르 등의 보통명사가 차용되면서 아이러니컬한 다성적 의미를 발현하고 있다. 일기 형식의 메모 속에는 늦게 일어나 창밖을 내다보고, 변소를 갔다 오고, TV 스위치를 한 번 누르고, 잡지를 1분 만에 읽는 등의 지극히 사소하고 권태로운 일들의 기록이 전부이다. "거리는 오늘도 안녕함. 안녕한 거리에 하품 나옴"의 권태롭고 무의미한 일상이 전부이다. 권태로움은 꿈 많은 17살 소녀가 데브콘 에이에 중독되고, 가슴 부푼 22살 아가씨가 결핵을 앓는 비참한 상황까지 "모두 안녕"하게 만든다. 문제는 꿈 많은 17살 소녀와 가슴 부푼 22살 처녀의 비참한 현실이 아니라, 그런 상황에서 안녕한

---

13) 오규원, 『언어와 삶』, 문학과지성사, 1983, 313면.

자신의 삶이다. 작품에서 읽을 수 있는 내용은 결코 안녕하지 못한 상황을 안녕하다고 말하는 반어적 어조를 통해 현실과 거리를 유지하면서 현실의 부정성을 바라보는 시인의 냉철한 의식이다

관념화된 사유구조에 대한 해체와 부정의 정신은 "간판이 많은 길"로 대표되는 물신이 지배하는 자본주의 문화 논리에 대한 부정이다. 이는 현대사회에서 도구화되고 기능화된 언어에 대한 전략적인 뒤집기로 나타난다. 그에게 자본주의의 신전이라 할 수 있는 도시 "서울은 어디를 가도 간판이/많"고, 그곳은 자세히 보면 "수상하"(「간판이 많은 길은 수상하다」)고 불온하다. 시인은 자본주의 사회의 이데올로기와 그 문화 논리의 물질화에 숨겨진 정치적·사회적 언어와 투쟁한다. 관념화되고 수단화된 언어에 대한 거부는 "음흉한 순수시"에 대한 부정으로 나타나고, 그러한 언어 체계를 극복하는 과정은 억압적인 현실로부터의 해방이라는 의미를 갖는다. 해방을 위해서 시인이 선택한 방법은 우화, 패러디, 아이러니, 풍자적 수법 등이다.

오규원이 '등기된 현실'이라고 말하는 억압의 세계는 관리되고 규격화된 사회와 그것을 지탱하는 관념으로 볼 수 있다. 그것은 사물의 개별성과 구체성을 삭제하여 제대로 보지 못하게 하고 일정한 시각으로 사물을 보고 인식하도록 한다. 때문에 '사실적 현상'의 본질은 투명하게 드러날 수 없다. 이에 대한 해학과 풍자와 야유, 아이러니와 우화, 언어의 뒤틀림과 패러디를 통한 방법론적 대응은 시적 주체가 시 안에 적극적으로 나타나게 함으로써 사회적 비판력을 획득한다. 모더니즘의 정신적 기반이 근대적 경험세계의 모순과 대결하는 인간의 반성적 인식이라 할 때 비판적 주체의 적극적 나타남은 당연한 일로 보인다. 이때 부조리하고 타락한 세계를 냉철하게 인식하는 지적인 주체의 의식이 중요하게 부각되는데, 오규원의 시에서 우화나 패러디, 아이러니나 풍자적 수법은 이러한 방법적 차원에서 발생한 것으로 볼 수 있다. 가령, '죽음'이라는 관념을 의인화하여 일상의 세계 자체가 죽음의 세계라는 것을 암시하거나(「이 시대의 죽음 또는 우화」) "꽃

이/아름답다는 편견"을 벗어나 "송충이는/모두 저렇게 아름답다"(「송충이」)
와 같이 그가 지향하는 아이러니의 언어는 모든 자명성과 자동성을 해체
시키고자 하는 반성적 성찰에서 엿볼 수 있다. 그것은 그가 추구했던 기
존관념의 해체와 새로운 방법론의 모색에 따른 것으로 볼 수 있다.

> 엉덩이를 모래 사이에 쑤셔넣고
> 코카콜라 빈 병 주둥이
> (미제 지대공 미사일 탄두!)
> 고개를 쳐들고 웃고 있다
> 물이 밀어올리고 펼쳐놓은
> 先山川 모래밭
> 작은 모래야

— 「모래와 코카콜라」 중에서

코카콜라는 갈증을 해소하는 음료수이다. 갈증 해소는 콜라가 지니는
본래의 상품적 기능이다. 그러나 시인은 "엉덩이를 모래 사이에 쑤셔넣"
은 채 모래밭에 버려진 "코카콜라 빈 병"에서 어떤 불순한 자본주의의 논
리를 읽어낸다. 시인은 여기에서 자본을 통해 새롭게 구축되고 있는 신식
민적 질서의 음흉한 내적 논리를 읽는다. 화자는 자본의 식민적 욕망이
상품으로 변형되어 새로운 질서를 구축하고 있는 불온한 현실에 대해 비
판의 칼을 댄다. 즉 "코카콜라의 빈 병 주둥이"가 "미제 지대공 미사일
탄두"라는 등식은 무력적 폭력이 상품이라는 현대적 형태로 바뀌었을 뿐
이것이 지니고 있는 정치적 폭력성은 내내 한 가지라는 뜻을 함축적으로
전달하는 것이다. 다국적 자본주의의 상징이라 할 수 있는 "코카콜라 빈
병"이 "엉덩이를 모래 사이에 쑤셔넣고" 있는 현실은 현재의 실상을 그대
로 드러낸다. 모래는 아주 작고 물결에 끊임없이 부침을 당한다. 모래로
상징되는 약소한 존재, 물로 상징되는 거대한 자본의 외세에 의해 침식당
하는 우리들의 현실, 작은 알갱이의 모래밭에 탐욕스런 "엉덩이를 쑤셔

넣"고 자리 잡은 자본의 불순한 본모습을 시인은 다국적 자본주의의 상징적 코드인 코카콜라를 통해 보는 것이다.

오규원이 『가끔은 주목받는 생이고 싶다』(1987)와 『사랑의 감옥』(1991)에서 집중적으로 치중하고 있는 광고시 또한 위와 같은 해석의 맥락에서 설명될 수 있다. 광고가 가지는 사회적 의미와 자본주의에 대한 비판을 연결시키는 것은 주체의 인식을 강조하는 것이기 때문이다. 오규원이 광고시에서 주목하는 것은 자본주의의 숨겨진 폭력성과 그를 통한 현실비판은 외부적인 주제를 넘어서는 것이다. 이는 언어의 해석에 의해서 세계를 바라보기보다는 존재 자체는 '현상'으로 자신을 말하기 때문에 현상을 통해 존재의 본질을 드러낼 수 있다는 시인의 의식이 깔려 있다.[14] 이 말에는 자본주의 사회 현상의 하나로서 광고의 본질을 드러내는 방식, 즉 언어를 통한 현상의 본질을 드러냄이다. 광고는 대상이나 현상의 표면 아래 숨겨진 본질을 드러내는 것이라는 면에서 시인에게 중요한 것은 현실의 장막을 걷어버리거나 본질을 꿰뚫고 바라보는 방법론을 마련하는 일이다. 따라서 그의 광고시는 현상을 비판적으로 바라보는 하나의 방식이다.

> 1. '양쪽 모서리를
>   함께 눌러주세요'
>
> 나는 극좌와 극우의
> 양쪽 모서리를
> 함께 꾸욱 누른다
>
> 2. 따르는 곳
>   ⇩
>
> 극좌와 극우의 흰
> 고름이 쭈르르 쏟아진다
>
> — 「빙그레 우유 200ml 패키지」 중에서

---

14) 오규원, 『가슴이 붉은 딱새』, 문학동네, 1996, 170면.

자본주의의 전령사라 할 수 있는 광고는 상품의 고유한 가치를 창출한
다는 본래의 기능뿐 아니라 소비를 조작하고 인간의 의식과 무의식은 물
론 소통 체계까지 소비적으로 만드는 메커니즘으로 작용한다. 그것은 우
리의 일상과 의식을 강력하게 통어하는 이데올로기이다. 소비의 물신사회
에서 상품 광고는 인간의 욕망을 끊임없이 자극하고 조작하며 관리한다.
이러한 상품 광고의 언어는 자본의 언어이며 물신의 언어이다. 그것은 자
본주의 사회에서 기능화된 물신의 언어를 대표하는 언어이다. 인용 시는
수단화되고 기능화된 상품 광고의 언어를 통해 타락한 이데올로기의 정치
성을 비판적으로 읽어낸다.

우유는 일상적으로 우리가 즐겨 먹는 상품이다. 그러나 시인은 상품에
포장된 안내서를 정치적 언어로 해석함으로써 현실이 상품처럼 "빙그레"
웃을 수 없는 곳임을 시사한다. 그러나 이렇게 주체의 인식론적 측면을
강조할 때, 사실은 늘 왜곡될 가능성이 크다. 오규원은 대상을 새롭게 해
석하고자 하는 욕망과 해석이 가져올 수 있는 왜곡의 위험 사이에서 고민
한다. 이러한 고민은 이후 인간중심적인 시선과 관념의 흔적을 제거하고
장식적 요소까지를 삭제한, 그러니까 '날이미지'의 시학을 내세우는 데 이
른다. 시인은 이제 관념의 껍질을 벗기고 주체의 자의식을 넘어서 투명한
시선으로 세계 내에 존재하는 사물을 '맨얼굴'로 대하면서 사물의 '맨얼굴
을 드러내려'15)고 노력한다.

4. 환유적 문법과 현상시학

오규원에게 언어는 순수하거나 투명하지 못하다. 따라서 그의 시적 목
표는 사물의 '날이미지'를 순수하고 투명한 언어로 포착하는 일이다. '날

---

15) 오규원, 『날이미지와 시』, 문학과지성사, 2005, 51~56면 참조.

이미지'란 "개념화되거나 사변화되기 이전의 의미인 '현상'을 이미지로 하는 세계"이며 "여기에서 현상은 개념적·사변적 언어와 거리를 두고" "왜곡 없이 세계와 닿는 시각적 진실과 직관적 인식을 기저"[16]로 하는 것이다. 그것은 "인간이 문화라는 명목으로 덧칠해놓은 지배적 관념이나 허구를 벗기고, 세계의 실체인 '두두물물頭頭物物'의 말(현상적 사실)을 날것 즉, 날이미지 그대로 옮"[17]기는 것을 의미한다. 날이미지는 따라서 관습적 지각으로부터 벗어나는 '해방의 이미지'이며, "스스로 의미화를 거부함으로써 또 하나의 관념으로 고착되는 것을 거부"하는 "가공되기 이전의 살아 있는 '날' 것"으로서의 "순수 객관"[18]의 물物 자체의 이미지를 의미한다.

　　오규원은 "정하는 것이 세계를 끊임없이 개념화시키는 것이라면, 명명하는 사고의 근본인 은유적 사고의 축을 버리고, 그리고 그 언어도 이차적으로 두고, 세계를 '그 세계의 현상'으로 파악"하는 것, 즉 "존재의 살아 있는 의미망"[19]이 날이미지라 말한다. 모든 '존재는 현상으로 말'하며, 시가 사물의 현상 그 자체를 투명하고 순수하게 드러내기 위해서는 유사성에 의한 '은유적 사유 체계'로는 가능하지 않다. 왜냐하면 은유적 해석의 틀이 현실의 양상을 개념화시켜 해석한다면 인접성에 의한 '환유적 사유'는 사물의 현상 그 자체를 보다 투명하게 있는 그대로 인식하는 방법이기 때문이다.[20] 요컨대 은유의 원리란 언어생활에서 필수적인 방법이다. 사물이나 현상을 해석해내는 은유의 언어 원리 'A=B이다'는 대치의 원리이다. 대치는 대체 관념이기 때문에 은유는 관념을 대체하는 또 하나의 대체 관념일 뿐이어서 현상의 본질을 드러내기보다는 현상의 실체를 볼 수

---

16) 오규원, 앞의 책, 89면.
17) 오규원, 위의 책, 80면.
　　두두頭頭와 물물物物은 선가禪家의 두두시도頭頭是道와 물물전진物物全眞이라는 말에서 빌려온 것이다.
18) 이남호, 「날이미지의 의미와 무의미」, 이광호 엮음, 앞의 책, 274면.
19) 오규원, 앞의 책, 104면.
20) 오규원, 위의 책, 13~25면 참조.

없게 만든다. 은유적 사유는 대상의 관념화를 계속 확대하여 자기증식할
뿐 그 본질을 드러내지 못한다. 따라서 살아있는 현실의 실체를 드러내기
위해서는 언어도 은유가 아니라 환유의 원리를 따라야 한다는 것이다.

— 「나비」 전문

위의 시는 '작약꽃, 후박나무, 향나무, 목단, 쥐똥나무, 허공'이 나비를
중심으로 한 시간과 공간의 인접하는 사물들을 역동적으로 구성하여 보여
주고 있다. 이들 사물에 대한 주체의 의식이 거세된 채 객관적인 시선을
바탕으로 나비가 날아다니는 동선을 생동감 있게 추적하는데, 제시된 사
물들은 어떤 관념을 드러내기보다는 나비가 날아다니는 현상을 사실적으
로 보여주고 있을 따름이다. 여기에는 시인의 주관적인 감정이 개입되어
있지도 않으며 나비의 속성이 인간적인 어떤 가치나 의미로 치환되어 있
지도 않다. 현상을 그저 사실적으로 보여줄 뿐이다. 또한 나비를 따라가는
과정에서 포착된 '작약꽃, 후박나무, 향나무, 목단, 쥐똥나무' 등도 다른
어떤 가치나 의미를 지니지 않는다. 이것들은 가공되지 않은 순수 물 자
체로 존재한다. 시인의 표현대로 "풍경의 의식"일 따름이다. 즉, "풍경은

내 속에서 자기 자신을 사유하고 있는 것이며, 그 내 자신은 풍경의 의
식"21)일 뿐이다. 이것은 개념이나 의미와는 다른 있는 그대로의 사실과
현상, 존재의 살아있는 현상을 중시하는 태도이다.

오규원은 자신의 관념으로 해석된 세계를 보여주기보다는 살아있는 현
상을 있는 그대로 보여주고자 한다. 그렇기 때문에 그의 후기 시로 가면
갈수록 공간에 놓인 사물들을 주로 다루고 있다. 후기 시에 이를수록 공
간의 인접성에 의한 시작 방법을 통해 기존의 시작 관행에 대한 반성적인
사유를 잘 보여준다. 그는 끊임없이 관념을 부정하는 반성적 성찰을 견지
해 나간다. 시작에 대한 근본적인 부정적 반성은 사물의 '맨얼굴을 드러
내려'는 시인의 의식을 보여주는 것이다. 여기에서 시인이 찾고자 하는
것은 결국 존재의 살아있는 의미망으로서의 날이미지이다.

> 뜰 앞 잣나무가 밝은 쪽에서 어두운 쪽으로 비에 젖는다
> 서쪽 강변의 아카시아가 강에서 채전 방향으로 비에 젖는다
> 아카시아 뒤의 은사시나무는 앞은 아카시아가 가져가 없어지고 옆구리로 비
> 에 젖는다
> 뜰 밖 언덕에 한 그루 남은 달맞이가 꽃에서 잎으로 비에 젖는다
> 젖을 일이 없는 강의 물소리가 비의 줄기와 줄기 사이에 가득 찬다
>
> —「우주 2」 전문

오규원에게 존재는 세계를 구성하는 하나의 현상이다. 존재는 세계에
속하는 부분이며 동시에 스스로 하나의 세계를 이루는 독립적이고 자율적
인 소우주와 같은 존재이다. 이러한 존재는 인간의 언어로 규정되기 이전
의 본원적인 존재, 즉 개념적으로 규정되기 이전의 순수 물 자체이다. 이
것은 "생명의 생성의 최초의 순간에 가 닿으려는 열망"22)의 발로에 기인
하는 것으로 볼 수 있다. 위의 시는 살아있는 현실로서의 존재를 드러내

---

21) 모리스 메를르-퐁티, 오병남 역, 『현상학과 예술』, 서광사, 1983, 199면.
22) 정과리, 「안에서 안을 부수는 공간」, 이광호 엮음, 앞의 책, 126면.

는 방식을 잘 보여준다. '비'는 세계 내에 존재하는 사물들을 차례로 적신다. 시인의 눈은 "뜰 앞의 잣나무", "강변의 아카시아", "아카시아 뒤의 은사시나무", '뜰 밖 언덕의 달맞이'가 차례로 이동하며 이들이 비에 젖는 모습을 극사실적으로 묘사한다. 이런 존재들이 비에 젖는 모습을 그리는 수법은 풍경의 기록에 다름 아니다. 비에 젖는 대상들이 서로 어울리면서 구체적으로 선명하게 제시되는데, 여기에는 공간적인 풍경을 대상으로 그 안에 흐르고 있는 시간성까지를 그려내고 있다. 즉 "뜰 앞의 잣나무"에서부터 "달맞이"가 비에 젖는 것까지의 현상은 공간적 동시성의 측면에서도 볼 수 있지만 시간적 순차성의 측면에서도 볼 수 있으며, 그렇게 함으로써 생성의 시간적 언어인 현상을 기록하고자 한 것이다. 이러한 방법을 통해 살아있는[生] 언어이며 동시에 굳어 있지 않은 의미로서의 날이미지를 실현한다. 그 밑바탕에는 "존재 자체는 '현상'으로 자신을 말한다"23)는 시인의 의식이 깔려 있다.

'현상적 사실'의 공간적 인식에서 그 현상이 만들어지기까지의 시간적 순차성을 포착하고자 하는 태도는 생성과 변화를 간직하고 있는 세계를 날이미지 그대로 드러내려는 의도이다. 그것은 현상을 있는 그대로 재현하기 위한 것이 아닌, 현상 속에 내재하는 어떤 비의를 찾아서 드러내려는 욕망에서 비롯한 것으로 보인다. 즉 시인은 "눈에 보이는 사실보다 더 무겁고 충격적인 심리적 총량으로서의 사실감"24)을 표현하고자 한다. 시인은 절대로 바라보는 현상의 풍경과 동화되거나 정서적 교감을 나누지 않는다. 오히려 "풍경과 풍경을 이루는 사물들이 서로 엉기고 어울리는 과정 속에 객관적 관찰자로 참여"25)할 뿐, 풍경의 현상에 대한 시인의 어떠한 해석이나 간섭도 철저하게 제거시키고 있다. 그럼으로써 시인은 존재의 본질에 다가서려 하며, 하나의 개체로서 세계 내에 독립적으로 존재하면서 동시에 세계 내의

---

23) 오규원, 『가슴이 붉은 딱새』, 문학동네, 1996, 79면.
24) 오규원, 위의 책, 170면.
25) 신덕룡, 「우주의 숨결과 함께하기」, 이광호 엮음, 앞의 책, 357면.

전체를 이루는 존재를 '날이미지' 그대로 드러내려 한다.

> 길을 가던 아이가 허리를 굽혀
> 돌 하나를 집어 들었다
> 돌이 사라진 자리는 젖고
> 돌 없이 어두워졌다
> 아이는 한 손으로 돌을 허공으로
> 던졌다 받았다를 몇 번
> 반복했다 그때마다 날개를
> 몸속에 넣은 돌이 허공으로 날아올랐다
> 허공은 돌이 지났다는 사실을
> 스스로 지웠다

― 「아이와 망초」 중에서

오규원의 후기 시에 나타나는 특성은 존재와 존재 사이에서 어느 한 대상이 우월하거나 열등하거나, 혹은 존재의 가치 서열을 가늠하지 않은 서로 대등한 수평적 존재들의 어울림이다. 시인의 말을 빌린다면 세계의 구조는 수직적 관계가 아닌 '상호 수평적 연관관계의 구조'로 이루어졌다는 것이다. 즉 "세계는 개체와 집합의 수평적 구조"이며, 세계 내 존재하는 모든 사물은 그 세계를 이루는 "부분인 동시에 각각 하나의 개체"이며, 이 존재들은 어느 것에도 종속되지 않는 독자적인 존재"[26]이다. 가령, 인용 시에서와 같이 '허공', '새', '길', '뜰'과 '돌'이나 '망초', 그리고 공간적 배경인 '허공'과 돌이 사라진 '자리', 그리고 '아이'는 그 어느 것 하나도 가치의 우열을 다투거나 서열을 가늠하지도 않으며, 상하의 위계를 나누지도 않는다. 이들 대상들은 모두 상호 수평적 연관관계, 즉 개체와 집합의 수평적 구조를 이루는 평등한 존재들이다. 이들은 세계 내의 물 자체로서 서로 대등한 연루관계일 뿐이다. 시인은 제시된 대상들을 하나의 전체로서 작품에 포용하면서 동시에 그것들의 자율성과 독립성을 온전히 보존해주고

---

26) 오규원, 『날이미지와 시』, 문학과지성사, 2005, 94~96면 참조.

있다. 이들은 서로 연루되면서 동시에 단절되어 있다. 아이의 움직임과 연관된 사물, 그리고 공간적 배경은 상호 수평적 연관관계를 이룬다.

시적 대상에 대한 주관적 개입을 허용하지 않으려는 노력은 세계 내에 존재하는 사물들의 존재함, 즉 스스로의 있음을 온전히 드러내려는 태도이다. 모든 존재는 해석되기 이전의 언어이다. 그것은 인간의 척도가 틈입하기 이전에 스스로 존재하는 무엇이다. 그것들의 존재는 "나무가 있으면 허공은 나무가" 되고, "나무에 새가 와 앉으면 허공은 새가 앉은 나무가" 되며, "새가 날아가면 새가 앉았던 가지만 흔들리는 나무가"(「허공과 구멍」) 되는 순환적 존재이다. 이러한 순환적 구조는 대상들을 서로 비교하지 않는다. "잠자리는 두 쌍의 날개를 수평으로 펴고/나는 두 쌍의 팔다리를 수직으로 펴고//잠자리도 나도 햇볕에/날개가 바싹바싹 잘 마르는"(「잠자리와 날개」) 것처럼 '잠자리'와 '나'는 서로 어떠한 존재론적 차이도 없다. 대상에 대한 주체의 의식을 개입시키지 않으려는 태도는 그래서 그의 시에서 '나'까지도 대상화시켜버린다. 이러한 경향은 "'날이미지'의 자율성을 한층 강화"하는 것이며, "'나'를 지움으로써 오히려 더 자유분방한 '풍경의 의식'을 살고자"[27] 하는 것으로 해석할 수 있다.

'풍경의 의식'을 살고자 하는 시적 경향은 대등하고 평범한 사물들의 이름을 나열한 시의 제목에서부터 특징적으로 드러난다. 이는 마지막 시집에서 시집의 전체 시편이 두 개의 존재를 이어 붙인 대등 구문으로 이루어진 점뿐만 아니라 각 시편이 서로 대응하면서 동시에 상응하는 원리도 구성되었다는 점에서 확인할 수 있다. 이러한 구성에 의하여 이질적으로 보이는 대상들은 원환적 자장 안에서 상호 수평적으로 운동한다. 사물과 사물들이 '사이'로 연쇄되는 연결 속에서 시인은 존재하며, 그 순환적 자장 안에서 말과 사물이 동시에 살아있게 한다. 시인은 작품에 나오는

---

[27] 최현식, 「시선의 조응과 그 깊이, 그리고 '몸'의 개방」, 이광호 엮음, 앞의 책, 343면.

주요 사물이나 정황을 따로 변주 변용하고 확대하면서, 개별적으로는 유기적 조직의 형식을 취한다. 이것은 '날이미지'가 살아있는 현상의 이미지이어서 개방적이듯 작품의 구조의 완결성보다는 개방적 구조를 통해 대상들이 스스로 순환하는 독자적이며 자율적인 세계임을 드러내려는 의도이다. 그것은 생태계의 순환구조 속에서 수많은 변화를 구체화하려는 것이며, 스스로 자재하는 존재들의 위상을 그대로 보전하고자 하는 의도이다. 이는 일체의 인간적 관념을 배제한 두두물물, 즉 사물의 살아있는 본질을 온전하게 드러내려는 방법이다.

5. 환유적 문법과 순수 이미지의 기록

오규원은 시적 방법론에 매우 민감한 자의식을 가진 시인이다. 그는 자신의 시론을 치밀하게 구축하였고, 그것을 실천하는 작업으로 시를 써 왔다. 오규원의 시세계에 있어서 시의 변화란 시적 방법론의 변화이며, 따라서 그의 시는 시적 방법론의 산물이라 해도 지나치지 않다. 그의 시는 현실이나 삶의 문제를 배제하고 대상을 투명하게 인식하고자 하는 입장에서 출발하여, 대상을 새롭게 인식하고자 하는 해석의 측면에 대한 관심을 거쳐, 궁극적으로 사물의 '살아있는 날이미지'를 언어로 포착하려는 현상시학에 이르게 된다. 낡은 관념과 관습화된 시각, 때 묻은 언어를 넘어서 대상을 투명하고 순수하게 드러내는 것이 바로 오규원의 일관된 시적 편력이다.

오규원의 일관된 시적 편력 가운데 중심을 관류하는 흐름은 부정의 정신과 언어에 대한 탐구이다. 고착화된 '관념의 독재'와 맞서 싸우는 치열한 부정의 정신은 그의 시적 방법론의 토대를 이룬다. 자동화되고 관습화된 세계의 언어에 대한 문학적 대응은 오염되고 타락한 언어에 대한 응전의 양식으로 나타난다. 그는 시에 대한 고정관념을 절대로 허용하지 않는다. 기존하는 모든 관념에 대한 부정의 정신은 낡은 관념의 해체를 통해 대상의 본질에 이르고자 한다. 이러한 노력은 '그 세계의 현상'을 있는 그대로 투명하게 '날이미지' 그 자체로 드러내고자 하는 의식에서 비롯한 것이다.

'날이미지'는 존재의 살아있는 의미망이다. 사물에 대한 이름 붙이기를 통해서 세계를 끊임없이 개념화시키는 은유적 사고로는 날이미지에 도달할 수 없다. 그렇기 때문에 그는 그동안 한국 시단에서 주도적인 비유체계였던 은유적 사고를 폐기하고, 환유적 사유를 통해 날이미지를 획득하려고 한다. 환유적 문법과 수사가 주도하는 서술을 통해 드러내고자 하는 것은 세계 내에 존재하는 사물들의 생생하게 살아있는 모습 자체이다. 그것은 스스로 존재하는 현상을 드러내는 것이며, 어떠한 차이나 서열이 없이 수평적 연관관계를 드러내는 것이다. 그 속에서 시인은 인간 중심이 아닌 사물들의 살아있음을 보고자 한 것이다. 그가 마지막 시집에서 밝힌 것처럼 그의 시는 '새와 나무와 새똥 그리고 돌멩이'와 같이 이 세상에 존재하는 이런 물물物物과 나란히 앉고 또 나란히 서서 인위적 가공이나 의미 가치의 서열을 가늠하지 않은 날 것으로서의 순수 이미지의 기록이다.

오규원의 날이미지 시들은 생태적 리듬과 순환론적인 세계관에 따른 것이다. 세계 내에 스스로 존재하는 대상들의 순환하는 자율적 체계는 역사가 진보하고 있다는 근대적인 직선적 시간관의 부정을 통해서 가능하다. 역사가 발전한다는 근대적 시간관은 자아와 세계의 분리를 통해 획득되는 것이다. 그러나 시간은 우주적 관점에서 주기적으로 재생하고 죽는다. 죽음과 재생의 의식을 통해 시간 속의 존재는 늘 우주적 리듬을 타고 변화하고 갱신한다. 그 우주적 리듬을 타고 변화하는 사물과 사물들 '사이'에서 시인은 대상들을 인간적 의식으로 붙잡아두려 하지 않고 존재 그 자체로 풀어두며, 그것을 선명하고 투명한 이미지의 세계를 통해 보여준다. 그럼으로써 시인은 모든 존재가 인간의 의식으로 덧칠된 관념이 아닌 스스로 살아있음으로 인해 스스로가 말하고 있다는 세계를 구현하고 있다.

동감의 윤리와 타자성에 대한 성찰

— 하종오론

1. 문학의 사회성과 지구화 시대의 탈국가적 상상력

한국의 근대사는 굴곡 많은 시대를 통과해 왔다. 우리의 근대사는 제국주의의 침략에 의해 민족국가의 건설이 좌절되고 식민지배, 분단, 전쟁과 분단체제의 고착, 군부독재 등으로 점철되어 왔음은 주지의 사실이다. 이와 같은 파행적 근대사 속에서 우리 사회는 끈질긴 변혁 운동을 경험하였고, 그런 흐름을 반영하여 한국 현대시는 억압적인 상황과 체제 내의 순응주의 미학을 거부하는 사회적 상상력을 경험한 바 있다. 그런데 이러한 경향은 1990년대를 전후로 전시대와는 다르게 퇴조한 면모를 보인다. 그것은 대내적으로 문민정부의 출현과 대외적으로 현실 사회주의의 붕괴 이후, 신자유주의라는 전일적 자본주의 체제로 재편된 세계사적 변화와 긴밀한 연관성을 지닌다. 이러한 환경변화에 의하여 문학의 사회성은 상대적으로 퇴조하게 되었다.

그러나 한국 문학은 그동안 "침묵하고 있었던 여성·지역·생태 등의 다양한 타자들의 목소리가 귀환하여 제 목소리를 내고 있으며", 후기산업사회에서의 도시적 "일상과 욕망 같은 영역을 문학의 영토 속에 적극적으로 끌어들여 문학이 탐구해나갈 가능성의 폭을 넓힌 것도 사실"이다. 이와 같은 연장선에서 '탈국가적 상상력'에 입각한 문학적 경향은 이전의 "사회적 상상력이 간과한 현실의 세목과 다양한 모순, 새로운 가능성 등을 끌어안는 것이라는 점"[1]에서 그 의의를 갖는다. 이러한 맥락에서 이 글은 탈국가(민족)적 상상력이 갖는 의의를 하종오의 시[2]에 나타나는 '이주외국인 하위주체'[3]를 중심으로 점검해보고자 하는 의도에서 기획된다.

　신자유주의 체제라는 추세 속에서 국경을 넘다드는 초국적 자본과 미디어의 이동, 그리고 경계의 와해와 자유로운 인구의 이동으로 우리 사회는 이미 세계화의 시대에 진입했다. 세계가 단일시장으로 급속하게 재편·통합되는 지구화 현상과 근대에 대한 성찰의 분위기는 민족중심주의에 의해서 배제되었던 혼혈인, 제3세계 이주노동자, 결혼이주여성 등과 같은 새로운 하위주체에 대한 문학적 관심을 발생[4]시키는 요인으로 작용한다.

1) 허정, 「주체의 재건과 사회적 상상력의 회복」, 『시작』, 2005년 여름(13호), 37면.
2) 하종오는 1975년 『현대문학』을 통한 등단한 이후 지금까지 15권의 시집을 간행하였다. 이 가운데 본고가 주목하는 시집은 1. 『반대쪽 천국』(문학동네, 2004) ; 2. 『국경 없는 공장』(삶이 보이는 창, 2007) ; 3. 『아시아계 한국인들』(삶이 보이는 창, 2007)이다. 왜냐하면 이들 시집에서 이주노동자, 결혼이주여성, 혼혈인, 조선족 등에 대해 집중적인 관심을 보이기 때문이다. 이하 시 인용은 별도의 각주 없이 시집 앞의 번호와 페이지 수만을 본문에 직접 표기하기로 한다.
3) 하위주체subaltern는 사전적으로 하층민을 뜻하며, 그람시의 『옥중수고』에서 개진된 개념이다. 그람시에 의하면 하위주체는 계급, 카스트, 성, 인종, 언어, 문화와 관련된 종속성을 지시하며, 역사에 있어서 지배/피지배 관계의 중심성을 나태내기 위해서 사용되었다. 하위주체 연구가인 스피박은 그람시의 '하위'라는 개념을 '하위층 사람'으로 사용한다. 하위주체는 자본주의 체제에서의 프롤레타리아 계급을 포괄하면서 성적, 인종적, 계급적, 문화적으로 주변부에 속하는 사람들로 자본의 논리에 희생당하고 착취당하는 대상이다(태혜숙, 『탈식민주의 페미니즘』, 여이연, 2001, 117면). 즉 하위주체란 계급이나 젠더와 같은 어느 하나의 범주를 특권화시키거나 지배적인 위치에 두는 것이 아니라 여러 범주들과 요소들 사이에서 작동하는 지배와 종속의 복잡하고 다중적인 권력 관계를 지시하는 개념이다(김택현, 『서발턴과 역사학 비판』, 박종철출판사, 2004, 169면). 본고에서 하위주체에 '이주외국인'이라는 수식어를 붙인 것은 이주노동자, 결혼이주여성, 혼혈인, 조선족의 삶을 시화한 작품으로 연구 대상의 범주를 제한하고 분명히 하고자 하는 의도에서이다.
4) 최강민, 「초국가 자본주의 시대의 다양한 탈국가적 상상력」, 『작가와 비평』,

이와 관련하여 '타자',5) '마이너리티',6) '디아스포라'7) 등에 대한 비평적 담론의 증폭8)은 하위주체에 대한 관심을 반증하는 사례이다. 그러나 다양한 하위주체들에 대한 비평적 담론이 증가하고는 있지만 우리 사회에 새롭게 편입된 이주외국인 하위주체와 관련한 논의는 미진한 형편이다. 따라서 이 글은 이주외국인 하위주체를 둘러싼 다중적 권력관계를 하종오의 시를 대상으로 탈식민적 관점에서 조명하고자 한다.

국경이 와해된 전지구적 삶의 보편성은 한 민족국가 단위의 삶을 중심으로 기술될 수 없는 현실을 말한다. 단일한 민족국가 단위의 경제와 정

2006년 하반기(06호), 78~79면 참조.
5) 이 글은 주체와 타자, 내부와 외부, 동일성과 이질성의 관계에서 주체 내부의 동일성을 위협하는 한계지점에 놓인 존재로 이주노동자, 프롤레타리아, 하위계층, 결혼이주여성, 이민족 피식민자를 포함하는 개념으로 사용한다. 나병철, 『근대 서사와 탈식민주의』, 문예출판사, 2001, 174~179면 참조.
6) 마이너리티minority에 대한 담론은 1990년대 중반 민중 담론을 대체하며 등장한 개념이다. 굳이 번역하자면 소수자라는 개념이 될 것인데, 이들은 지배계층과 민중의 대립전선에서마저도 배제된 이주민, 성적 소수자, 장애인, 성매매 여성, 수형자들로서 체제에서 배제된 자들을 지칭한다. 본고는 이러한 소수자와 사회적 약자를 통합한 뜻으로 약소자弱小者(minority)라는 용어를 사용한다. 오창은, 「지구적 자본주의와 약소자들」, 『실천문학』, 2006년 가을(통권 83호), 322~330면 참조.
7) 디아스포라diaspora는 그리스어로 이산, 분산 등으로 번역될 수 있다. 이 용어는 서구 중심의 근대화 과정에서 심화된 착취와 억압, 인종차별주의로 인해 이동과 이주를 하게 되어 자민족의 영토를 벗어나 전지구를 유랑하게 된 상태를 지칭한다. 즉 본래 살던 땅을 떠나 낯선 타지의 문화와 마찰하고 동요하는 이민족을 가리키는 용어로 자리 잡았다. 우리 사회에서 90년대 접어들면서 이에 대한 연구가 활발히 진행되는데, 이 글에서는 주로 우리 사회의 이민족, 즉 결혼이주여성, 이주노동자, 조선족 등을 아우르는 개념으로 사용한다. 윤인진, 『코리안 디아스포라』, 고려대출판부, 2004, 5면 참조.
8) 이에 대한 논의는 다음의 글과 책들을 참고할 만하다. 본격 연구로 나병철의 『근대 서사와 탈식민주의』(문예출판사, 2001)와 강진구의 『한국문학의 쟁점들—탈식민·역사·디아스포라』(제이엔씨, 2007), 비평적 사례로는 『실천문학』(2006년 가을호, 통권83호)과 『작가와 비평』(2006년 하반기, 06호)에서 다루고 있는 특집이 대표적이다. 개별적으로는 박훈아(「하위주체와의 조우, 그 힘겨움」, 『작가와 사회』, 2006년 여름, 제23호)와 서영인(「월경越境의 발목」, 『문학수첩』, 2007년 여름, 통권 18호)의 글을 참조할 만하다.

치의 축은 세계화 과정에서 위축되고 있으며, 초국적 자본의 흐름이 주도하는 노동의 탈영토화는 정태적 의미의 민족공동체(정체성)와 경계(국경)를 약화시키면서, 이에 대한 새로운 인식을 요구하고 있다. 이러한 요구에서 문학도 자유로울 수 없다. 문학은 "내적인 것에서 외적인 것으로, 개별적인 사실이나 작품으로부터 그 뒤에 있는 뭔가 보다 넓은 사회경제적 현실로 나아가는 움직임이 전제"되어 있고, "사회경제적 토대 내지 하부구조와의 관계에서 파악해야 한다"[9]는 점을 고려할 때 더욱 그러하다. 한국 현대시는 당면한 현실사회의 문제들, 즉 자본주의에 종속된 삶과 욕망, 도시적 일상의 폭력성, 노동현장의 변화, 생태문제, 세계화와 제국주의의 종속화, 기술문명의 정보화에 의한 비인간화 등과 치열하게 맞서고 있는 상황이다. 하종오는 이러한 현실적 상황에 대해 민감한 시적 반응을 보이는 시인이다.

특히 하종오는 최근 한반도를 둘러싼 동북아 질서의 재편과 경제적 위상의 향상, 그리고 노동시장의 유연화에 따른 이주외국인 노동자의 유입과 결혼이주여성의 증가 등으로 파생하는 문제에 적극적인 시적 관심을 보인다. 따라서 이 글은 그의 시에 나타나는 이주외국인 하위주체를 탈식민적 관점에서 고찰하는 데 집중한다. 세계화와 초국적 자본의 흐름에 의한 국경의 와해는 세계 곳곳에서 보편적으로 경험되는 사회현상이다. 이러한 현실을 주목하는 하종오의 시는 "새로운 국제주의의 인구학은 탈식민지적 이주의 역사이자 문화적·정치적 이산의 서사"라는 "망명의 시학"[10]을 반영하는 것이라 할 수 있다. 이것은 하종오의 시에서 탈식민주의와 직간접적으로 관계된 오리엔탈리즘, 타자, 하위주체, 마이너리티, 디아스포라, 동일성(정체성) 등에 대한 비평적 관심을 증폭시키는 요인으로 작동하며, 따라서 이에 대한 비판적 검토의 필요성을 제기하는 부분이기도 하다.

이 글은 '민족'과 '국가'라는 개념을 '세계화' 내지는 '지구화'로 대체하

---

9) 프레드릭 제임슨, 여홍상·김영희 공역, 『변증법적 문학이론의 전개』, 창작과비평사, 1984, 18면.
10) 호미 바바, 나병철 역, 『문화의 위치』, 소명출판사, 2002, 33면.

면서 탈국가·탈민족을 표방하는 탈근대 담론이 사회 전체에 유행하게 된
지금, 탈국가적 상상력이 갖는 의미를 하종오의 시를 통해 조명해보고자
한다. 나병철 교수의 전언처럼 "이제는 국가나 민족의 내부뿐만 아니라 외
부를 함께 경험해야 하며 경계선에 대한 새로운 경험이 요구"[11]되는 시점
이기 때문이다. 그러므로 이 글은 하종오의 시를 통해 하위주체를 구성하고
있는 다양한 타자(외국인 노동자, 결혼이주여성, 조선족, 혼혈인)들이 우리
내부에서 어떻게 인식되고 있으며, 아울러 우리 내부에 존재하는 식민주의
적 욕망을 바깥이란 경계선, 즉 '타자의 거울'을 통해 우리 내부의 부정성
을 어떻게 반성적으로 성찰하고 이를 극복하려는지 탐색하고자 한다.

2. 타인종에 대한 상상조작과 배타성에 대한 성찰

초국적 자본에 의한 세계화 전략으로 값싼 노동력을 따라 자본이 이동
하고, 이 자본을 따라 제3세계 하위주체들의 이산離散을 생산해내고 있다.
이러한 상황에서 민족중심주의적 식민담론은 성적, 인종(민족)적, 계급적,
문화적, 경제적 차이를 중심으로 중심과 주변이라는 지형을 생성해낸다.
이들 하위주체들은 민족중심주의의 담론에서 객체화되고 대상화된 타자로
주변부에 위치한다. 그들은 인종(민족)적 정체성이라는 이름 아래 혹은 민족
국가의 이데올로기에 의해 타자로 대상화되면서 "네팔인 부부는 무식"(「잔머
리」, 2 ; 74)하다는 것처럼 비표준적이고 비문화적으로 비유된다. 이러한 비
유는 그들이 연약하고 미개하다는 은유적 사고를 발동시키며, 그들을 주
변부의 하위주체로 위치시킨다. 하종오는 이러한 은유와 대상화의 과정을
통해 타자를 결정하는 오리엔탈리즘,[12] 즉 서구중심의 식민담론의 기획에

---

11) 나병철, 『근대 서사와 탈식민주의』, 문예출판사, 2001, 178면.
12) 서양은 이질적인 타자(이민족)들을 자신이 갖고 있는 도식에 따라 친숙한 것
　　의 변형이나 아주 새로운 것으로 여기게 된다. 친숙한 것의 변형은 경멸의 대

서 벗어나 이를 탈중심화하려는 시적 의도를 전략적으로 가지고 있다.

하종오 시인이 주목하는 타자로서 외국인 노동자와 결혼이주여성, 그리고 혼혈인의 삶에는 약소자minority 내지는 이방인, 특히 경제적 약소국 출신으로서 "봉급 한 푼도 못 받고/즉각 쫓겨"(「위험한 키스」, 2 ; 15)날 수밖에 없고, "몽둥이에 맞아 쇄골이 부러"(「무료 진료」, 2 ; 124)질 수밖에 없는 고통과 사회적 멸시가 자리하고 있다. 한국사회가 외국인에게 개방적이지 못할 뿐만 아니라 어떤 면에서는 배타적이며, 특히 민족적 순혈의식에 기반하여 상대적으로 약소국 출신 외국인에 대한 차별의식은 더욱 심각하다.13) 그럼에도 불구하고 우리는 스스로 "평화를 사랑하고, 외국인에게 친절한 국민"14)으로 규정한다. 그러나 하종오의 시에서 그려지는 실상은 이러한 믿음이 얼마나 허위적인가를 여실히 보여준다. 이러한 의식은 서구의 오리엔탈리즘과 흡사하게 실체로서의 타자에 대한 인정이 아닌, 관념 속에서 상상적으로 조작된 결과에 의한 것이다. 상상적 구성을 통해 조작된 타인종에 대한 관념은 필연적으로 타자에 대한 배타성을 동반하기 마련이며, 자신만의 정당성을 입증하여 우월감을 갖게 만드는 기제가 된다.

> 시간 되자마자 퇴근하는 필리피노 하나
> 다음 퇴근하는 스리랑칸 하나
> 그다음 퇴근하는 타이랜더 하나
> 개 잡아먹으러 빨리 간다고 두들겨 팼다

상이 되며, 아주 새로운 것은 진기함의 기쁨을 느끼게 한다. 그 같은 경멸과 기쁨이 서양이 동양을 바라보는 오리엔탈리즘의 내용이다. 그러나 이는 새로운 정보를 수용하는 방법이기보다는, 이미 확립된 사물에 대한 서양의 관점이 타자(동양)에 의해 위협당하지 않게 통제하는 방법이다. 에드워드 사이드, 박홍규 역, 『오리엔탈리즘』, 교보문고, 1991, 106면 참조.
13) 이에 대한 논의는, 하창수(『외국인 노동자 환영받지 못한 손님』, 분도출판사, 1988); 박경태(「한국사회의 인종차별; 외국인 노동자, 화교, 혼혈인」, 『역사비평』 48호, 1999, 8); 유명기(「한국의 '제3국인', 외국인 노동자」, 임지현 외, 『우리 안의 파시즘』, 삼인, 2000)를 참조 바람.
14) 김규원, 「국제화 시대와 한국인의 대외의식」, 『성곡논총』 제26집, 1995, 995면.

그 이튿날 아침
공장장이 몽둥이 들고 공장 문 앞에 서 있다가
시간 지나서 출근하는 필리피노 하나
다음 출근하는 스리랑칸 하나
그다음 출근하는 타이랜더 하나
개 잡아먹고 늦게 나온다고 두들겨 팼다

— 「초복」(2 ; 22-23) 중에서

　인용한 시는 외국인 노동자들에게 가해지는 이유 없는 폭력과 멸시의 실태를 그리고 있는 작품이다. 시적 상황은 "사나운 개가 공장 문 앞에 매여 있어서" "동남아인 노동자들이 출입"할 때는 "공장장이 목줄을 잡아주어야" 드나듦이 가능하다. 그런데 초복 날 "한낮에 그 개가 사라"지고 공장장은 동남아 노동자들이 그 개를 훔쳐갔다고 생각한다. 공장장은 퇴근하는 그들을 "개 잡아먹으러 빨리 간다고 두들겨" 패고, "그 이튿날 아침"에는 출근하는 그들을 "개 잡아먹고 늦게 나온다고 두들겨" 패는 폭력을 행사한다. 그러나 사실은 "이쑤시개로 이빨 쑤시고 쩝쩝거리며" "한낮에 고급승용차 타고 온 사장이" 잡아먹었다는 이야기를 담고 있다.

　초복 날 공장을 지키던 개가 없어지고 공장장이 동남아인 노동자들을 두들겨 패는 시적 문맥에서 우리가 읽을 수 있는 것은, 경제적으로 열등한 국가의 국민에게 가해지는 배타적이며 모멸적인 차별의 논리이다. 여기에는 인간으로서는 도저히 용납될 수 없는 폭력이 경제적으로 빈곤한 약소국가의 출신에게는 가능하다는 식민적 배타의 논리가 저변에 흐르고 있다는 것을 보여준다. 그들에게는 "공장장이 목줄을 잡아주어야" 출입이 가능한 것처럼 최소한의 자유조차 보장되어 있지 않다. 동남아인 노동자들은 공장장이 개의 "목줄을 잡아주어야/출입이 가능"한 것처럼 최소한의 이동권조차도 보장받지 못한다. 여기에는 동일자의 경제적 식민의식과 인종적 우월의식, 그리고 자본의 탐욕스런 논리가 중첩되어 있다. 산업화 시대 노동력을 수출해야만 했던 우리가 그토록 경계하고 혐오했던 식민의 논리를 입장을 바꿔 그대로 반복하는 것인데, 화자는 이를 통해 우리 사회 내부에 흐르는 차별과 배타의 논리를 반성적으로 성찰한다.

배제와 차별의 논리 저변에는 이주노동자에 대한 인종적 하위주체 담론을 그대로 반영하고 있다. 이것은 한국인들이 아시아계 이주노동자들을 서구의 제국주의가 식민지 아시아를 이미지화한 방식을 그대로 따르는 것이다. 인종적 특성이 한국인과 이주노동자의 차이를 가르는 중요한 고리로 부각되는 것은 이주노동자가 한국에서 약소자이면서 경제적 주변성을 갖는 위치와 관련을 맺고 있다. 이것은 이주노동자가 한국인에 비해 열등하다고 상상적으로 관념화될 때 더욱 그 정당성을 부여받는다. 그래서 "머리를 소중하게 여겨서/모자를 즐겨 쓴다는 걸/공장장은 잘 알면서" "손바닥으로 뒤통수를 때리고" "주먹으로 정수리를 내리"치는 "손찌검"(「머리」, 2 ; 43)을 서슴없이 자행하게 만든다. 여기에는 우월성에 바탕한 인종에 대한 폭력적 은유의 방식이 작동하고 있으며, 서구적 근대주의가 강요한 문명/야만의 도식을 정당화하는 논리가 작동하고 있다. 극단적으로 인용 시에서처럼 그들은 상상적 관념조작에 의해 열등하고 범죄적인 인종으로 인식된다. 그 결과 '민족적 순혈주의를 초자연적 실재' 내지는 '유일한 세계인식의 틀'[15)로 전제한 나머지 그들을 내부로부터 배제한다.

> 그때 젊은 사내가 외제 승용차 몰고
> 가까이 달려와 클랙슨 빠앙빠앙 울리고 지나갔다
> 순간 인도인 남편이 엉겁결에 핸들 틀고
> 놀란 한국인 아내가 고개 번쩍 들자
> 아기가 고개 발딱 뒤로 젖히고 아앙 울었다
> 일요일 햇볕 맑은 오후 외곽도로 갓길
> 우수수, 샛노랗게 단풍 든 은행나무 잎들 떨어지고
> 뱅그르르, 처박힌 자전거 두 바퀴만 헛돌고 있었다
>
> — 「코시안 가족 2」(1 ; 39-40) 중에서

---

15) 임지현, 『민족주의는 반역이다』, 소나무, 1999, 53~55면.

　　인용 시는 민족중심주의가 실은 타자(외국인 노동자, 조선족, 혼혈아)에 대한 멸시와 차별에 근거해 있음을 보여주는 한편, 그 극단적 배타성이 초래한 폭력의 위험성을 경고한다. 화자는 "일요일 햇볕 맑은 오후"에 "샛노랗게 단풍 든 은행나무 잎들 떨어지"는 길을 "아기 업은 한국인 아내 뒷자리에 태우고/인도인 남편이" 자전거를 타고 가는 장면을 목격한다. 그런데 "그때 젊은 사내가 외제 승용차 몰고/가까이 달려와 클랙슨 빠앙 빠앙 울리"며 위협하자 온 가족이 탄 자전거가 길가에 처박힌 상황을 들려주고 있다. 이와 같은 타자에 대한 배타성과 공격성의 논리는 "아비가 한국인인데도 자신의 아들이/한국인을 안 닮았다 해서 따돌리"(「코시안리 16」 3 ; 80)거나, "제 영토에서 태어나는 아이를/제 국민으로 받아들이지 못하는 나라에선/어미의 뱃속에서 죽는 게 운명"(「컨테이너 신혼방 2」 2 ; 133)이라는 가공할 만한 폭력적 결과를 동반한다.

　　하종오의 시에서 신자유주의의 '국경 없는 공장' 지대와 '아시아계 한국인들'의 삶은 인권이 보장되지 않는 '유형지'에서의 삶이다. 호미 바바는 '사이에 낀in-between' 공간에서 생성되는 문화적 차이는 주류문화의 불완전한 정체성을 부각시키고 위협하는 역할을 수행한다고 지적한다.[16] 이러한 문맥에서 위의 시는 냉정한 무관심에서 돌연한 공포심이나 적개심으로 변하는 이방인에 대한 반응은 이방인의 주변성에 잠재된 위협적 성격을 유추하게 한다. 이러한 상황을 통해 화자는 정상성, 즉 동일자의 정체성이 갖는 억압적 성격을 폭로하는 것이며, 자본의 전지구화에 따른 이주의 보편화가 타자성에 관한 경험으로 돌아오는 순간들을 지시한다.

　　하종오의 시에서 타자로 규정되는 이주민들은 국가의 내부인 동시에 외부에 속한다. 그들이 소속된 '국경 없는 공장'이라는 유형지에서의 노동은 노동의 신성성이나 가치가 보장되거나, 그에 따른 정당한 보상이 보장된다거나, 최소한의 인권조차도 보호받지 못하는 악조건에 처해 있다. 하

---

16) 호미 바바, 나병철 역, 앞의 책, 36~39면 참조.

종오는 이와 같은 이방인에 대한 배타적인 차별의 구체적 실상을 시적으로 형상화한다. 그럼으로써 민족국가의 동일자로 하여금 자신을 '외국인의 위치'[17], 즉 내부에서 편집된 타자에 대한 상상적 관념을 버리고 타자의 시선을 통해 자신을 바라보게 한다. 왜냐하면 '타자의 위치에서 우리 자신을 바라볼 수 있을 때 비로소 타자를 바깥 그 자체로 경험'[18]할 수 있기 때문이며, 타자를 전제하지 않은 어떠한 자아의 정체성도 발생하지 않기 때문이다. 하종오는 타인종에 대한 상상조작과 배타성에 대한 성찰을 통해 동일자의 자기중심적인 일방적 시선으로부터 벗어나 타자의 위치에서 우리의 내부를 응시하도록 한다.

3. 동일자의 시선과 보편가치의 폭력성에 대한 비판

주체와 타자를 대립적인 관계로 설정하는 사유는 타자의 절대적 차이를 이해할 수 없는 것으로 간주함으로써 두려움과 공포의 대상으로 규정한다. '나'와 동일한 문법규칙을 공유하지 않는 타자는 주체의 동일성을 위협하는 공포의 대상이다. 그들은 프란츠 파농이 밝히듯이 백인 소년의 흑인에 대한 반응에서처럼 공포와 적의와 경멸의 대상이다.[19] 이러한 실체화된 대립구도는 '선을 자아정체성 및 동일성의 개념과 등가시키고, 악의 경험은 우리 밖의 이질적 존재와 연결'[20]시키면서, 동일자의 시선과 정체성이라는 보편 가치에 의해 이질적 차이는 폭력적으로 우리 안에서 배제한다. 이질성에서 생긴 차이를 무시하고 획일적인 기준으로 이를 동일화시키려는 동일자의 논리에 의해 타자는 차별적인 폭력으로 상처받는 존

---

17) 가라타니 고진, 송태욱 역, 『탐구 1』, 새물결, 1998, 30~40면 참조.
18) 나병철, 앞의 책, 177면.
19) 프란츠 파농, 이석호 역, 『검은 피부, 하얀 가면』, 인간사랑, 1998, 145면.
20) 리처드 커니, 이지영 옮김, 『이방인, 신, 괴물―타자성에 대한 도전적 성찰』, 개마고원, 2004, 121면.

재들이다. 동일자의 정체성이라는 '보편 가치에 호소하는 동일자의 정치학
은 문화·종교·인종·성이 다른 타자의 존재를 게토에 유폐'21)시킨다. 하
종오의 시에서 유형지에 유폐된 타자는 폭력과 착취의 대상이고, 불법체류
자의 신분으로 불안과 공포, 억압과 폭력에 노출되어 있는 존재들이다.

　전지구적 자본주의 질서로 사회가 재편되는 과정에서 자본과 노동의
기회가 상대적으로 부족한 제3세계 국민들의 이산을 생산해낸다. 그러나
이주외국인 노동자로서의 삶은 지극히 고통스럽다. 하종오의 시는 우리
사회의 타자로서 외국인 노동자들이 겪는 고통의 참상과 이들에 대한 배
타적인 편견, 그리고 그에 따르는 차별과 동일자의 폭력성을 전경화한다.
경제적 우월성에 입각한 우월의식은 식민지와 제국주의의 횡포와 폭력을
경험한 한국인이 지닐 수밖에 없는 배타적 민족의식을 약소민족에게 반사
적으로 돌려주는 것에 다름 아니다.22) 약소자로서 제3세계에서 이주한 그
들에게 가해지는 착취와 억압, 편견과 폭력은 "한국보다 경제적으로 열등
한 국민국가의 구성원에 대한 배타적 차별의 논리가 작동"23)되고 있는 것
이다. 시인은 경제적으로 열등한 국가와 민족에게 가해지는 인종적 배타
의식과 경제적 우월감, 그리고 경제적 식민의식이 어우러져 펼쳐지는 동
일자의 보편 가치가 생산하는 폭력성을 비판한다.

　　　폐암 말기 진단 받은 콩고 청년
　　　왼쪽 손목 인대 수술 받은 우즈베키스탄 청년

---

21) 레이 초우, 장수현·김우현 옮김, 『디아스포라 지식인』, 이산, 2005, 148면.
22) 홀거 하이데는 자신에게 가해지는 심리적 압박을 사회적 소수자에 대한 공격
　　을 통해 해소하려는 경향을 '공격자와 동일시'라는 개념으로 설명한다. 그는
　　오랫동안 사회적으로 패배를 경험한 한국인들은 자신이 약하다는 공포에 대
　　한 공포와 이러한 공포를 떨쳐버려야 한다는 필연성으로 자신을 공격자에 복
　　종시켜 공격자로부터 자신들에게 가해지는 공격을 극복하려는 경향을 지닌다
　　고 한다. 홀거 하이데, 강수돌 외 역, 『노동사회에서 벗어나기』, 박종철출판사,
　　2000, 33～34면 참조.
23) 고명철, 「외국인 노동자의 꿈이 영그는 복토福土를 위해」, 『국경 없는 공장』
　　해설, 삶이 보이는 창, 2007, 163면.

> 오른쪽 손목 절단 수술 받은 네팔 청년
> 침대 위에서 창을 향해 앉았다
>   …중략…
> 회진 온 늙은 한국인 의사 선생님에게
> 서툰 한국어로 더듬더듬 똑같은 말을 했을 때에야
> 세 청년은 서로의 심정을 비로소 알았다
> 언 제 나 아 요? 취 직 해 야 추 방 안 당 해 요
>
> — 「세 청년」(2 ; 102-103) 중에서

체제 내에서 보호받지 못하는 타자들의 공간인 "'주변' 또는 '유형지'는 삶의 임계점이자" "권력과 법에 의한 착취와 통제가 가장 극단적으로 행"[24] 해지는 곳이다. 한국인이 외면한 노동현장에서 일하면서도 그들은 제도적 보호를 받지 못하는 임계지점에 놓여 있다. 그렇기 때문에 이곳에서의 노동은 정당하게 가치를 평가받을 수 없는 것이다. 임계지점에 위치해 있기 때문에 "노동자들에게는 다달이 절반씩 미루면서" "봉급"(「체불」, 1 ; 20-21)이 주어지며, 산업재해가 발생하더라도 아무런 보상을 받지 못한 채 그저 "숟가락 잡고 밥 먹을 수 있고" "휴지로 밑이라도 닦을 수 있는/최소한의 능력이 살아났다는"(「손발가락」, 1 ; 106-107) 것을 다행스럽게 생각해야 한다. 그들은 "자바섬에서 살다 온 인도네시안"(「외식」, 1 ; 18-19) 불법체류자이거나, 인용 시에서처럼 "폐암 말기 진단 받은 콩고 청년"이며, "왼쪽 손목 인대 수술 받은 우즈베키스탄 청년"이거나, "오른쪽 손목 절단 수술 받은 네팔 청년"이다. 약소자로서 제도권 밖의 임계점에 놓여 있다는 위치로 인해 이들에 대한 착취와 억압을 가능하게 한다.

하종오의 시에 타자로 등장하는 외국인 노동자는 대부분 우리보다 상대적으로 빈곤한 조선족을 포함한 동남아나 중앙아시아 등 제3세계 국가 출신들이다. 이들은 모두 저마다 코리안 드림을 꿈꾸며 한국의 노동시장으로 떠나온 사람들이다. 하종오는 노동 현장이나 한국 생활에서 그들이

---

24) 고봉준, 「추방과 탈주」, 『작가와 비평』, 2006년 하반기(06호), 32면.

겪는 현실적 삶을 가감 없이 그려낸다. 그러나 하종오의 시는 폭력에 노출된 그들의 불행과 고통을 동정하거나 폭력의 가혹함을 포착하는 데 있지 않다. 시인이 포착하고자 하는 것은 폭력의 보편성이 아니라 보편 가치의 폭력성에 대한 비판을 통해 정상성이 갖는 억압적 성격에 있다. 시인은 경제적 우월감으로 포장한 식민의 지배와 폭력, 착취와 수탈의 논리에 대한 성찰을 통해 자본과 권력의 부정성을 드러내면서 동시에 동일자의 정체성과 보편 가치의 정상성이 갖는 인식론적 폭력을 반성적으로 성찰하는 것이다.

> 네팔에선 돼지 주인이 막대기 잡고
> 등도 배도 목도 밀며 우리로 몰아 넣어도
> 돼지가 말 듣지 않는다고 머리를 후려갈기진 않았다
> 공장장은 제가 한 일이 잘못되어도
> 눈 째리며 손바닥으로 뒤통수를 때리고
> 혀 차며 손가락으로 이마를 찌르고
> 소리지르며 주먹으로 정수리를 내리쳤다
>
> — 「머리」(1 ; 46-47) 중에서

　인용 시는 사회·경제적 우월성을 바탕으로 한 외국인 노동자에 대한 물리적 폭력과 빈손으로는 고국으로 돌아갈 수 없기 때문에 '굴욕'을 견뎌내야 하는 노동 현실을 보여주고 있다. "네팔리는 머리를 소중하게 여겨서/모자를 즐겨 쓴다는 걸/공장장은 잘" 안다. 그럼에도 공장장은 "걸핏하면" "마음에 안 든다고" 아무 때나 머리를 밀고 때린다. "공장장은 제가 한 일이 잘못되어도" "혀 차"며 "뒤통수를 때리고" "소리지르며 주먹으로 정수리를 내리"치는 폭력을 일삼는다. 그러나 네팔리 "청년은 빈손으론 네팔로 돌아갈 수 없어/공장장의 손찌검을 받으며 일"해야 한다. 그는 경제적으로 가난한 약소국에서 왔다는 이유로 무시와 멸시의 대상이 되는 것이다. 이러한 물리적 폭력은 그들을 미개하고 열등한 존재로 여기며 관리하고 길들여야 할 대상으로 여기는 인식론적 폭력이 자리한다.

　인용 시에서와 같이 '네팔리'라는 타자에 대한 폭력이 가능한 것은 그들이 열등하다는 이념적 편견의 결과에 의한 것이다. 타자의 이질성에서 생겨난 차이를 무시하고 획일화하는 동일성의 논리는 그들이 열등하고 미개하며, 그렇기 때문에 가난하다는 동일자의 일방적 시선에 의하여 그들을 끊임없이 관리하고 감시해야 할 대상으로 규정한다. 이러한 의식은 근대화의 기치 아래 이루어낸 산업화의 경험과 피억압자로서 제국주의적 질서를 내면화한 경험과 연관되어 있으며, 오리엔탈리즘이라는 서구 중심의 관점으로 이주노동자를 타자화하고 사물화하는 방식으로 구성된다. 이것은 외국인에 대한 한국사회의 이중적 의식을 드러내는 것이기도 하다. 즉 인종적 특성과 결부된 유색인종에 대한 우월감은 백인/유색인이라는 차이를 사회적 차별로 귀결시키고, 산업화의 정도에 따라 선진/후진, 혹은 문명/야만이라는 분리를 통하여 폭력과 억압을 구조화하고 있다. 여기에서 드러나는 인종적이며 경제적인 권력관계는 중심의 위치에서 유색인종을 주변으로 위치시키고 그들을 사물화한다. 그 결과 사물화된 대상에 대한 폭력은 정당화된다.

　하종오의 시는 사물화된 대상으로서 외국인 노동자에 대한 폭력의 실상을 경험할 수 있게 한다. 즉 인식론적 편견과 우월감을 바탕으로 가해지는 물리적 폭력과 그것이 정당화되는 과정을 보여준다. 타자의 타자성을 거세하는 동일성의 인식론적 폭력은 이주노동자의 노동력뿐만 아니라 신체는 물론 인격까지도 소유 가능하다는 의식을 생산해낸다. 민족 사이에는 많은 문화적 차이가 다양하게 존재함에도 불구하고 사회·경제적 지위는 타인종에 대한 폭력을 가능하게 한다. 여기에는 다양한 문화적 차이에도 불구하고 인식론적 우월성을 바탕으로 한 동일자의 시선이 작동한다. 이것은 다른 문화를 존중하지 않는 차별과 배타의 원리에 의해 결정된 의식이다. 하종오는 이러한 동일자의 정체성이 갖는 억압적 폭력성을 비판적으로 성찰하면서 새로운 연대의 틀을 모색한다.

4. 다문화적 사회 풍속과 공동체적 연대의 모색

동일자는 자기 자신의 내부를 통해서만 외부를 보려 한다. 동일자의 내
부에서 편집된 타자에 대한 상상적 관념조작은 내부의 시선을 통해 외부
를 본다. 우리는 경계선 너머의 이방인이나 '외국을 자신이 갖고 있는 도
식을 통해 보며, 친숙한 내부의 기준에 따라 이질성을 폄하'25)하거나, 그
것을 비표준적이며 비정상적이고 신기하게 여긴다. 이것은 서구의 제국주
의가 그랬던 것처럼 내부의 도식을 통해 외부를 식민화하는 논리이다. 타
자성이 갖는 미결정성을 간과한 채 내부를 통해 외부를 동질화시키고, 경
계를 설정하게 되면 그 한계지점에 있는 타자들은 하위주체로 인식되며,
그 구성원들을 끊임없이 억압하게 된다. 또한 타자성이 갖는 이질성, 즉
경계선 외부를 내부의 논리로 동화시키려 할 때 바깥의 내부는 식민화하
게 된다. 하종오 시는 이주외국인들을 식민화하고 대상화하는 우리의 태
도를 비판하면서 그들이 우리와 함께 연대해야 할 주체임을 상기한다.

하종오의 시는 우리 사회의 디아스포라 현상과 맞물린 다문화적 사회풍
속을 주목한다. 그가 주목하는 시적 대상은 특히 연작시 「코시안 가족」(1 ;
39-47)과 장시 형태의 「코시안리」(2 ; 54-131)에서처럼 "한 동네 사는 필리핀
엄마가" 어린이 놀이터에서 "아기 안고 앉아 달래"(「어린이 놀이터」, 2 ; 20)는
수많은 결혼이주여성이나, "베트남에서 시집온 어머니와/한국인 아버지 사
이에서 태어난 사내아이와/필리핀에서 시집온 어머니와/한국인 아버지 사이
에서 태어난 계집아이"(「코시안리 13」, 2 ; 73) 등과 같은 '코시안'이다. 시인은
'아시아계 한국인들'의 상처와 고통을 전면적으로 담론화하면서 이들에 대

---

25) 나병철, 앞의 책, 175면.

한 배제와 차별의 논리에 의한 식민화를 비판적으로 성찰한다. 그럼으로써 시인은 궁극적으로 전지구적 자본주의 체제 아래에서 다문화적 공동체로서의 연대와 그 실현을 모색한다. 시인은 이러한 윤리적 반성의 과정을 통해 새로운 연대의 틀을 구성함으로써 현대정치의 중요한 특징인 상징조작에 저항한다. 이런 점에서 하종오 시가 갖는 의미는 단순히 이주외국인 하위주체들에 대한 정치적 차별과 폭력 행위를 폭로하는 데 있는 것이 아니라 그들이 지닌 타자성을 인정하고 그들과의 연대를 모색한다는 데 있다.

어패럴공장 다니는 조선족 여자는
봉급 다 모아 귀가할 계획뿐
한 번도 시댁 소식이 궁금하지 않았다
젊디젊은 나이에
사랑하지도 않는 한국 남자한테서
자식 받아 낳을 순 없어
시집와서 도망쳤다

— 「코시안리 26」(2 ; 95) 중에서

파행적 근대화의 과정을 거치면서 농촌은 급속도로 피폐화되었고 모든 면에서 낙후되고 소외된 곳이다. 때문에 농촌 총각은 경제적 수준이 낮은 타국의 아시아 여성과 결혼하는 사례가 급속히 증가하였다. 그러한 과정에서 국제결혼은 사랑이 전제된 혼인이 아니라 자본이 전제된 혼인이 되어버렸다. 자본을 매개로 한 혼인은 "어패럴공장 다니는 조선족 여자"처럼 조국의 빈곤한 가난으로부터 탈출하기 위한 하나의 수단으로 쓰인다. 그리고 이들을 맞이하는 한국인도 "국제결혼 하는 데 쓴 2천만 원/본전 생각이 간절"(「코시안리 18」, 3 ; 83)한 것처럼, 그녀들을 가족의 한 구성원으로 받아들이기보다는 자식을 얻기 위해서, 혹은 부족한 노동력을 확보하기 위해 돈으로 사왔다는 인식이 지배적이다. 하종오 시는 이러한 변화된 사회풍속을 지시하면서 그 속에서 새로운 연대의 틀을 모색한다.

인용 시는 변화된 결혼풍속이 파생한 문제를 시화한 작품이다. 조선족 여자는 한국에서 "봉급 다 모아 귀가할 계획뿐" 아무런 관심이 없다. 상대적으로 여성보다 경제력이 좋은 남성은 바로 그러한 경제력을 바탕으로 결혼하였고, 여성도 마찬가지로 남성의 경제적 전제 조건을 따라 결혼한 셈이다. "여자가 러시아로 출국하여 계산해보니 한 밑천 벌었"고 "남자가 한국에 홀로 남아서 계산해보니 한 살림 날렸"(「팔등신」, 2 ; 40-41)을 뿐인 셈이다. 이렇게 돈으로 매개된 결혼관계는 이해관계에 따라 형성된 혼인이므로 사랑이 전제될 리 없다. 그래서 여자는 "강간하지 말아웃!" 외치며, "부부관계 안 하려면 왜 결혼했냐!" 되받아치게 만들고, 시어머니로 하여금 "네 년을 베트남에서 데려오느라/몇 년 농사진 것 다 들었다/갈 테면 2천만 원 내놓고 가!"(「코시안리」, 2 ; 82-83)라고 거침없이 외치게 한다.

> 혼혈 자식을 낳아도
> 눈총 받지 않고 자랄 수 있을 때
> 묶은 정관을 풀겠다고
> 백인 남편은 비장하게 고백했지만
> 부부 중 누군가는 그 전에
> 생식할 수 없는 나이가 될 것이
> 나는 몹시 걱정되었다
>
> — 「정관수술」(2 ; 46-47) 중에서

인용 시는 인종적 차별과 배제의 실상을 여실히 보여준다. "한국에선 피부와 골격이 다른/한국인으로 태어나선/살아가기 힘들"기 때문에 "결혼하기 직전에" 정관을 수술했다는 미국계 한국인 혼혈 부부나, "언제나 한국 여자들에게 외면당"하며 "아들을 키운"(「전후戰後」, 2 ; 26-27) 베트남 여성의 경우는 민족적 순혈주의에 의한 차별과 배제의 논리가 얼마나 강고한 것인가를 드러낸다. 여기에는 차별과 배제의 논리에 의해 세계의 중심으로부터 추방된 이방인으로서의 핍박받는 아픔이 그대로 배어 있다. 그들은 대대로 "언제나 한국 여자들에게 외면당"해야 하는 유형지의 삶을 살 수밖에 없다. 그러나 약소국 출신이라는 신분과 그가 낳은 혼혈의 인종적 설움에도 그들은 생명과 연대의 윤리를 잃지 않는다. "월남전 끝난 뒤 만삭이 된 월남 여자가/한국에 와서 낳고 키운 외아들이/베트남 처녀 데려와 장가가는 날/월남 여자는 비로소 웃"(「전후」, 2 ; 26-27)는 장면은 변두리 삶의 끈질긴 생명력을 보여준다. 그들은 "갓난아기로 버려졌다"가 "평생 기지촌에서" "허드렛일"(「모계혈통」, 2 ; 44-45)을 하는 참담한 삶 가운데에서도 꿈과 희망을 버리지 않는 질긴 생명력을 보여주며, 처절한 생존의 윤리와 생명의 연대감을 잃지 않는다.

위의 시에서 화자는 미국군과 약소국으로서의 한국여성, 한국군과 약소국으로서의 베트남 여성의 관계로부터 얻어진 결과에 대해 우리 사회의 의식적 반응이 어떠했는지를 성찰한다. 화자는 그들의 삶과 운명을 함께 공유하는 사람이다. 그것은 단순히 연민이나 동정의 정서가 아니다. 그것은 그들의 운명이 그들만의 운명이 아니라, 그 운명이야 말로 우리 모두가 만들어낸 운명이며, 그렇기 때문에 우리 모두가 고통스럽게 받아들여야 할 운명이라는 자각에서 비롯한 것이다. 이러한 자각은 타자에 대한 윤리는 타자를 대상화하지 않을 때 발생하는 것임을 잘 보여준다.[26] 이를 바탕으로 시인은 타자를 동정과 연민, 배제와 차별의 대상으로 간주하거나, 또 그들을 동일화하지 않는 방식으로 만남을 시도하면서 공동체적 연대를 모색한다.

> 베트남에서 시집온 어머니와
> 한국인 아버지 사이에서 태어난 사내아이와
> 필리핀에서 시집온 어머니와
> 한국인 아버지 사이에서 태어난 계집아이가
> 들판에서 뛰어놀고 있다

---

26) 자크 데리다, 남수인 옮김, 『환대에 대하여』, 동문선, 2004, 72~73면 참조.

            … 중략 …
        베트남인 어머니와 한국인 아버지에게
        사내아이가 쌀밥 지어 올리는 날이 되면
        필리핀 어머니와 한국인 아버지에게
        계집아이가 나물반찬 차려 올리는 날이 되면
        들판에서 다른 주인이 되어 있을 것이다

                            ― 「코시안리 13」(2;73-74) 중에서

    국경을 넘나드는 초국적 자본과 인구의 이동으로 일어나는 복합적이고
역동적인 초문화화의 현상이 보편화된 현실에서 우리 사회는 다민족·다
문화 시대로 접어들었다. 이와 같은 상황에서 하종오 시는 우리 사회에
새롭게 편입된 이주노동자나, 인용 시에처럼 결혼이주여성, 그들 사이에
태어난 혼혈인이 함께 공동체적 삶을 꾸려나가는 연대를 꿈꾼다. 위의 시에
서처럼 화자는 동정과 연민, 배제와 차별이 아닌 "베트남 처녀 데려와 장
가"들고, 그들 가족이 "남편들의 나라 한국에서" "자손 대대로 이어갈"(「전
후」, 2 ; 26-27) 공동체적 연대를 희망하는 것이다. 이것은 편협한 주체중심
주의에서 벗어나 타자의 차이와 이질성에 대한 인정의 윤리를 동반할 때
가능한 것이다.
    하종오는 "어떤 외국인 노동자는 한국에 체류하는 동안 유랑민이 되어
버리"고, 또 어떤 이는 "한국을 출국하는 순간 다시는 딛고 싶지 않은 국
가로 여기지 않"는 현실에서 "이 땅에 남은 외국인 노동자들은 한국인들
과 함께 건강한 자본주의적 삶을 살아"(「자서」, 3 ; 5)가기를 희망하는 진정한
공동체적 연대를 모색한다. 베트남 여자와 한국인 남자, 필리핀 여자와 한
국인 남자 사이에서 태어난 아이들이 들판에서 뛰어놀고, 마침내 그 들판
의 주인이 되는 공동체를 꿈꾸는 것이다. 그것은 단일 민족국가라는 순혈
주의가 지닌 피의 맹목성을 극복하는 것이며, 배제와 차별이 아닌 이질성
이 지닌 차이를 존중하는 태도이다. 그럼으로써 시인은 식민적 사유를 벗
어나 탈식민적 사유와 차이에 대한 윤리적 가치를 창출한다.

5. 동감의 윤리와 타자성에 대한 성찰

　전지구적 자본주의의 질서 체제로 재편되는 세계사적 흐름 속에서 제3세계의 경제적 빈곤과 주변화는 더욱 가속화하고 있으며, 이로 인해 국경을 넘어 우리 사회에 이주해 와 새롭게 등장한 이주외국인 하위주체에 대한 비평적 논의가 중요하게 부각되고 있다. 이러한 상황에서 하종오 시에 나타나는 이주외국인 하위주체를 둘러싼 다중적 권력관계를 탈식민적 관점에서 조명하였다. 논의의 결과를 정리하자면

　첫째, 타자에 대한 배타적인 차별의 구체적 실상을 시적으로 형상화함으로써 하종오는 동일자로 하여금 자신을 타자의 위치에서 반성적으로 바라보도록 한다. 왜냐하면 자아정체성의 메커니즘이 타자에 대한 성찰 없이는 어떠한 동일성(정체성)도 발생하지 않기 때문이다. 하종오는 동일자의 일방적 시선을 경유하여 편집된 타자에 대한 상상적 관념을 버리고 타자의 시선을 통해 우리의 동일성을 바라보게 함으로써 동일자의 정체성이 지닌 배타적이며 억압적 성격을 비판적으로 성찰하도록 한다.

　둘째, 하종오의 시는 동일자의 시선과 보편가치 의해 자행되는 타자에 대한 인식론적 폭력을 폭로한다. 시인은 경제적 우월감으로 포장한 식민의 지배와 폭력, 착취와 수탈의 논리에 대한 성찰을 통해 자본과 권력의 부정성을 드러낸다. 하종오의 시에서 동일자의 논리에 의해 타자는 폭력적 공격으로부터 상처받는 존재들이며, 시인은 이러한 동일자의 시선과 보편가치가 지닌 억압적 성격을 비판적으로 성찰한다. 그럼으로써 우리 사회의 타자들이 겪고 있는 부당한 고통에 대해 윤리적 반성을 수행한다. 이러한 반성은 타자에 대한 배제와 폭력을 통해 동일자의 권력을 드러내면서, 동일성의 정체성이 갖는 억압적 성격을 성찰하면서 수행된다.

　셋째, 하종오의 시는 우리 사회의 디아스포라 현상과 맞물린 다문화적 사회풍속에 주목하면서 '아시아계 한국인들'의 상처와 고통을 전면적으로

담론화한다. 이를 통해 타자에 대한 식민화를 비판적으로 성찰한다. 그럼으로써 시인은 궁극적으로 다문화적 공동체로서의 연대와 그 실현을 모색한다. 시인은 타자성에 대한 윤리적 반성의 과정을 통해 새로운 연대의 틀을 구성함으로써 현대정치의 중요한 특징인 상징조작에 저항한다. 이는 단일 민족국가라는 순혈주의가 지닌 편협한 민족중심주의를 극복하는 것이며, 배제와 차별이 아닌 이질성이 지닌 차이를 존중하는 태도이다. 그럼으로써 시인은 탈식민적 사유와 차이에 대한 윤리적 가치를 창출해고자 한다.

넷째, 신자유주의라는 이념으로 세계의 질서가 새롭게 재편되고 있는 상황에서 그 이념 밑에 작동하는 새로운 억압과 착취의 식민적 논리를 반성적으로 성찰한다는 점에서 하종오 시의 의미를 찾을 수 있다. 그의 시는 타자에 대한 연민과 동정을 넘어서 차이를 인정하는 윤리를 동반하고 있다. 그럼으로써 궁극적으로 타자성에 대한 성찰을 통해 새로운 연대를 모색한다. 이러한 시적 의의는 주체가 자아중심주의에서 벗어나 다른 타자들을 자아와 동등한 실재성과 가치성을 가진 존재로 받아들이는 동감의 윤리를 동반한다는 점에서 그 시적 의의를 평가할 수 있다.

끝으로 이주외국인 하위주체에 대한 하종오의 시적 관심은 90년대 이후 위축되어 온 민중문학이 새롭게 생성된 타자들에 대한 관심이라는 점에서 의미 있는 성과이다. 무엇보다도 외국인 노동자와 아시아계 한국인이라는 약소자를 전면적으로 시화하고 있다는 점에서 노동문학과 민족문학의 현황과 과제를 반성적으로 성찰할 수 있는 계기를 마련해주고 있다는 점에서 주목을 요한다. 따라서 하종오의 시가 보여주는 성적, 인종적, 계급적, 문화적으로 주변부에 속하는 이주외국인 하위주체들에 대한 관심은 우리 사회의 대안적 체제에 대한 전향적인 실천적 이해로 평가할 수 있겠다.

탈근대 문명과 산책자의 대항적 사유

— 이문재론

1. 세속도시의 게으른 산책자

자본주의의 발전에 의한 탈근대 문명은 현대인의 삶과 의식을 질적으로 변화시켰다. 자본의 무의식 세계로의 침투가 가속화되고, 고도의 산업사회로 접어든 현대의 도시와 문명은 인간의 삶과 의식을 규정하는 강력한 지배력을 행사한다. 현대인의 삶은 대개 문명의 도시에서 이루어지고 있으며, 고도로 발달한 도시문명의 문제에 대해서 문학은 민감하고 전위적인 반응을 보여준다. 문학은 인간이 처한 존재론적 문제와 사회적 문제에 대하여 민감하게 대응하는 분야 가운데 하나라 할 때, 전지구화된 자본주의와 이것이 배태한 탈근대적 도시와 문명은 상부구조를 이루는 문학을 이해하는 데 일정한 준거틀을 제공해준다. 예로부터 "삶과 세계에 대한 사유와 통찰들은 대개 문학적 언어로 표현"되어 왔으며, "인류는 그로부터 역사의 방향성을 얻어"[1] 왔기 때문이다.

과학기술문명에 입각한 도시는 자본주의의 산물이다. 근대문명의 총화

---

1) 이남호·김원중·우찬제, 「환경 문제와 문학」, 『한국문학이론과비평』 제4집, 한국문학이론과비평학회, 1999.2, 11면.

로서 도시는 현대인의 삶과 정신을 규정하는 토대를 이룬다. 그만큼 도시
문명은 현대적 삶과 정신의 토대이며 거부할 수 없는 문화적 조건이다.
도시는 단순히 공간의 문제를 초월하여 현대적 인간의 가능성과 존재를
규정하는 지배소이다. 다시 말해 도시는 삶의 양식과 의식을 결정하는 물
질적 토대이다. 문학도 여기에서 예외일 수 없다. 도시문명이 한국 문학에
서 문제적인 공간으로 떠오른 1930년대 이래, 산업사회의 여러 징후들이
본격적으로 나타난 70년대 이후부터 도시는 중요한 문학적 관심사 가운데
하나2)로 자리 잡았다. 이것이 80년대 말 이후 후기산업사회post industrial
society에 대한 사회학적 고찰을 동반하면서 이에 대한 비평적 논의가 활발
하게 진행3)되어 오고 있음은 주지의 사실이다.

산업화와 공업화의 속도전을 거쳐 우리 사회는 탈근대의 후기산업사회
로 접어들었다. 우리의 삶은 대부분 후기산업사회의 도시공간에서 이루어
지고 있다. 이러한 문화적 환경 변화, 즉 "도시화 또는 도시문명의 체험
증대는 한국 현대사회와 시의 역사적 변화에 주요한 지표"4)로 기능한다.
근대화 또는 산업화 이후 우리 문학은 도시문명의 문제에 대해 심각하게
고민한 문학적 적층5)을 가지고 있으며, 지금도 주요한 시적 사유의 하나

---

2) 김준오, 「도시시와 포스트모더님즘」, 『도시시와 해체시』, 문학과비평사, 1993,
   117~118면 참조.
   　가령 '구인회' 소속의 김기림, 이상, 박태원, 정지용, 김광균 등의 작품과 특
   히 70년대 이후 산업사회의 징후가 나타나기 시작한 이래 도시가 삶의 지배
   적 공간인 이상 현대시에서 차지하는 위상은 중대한 것임에 틀림없다. 그리고
   문명이 어원적으로 도시에서 파생한 말이 듯이 도시는 문명의 대표적 표상이
   다. 따라서 도시공간과 문명에 대한 문학적 관심은 당연한 일이라 할 수 있다.
3) 대표적으로 오세영의 「80년대 도시시의 위상」(『문학정신』, 1989, 7월호)과 『시
   운동』(1989, 6월호)에 실린 정한용의 「도시적 삶과 소외」, 장석주의 「새로운
   도시의 문법을 위하여」, 하재봉의 「일상적 초월과 도시시」, 김경수의 「시와
   일상」 등의 논의를 들 수 있다.
4) 서준섭, 「한국현대시와 자본주의」, 『감각의 뒤편』, 문학과지성사, 1995, 186면.
5) 1930년대 김기림, 이상, 박태원 등으로 대표되는 우리 문학은 산책자의 고유한
   내면적 시선으로 백화점, 쇼 윈도, 다방, 모던 걸, 카페 여급과 같은 근대문명
   을 포착해 그것을 의미화하였다. 특히 1990년대는 탈(후기)근대 문명의 사회이

로 쓰이고 있다. 이와 관련하여 발터 벤야민은 현대사회에서 시인의 운명을 이해하는 데 유용한 관점을 제시해준다. 그는 '보들레르가 군중에 매혹되어 그들 사이를 거닐면서도 동시에 군중과 자신을 격리시키는 양가적 태도를 취함으로써 근대 세계에서의 시인의 위치를 상징적으로 암시해준다'고 한다. 그들은 느리게 거닐며 세속도시의 생활방식과 경험구조를 비판적으로 엿보는 '산책자Flaneur'[6]로 존재한다. 우리 시대의 시인들도 문명화된 일상의 속악한 세속도시의 한복판에서 삶을 살아가고 있으며, 그로부터 시적 소재를 취하고 도시적 감수성으로 상상력의 폭을 확장해 나가는 도시의 산책자라 할 수 있다.

물질적 풍요와 번영에 대한 열망은 사람들로 하여금 보다 적극적으로 과학기술문명에 입각한 근대적 삶의 방식, 도시화되고 문명화된 삶을 추구하도록 한다. 그런데 도시문명의 세속세계는 무의미한 풍요와 화려함만이 현시되는 공간이다. 진리에 대한 태도는 냉소적이며 일상의 무의미함과 권태, 반복과 통속이 압도한다. 이러한 탈근대 문명의 도시에서 산책자는 자본주의적 현실의 속도에 대항하면서, 그 속도에 반성적인 거리를 확보하기 위해 투쟁하는 인간이다. 그들의 산책은 그곳으로부터 탈주하거나

고 문학은 이에 대해 심각하게 고민하지 않으면 안 되는 상황이다. 그것을 가장 잘 보여주는 시인 가운데 하나가 본고에서 다루는 이문재이며, 최승호, 오규원, 유하, 고진하, 이진명 등과 같은 시인이 이러한 문제에 대해 많은 시적 관심을 기울인다.

6) 산책자는 근대가 창조한 환경과 공간, 특히 대도시에서 발생하는 생활방식과 경험구조를 비판적으로 개념화하기 위해 발터 벤야민이 제안한 용어이다. 도시의 거리를 근대적 삶의 상징으로 간주한 벤야민은 산업화 시대의 부산물인 대도시의 군중Menge이라는 '현상'과 거리의 다양한 자극을 자신의 것으로 수용하는 산책자의 양가적 '시선'에 주목한다. 산책자는 군중에게 매혹당한 집단의 일원인 동시에 그들로부터 거리를 두고 냉정하게 관찰하는 양면적 존재이다. 산책자의 개념은 19세기 파리 거주민들의 한 유형에 대한 것이지만, 넓은 의미에서 대도시적 삶의 경험구조에 대한 일반적 표상이며, 특히 문학적 모티프의 측면에서 유효한 개념이다(반성완 편역, 「보들레르의 몇 가지 모티브에 대하여」, 『발터 벤야민의 문예이론』, 민음사, 1983, 164면 ; 한국문학평론가 협회 편, 『문학비평용어사전』 하권, 국학자료원, 2006, 128면.).

본래적 삶을 회복하려는 정신적 고투의 산물이다. 산책자는 현실원칙과 질서가 지배하는 도시문명에 대한 그들의 정신은 비판적이며 불온하고 비관적이다.

게으른 산책은 도시적 일상을 지배하는 이데올로기에 대한 미시적 관찰과 반성을 가능하게 하는 행위이다. 이러한 행위는 현실원칙과 질서에 대한 대항적 사유를 동반한다. 도시공간 속에서 산책자로서의 시인의 대항적 사유는 지금 이곳의 삶을 비판적으로 인식하고 또 다른 전망을 내다보는 행위이다. 왜냐하면 그들의 비관적 불온성은 도시문명을 지배하는 "물질과 기호의 현란함에 내재한 욕망과 미시권력의 작동을 엿보고, 이를 비판적으로 인식"하려는 자들이기 때문이다. 그래서 그들은 현실적으로 불온하고 비관적으로 보이며, 그들의 불온성은 "매혹적인 세속도시의 이면에 숨은 권력, 무의식적으로 강요된 타율성, 비개성적 존재방식을 발견하고 이를 비판적으로 인식"7)한다. 그 발견과 인식은 탈주를 꿈꾸게 한다. 탈주는 일견 현실과 다른 곳으로의 이탈일 수 있다. 그렇지만 주목해야 하는 것은 무엇보다 도시적 일상의 현실에 발을 딛고 지금 여기에 깃든 '현대성의 무의식'에 대한 인식과 성찰이다. 때문에 세속도시와 문명에 민감하게 반응하는 시들은 삶의 조건과 과정에 대한 구체적 인식이라 할 수 있다.

고도로 발달한 문명의 도시 산책자임을 자처하면서 탈근대적 자본주의 문명의 모순을 뼈아프게 각성하는 시인이 이문재이다. 이문재는 산업사회의 모순을 인류 문명의 전반적 차원에서 조감하면서 근본모순의 문제를 숙고한다. 1982년 『시운동』 4집에 시를 발표하며 등단한 이문재는 지금까지 네 권의 시집8)을 펴낸 시인이다. 그는 "도시, 즉 문명의 급소를 발견"

---

7) 김홍진, 「세속도시와 일상의 시학」, 『부정과 전복의 시학』, 역락, 2006, 132면.
8) 1. 『내 젖은 구두 벗어 해에게 보여줄 때』(민음사, 1988) ; 2. 『산책시편』(민음사, 1993) ; 3. 『마음의 오지』(문학동네, 1999) ; 4. 『제국호텔』(문학동네, 2004). 이하 본문에서 시 인용은 별도의 각주 없이 시집 앞의 번호와 쪽수만을 직접 표기

하기 위해 "속도 지상주의에 딴죽을 거는 느림의 미학"[9]을 추구하는 시인
이다. 이러한 문제의식은 생태학적 상상력을 동반하면서 도시문명의 그늘
에서 몸살을 앓는 자의식과 이에 대한 도시 산책자로서의 비판적이며 대
항적 사유를 형성하는 계기로 작용한다.

   이러한 점에서 이 글은 탈근대문명의 도시에서 발생하는 생활방식과
경험구조를 비판적으로 인식하는 이문재의 시를 벤야민이 제안한 산책자
의 관점에 초점을 두고 조명하고자 한다. 이러한 관점은 탈근대 문명의
도시공간을 '시각적 패러다임'[10] 속에서 사유하는 산책자의 투시적 상상
력을 주목하는 방법이다. 산책자의 투시는 대항 담론을 생산해내는데, 이
글은 특히 이문재의 시세계를 세속도시의 속도에 대한 느림의 미학, 원형
의 상실과 관련한 '몸'의 생태학적 회복, '제국'의 권력과 관련된 문명비
판이라는 층위에서 조명해볼 작정이다. 그럼으로써 탈근대 문명과 관련된
산책자로서의 시인의 시적 상상력의 스펙트럼을 조망하고, 나아가 문학과
인간, 문명과 인간, 문명과 자연이 보다 나은 전망을 열어가는 토대를 마
련하는 것이 이 글의 목적이다.

2. 문명의 속도와 '느림'의 미학

   『시운동』 4집에 시를 발표하면서 등단한 이문재는 첫 시집에서 '옛집
푸른 지붕'으로 대변되는 유년체험에 대한 기억을 회한과 그리움이 섞인
'방랑자'의 목소리나, 어떤 종교의 발생지를 찾아가는 고독한 '도보고행승'
이 순례의 길 위에서 현재의 고단함과 상처와 황혼병을 껴안고 부르는 짙

하기로 한다.
9) 이문재, 「딱딱한 제목—이 시집에 대하여—」, 『현대시학』, 현대시학사, 2005, 3
    월호, 263면.
10) 루돌프 아른하임, 김정오 역, 『시각적 사고』, 이대출판부, 1982, 32면 참조.

은 서정성의 세계를 보여주는 것이었다. 이것은 '도보고행승'이나 '방랑자'의 느린 삶의 '길 찾기'11)로 정리할 수 있겠는데, 이러한 길 찾기는 두 번째 시집에서부터 그가 발 딛고 살아가는 세속적인 도시문명 공간으로 시적 행보를 옮긴다. 이러한 시적 행보는 산책(자) 모티프로 수렴되는 것이며, 도시적 일상성의 탐구라는 시단의 한 흐름에 포함되는 것이다. 동시에 산책은 '도보고행승'이나 '방랑자'의 길 찾기로부터 문명화된 세속도시 안에서의 '길 찾기'라는 주제로 시적 전환을 이룩하는 것이다.

속도는 문명의 표상이며, 도시의 운명이자, 문명인이 갖추어야 할 미덕이다. 문명은 자연의 시간에 가속도의 개념을 적용하면서 그 지배력을 강화한 것이 사실이다. 그것은 문명, 특히 자본주의가 추구하는 노동생산성을 향상시키기 위해서이다. 문명의 질주 속에서 현대인이 생존하기 위해서는 그 속도에 적응해야만 가능하다. 속도숭배 문화가 지배하는 사회에서 속도를 거스르거나 게으르게 해찰을 떠는 자는 도태되거나 죄인이 된다. 때문에 자본주의적 현실의 속도에 저항하거나 적응하지 못하는 사람은 부도덕하며, "가장 큰 죄인"(「마지막 느림보—散策詩 3」, 2 ; 20)으로 몰린다. 속도에 역행하는 이 '죄인'들은 "세속세계로부터 이탈한 자이거나 정신적 지체를 앓고 있는 자"로서 현실적으로 "무능하고 불온하고 비관적이고 게으르고 방탕"해 보인다. 이들의 "정신적 지체는 이 세계가 안겨준 쓰라린 선물이면서, 본래적 삶을 회복하려는 정신적 고투를 반영한다"12)는 의미를 지닌다.

이문재는 문명의 속도에 대해 민감하게 반응하는데, 그것은 지극히 부정적이며 비판적이다. 그는 문명과 심각하게 불화한다. 문명의 가속도에 대한 부정적인 자의식은 이에 대한 대항적 사유를 형성하는 중요한 동기로 작용한다. 그는 '빠름'이 아닌 '느림의 미학'을 내세우며 속도의 폭력

---

11) 최동호, 「방랑자의 길과 편력시대」, 『내 젖은 구두 벗어 해에게 보여줄 때』 해설, 민음사, 1988.
12) 이광호, 「세속세계의 산책」, 『환멸의 신화』, 민음사, 1995, 141면.

성에 저항한다. 느림의 미학은 "사나흘을 혼자서 걸어가곤" 하는 "발효의 시간"(「푸른 곰팡이−散策詩」, 1 ; 18)처럼 느릿한 "유목민적 속도"13)이다. 느림의 미학을 강조하는 시인은 무서운 속도로 질주하는 도시문명, 시인의 표현을 빌리면 '속도지상주의에 딴죽'을 걸며 문명의 메커니즘에 제동을 건다. 그는 문명의 도시공간을 어슬렁거리며 거니는 산책의 방식으로 자본주의의 속도에 저항한다.

<blockquote>

이 도시는 느슨한 산책을 아주
싫어하는 모양입니다 산책은 아니
산책만이 두 눈과 귀를 열어준다는 비밀을
이 도시는 알고 있는 것이겠지요
도시는 사람들에게 들키고 싶어하지
않는다고 하더군요 저 반짝이는
유토피아에의 초대장들로 길 안팎에서
산책을 훼방하는 것이지요

</blockquote>

— 「마지막 느림보−散策詩 3」 중에서(2 ; 20)

이문재는 현실에 대한 반성과 모색의 방법을 산책에서 찾는다. 그 좋은 예가 두 번째 시집에 실린 8편의 '산책시' 연작이며, 세 번째 시집에 실린 장 자크 루소의 책 이름을 딴 10편의 '고독한 산책자의 몽상' 연작이다. 그의 시에서 여행의 시보다 산책의 시가 주류를 형성하는 것은 시인이 그만큼 현실에 밀착해 있다는 사실을 반증하는 것이다. 왜냐하면 여행이나 산책이 일상적 삶의 규범으로부터 벗어나 지각의 갱신을 이룩하려는 어떤 정신적 가출이라는 유사한 범주의 의미를 지니지만, 여행이 현실적 삶의 울타리를 이탈하여 일상을 넘어서고자 하는 충동과 연관된 가출의 경험이라면 산책은 일상의 경험공간 안에서의 가출이기 때문이다. 이문재의 시는 현실에 무게중심을 두면서 그 주위를 게으르게 어슬렁거리는 산책을

---

13) 장정일, 「추억의 집, 현실의 길」, 『산책시편』 발문, 민음사, 1993, 137면.

통해 도시문명의 속도를 반성적으로 인식한다.

산책은 도시공간 속의 산책이다. 그런데 도시에서는 "아무도 걷지를 않"고 "내쳐 달리거나 길바닥 위에서/쓰러질 뿐"인 것이 생태이다. 빠른 속도는 현대도시의 운명이다. 도시는 효율적 생산성의 가치와 속도의 신화가 지배하는 공간이므로 "느슨한 산책을 싫어하는" 공간이다. 해찰을 떨거나 게으름을 피우는 "느슨한 산책"은 도시의 생태를 위반하는 것이며, 그렇기 때문에 부도덕하다는 것을 의미한다. 그러나 산책은 이러한 도시의 신화를 거부하고 산책자의 "두 눈과 귀를 열어"주는 행위이다. 도시의 속도에 잘 적응할 때, 그것에 대한 투시적 관찰과 비판은 불가능하다. 도시는 "유토피아에의 초대장"이라는 환상, 즉 풍요롭고 안락한 기호와 이미지로 자신의 환부를 은폐하며, 그것을 결코 "들키고 싶어하지" 않는다. 그러나 산책자는 속도를 거스르며 도시가 감추고 싶은 환부를 냉정한 투시를 통해 관찰해낸다. 여기에서 산책자로서의 화자는 도시의 물질적 풍요와 현란한 이미지가 감추고 있는 미시권력의 은밀한 작동을 엿보고 이를 비판적으로 인식한다.

산책은 도시적 삶이 제시하는 속도의 환상, "유토피아에의 초대장"이라는 환상에 대해 뚜렷한 대립적 의미를 지닌다. 산책자는 "산책의 거대한 묘지"인 도시에서 산책의 느림만이 도시의 속도에 대한 대항적 사유의 형식을 확보해낼 수 있음을 보여준다. 인용 시를 비롯한 '산책시' 연작과 여타의 많은 작품에서 화자는 문명의 속도를 거스르는 산책자로서 냉소적이고 비판적인 시선과 어법으로 산책의 의미를 진술하면서, 도시가 감추고 있는 권력에 대한 우회적인 비판을 수행한다. 산책자는 도시의 "마지막 느림보"임을 자처하면서 "빠른 것은 부도덕"(「타클라마칸—부사성 5」, 2 ; 44)하다는 비판적 명제를 시적 사유의 중심에 두고 끊임없이 걷는다.[14] 이처럼 문

---

14) 이문재의 시에서 산책자의 '걷는다'는 행위는 시적 사유의 근간을 이루는 주요한 테마이다. 첫 번째 시집에서 '도보고행승'이나 '방랑자'의 걷는 행위는 두 번째 시집 이후 산책으로 전환된다. 이때 산책은 도시문명의 이면을 비판

명의 속성인 속도는 부정적 인식의 대상이다. "무서운 이 시대의 속도에 치"(「산성눈 내리네」, 2 ; 78)이는 상황과 "1500cc 오토매틱"의 속도로 "간식처럼 사랑을"(「공중도시」, 2 ; 56) 끝내버리는 현실에서 문명의 강박적인 속도에 대해 긍정적인 인식은 불가능하다. 그래서 시인은 "게으른 사람만이 볼 수 있"기 때문에 "아프도록 게을러져야 한다"(「게으른 사람은 아름답다」, 2 ; 90-91)고 노래한다. 게으른 사람, 속도의 질주에 저항하고 "역행할 줄 아는 사람이야말로 그것이 안고 있는 허상을 간파하고 비판"할 수 있으며, "속도에 가려져 보지 못했던 삶의 실상을 주목"15)할 수 있는 것이다.

> 깜빡이는 것들은, 위험하다
> 엘리베이터 표시등, 병원 약국의 번호판
> 횡단보도 신호등, 카드공중전화의
> 액정화편, 컴퓨터의 커서……
> 이것들은 무시로 깜빡거리며
> 기다림, 기다림인 것을 변질시켜 버린다
> 그 짧은 순간들을 참을 수 없는
> 무거움, 강박으로 바꾸어버린다
>
> —「저 깜빡이는 것들―散策詩 5」 중에서(2 ; 22)

산책이라는 가벼운 행위가 무겁고 절박한 대항적 사유로 전환되는 요인은 도시의 무서운 속도전 때문이다. 산책시편들은 이러한 도시문명의 속도에 대한 깊은 위기감과 절망감의 표현이다. 속도에 대해 나타내는 산책자의 부정적 인식은 문명의 기호들이 "기다림, 기다림인 것을 변질시켜 버린다"는 점에서 비롯한다. 그가 산책자로서 도시공간에서 목격하는 것

적으로 바라보려는 인식 태도를 반영하며, 동시에 생명과의 길을 트기 위한 모색이고, 인간의 감성적 인식을 복원하기 위한 행위를 의미한다. 이점은 이후 세 번째 시집의 「고독한 산책자의 몽상」 연작과 네 번째 시집의 「미래로 부치는 편지」, 「몇 볼트의 성욕」, 「도보순례」, 「이 땅이 부처다―삼보일배」, 「나는 걷는다」 등의 작품에서 계속적으로 되풀이된다.

15) 이혜원, 「實相과 失相」, 『현대시』, 한국문연, 1993, 12월호, 249면.

은 "무시로 깜빡거리"는 도시의 현란하고 풍요로운 기호들과 이미지들이
다. 그러나 게으른 도시의 산책자는 그것들에서 자본과 기술이 가져다준
문명의 풍요와 편리를 보는 것이 아니라, 그 안에 깃든 문명의 폭력과 억
압의 징후를 본다. 도시공간의 여기저기에 편재하면서 "무시로 깜빡거리"
는 것들은 우리들의 '기다림'을 "무거움, 강박으로 바꾸어" 놓는다. 그래서
그 안락과 풍요, 편리와 질서의 기호들인 "깜빡이는 것들은, 위험"한 것이
다. "무시로 깜빡거리"는 것들은 보이지 않는 권력으로 도시의 삶을 관리
하고 통제하는 기제이기 때문이다. 깜빡거리는 것들의 체계와 그것이 부
여하는 명령을 위반하면 이 도시에서 살아남을 수 없다. 깜빡거리는 것들
이 지시하는 길을 따라 도시의 일상, 도시적 삶은 움직인다. 시인은 깜빡
거리는 것들에 의해 관리되고 통제되며, 조작되고 왜곡되는 도시적 일상
을 냉소적으로 바라보는 것이다.

산책자는 주로 저녁에 산책의 길을 나선다. 시인은 "산책을 잃으면 마
음을 잃는 것/저녁을 빼앗기면 몸까지 빼앗기는 것"(「저녁 산책」, 1 ; 29)이라
말하면서 '뒷짐'(「저녁의 뒷짐─散策詩 2」, 2 ; 19)을 지고 저녁 산책을 나선다.
세상의 속도에서 일탈한 느림보에게 적합한 것은 저녁 산책이다. 저녁의
산책은 낮의 확실성과 합리성에 대한 반성을 가능하게 한다. 그것은 낮이
상징하는 합리성에 대한 믿음을 부정하고 현실원칙의 이면에 도사린 어둠
과 혼돈을 투시하는 통찰을 가능케 한다. 저녁 산책은 현실원칙의 허위를
간파하고 본래적 삶을 찾으려는 노력의 산물이다. 시인은 현실적으로 부도
덕한 것으로 단죄되는 게으름과 어슬렁거림을 통해 역설적으로 현실의 속
도전이 내포하는 부도덕성과 위험성을 경고한다.

산책자의 투시는 도시문명의 풍요와 안락의 이미지들 뒤에 숨은 폭력
과 억압성을 발견해낸다. 그것은 물론 시인이 꿈꾸는 진정한 산책은 아니
다. 그가 꿈꾸는 산책은 "도처의 전원을 끊고"(「도보순례」, 4 ; 118) "언제나
맨 처음의 문으로 열리는" 곳, "숲길 저마다의 굽이들이 나를 기다"리는

곳으로의 산책이다. 그러나 이러한 산책은 도시에서 불가능한 꿈이다. "隱者의 꿈/일찍이 부숴지고 말았으니" "산책로 밖으로 나가려는"(「산책로 밖의 산책—散策詩 8」, 1 ; 29-30) 산책은 불가능하다. "산책의 묘지" 속에서 진정한 산책을 꿈꾸며 "산책로 밖으로 나아가려는" 꿈은 이루어질 수 없는 몽상이고, 그 자체로 산책의 진정한 의미이면서, 동시에 도시문명의 속도에 저항하면서 본래적인 자아를 찾으려는 눈물겨운 싸움이다. 결국 진정한 의미의 산책은 "산책로 밖에" 있다. 속도문화 숭배의 도시에서 그 속도를 줄이며 사는 느림의 미학은 인간과 문명이 상생할 수 있는 가능성을 모색하는 것이라 할 수 있다.

3. 원형의 상실과 '몸'의 생태학적 회복

한국 현대시에서 생태적인 입장을 표방하면서 시를 저작한 시인들은 적지 않다. 이문재는 훼손된 생태 현실을 구체적으로 형상화하면서 생태학적 전체성의 훼손과 복원, 상실과 회복 사이의 긴장을 보여주는 시인 가운데 하나이다. 도시의 시인들은 "왜곡된 도시적 삶의 비인간적 양상을 있는 그대로 드러내고자 하는 의지"와 함께 그러한 "도시적 일상을 넘어선 곳에 열리는 훼손되지 않은 원초적=자연적 삶에 대한 열망"[16]을 동시에 가지고 있다. 이 둘은 동전의 양면과 같은 것이어서 도시문명의 묵시록적 상황이나 도시적 삶의 불모성을 드러냄과 동시에 그런 상황을 넘어선 차원, 다시 말해 결핍으로 가득 찬 현재의 상황과 대비되는 공간으로서 시원에 대한 그리움을 노래한다.

이문재의 시편들은 도시문명의 한 가운데를 산책하는 '보는 자[見者]'로서의 독특한 관찰법과 시정신으로 탈근대 문명을 비판적으로 조감하면서

---

16) 남진우, 「묵시록적 시대의 글쓰기」, 『신성한 숲』, 민음사, 1995, 61면.

원형의 상실과 훼손에 대한 생태학적 사유를 펼친다. 그의 시편들에서 훼손된 생태학적 전체성의 파편들은 대체로 "우리가 별이라고 믿었던/빛들이 붉은 피를" 떨구는 "묵시록"(「오존 묵시록」, 2 ; 83)적 상황으로 제시되며, "쓰레기 소각장 굴뚝에서" "다이옥신이 배출"(「사슴 4단지」, 3 ; 70)되는 다소 그로테스크한 표현으로 제시된다. 이러한 표현은 현실 자체가 그만큼 묵시록적 상황이며 동시에 그로테스크하게 왜곡되어 있다는 것을 역설적으로 나타내는 것이다. 시인은 자연의 방향과는 다른 쪽으로 전개되는 후기산업사회의 모순을 시적으로 형상화함으로써 인류 문명 전체와 생태학적 사고의 차원에서 근본 모순의 문제를 숙고한다.

물질문명 시대의 시인은 문명비판자이면서 또한 상실한 자연을 추구하는 자이다. 오늘날 "묵시록적 상황의 집약적 상징이 도시문명"이라면, 자연의 원형은 그러한 "부정적 현실의 지평 너머에 떠오른 구원의 자리"17)로 인식된다. 문명의 병폐가 극도로 심화되는 탈근대의 현대사회에서 "소외는 인간존재의 보편적 특징"18)이다. 이때 시인은 세계와의 갈등을 극복하기 위해 동일성의 세계를 추구하게 된다. 동일성의 훼손은 동일성 회복의 인자因子이기도 하다. 이문재의 시에서 세계로부터 소외된 자아는 상실한 본래적 원형의 '몸(땅)'을 회복하기 위해 노력한다. 시인은 빠름의 시대에 느림으로 응전하면서 훼손된 생명의 가치를 복원하려 한다. 문명화된 산업사회에서 가장 크게 훼손된 대상은 인간을 포함한 자연의 생명이다. 시인은 물질문명으로 인해 척박해지고 훼손된 자연의 생명을 '몸'과 '땅', 그리고 '농업'의 은유를 통해 회복하려 한다.

> 빼앗긴 것을 찾을 수
> 있을까 도시에서 밀려나오는 길
> 길어질수록 치욕만 는다

---

17) 남진우, 「묵시록적 시대의 글쓰기」, 위의 책, 61면.
18) R. 터커 · A, 샤프 외, 조희연 역, 『현대소외론』, 참한문화사, 1983, 11면.

눈 감으면 더욱 새파랗게 빛나는 길

— 「길」 중에서(2 ; 17)

시원으로부터 분리된 인간의 욕망은 도시적 문명의 삶이 불만족스러워지는 것과 비례해서 시원으로 돌아가고자 하는 열망 또한 커진다. 이때 시원으로서의 자연은 우리의 삶이 다시금 회복해야 할 영역이라는 적극적 의미를 갖는다. 화자는 문명으로부터 탈주하여 "빼앗긴 것"으로 대변되는 잃어버린 길 찾기를 시도하고 있다. "찾을 수/있을까"라는 의문형의 어조로 부정적인 인식이 자리 잡고 있기는 하지만, 그 부정적 의문은 그만큼 시원의 세계로 복원해야 한다는 강한 열망의 표현이기도 하다. 화자가 찾으려고 하는 길 찾기의 의미는 원형적 삶의 길 찾기라 할 수 있다. 상실한 자연의 생명을 재신화화하여 원초적 세계를 복원하려는 길 찾기는 부조리하고 모순에 찬 현실, 현대의 파편화된 시간, 도시적 문명공간에서 벗어나고자 하는 욕구와 관련되어 있다. 화자는 도시문명에 의해 상실하고 빼앗긴 그 무엇, 즉 "눈 감으면 더욱 새파랗게 빛나는 길"로 상징되는 원형의 회복을 꿈꾸고 있다. 이러한 원형 상실과 회복은 생태학적 상상력과 깊이 연관되어 있다. 미래에 대한 전망 부재의 비극적 세계관은 더욱 강렬하게 생태학적 사유를 촉발시킨다. 현재 상태와는 근본적으로 다른 세계에 대한 지향은 비극적 세계관에서 탄생하는 것으로 "자연을 재신화화하며 자연을 배반한 문명의 이데올로기를 탈신화화하려는 전략적 기획은 모두 현재 주어진 현실에 대한 불만과 고통으로부터 출발"[19]하는 것이기 때문이다.

이문재는 상실한 세계의 원형적 질서 회복을 위해 느림으로 대응하면서, 이성에 의해 상실한 '몸(땅)'의 원형적 생태성과 상실한 세계에 대한 그리움, 그리고 '농업'[20]의 회복을 꿈꾼다. 그 꿈은 문명에 대한 비극적

---

19) 김홍진, 「자연의 재신화화와 탈신화화」, 『한국언어문학』 제58집, 2006, 338면.

세계관에 기초를 두고 있으며, "몸이 가지는 본유의 자연성을 회복하려는 열망"이면서 "몸의 존재성 회복"[21]을 의미한다. '몸'과 '농업'에 대한 사유는 시의 주제를 규제하는 정신적이며 전략적인 국면이다. 이때 '몸'은 자연으로서의 몸을 상징하는 무위無爲의 몸을 의미한다. 같은 의미에서 시인이 꿈꾸는 미래의 문명은 농업에 토대를 둔 것이다. 미래의 문명이 농업에 토대를 둔 것이라면, 그 문명은 '흙'의 생명성을 바탕으로 한 문명을 의미한다. 이것은 시인이 지속적으로 역설하는 '오래된 미래'이며 '지난간 미래'이다. 그러나 시인이 꿈꾸는 '오래된 미래' 혹은 '지나간 미래'에 대한 지향은 문명사적 차원에서 희망적이지만은 않다. 시인의 옛날에 대한 집착과 미래에 대한 불신은 지금 이곳의 문명에 대한 비관적 인식에서 비롯하는 것이다. 그런 점에서 '미래는 오지 않을 것'(「각성제-고독한 산책자의 몽상」, 3 ; 81)이라는 고독한 산책자로서의 비극적 세계관은 전망 부재에 대한 강력한 경고로 읽힌다.

> 옷 벗어 알몸이고 싶어
> 몸 벗어 알이고만 싶어서
> 활짝 몸을 여는데 열어놓는데
> 不感보다 더 큰 고문은 없었구나
>
> — 「간지럼」 중에서(3 ; 16)

이문재의 시에서 몸은 원형적 생명력이다. 그러나 "不感의 시대"에 '몸'과 '마음'은 이원화되어 있다. '내 몸을 껴안지 못하는 마음'과 '내 몸 안

---

20) 이문재는 자신의 시의 최근은 농업이며 오래된 미래로서의 농업에 도달하고자 한다고 피력한다. 농업은 은유로서 미래를 선동하는 보이지 않는 손과 인간 중심주의에 대한 야유이다. 시인은 농업을 지향하면서 문명사적 대전환기 속에서 농업과 흡사한 그 무엇, 그러니까 자연의 한 일부로 돌아가 온전한 몸의 존재로 살아가기를 꿈꾸며, 자신의 시와 삶이 마침내 가 닿아야 할 '고향'은 흙에 바탕한 그 무엇, 농업에 가까운 그 무엇이라 피력한다(이문재, 「미래와의 불화」, 『마음의 오지』 후기, 문학동네, 1999, 99~102면 참조).
21) 이재복, 「몸과 느림의 언어」, 『현대시학』, 현대시학사, 1999, 9월호, 250면.

에 들지 못하는 마음'으로서 서로 대립적이면서 불일치한다. 몸이 하나의 '신전'임에도 불구하고 마음과 불일치하는 것은 이 시대가 "不感의 시대"이기 때문이다. 그는 상실된 세계에 놓여 있기 때문에 원형적 삶에 대한 그리움을 노래할 수밖에 없다. 상실한 몸의 원형적 생태성과 그리움의 본질은 원형적 세계의 상실에 의한 것이고, 마땅히 회복해야 할 영역이며 가치이다. 삶의 원형적 모습을 회복하는 대안을 시인은 상실한 땅으로부터 찾는다. "땅에 넘어진 자는" "그 땅을 짚고 일어서야" 하며 "온몸이 진흙투성이가 되지 않고서는/일어설 수 없다"(「땅에 넘어진 자, 그 땅을 짚고 일어서야 한다」, 3 ; 32)는 인식은 현재 상실해버린 땅으로부터 미래를 새롭게 전망해야 한다는 의미이다. 상실한 땅의 회복은 상실한 땅으로부터 시작해야 하며, '진흙투성이'의 땅에서 출발해야 한다. 그곳은 바로 원형성이 오롯이 갖추어진 '오지' 내지는 '극지'이다. 그러므로 '진흙투성이'의 땅으로 표현된 '오지'는 생명의 모태가 되는 땅이다.

이문재는 자신을 "도시-자본주의-근대의 사생아"라 말하면서, "내 시와 삶이 마침내 닿아야 할 '고향'은 흙에 바탕한 그 무엇, 농업에 가까운 그 무엇이다"라고 천명한 바 있다. 이러한 시인의 말에는 "과학과 합리의 잣대로, 이성과 효율의 이름으로 이 문명이 인간에게 가한 폭력"22)을 비판하고 삶의 원형성으로서 흙의 생명력에 대한 관심을 포함하는 것이다. 시인은 삶의 원형성을 '고향'에 바탕한 흙에서 찾고 있다. 흙은 생명의 모태를 상징한다. 이러한 흙의 생명력은 농업이기도 하다. 그가 지향하는 흙에 대한 그리움은 원초적 생명력의 회복이며, 미래 사회가 추구해야 할 가장 중요한 생산적 관점이다. 이와 같이 그의 시편이 지향하는 세계는 원초적 생명력을 간직한 흙의 세계이다. 그의 시편에서 원초성이 훼손되지 않은 '오지'나 '극지'는 바로 그러한 생명의 땅을 상징한다. 그의 시에서 '오지'나 '극지'는 따라서 삶의 진정성을 회복하기 위한 새로운 출발점

---

22) 이문재, 「미래와의 불화」, 앞의 시집, 100면.

인 것이다. 현재가 '막힘'의 상황이라면, 새로운 대안은 이 막힘의 상황으로부터 시작해야 하는 것이다.

> 농업박물관에 전시된 우리 밀
> 우리 밀, 내가 지나온 시절
> 똥짐 지던 그 시절이
> 미래가 되고 말았다
> 우리 밀, 아 오래된 미래
>
> — 「농업박물관 소식―우리 밀 어린 싹」 중에서(3 ; 44)

이문재의 생태학적 사유는 문명이 지향해야 할 전망과 잃어버린 생명의 호흡을 느끼게 해준다. 인용 시는 도시의 산책자인 시인이 세속도시의 한복판을 어슬렁거리며 산책하다가 '농업박물관'을 발견했을 때의 충격을 연작으로 시화한 작품 가운데 한 편이다. 여기에서 화자는 농업사회에서 산업사회로 전환되면서 농업이 이제 박물관 신세가 된 것을 주시하고 있다. 이러한 화자의 주시에는 농업의 상실뿐만 아니라 인간성과 생명의 상실, 본래적 삶의 본질을 상실하고 말았다는 뼈아픈 각성이 자리한다.

이문재의 생태학적 사유는 과학기술주의적 사유방식을 전일적 세계관으로 극복하고자 하는 태도를 지향한다. 이러한 세계관은 「이 땅이 부처다」(4 ; 121)에 잘 반영되어 나타나는데, 이 작품에서 "몸 속으로 땅이 들어"설 뿐만 아니라 "이 땅이 부처"라는 인식은 생명에 대한 전일적 세계관과 생태학적 사유의 극점을 보여주는 것이다. 그러한 삶의 태도를 실천하기 위해서 사물화되고 물신화된 인간과 자연을 다시 생명의 본원적 존재로 되살아나게 해야 한다. 몸과 땅, 부처가 하나가 되는 불일불이不―不二의 합일의 정신은 곧 생명과 인간을 사랑하는 길로써 생명의 공동체 의식을 갈망하는 것이다. 문명의 쾌속적 질주에서 우리가 상실한 것은 다름 아닌 "연민과 배려의 네트워크"(「티벳버섯 이메일」, 4 ; 67), 즉 인간다운 감수성과 생명, 인간과 세계가 맺고 있는 유기체적 관계성의 가치이다. 시인은 단순히 시원으로의 회귀나 문명의 각성을 주장하는 것만이 아니라 생명에 대한 배려에서 진정한 삶의 가치가 나온다는 것을 보여준다.

이문재의 생태학적 사유는 문명과의 긴장 위에서 생명에 대한 가치라는 매개항이 설정되면서 촉발된다. 그의 시는 문명과 자연, 유기체와 무기체, 속도와 느림, 욕망과 탈욕망이라는 대립적인 가치 사이에서 갈등하면서 생태학적 의미를 획득한다. 이문재의 대항적 사유는 인간다운 삶의 가치와 생명의 힘을 문명의 폭력에 대한 반대항으로 설정하는데, '지나간 미래' 혹은 '오래된 미래'로서의 몸(땅)과 농업의 생명성은 새로운 문명의 대안 명제이다. 그것은 총체적으로 얽혀 있는 문명과 생명의 갈등을 보듬으면서 미래를 보고자 하는 전망을 담고 있다. 그것은 "우리는 저마다 우주의 중심"(「티벳버섯 이메일」, 4 ; 67)으로 존재해야 한다는 것이다. 여기에서 문명과 생태라는 주제에 대해 고민하는 산책자의 대항적 사유가 설정하는 새로운 문명의 대안 명제를 확인할 수 있다.

4. '제국'의 야만성과 문명비판

이문재의 시에서 도시의 속도를 비판하는 산책자의 대항적 사유는 농업과 관련된 인류적 과거의 기억을 미래로까지 연결시키려는 문명사적 차원의 것이다. 그것은 자연의 생명력과 몸의 생태학적 회복을 함께 보여주면서, 동시에 탈근대의 디지털 문명과 제국주의적인 후기산업사회에 대한 비판적 사유를 포함하는 것이다. 이러한 여러 시적 사유들은 각각 분리되어 있는 것이 아니라 서로 긴밀히 연결되어 시세계의 전체적인 의미구조로 수렴되고 있다. 특히 네 번째 시집에서는 '제국호텔'로 상징되는 후기산업사회의 자본과 권력의 논리에 대한 비판적 투시가 첨예하게 드러난다. 이때 '제국'은 정치학적 개념이라기보다는 초국적 기업의 경제논리나

시장의 개념으로 후기자본주의 사회를 은유하는 것이며, '호텔'은 제국이
세운 구조물로 '지금 여기의 현실'을 은유하는 것이다. 그리고 전지구적
자본주의의 소비자로서 비싼 대가를 치르고 '호텔'에 투숙한 자가 '우리'
의 현실이라는 의미를 지닌다.

　이문재 시에서 화자는 주로 도시의 산책자이다. 이때 도시 산책자로서
사유하는 유형화된 화자는 도시문명을 비판적으로 인식하는 자아이다. 화
자는 "저녁의 뒷짐"을 지고 "어슬렁 저녁을 따라"(「저녁의 뒷짐―散策詩 2」,
2 ; 19) 세속도시를 산책하면서, 그것이 드러내면서 감추고 있는 의미를 탐
구하는 자아이다. 유형화된 화자에게 세속세계라는 외부의 현실은 단순한
현상이 아니라 극복해야 할 내면성의 기호이다. 그러므로 '제국호텔'로 상
징되는 문명화된 도시를 어슬렁거리며 산책하는 것은 문명화된 삶의 내부
는 물론 자기 자신의 황폐성과 불모성을 치유하기 위한 탐색으로 볼 수
있다. 이는 동시에 '유토피아에의 초대장'이라는 환상이 빚어낸 고독한 군
상을 확인하는 과정이다. 고독한 군상들 가운데 하나인 산책자는 '제국'이
유포한 기호들과 이미지들과 화법을 본다. 그것들은 제국의 자본과 권력
의 이데올로기를 풍요의 이름으로 은폐하는 것들이다. 하지만 게으른 산
책자는 이것들에서 자본과 기술, 문명과 도시의 승리를 보는 것이 아니라,
그 안에 내재한 억압과 폭력, 그리고 죽음의 징후를 본다.

　　광고의 아우성과 매체의 잡음 속에서 광고의 잡음과 매체의 아우성으로 나온
　다, 저, 아니, 이 길뿐, 빈틈은 없다, 내 시야와 시력은 이제 나의 것이 아니다, 그
　러하니
　　내 눈이 보고 싶던 것이 무엇인지, 보고 싶은 것이 무엇인지를 알 수 없게 되
　어버렸다, …중략… 시선이 떠나가 돌아오질 않는다, 서울은 캄캄할 만큼 현란하
　고 현기증으로 증발할 만큼 무섭게 돌아간다, 즐겁다고, 쫓아가고 싶다고, 누릴
　수 있다고, 견딜 수 있을 것이라고……
　　　　　　　　　　―「타워 크레인―고독한 산책자의 몽상」 중에서(3 ; 90)

각종 '매체'와 '광고', '전광판'과 '네트워크'들은 탈근대 도시의 보이지 않는 권력으로 도시의 삶과 욕망을 관리하고 지배한다. 그것들은 선진 산업사회에서 "통제의 새로운 형태"로 인간을 억압하기보다는 오히려 인간의 "신체뿐만 아니라 정신과 영혼까지 교묘하게 조종"[23]한다. 광고나 정보 매체들의 체계와 그것이 부여하는 명령을 위반하면 도시에서 살아남지 못한다. 깜빡거리는 도시의 '전광판'은 하나의 권력으로 도시의 정보와 이데올로기를 우리에게 주입시키며 "도시인 것을 조종한다"(「저 깜빡이는 것들」, 2 ; 22). 그 전광판이나 매체가 지시하는 길을 따라 일상인은 움직인다. 광고나 잘 발달된 네트워크의 언어와 화법은 '제국'으로 상징되는 자본주의의 기능화된 화법이며 언어 양식이다. 그것은 인간을 "억압하지 않는 형식으로 억압"하는 양식이며, "은폐된 억압의 가장 고도화된 형태"[24]이기 때문에 "그 현란하고 감각적인 언어적 기교들, 그 매끄럽고 그윽한 상상력과 감수성들, 그 넘치는 쾌적과 안락과 풍요의 환상들"[25]로 우리를 부지불식간에 매혹하고 압도한다. 전광판이라는 도시의 불빛은 "캄캄할 만큼 현란하고 현기증으로 증발할 만큼 무섭게 돌아"가는 것이어서, "즐겁다고, 쫓아가고 싶다고, 누릴 수 있다고, 견딜 수 있을 것이라"는 환상을 심어줄 만큼 매혹적인 마취력을 지닌 것이다.

도시는 정보매체의 잡음과 아우성으로 가득 찬 곳이다. '제국호텔'에 투숙한 도시적 삶에서 광고나 정보매체는 일상을 이루는 중요한 요소이다. 일차적으로 정보 전달적 기능을 가진 광고나 각종 매체들은 도시문명 사회에서 일차적 기능에만 머물지 않는다. 휘황찬란한 불빛의 전광판과 네트워크를 동원해 사람들을 매혹시키고 욕망을 조작한다. 이럴 때 광고나 각종 매체들은 단순한 정보 전달자가 아니다. 그것은 후기자본주의적 책략의 전초병이 된다. 그것은 "밤을 끄고 휘황하게 낮을 켜놓는 권력들"(「광화

---

23) H. 마르쿠제, 『일차원적 인간』, 한마음사, 2006, 19~76면 참조.
24) 우찬제, 「그토록 불길한 욕망」, 『욕망의 시학』, 문학과지성사, 1993, 51면.
25) 이광호, 「'길'과 '언어' 밖에서의 시쓰기」, 『위반의 시학』, 문학과지성사, 88면.

문, 겨울, 불꽃, 나무」, 4 ; 64)로서 인간의 무의식과 욕망을 조작하고 조종하며 왜곡시킨다. 욕망의 조작과 왜곡에 의해 인간들은 도시의 불빛과 그것이 유포한 메커니즘에 복종하게 되며 몰주체적 존재로 변질되고 만다.

위의 작품은 조작되고 왜곡된 욕망에 의해 인간이 몰주체적 존재로 전락하게 된 상황을 고통스럽게 드러내고 있다. "광고의 아우성과 매체의 잡음"으로 인해 화자의 "시야와 시력은 이제 나의 것이 아니"며, "내 눈이 보고 싶던 것이 무엇인지, 보고 싶은 것이 무엇인지를 알 수 없게 되어버렸다." 그러므로 "광고의 아우성과 매체의 잡음"으로부터 자유롭지 못한 화자의 모습이야말로 도시문명인의 극단적인 초상이다. 이문재의 시편을 관통하는 주된 시적 발상법의 하나는 분명 제국의 자본과 권력이 인간에게 가하는 보이지 않는 억압과 폭력을 주시하는 것이다. 탈근대 문명의 메커니즘과 광고 전략, 고도로 발달한 네트워크 등은 일상생활의 주재자가 되었고, 그 권력 안에서 인간들은 몰주체적 상황에 빠지는 것이다.

이문재는 지난 몇 십 년을 "아버지를 부정"하고 "근대가 극성을 부리면서 미래로 달려가자고 선동하는 동안, 그 선동에 적극 가담하는 동안"의 세월이라고 압축적 표현으로 제시한 바 있다. 그 세월은 "과학과 합리의 잣대로, 이성과 효율의 이름으로 이 문명이 인간에게 가한 폭력"26)으로 인식되는 세월이다. "배가 자주 고프던 시절"(「유전자는 그리워만 할 뿐이다—고독한 산책자의 몽상」, 3 ; 86)을 지나 "디지털 강국"(「제국호텔—인도에서 소녀 오다」, 4 ; 54)으로 이동하는 동안 인간은 "땅으로부터 추방당한" 채 "전원에 연결되어 있던 삶"(「서신」, 4 ; 36)을 살아왔다. 다음의 작품은 이러한 도시적 삶에서 정체성을 상실한 인간의 초상을 확인해준다.

아무리 생각해도 나는 이 도시와 어울리지 않는다
표고 45미터에서 잠자고, 지하철을 한 시간 타고 도심으로 나와서 지상 21층
에서 일하다가, 점심 때는 대개 29층 구내식당에서 밥 먹고, 저녁에는 간혹 지하

---

26) 이문재, 「미래와의 불화」, 앞의 시집, 100면.

"표고 45미터에서 잠자고, 지하철을 한 시간 타고 도심으로 나와서 지상 21층에서 일하다가, 점심 때는 대개 29층 구내식당에서 밥 먹고, 저녁에는 간혹 지하 생맥주집에 들렀다가 곧장 지하철을 타고 집으로" 돌아가는 생활을 반복하는 화자에게 다른 실존적 가능성은 존재할 수 없다. 자본의 거대한 수량화를 의미하는 "표고 45미터"와 "지상 21층"과 "29층"은 욕망의 한계효용에 의해 무한대로 증폭해가는 결코 충족될 수 없는 인간의 결핍된 욕망을 나타내는 기호이다. 이들 숫자는 욕망의 기호이면서 그 욕망이 채워지지 않는 결핍의 기호이다. 이러한 숫자들은 인간의 실존적 가능성을 용납하지 않으며, 도시적 삶의 비정성과 불모성과 결핍에 사로잡힌 욕망을 상징적으로 드러내고 있다. "지상으로부터 버림받"고 "땅으로부터 추방당한" 도시적인 생활방식은 자아의 실존적 존재성을 무력화시킨다. 지하철로 대표되는 지하 역시 땅으로부터 화자를 유리시키고 감금하는 감옥과 같은 것이다. 땅으로부터 추방되어 공중과 지하에 유폐된 화자의 모습은 따라서 어떠한 실존적 가능성도 열려 있지 않은 우리 시대의 초상을 극단적으로 은유한다.

문명화된 삶으로서 '전원에 연결되어 있는' 삶은, 곧 '제국호텔'의 투숙객으로서의 삶이다. 그것은 휴대폰과 라디오, TV와 인터넷 등의 대중매체, 더 나아가 자본과 권력의 그물망인 초국적 기업과 국제금융자본 등 '제국'에 지배당하는 후기자본주의적 삶을 의미한다. 이 대중매체와 제국의 자력이 발산하는 자장으로부터 자유로울 수 있는 사람은 없다. 전원電源, 즉 대중매체와 제국의 네트워크는 모든 사람들의 삶을 예외 없이 균질화하고 동일한 가치체계 속에서 동일하게 사유하도록 강제한다. 이것은 도시적 일상의 평균율 속에서 자기 자신은 없고 타자의 의향이 현존재의 모든 존재 가능성을 임의대로 조정하는 '존재 가능성의 균등화'[27]를 잘 보여주는 것이다. 대중매체와 네트워크는 디지털 혹은 '제국'으로 상징되는 후기자본주의라는 문명사적 차원을 잘 반영하는 것이다. 후기자본주의의 이데올로기에 대한 비판적 인식을 가장 잘 보여주는 작품이 「제국호텔」(4 ; 45-62) 연작이다.

> 광속으로 광고를 살포하는 광케이블
> 여우는 화끈한 밤을 즐기시라는 콘텐츠를
> 보내왔다 오늘 섹스코리아도 안녕하다
> 이 네트워크는 근본주의자들의 테러를 능가한다
> 샤워기에서 뜨거운 디지털이 뿜어져나온다
>
> ─「제국호텔─9월 22일 아침, 외롭다」 중에서(4 ; 61)

「제국호텔」 연작에서 화자는 '본국'의 명령을 받아 '원주민'들을 관리 감독하는 인물로 설정되어 있다. 제국의 '식민지' 출신으로 보이는 화자는 '제국호텔'의 관리인이다. '제국'은 '전원', '전파', '인터넷', '카메라', '초국적 기업', '병원', '약' 등 자본과 권력의 그물망을 통해 식민지 백성들을 관리 감독한다. 무미건조한 어조로 전개되는 위의 작품은 '제국'의 자본과 권력에 의해 포획된 식민지 '원주민'의 일상이 무의미하게 반복되고 있음과 "뜨거운 디지털이 뿜어져"나오는 네트워크의 그물망에 의해 인간적 감성을 상실한 '원주민'들의 모습을 상징적으로 보여준다. '@에 모여 사는 원주민'(「제국호텔─비밀번호」, 4 ; 51)들은 「제국호텔」 연작 시편에 등장하는 "누런 얼굴들, 낡은 기계, 노란 햇살, 낙엽이 썩지 않는다는/저녁뉴스" 등에서 알 수 있듯이, "물이끼"와 "달무리"로 상징되는 인간적 감수성을 상실한 사람들이다.

「제국호텔」 연작 시편들은 '제국'의 네트워크에 지배당하는 인간의 참

---

27) M. 하이데거, 전양범 옮김, 『존재와 시간』, 시간과공간사, 1992, 180〜185면.

혹한 모습과 그것으로부터 탈주하려는 의식, 그리고 그 '제국'에 대한 비판적 의식을 잘 보여준다. 이들 연작 시편은 현대 산업사회에서 부자유가 영속화되고 가속적으로 비인간화되며 야만화되는 아도르노의 '관리 사회'의 모습을 상징적으로 보여준다. 도시화, 산업화, 네트워크화는 우리 사회의 감수성과 삶의 방식을 근본적으로 바꾸어놓았다. 이런 사회는 인간의 욕망을 왜곡 조작하면서 개인의 무의식을 통제하고 지배한다. '@에 모여 사는 원주민들'을 완벽하게 통제하는 시스템은 '전원'이다. 그래서 "제국 발전소에 연결되어 있지 않은/시민은 시민이, 아니 생명체가 아니다"(「제국 호텔—더이상 빌어올 미래가 없다」, 4 ; 48). 이와 같은 진술은 후기산업사회의 디지털 문명이 가져올지 모르는 어떤 재앙의 징후를 드러내고 있다는 점에서 묵시록적인 위기감으로 다가온다. 이런 시적 진술은 반인간적이고 반생명적인 문명의 위기감을 고조시킴과 동시에 문명에 대한 대항 담론으로서의 역설적 성격을 갖는다.

이문재의 시는 '제국'이 숨기고 있는 억압성과 폭력성, 그리고 문명이 은폐하고 있는 위기감을 드러내고 그것을 극복하려는 상황을 반어적으로 보여준다. "걸어다니는 자들이 거의 없"고 "바람결에 누런 유전자들이 떠다"(「제국호텔—더이상 빌어올 미래가 없다」, 4 ; 47)니는 사회, '국가'도 '기업'도 '경전'도 '문명'도 '인류'도 "걷지 않는"(「나는 걷는다」, 4 ; 140) 상황은 곧 문명사적 위기감을 그대로 드러내는 것이다. 과학기술의 진화와 발전의 논리로 극대화되어 있는 문명과 제국주의적 자본의 논리는 인간의 무의식까지 통제하고 지배하는 장치이다. 인류가 "걷지 않는다"는 냉소적인 진술에는 문명과 제국에 대한 통렬한 비판과 묵시록적인 절규가 숨어 있다. 시인이 산책자로서 끊임없이 걷는다는 것은 생명과의 길트기를 위한 근본적인 모색이자 인간의 감성적 인식을 복원하기 위한 시도이다. 그래서 시인은 "도처의 전원을 끊고"(「도보순례」, 4 ; 118) '제국호텔'로부터 탈주하여 본래적인 원형으로 돌아가고자 한다. 그 원형에 대한 그리움의 기저에는

'제국'으로 상징되는 문명의 야만성에 대한 반어적인 비판이 자리한다.

5. 불온한 산책의 정신

이문재의 시는 지하철 정거장과 공중도시로 상징되는 세속도시의 한복판에서 파시스트적 속도에 역행하는 산책을 통해 제국과 문명에 대항한다. 또한 오래된 미래인 농업의 은유를 통해 후기산업자본주의 사회의 자본과 권력에 대한 대항적 사유를 형상화한다. 문명과 불화의 관계에 놓여있는 시인이 제국과 문명의 억압성과 폭력성으로부터 벗어날 수 있는 대안은 느림이다. 문명의 속도에 저항하는 느림의 미학을 강조하는 그의 시는 산책이라는 특유의 방식을 통해 문명의 속도에 맞선다. 그의 시에서 산책자 모티프는 단순한 완상이나 소요逍遙의 형식이 아니라 탈근대 문명사회에서 삶의 근원적인 요소를 통찰하기 위한 시적 방법이다. 그것은 또한 속도와 욕망이 질주하는 자본주의의 한복판에서 산책자의 투시적 상상력을 통해 인간과 문명, 도시와 생태의 참다운 관계 모색을 수행하는 작업이기도 하다.

이러한 관계 모색은 고도의 문명사회가 갖는 반생명적인 불모성을 벗어나 생태학적 원형회복을 위한 몸부림이기도 하다. 이 같은 시적 담화의 구축은 도시화·문명화된 현재적 삶에 대한 반성과 미래 문명에 대한 진지한 성찰로서 우리가 지향해야 할 미래사회의 방향점을 제시하는 것이다. 지금까지 살펴보았듯이 현실세계와 이상세계 사이의 긴장을 통해 문명이 나아가야 할 길, 그리고 생태적 원형회복을 위한 시적 탐구는 그의 시를 관통하는 지배소이다. 그의 시는 인간과 문명, 자연과 도시, 생태와 문명 등 우리 시대의 쟁점이 될 만한 주제들을 포괄적으로 포함하고 있다. 따라서 그의 대항적 사유는 생태학적이고 문명사적이며, 또한 사회학적 의미를 지닌다. 그의 시는 우리 인류 문명이 지향해야 할 미래적 전망과 잃어버린 삶의 호흡을 느끼게 해준다는 의미에서 문명과 인간, 도시와 생태적 환경이 보다 나은 관계를 모색하는 반성적 토대를 마련해준다.

　이문재는 반생명적이고 반생태적인 도시문명 현실과 탈근대로 접어든 후기자본주의의 생태에 대한 대항적이며 비판적인 사유의 형식을 보여주는 시인이다. 그는 탈근대 문명과 도시, 후기산업사회의 자본과 권력이 간직한 반인간적이며 반생명적인 현상에 대해 느림의 미학으로 대항하면서, 생명의 전체성과 생태적 전체성의 세계에 이르기 위한 시적 도정을 보여준다. 특히 그의 시는 탈근대의 세속적 문명의 풍경과 그것을 야기하는 인간의 무정부적 욕망과 욕망의 환각 상태를 집요하게 비판한다. 생태학적 전체성이 훼손된 타락한 도시문명의 현실을 어슬렁거리며 거니는 산책자의 시선을 통해 문명을 비판하는 그의 시에서 우리는 특히 속도와 느림의 미학, 원형의 상실과 생태학적 회복, 문명사적 차원에서 '제국'의 야만성에 대한 비판을 주목하였다. 타락한 생태현실과 그 기저에 도사리고 있는 탈근대의 제국의 논리에 대한 비판과 반성, 그리고 원형이라는 동일성의 회복에서 산책자의 투시와 대항적 사유는 탈근대 문명에 대한 대안 명제의 수사학으로 읽힐 수 있다.

길의 숨결과 함께 숨쉬기

— 김완하론

1. 길의 숨결

1987년 『문학사상』을 통해 등단한 김완하는 『길은 마을에 닿는다』(1992), 『그리움 없인 저 별 내 가슴에 닿지 못한다』(1995), 『네가 밟고 가는 바다』(2002)를 상재했으며, 최근에 네 번째 시집 『허공이 키우는 나무』(시작, 2007)를 선보이며, 이 시집으로 시와시학사에서 주관하는 '젊은 시인상'을 수상하였다. 김완하의 시를 읽으며 우리가 주목하게 되는 것은 삶과 현실을 기꺼이 수락하고 버텨내려는 견딤과 초극의 과정으로서의 삶의 자세이다. 그것은 모든 시인들이 그렇겠지만 시적 자아를 가로 막아 선 세계에 대한 성찰과 그에 대한 저항의 한 방식으로 시쓰기를 감행할 수밖에 없는 힘겨운 현실을 동시에 반영하는 것이 아닌가 싶다. 그에게 시쓰기는 고통스러운 삶과 운명의 형식에 대한 역설적 응전의 방식이며, 삶과 존재에 대한 의미를 묻고 세상의 가치를 탐색해 가치화하는 삶의 연속적 작업으로 여겨진다. 더 나아가서 그는 시쓰기를 통해 존재의 회복이나 완성에 이르는 전망까지 꿈꾼다.

누구나 공감하듯이 김완하의 시적 관심은 삶의 문제에 있다. 인간 삶의 문제를 다루고 있지 않은 문학이 어디 있겠느냐마는, 그에게 삶은 운명적으로 결핍과 고통스러운 대상으로 규정된다. 그렇기 때문에 시인에게 삶의 길이란 주어진 한계를 견뎌내고 돌파해 나가는 초극의 길이고, 또한 성찰의 길이며, 삶의 원리로서의 길이다. 그에게 삶의 원리는 궁극적으로 길의 원리로 귀착하는 것이다. 삶의 원리로서의 길은 시인의 첫 번째 시집에서부터 최근 상재한 네 번째 시집에 이르기까지 가장 빈번하게 출현하는 이미지이다. 그만큼 길은 그의 시세계를 형성하는 데 지배적으로 기능한다. 특히 길의 이미지는 네 번째 시집 『허공이 키우는 나무』에 이르러서는 허공이나 벼랑의 이미지와 어울리면서 삶과 존재의 생성과 트임, 존재의 근원과 생명의 원리에 이르는 우주적 리듬을 반영하는 차원으로 보다 폭넓고 깊이 있게 심화 확장된 양상을 보인다.

길을 따라 '여행하는 인간Homo Viator'의 운명이란 길 위에서 시작하여 길 위에서 맺는다. 길은 공간적 의미와 시간적 의미를 동시에 지닌다. 길은 어느 곳을 향해 가는 도정으로서 삶의 지향·지침·목적, 그리고 방법이나 수단 등 갖가지 의미로 쓰인다. 일상적으로, 혹은 사전적으로 이와 같은 의미 계열을 거느리는 길의 의미와 상징들은 문학뿐만 아닌 다른 예술 장르에서 포괄적으로 수용되고 있으며, 우리는 그 구체적 실례들을 예술사적 적층을 통해 경험해 왔다. 특히 문학이 인간의 삶을 다루고 있다는 차원에서 길은 인간의 삶이나 운명의 행로를 뜻하고 있으며, 그렇기 때문에 길은 인간 삶의 가장 보편적인 상징으로 쓰인다. 이러한 길의 이미지는 김완하의 시에서도 마찬가지 의미를 지닌다.

김완하는 아직도 길을 따라 여행 중인 시인이다. 그에게 길은 한 세계를 다른 세계로 이어주는 통로이다. 이런 의미에서 길은 생성과 트임의 존재론적 확산을 이루는 계기성과 지향성을 갖는다. 따라서 이 글은 김완하 시에 나타나는 길의 숨결을 따라 함께 걷고 호흡하며, 그것이 내포하고 있는 의미들을 살피고, 또 가능하다면 그것이 시인의 시세계를 형성하는 데 어떻게 작용하고 있는지를 탐색하는 작업이 될 것이다.

2. 삶, 생명과 초극의 원리

김완하 시인이 추구하는 시적 방법은 줄곧 전통적인 서정시의 문법을 꾸준히 밀고 나가면서 강한 서정성을 바탕으로 보편적 감동을 환기하는 세계이다. 그것은 시인의 시에 주로 동원되는 시적 소재만을 보아도 알 수 있는 내용이다. 그의 시에서 산, 강, 별, 바다, 나무, 허공 등등의 시적 소재는 이러한 측면을 반증하는 예이다. 특히 첫 시집에서부터 길의 이미지로 대표되는 시세계는 삶과 존재의 근원적 문제로 귀속되는 것이었다. 시인의 첫 시집 표제를 빌려 표현한다면 모든 "길은 마을에 닿"(「눈발」)고 삶의 형식으로 이어진다. 그런 만큼 길은 김완하의 시정신을 관류하는 커다란 흐름이다.

부연하자면 김완하의 시는 자연의 공간적 길에서 시작되지만, 그러나 결국은 삶의 길, 우주적 원리의 길로 귀착된다고 할 수 있다. 첫 시집에서 환멸과 전복의 80년대를 통과하면서 시인이 보여준 자연 친화적이면서 동시에 시대를 직접적으로 겨냥하거나 지시하는 않지만 의지적이며 격정에 찬 강렬한 정서와 어조는 이후 낮은 목소리로 침잠해 들어가면서 삶과 세계를 따뜻하게 바라보려는 방향으로 변화해 왔다고 볼 수 있다. 우리는 그것을 삶과 생명에 대한 사랑과 긍정이라 부를 수 있을 것이다. 이 안에는 삶에 대한 초극의 원리가 작동하고 있으며, 김경복의 적실한 표현처럼 '벼랑의 정신'(「벼랑의 정신과 존재론적 도약」)이라 할 수 있는 존재론적 각성의 세계가 자리 잡고 있다.

　　이따금 그어대는 성냥불 안으로
　　급히 얼굴을 디밀었다 사라지는 나무들

하루의 곤함도 잠겨 가고
잠시 침묵이 긋는 사이,
오리나무 숲은 설친 잠을 추스린다

보리밭 머리에서 일행은 흩어지고
수군거리며 도랑을 건너고
황토고개 올라서면
폭포처럼 쏟아지는 빛줄기,
탱자나무 울타리 적셔 가면
마을 가득히 살아나는 숨결

— 「밤길」 중에서

　　김완하의 시에는 고통스러운 인간 삶의 모습과 그것을 꿋꿋이 견뎌내며 살아가는 의지력과 생명이 약동하고 있다. 김완하에게 삶은 운명적으로 고달프고 힘겨운 것이다. 그러나 시인은 삶의 운명적 비극성을 한탄하거나 저주하지 않는다. 그는 그러한 삶을 수용하고 내면화하여 초극하려 한다. 그는 삶의 비극성을 긍정적으로 수락하고, 그 운명을 따뜻한 사랑으로 감싸 안으며 극복해가고자 하는 초극의 정신을 보여준다. 특히 그의 초기 시에는 고달프게 삶을 살아가는 서민들의 모습과 정서가 지배적으로 나타난다. "진안행 막차"를 타고 "금산장에서 돌아오는 사람들"의 "허기진 하루"를 노래하고 있는 인용 시에서처럼, 삶은 길이 잘 보이지 않는 '어둠'과 '안개'로 뒤덮여 불투명하고 애달프며 고달프고 쓸쓸한 모습으로 현상된다. 시인의 눈에 의해 현상된 삶의 형상은 "하루 일을 마치고/허리가 휘어 오르는/사람들"(「별·1」)이나, "헐렁한 바지, 기운 어깨/뒤축이 단 구두만 보이는" "추억이 없는 너"(「너」), "하루내 꺾인 어깨를 걸고/취한 사람들 삽을 끌며/비칠대고 걸어"(「겨울 이사리」)가는 사람들의 쓸쓸한 모습이다.

　　삶은 고달프고 가난하지만, 김완하는 그것을 부정하지도 저주하지도 않는다. 김완하에게 삶은 부정과 저주의 형식이 아니다. 그에게 삶은 견뎌내고 살아내야 하는 사랑과 생명, 희망과 초극의 형식이다. 그의 시에서 삶

의 고달픔이나 외로움은 '밤'이나 '어둠', '막차', '골목(길)', '겨울' 등의
이미지와 어울리면서 삶이 지닌 비극성을 절실하게 표백한다. 그러나 삶
은 "이따금 그어대는 성냥불"로 길을 밝혀가는 희망의 원리에 다름 아니
며, 그렇게 간 길은 결국 "폭포처럼 쏟아지는 빛줄기"로 "마을 가득 살아
나는 숨결"의 생명을 확인하는 일에 다름 아니다. 여기에는 삶에 대한 사
랑과 초극의 정신이 살아 숨 쉬고 있다. 삶은 비극적이지만 '별'은 "어두
운 곳에 선 이들의 어깨 위로만/살아 오르"고 "앙상한 나뭇가지 사이로만
빛을 뿌리는"(「별·3」) 역설적 이치와 같은 것이다.

　삶의 비극적 형식을 초극하려는 의지적이며 지사적 성격은 삶에 대한
김완하의 치열성을 감지할 수 있는 부분이다. 삶에 대한 결연하며 신념어
린 자세는 첫 시집에서부터 줄곧 이어지는 「별」 연작시에서 두드러지게
나타난다. 천체의 이미지로서 별은 김완하의 시에서 삶의 비극성을 초월
할 수 있는 대상이다. 그의 시에서 별은 삶과 현실의 어둠을 밝혀주는 희
망이며, 어둠 속에 살아있는 생명의 빛이다. 시인의 시에서 자주 등장하는
'겨울'이나 '밤'과 관련된 이미지들은 고통스런 현실적 삶의 은유이다. 반
면 '별'은 지상의 가난하고 고달픈 삶이 지닌 비극성을 초극할 수 있는
구원과도 같은 생명의 빛이다. '별'은 시인이 지향하는 삶의 목표이자 가
치이며, 믿음의 표상이자 자아의 순수성을 지켜내는 결정체로서 절대성을
지닌다. 그래서 시인은 두 번째 시집의 표제시에서처럼 "그리움 없인 저
별 내 가슴에 닿지 못한다"고 노래한다. 시인은 끝없이 하늘의 별을 우러
르며 천상적 가치를 지향한다.

　　　그래, 나도 손을 뻗고 싶다
　　　저 하늘, 너희들이 꿈꾸는 세상으로
　　　나도 차 오르고 싶다

　　　기대지 않고는 설 수 없는 땅에서
　　　서로의 어깨에 팔을 두르고

하나의 기둥으로 서고 싶다

휘감지 않고는 버틸 수도 없는 비탈
가파른 바지랑대에 몸을 묶어서
단 한 번만이라도
나팔 소리 힘차게 불어올릴 수 있다면

— 「나팔꽃의 꿈」 전문

김완하에게 지상의 삶은 궁핍하다. 지상의 삶이 지닌 근원적 결핍과 고달픈 삶의 양식은 시인으로 하여금 하늘의 별을 바라게 한다. 천상 이미지로서의 별은 시인에게 지상의 궁핍함과 미망을 극복할 수 있는 가치이다. 별과 같은 천상적 가치에 대한 의식의 지향성은 '산'이나 '나무' 등의 수직 직립하는 상승의 이미지와 식물적 이미지를 거느리게 한다. 그에게 산은 "안개의 살을 벗고/일어서는 산"(「일어서는 산」)이며, "우뚝 치솟아" "겨울 벌판을 지키며/무지몽매한 우리를" 깨우는 "차오르는 산"(「월출산」)이고, "모든 산줄기 불러깨워" "아침 열리"(「동트는 계룡산」)는 동트는 산이다. 이처럼 산은 무지몽매한 우리의 정신을 일깨우고 각성시키는 대상이며, "삶의 길 엇갈려 곤궁에 빠질 때/무릎까지 빠지는 산을 오르며" 삶의 곤궁으로부터, 그리고 지상적 삶의 몽매한 미망을 돌파할 수 있게 하는 극복의 정신과 "맨몸으로 겨울을 견디"(「겨울산」)는 견딤의 정신을 대변하는 것이다.

김완하의 시에는 일상을 뛰어넘고자 하는 초인과 같은 정신의 힘이 있다. 그것은 삶의 비극성에 굴복하지도 저주하지도 않고 정면 돌파하려는 초극의 정신과 수직 상승의 의지력이 있기 때문이다. 이는 때로 산의 이미지를 통해, 때로는 인용 시에서처럼 식물의 이미지를 빌어 나타나기도 한다. 인용 시에서 우리가 느낄 수 있는 것은 "나팔꽃의 꿈"을 통한 삶에 대한 강한 의지력과 생명력이다. 시인은 삶의 근원적 궁핍 속에서도 삶에 대한 뚜렷한 신념과 긍정을 바탕으로 생명에 대한 신뢰를 보여준다. 그에게 상승하는 힘은 초극의 정신에 다름 아니다. 우리는 그것을 "서로의 어깨에 팔을 두르고", 또 "가파른 바지랑대에 몸을 묶어서" 하늘에 오르고 싶은, 허공을 움켜잡고 나아가고자 하는 초극의 정신이라 부를 수 있을 것이다.

3. 존재, 그리움과 사랑의 힘

김완하의 시는 존재의 보편적 궁핍성에 대한 문제에 천착한다. 그의 시에 일관되게 등장하는 어둠이나 밤, 겨울의 이미지는 바로 삶과 존재의 궁핍성에 대한 은유로 작용한다. 시인은 근원적으로 가난하고 결핍된 존재로서의 삶과 운명에 대한 따뜻하고 연민어린 애정의 시선을 내비치고 있다. 우리가 그의 시에서 주목할 수 있는 정서는 남성적 의지력으로 결속된 강력한 수직 상승의 힘과 초극의 정신이다. 천상의 별을 우러르는 시인의 정신은 삶의 존재론적 한계를 넘어서 극한의 절정에서 다다르고자 하는 의지적 욕망에서 비롯하는 것이다. 그의 정신은 맑고 투명하며 염결성廉潔性으로 무장되어 있다. 그렇기 때문에 우리가 그의 시에서 주목할 수 있는 정서는 정신적 순결함과 강직한 품성이다.

그가 네 번째로 상재한 시집 『허공이 키우는 나무』에서 보여주는 세계는 비탈을 기꺼이 수락하고 수직 직립하는 나무나, 끝 모를 벼랑의 절정을 향해 나가는 의지적인 정신이다. 그것은 초기의 시에서 나타나는 삶에 대한 사랑과 희망의 정신에 긴밀히 맞닿아 있는 것이기도 하다. 시인이 이와 같은 우주적 원리로서의 길에 도달하는 과정에는 삶과 존재에 대한 그리움과 사랑을 확인한 후에 가능해진 것으로 보인다. 존재에 대한 그리움과 사랑, 삶의 생명성에 대한 애착은 개별적이거나 특수한 경험세계가 아니다. 그것은 보편적 삶에서 느끼게 되는 경험세계의 것이다. 이러한 보편성은 삶에 대한 긍정의 형식과 생명에 대한 사랑의 시선에서 비롯된다.

김완하의 시에서 길이 삶의 보편적 원리와 생명의 원리, 또는 우주적 원리로서의 의미를 획득하는 과정의 길목에는 그리움의 정서와 사랑의 정신으로 표백된 작품들이 자리한다.

보편적 존재와 삶에 대한 그리움의 정서와 사랑의 정신은 개인적인 차원을 벗어나는 것이다. 그것은 시적 자아를 초월하여 타자를 향한 것이고, 뭇 존재들이나 공동체와 함께하는 열린 정서이다. 이 타자와의 연대감이나 유대감은 시적 자아 안으로만 향한 세계라기보다는, 세계 내에 존재하는 보편적 타자를 향해 열려 있는 개방된 형식을 취한다. 시인에게 삶과 존재들은 서로 "기대지 않고는 설 수 없"고 "휘감지 않고서는 버틸 수 없는 비탈"과 같은 것으로 인식된다. 그렇기 때문에 모든 존재는 "서로의 어깨에 팔을 두르"지 않고서는 "하나의 기둥"(「나팔꽃의 꿈」)으로 설 수 없다. 그의 시는 자기 독백적인 개별적 자아의 목소리를 빌리고 있지만 그것은 특수한 자아의 개별적인 목소리라기보다는 보편적인 실존적 존재가 내뱉는 목소리로서의 성격을 지닌다. 그렇기 때문에 보편적 감동을 유발시키며, 읽는 이로 하여금 정서적 공감의 영역을 확보하는 요인으로 기능한다.

> 돌아보면 내 몸 구석구석
> 네 그리움으로 커온 길이 있다
> 발자국이여,
> 네가 먼저 마을에 가 닿았구나
>
> ― 「발자국」 중에서

김완하의 시에는 존재에 대한 그리움과 사랑의 정서가 깊이 투영되어 있다. 시인이 길을 가는 것은 "사람이 사는 마을에 가 닿기" 위함이며, 그것은 그리움 때문에 가능하다. 이와 같은 정서는 첫 시집부터 지속적으로 나타나는 현상이다. 그의 시에서 모든 "길은 마을에 닿"(「눈발」)는데, 사람이 사는 마을에 다다를 수 있는 것은 그리움 때문에 가능하다. 그리움은 삶의 가치이며, 믿음의 표상이자 자아의 순수성을 지켜내는 '별'을 우러르게 하는 동인이기도 하다. 그리움이 길을 만들고, 길은 그리움으로 가득하며, 그 길을 통해 시인은 사람이 사는 마을에 닿고자 한다. 두 번째 시집의 표제시에서처럼 "그리움 없인 저 별 내 가슴에 닿지 못"하는 것이다.

그리움으로 난 길을 통해 시인이 이르고자 하는 곳은 사람이 사는 마을이다. 그곳은 "지상의 가장 낮은 골목"(「별·1」)이기도 하고, "서로의 상처를 온몸으로 감싸 주"며 "하나의 뿌리로 여러 개 하늘을 품고/무더기무더기 꽃을 피우는"(「칡덩굴」) 곳이기도 하다. 때로는 "모내기 다 끝난 다음 날이면" "윗동네 아랫동네 사람들 빠짐없이 모여" "대동 천렵을 벌"(「대동 천렵」)이는 유년의 공간이기도 하다. 그곳은 "가진 것 없이 한겨울"을 지내는 가난한 사람들의 마을이지만 "홀로의 목마름 속"에서도 "뿌리로 몰린 생의 온기"(「생의 온기」)를 느낄 수 있는 따뜻한 사랑과 생명의 공간이다. 이와 같은 생명에 대한 사랑은 존재에 대한 그리움과 연민의 정서에서 촉발된 것이다. 특히 그의 세 번째 시집 『네가 밟고 가는 바다』에는 존재에 대한 짙은 연민과 그리움으로 짜여 있는 시들이 많이 포진해 있으며, 이러한 작품들에서 그리움은 삶과 존재의 근원적 결핍성에 대한 희망의 원리로 작동한다. 그러한 세계가 네 번째 시집에 이르게 되면 존재의 생성과 트임, 존재의 근원과 생명의 원리에 이르는 우주적 리듬을 반영하는 차원으로 심화 확장된 모습으로 전이한다.

꽃이 진 그 자리에 움트는
잎은 그래도 얼마나 행복한가
하나의 죽음으로만 닿는
뿌리와 줄기의 캄캄한 거리

무너지는 삶의 흔적을 껴안고
겨우내 삭이고 삭인 뒤
하늘로 퍼올리는 푸르른 그리움

<blockquote>
땅 밑을 헤매는 뿌리의 기도
이제, 봄이 오는 의미를 안다
</blockquote>

— 「숲에서」 중에서

삶에 대한 연대의식과 사랑은 "꽃이 진 자리에 움트는" 새로운 생명을 맞이하게 한다. 소멸과 생성에 대한 이와 같은 인식은 역설적인 사유를 통해 가능해진다. 사실 김완하의 시에서 역설적 인식은 지속적으로 나타나는 시적 사유의 방식이다. "뿌리와 줄기"는 "캄캄한 거리"를 유지하다 "하나의 죽음으로만 닿"을 수밖에 없고, "겨우내 삭이고 삭인 뒤"의 소멸은 역설적으로 생성의 의미를 지니는 것과 같은 사유 방식이 그것이다. 여기에는 물론 "하늘로 퍼올리는 푸르른 그리움"과 "땅 밑을 헤매는 뿌리의 기도"로서의 희망의 원리가 작동하고 있다. 그 희망의 원리는 삶을 떠받치는 그리움의 원리이고, 생명의 원리이기도 하며, 사랑의 원리이기도 하다. 중요한 것은 이러한 그리움의 원리가 이제 그늘을 몸에 들이며 "내가 그늘 속에 뒤섞"(「내 몸에 그늘이 들다」)이는 혼융과 통섭統攝의 세계로 접어든다는 것이다.

김완하의 시에서 역설적 세계인식은 초기에서부터 지속적으로 나타나는 시적 장치이지만 네 번째 시집으로 가까워올수록 그러한 세계인식은 더욱 깊어지는 양상을 띤다. 밤 하늘의 별을 우러르고 가파른 산을 오르는, 그러니까 수직 상승과 직립, 그리고 천체 지향성의 초극의 길은 같은 맥락에서 허공을 향하고, 벼랑을 지향하게 된다. 이러한 허공의 이미지와 벼랑의 이미지는 별안간 나타난 생소한 것이라기보다는 이미 그의 초기시에서부터 단초가 마련된 것이라 할 수 있다. 허공은 모든 존재가 생성과 소멸을 거듭하는 우주적 원리로서의 트임의 길이다. 또한 시인 개인적으로 허공은 삶의 극한, 혹은 그 극한의 절정에 올라서서 세계와 팽팽히 맞서고자 하는 '벼랑의 정신'이다.

4. 허공, 생성과 트임의 길

김완하에게 길은 시인의 첫 시집에서부터 네 번째 시집에 이르기까지 가장 빈번하게 출현하는 이미지이며, 그런 만큼 시인의 시세계를 형성하는 데 지배적으로 기능한다. 특히 길의 이미지는 네 번째 시집에 이르러서는 허공이나 벼랑, 그리고 나무와 물과 집의 이미지와 함께 어울리면서 삶과 존재의 생성과 트임, 존재의 근원과 생명의 원리에 이르는 우주적 리듬을 반영하는 차원으로 심화 확장된 모습을 볼 수 있다. 그것은 아마도 현실을 묵묵히 감내하고 버티면서 삶을 걸어가는 자로서의 삶과 존재에 대한 관조적 깊이와 철학적 사유를 폭넓게 획득하고, 또 그 깊이가 더욱 깊어졌기 때문이리라.

그러나 중요한 것은 그것을 깨닫고 발견하는 자리가 철학적 사유의 고심 끝에 얻어지는 뭔가 심오하고 대단한 것이 아니라 일상적 경험세계의 자리에서 발견한다는 점이다. 우리가 일상의 경험세계에서 미처 발견하지 못한 것들을 시인은 "땅에서 부활하는 순간이/곧 죽음에 이르는 길이"(「매미의 무덤」)이라든가, "폭설이 벽이 아니고 나를 막는 것은 내 안의 벽"(「폭설에 막혀」)이라는, 혹은 곶감처럼 "얼었다 풀리는 시간만큼 몸은 달고/기다려온 만큼 빛깔"(「허공에 매달려 보다」)이 곱다는 것에서 볼 수 있는 것처럼 일상적이지만, 그것을 매우 낯설고 역설적으로 인식하는 데서 시적 발상을 출발시킨다.

> 길 따라 흐르며 그 길 가득 채우는
>
> 또 하나의 길
>
> 시간과 하나 되는 물이여
>
> 절대 뒤돌아서지 않는, 길이여

길 위로 흐르면서 이미 길이 아닌

하나의 길을 비워내

다시 길을 여는 저 물의 길

—「물」 전문

　길은 일반적으로 시간적·공간적 계기성을 동시에 지니고 있는 상징체계이다. 그것은 시간과 공간을 계기적으로 결합시키는 관계의 체계이기 때문이다. 이런 계기성은 시작과 끝, 연결과 단절 사이의 긴장을 내포한다는 점에서 많은 시인들이 즐겨 사용했던 시적 상징이기도 하다. 특히 동양적 사유에서 길은 물리적인 시간성이나 공간성을 초월하여 삶의 원리나 존재의 생성원리로 받아들여지기도 한다. 도道가 삶의 규범이나 우주의 원리에 따른다는 의미가 바로 것이다. 아무튼 길은 현대시에서 중요한 재원의 하나로 작품 속에 다양하게 수용되고 있는데, 김완하의 길은 말하자면 자기실현의 방식이거나 존재의 생성과 트임, 혹은 존재의 어울림과 혼융, 즉 통섭의 길로 집중된다는 점이다.

　물의 길을 노래하는 위의 시에서처럼 길은 "길 따라 흐르며 그 길 가득 채우는//또 하나의 길"이다. 그것은 "길 위로 흐르면서 이미 길이 아닌" 길이고, "비워내"고 "다시 길을 여는" 마감과 트임, 막힘과 열림, 시작과 끝, 단절과 연속의 역설적인 길이다. 그것은 물의 이법처럼 흐르면서 채우고, 채워지면 비우는 삶의 이법을 말하는 동시에 함께 어울리는 통로로서의 길이다. 각각의 존재가 스스로를 실현하는 방식으로 구체화되는 것이 김완하의 길이며, 모든 존재가 생명의 원리에 따라서 살아가는 삶의 양태로서의 상징성을 지닌다고 할 수 있겠다. 그의 시에서 길은 "시냇물 흘러 강으로 스미고/바닷물은 수평선 쪽으로 가/하늘에 닿"(「처서 지나」)거나, "햇살과 그늘을 두고/허공을 끌어안"으면 "비로소 서늘한 길이 열린다"(「내 몸에 그늘이 들다」)는 채움과 비움, 수평적 흐름과 멈춤, 그리고 수직적 상승과 하강의 우주적 자연의 원리를 따른다. 따라서 길은 대나무나 대숲의 나무들 사이처럼 "캄캄한 구멍으로 열리"면서 동시에 "너와 나 사이에 맺히는// 단단한 빛의 고리"(「대숲」)로 삶과 존재들 사이를 잇고 구성하는 원리가 된다. 이런 의미에서 눈에 보이는 물리적 길과 보이지 않는 길은 서로 같은 의미를 지닌다.

길은 김완하의 시에서 모든 존재는 삶의 원리에 따르고 어울림을 통해 더 큰 세계를 열어가는 상징체계이다. 더욱이 시인은 일관되게 길이 "열린다"(「내 몸에 그늘이 들다」), 그리고 "닿는다"(「쳐서 지나」), "품는다", "들어간다"(「꽃」) 등의 동사 진행형의 시제로 말한다. 이것은 갑자기 어느 순간 그렇게 되는 것이 아니라 쉼 없는 운동과 변화의 과정 속에서 진행되는 생성과 트임의 원리를 말한다. 이러한 깨달음은 그 만큼 시인의 세계 인식의 깊이가 깊어졌고 폭이 넓어졌다는 것을 뜻한다. 존재를 실현하는 길과 존재들 사이를 잇고 어울리는 통섭의 길이 같다는 깨달음의 표현은 우주적 생성과 트임의 체계로 세계를 이해하는 것이다. 이러한 인식론적 확장의 심화된 세계는 결국 우주적 사유의 획득이라는 세계관의 변화와 맞물려 있다.

　　새들의 가슴을 밟고
　　나뭇잎은 진다

　　허공의 벼랑을 타고
　　새들이 날아간 후,

　　또 하나의 허공이 열리고
　　그곳을 따라서
　　나뭇잎은 날아간다

　　허공을 열어보니

나뭇잎이 쌓여 있다

새들이 날아간 쪽으로
나뭇가지는,
창을 연다

— 「허공이 키우는 나무」 전문

　길이 존재 생성의 원리와 자기실현의 방식, 혹은 존재의 어울림과 혼용의 관계를 상징적으로 나타낸다면, 모든 존재가 생겨나고 어울리는 곳은 허공이다. 그것을 가장 잘 말해주고 있는 작품이 위와 같은 작품의 경우이다. 허공은 위의 시에서 보듯 "새들의 가슴을 밟고/나뭇잎은 지"고 동시에 "새들이 날아간 후" 다시 열리고 또 열리는 막힘이 없는 공간이다. 허공은 나무들이 품어나가는 공간이고 새들이 날아가는 공간이기 때문에 하늘이나 비슷한 의미이다. 새들이 날아가고 나뭇잎이 떨어지고 쌓이는 공간은 열린 공간이기 때문이다. 그러나 동시에 허공은 길을 만들어내는 공간이기도 하다. 그의 시에서 종종 '하늘'이나 '그늘', '사이'나 '빈터' 등의 이미지도 역시 마찬가지의 의미이다. 여기에서 허공은 "그림자로 엉기어" "몸을 섞"(「한쪽 어깨를 밀어주네」)는, 혹은 "나무는 햇살과 그늘을 두고/허공을 끌어안으"며 "서늘한 길을"(「내 몸 속에 그늘이 들다」) 여는 하나의 살아있는 실체가 된다. 허공은 만물이 생성하고 서로 통섭하는 태허太虛의 열린 공간이다. 그리고 "그곳을 따라서/나뭇잎은 날아"가는 허공을 여니 "나뭇잎이 쌓"여 있다. 빈 나뭇가지 사이에는 어떤 막힘이나 소멸의 흔적이 없다. 모든 것은 길을 통해 허공으로 이어지고 스스로 존재의 창을 연다. 나뭇잎이 지고 새가 날고 나뭇잎이 쌓이는 이치는 이미 허공 속에 마련되어 있는 것이다. 만물은 허공의 움직임 속에 빚어진 형체일 뿐이고, 생명이 시작되는 것과 마감되는 것 역시 하나의 길, 허공의 길로 연결되는 것이다. 이러한 인식은 모든 존재가 계속 변화하는 과정의 모습을 하고 있음을 말해준다.

김완하의 시에서 허공은 "푸른 잎새들 팔을 뻗어/하늘 깊숙이 손을 묻는" "나무들의 집"(「허공은 나무들의 집」)이거나, "따스한 물 속"의 "집"(「허공 속의 집」)이며, "능소화 은행나무 허리 껴안고"(「능소화 1」) 오르는 하늘이기도 하고, "내 안의 빈 터"(「벼랑에 서다」)이기도 하듯, 허공은 하늘의 일부거나 비어 있는 공간의 의미로 나타난다. 비어 있는 공간으로서의 허공은 "두 겹의 짙은 그늘이 깔리며" "그림자로 엉기어" "몸을 섞는"(「한쪽 어깨를 밀어주네」) 통섭의 공간이기도 하고, "단단하고 떫은 시간의 비탈을 벗어나" "내 몸 말랑말랑 달콤해"지기 위에 "몸을 다는 시간"(「허공에 매달려본다」)으로서의 모든 존재가 자기를 실현하는 공간이기도 하다. 이럴 때 허공은 단지 공간적인 의미만을 지니는 것이 아니라 모든 존재가 시작되거나 마감하는, 그리고 서로 함께 어울리는 시공간으로서의 성격을 지닌다. 그것은 존재생성의 원리와 우주적 원리에 포획되는 전체론적 사유의 결과에서 비롯하는 것이다.

김완하의 『허공이 키우는 나무』에 실린 시들은 허공으로 가득하고, 또 허공으로 비어 있다. 허공은 모든 것을 관장한다. 허공은 꽉 찬 것으로 비어 있고, 비어 있는 것으로 꽉 찬 노자의 그릇과 같다. 이런 의미에서 허공은 단순한 공간적 의미를 넘어서 있다. 오히려 그것은 모든 생명이 존재할 수 있도록 하는 근원적인 기능을 발휘한다. 즉, 잠재된 가능성으로서의 의미와 함께 생명의 전과정을 주재하는 시간성을 함께 지닌다. 따라서 허공은 존재의 근원이며 동시에 모든 것들이 '사이'를 두고, 또 '그늘'과 '빈터'를 두고 어울리는 통섭의 공간이다. 이러한 근원에 대한 인식은 세계와 나를 분리하는 시간관으로는 획득할 수 없는 세계관이다. 그것은 세계와 나를 하나로 보는 전체론적이고 우주적인 사유를 통해서만 열릴 수 있는 성질의 것이다. 그만큼 김완하 시인이 거니는 사유의 숲은 더욱 깊어졌고, 그 숲으로 이르는 길가엔 존재의 자기완성을 향한 나무들이 울창하다. 이제 시인은 "나무들 서로를 품으며" "보듬어 안는"(「숲의 힘」) 통섭의 숲에 든 것이다. 시인의 더욱 깊어진 사유의 숲, 그 나무들 ‘사이’의 ‘그늘’이나 ‘비탈’과 ‘벼랑’ 사이의 ‘허공’을 함께 거니는 일은 즐거운 행복이며, 팽팽하게 긴장된 벼랑의 정신적 높이를 함께 느끼는 일이다.

5. 허공의 길

김완하 시인에게 길은 시인의 시세계를 형성하는 데 지배적으로 기능한다. 길의 이미지로 대표되는 김완하의 시세계는 삶과 존재의 근원적 문제로 귀속된다. 길은 삶의 형식으로서 김완하의 시정신을 관류한다. 특히 길은 최근에 이르러서 허공이나 벼랑 등의 이미지와 어울리면서 삶과 존재의 생성과 트임, 존재의 근원과 생명의 원리에 이르는 우주적 리듬을 반영하는 차원으로 심화 확장된 모습을 보인다. 그것은 현실을 묵묵히 감내하고 버티면서 삶을 살아가는 자로서의 삶과 존재에 대한 관조적 깊이와 철학적 사유를 폭넓게 획득하고, 또 그 깊이가 더욱 깊어졌기 때문이다.

김완하의 시는 존재의 보편적 궁핍성에 대한 문제에 천착한다. 시인은 근원적으로 가난하고 결핍된 존재로서의 삶에 대한 따뜻하고 연민어린 애정의 시선을 잃지 않는다. 그리고 시인은 삶의 존재론적 한계를 생명의 원리, 그리움과 사랑의 힘으로 이를 초극하려 한다. 이와 같은 점에서 우리가 그의 시에서 주목한 것은 남성적 의지력으로 결속된 강력한 수직 상승의 힘과 역동적인 초극의 정신이다. 우리는 그의 시에서 삶의 존재론적 한계를 넘어서 극한의 절정에서 다다르고자 하는 시인의 강직한 의지를 만날 수 있다. 우리는 그것을 벼랑의 정신이라 해도 무방하리라.

그가 최근에 보여주는 세계는 절정을 향한 초극의 정신이다. 이러한 초극의 정신은 삶에 대한 사랑, 존재론적 그리움이 긴밀히 맞닿아 있다. 태허의 허공과 절정의 벼랑을 향한 초극의 정신이 지닌 치열성과 염결성, 그리고 그 정신이 함유하는 자질로서 생성과 트임이라는 우주적 원리로서의 통섭의 삶은 허공에 대한 인식에서 구체화된다. 김완하 시인이 거니는 사유의 숲은 더욱 깊어졌고, 그 숲으로 이르는 길가엔 존재의 자기완성을 향한 나무들이 울창하다. 시인의 더욱 깊어진 사유의 숲, 그 나무들 사이의 그늘이나 비탈과 벼랑 사이로 난 허공의 길을 함께 거니는 일은 즐거운 행복이다. 허공, 그 벼랑의 길에는 팽팽하게 긴장한 김완하의 정신 지향과 높이가 자리한다.

도시 산책자의 미적 체험과 의미범주
― 유하론

1. 도시 산책자의 반응형식

　근대화의 과정을 거쳐 후기산업사회로 진입한 이후 삶의 조건과 환경은 자연이 아니라 도시이다. 특히 자본주의의 발전에 의한 탈근대의 대도시는 현대인의 삶을 근본적으로 변화시켰으며, 그에 따라서 현대인의 정신생활과 지각방식을 질적으로 변화시켰다. 자본의 무의식 세계로의 침투가 가속화되고, 고도의 산업사회로 접어든 현대의 도시와 문명은 인간의 삶과 의식을 규정하는 강력한 지배력을 행사한다. 근대화의 속도전을 치르며 우리 사회는 탈근대의 후기산업사회로 접어들었다. 이러한 "도시화 또는 도시문명의 체험 증대는 한국 현대사회와 시의 역사적 변화에 주요한 지표"[1]로 기능한다. 한국 문학은 도시문명의 문제에 대해 고민한 문학적 적층을 가지고 있으며, 대도시공간의 등장으로 발생한 새로운 미적 체험을 계속해 나가고 있다.

　일찍이 도시공간과 그로 인한 지각방식의 변화, 그리고 새로운 미적 체

---

1) 서준섭, 「한국 현대시와 자본주의」, 『감각의 뒤편』, 문학과지성사, 1996, 186면.

험의 형식에 주목한 이는 발터 벤야민이다. 그에게 산업화의 결과로 출현한 새로운 경험세계로서의 도시는 상품물신이 지배하는 공간이다. 도시공간은 상품의 유통과 판매를 위한 공간으로 꾸며짐으로써 상품의 사용가치보다 교환가치가 우선하는 공간이다. 벤야민의 초기자본주의의 발전에 따른 도시공간의 확대와 이에 따른 경험세계에 대한 탐구는 이후 '후기' 또는 '소비'자본주의[2] 사회라는 형태로 이어진다. 요컨대 "생산·효용성·기능성보다는 교환·기호·상징성 등이 인간적 삶의 본질을 규정한다"[3]는 것이다. 이와 같이 기호가치 내지는 이미지가치의 상징적 교환이 지배하는 사회가 바로 후기자본주의 사회이다. 벤야민은 대도시공간에서 집단적 지혜인 경험이 몰락하고 개인적 지각인 체험[4]이 대두하는 현상을 주목하면서, 대도시공간의 출현으로 새롭게 등장한 개인적 지각체험의 주체로서 산책자flaneur를 상정한다.

도시공간의 관찰자이자 탐정으로서 산책자는 도시공간이 지닌 기호와 욕망의 풍경에 도취되는 자이면서 동시에 이로부터 세속적 깨달음을 얻는 반성적 자아이다. 산책자는 기호가치의 상징적 교환이라는 메커니즘 안에 흐르는 내적 논리를 반성적으로 깨닫고 상품의 매혹과 환상의 도취에서 깨어나는 사람이다. 산책자는 교환가치가 지배하는 도시공간에서 매혹의

----

2) 서구에서 마르크시즘에 의한 자본주의 분석틀을 넘어 후기산업사회post industrial society에 대한 논의를 시작한 것은 산업사회의 새로운 징후들을 포착하고 이를 바탕으로 미래를 예견한 다니엘 벨, 앨빈 토플러 같은 학자들에 의해서이다. 이러한 논의는 비판적 마르크시스트인 어네스트 만델이 자본주의의 최종단계로서 '후기자본주의'라는 개념을 상정하기에 이른다. 이와 같은 문제의식은 프레드릭 제임슨, 기 드보르, 장 보드리야르, 앙리 르페브르, 들뢰즈 같은 이론가들로 이어지면서 현대사회의 구조를 기호, 소비, 일상성 등의 개념으로 새로운 후기자본주의의 사회적 징후들을 설명한다.
3) 김성기, 『포스트모더니즘과 비판사회과학』, 문학과지성사, 1991, 42~43면 참조.
4) 벤야민에게 경험은 언어로 전승되는 집단적 지혜를 의미한다면, 체험은 개인적 지각을 의미한다. 산업혁명 이후 과학기술의 발달에 의한 대도시는 경험이 사라지고 체험이 지배하는 공간이다. 경험은 언어로 전승되는 인류의 집단적 지혜를 의미하고, 체험은 개인적 지각을 의미한다(조만영, 「벤야민과 서사예술의 종언」, 『문예미학』제2호, 문예미학회, 1996. 12, 324면 참조).

환상을 즐기며, 동시에 그것을 반성적으로 인식하는 양가적인 존재이다. 이러한 "산책자의 개념은 19세기 파리 거주민들의 한 유형에 대한 것이지만, 넓은 의미에서 대도시적 삶의 경험구조에 대한 일반적 표상이며, 특히 문학적 모티프의 측면에서 유효한 개념이다."5) 우리 시대의 시인들도 문명화된 후기자본주의의 대도시에서 삶을 살아가고 있으며, 그로부터 미적 체험을 펼쳐나가는 도시의 산책자라 할 수 있다.

도시는 새로운 미적 체험의 발생 장소이다. 대도시공간에서의 미적 체험은 오늘날 일반적인 현상이지만, 자연에 대한 경험과 같이 인류의 오래된 경험에 비하면 역사가 그리 길지 않은 새로운 미적 체험의 범주이다. 특히 후기산업사회라는 탈근대적 도시의 출현은 분명 전시대와는 전혀 다른 새로운 인식론적 패러다임의 전환을 보여주며, 자연의 아우라 경험은 대도시 발전으로 인하여 상대적으로 감소하였다. 말하자면 도시는 체험이 지배하는 장소이며 경험이 상실되는 장소이다. 이 글이 주목하는 유하의 도시체험과 그에 대한 지각반응으로서의 시는 경험이 붕괴되고 체험이 그 자리를 대치하는 문명사적 지형에 위치한다.

1989년 첫 시집 『무림일기』를 출간하면서 등단한 이후 지금까지 여섯 권의 시집6)을 펴낸 유하는 90년대 가장 많은 비평적 관심을 받은 시인 가운데 하나이다. 그에 대한 비평적 관심과 논의, 그것이 긍정적 옹호의 성격이든 부정적인 비판의 성격7)이든 대부분 정치비판, 키취문화의 수용과 관련한 패러디와 풍자, 그리고 소비문화에 관련된 문제에 초점이 모아

---

5) 한국문학평론가협회 편, 『문학비평용어사전』 하권, 국학자료원, 2006, 128면.

6) 『무림일기』(세계사,1989) ; 『바람부는 날이면 압구정동에 가야 한다』(문학과지성사, 1991) ; 『세상의 모든 저녁』(민음사, 1993) ; 『세운상사 키드의 생애』(문학과지성사, 1995) ; 『나의 사랑은 나비처럼 가벼웠다』(열림원, 1999) ; 『천일馬화』(문학과지성사, 2000).

7) 이 같은 측면은 김주연·이광호·박철화·황지우의 좌담(「세대론의 지평 : 시 쓰기의 발생적 조건」, 『오늘의 시』, 1991, 상반기호)에 잘 나타나 있다. 이 좌담에서 유하의 시에 대해 김주연과 황지우는 대체로 부정적인 입장을 보이는 반면, 이광호와 박철화는 긍정적 평가를 내리고 있다.

져 있다.[8] 이 글은 유하의 시에 대한 선행하는 비평적 담론을 비판적으로 수용하면서, 선행 비평담론에서 소홀히 다루고 있는 도시공간의 사회사적 성격과 풍속, 문화사적이며 문명사적 관점에서 그의 시를 조명하고자 한다. 후기자본주의 사회로 접어든 탈근대 이후의 도시공간은 이전의 도시와는 판이하게 다른 특징을 지니고 있다. 탈근대의 대도시는 하나의 "거대한 문화적 텍스트로, 풍속사적 상징"[9]으로 여겨지며, 유하의 시는 이에 대한 적극적 반응의 산물이다.

문명사적 전환에 의한 문화현상은 새로운 미적 체험과 인식을 가능케 한다. 이 글은 이와 같은 문제의식과 해명의 필요성에서 출발하는 것이기도 하다. 따라서 이 글은 특히 대도시공간의 출현에서 발생하는 생활방식과 체험구조를 벤야민이 제안한 산책자의 관점에 입각하여 조명하고자 한다. 이러한 관점은 대도시공간을 '시각적 패러다임' 속에서 사유하는 산책자의 투시적 상상력을 주목하는 방법이다. 시적 주체로서 산책자가 대도시공간이라는 객체에 대하여 반응하는 지각은 도시적 삶의 조건과 과정에 대한 구체적 인식이라 할 수 있다. 이 글은 유하의 시를 통해 도시 산책자의 미적 체험과 의미범주의 층위를 조명함으로써 탈근대의 도시공간에서 도시 산책자로서의 유하의 시적 상상력의 스펙트럼을 조명하고, 아울러 유하의 시가 보여주는 문학적 증상이 어떠한 사회·문화·문명사적 의미를 지니는지 살펴보고자 한다.

---

8) 주목할 만한 선행 비평담론을 소개하면, 문선영, 「키취시, 또는 자아 속임의 미학」(『심상』, 심상사, 1991.10) ; 심선옥, 「좌절된 자유주의자의 꿈」(『문예중앙』, 랜덤하우스코리아, 1992.2) ; 이미순, 「헛된 욕망을 지우는 기억의 힘」(『문학사상』, 문학사상사, 2001.3) ; 이광호, 「키취를 먹고 자라는 문학」(『21세기 문학이란 무엇인가』, 민음사, 1999) ; 김수이, 「삶, 무한 욕망과의 유한 경주」(『현대문학』, 현대문학사, 2001.4) ; 김경복, 「유하론」(『오늘의 문예비평』, 산지니, 1991.12) ; 오형엽, 「서정과 패러디, 양식의 통합과 분화」(『문학사상』, 문학사상사, 1996.10) ; 장석주, 「두통, 무림천하, 고향」(『세계의 문학』, 민음사, 1990.3) ; 남진우, 「도시 속의 풀무치 한 마리」(『그리고 신은 시인을 창조했다』, 문학동네, 2001) 등이 있다.
9) 권성우, 「압구정동의 유하 형께 보내는 서신」, 『비평의 매혹』, 문학과지성사, 1993, 217면.

2. 도시공간의 매혹과 부정적 지각

매혹적인 상품의 이미지와 기호가치가 지배하는 도시의 산책자임을 자임하면서 현란한 소비도시의 풍경 속을 산책하는 시인이 유하이다. 유하의 시적 주체는 '압구정동', '경마장', '세운상가'로 상징되는 도시공간의 일상적 풍경에 "동화되는 동시에 그 동화를 또한 자연스럽게 반성적으로 되돌아보는"10) "압구정동의 중독자"이며 "압구정동의 반성자"11)로서의 태도를 보이는 양가적인 산책자이다. 시인 스스로가 "한국 자본주의의 상징적 공간을 시 속에 끌어들인 것은 맹목성 그 자체인 욕망의 다양한 모습들을 반성하고 그러한 스피드 문화에 대한 대안으로서의 쉼의 문화를 제시하고 싶었기 때문"12)이라 밝히고 있듯이, 그는 '압구정동', '경마장', '세운상가' 등으로 상징되는 도시의 물질적 풍요와 욕망의 맹목성에 대한 반성자이자, 도시공간을 장식하고 있는 상품과 패션의 황홀한 매혹에 도취된 중독자이기도 하다. 그는 벤야민이 말하는 도시의 군중에게 매혹당한 집단의 일원인 동시에 그들로부터 거리를 두고 냉정하게 관찰하는 양면적 존재로서의 산책자이다.

상품과 기술이 지배하는 도시화된 문명사회에서 시인이 도시공간의 체험세계를 어떻게 지각하고, 어떤 표현수단과 기법을 구사하며, 또 어떠한 차원의 미적 인식을 독자에게 매개하는가 하는 구체적 가능성을 강도 높게 보여준 시인이 유하이다. 유하는 도시공간의 물질적 풍요와 소비의 왕국이 그 이면에 숨기고 있는 불순성, 즉 도시문명의 황폐성, 추악성, 폭력성, 파괴성 등을 서정시라는 표현매체를 통하여 독자에게 일정한 미적 인

---

10) 권성우, 「압구정동의 유하 형께 보내는 서신」, 『비평의 매혹』, 문학과지성사, 1993, 227면.
11) 김 현, 「키치 비판의 의미」, 『말들의 풍경』, 문학과지성사, 1990, 82면.
12) 유 하, 「왜 바람부는 날에 압구정동에 가는가」, 『현대시학』, 1991.6, 93면.

식을 매개한다. 그의 시에서 도시는 그 부정성을 특징적으로 드러내는 상
징적 공간이다. 그의 시는 도시공간의 불순성과 부정성이 집약적으로 표
현되어 있다. 그러나 그의 시에서 화자는 도시공간을 떠돌며 그 속에서
이루어지는 소비적이며 풍요로운 삶에 매혹을 느끼는 자이면서, 동시에
절망과 고통을 느끼며 그것을 부정적으로 회의하고 반성적으로 성찰하는
자이다.

> 걸어가면 만날 수 있다오 오, 욕망과 유혹의 삼투압이여
> 자, 오관으로 느껴보라, 안락하게 푹 절여진 만화방창 각종 쾌락의 묘지, 체제
> 의 꽁치 통조림 공장, 그 거대한 피스톤이, 톱니바퀴가 검은 기름의 몸체를 번득
> 이며 손짓하는 현장을
> 왕성하게 숨막히게 숨가쁘게
> 그러나 갈수록 쎅시하게
> 바람이 분다 이곳에 오라
>
> —「바람부는 날이면 압구정동에 가야한다 2
> —욕망의 통조림 또는 묘지」 중에서

유하의 시에서 화자는 도시공간에 펼쳐진 상품과 욕망의 풍경, 안락과
풍요로움, 소유와 소비에 도취되고 매혹당하는 거리의 산책자이다. 말하자
면 그의 시에는 "상품의 황홀한 패션들이 매혹하는 거리, 그 스펙터클에
사로잡혀 있는 군중의 물결, 그리고 그 물결 속에 휩쓸려 걸어가는 어떤
산책가의 시선"[13]이 중첩되어 있다. 도시 산책자로서의 화자는 물질적 풍
요와 소비가 보장된 도시공간의 화려하고 "갈수록 쎅시"한 거리의 풍경에
매혹당하며 휩쓸려가는 인물이다. 산책자로서 화자는 "욕망의 언체인드
멜로디"(「시인 유보씨의 하루 2」)에 몸을 맡긴 채, "욕망과 유혹의 삼투압을"
"오관으로 느"끼며 "갈수록 쎅시하게" 변화하는 도시의 매혹에 이끌린다.
그는 거리에 출렁이는 상품의 기호와 패션, 기호 디자인, 광고 언어와 이

---

13) 신범순, 앞의 글, 290면.

미지의 물결에 휩쓸린다. 도시공간은 "상품 판매를 위해 반드시 필요한 유통 구조의 확대를 심리 조작의 방식"[14]으로 일상생활을 통제하는데, 유하의 산책자는 잘 조직된 통제의 그물망으로부터 자유롭지 못하다. 왜냐하면 '압구정동'이나 '세운상가'는 "욕망의 이름으로 나를 찍어낸 곳"(「세운상가 키드의 사랑 2」)이기 때문이며, "그리하여 곰팡이 꽃의 극치를 향해가는 영혼"(「세운상가 키드의 사랑 3」)으로 존재하기 때문이다.

산책자로서의 화자는 도시공간이 생성한 다양한 이미지들, 즉 '안락'과 '쾌락'과 '쎅시'함에 도취되고 매혹된다. 그런데 이 도시적 풍요로움의 안락과 관능적 쾌락의 도취는 도시민의 일반적인 모습이다. 산책자의 이러한 도취와 매혹은 일상적 대중의 모습과 대중을 사로잡는 도시공간에 내포된 권력을 동시에 포착하며, 그에 대한 진정한 비판과 반성적 성찰을 위한 것이다. 화자는 "욕망의 평등사회", "패션의 사회주의 낙원", "세속도시의 즐거움에 동참"하는 대중의 일원인 동시에, 그러한 대중의 도취와 매혹에서 깨어나 도시공간의 부정성을 비판적으로 반성한다. 그는 "글쟁이들과 관능적으로 쫙 빠진 무용수들과의 심리적 거리"를 깨달으면서 비판적 국외자로서의 반성적 성격을 획득한다. 이러한 성찰은 곧 "곰팡이를 반성하지 않는 곰팡이"(「세운상가 키드의 사랑」)를 반성하는 세속적 깨달음이다. 산책자는 도시공간과 그 공간 속의 군중들과 함께 휩쓸려 거닐면서 도시공간의 부정성을 지각하고 포착한다. 그렇기 때문에 유하의 산책자는 도시공간이라는 화려한 물신의 신전을 떠도는 "군중들 속의 한 사람"[15]이며, 동시에 물신의 우상에 대한 심리적 거리를 유지하고, 이에 대한 비판적 태도를 보이는 반성적 자아이다.

유하의 산책자는 도시공간의 풍요로움과 안락한 풍경에 매혹당하면서도 그것을 부정적으로 지각하는 양면적 자아이다. 이러한 도시공간과 그

---

14) 강내희, 「독점자본주의와 '문화 공간'―롯데월드론」, 『한길문학』, 한길사, 1991 봄호, 140면.
15) 발터 벤야민, 이태동 역, 『문예비평과 이론』, 문예출판사, 1987, 207면.

안에서 조작되고 배태되는 욕망의 풍경에 대한 부정적 지각은 특히 그의 「바람부는 날이면 압구정동에 가야한다」 연작에 독특한 형식으로 드러난다. 그가 지각하는 '압구정동'이나 '세운상가', '경마장'은 위의 인용 시에서처럼 "체제가 만들어낸 욕망의 통조림 공장"이다. 압구정동은 후기자본주의의 상징적 도시공간으로서 물질적 풍요와 소비를 보장하는 물신의 신전이다. 이러한 압구정동에서 "욕망의 평등 사회를 구가"하는 "세속도시의 즐거움에 동참하고 싶은 자들"과 "왕성하게 숨막히게 숨가쁘게/그러나 갈수록 쎅시하게" 욕망을 소비하는 풍경에 마주선 세속도시의 산책자는 그러한 현상을 부정적으로 지각한다. 물신의 신전으로서 "안락하게 푹 절여진" 도시공간은 "쾌락의 묘지, 체제의 꽁치 통조림 공장"으로 "그 거대한 피스톤이, 톱니바퀴가 검은 기름의 몸체를 번득"인다는 표현과 같이 부정적으로 지각된다. "거대한 피스톤"과 "톱니바퀴"처럼 맞물려 돌아가는 도시문명의 이데올로기에 대한 부정적 인식은 키취문화나 광고언어의 광범위한 패러디라는 방법과 이에 대해 냉소적이며 빈정대는 어투와 어조, 도시문명의 도취된 이미지들의 과장된 편집을 통해 드러낸다.

> 그래 요새는 하루하루가 스릴러物이야
> 남의 살만 보면 우르르 달려가 주저 없이 깨물어 먹는
> 좀비族들, 물린 사람들도 그 즉시 좀비가 되어 크악
> 물고, 물리고, 물고…… 반성이라곤 털끝만큼도 없이
> 맹목적으로 앞만 보고 비척비척 몰려가는
>
> 좀비로 꽉찬 세상
> 썩은 육체를 가진 고스트의 세상
> ─「시인 유보氏의 하루 2─좀비로 꽉찬 세상」 중에서

유하의 시는 도시공간이라는 체험세계에 대하여 매혹을 느끼면서 동시에 절망과 고통을 느끼는 인간의 정신적 반응형식의 산물이다. 그는 그가

살고 있는 시대의 주어진 현실에 환멸을 느끼고 증오한다. 그의 시에서 주목할 것은 매혹의 도취에서 깨어나면서 주어진 현실을 부정적으로 지각한다는 데 있다. 마치 벤야민이 보들레를 분석하면서 산책자는 자신을 군중의 공범자로 만드는 동시에 또한 군중으로부터 자신을 격리시키며, 꽤 깊이 군중과 결탁하고 있지만 단 한 번의 경멸의 시선을 던짐으로써 군중을 무가치한 존재로 여기는 것과 같다. 유하의 산책자는 군중에 매혹되어 휘말려 들어가면서도 그 군중으로부터 스스로를 방어하는 사람이다. 다시 말해 그는 도시공간의 군중에 대해 매혹과 거부라는 양가적인 태도를 취한다.

위의 시는 산책자가 도시공간과 군중에 대해 어떻게 반응하는지를 보여준다. 산책자로서의 화자는 한마디로 도시공간을 "좀비로 꽉찬 세상", "썩은 육체를 가진 고스트의 세상"으로 본다. 마치 보들레르가 『악의 꽃』에서 '군중이 뒤엉켜 붐비고 꿈으로 가득 찬 도시'를 '밝은 대낮에도 유령이 행인들에게 붙어 있는 곳'이라 표현했던 문맥과 동일한 의미다. 화자는 도시와 군중의 물결을 "좀비로 꽉찬 세상/썩은 육체를 가진 고스트의 세상"이라 표현하는 은유를 구사함으로써 대도시라는 생활공간에서 인간의 모습에 대한 충격과 당혹감을 내보이고 있다. 이는 유하가 도시공간을 인간에게 충격을 주는 부정적 공간으로 보고 있음을 명쾌하게 지시하는 것이다. 시적 주체로서의 산책자가 문명화된 대도시공간이라는 객체에 대하여 반응하는 부정적 지각은 도시적 삶의 조건과 과정에 대한 구체적 인식이라 할 수 있다.

도시공간에 대한 부정적 인식은 현실에 대한 고통이라는 인식을 동반한다. 이는 곧 도시문명이 인간에게 가하는 고통에 대하여 시적 주체의 저항 의지를 표현하는 것으로 해석할 수 있다. 그리하여 유하의 도시공간의 현실에 대한 고통과 분노는 세계에 대한 증오에 다름 아니다. 경험세계의 급변에 따른 산책자의 이 같은 반응형식은 삶의 구체적 현장인 도시공간과 이 도시공간에서 중심적으로 전개되는 기술문명은 "시간의 종말"(「나는 추억보다 느리게 간다—자전거의 노래를 들어라」)로 표현되는 대재난을 야기할 수 있음을 지시한다. 자본주의 문명의 집약적인 상징인 도시공간에 대한 부정적 지각은 비판적 성찰을 매개하며, 문명비판적 성격을 지니는 것이다. 이러한 부정적 지각에 의한 반성적 성찰로서의 문명비판은 산책자의 개인적인 미적 체험을 문명사적 역사의 장으로 끌어올리는 것이기도 하다.

3. 물신의 욕망과 비판적 인식

유하의 시는 후기자본주의 도시의 풍요롭고 안락한 현상에 도취되면서도 이에 대한 부정적 지각을 통하여 비판적 인식에 도달한다. 그의 시는 산책자라는 시적 주체성이 지각을 넘어서 주체성의 적극적 표출을 통해 자본주의적 문명과 문화에 대한 비판적 인식을 함유한다. 시적 대상에 대한 지각이 역사적 경험의 비판적 인식에 도달하기 위해서는 체험이나 의식하게 되는 것을 넘어서 반성적 행위인 인식의 차원에서 논의되어야 한다. 왜냐하면 "지각에 기초하지 않은 인식은 대상에 대한 충실한 지각을 통해서 가능해지는 객체성의 확보에 실패할 우려가 있으며, 인식에 이르지 않는 지각은 시적 주체성이 지각을 통하여 성취한 객체성이 역사성을 확보하는 수준에 도달하지 못하는 원인으로 작용"[16]할 수 있기 때문이다.

> 눈앞의 저 빛!
> 찬란한 저 빛!
> 그러나
> 저건 죽음이다
>
> 의심하라

---

16) 문병호, 「시적 주체성의 객체성」, 『독일문학』 제34권 제2집, 한국독어독문학
　　회, 1993.12, 711면.

모오든 광명을!

— 「오징어-여는 시」 전문

  위의 시는 묵시록적 예언의 어조로 매우 간명하고 명료하게 유하의 시가 궁극적으로 지향하는 세계를 상징적으로 제시한다. 빛을 보면 맹목적으로 달려드는 오징어의 속성에 빗대어 도시문명과 인간의 욕망에 대한 비판의 의도를 읽을 수 있는 이 시는 문명의 빛을 죽음의 세계로 인식한다. 도시문명의 "모오든 광명"을 죽음으로 바라보는 의심과 회의에 찬 화자의 시선은 도시공간을 묵시록적 상황의 집약적 상징으로 이해하는 것이다. 그것은 자본주의적 문명의 "모오든 광명을" 의심하는 환멸의 사유이다. 이러한 문명의 빛에서 역설적으로 죽음을 보는 묵시록적 사유는 문명의 현실에 대한 반성적 인식행위에 속한다. 도시문명의 빛이 품고 있는 묵시록적이며 종말론적인 인식은 도시체험의 한 양상이며, 이것은 그러한 묵시록적 세계에 대한 저항의 한 방식으로 볼 수 있다.

  유하가 도시공간, 혹은 물질적 풍요와 욕망이 번성하는 문명의 세속세계를 탐구한다는 것은 단순히 도시라는 공간적 배경이 시의 제재가 되어서가 아니다. 중요한 것은 도시공간에서 체험하는 일상을 시로 형상화함으로써 그것이 은폐하고 있는 공포와 폭력의 불온성을 경계한다는 점이다. 따라서 위의 시에서처럼 문명의 빛에 대한 묵시록적 상상력은 존재의 불안과 공포, 그리고 죽음의 종말론적 세계를 반성적으로 성찰하는 것이다. 그는 "욕망의 허기가 세운상가를 번창시켰"으며 그 "어두운 욕망의 벌집"에서 "충동의 벌떼들"처럼 "끝없이 응응대다가 죽음을 맞으리라"(「세운상가 키드의 사랑 2」)고 미래를 불길하게 예견한다. 이러한 문명의 "불의 폭포수를 보며/폭포가 말라버린 내일의 암흑 따위를 생각"(「바람부는 날이면 압구정동에 가야 한다 8」)하는 미래에 대한 묵시록적 사유는 독자로 하여금 그의 시를 반성적 사유의 자장 안에서 읽도록 요구한다.

불빛을 발견한 오징어의 눈깔처럼
눈에 거품을 물고 돌진 돌진

불 같은 소망이 이 백야성을
만들었구나, 부릅뜬 눈의 식욕, 보기만 해도 눈에
군침이 괴는, 저 불의 부페 色의 盛饌을 보라
그저 불밝히기 위해 심지 돋우던 시절은 지났다

매서운 한강 똥바람 속,
촛불의 아이들은 너무도 당당해 보인다
그들을 감싸고 있는 이 도시 전체가
하나의 거대한 수정 샹들리에이므로
風前燈火, 불을 키운 건 팔 할이 바람이었다
이젠 바람도 불과 함께 놀아난다
휘황찬란 늘어진 샹들리에 주위에 붙은 똥파리
— 「바람부는 날이면 압구정동에 가야 한다 4 - 불의 뷔페」 중에서

위의 시에서 도시의 밤거리를 산책하는 화자는 도시공간의 풍요와 맹목적 욕망의 부정성을 지각하고, 이에 대한 비판적인 성찰을 수행한다. 태초의 성스런 불의 이미지로부터 욕망의 불에 이르기까지의 이미지의 연쇄적 변주를 통해 조직된 인용 시는 "불의 부페"로 명명되는 도시의 '백야성'에 사는 인간을 "휘황찬란 늘어진 샹들리에 주위에 붙은 똥파리"로 묘사한다. 그럼으로써 도시공간과 그 안에 사는 인간에 대한 산책자의 부정적 지각을 보여준다. 화자는 "소망교회 앞" "아이들의 행렬"이 들고 있는 촛불에서 '태초의 불'을, 다시 "두메산골을 걸어가다가 발견한" "반갑던 먼 곳의 등잔불"을 연상한다. 그것은 다시 "불빛을 발견한 오징어의 눈깔"이라는 맹목적인 욕망이라는 의미를 얻고, 이것은 다시 "불의 부페"라는 '백야성'에 대한 이미지로 전이된다. 이어서 '백야성'에 사는 인간은 "휘황찬란 늘어진 샹들리에 주위에 붙은 똥파리"로 변주된다. 이렇게 '불'에 의

해 연쇄되는 이미지의 변주가 불러일으키는 효과는 "오징어의 시커먼 눈들"을 한 사람들이 "불의 부페 파티장 쪽으로" "신바람으로 몰려가는" 맹목적인 욕망에 대한 반성이며, '태초의 불'과 대립되는 차원에서 타락한 도시의 불을 비판하는 것이다.

휘황찬란한 샹들리에에 달라붙은 '똥파리'나 불빛을 향해 돌진하는 '오징어'는 도시문명 이면에 숨어 있는 부정적 측면에 대한 시인의 지각을 암시한다. 결국 이러한 부정적 지각은 대도시공간의 물질적 풍요와 소비사회의 욕망에 대한 비판이며, 그것이 숨기고 있는 폭력성과 억압성에 대하여 저항하려는 의지의 표현이다. 도시적 일상의 현실에 대한 유하의 부정과 비판과 저항은 불모적인 도시공간에 대한 반성적 성찰에 다름 아니다. 이것은 대도시공간에서 전개되는 일상적 현실에 대한 부정적 경험을 매개하는 것이며, 이는 곧 문명의 부정성에 대한 비판에 다름 아니다. 부정적 시각에서 세속도시의 산책자는 소유와 소비의 욕망이 지배하는 도시공간의 일상세계에 자리한 화려함 뒤의 추함, 유토피아를 가장한 불길한 욕망, 관능적 쾌락, 물질적 풍요 속에서 죽음의 세계를 투시하는 것이다. 시인은 산책자로서 도시공간을 부정적으로 지각하고, 그 도취의 결과를 내면화시켜 성찰함으로써 세속적 깨달음을 얻는다. 이러한 깨달음과 비판적 인식의 차원은 시인의 주체적인 반성행위로 볼 수 있다.

> 난 전율한다 눈 깜짝할 사이에 지나가는 심혜진의 보조개 패인 미소 뒤에도 얼마나
> 세계는 넓고 할 일은 많은 쾌남아들의 거대한 미소가 도사리고 있는가
> 하여튼 단 십 초의 미소로 바보상자의 관객들과 쇼부를 끝낸 여자 심혜진
> 그녀가 요즘 씨에프에서 닦여진 순발력 있는 연기로 은막에서고 함참 주가를 올리고 있다 제목은 물의 나라
> 감독은 얼씨구나 양파 껍질처럼 끝없이 옷을 벗기기 시작하는데, 그녀만 보면 파블로프의 개처럼 코카콜라를,
> 삼성 에이 에프 오토 줌 카메라를, 해태 화인쥬시껌을 사고 싶어지는 내 눈알, 나는 본다 저 알몸 위로 오버랩되는……

　　온 산을 갈아엎는 사람들을 세상을 온통 콜라빛 폐수로 넘실대게 하는 사람들
　　을 이 땅을 온갖 욕망의 구매력으로 가득 채우는 사람들을
　　　　　　　　　— 「콜라 속의 연꽃, 심혜진論—난 느껴요—苦口苦來」 중에서

　인용 시에서 화자는 도시공간에 매혹을 느끼며, 동시에 주어진 현실을 부정적으로 지각하고 그것을 비판적으로 성찰하는 산책자로 등장한다. 그는 시대의 경향, 진보와 풍요, 자유와 평등을 경멸한다. 압구정동으로 상징되는 현대적 도시공간을 산책하는 화자는 시대가 즐기는 것들 앞에서 "난 전율한다"고 외친다. 산책자는 압구정동에 펼쳐진 현대문명과 그 풍속에 대하여 매혹당하면서도 동시에 고통과 분노로 반응한다. 그 안에는 압구정동이라는 도시공간과 그 안에서 생성되는 문화적 풍속과 인간의 욕망에 대한 부정적 지각이 도사리고 있다. '압구정동'은 이러한 매혹과 고통을 동시에 불러일으키는 상징적 공간이다. 화자는 이 상징적 공간에서 "온 산을 갈아엎"고, "세상을 온통 콜라빛 폐수로 넘실대게 하"며, "이 땅을 온갖 욕망의 구매력으로 가득 채우는 사람들"의 욕망 충족의 확대 재생산을 관능적 이미지를 통해 비판적으로 인식한다. 이러한 비판적 인식은 지금 이곳으로부터의 탈주를 꿈꾸면서 동시에 '현대성의 무의식'에 대한 반성적 성찰을 보여주는 것이다.

　'압구정동'이라는 도시공간은 자본주의적 문명의 상징적 공간이다. 그곳은 후기자본주의가 낳은 산물이며, 우리 시대의 문명·문화·풍속사적 실체를 체험할 수 있는 구체적 공간이다. 위의 시는 그러한 도시공간의 거리 풍경에 대한 소묘이다. 그 곳은 온갖 상품의 전시장이며, 상품의 물신이 숭배되는 신전이다. 그곳에서는 소비와 소유, 온갖 관능적 쾌락이 출렁이는 장소로서 욕망 충족의 확대 재생산이 이루어진다. 화자는 상품의 효용성이나 사용가치보다는 기호와 이미지 자체의 상징가치가 우세한 소비 사회의 현실을 "온통 콜라빛 폐수로 넘실대"는 세상으로 바라보며, 그 소비적이며 관능적 욕망 풍경에서 물신에 사로잡힌 군중들의 모습을 비판적

으로 바라본다. 그들은 "이 땅을 온갖 욕망의 구매력으로 가득 채우는 사람들"로 "파블로프의 개처럼" 물신에 무조건 침을 흘리며 반응하는 욕망의 화신이다.

물신의 유혹과 온갖 상품의 관능적 쾌락 앞에 "파블로프의 개처럼" 무조건 반응하는 소비도시의 일상인들의 반성적 자각은 무력하기만 하다. 지시대상과 분리된 채 부유하는 현란한 기표들의 매혹, 물질적 풍요의 공격으로부터 도시민의 욕망은 무력할 수밖에 없다. 보드리야르의 지적처럼 도시적 현실은 "소비가 생활 전체를 사로잡고 있으며" 소비를 위해서 "환경은 전면적으로 조절되고 정비되어"17) 있다. 이와 같이 잘 정비되고 조직된 소비의 도시에서 지시대상을 잃고 떠도는 기표의 현란한 이미지들은 우리들에게 자유와 행복, 물질적 풍요와 안락의 세계에 대한 환상을 심어준다. 그것들은 기표가 기표를 낳고 또 낳는 자기증식을 통해 욕망을 조작하고 확대 재생산한다. 물신이 지배하는 도시의 거리 풍경을 관찰하고 그것의 숨은 정치성을 깨묻는 화자가 유하의 산책자이다. 이 산책자는 도시의 물질적 풍요와 패션, 기호의 풍요로움과 현란함에 깃든 욕망의 확대 재생산과 미시권력의 작동을 바라보며 "이게 아닌데 이게 아닌데 이게 아닌데"(「바람부는 날이면 압구정동에 가야 한다 3」) 되뇌이며, 이를 반성적으로 사유한다. 이러한 반성적 성찰은 경험세계의 부정적 면으로부터 희망의 세계로 나가려는 탈주의 상상력이라 할 수 있다.

4. 아우라 경험의 재생과 비움의 미학

유하의 시에서 대도시공간에 대한 부정적 지각은 도시문명에 대한 비판적 인식으로 발전하는 것이며, 반성적 자각을 통한 '아우라 경험의 재

---

17) 장 보드리야르, 이상률 옮김, 『소비의 사회』, 문예출판사, 1991, 18면.

생'과 '비움의 미학' 내지는 '느림의 미학'이라는 새로운 형식을 얻는다. 아우라가 사라진 자본주의의 도시공간에서 기호와 이미지 가치가 지배하는 소비사회의 풍경은 우리에게 아주 익숙하다. 도시공간은 자본주의적 삶의 양식에서 물질적 풍요와 쾌락을 보장하는 조건이며, 도시체험의 기본 국면이다. 거리는 자본주의 상품미학의 전시장이며, 그곳을 산책하는 일은 새로운 미적 체험을 가능하게 한다. 상품미학은 도시적 삶의 풍요로움과 물질적 풍요의 신화를 보장해주는 표지이다. 그러나 도시공간에서의 미적 체험의 주체는 상품의 황홀한 유혹에 매혹당하면서도 그 매혹을 비판적으로 인식하는 양가적인 것이다. 상품에 대한 매혹이야말로 "대중의 참다운 모습을 포착하는 것이며, 동시에 대중을 사로잡는 일상에 있어서 권력을 붙잡아내는 것"[18]이다. 따라서 도시체험의 확대와 그에 따른 상품 물신에 대한 욕망의 탐사는 왜곡된 현대성으로부터 삶의 진정성을 찾는 일에 부응하는 것이다. 유하는 이러한 삶의 진정성을 도시공간과 대척되는 지점에 위치한 '하나대'로 상징되는 아우라 경험의 재생과 느림의 미학, 혹은 비움의 철학에서 찾는다.

> 휘파람이 흐드러진 곳에 재건대원 복장을 한 배시시 녀석의 모습
> 그 후로부터 후다닥 梨田碧海된 지금까지 그를 볼 수 없었다 어디서
> 배꽃 가득한 또 다른 압구정동을 재건하고 있는지…… 바람부는 날이면
> 배맛처럼 떠오르는 그애 생각에 배나무숲 있던 자리 서성이면……
> 그 많던 배들은 누가 다 먹었을까 그 수많은 배들이…… 지금
> 이곳에 눌러앉은 사람들의 배로 한꺼번에 쏟아져들어가 배나무보다
> 단단한 배포가 되었을까…… 배의 색깔처럼…… 달콤한 불빛, 불빛
> 이 더부룩한 …… 싸늘한 배앓이…… 바람부는 날이면……
>
> ― 「바람부는 날이면 압구정동에 가야 한다 1」 중에서

---

18) 신범순, 「유하의 거리 풍경과 게으른 산책가」, 『글쓰기의 최저 낙원』, 문학과
    지성사, 1993, 291면.

유하의 시가 보여주는 타락한 자본주의 논리에 대한 비판은 아우라 경험의 재생이라 할 수 있는 원형적 공간과 맞물려 있다. 그는 도시공간이 가져다주는 물질적 풍요와 탐욕스런 욕망을 비판하면서 반성적 사유의 지평을 확보하고자 한다. 인용 시는 문명의 도시공간과는 대척되는 지점에 '배나무숲'이라는 아우라 경험이 살아있는 원형적 공간을 설정한다. 시의 조직은 과일인 '배'와 인간의 '배'라는 동음이의어가 지닌 이미지의 연쇄를 통해서 이루어진다. 황지우의 시 "겨울―나무로부터 봄―나무에로"라는 제목의 카페에서 카페의 여주인인 여배우, 여배우에서 '펜트하우스'라는 도색잡지, 다시 도색잡지 여배우의 "꿀배같은 유방"과 "배로 허기진 배를 채운" 기억, 이것은 다시 "수많은 배"를 먹어치운 "사람들의 배", "단단한 배포", "싸늘한 배앓이"의 이미지로 연쇄적으로 전이된다. 이러한 이미지의 연상을 통해서 압구정동이라는 도시공간이 가진 탐욕과 관능적 욕망의 부정성을 비판하고 '배나무밭'으로 상징되는 원초적이고 신성한 공간을 재생하는 것이다.

아우라 경험의 재생은 '배나무숲'을 다 먹어치운 탐욕과 대비를 통해서 드러난다. 이러한 대비적 수법은 대도시의 상징적 공간인 압구정동 문화가 지닌 불가사리 같은 탐욕성과 불모성을 비판하고, 근원적 생명의 세계를 옹호하려는 전략이다. 원형적 아우라 경험의 재생을 통하여 유하는 궁극적으로 "목적론적 인식이 지구의 허虛를 거의 메워버린 지금, 칼 루이스의 스피드가 아니라, 빈 곳을 '그대로' 두자는 노자老子적 게으름"과 "생명의 공간이 아니라, 절멸의 자리"이며, "건강한 노동의 공간이 아니라, 터미네이터의 관능과 파괴성이 도사린" 세계에 대한 "대안으로서의 쉼의 문화"[19]를 제시하는 것이다. 시인이 말하는 '쉼의 문화'는 끊임없이 확대 재생산되는 인간의 무한한 욕망을 거부하고, "날다람쥐처럼 움직이"며 "좀처럼 늙질 않는"(「老子가 진지를 권할 때」) '채움의 욕망'이 아닌 "텅 빈 중심"(「무의

___

19) 유하, 앞의 글, 93면.

페달을 밟으며」)이라는 건강한 욕망으로서의 생명의 세계를 지향한다.

유하의 시에서 후기자본주의 정치·경제·문화학을 살필 수 있는 학습장으로의 상징적 성격을 띤 '압구정동'이나 '세운상가'나 '경마장'이라는 도시공간과 대비되는 공간이 '하나대'이다. 그곳은 "깨벗은 나뭇가지 위 붉은 까치밥 하나 홀로 어두워"가는 곳으로서 "모든 것들을 오래오래 길러온 어머니"(「정글어가는 하나대를 바라보며」)의 모성이 자리하는 원초적 질서와 생명의 공간이다. 그가 '압구정동'이나 '세운상가'나 '경마장'이라는 대척점에 '하나대'라는 원형적 공간을 재건한 것은 자연을 재신화화하여 도시문명이 지닌 반생명성을 비판하고 근원적 생명을 옹호하는 것이다. 시인이 '하나대'라는 모성의 공간을 재신화화하여 원초적 자연의 세계를 원형 그대로 복원하는 것은 부조리하고 모순에 찬 도시문명의 현실과 현대 문명의 파편화된 시간, 그리고 도시적 문명공간에서 벗어나고자 하는 현대인의 욕구와 관련되어 있다. 이는 탈주와 초월이라는 이탈 욕망인 동시에 도시문명에서 받은 상처와 고통의 다른 표현이기도 하다. '하나대'로 상징되는 원초적이며 신성한 질서의 공간은 도시공간과 대비되는 반성적 사유의 거점이다. '하나대'는 타락한 자본주의적 도시문명과 욕망의 논리에 제동을 거는 상징적인 시적 장치이다. 따라서 '압구정동'이나 '경마장'과 변별되는 '하나대'라는 원초적 공간은 그의 시를 자본주의적 도시문명에 대한 반성적 사유의 지평에서 이해하도록 기능한다. 이것은 원초적 공간이 갖는 모성의 세계로 돌아가 문명이 준 상처와 고통을 치유하고자 하는 욕망과 관련되어 있다.

아우라 경험의 재생을 통한 치유의 상상력은 비움의 미덕을 강조하는 데서도 밀도 있게 형상화되어 있다. 유하는 원초적이며 신성한 공간을 재생함으로써 '압구정동'이나 '경마장'으로 상징되는 채움의 욕망과 속도 지향의 문화적 풍속에 대한 비판과 반성은 비움의 논리와 느림의 미학으로 나타난다. 이것은 곧잘, "지금껏 난 흘러가는 그대 붙잡으려" 했으며 "온

천지에 그대 수없이 물들고 나서야 비로소" "은행나무처럼 나 이제 그대를 소유하지 않"(「눈부신 명상입니다」)는다는 비움의 사랑을 노래할 때와 동일한 맥락에 있다. 비움의 미덕은 모든 것을 소유하고 끊임없이 채우고자 하는 채움의 욕망과 풍속에 대한 부정, 비판, 반성이다. 동일한 문맥에서 '하나대'라는 원초적 공간의 재생은 그 자체로 욕망의 만족도나 충족률이 하락함에 따른 욕망의 새로운 확대 재생산, 즉 채움의 욕망과 풍속에 대한 비판이며 반성적 성찰이라 할 수 있다. 비움의 미덕은 문명의 속도에 대한 저항으로서의 느림의 미학과 동일한 문맥에서 이루어진다.

> 산책가는 누구를 추월하지 않는다
> 그러므로 나는 추억보다 느리게 간다
> 나를 무수히 추월해간 지상의 탈것들이여
> 어쩌면 목적지란 시간의 종말 아닌가
> 나의 시간은 무한한 곡선
> 은륜의 텅 빈 내부로 물이 고이듯 시간이 머문다
> 샛길의 시간은 무익하여, 아무도 가지려 하지 않는다
> 나는 그 무익의 시간을 벗 삼아
> 유한한 삶에 대한 명상을 충분히 할 것이다
> 산책가는 늘 길 위편에 남아 있다
>
> — 「나는 추억보다 느리게 간다—자전거의 노래를 들어라」 중에서

탈근대의 대도시공간에서 미적 체험의 주체는 산책자이다. 산책자는 물신이 지배하는 거리의 풍경을 비판적이며 반성적으로 관찰하고 투시하는 탐정이다. 유하의 산책자는 자본주의적 현실의 속도에 저항하면서, 그 속도에 반성적 거리를 확보하기 위해 느리게 걷는 자이다. 인용 시는 자본주의적 문명의 속도를 거스르는 산책의 미덕이 갖는 의미를 잘 드러내는 작품이다. "산책가는 누구를 추월하지도 않"으며, "추억보다도 느리게" 걷는 자이다. 도시문명의 속도에 저항하는 "아웃사이더"로서 산책자는 빠르게 "추월해간 탈것들"에서 종말의 징후, 즉 "시간의 종말"을 예견한다. 산

책자로서 화자는 모든 것을 빠르게 추월해가는 자본주의적인 직선적 시간
은 빠른만큼 종말의 시간을 앞당기는 것이다. 그러한 직선적 시간관에 의
하면 "은륜의 텅 빈 내부로 물이 고이듯 머"무는 "샛길의 시간은 무익"한
것이어서 "아무도 가려 하지 않는" 길이다. 그러나 산책자는 문명의 속도
가 지배하는 세상에서 "아무도 가려하지 않는" "무한한 곡선"의 길, "그
무익한 시간을 벗 삼아" "유한한 삶에 대한 명상을 충분히 할 것"을 권고
한다. 산책자의 인식에 의하면 자본주의적인 진보적이며 직선적인 시간관
은 '종말'을 앞당기는 세계관이다. 화자는 종말의 시간으로 치닫는 자본주
의적 문명과 "유한한 삶"에서 "생의 시간을 길게 확장시키"는 방법은 "무
한한 곡선"의 시간이 갖는 느림의 미학을 지향해야 한다는 점을 지시한
다. 이것은 기계적 동력에 의한 문명의 무한한 진보에 대한 믿음과 자본
주의의 직선적 시간관이 지닌 속도문화 숭배에 대한 우회적 비판이기도
하다.

 속도는 문명의 표상이며, 도시의 운명이자, 문명인이 갖추어야 할 미덕
이다. 문명은 자연의 시간에 가속도의 시간 개념을 적용하면서 그 지배력
을 강화한다. 속도는 자본주의적 문명이 추구하는 노동생산성을 향상시키
기 위해서 강조될 수밖에 없다. 문명의 질주 속에서 문명화된 시민이 생
존하기 위해서는 "속도의 권력"(「들꽃에 관한 명상」)에 순응해야 한다. 속도
숭배 문화가 지배하는 도시공간에서 속도를 거스르거나 게으르게 해찰을
떠는 것은 죄악시된다. 때문에 자본주의적 현실의 속도에 저항하거나 적
응하지 못하는 사람은 도태되거나 무능하고 게으른 죄인으로 전락하게 된
다. 속도에 역행하는 이 산책자는 "세속세계에서 이탈한 자이거나 정신적
지체를 앓고 있는 자"로서 현실적으로 "무능하고 불온하고 비관적이고 게
으르고 방탕"해 보인다. 이들의 "정신적 지체는 이 세계가 안겨준 쓰라린
선물이며, 본래적 삶을 회복하려는 정신적 고투를 반영"[20]하는 것으로 볼

---

20) 이광호, 「세속세계의 산책」, 『환멸의 신화』, 민음사, 1993, 137면.

수 있다. 유하 시의 비움과 느림의 미학은 따라서 삶과 세계의 원향原鄕을 회복하려는 정신적 고투의 산물이다.

'압구정동'과 같이 욕망의 구조와 자기증식이 끊임없이 확대 재생산되는 '경마장'은 자본주의의 속도전에 대한 은유이기도 하다. 그의 시에서 '경마장'은 '압구정동'과 마찬가지로 욕망의 확대 재생산이 이루어지고, 자본주의적 도시문명에서 발생하는 소유와 소비의 탐욕스런 욕망이 상징적으로 드러나는 공간이다. "속도의 권력"에서 소외되지 않고 순응하기 위해서 경주마처럼 질주해야만 살길이 열리는 곳이 바로 경마장, 곧 세속도시의 공간이다. 산책자는 그러한 경마장을 비판적으로 바라보면서, 그 부정성을 극복할 희망의 원리로서 느림의 미학을 내세운다. 느림의 미학은 경마장의 말처럼 "고액배당을 꿈꾸며" "질주하고 싶은 게 아니라 산책하고 싶은 것이"(「천일馬화」)며, "속도의 권력"을 거부하고 "모든 야생이 내어준 그 길을"(「들꽃에 대한 명상」) 산책의 느린 속도로 거니는 것이다.

특히 「천일馬화」 연작은 이러한 자본주의 문명의 무한한 욕망과 속도전에 대한 비판적 사유를 보여준다. 산책자는 "세속의 온갖 속도 바깥에서" 머물고자 한다. 그는 "텅 빈 중심"의 "텅 빔의 에너지"(「無의 페달을 밟으며-자전거의 노래를 들어라 2」)로 상징되는 자전거의 속도와 "허공을 날리는" "은행잎의 시간"(「낯선 시간 속으로」)을 통해 문명의 속도와 자본주의적 시간에 저항한다. 이러한 느림의 미학, 즉 게으른 산책을 통해 유하는 현대 도시문명이 숭배하는 '파시스트적 속도'를 우회하여 비판한다. 그는 궁극적으로 채움이 아닌 비움, 빠름이 아닌 느림의 미학을 통해 생을 성찰한다. 그러면서 위의 인용 시에서처럼 "생의 시간을 길게 확장"시키고자 한다. 결국 아우라 경험이 보존된 원초적 공간의 재생은 자본주의적 질서와 문명, 물신적 욕망과 풍속에 대한 반성적 자각이며 저항으로서의 의미를 지닌다. 이것은 탈근대 사회에 대한 비판적 대안 명제로서의 성격을 지닌다.

5. 도취와 반성적 성찰 사이

　우리 사회는 급속한 산업화의 과정을 통하여 도시가 팽창하고, 도시는 기술문명의 전시장이 되었다. 이러한 과정에서 아우라 경험의 붕괴와 도시체험의 확대는 자본주의적 문명을 주목하게 한다. 물신적 욕망이 지배하는 도시공간은 사회적 공간, 즉 정치적이며 경제적인 공간인 동시에 미적 공간이기도 하다. 우리는 도시공간에서 일상적 사회생활을 하면서 동시에 미적 체험도 한다. 이러한 미적 체험은 탈근대적 도시의 등장 이전에는 없었던 새로운 현상이라 할 수 있다. 이러한 관점에서 우리는 유하의 시에 나타나는 도시 산책자의 미적 체험과 반응형식을 도시공간에 대한 매혹과 부정적 지각, 소비문화와 물신의 욕망에 대한 비판, 그리고 아우라 경험의 재생과 비움의 미학이라는 층위를 살펴보았다.

　체험적 현실의 구체적 공간으로서 대도시에 대한 유하의 산책자가 반응하는 양상은 양가적이다. 도시 산책자는 후기자본주의의 현란한 기호가치와 상징가치에 매혹당하면서 도시를 지배하는 현실원칙과 질서에 대해 비판적 거리를 유지한다. 대도시공간에 대한 산책자의 반응형식은 매혹과 부정적 지각, 탐닉과 반성적 비판이라는 양가적인 태도를 취한다. 이러한 양가적 태도에서 산책자의 도취와 탐닉은 도시문명을 부정적으로 지각하고 지금 이곳의 삶을 비판적으로 인식하는 방법이며, 또 다른 전망을 내다보게 하는 희망의 원리로 작용한다. 요컨대 산책자로서 유하는 도시를 지배하는 물질적 풍요와 기호가치의 매혹적인 현란함에 내재한 욕망과 미시권력의 작동을 엿보고, 이를 부정적으로 지각하고 비판적으로 인식하며, 이를 극복할 대안으로서 느림과 비움의 미덕을 강조한다.

　도시공간에 대한 부정적 인식은 도시문명의 불운성에 대한 시적 주체의 저항 의지를 표현하는 것으로 해석할 수 있다. 유하의 도시공간의 현실에 대한 고통과 분노는 세계에 대한 증오에 다름 아니다. 경험세계의 급변에 따른 산책자의 이 같은 반응형식은 삶의 구체적 현장인 도시공간과 이 도시공간에서 중심적으로 전개되는 기술문명이 대재난을 야기할 수 있음을 지시한다. 자본주의 문명의 집약적인 상징인 도시공간에 대한 부정적 지각은 비판적 성찰을 매개하며, 문명비판적 성격을 지닌다. 이러한 부정적 지각에 의한 반성적 성찰로서의 문명비판은 산책자의 개인적인 미적 체험을 역사의 장으로 끌어올리는 것이기도 하다.

도시공간의 현실은 소비가 생활 전체를 사로잡고 있으며 소비를 위해서 환경은 조절되고 정비되어 있다. 소비의 도시에서 지시대상을 잃은 떠도는 기표의 현란한 이미지들은 자유와 행복, 물질적 풍요와 행복의 세계에 대한 환상을 심어준다. 그것들은 기표가 기표를 낳고 또 낳는 자기증식을 통해 욕망을 조작한다. 물신이 지배하는 도시의 거리 풍경을 관찰하고 그것의 숨은 정치성을 깨묻는 화자가 유하의 산책자이다. 이 산책자는 도시의 물질적 풍요와 패션, 기호의 풍요로움과 현란함에 깃든 욕망의 확대 재생산과 미시권력의 작동을 바라보며 이를 반성적으로 사유한다. 이러한 반성적 성찰은 경험세계의 부정적 면으로부터 희망의 세계로 나가려는 탈주의 상상력이라 할 수 있다.

도시공간은 자본주의적 삶의 양식에서 물질적 풍요와 쾌락을 보장하는 조건이며, 도시체험의 기본 국면이다. 거리는 자본주의 상품미학의 전시장이며, 그곳을 산책하는 일은 새로운 미적 체험을 가능하게 한다. 상품미학은 도시적 삶의 풍요로움과 물질적 풍요의 신화를 보장해주는 표지이다. 그러나 도시공간에서의 미적 체험의 주체는 상품의 황홀한 유혹에 매혹당하면서도 그 매혹을 비판적으로 인식한다. 도시체험의 확대와 그에 따른 상품 물신에 대한 욕망의 탐사는 왜곡된 현대성으로부터 삶의 진정성을 찾는 일에 부응하는 것이다. 유하는 이러한 삶의 진정성을 도시공간과 대척되는 지점에서 아우라 경험의 재생과 느림의 미학, 혹은 비움의 철학에서 찾는다.

제3장

언어사원의 사제들

우주적 교감과 존재론적 통찰
— 손택수의 『목련전차』, 문태준의 『가재미』

1. 직관과 통찰의 문법

인간과 존재, 그리고 삶에 대한 근원적 물음 앞에서 문학이 보여주는 여유로운 태도는 불친절한 것이다. 문학은 불친절하게도 항상 여유를 갖고 그 명제를 유보해 두거나, 애써 그 실체를 증명하려 하지 않는다. 친절함을 베푼다 해도 기껏해야 상징적 제시나 암시에 머물며 유연하게 질문의 중심에서 비켜서고자 한다. 문학은 특성상 그러한 질문에 대해 철학적 사유에서처럼 정곡을 찔러 논리적으로 명료한 답을 제시하기보다는 오히려 두리번거리거나 딴전을 피우기 일쑤이다. 여기에 문학만의 고유한 변별적 존재 이유가 있다.

문학은 인간 존재와 삶에 대한 물음에 관해서 다만 우회적으로 돌려서 말하거나 생략, 또는 압축해서 상징적으로 보여주고자 한다. 문학은 숨기고 감추는 방식으로 무엇인가를 드러낸다. 그래서 많은 부분이 여백으로 남아 있고, 그 여백을 채워야 할 몫은 순전히 독자의 상상력에 달려 있다. 때문에 다양한 해석과 감동이 가능한 것이고, 이것이 문학만이 지닌 고유한 맛이고 미덕이며 매력이다. 문학은 뚜렷한 실체나 정체 없음으로 우리를 매혹한다. 그 감추어진 대상의 정체나 의미를 훔쳐보려는 관음증을 자극하는 것이 문학이다.

문학이 인간의 존재와 삶에 대한 물음에 대해 판단을 유보해 두거나 그것을 다만 상징적 제시로 머물고자 할 때, 더욱 그 강한 속성을 드러내는 장르는 시이다. 왜냐하면 시에 있어서 서정이란 대상을 인과적인 논리적 완결성에 의해 그려내는 것이 아니라 인식 주체가 주관적으로 체험하고 느끼는 '생의 순간을 포착'하거나 혹은 직관적 통찰을 통한 존재의 근원에 이르고자 하기 때문이다. 여기 우리를 깊은 서정의 매혹과 직관적 통찰로 이끌며 새로운 서정적 윤리의 세계를 열어 보이는 손택수의『목련전차』(창비, 2006)와 문태준의『가재미』(문학과지성사, 2006)가 있다.

2. 설화적 화법, 소통과 교감의 원리 : 손택수

손택수의『목련전차』의 시세계에는 설화적 상상력과 화법의 구술성을 통한 우주적 소통과 교감의 원리가 작동하고 있다. 그의 시는 경쾌하고 활달하며 분방한 어법으로 문명 이전의 근원적 야성野性으로서의 '있음'과 그것의 자연적 '흐름'의 에너지를 느끼기에 충분하다. 한마디로 그의 시는 야성으로서의 '있음'과 '흐름'의 우주적 원리로서 상호 소통과 교감과 교응의 본성적이며 감각적 에너지에 의해 구축된다. 다음의 시에는 우주적 원리로써 상호 소통하고 교감하며 교응하고 혼융하는 문명 이전의 숲이 있다.

> 남해는 나무그늘로 물고기를 낚는다
> 상수리나무 느티나무 팽나무 짙은 그늘 물 위에 드리우고
> 그물을 끌어당기듯, 바다로 휜 우듬지에 잔뜩 힘을 주면
> 푸조나무 이팝나무 꽃이 때맞춰 떨어져내린다
> 꽃냄새에 취한 물고기들 영영 정신을 차리지 못하도록

말채나무 박쥐나무 꽃도 덩달아 떨어져내린다
木그늘로 너희들 목에 내린 그늘이라도 풀어라
남해 삼동 촘촘한 그늘 가득 퍼득대는 물고기를
잎잎이 어깨에 메고 우뚝 선 어부림
꽃향기는 수평선 너머로도 가고 심해로도 가서
낚싯바늘처럼 단숨에 아가미를 꿰뚫는다
꽃가루 날리고 꽃봉오리 터지고 청미래 댕댕이 철썩 철썩
파도소리를 흉내내며 뒤척이는 숲,
날이 저물면 남해는 나무들도 집어등을 켜 든다

— 「어부림」 중에서

　시인에겐 꿈꿀 권리, 꿈꿀 자유가 있다. 시인은 현실적 요청을 받아들여 치열하게 의식을 고양할 수도 있겠지만 현실 너머에서 꿈꾸고, 현실 너머를 동경할 수 있다. 이 시는 남해 먼 바닷가 끝자락에 위치한, 그래서 일상적 현실의 저편, 문명의 현실원칙 너머에 있는 시원으로서의 공간을 오롯이 재현한 작품이다. 그리하여 우리가 당도한 곳은 바닷가 짙은 그늘로 물고기를 끌어들이는 숲, 어부림이다. 그곳은 분열과 모순이 사라진 우주적 소통과 교감이 가능한 공간으로서 삶과 자연이 혼융하는 근원적 원초성이 그대로 살아있는 곳이다.

　이 시는 일상의 저편에 있는 그 아늑한 꿈과 생명의 원시림으로 우리를 이끈다. 그리하여 반복적이고 평균적인 현실원칙의 이성이 지배하는 일상의 진부하고 낡아빠진 삶에서 얻을 수 없는, 일상의 현실 저만치에서 충만한 생명과 고양된 감각, 우주적 교감을 한꺼번에 느낄 수 있게 해준다. 그 느낌은 고요함과 평화로움, 내적 충일감과 따뜻한 안정감이다. 어부림이라는 숲과 바다가 원초적으로 간직한, 그러나 지금의 현실적 일상에서는 쉽게 찾을 수 없는 숲과 바다의 상호 교감과 호응에 대한 재신비화이며 동시에 자연의 재신화화이다. 시인은 우리로 하여금 우리의 현실 저편에 자리한 어부림이라는 숲과 바다를 통해 잃어버린 생명의 신비적

질서와 그것이 퍼뜨리는 교감의 감각적 울림에 귀 기울이게 하고, 우주적 교감의 떨림에 동요하도록 한다.

「어부림」에서 원시적 생명과 우주적 교감은 시인이 대상에 대해 감각하는 천진한 감수성과 상상력을 기반으로 하고 있다. 이러한 기반 위에서 바람에 파닥이는 나뭇잎과 물비늘처럼 생동하는 빛나는 언어 구사, 그리고 환상적이며 신비한 이미지의 조형은 우리를 황홀경에 빠뜨려 아늑하게 만든다. 화자는 "꽃가루 날리고 꽃봉오리 터지고 청미래 댕댕이 철썩"대며 "파도소리를 흉내내며 뒤척이는 숲"이 있는 바닷가 어부림 속에서 몽상의 나래를 편다. 언어는 은빛 바다 물고기의 비늘처럼 반짝이고, 시적 감수성은 그 어부림의 수천수만 나뭇잎처럼 일렁이며, 가볍고 투명하게 숲과 바다를 통과해 상호 교감하고 조응한다.

꽃가루 날리고 그 꽃향기 수평선 너머 심해로도 가서 그 향기에 취해 물고기가 뭍으로 오고 나무 그늘로 물고기를 낚는 어부림은 그야말로 물고기를 유인하는 집어등이다. 어부림은 환하게 불을 켜든 집어등이다. 어부림의 집어등을 통해 시인이 말하고자 하는 것은 무엇일까. 아마도 그것은 자아와 대상의 원초적 만남과 만남에서 오는 주체할 수 없는 상호 소통과 교감의 떨림일 것이다. 떨림은 숲과 바다와 물고기, 그리고 내가 일체된 우주적 감각에서 오는 떨림이다.

손택수의 『목련전차』가 보여주는 이러한 우주적 소통과 교감의 세계는 시집 곳곳에서 산견되는데, 가령 「청둥오리떼 파다닥 멀어지기 직전」, 「강이 날아 오른다」, 「장생포 우체국」 등등의 예를 드는 것만으로 족하다. 문명의 현실원칙이 아닌 우주적 교감과 소통의 세계는 종종 설화적 화법에 의해 이야기 식으로 전개되는 시에서도 발견된다. 그가 보여주는 설화적 화법의 세계는 이야기의 서사성을 바탕으로 구술성과 현장성을 확보하고 있다. 그런 차원에서 『목련전차』는 첫 시집 『호랑이 발자국』의 연장선상에 있으며, 또한 설화적 세계관을 바탕으로 하는 새로운 민중적 서사성을 노래하고 있다는 평가는 타당하고도 적절하다. 설화적 구술성과 현장성, 이를 바탕으로 하는 우주적 교감과 소통의 세계는 주로 할머니나 할아버지의 기억을 통해서 재생된다.

> 상할머니는 비를 불러왔다 몸이 쿡쿡 쑤시는 아픔으로
> 들판을 쿡쿡 쑤시며 마디마디 뼈마디 저린 비를 짚고 왔다
>
> 상할머니의 몸은 천문을 품고 있었던 게지
> 내가 알지 못할 예감으로 떨리는 우듬지 끝
> 떨어져내리는 잎사귀 잎사귀마다
> 빛나는 통증으로 하늘과 이어져 있었던 게지
> 쿠르릉 밤늦게 저린 다리를 끌며 일어난 어머니 빨래를 걷는다
> 서러운 몸속에서 몸속으로 구름이 유전하고 있다
>
> — 「구름의 가계」 중에서

일기에 대한 할머니의 신비한 예감이 말해주고 있듯이 할머니는 하늘과 교감하고 소통하는 존재이다. 할머니는 그야말로 하늘과 땅의 기운을 읽어낼 줄 아는 고대의 천관天官과 같은 존재이다. "상할머니의 몸은 천문을 품고" 있어서 "쿠르릉 먹구름 우는 소리가 신음 신음" 들리는 "그런 날은 영락없이 비가 내렸다"는 설화적 이야기를 통해 할머니의 여성적 내력이 어머니에게로, "몸속에서 몸속으로" 유전하는 계보를 시인은 들려준다. 이러한 계보는 "별들의 신호"를 정확하게 감지하고 씨앗을 파종하는 "설씨 문중 대대로 내려온 농법"을 노래하는 「달과 토성의 파종법」에서도 여실히 드러나는 바이다. 하늘의 '별', 땅속의 '씨앗', '할머니'가 서로 일체가 되어 소통하고 교감하는 우주적 행위가 그렇다.

> 설씨 문중 대대로 내려온 농법대로
> 할머니는 별들의 신호를 알아듣고 씨를 뿌렸다

별과 별 사이의 신호를
씨앗들도 알아듣고
최대의 發芽를 이루었다

할머니의 몸속에, 씨앗 속에, 할머니 주름을 닮은 밭고랑 속에
별과의 교신을 하는 무슨 우주국이 들어 있었던가

매달 스무여드레 별들이 지상에 금빛 씨앗을 뿌리던 날
할머니는 온몸에 별빛을 받으며 돌아왔다

— 「달과 토성의 파종법」 중에서

　"할머니의 몸속에, 씨앗 속에" "밭고랑 속에" "별과의 교신을 하는 무슨 우주국이 들어" 있어서 이들은 서로 일체가 되어 소통하고 교감하며 "최대의 發芽를" 이루어낸다. 이와 같이 손택수의 시적 상상력과 세계관을 지탱하는 설화적 세계와 우주적 소통의 교감은 「가새각시 이야기」, 「혼쥐 이야기」, 「오줌 뉘는 소리」, 「홍어」, 「내 목구멍 속에 걸린 영산강」, 「자음」 등의 시에 잘 나타나 있다. 우주 만물과 소통하고 교감하는 시적 인식은 그래서 곧잘 메주는 "자연 발효시킨 부처님"(「메주佛」)이라거나 모든 존재가 "들숨 날숨 온몸이 폐가 되어/환하게 뚫려"(「화엄일박」) 있다는 불교적 인식에 도달하기도 한다. 아울러 그의 시가 보여주는 경쾌함과 활달함, 그리고 직관에 의한 사물의 내면세계를 생동감 있게 순간 포착하는 경지는 경탄할 만하다. 가령,

아낙이 숫돌에
칼을 갈고 있다

횟집촌 골목
생선 배를 따던 칼날들이
녹을 벗고 은빛 날을 세운다

칼들은 생선처럼 이내 싱싱해졌다
生鮮이라는 말의
배를 갈라놓을 듯
죽은 말의 살점을 다 저며놓을 듯

철선이 스윽 바다를 가르며 지나간다
상처가 나기 무섭게 아무는 푸른 부위,
불꽃을 튀기며 숫돌이 돌아간다

거대한 상처 속에서 파닥파닥 깨어나는 말,
손에 쥔 날치 한 마리가 은빛 날비린내를 뿜는다

— 「자갈치」 전문

라고 노래할 때 그 생동하는 이미지는 날치의 은빛 비늘처럼, 잘 갈린 푸른 칼날처럼 빛난다. 이 시는 바닷가 횟집촌의 풍경, 자갈치 어시장의 생동하는 싱싱한 풍경을 집요하게 천착해 들어가는 작품이다. "아낙이 숫돌에/칼을 갈고", 칼날들이 "은빛 날을 세"우고, "칼들은 생선처럼 이내 싱싱해"지고, 그 칼이 "生鮮이라는 말의/배를 갈라"놓는 것처럼 "철선이 스윽 바다를 가르며 지나"가고, "거대한 상처 속에서 파닥파닥" 말이 깨어나고, 아낙이 "손에 쥔 날치 한 마리가 은빛 날비린내를 뿜는다"로 전이되는 고도의 감각적이며 회화적이고 역동적인 언어 구사와 이미지의 연쇄는 살아 숨 쉬는 날것으로서의 언어의 백미를 보여준다. 이러한 감각적이며 회화적이고 역동적인 이미지에 의해 구축되는 시의 이미지는 각각의 동선動線으로 연쇄되면서 자갈치 어시장의 활어처럼 "은빛 날비린내를 뿜"어내는 듯하며, 일렁이는 파도처럼 매우 역동적이고 생기에 차 있는 '싱싱'한 공감을 불러일으킨다.

　손택수 시의 경쾌함과 활달함은 녹슨 언어의 "녹을 벗고 은빛 날을 세운" 언어의 칼이 있기 때문이다. 거기에는 은빛 날을 세운 언어로 생의 순간을 포착하는 시인의 안목과 상상력이 있다. 그 생의 순간 포착은 일상적 경험세계에 바탕한 것이며, 이것을 전통적인 시의 문법을 통해 형상화하고 있다는 점에서 주목할 만하다. 이 시가 보여주는 군더더기 없는 깔끔한 이미지의 압축된 전개와 역동적인 시선에 의한 시적 형상화의 정공법은 시에 모범적 규범이라 할 만하다. 이것은 시의 근원과 기율을 지탱하는 것이기 때문에 언제나 소중한 가치를 지닌다. 손택수의 상상력은 "제비 한 마리가" 스윽 "집을 관통"하여 "몸의 숨구멍이란 숨구멍을 모두 확 열어젖히"(「放心」)는 소통과 교감의 세계를 지향한다.

3. 존재의 통찰, 비움과 성찰의 문법 : 문태준

문태준의 세 번째 시집 『가재미』 역시 깊은 서정성을 바탕으로 삶과 존재의 따뜻하고 슬픈 내면을 매우 치밀하고 정제된 어법으로 밀도 있게 보여준다. 문태준의 시집은 첫 시집 『수런거리는 뒤란』과 두 번째 시집 『맨발』이 보여주었던 삶과 존재에 대한 따뜻한 원형과 모성적 세계를 포괄하면서 "보리질금 같은 세월의 자루를 메고 이 새벽 내가 꿔온 영원을 다시 생각하"(「자루」)는 존재의 근원적 결핍에 대한 긍정과 "無縫의 푸른 구멍을 사랑하는"(「벌레詩社」) 비움의 세계를 정제된 어법으로 따뜻하게 재현하는 연장선상에 있다.

문태준은 이 세 번째 시집에서도 모든 인간과 존재, 혹은 사물과 대상이 서로 연관되어 있다는 관계성을 차분히 보여준다. 시인은 세계 내에 존재하는 모든 인간과 존재와 사물이 어떤 내적이고 필연적인 연관성을 맺고 얽혀 있으며, 그 복합적 관계가 발현하는 순간의 아름다움과 깊고 고요하며 따뜻한 슬픔, 그리고 그 속에 내재하는 삶과 존재의 복합성과 신비로움, 그리고 그런 것들이 환기하는 생의 덧없음과 삶의 본원적인 문제를 그야말로 차분한 어법으로 성찰하고 있다. 그렇기 때문에 "물속까지 들어오는 여린 별처럼 살다 갔으면/물비늘처럼 그대 눈빛에 잠시 어리다가 갔으면/내가 예전에 한번도 만져보지 못했던/낮고 부드럽고 움직이는 고요"의 세계를 지향하며, 서정적 주체의 자기 표현 욕망을 극도로 낮추고자 하는 태도를 갖게 한다. 이러한 문태준의 시는 한마디로 비움의 삶과 존재 성찰의 문법이라 할 만하다.

—「그맘때에는」 중에서

소월 시문학상 수상작으로 알려진 이 시는 기억 속의 풍경과 정서에 대해 민감하게 반응한 결과로 보인다. 그의 시가 기억의 원리에 의해 작동될 때 대체로 그러하듯 이 작품도 아스라하며 미묘한 파장의 잔상으로 남는 그리움과 고요하고 적막한 적멸의 아련한 슬픔이 바탕에 깔려 있다. 화자는 유년 시절에 잠자리를 잡았다 놓친 기억을 추억하면서, 혹은 가을 하늘에 잠자리가 사라졌다는 소소한 현상을 반추하면서 생의 덧없음과 소멸의 의미를 정말로 조용히 성찰하고 있다.

화자는 하늘에 잠자리가 사라졌다는 지극히 평범한 사실을 언젠가는 "그맘때가" 오면 모든 살아있는 것들이 이 지상에서 사라질 것이라는 사라짐과 소멸, 덧없음과 공허 등의 의미를 잔잔히 성찰한다. 문태준의 시는 이 작품에서와 같이 기억 속의 풍경은 그 자체로 스스로를 드러내기도 하며, 주체와 풍경 사이의 관계에서 파생하는 아스라한 삶의 심연을 드러내기도 한다. 문태준은 기억 속의 풍경에 존재하는 한 순간을 적확하게 포착하여 우리들 삶이 간직하고 있는 복합적인 심연을 정제된 화폭에 그려내는 것이 특징이다.

'잠자리'나 '나'는 '그맘때가' 오면 사라지는 존재들이다. 그러나 잠자리는 화자인 나의 내면적 세계를 표상하기 위한 대상이면서 동시에 어디로 갔는지 알 수 없는 존재이다. 이것은 곧 서정적 화자가 제기하고 싶은, 혹은 서정적 자아가 몰두하고 있는 삶과 존재에 대한 핵심적 질문이다. 그런데 불교적 세계관을 은연중에 드러내면서도 화자는 그것을 정신의 어떤 드높은 경지, 깨달음의 어떤 숭고한 의미로 확대하지 않고 오히려 사소한 부재의 영역에 축소시켜버린다. 화자는 "완고한 비석 옆을 지나가 보"면서 "무른 나는 金剛이라는 말을 모른다"고 되새긴다. 불교에서 수행자가 일체의 미혹과 번뇌를 떨쳐버리고 구경究竟의 단계에 이른 상태, 그리고 "완고한 비석"이 말하는 견고한 진리와 영원성은 화자인 '나'의 것이 아니다. 나는 무르기 때문이다. 이러한 시적 인식은 존재가 가지고 있는 근원적 결핍의 긍정이라 할 수 있다.

문태준이 서정의 깊이와 삶의 내면적 깊이를 천착해 들어가는 시법의 탁월함은 동세대 시인들이 성취한 경지와는 다른 세계이다. 왜냐하면 대체로 문태준과 같은 유형의 시들이 천착하는 삶과 존재에 대한 물음을 제기하는 시들에서 흔하게 발견할 수 있는 언어의 긴장감이나 미학성이 소홀히 되는 것과 달리 매우 섬세하고 세련된 언어 감각과 시적 상상력을 통해 웅숭깊은 삶의 배면과 사물에 대한 인식의 구체성을 절묘하게 포착하기 때문이다. 위의 시에서 드러나는 바와 같이 근원적 결핍의 긍정, 그러니까 아스라이 느껴지는 어떤 그리움, 사라짐, 비움, 쓸쓸함이라는 형식들이 관념적으로 드러나지 않고 구체적 사물과 감각적 이미지를 통해 구현되기 때문이다. 즉 푸른 하늘과 빈손, 잠자리와 비석 등의 구체적 이미지를 통해 존재론적 질문을 탐문하고 그것을 형상화되고 있기 때문이다. 비움의 철학, 혹은 존재론적이며 근원적인 결핍의 긍정은 다음과 같은 시에서 빼어난 형상으로 나타난다.

> 가녀린 발을 딛고
> 3초씩 5초씩 짧게짧게 혹은
> 그네들에겐 보다 느슨한 시간 동안
> 날개를 접고 바람을 잠재우고
> 편편하게 앉아 있는 것이었다
> 설핏걸핏 선잠이 드는 것만 같았다
> 발 딛고 쉬라고 내어줄 곳이
> 선잠 들라고 내어준 무릎이
> 살아오는 동안 나에겐 없었다
> 내 열무밭은 꽃밭이지만
> 나는 비로소 나비에게 꽃마저 잃었다

—「극빈」 중에서

열무는 식용을 위해 재배하는 채소이다. 그런데 화자는 게을러 "가까스로 꽃을 얻어" "공중에/흰 열무꽃이 파다"한 지경이 되었다. 화자는 얻고자 했던 열무를 얻지 못하고 다만 꽃을 얻어 나비에게 내어주고 만 것이다. 열무라는 채소가 지닌 실용적 가치를 얻지 못하고 만 것이다. 이것을 보고 사람들은 "채소밭에 꽃밭을 가꾸었느냐" 묻는다. 이러한 시적 상황에서 화자는 '극빈'이라는 윤리적인 미적 가치를 발견한다. 그것은 '나비 떼'에게 발 딛고 앉을 작은 자리를 마련해 주었다는 효용적 가치와는 다른 자기 성찰적이며 동시에 존재론적 가치에 대한 다른 발견, 즉 실용성과는 다른 윤리적인 미적 가치의 발견이다.

화자가 발견한 현실의 일상적이며 효용적 가치와는 다른 자기 성찰과 미적 가치는 이런 것이다. 인간의 현실적 척도로는 나비 떼가 열무 꽃의 작은 자리에 "3초씩 5초씩 짧게짧게" 내려앉는 것이지만 "그네들에겐 보다 느슨한 시간"이며, "설핏걸핏 선잠이 드는" 시간이다. 그 시간은 인간의 관점 혹은 인간의 물리적이며 효용적인 시간적 척도와는 다른 시간이다. 여기에서 시적 화자인 나는 꽃밭처럼 다른 존재, 즉 타자가 머무를 수 있는 무릎을 내준 적이 없다는 성찰적 깨달음을 얻고 있다.

「극빈」이 보여주는 비움과 존재론적 성찰의 세계에서 우리는 시인이 추구하는 미적 자의식의 세계를 유추해 볼 수 있는 단서를 제공받을 수 있다. 이 작품에서 보여주는 가난은 현실적 가난의 의미를 넘어서 있다. 단순히 채소를 얻지 못하고 그것을 나비에게 내어주었다는, 그리고 나비에게 채소밭을 내어주었다는 것에서 화자인 '나'의 삶을 반성적으로 성찰하는 단계에 머무는 것이 아닌 다른 차원의 가난을 말하고 있다. 극빈은 시집의 해설에서 빼어나게 분석(이광호)하고 있는 것처럼 현실적 가난 너머의 가난마저도 비우는 경지를 뜻한다. 그 세계는 서정 주체의 자기 표현 욕망을 극도로 경계하는 것이며, "낮고 부드럽고 움직이는 고요"(「思慕 ―물의 안쪽」)로 수직의 '병풍'이 아닌 '수평'(「水平」)의 세계를 말한다. 그래서 화자는 "오오 내가 사랑하는 이 평면의 힘!"(「수련」)이라고 외치게 되는 것이다.

존재론적 결핍 혹은 부재의 긍정은 가령, "사람들은 평상에만 마주 앉아도/마주 앉은 사람보다 먼저 더 서럽다"(「평상이 있는 국숫집」)든가, 혹은 "누렇게 늙어 누운 오이 같은 그녀가 뜨락에 앉아 웃는다/날지 못하는 거리기가 웃는다"(「기러기가 웃는다」)든가, 또는 "가재미가 가재미에게 눈길을 건네자 그녀가 울컥 눈물을 쏟아낸다"(「가재미」)는 존재론적 슬픔과 관조, 침잠과 고요의 시선은 문태준 시학의 한 권역이다. 이러한 관조와 침잠, 고요와 적멸의 시선은 다음과 같은 「바닥」에서 잘 드러나고 있으며, 이러한 시선이 문태준 시의 지배적인 권역을 이루고 있다고 해도 과언이 아니다.

가을에는 바닥이 잘 보인다
그대를 사랑했으나 다 옛일이 되었다
나는 홀로 의자에 앉아
산 밑 뒤뜰에 가랑잎 지는 걸 보고 있다
우수수 떨어지는 가랑잎
바람이 있고 나는 눈을 감는다
떨어지는 가랑잎이
아직 매달린 가랑잎에게
그대가 나에게
몸이 몸을 만질 때
숨결이 숨결을 스칠 때
스쳐서 비로소 생겨나는 소리
그대가 나를 받아주었듯
누군가 받아주어서 생겨나는 소리
가랑잎이 지는데
땅바닥이 받아주는 굵은 빗소리 같다

— 「바닥」 중에서

　화자는 "홀로 의자에 앉아" "그대를 사랑했"던 옛일을 생각하며 가랑잎이 떨어지는 것을 침잠과 관조의 시선으로 응시하고 "가을에는 공중에도 바닥이 있"다는 것을 발견한다. 떨어지는 가랑잎에서 화자는 소리를 듣는데, 그 가랑잎이 지는 소리의 순간을 포착하여 거기에 내재하는 고요와 적멸, 비움과 공허의 의미를 되짚어본다. 그 소리는 "그대가 나를 받아주었듯" "누군가 받아주어서 생겨나는 소리"이다. 그 소리는 "땅바닥이 받아주는 굵은 빗소리"로서 이때 화자는 "가을에는 공중에도 바닥이 있다"는 것을 관조적으로 발견한다. "떨어지는 가랑잎"과 "아직 매달린 가랑잎", '그대'와 '나', '몸'과 '몸', '숨결'과 '숨결', '비'와 '바닥'이 스치고 받아줄 때 생겨나는 소리들이야말로 앞서 말한 세계 내적 존재로서의 인간과 실존, 혹은 사물들과 상호 의존적이며 관계성을 맺고 살아감을 증언하는 것이다. 시인은 그런 관계성의 필연적이고 내적인 연관성이 발현하는 눈부신 순간과 슬픔의 힘을 이 시를 통해서 잘 보여주고 있다.

사물과 사물, 사물과 현상, 인간과 세계의 관계성에서 서로 삼투하면서 파생하는 미묘한 파장은 긴 여운을 남기면서 독자들에게 긴 울림의 잔상으로 남게 되는 것들이다. 여운의 잔상은 인간과 존재, 혹은 사물과 대상이 서로 연관되어 있다는 복합적 관계에서 발현하는 순간의 아름다움과 따뜻한 슬픔, 그리고 신비로움, 그리고 그런 것들이 환기하는 생의 덧없음과 삶의 아련한 결핍들이다. 문태준 시인이 보여주는 이런 근원적 권역에 대한 천착이 앞으로 어떤 방향으로 어떻게 진화해나갈지 독자의 한 사람으로서 사뭇 궁금하지 않을 수 없다.

4. 나오며

손택수의 『목련전차』와 문태준의 『가재미』는 동세대 시인들 가운데, 그리고 축복(?)처럼 많은 시집이 쏟아지고 있는 마당에 가장 독보적인 시세계를 열어가고 있는 젊은 시인들 가운데 하나이다. 두 시인의 시집은 강하고 깊은 서정성을 바탕으로 우주적 소통과 교감, 그리고 사물과 존재에 대한 직관적 통찰을 밀도 있게 보여준다. 그야말로 서정의 깊이와 존재의 내면적 깊이를 천착해 들어가는 두 시인의 시법은 시적 탁월함의 한 경지를 보여준다고 해야겠다. 두 시인은 매우 섬세하고 세련된 언어 감각과 시적 상상력을 통해 웅숭깊은 삶의 배면과 사물에 대한 인식의 구체성을 절묘하게 포착하는데, 손택수의 시집이 경쾌하고 활달하며 분방한 어법을 구사한다면 문태준은 그에 비해 정태적이고 고요하며 관조적이라 할 만하다.

손택수 시의 경쾌함과 활달함, 은빛 날을 세운 언어로 생의 순간을 포착하는 시인의 안목과 상상력, 전통적인 시의 문법을 통한 형상화는 주목할 만하다. 그의 시가 보여주는 군더더기 없는 깔끔한 이미지의 압축된 전개와 역동적인 시선에 의한 시적 형상화의 정공법은 시에 모범적 규범이라 할 만하다. 이것은 시의 근원과 기율을 지탱하는 것이기 때문에 언제나 소중한 가치를 지닌다.

문태준은 모든 인간과 존재, 혹은 사물과 대상이 서로 연관되어 있다는 관계성을 차분한 어조로 보여준다. 시인은 세계 내에 존재하는 모든 인간과 존재와 사물이 어떤 내적이고 필연적인 연관성을 맺고 얽혀 있으며, 그 복합적 관계가 발현하는 순간의 아름다움과 깊고 고요하며 따뜻한 슬픔, 그리고 그 속에 내재하는 삶과 존재의 복합성과 신비로움, 그리고 그런 것들이 환기하는 생의 덧없음과 삶의 본원적인 문제를 그야말로 차분한 어법으로 성찰하고 있다. 이러한 문태준의 시는 한마디로 비움의 삶과 존재 성찰의 문법이라 할 만하다.

통증의 감각과 환멸의 시학

― 조정의 『이발소 그림처럼』, 유영금의 『봄날 불지르다』

1. 통증의 감각과 환멸의 언어

조정의 『이발소 그림처럼』(실천문학사, 2007)과 유영금의 『봄날 불지르다』(문학세계사, 2007)는 그녀들의 첫 시집이다. 그녀들의 첫 시집은 울음과 아픔으로 감각되는 통증과 환멸의 언어로 이루어져 있다. 그녀들의 시집에는 기만적인 부성父性과 황폐한 모성母性이 자리하며, 타락과 혼돈의 신화가 자리한다. 두 시집에는 자아와 세계, 가치와 규범, 안정과 행복에 대한 허무와 냉소, 환멸과 경멸의 정신이 도저하게 흐르고 있다. 그녀들은 그것을 통증의 감각, 환멸의 언어로 길어 올린다. 나는 그녀들의 시를 통증의 감각과 환멸의 시학이라 부르고 싶다.

이와 같은 두 시인의 시세계가 갖는 공통적 자질에도 불구하고 조정의 시집이 보다 신중하고 정밀하다면, 유영금이 내뱉는 언어는 대상의 정면에 서서 본질을 드러내는 단호함과 파괴력이 있다. 정도의 차이겠지만 독서과정에서 유영금의 시가 단숨에 내닫는 빠른 속도감으로 읽힌다면, 조정의 시는 보다 천천히 반성적 사유를 진행시키며 읽어나가도록 요구한다. 조정이 대상에 대해 고민하고 갈등한다면, 유영금은 신들린 언어로 대상의 본질을 돌파해 나가는 파괴력이 있다. 유영금이 대상에 대해 단호하다면, 조정은 대상의 울림에 오래 반응한다.

아무튼 조정과 유영금 시인의 시집을 읽는다는 것은 어려운 일이었다. 만사는 이것이나 저것이나 별 다름이 없다는 부정성과 희망, 행복, 믿음, 전망, 미래 등등의 긍정적 가치에 대한 결핍의 언어는 시집을 읽어 내려가는 내내 나의 의식을 불편하게 만들었다. 특히 그녀들의 시집은 '여성시', 내지는 '여류시'에 대해 가지고 있는 우리의 못된 편견이 지독한 허위의식임을 반성하게 한다. 조정이 겪는 이명耳鳴의 울림과 통증은 나를 숙고하게 만들고, 환멸에 찬 유영금은 나를 허무주의자로 만들었다. 두 시집이 보여주는 부정성은 우리의 일상적 관념을 혼란스럽게 만들기 충분하며, 따라서 일상적 독법으로 시집을 읽어가는 것은 어려운 일이었다. 그녀들은 현실과 미래에 대한 꿈과 이상, 희망과 환상 없이 맨몸으로 마주한다.

2. 이명耳鳴의 감각과 회색의 언어 : 조정

이명耳鳴, 조정의 시는 귀울음으로부터 출발한다. 그녀의 귀는 사물들과 공명하는 상태에 있다. 그녀에게 시적 대상은 울림의 소리로 다가오고, 그녀는 그것을 귀로 감각하고 받아들인다. 여기에서 대상의 울림을 받아들인다는 것은 대상의 감각과 주체인 나의 감각이 상호 감응한다는 뜻을 포함하고 있다. 그러므로 대상과 서로 감응하는 감각작용은 사물의 감각에 참여한다는 것이며, 세계에 그리고 세계 속의 대상에 대해 감각이 열려 있다는 것을 말한다. 그것은 대상 곁에 함께 존재하며 세계 속에 참여한다는 것을 의미한다. 이러한 상호 감각작용에 의하여 시인은 "강은 귓속으로 흘러"들어 "산발한 버들가지 들어 물낯"을 치고, "님이여 건너지 마라"(「버들 귀」)는 버들가지의 소리도 들으며, "지나가던 혼백이 내 베개 베는 소리를"(「불면」) 듣기도 하고, "애기 옹관"에서 들리는 죽은 애기의 "꽃대 튼튼한 용설란이 산산조각 흰 요령 흔드는 소리"(「애기 용관」)도 듣는다. 시인은 이렇듯 감각의 작용성에 의해 사물과 세계에 참여하며, 그렇기 때문에 자신에게 영향을 미치는 세계와 사물에 자신을 열어놓고 있다. 그 감각작용의 중심에 귀가 있다.

그녀의 귀는 사물들의 과거와 현재가 지르는 소리들로 가득하다. 귀는 조정이 사물은 물론 자기 자신까지 감지하는 주요한 감각기관이다. 그래서 귀는 외부 대상을 받아들이는 신체의 감각기관일 뿐만 아니라 귀를 통해 자기 자신을 듣고 들여다보는 통로로 기능한다. 귀의 감각작용의 기능은 일종의 세계와 사물에의 참여에 가깝다. 그녀는 귀로 감각하고 귀로 사유한다. 귀는 그녀의 코이고 눈이며, 입이고 피부이다. 그녀는 귀로 냄새 맡고 귀로 보며, 귀로 맛보고 귀로 느낀다. 귀는 그녀에게 단순한 신체 부위가 아니라 자아와 세계를 느끼고 받아들이는 창구이며, 세계와 만나는 형식이다. 그녀에게 귀는 시적 사유의 거점이다. 나는 이것을 신체적 사유라 말하고 싶다.

프랑스 페미니즘은 적극적으로 여성성을 부각시킨다. 현실원칙에 의해 지배되는 이데올로기는 남근중심적이고 억압적인 것이다. 그 억압에 대응하기 위해 그들은 여성의 육체적 경험을 중시한다. 여성의 육체적 경험을 바탕으로 그들은 여성적인 글쓰기를 제안하는데, 억압에 기초하지 않은 여성의 무의식은 우주적이기 때문이다. 조정의 신체적 사유는 이러한 이해의 틀에서 설명될 수 있을 것이다. 그녀의 시에 보이는 황폐한 모성의 이미지나 기만적 부성의 이미지는 이와 연관되어 있다.

> 귀를 열어놓고 잠들면 소리들이 깃드는데
> 계단 올라오는 소리
> 자물쇠 번호 누르는 소리
> 아이가 집 안으로 잉태되는 소리
> 아이가 들어서는 방 쪽으로 젖이 불어 고이는 소리
> 이만하면 되었다

온 집이 만삭이 되는 소리
아이는 집에 들어오지 않고
창과 창틀 사이 안벽과 바깥벽 사이 유리창과 밤거리 사이
귀는 붙어
골목이 집을 향해 몸 돌리는 소리
어린 은행나무 그늘이 돌아누우며 노란 머리핀 떨어뜨리는 소리
대문에 이마를 대고 취한 불빛이 눈 꿈벅이는 소리
풀벌레들이 와라와라 서로 부르는 소리
집은 왜 이리 깨끗해
홀몸으로 알을 배는 간절한 소리들

— 「알을 배는 소리들」 중에서

그녀의 "귓속은 풀숲"이어서 온갖 소리들이 증식한다. 그녀의 귀에는 "계단 올라오는 소리"에서부터 "아이가 땅을 열고 나오는 소리"까지 들린다. 그 소리는 모두 "홀몸으로 알을 배는 소리"이다. 그러나 알을 배는 소리는 건강한 생산성과는 관련이 없다. 홀몸으로 밴 아이는 그래서 "병중이고"(「불면」) "태어나 본 적 없는 핏덩이들이/엄마, 엄마, 부르며 클로로포름 냄새를 토"(「빈집」)해내며, "난산 끝에 어머니는" "마른 아기를 낳"(「갈치 낚시」)는다. 이러한 황폐한 모성과 사산의 이미지는 근원의 결핍과 연관되어 있는 것으로, 그것은 곧 세계의 황폐성과 불모성을 드러내는 것이기도 하다.

세계의 불모성에도 불구하고 시인은 모태로 돌아가고자 하고, 아이를 잉태하고 낳고 싶어 한다. 모태로 돌아가고자 하는 욕망은 죽음의 본능에 관계된 것이고, 아이를 낳고 싶다는 욕망은 생산의 본능에 관련되어 있다. 이것은 하나의 역설적 지혜로 죽음 안에 삶이 있고, 삶 안에 죽음이 있다는 인식이다. 세계는 죽음의 장소이면서 동시에 탄생의 장소이다. 그녀의 시는 건강한 생산을 꿈꾸지만, 그러나 모태의 세계는 쉽게 복원되지 않는다. 왜냐하면 시인을 비롯한 우리는 지금 사산死産의 시대를 살고 있기 때문이다. 그래서 시인은 간절히 원한다. "관을 메고 언덕을 넘어 내 집으로 오는 남자의 목을 누르고" "한 번 더 이승에 나를 낳아 걷게 하시라" 기

도한다. 다만 "이번에는 홀몸으로"(「만삭」).

> 와이드 판탈롱 밑 이십 센티 통굽 샌들에 저마다 잘못 접어든 길을 끌고
> 딸들이 흔들흔들 걸어나와
> 내 간과 쓸개와 가래가 잡히기 시작한 허파를
> 뚝뚝 떼어 먹었다
> 기도한 지 오래되어 약도 되지 않는 나는 미안할 뿐이었다
>
> A-6호 유리를 닦고 난 여자가 A-7호, A-8호 앞으로
> 출렁거리며 양동이를 옮겨가는 동안
> 생수를 마셨다
> 남자 없이 아이를 낳고 싶었다
> 내 자궁에 무릎 꿇고 앉아
> 낳고 낳아야 할 딸들을 담고 나오는 골목이 붉었다
>
> ― 「붉은 골목」 중에서

"다시 무엇을 만들 수 없"(「애기 옹관」)는 생산성을 상실한 황폐한 모성이나 사산의 이미지, 그리고 기만적이며 억압적인 부성의 이미지는 위와 같은 시에서 잘 나타나 있다. 화자는 자동차를 몰고 "길을 잘못 들"었다. 화자가 잘못 든 길은 홍등紅燈의 사창가이다. 그 잘못 든 골목은 "번호 붙은 유리문"의 홍등가로, "홍등 아래 딸 하나씩 담고" 여인들이 "사열중"이다. 그녀들은 "저마다 잘못 접어든 길을 끌고" "흔들흔들 걸어나와" 화자의 "간과 쓸개와 가래가 잡히기 시작한 허파를/뚝뚝 떼어 먹"는다. 떼어 먹히며 화자는 그래도 그녀들에게 "미안할 뿐"이다. 그러면서 화자는 "홀몸으로 아이를 배"(「알을 배는 소리들」)고 "남자 없이 아이를 낳고 싶"다고 고백한다. 화자는 잘못 든 골목에서 앞으로 "낳고 낳아야 할 딸들"의 모습을 본다. 이와 같은 모성의 불모성과 기만적 부성의 이미지는 그대로 사산의 이미지로 이어진다. 조정의 시에서 건강한 생산의 이미지는 존재하지 않는다. 그녀의 시에는 사산과 낙태의 모티브가 자주 출몰한다. 생명

을 잉태하는 자궁은 오염되고, 남성에 의해 억압받고 훼손당한 자궁이기 때문에 건강한 아이를 생산할 수 없다. 오염된 자궁, 황폐한 모성은 그래서 세계의 불모성과 깊이 연관되어 있다. 세계는 생산성을 상실한 병든 세계이다.

귀로 감각해낸 세계는 시집의 표제가 주는 분위기처럼 낡고 지루한 풍경으로 가득 차 있다. 그만큼 삶은 낡아 있고 세계는 새로울 것 하나 없다. 시적 풍경의 전체는 흐린 암갈색으로 채색되어 있다. 마치 먼지 낀 시골 "이발소의 그림처럼" 변화 없이 늘 그러하며 상투적이다. 밝지도 어둡지도 않은, "너무 악할 수도 선할 수도 없는/지옥도 천국도 아닌/어중간히 절여져야만 살 수 있는 세상"(「사해를 떠나며」)의 풍경이다. 세상은 "마른 울음 소리칠 자리만 많"(「자미원역에서-명희와 정애에게」)은 곳이며, 그러한 세상에서 생이란 "제 몫의 벌금을 내야 사는 일이 끝나"(「견인 지역」)는 지루한 소모전과 같다. 이렇게 회의적이며 냉소적인 시선은 그녀가 보여주는 세계의 황폐성이나 모성의 결핍과 깊이 연관되어 있다. 가령 표제시에서 다음과 같이 노래할 때 삶과 세상은 지치고 지루하기 짝이 없다.

> 자꾸만 어디다 무엇을 흘리고 오는데
> 목록을 만들 수조차 없었다
> 허둥지둥 자동차를 타고 되짚어 가는 꿈은 유용하다
> 탱자나무 가시에 심장을 얹어두고
> 돌아온 날도
> 나는 엎드려 자며 하루를 보냈다
> 삶이 나를
> 이발소 그림처럼 지루하게 여기는 눈치였다
>
> — 「이발소 그림처럼」 중에서

조정의 창에 비친 삶과 세상은 그녀의 표현대로 "이발소 그림처럼 지루하"며 흐린 회색빛으로 채색되어 있다. "이발소 그림처럼" "풀은 한 번도 초록빛인 적이 없"으며, "새는 한 번도 노래를 한 적이 없"고, "해는 한 번도 타오른 적이 없"는, "치자꽃은 한 번도 치자나무에 꽃 핀 적이 없"는 지루하다기보다는 황량한 풍경, 생명의 약동성이 사라진 풍경의 삶이다. 그곳의 식탁은 지쳐 있고, 아이들은 회색이다. "풀은 흐리고/새는 고요하고/해는 타오르지 않"는다. 삶은 부패하고 권태로운 풍경이어서 "볼 부은 호박은 익다가 말고" "요새 애들은 어째 어미보다 늙어보"(「키 작은 석류나무를 키우는」)이며, "길을 잃고도 죽지 못한 나머지 병치레"가 "생"(「타클라마칸 바다」)인 것이다.

어쩌면 조정에게 삶과 세계에 대한 희망적 가치들은 마모되고 상실되었다. 존재의 이유나 목적도 마모되었다. 그래서 그녀의 창에 비친 풍경은 항상 "오늘은 아이가 병중이고/내일은 밭에 마늘잎이 마르고/다음 날 역시 잠을 얻지 못하여 귀만 얇아"(「불면」)지고, "독사같은 생에게 쫓기는" "뒷모습만 침침하게 보이"는 "저녁"(「꽃 한 시루」)의 모습이다. 이렇게 권태로운 감정, 즉 허무감을 통해 절정에 도달하는 계시는 "생은 기름져서 심어도 싹 트지 않는 죄는 없"지만 "다행히 흉터가 환하게 남아서 낡은 몸뚱이가 조금씩 겸손해진다"(「겨울옷, 내 보풀들」)는 것이다. 그녀에게 만사는 이것이나 저것이나 마찬가지며, 가치 있는 것이란 아무것도 없는 듯 보인다. 그저 생은 겨울옷의 보풀처럼 가벼운 흔적을 남길 뿐이다. 그런데 다음의 유영금 시집에서 그 허무주의는 더욱 깊고 농밀하게 드러난다.

3. 통증의 신체와 환멸의 시학 : 유영금

유영금의 시집을 읽는 내내 나의 머리는 니힐리즘에 사로잡혔다. 니힐리즘은 권태와 체념을 낳고, 도처에 편재해 있는 무의미성으로부터 벗어날 수 있는 방법을 찾지 못하게 하며, 만성적 환멸의 상태를 촉진시키는데, 유영금의 시세계가 바로 그러했기 때문이다. 유영금은 지금 정신질환에 시

달리고 있다. 그 증상의 임상기록이 『봄날 불지르다』이다. 그녀는 존재와 세계에 대한 어떤 확신도 갖지 못하고 있다. 그것은 사회적 고립의 결과로 초래된 것일 수도, 개인적 경험의 소산일 수도 있겠지만 사회적 확신조차 잃어버린 사람들이 빠지기 쉬운 필연적인 함정이라 설명될 수도 있다. 그것은 하나의 정신 질환이다. 그녀의 정신은 니힐리즘이란 지독한 바이러스에 감염되어 있다. 감염의 병상기록이 그녀의 시집이다.

그러나 그동안 우리가 이렇게 부정적으로 생각해 오던 니힐리즘은 거대하고 풍부한 자원을 방출하며 기존의 목표·확신·신념의 규범을 파괴하고, 잘못된 가설과 가치로부터 벗어나는 새로운 존재 양식의 시계를 넓혀주기도 한다. 그것은 자아와 세계를 성찰적으로 인식하게 한다. 그럼으로써 모든 문화의 기틀이 되는 목적과 가치의 융합을 깨뜨리며 활력을 불어넣어주고 질환을 치유해주고 화평과 위안을 주는 종교적이며 도덕적인, 정치적이며 금욕적인 모든 것을 온갖 종류의 모조품으로 대치시켜 가치의 전복을 꿈꾸도록 한다. 허무는 근본적으로 합리적 이성의 현실원칙에 대한 의혹을 제기하면서 확신에 찬 질서와 규범, 가치와 신념의 체계를 뿌리 채 흔들어 현실을 다른 각도에서 숙고하게 만든다. 그녀의 세계에 대한 환멸적 시선은 우리로 하여금 우리의 현실에 대한 신념과 가치를 전복한다. 그럼으로써 현실원칙을 지탱하는 지배 이데올로기의 체계가 얼마나 허위적이고 위선적인가를 반성적으로 뒤돌아보게 만든다.

> 내게 축지법으로
> 징그럽게 달려오던 죽음
> 외딴 풀섶 작살꽃 곁에서
> 살림 차렸나보다
> 사실이라면
> 오! 미친 봄이군
> 복권 당첨 같은 횡재군
>
> — 「수취인 불명」 중에서

그녀의 시집은 온통 환멸의 언어로 가득 차 있다. 그녀는 이 세계를 어떤 희망에 찬 신념으로 대체할 아무것도 찾지 못한 듯싶다. 낡은 사회적·지적 유대의 안정으로부터 유리되어버린 그녀는 삶의 목적이나 생활에 대한 전반적인 태도에 있어서 근본적으로 불안을 느끼고 죽음을 선망한다. 죽음은 부지불식간에 "축지법으로/징그럽게 달려오"는 거부할 수 없는 대상이며, 죽음에의 경사로 인해 근원적으로 존재의 "주소는 말소 되"어버린 상태이다. 그녀의 시집 도처에 등장하며 증식하는 자살충동과 자기학대의 이미지, 자기파괴와 신체훼손에 대한 강박증, 그리고 죽음의 이미지와 결부된 상실과 소멸의 이미지는 압도적이다. 이러한 허무적이고 파괴적인 성향에 의해서 그녀는 "미친 봄"의 "달구어진 꽃의 암술"로 "그 놈에게 작살을 꽂"고 싶기도 한 가학적인 공격성을 드러내기도 하며,

머리칼에
신나를 바르고
성냥을 그어댄다
지글지글 타는 두개골
냄새의 찌꺼기가
봄날을 꽝 닫는다

누가
나를 맛있게 먹어다오

― 「봄날 불지르다」 전문

와 같은 작품에서 보듯 피학적이며 자기파괴적인 성향을 드러내기도 한다. 그녀는 세계와 불화한다. 세계와의 불편한 관계는 자기소외, 자기분열, 자기소멸, 자기학대의 허무와 냉소, 환멸과 경멸의 정신을 낳는다. 그녀에게 세계는 한마디로 불모의 폐허다. 그리고 그것을 감지하는 유영금의 감각은 통증이며, 그것을 받아들이는 사유는 파괴적 정신이고, 통증을 드러

내는 언어는 피울음이다. 유영금 시에서 자주 등장하는 육체, 혹은 신체의 이미지는 풍요와 관능의 상징과는 거리가 멀다. 유영금은 신체가 느끼는 통증에 대해서만 쓴다. 늑골, 살갗, 창자, 연골, 두개골, 허파 등등의 신체 부위는 통증을 감각하는 기관으로 기능한다. 이 신체 부위는 헐벗은 영혼이 세계를 만지고 감각하며, 세계를 알아내고 인지하는, 자아와 세계가 만나는 접점이다. 그것은 무참히 꺾여나가고 잘려나감으로써 세계와 맞설 수 있게 해주는 무기이기도 하다. 이것은 폐허와 환멸의 세계에서 유일하게 어떤 생산을 가능케 하는 창구이다. 그 생산은 바로 그녀의 시쓰기이다.

유영금의 자학적이며 파괴적인 세계 인식은 "나는 바이러스"이고, "너는 종양 같은 악성 불행"이며, "소각을 늦추지만 이미 포르말린"(「중환자실」)으로 뒤덮여 지루하게 연장되어 썩지 않는 시간의 연속일 뿐이라는 사유를 낳는다. 세계에 대한 환멸과 통증은 눈이 내리는 풍경조차도 "얼어붙은 시궁쥐의 시체 위로 알약 같"이 내리는 것으로 보게 하며, "내리는 알약들은 포근한 무덤"(「회복약국에 내리는 눈」)이라는 세기말적이며 종말론적 사유를 보여주기도 한다. 이러한 자학적인 세계 인식은 삶을 극단적으로 "전신화상을 입"어 "환부마다 우글우글 달라붙은 독소덩이"(「증발」)의 상처로 보게 만든다. 그녀에게 삶과 세계는 고통이고 통증이며, 환멸과 치욕이다. 아물지 않은 상처의 환부이다. 삶에 대한 깊은 상처의 고통에서 길어 올린 시적 사유는 그래서 자학적이며 파괴적이다.

> 인생에게 복부가 찔린 그녀는,
> 찔린 순간 내일이 사라질 거라 예감했던 그녀는,
> 제 손가락으로 환부를 후벼파던 그녀는,
> 환부 깊이 독가시처럼 돋아나는 환멸을 즐긴 그녀는,
> 흑거머리같이 달라붙는 그것에게 그녀는,
> 진통제라며 술을 먹이는 그녀는,
> 과복용할 경우 즉사할 수 있다며 히죽거리는 그녀는,
> 벼락을 꿈꾸며 폭우 속 비칠비칠 춤추는 그녀는,

내생에도 다시 한 번 찔려
환부의 쾌감에 포로이고 싶다는 그녀는,

방텃골 외진 산길의 벙어리 검은 술새 그녀는,

— 「인음증引飮症의 눈부심」 전문

유영금의 시적 자아는 하나같이 상처와 고통, 절망과 불행, 환멸과 치욕으로 똘똘 뭉친 내면을 가진 자이다. 그녀는 '인생에게 찔'리고 "제 손가락으로 환부를 후벼파"는, "환부의 쾌감에 포로이고 싶"은, "방텃골 외진 산길의 벙어리 검은 술새"이다. 그녀에게 "방텃골 외진 산길"은 삶의 원적原籍이며 '검은 술새'는 자아의 원형이다. 이 "벙어리 검은 술새"가 경험하는 현실은 "부러진 외더듬이는 꿈틀꿈틀 치욕을 핥"고 내장은 "찢어진 뱃가죽을 열고 흘러내린 창자"가 "집이 되어 눕는"(「송장벌레」) 송장벌레와 같은 경험이다. 그녀에게 삶과 세계가 주는 쾌감은 자학과 피학의 통증에서 오는 것이다. 그 통증은 "압력솥에 가지런히 넣어 푹 끓"여 "부글부글 뭉그러지며 익는"(「안락사 2」) "짐승 같은 통증"(「처방전」)이다. 차라리 그녀에게 환멸과 통증은 즐거움이다. "환부의 쾌감에 포로"가 된 이 같은 환멸을 피학적 통증의 미학이라 해두자.

자학적이며 피학적인 통증을 즐기는(?) 성질을 가진 그녀의 눈에 비친 세상의 일, 그러니까 현실원칙의 질서나 제도, 또는 관념이나 이데올로기는 모두 허구이며 허위이다. 세상은 "구경하지 않아도 좋았을 곳"(「유서」)이고, 삶은 "똥내가 풍긴 지 오래"이어서 "암매장"(「삶에게」)하고픈 환멸의 대상이다. 그곳에서의 사랑은 "착시상태의 발광"(「다비」)이며, "염통이 터진 사랑"이어서 "등기를 말소"(「악연」)하고픈, 사랑은 폐기하고 싶은 증오의 대상이다. 그녀가 통증의 현실에서 경험한 결혼은 한마디로 "똥맛"이다. 결혼은 "파뿌리로 늙자던 궁색한 거짓말"에 속아 "제 발로 들어선 감옥"이다. 결혼은 "개소리"이며 "농담"이고, "똥간 구더기가 불어대는 피리소리"

이며 "악취의 절정"(「결혼, 똥맛이더라」)이다. 그녀에게 남근중심의 언어 질서
는 허위이고 가식이다. 때문에 그녀는 "김치찌개를 맛있게 먹는/남편에게
속지 말"아야 하며, "더 속지 않으려거든/딸에게 찌개 솜씨를 전수말라"(「경
고」)고 경고한다. 이승은 "구더기 스멀대는 악취 밭"이며 "애초부터 누이
가 칩거할 곳이"(「퇴거」) 결코 아니다.

유영금이 보여주는 환멸의 정신 상태는 중심의 상실, 무無와의 조우, 권
태로부터의 탈출불능, 적합한 생활철학의 결여 등으로 설명될 수 있다. 그
것은 니체가 말한 의식과 목적의 상실, 모든 가치의 평가절하나 허무감과
같은 개념들과 서로 통한다. 그렇기 때문에 불결하고 불온한 정신적 질병
으로 치부되기도 하였다. 그러나 아픔과 통증, 환멸과 허무는 현실원칙의
자아와 세계를 전복적으로 새롭게 느끼게 하는데, 유영금의 시집은 바로
이와 같은 문맥에 위치해 있다.

일반적으로 문화란 다른 인간으로부터 배운 관습과 기능의 총화인 사
회 유산을 가리킨다. 이러한 개념에 따르면 문화란 개인의 행동과 경험을
형성시키는 틀이나 양식을 의미하는 것으로 볼 수 있는데, 이와 같은 지
배적인 문화적 관습이나 가치·규범, 또는 어떤 객관적·도덕적 기준이
존재하지 않는다는 환멸에 찬 시선은 부정적 상상력에서 자주 마주치는
모티브이다. 환멸은 자아와 세계를 고통의 통증으로 감각하게 하고, 자아
와 세계에 대한 확실성을 부정하고 의심하며, 상실과 결핍의 언어로 세계
를 인식한다. 그리하여 자아와 세계를 이전과는 다르게 느끼고 지각하도
록 한다. 그것은 이성과 의식이 지배하는 현대적 질서, 혹은 현실원칙에
대한 성찰적 사유이기도 하다.

환멸은 니힐리즘이란 개념과 상통하는 바가 있으며, 어쩌면 그것은 니
힐리즘이라는 세계관의 한 변주이기도 하다. 니힐리즘이란 말은 가치와
의미를 지닌 것은 아무것도 없다고 여기는 정신 상태를 가리키기도 하기
때문이며, 환멸이란 희망이나 이상의 환상이 사라진 현실을 확인하는, 전

망이 부재하는 허무함의 경험을 말하기 때문이다. 그러한 환멸과 경멸의 상태를 형성하는 가장 뚜렷한 원인은 유영금 시인의 개인적 비애나 우울한 성격, 경험적 사실에 기초하고 있겠지만, 보다 특수한 사회적이며 문화적인 요소와 연관되어 나가길 기대한다. 니힐리즘은 자연발생적인 개인적 불만의 표현일 수 있지만, 다른 사람으로부터 배우거나 문화적 관계 속에서 학습된 개인적 불만의 표현이기도 한 것이기 때문이다. 그것은 문화의 한 요소이며 현상이다. 유영금의 환멸의 발성이 갖는 개인성이 사회성으로 확대 심화될 때 그 환멸의 발성은 더욱 가치가 빛날 것이라 생각한다.

4. 통증과 환멸 사이

조정과 유영금의 시집은 꿈과 이상, 희망과 환상을 거부하고 전망 부재에 대한 뼈아픈 자각으로부터 출발한다. 현실이 주는 희망과 환상에 대한 헛된 믿음을 자각하는 곳에 그녀들의 시는 있다. 현실적 희망과 믿음의 결핍이야말로, 그 결핍을 통증의 고통으로 감각해내는 일이야말로 그녀들이 시를 쓰게 하는 욕망 생산의 동인이다.

통증의 감각과 환멸의 시선은 현실의 허위와 부정이라는 맥락을 넘어서 그 내면에 도사리고 있는 허위에 대한 성찰까지를 포섭하는 것이어서 의미심장하다. 그곳에는 극단적인 자기혐오와 자기파괴, 자아와 세계에 대한 부정, 현실원칙이 숨긴 허위와 환멸에 대한 반성적 성찰이 있다. 그녀들의 시는 헛된 믿음에 대한 부정이며, 동시에 그 부정은 그녀들 자신에 대한 반성적 성찰의 의미를 넘어 헛된 믿음에 기초한 모든 현실원칙의 의식에 대한 위반과 전복을 의미하는 것이기도 하다.

그녀들의 시집이 간직한 의미로움은 관습적 인식과 시적 언어의 재래적 규범에 대한 전복이라는 의의를 갖는다. 그것은 서정적 언어, 서정적 인식에 대한 부정과 거절인 동시에 언어적 금기를 파기하는 위반이다. 그녀들이 특징적으로 보여주는 통증의 감각과 환멸의 시학은 남성적 언어 질서에 의해 구축된 가치와 신념의 체계를 탈구축하는 작업이다. 그녀들이 환멸과 통증으로 감각해내는 세계는 현실을 희망으로, 미래를 새로운 전망으로 바라보려는 긍정적 사유에 대한 거절이며 반역이다. 이와 같은 점에 의해서 조정과 유영금, 그녀들의 시집은 우리가 보편적으로 가지고 있었던, 소위 '여류시', '여성시'에 대해 품고 있었던 낡은 편견과 미망을 걷어치우는 보기 좋은 사례이다.

자의식의 발현과 통찰의 시

— 김승희의 『냄비는 둥둥』, 전기철의 『아인슈타인의 달팽이』

1. 자의식과 통찰

작가의 개성과 자의식이 살아 숨 쉬는 곳이 작품이다. 그것을 잘 알면서도, 그래서 헛된 기대라는 것을 잘 알면서도 서평을 의뢰받고 나면 은근히 시인들의 시집에 어떤 공통분모가 있었으면 좋겠다는 생각을 막연히 한다. 그러나 의심할 여지없이 우리 시대의 시와 그것이 내장하고 있는 미학은 단일하고 균질적인 지형으로는 형상할 수 없는 다양한 스펙트럼을 형성하고 있음을 새삼스럽게 확인한다. 김승희와 전기철 시인의 시집에는 스스로의 시적 세계를 갱신하고 부단히 자기 영토를 확장하는 시적 신진 대사가 활발하게 이루어지고 있다.

각기 다른 개성을 지닌, 그래서 어떤 공통성을 찾기 힘든 여러 시인들의 작품을 읽고 그들의 시적 경향을 하나의 축약된 형도形圖로 바꾸어 사유해야 하는 일은 지난한 일이다. 작품이 작가가 세계와 관계하면서 작가의 개성이나 자의식을 드러내는 작업이라 할 때 편한 마음으로 어떤 뚜렷한 공통성이 내재하기를 기대하는 일은 부질없는 짓이다. 그러나 우리 시대 문학의 전체적 양상이 서로 다른 차이와 개성, 다양한 빛깔과 향기를

지니고 있다 하더라도 그 밑변을 흐르는 저류라 할까, 서로 공유하고 있
는 내적 연결의 끈을 찾는 것까지 불가능한 일은 아니다. 서로 달라 보이
는 단절과 그 단절 속에서 서로 연결된, 그러니까 연속적 단절, 혹은 단절
적 연속은 공시적으로든 통시적으로든 문학이 갖는 운명이 아니겠는가.

　이 글은 자의식의 발현과 존재의 통찰이라는 이름으로 김승희의『냄비
는 둥둥』(창비, 2006)과 전기철의『아인슈타인의 달팽이』(문학동네, 2006)를 만
나려 한다. 이때 자의식이란 자아가 세계, 또는 자기 자신과 대면하면서
맞이하게 되는 모순과 부조리, 혹은 결핍과 부재를 부정하지 않고 그것을
자기의 실존적 조건으로 인정하고 동시에 그것을 넘어서려는 극복의 정
신, 견딤의 의식을 말한다. 현대시는 근대적 자아를 확인하는 과제로서 속
악한 세계와 자기 자신을 마주하면서 그러한 현실로부터 자신을 도피시키
지 않고 그 속에 적극적으로 참여함으로써 자기를 확인하고 존재를 통찰
해 나가는 과정이라 할 수 있다. 그렇다면 우리 시대의 시인들은 어떻게
세계와 관계하고 자아를 바라보며 존재를 성찰하고, 이러한 가운데 자의
식을 어떻게 더욱 풍요롭게 산출해내고 있는지 살펴보자.

2. 비극적 세계와 구원의 세계 : 김승희

　김승희 시인은 첫 시집『태양미사』(1979)에서 이번의 아홉 번째 시집『냄
비는 둥둥』에 이르기까지 비극적 세계에서 탈출하여 사랑과 구원의 세계
에 이르려 하는 시적 여정을 줄곧 노정해 왔다. 이러한 그의 비극적 세계
인식과 그곳으로부터 탈출하려는 시적 기획은 역설적이며 역동적이고, 비
극적이며 경쾌하고, 종교적이며 동시에 광기어린 상상력을 동반하면서 현
대시에서 보기 드문 독특한 시세계를 구축하고 있다. 이번 시집『냄비는
둥둥』역시 그가 줄곧 보여주어 왔던 비극적 현실인식과 그것을 돌파하려
는 의지, 그리고 그러한 비극적 세계에서 사랑과 구원의 세계를 탐문하는

고투의 산물로 보인다. 시인은 죽음과 절망으로 가득 찬 비극적 세계에서 경쾌함과 활달함, 유머와 역설, 주술적 신비와 음악적 리듬의 활력을 통해 성과 속, 종교적 초월과 거룩함, 세속적 욕망과 광기까지 넘나들며 분방하게 시적 상상력을 펼친다. 분방한 상상력의 정점, 이 시집의 극점에는 "주변은 온통 황토가 물컹거리는 물난리고 하염없는 냄비 속으로는 표류와 환란이 한창인데 가끔 은총인 듯 무한한 음악이 솟구쳐오를 때도 있"는 것처럼, "구원은 홀연 그렇게"(「시인의 말」) 오기를 바라는 열정의 감각을 내재하고 있다.

텔레비전 화면을 통해
아르헨티나 아, 아르헨티나가 냄비 두드리던 소리,
부에노스아이레스의 한여름 밤거리를 뒤흔들던 소리,
남녀노소 가릴 것 없이 냄비, 프라이팬, 국자, 냄비뚜껑까지
들고 나와 두드려대던 소리,
사람들이 한목소리로 내지른 비명소리
아르헨티나 아아
빚과 실업자, 극빈자, 점쟁이와 정신과의사,
사망자와 부상자 들, 그 한숨소리
나도 프라이팬을 들고 뛰어가 섞인 듯
입을 꽉 다문 채 몇시간씩 은행과 직업소개소 앞에 늘어선 모습들
이런 광경 고요함

— 「냄비는 둥둥」 중에서

시집의 표제시이기도 한 위의 작품은 김승희 시인이 그동안 보여주었던 정치적이며 사회적 인식을 드러내는 연장선에 있는 작품이다. 이전 시집에서 그가 보여주었던 사회적 인식은 남성중심적 질서에 대한 교란과 해체, 신자유주의나 소비자본주의 논리에 대항하는 탈식민적 사유로 지배 이데올로기를 허물어 탈구축하려는 전략적 기획에 포괄되는 개념들이다. 그에게 세계는 "온통 황토가 물컹거리는 물난리고 하염없는 냄비 속으로

는 표류와 환란이 한창인” 비극적 현실이다. 시인이 보기에 자본이 지배하는 세계는 “사람들이 한목소리로 내지른 비명소리”와 “입을 꽉 다문” 고요한 광경이 다성적 침묵의 형식으로 중첩된 묵시록적 상황에 가깝다. 그러한 상황은 처참한 재앙이며 비극이다. 시인은 이러한 묵시록적 재앙과 비극을 잉태한 거대한 논리를 정면으로 응시한다.

위 시는 아르헨티나 사람들이 냄비를 두드리며 거리로 뛰쳐나온 상황과 다리 하나 부러진 개다리밥상에서 냄비만 바라보며 밥을 먹고 있는 한 가족의 장면, 그리고 홍수의 황토물에 냄비가 ‘둥둥’ 떠내려가는 상황을 병치해 놓고 그것이 서로 다른 사건이 아니라 뫼비우스의 띠처럼 서로 연결된, 끊을 수 없는 악순환의 고리에 의해 서로 연결된 상황이라는 점을 풍자적이며 희극적으로 보여준다. 시인은 아르헨티나 사람들이 냄비를 두드리며 지르는 “비명소리”와 “한숨소리”를 가난한 한 가족의 “조용한 밥상의 시간”과 병치시키면서 풍자적이고 역설적인 의미와 함께 다성적 침묵의 형식으로 중첩된 고요한 광경을 통해 미묘한 비극적 페이소스를 발생시킨다. 그 풍자적이고 역설적인 상황이 의미하는 것은 곧 시인이 그동안 보여주어 왔던 탈식민적 발상과 지배 이데올로기를 해체하고 탈구축하려는 시적 기획에 연결되어 있는 것이며, 전지구화된 자본주의의 논리가 감추고 있는 위선에 대한 비판인 셈이다.

그래서 시인은 거대한 지배 이데올로기인 신자유주의의 현실을 자본의 춤판으로 본다. 신자유주의와 자본의 이데올로기가 벌이는 춤판, 그 욕망의 무한한 확대 재생산을 꿈꾸며 자기증식해 나가는 광경을 일컬어 시인은 “원무를 추듯 자기들끼리 손을 잡고 빙빙 돈다”고 냉소적으로 표현한다. 신자유주의의 원무는 그야말로 “자석이 자석을 끌어당기”는 구심력에 의해 추동되며, 자본은 이를 통해 무한히 증식해 나간다. 돌고 도는 구심력에 의해 “돈이 돈을 끌어당기”고 “부유가 부유를 끌어당기”고 “병이 병을 끌어당기”는 악순환의 끊을 수 없는 형국, 그것이 확대 재생산되는 구조를 비감하게 전달한다. 자폐적 악순환의 구심점인 "돈 속에 아버지의 뼈"와 "쓰러진 논두렁", 그리고 "어머니의 손톱"과 "파란 하지정맥류"(「신자유주의」)를 바라보는 시인의 눈은 '막막'하고 '먹먹'하다. 이와 같은 자본의 원무는 "방향도 없고 안팎도 없고/시작도 끝도 없"이 돌고 돌며, "꿈결인 듯 혀로 핥아 먹었"지만 "혀에 맛있는 허무"(「에버랜드에서 네버랜드로」)뿐인 것이다. 그렇기 때문에 자본이 점령한 '자유로'는 자유가 밀려가고, 밀리고, 밀려 있는 "처참한 브로콜리 같은 얼굴"이며, 그 자폐적 자본의 악순환의 고리에 얽혀 있는 우리의 모습은 "스티로폼 도시락에 담긴 김밥과 샌드위치를 먹으며" 밀려가거나 "실려갈 수밖에 없는" 게 우리의 삶의 조건임을 그려내고 있다. "밀려 있는 자유"는 그래서 "피기도 전에 공습 탄환에 스러진/카불 소녀의 녹슨 녹두빛 눈동자"(「호텔 자유로」)와 상동관계를 갖게 되는 것이다.

이 모든 현실의 비극적 상황은 우울하고 절망적인 것이지만, 그러나 그것을 화폭에 그려내는 시인의 필체는 경쾌하고 활달하다. 경쾌하고 활달함의 중심에 음악이 있다. 김승희 시인의 시는 "사랑과 고통의 체험을 가진 사람만이 음악을 이해한다"는 음악학자 장 클로드 피게의 말을 떠올리게 한다. 김승희 시인은 현실의 고통과 사랑을 동시에 경험한 시인으로 보인다. 왜냐하면 시인은 '표류와 환란'의 비극적 상황 속에서 홀연히 "가끔 은총인 듯 무한한 음악이 솟구쳐오를 때도 있"는 것처럼, 처절한 고통 속에서 열애의 감각으로 절실하게 구원과 사랑을 찾기 때문이다. 그는 환란과 혼돈의 세계를 음악적 율동으로 감각하고, 그럼으로써 비극적 절망과 죽음의 고통을 돌파하여 역설적 사랑과 구원에 이르고자 한다. 그에게 음악을 이해한다는 말과 노래한다는 말은 적어도 동의어처럼 보인다. 왜냐하면 이 세계 속에 무수히 존재하는 삶의 비밀의 음악들은 바로 그를 통해 울려나오기 때문이다. 그래서 그의 시는 음악적 경쾌함, 그 경쾌함을 통해서 지배 이데올로기를 해체 전복하는 강렬한 역동적 힘을 갖는다.

냄비 속에 콩을 볶을 때
땅을 치고 울고 싶을 때
배꼽을 빼고 웃고 싶을 때
콩, 콩, 콩, 펄펄 뛰며 무대 아래로 내려가고 싶을 때
다 콩이야, 다 콩,
콩, 콩, 콩,
그중 나는 튀면서 날아가는 메주콩이 될 테야
냄비 속에 콩을 볶을 때
맨발이 화상 입은 온몸이 되어 아, 아파!
아파서 무대 밖으로 튀어나가는 콩! 콩! 콩! 콩!

— 「피아노―포르테를 위한 연습곡」 중에서

이 시의 "피아노―포르테를 위한 연습곡"이라는 표제는 백남준의 작품 제목을 그대로 빌려온 것이다. 화자는 콩을 볶을 때 콩이 "콩, 콩, 콩" 냄비 밖으로 튀어나가는 장면을 백남준이 1960년에 발표한 무대 아래로 내려가 넥타이를 가위로 잘라버리는 파격적 무대 장면에 비유하고 있다. 화자는 콩을 볶으며 백남준의 파격적이며 실험적인 「피아노―포르테를 위한 연습곡」을 떠올린다. 넥타이가 상징하는 지배적 질서와 관습, 권위와 엄숙은 콩이 냄비 안에서 뜨거운 "불꽃을 견"디는 것에 다름 아니다. 이러한 허위적 권위를 거부하는 시적 기획은 결국 지배 이데올로기에 대한 전복과 해체의 의지이며, 저항의 산물로서 그것을 탈구축하려는 기획의 산물로 볼 수 있다. 따라서 일정한 규범과 규칙에 의해 유지되고 지속되는 현실원칙의 가치를 해체 전복하고 그것을 파격적으로 재구축하려는 김승희 시의 시적 기획을 엿볼 수 있는 작품이다. "콩, 콩, 콩, 펄펄 뛰며 무대 아래로 내려가고 싶"은, "콩, 콩, 콩" 튀는 콩 중에서도 "튀면서 날아가는 메주콩이" 되겠다는 전언을 통해 시인은 억압적 기제에서의 해방의 기쁨과 설렘, 탈주의 즐거움을 감각적 리듬으로 형상하고 있다.

넥타이로 상징되는 현실원칙의 틀은 구속과 억압, 부자유와 허위의식의

상징이다. 현실의 구속과 억압, 권위와 허위는 넥타이를 매고 뜨거운 "불꽃을 견"디는 것이다. 그러한 상황은 냄비 안의 콩처럼 "맨발이 화상 입은 온몸이 되어 아, 아파!/아파서 무대 밖으로 튀어나가는 콩"과 같은 자연스런 원리와 같은 것이다. 여기에서 '맨발', '울음', '웃음'의 형식은 바로 억압적 구속의 기제를 해제하고 그로부터 "콩, 콩, 콩" 튀어나가는 탈주의 기쁨이며, 본성을 회복하고자 하는 형식이다. 이와 같이 그가 보여주는 지배적 질서, 지배적 논리를 해체하고 전복하려는 의도는 경쾌함을 동반하고 있다. 가령 이 시에서 "노릇노릇 콩나물콩, 올망졸망 쥐눈이콩, 불그죽죽 팥, 삐죽삐죽 까치콩, 둥글둥글 메주콩" 등으로 계속 반복되고 점층되는 수사, 그리고 의성어와 의태어, 그리고 콩이름을 빌어 계속 인유되는 시상의 전개는 역동적이며 경쾌한 리듬을 창출한다. 그것은 마지막 행에서 "무대 밖으로 튀어나가는 콩! 콩! 콩! 콩!"에서처럼 감탄부호를 연발하면서 내뱉는 경이로움과 구속적 상황의 타개가 주는 경탄을 함께 환기한다. 경쾌함을 통한 형식 조건의 전환과 전복은 비단 이 시에서뿐만 아니라 이 시집의 밑변을 관류하는 핵심이다.

나는 숨쉬고 싶다,
뚱뚱한 턱과 산맥만큼 부풀어오른 가슴에 파묻혀
숨이 턱밑까지 차오르고 다리가 후들거리는 모나리자,
야식증의 어마어마한 모나리자,
간신히 숨쉬는 모나리자

비만 진료소 벤치에 앉아 있는 미소의 어머니

— 「뚱뚱한 모나리자」 중에서

우리 사회의 근간을 이루며 본성을 억압하는 남성중심의 지배적 이데올로기를 경쾌한 필법으로 해체 전복하고 억압된 여성성을 살려내려는 노력이나, 전지구화된 자본주의의 논리가 감추고 있는 억압성, 폭력성, 상업성, 소비성, 물질성, 그리고 끊임없는 욕망의 확대 재생산에 대한 비판과 해체의 작업은 그동안 김승희 시인이 보여주었던 시적 기획의 근간을 이루는 내용이다. 이와 같은 내용은 이 시집에서도 마찬가지로 곳곳에 편재해 있다. 가령 위의 시에서처럼 다빈치의 「모나리자의 초상」에 나타나는 온화한 미소를 "야식증후군"에 걸린 "폭식증"의 "어마어마한 모나리자,/간신히 숨쉬는" 비만한 모나리자로 비유하면서, 그 온화한 미소가 품고 있는 허위와 가식, 그리고 남성중심적 시선에 의해 길들여지고 남성의 언어에 의해 구성된 여성성에 대한 편견을 해체하거나, 그 온화한 미소 안에 잠재된 남성의 억압과 허위적 가식을 폭로하는 것에서 단적으로 드러난다. 그래서 세상에서 모든 남성이 바라마지 않는 그녀의 미소는 "비만 진료소 벤치에 앉아 있는 미소의 어머니"로 추락시키면서 모나리자의 초상, 그 온화하고 따뜻한 미소에 숨겨진 정치성을 해체 전복시킨다.

김승희 시인이 보여주는 시적 스펙트럼은 다채롭고 다양하다. 그 중에서 말놀이, 즉 언어유희로 보이는 파자破字놀이, 반복과 점층과 열거의 수사학, 종교적이며 주술적인 상상력, 패러디와 상호텍스트성 등의 실험적 미학의 역동성 또한 깊이 있게 읽어보아야 할 대목들이다. 김승희 시인이 보여주는 이와 같은 다양한 시적 기획과 스펙트럼은 서로 긴밀히 결속되면서 시집의 내밀한 내질을 형성하고 시적 의미를 작동하는 주요한 요소이다. 그가 보여주는 다채로움과 경쾌함은 곧 상투적 미학성에 저항하는 행위이다. 저항의 정신은 상투적 권위와 중심성에 대한 해체와 전복을 꿈꾸며, 이를 통한 탈주와 해방의 기쁨과 즐거움을 선사한다. 비극적 현실 속에서 아름다운 것이 있으니, 시인이 말하듯이 "당신은 당신의 레몬―타임을 그렇게 견디고 있"고, "나도 나의 레몬―타임을 그렇게 견디고 있"는 중에 사랑과 "구원은 홀연 그렇게" 올 것이다.

3. 분열된 자아와 상처의 치유 : 전기철

전기철 시인의 『아인슈타인의 달팽이』는 그의 세 번째 시집이다. 그가 이번 시집이 보여주는 세계는 분열된 자아의 자의식적 내면과 분열된 자아의 내상을 치유하는 세계로 요약할 수 있다. 이때 자의식이란 앞서 밝혔듯이 자아가 세계, 또는 자기 자신과 대면하면서 경험한 모순과 부조리, 혹은 결핍과 부재, 혼돈과 혼란을 부정하지 않고 그것을 자기의 실존적 조건으로 인정하고 동시에 그것을 넘어서려는 극복의 정신, 견딤의 의식을 말한다. 전기철 시인에게 세계, 정확히 말해서 도시적 삶과 경험은 자아를 분열시키고 교란하는 기제로 작용한다. 자아를 분열 교란하는 기제는 구체적으로 문명의 도시공간에서 경험되는 것이며, 현실원칙에 의해 지배되고 조종될 수밖에 없는 자아의 욕망과 관계되어 있다. 전기철 시인의 시를 살피는데 도시, 분열, 욕망, 자의식은 상호 긴밀하게 연계되어 있으며, 이들은 서로 인접성과 유사성으로 연계되면서 그의 시에 다양한 의미의 핵을 산출한다.

> 루소 여성의류 매장을 지나 와인 보석가게, 클리오 화장품 점에 이르러 안을 들여다본다. 가게 안에 낯선 사나이의 희미한 그림자가 어른거린다. 자식! 걷는다. 트라이엄프 속옷, 디엠시 십자수, 그리고 점포 정리 중인 시더블유 청바지, 그 앞에 한참을 서 있다가 미스젤라 액자와 세일하는 블루 구두 사이를 서성인다. 사나이를 찾는다. 대박 세일하는 쥬쥬 아동복과 아지트 네일 아트, 청바지를 떠도는 사나이를 한참 좇다가 도어스 휴대폰 앞에 서서 휴대폰이 울릴 때가 되었다는 생각을 한다. 땡처리중인 샬롬 의류점과 에이치 시디점 사이에서 전화를 기다리다 오케이 약국과 스위트 커피숍을 지나 명동역 매표소로 간다.
>
> ― 「유리도시」 중에서

전기철 시인의 시는 도시공간의 삶에 민감하게 반응한 도시적 감수성의 산물이다. 소비도시에서 자본의 논리는 일반적 생활방식의 핵심적 준거틀이다. 그 속에는 물질과 기호의 매혹적인 현란함이 있으며, 이것들이 발산하는 미시권력의 미세한 작동으로 일상인의 무의식과 욕망은 지배당하고 조작된다. 그곳은 "눈빛은 메말라 있"고 "모자이크된 에피소들"(「박물관 도시」)이 가득한 곳이다. 이 시는 자본주의적 상품 논리와 그에 따라 조작된 공간과 시간의 안배, 이를 거부감 없이 자연스레 받아들이게 하는 일상의 패턴과 심리조작의 극치를 보여준다. 도시공간을 장식하고 있는 소품들을 건조하게 나열하면서 그 속에 있는 '사나이'의 모습과 화자 자신의 "술이 덜 깬" 의식을 통해 문명화된 도시적 인간의 현대적 삶의 표본을 보여준다. 시인은 자본주의의 거대한 문화논리에 의해 우리의 의식과 무의식은 너무나 무력하다는 것을 증언하는 듯하다. 전기철 시인에게 자본의 도시는 "숨을 곳이 없"(「표적」)고, "날마다 새롭게 편집되"(「만화도시」)며, "소독약으로 황폐"(「박물관 도시」)한 곳이다. 그곳에서 자아의 의식은 소외되고 분열된다.

이와 관련하여 발터 벤야민의 보들레르에 대한 분석은 현대사회 속에서 시인의 운명을 이해하는 데 유용한 관점을 제시한다. 벤야민은 보들레르가 군중에 매혹되어 그들 사이를 거닐면서도 동시에 군중과 자신을 격리시키는 이중적 태도를 취함으로써 근대 세계에서의 시인의 위치를 상징적으로 암시해준다고 한다. 보들레르와 같이 전기철 시인도 일상의 속악한 세속도시의 한복판에서 삶을 살아가고 있으며, 그로부터 시적 소재를 취하고 도시적 감수성으로 상상력의 폭을 펼치고 있다. 그의 시집에 빈번하게 등장하는 '사나이'를 비롯한 다양한 인물 군상들은 바로 화자 자신이기도 하면서 동시에 근대 도시공간에서 살아가는 분열된 군상의 초상이기도 하다. 그 사나이는 "얼굴이 없으므로 주민등록증도 없고 주소도 없"(「마네킹」)는 익명의 부재하는 인물이지만 여기저기에 실재하는 존재, 보들레르의 '유령'과 같은 존재이다. 그들은 모두 시에서 '여자'로 상징화된 감시와 처벌의 권력에 의해 통제되고 억압받는 대상이다. 또한 그 권력에 의해 욕망은 조작되고, 무의식은 점령당한다. 전기철의 시에서 '여자'나 '도시'는 거대하고 미세한 지배 이데올로기로서 감시와 처벌을 가능하게 하는 권력이다. "사방에서 CCTV가 찍히는"(「택시기사 류씨, 콧구멍을 후비다」) 감시와 "딱지 진 자국에 진물이"(「如是我聞」) 나는 처벌의 상흔이 명백한 흔적으로 드러나는 곳이 도시이고, 그래서 집에서조차 "숨을 곳"(「몽타주」) 없이 한 인간의 개체성은 상실된 상태로 나타난다. 그런데 이러한 일상의 세속세계는 어떠한 곳인가. 그곳은 초월성이 거세되고 성스러운 것은 그 빛을 잃었으며, 무의미한 풍요와 화려함만이 현시되는 공간이다. 가령,

여기는 인사동 거리, 머리를 빡빡 민 양키들이 활보하는 거리, 땃따라 다라, 미제 비타민을 배달해줘, 땃따라 따라, 생각을 담으면 바랑이 터지고, 마음을 먹어도 주석이 달려. 싸이도 나오고, 테이도 나오고, 지오디도 나와, 땃따라 따라, 미제 비타민을 배달해줘, 된장냄새는 싫어, 마늘 냄새도 싫어, 김치도 싫어, 쌀밥도 싫어, 정력제 없으면, 싫어 싫어, 미제 비타민, 꿈꾸는 비타민, 선 파워 비타민, 여기는 이라크가 아닌, 대~, 한민국(강한 스크래치), 신, 난, 다
　　　　　　　　　　　　　　　 — 「비보이는 브레이크댄스만 좋아해」 중에서

라고 노래할 때, 우리의 도시는 "미제 비타민, 꿈꾸는 비타민, 선 파워 비타민"을 원하며, "여기는 이라크가 아닌" 풍요로운 "대~, 한민국(강한 스크래치)"이기 때문에 오로지 "신, 난, 다"고 모두 함께 외쳐대는 곳이다. 제국적 자본주의에 의해 점령당한 인사동이라는 도시공간에서 진리는 왜곡되고 자본의 권력이 그 자리를 대신한다. 때문에 이라크의 비극적 상황은 "해피엔딩을 권하는 권말은 늘 권선징악을 원"하는 상투적인 이데올로기에 의해 성스런 전쟁으로 왜곡 변질되어 성전으로 둔갑해 버린다. 자본의 도시가 안겨주는 풍요로움 속에서 이라크는 우리와 무관하며, 이라크의 전쟁은 곧 악을 징벌하는 거룩한 행위가 되어버린다. 화자는 그래서 다른 시에서 "권선징악을 원"하는 "마지막 페이지에 올라서기가 두렵다"(「옛날 소설을 읽다」)고 아프게 진술한다. 이처럼 진리에 대한 태도가 냉소적이

고 가치가 전도되는 현실, 일상의 무의미함과 권태, 반복과 통속, 분열과 소외가 그의 시집을 압도한다. 전 시대와는 다른 물질적 기반과 고도로 문명화된 도시에서 생성된 시의 인식구조는 대체로 고독과 소외와 분열, 불안과 공포, 개인주의적이며 비인간화의 경향을 지니는데, 도시적 경험 속에서 이루어지는 전기철의 시도 이와 같은 의미망에 포획되는 것들이다.

> 나날이 귀가 자란다.
> 귀가 자랄수록 거리에서 들었던
> 자음들은 모음들을 만나기도 전에
> 안으로 들어와 내 몸 속을 떠돈다.
> 시끄러운 소리들 때문에
> 풍경조차 모자를 눌러쓴다.
> 귓속에 든 소리들이 쥐를 낳는다.
> 쥐는 지푸라기를 모으고
> 지푸라기는 길을 낸다.
> 커지는 귀를 움켜쥐려
> 모자를 눌러 쓰다보면
> 넓은 대로도 귀 안에 갇힌다.
> 쥐똥과 지푸라기들로 난장판이 된
> 귀에서 낯선 세상은 자꾸 태어나고
> 수다는 길게 이어진다.
>
> — 「당나귀」 전문

　　전기철 시인의 시집은 도시적 경험의 산물인데, 후기산업사회의 문화논리가 지배하는 도시적 삶의 일상은 그야말로 기호의 정치경제학이다. 상품의 효용성이나 사용가치보다는 기호와 이미지 자체가 선사하는 상징가치가 우세한 소비사회의 현실에서 우리의 욕망은 화려하고 풍요로운 매혹적인 풍경에 무력하다. 지시대상과 분리된 채 부유하는 현란한 기표들의 매혹, 풍요와 행복의 고혹적인 공격으로부터 우리의 여린 욕망은 무력하다. 지시대상을 잃고 떠도는 기표의 현란한 이미지들은 우리들에게 자유와 행복, 풍요와 유토피아의 황금시대에 대한 환상을 심어준다. 그것들은 기표가 기표를 낳고 또 낳는 자기 번식력을 통해 기하급수적인 자기증식을 거듭하며 우리의 심리를 조작한다. 우리의 현실은 기호와 이미지로 구축된 난공불락의 견고한 성이다. 그러나 문제는 그것이 환각이라는 사실을 깨닫지 못하는 데 있다. 전기철 시인은 무엇이든 먹어치우는 거대한 괴물, 소비도시의 물질과 패션과 기호의 풍요로움과 현란함에 깃든 욕망과 미시권력의 작동을 바라보며, 이를 반성적으로 사유한다. "귓속에 든 소리들이 쥐를 낳"는 그의 운명은 불행하며 전망은 비극적이다. 도시적 경험에 반응한 그의 자의식은 "쥐똥과 지푸라기들로 난장판이 된" 상태이다.

위의 시는 도시공간 안에서의 소외와 분열의 파편화된 양상을 보여주는 한 예이다. "자음은 모음을 만나기도 전에/안으로 들어와 내 몸 속을 떠"돌고, "난장판이 된/귀에서 낯선 세상은 자꾸 태어"나고 지시대상이나 기의를 상실한 "수다는 길게 이어"질 뿐이다. 지시대상을 상실한 분열된 파편의 자음과 모음이 귀를 통하여 들어오고 그것은 "몸 속을 떠돈다." 지시대상과 분리된 채 부유하는 현란한 기표들의 매혹, 풍요와 행복의 고혹적인 풍경은 화자에게 시끄러운 소음이고, 기의를 상실한 기표들의 소음으로부터 화자의 의식은 무력하다. 기표와 기의의 분열, 지시대상과 분리된 시끄럽게 산문화되고 파편화된 기표들에 의해 화자의 귀는 당나귀의 귀처럼 커질 수밖에 없다. 왜냐하면 도시는 하나의 권력이기 때문이다. 이러한 자의식의 분열된 양상은 "주어는 서술어를 찾아 길을" 떠나지만 찾지 못하고 "장롱 속을 뒤지지만 수많은 서술어에는 어미가 없"(「문장의 기력지」)는 형국으로 나타난다.

한국 사회에서 후기산업사회 혹은 소비자본주의라는 사회적 징후들이 나타나기 시작할 때부터 우리는 본격적으로 도시적 정신구조와 감수성을 만나기 시작했다. 그것은 일종의 훼손된 세계에 대한 고통스런 시적 확인에 가깝다. 그것은 낙관적 미래 전망을 얻지 못하고 훼손된 세계를 훼손된 방법으로 고통스럽게 보여주는 것이다. 세계를 총체적으로 인식할 수도 없고 일원적 원리로 설명할 수 없는 것은 비단 전기철의 경우에만 해당하는 것이 아니라, 우리 세대 모두에게 해당하는 고통이다. 그 고통은 또한 세속도시, 그 문명의 반문명성을 비판하면서 동시에 우리 자신이 그 문명의 일부임을 확인하고 반성적 인식과 성찰을 꾀할 수밖에 없는 우리 세대의 고통이기도 하다. 그렇다고 고통을 확인하고 섣불리 전망 선택을 강요하거나 예견할 필요는 없을 것이다. 다만 고통은 더욱 깊어져야 할 필요가 있으며, 그럴 때 정직한 선택은 탐구될 것이다. 어쨌든 전기철 시인의 경우처럼 진정한 의미의 시적 체험으로까지 고통은 깊어져야 할 것이다. 전망은 회복되는 것이 아닌 만들어가는 탐색의 과정에 있는 것이기 때문이다. 전기철 시인의 시를 읽는 것은 우리의 서정이 '집' 없는 길 위에 서 있음을 확인하는 작업이다.

구도와 상처와 사랑의 체위

— 손종호의 『새들의 현관』, 길상호의 『모르는 척』,
　박영희의 『즐거운 세탁』

1. 순열한 정신의 힘과 순례의 길 : 손종호

손종호의 『새들의 현관』(시와에세이, 2006)은 시인의 다섯 번째 시집이다. 이번 시집에서 시인이 보여주는 시정신은 유한한 존재이지만 그것을 극복하고 절대를 지향하는 강인하고 투명하며 견고한 구도의 정신 세계이다. 손종호 시인이 시쓰기를 통해 접근하고자 하는 세계는 바로 견고하고 투명한 정신의 세계이다. 그러한 문맥에서 손종호 시인의 시세계는 정신주의적 경향을 지닌다. 투명한 정신적 순결성과 이미지의 명징성이 조화롭게 일치를 이루는 세계가 손종호의 시가 지향하는 세계이다. 그의 시는 맑고 투명하며, 어둠 속에서 강열한 빛을 내뿜는 힘이 있다.

손종호 시인이 보여주는 정신주의적 경향은 그렇다고 해서 주어진 현실에 편안하게 안주하며 영합한다거나 혹은 막연한 초월적 세계를 지향하는 이상주의와는 다른 것이다. 더군다나 현실의 부정적 측면을 부정하고 비판하는 탄핵의 방식을 취하는 것은 더욱 아니다. 시인이 현실과의 거리 조정에서 주어진 어느 하나를 선택하는 일은 손쉬운 일이다. 그러나 주어진 현실을 거부하고 끊임없이 자기 인식과 현실인식을 동시에 함께 꾸준히 밀고 나가는 일은 만만치 않다. 손종호 시인은 현실과의 긴장된 관계에서 "팽팽히 당겨진 시위"와 "여유 있는 弦의 푸르른 율조"(「구름다리·1」)를 잃지 않는 균형의 감각을 지니고 있다. 그는 견고한 정신의 어떤 영원한 절대적 경지, 투명하고 순결한 정신의 구도와 순례의 길을 지향하지만 그렇다고 현실을 아예 외면하지도 않는다. 또한 현실에 함몰되어 미적 거리를 잃어버리는 우를 범하지 않는 절제의 미덕을 동시에 갖추고 있다.

이 시집에서 시인은 "창은 어디에 있는가"라고 자문하면서 "이슬 빛나는 새벽길은/어디선가/제 홀로 맑고/제 홀로 깊어가고 있을" 새벽의 빛나는 창을 찾는 과정의 길에 시적 거점을 두고 있다. 그것은 "공중에는 길이 없"고 또 "사면은 차라리 견고한 벽"이며, "견고한 뿌리"의 어둠이지만 "천장 위에 빛"나는 '별'을 끝끝내 찾아가는 구도자의 순례의 길과 같은 것이다. 그 구도의 길은 "이슬 빛나는 새벽길"(「새들의 현관·1」)을 찾아가는 순례의 길이며, "부숴지지 않는/견고한 율법"의 "강철의 날개로도/끝끝내 도달하지 못하는"(「불의 산정에서」) 길이지만 시인이 궁극적으로 찾아가야 할 길이다. 시인은 "어둠의/심오한 심연" 속에서 어딘가에 있을 "문"(「門」)을 찾아 순례의 길을 떠나는 것이다.

이제
저 흰 물살을 건너야 하리.
나를 결박한 어둠의 사슬조차
정다워졌으니
모진 채찍들조차
차라리 그리워 사무쳐 오나니.
캄캄한 천공에서
더욱 자유로운
스스로의 높이에서 빛나는
별.

— 「도강」 중에서

손종호 시인의 시는 별빛처럼 투명하며 "만년설의 웅혼한 힘"(「불의 산정에서」)이 느껴질 만큼 맑고 강하다. 그것은 그의 시가 주로 수직 상승하는 이미지나 차안의 세계를 견디고 버텨내어 그 현실을 넘어서 피안의 세계로 건너뛰고자 하는, 말하자면 극복의 순연한 정신 때문이다. 제목 그대로 「도강」은 "나를 결박한 어둠의 사슬"과 "모진 채찍"을 뛰어넘어 자신의 존재 영역을 확장해 나가는 과정을 노래하고 있다. 여기에서 우리가 경험할 수 있는 시적 체험은 화자가 말하듯이 "강을 건너는/새로운 힘"이다. 그 힘은 파괴적이며 단발적인 어떤 공격적인 힘이 아니라 "내 주검 속으로 날아든/독수리의/따뜻한 깃털 하나"에서 얻은 주검을 딛고 일어선 자가 느끼는 따뜻한 생명의 온기에서 비롯하는 힘이다. 그 힘은 곧 "캄캄한 천공에서/더욱 자유"롭게 빛나는 별과 같은 역설적 힘이다. 그것은 "푸르른 절망의 힘"(「구름다리 · 2」)이며, "어둠은 곧 빛의 자궁"(「마지막 假宿에서 · 3」)이라는 역설적 인식의 깨달음 끝에 얻은 것이어서 값지다.

『새들의 현관』에는 "천상의 길"(「공중부터 집짓기 · 1」)로 대표되는 별과 빛, 하늘의 이미지, 결빙의 산정과 순연한 물의 이미지가 자주 쓰인다. 이런 이미지들은 어둠과 밤 등 부정적 이미지와 대칭적으로 위치하면서 그것을 극복하고자 하는 수직 상승의 의지를 표출한다. 수직 상승의 의지는 자연스레 새와 별(빛)의 맑고 투명하며 견고한 이미지를 동반한다. 이것들은 굳이 엘리아데나 바슐라르 같은 이들을 끌어다 붙이지 않아도 지고의 자유와 순수, 영원성과 절대성을 표상하는 신화 원형적 은유라는 것을 알 수 있다. 이와 같은 맥락은 시인이 이 시집에서 지향하고 추구하는 순열한 구도의 정신 세계를 가늠할 수 있도록 기능한다.

특히 손종호의 시에서 빈번히 등장하는 천상의 별과 빛의 이미지는 종교적 영원성을 느끼기에 충분하며, 산정의 이미지는 우리가 짐작할 수 있듯이 세속과 초월, 현실과 영원, 정신과 물질, 천상의 가치와 지상의 가치를 경계 짓는 장소로서 세계의 중심이자 축이라는 점을 이해할 수 있다.

따라서 손종호 시에서 자주 등장하는 산정을 오르는 행위나 하늘로 수직 상승하는 이미지는 우주적 정화 혹은 영성의 추구라는 의미를 획득하는 것이다. 이를 통해서 시인은 진정한 자아의 발견과 우주의 비의에 대한 깨달음을 표상하는 것이다. 이런 의미에서 어둠과 빛, 밤과 새벽이라는 이항 대립 체계에 의해 손종호의 시는 순도 높은 정신과 영원성을 획득하게 된다. 여기에서 우리는 구도와 순례의 종교성을 느낄 수 있다. 시인은 세속적 굴레에서 벗어나 영원으로 들어가는 순례의 도정을 노래하는 것이다.

> 길을 찾아 나서면
> 길은 언제나 내 집으로 닿는다.
> 대문에는 시초의 낯익은 달빛이 두려운 지문처럼 찍혀 있고,
> 내 방은 깊어가는 어둠의 자궁,
> 어느새 바람소리에 떠내려 간다.
>
> 몇 명의 수도승들이 길게 굽은
> 사마르칸트의 모랫벌을 걸어가고 있다
> 헤진 망투,
> 미답의 암울한 지평,
> 나도 그들과 함께 가고 있다.

— 「피 속으로의 여로」 중에서

손종호 시인이 지향하는 힘은 상승 의지와 맞물려 있으며 그 상승은 투명한 천상의 빛을 지향하는 것이다. 이와 함께 우리가 그의 시에서 만날 수 있는 것은 빛과 어둠의 변증법적 작용이다. 어둠으로 상징되는 세계 혹은 현실적 존재는 "천상의 길"로 표현되는 별이나 빛을 지향하지만 단번에 이 차안의 지상 세계를 박차고 중력의 법칙을 거슬러 허공으로 날아오를 수 있다고 믿지 않는다. 인간은 육체에 갇힌 물질적 존재라는 점을 시인은 잘 알고 있기 때문에 그러한 자신의 위상을 스스로 인정하고 수락한다. 그렇기 때문에 "흐릿한 혼돈 속의/공중에도 길이 있음을"(「몽블랑」) 깨닫게 되며, "길

을 찾아 나서면/길은 언제나 내 집으로 닿는다"고 고백하기도 한다. 그는 현실을 몰각하지 않는다. 길을 찾아 나서는 순례의 길은 "언제나 내 집으로 닿는" 수평적 인식의 세계를 지향하는 것이다. 말하자면 수직 상승의 힘과 수평적 확산의 힘이 교직되는 지점에 맑고 투명한 구도의 정신이 위치하는 것이다.

따라서 그가 보여주는 강인한 구도의 정신은 수직적 초월의 남성적 힘에 가까운 것인 동시에 부드럽고 여린 곡선의 길, 수평적 감수성의 여성적 힘을 함께 동반한 것이다. 말하자면 그의 시세계는 강건한 정신적 의지가 날줄을 이루고 있다면 포근하고 따스하게 감싸 안는 모성이 씨줄을 이루고 있다고 할 만큼 두 가지 서로 다른 정서가 상보적으로 공존하고 있다. 가령 그의 시가 강건한 남성적 힘으로 나타날 때는 "높은 산정에서" "얼음처럼 빛나는" "만년설의 웅혼한 힘"(「불의 산정에서」)으로 드러나기도 하며, "견고한 안개 속에서" "끝내 산정을 이르지 못한 채" "우리 안"에서 "거대한 침묵"(「몽블랑」)의 소리로 듣는 것으로 드러나기도 한다. 그리고 그것이 모성적 힘을 발휘할 때는 "한 손길로 일체를 덮는" "어머니의 바다" "태초의/그 무궁한 온유"(「허공에서부터 집짓기」)의 세계로 나타나기도 하며, 「도강」에서처럼 인식의 수평적 건너뜀, 즉 수평적 확산과 지향으로 드러나기도 한다. 이러한 수평적 확산은 결과적으로 여행으로 표상되는 순례의 길을 따라 이루어진다. 시인은 아직 순례지의 밤을 '假宿'으로 보내며 '새벽별'의 빛나는 정신의 극점을 탐색하는 도정에 있다.

2. 불안한 존재에 대한 물음과 확인 : 길상호

길상호의 『모르는 척』(천년의시작, 2007)은 시인의 두 번째 시집이다. 길상호 시인이 이 시집에서 보여주는 시정신은 불안한 인간 존재에 대한, 혹은 좁게는 자신의 내면세계에 대한 성찰이며 자기 확인이다. 그가 포착해내는 삶과 존재 내면의 다양한 풍경들은 다소 비극적이며 부정적이다. 인간의 삶과 존재에 대한 물음은 철학이 제기하는 물음이기도 하지만 문학, 특히 시는 이러한 문제를 폭넓게 끌어안고 고민한다. 인간이란 무엇인가, 삶이란 무엇인가라는 물음 앞에서 철학은 항상 분명한 명제를 도출해내려고 노력한다. 그러나 문학은 항상 그 명제를 여유 있게 유보해두거나, 답을 제시한다 하여도 대개는 상징적 제시에 그친다. 여기에 문학의 고유성이 있다 하겠는데, 길상호 시인이 바라보는 관점과 포착해낸 시적 대상은 다소 비극적인 측면들이 강하다. 시인이 삶의 어느 부분을 어떻게 바라보느냐에 따라, 헤겔식으로 말하자면 직관적으로 체험되는 생의 순간을 포착하는 데 있어서 어느 부분을 어떻게 바라보느냐에 따라 시의 양상은 달라진다 하겠는데, 길상호의 시는 삶의 비극적 차원을 상징적으로 묘사해내고 있다. 시인은 섬세한 감각과 관찰을 바탕으로 삶의 비극적 차원을 감촉해 나간다.

　길상호의 시는 섬세한 감각과 관찰로 대상을 포착해내는 힘을 지니고 있다. 그리고 그가 포착해낸 대상의 다양한 면모들은 그의 내면과 강한 결속력을 발휘하며 융화된다. 그가 자신의 내면이나 사물을 대하는 감각의 촉수는 예민하며, 그 예민한 촉수는 삶의 다양한 마디를 이루는 측면들을 섬세하게 감각해낸다. 그가 감각해낸 다양한 삶의 측면들은 대개 "우물의 내벽이 금방이라도 무너질 듯 위태로"우며, 그 우물에 "두레박이 닿을 때마다 사이렌의 파장이 물결"치는 것처럼 불안하다. 그것은 어쩌면 "집 나간 아버지의 명치에도 붉은 점이 있었"(「명치에 치명적인 붉은 점이」)던 것처럼, 혹은 "거름이나 되자고 퇴비 속 뜨거운 방에 들어앉아도 썩지 않는 몸, 나는 또 상처의 자리마다 머리칼 하나씩 뽑아" 그린 "아픈 가계도"(「유전 혹은 재활용」)처럼 상처는 유전되거나, 자신의 삶은 유전된 상처의 재활용이라는 인식에서 비롯한다. 그것은 시인의 '아픈 가계도의 유전'적인 천성 탓이기도 하겠지만, 근본적으로 우리의 삶이란, 인간의 운명이란 부조리하고 불안한 탓이리라. 마치 "모든 게 허상이었던 꿈이/내 속에서도 지지직,/혼선을"(「어떤 노숙자」) 일으키듯이 말이다.

삶의 순간 포착, 길상호 시인이 바라보는 삶에 대한 시선은 비극적이며 따뜻한 연민으로 가득 차 있다. 물론 삶을 긍정하고 아름답게 하는 면모를 드러내는 시가 없는 것은 아니다. 가령, 사과의 배꼽을 통해 인연의 아름다운 끈을 노래하는 「향기로운 배꼽」이나, 귤 속의 투명한 자루 속에서 어머니의 눈물을 생각하는 「귤껍질을 까세요」, 떨어진 열매의 빈 자리가 남은 열매를 키우는 힘이라는 것을 노래하는 「열매 떨어진 자리」, 노동 끝에 헤어져 버려진 폐장갑의 아름다운 소멸을 노래하는 「버려진 손」 등은 자기희생과 인간에 대한 깊은 애정을 보여주는 아름다움 시이다. 이와 같은 시들은 삶과 세상을 따뜻하게 바라보려는 시인의 온정과 인간에 대한 이해가 바탕에 깔려 있다. 그러나 인간에 대한 따뜻한 이해와 삶에 대한 긍정에도 불구하고 이 시집을 지배하는 분위기는 흐리다. 시인의 시적 촉수, 그 섬세한 더듬이는 자꾸 삶과 내면의 흐리고 그늘진 구석을 향하고 그것을 어루만지며 감촉해낸다. 다음과 같은 시는 이러한 시적 분위기를 드러내는 좋은 예이다.

> 죽여버릴 테야, 마음이 또 다시 살인을 했다, 아무도 모르는 지하실 철계단 타고 내려와, 딱딱한 어둠 위에 시체를 던졌는데, 쿵우우웅… 바닥이 무거운 비명을 지르더니, 삭은 관절의 뼈처럼 계단이 무너져 내렸다, 이곳에서 유일하게 살아 나를 맞아주던 소리, 삐이걱 삐걱,,, 전에 쌓아둔 시체들이 계단 사이사이 소리를 빼먹은 모양이다, 순간 심장의 맥박도 빠르게 나를 빠져나가고 칼자루처럼 날이 선 마음 도마질을 시작한다, 아… 이제 돌아갈 통로가 없다, 관절을 꺾어 소리를 모아도 만들어낼 수 없는 계단, 처얼컥, 바람이 입구의 철문을 닫고 소리도 없이 사라진다.
>
> ─「계단이 없다」 중에서

길상호의 시는 전체적으로 밝다기보다는 흐리고 음울하다. 이러한 점은 위의 시뿐만 아니라 시인으로서의 자의식이 깊이 투영된 「바다에는 썩은 물고기가 산다」, 「배관 속을 헤엄치던 한 무리 시인들」 등을 사례로 드는 것만으로 족하다. 그의 시는 "몸에 돋아나는 깃털을 뽑아 편지를 쓰는"(「악몽은 머리에 둥지를 틀었다」) 것과 다름 아니어서, 그의 시를 읽고 난 뒤의 느낌은 결코 편안한 것이 아니다. 그의 시는 특별히 과장하거나 너스레를 떨지 않고 마주 앉은 사람에게 말을 건네듯이 진술한다. 그런데 그의 평범한 것 같은 고백과 진술들은 이상하게 읽은 사람을 고통 속으로 몰아가는 불편함이 있다. 그것은 어쩌면 삶의 그늘진 구석을 감촉해내고, 또 인간의 운명이란 결국 비극적일 수밖에 없다는 인식에서 비롯한 것이라 보인다.

위의 시는 어둡고 음울한 분위기가 지배적이다. 이 시에서 '나'는 "마음이 또다시 살인을" 하고 "어둠의 딱딱한 시체"가 쌓여 있는 지하실에서 빠져나갈 통로를 잃고 유폐된 존재이다. 어두운 지하실에 유폐된 자아의 자기 확인은 부정적이다. 자기 확인의 욕망은 끝끝내 "마음이 또다시 살인을 하고" "이제 돌아갈 통로가 없"는 닫힌 꼴을 확인할 뿐이다. 이와 같이 자기 확인의 욕망과 그 확인의 부정성은 이 시집의 상징적 테마소이다. 그것은 결국 인간의 절망적이며 비극적인 속성의 발견과 그에 따른 구속적 운명으로부터 벗어나 해방이라는 두 부분적 테마소를 안쪽으로 끌어안는 상상력에 의해 펼쳐진다.

길상호의 시가 도달하고 있는 존재 확인으로서의 '나' 또는 '인간'의 운명이란 마치 "아무리 길게 뿌리를 뻗어도" 땅에 "닿을 수 없"고 "뜯어먹을 건 네 몸뚱어리뿐"(「양파야 싹을 올리지 말아라」)인 양파와 같고, "어둠에 진이 박"혀 "뜨거운 불 속으로 몸을 던지는"(「나방의 날개」) 나방과 같다. 우리의 생이란 "몇 개 상처를 정강이에 새기며/오래오래 걸은 후에야/집 하나 겨우"(「물의 집을 허물 때」) 얻을 수 있는 것이며, "썩은 내 풍기는 저 무덤 속에서/새파랗게 싹"(「어미를 먹은 기억」)이 자라는 것이고, "불량제품처럼 공장의 레일을 돌다/폐기처분되는"(「서울이여, 안녕」) 얼굴을 하고 있는 것과 같다. 이것은 죽음과 동행하는 인간에 대한 절망적 인식으로부터 비롯되는 상상력의 갈래이다. 이러한 절망적인 인식으로부터 비롯한 비극적 상상력은 길상호의 시를 어둡게 한다.

> 아픈 물방울의 집 한 채,
> 지문 훤히 비치는 문을 열고
> 거기 뜨거운 방 안으로
> 물고기 한 마리 들이고 싶었습니다
> 상한 지느러미로 물살 가르다
> 금방 물 위로 떠오를 것 같은
> 불안한, 너의 생을 눕혀놓고서
> 살살 다독이고 싶었습니다
> 상처는 상로 치유될 것 같아
> 닫힌 자물쇠 바늘로 열면
> 허나 주루룩 눈물 흘러내리는 집,

— 「물의 집을 허물 때」 중에서

길상호 시의 비극성을 이해하는 데 있어서 물의 이미지는 중요하게 작용한다. 이 시집에는 물집, 저수지, 바다, 수족관을 비롯하여 눈물, 안개, 물방울 등 다양한 물의 이미지가 삼투되어 있다. 그런 만큼 그의 시에 나타난 물의 이미지를 분석하는 것은 그의 시를 이해하는 지름길을 제공해 준다. 길상호 시에서 강이나 바다의 이미지가 나타나기도 하지만 그 물은 흐르는 것도 아니며 포효하는 것도 아니다. 길상호 시에 나타나는 물은 「귤껍질을 까세요」에서처럼 모성적이거나 우물처럼 고여 있는 물이다. 그의 물은 위의 시에서처럼 한 군데 고여 있는 물이거나 「심해, 그리고 호수」에서처럼 깊은 물이다. 시인은 자꾸 그 깊은 물 속으로 침잠해 들어간다. 그 물은 고요하게 자신의 내면을 응시할 수 있다는 장점을 가지고 있는 반면에 자신도 모르게 쉽게 썩을 수 있다는 위험이 있다.

이와 같은 고여 있는 물을 통한 내면의 응시는 그래서 늘 불안하고 위태롭다. 그것은 위의 시에서처럼 쉽게 아픈 상처의 "주루룩 눈물"로 흘러 내리는 것이다. 그 물의 집에 사는 물고기조차도 '미친 듯 울부짖는 狂魚'(「수족관의 겨울」)가 되거나, 위의 시에서처럼 "상한 지느러미로 물살"을 가른다. 시인은 깊은 심해나 우물을 지향하지만 심해에서 걷어 올린 언어라는 물고기 역시 "지독한 비린내를 풍"(「바다에는 썩은 물고기가 산다」)기게 되고, "두레박이 닿을 때마다 사이렌의 파장이 물결"치듯 불안하고 "우물의 내벽이 금방이라도 무너질 듯 위태"롭다. 시인에게 그 물은 "시원한 물이 아니라 부들부들 떨고 있는 물살의 그림자"를 하고 있으며, 그렇기 때문에 마셔도 "더 목이"(「명치에 치명적인 붉은 점이」) 마를 수밖에 없는 갈증과 결핍을 유발한다.

길상호는 천진성을 갖고 있는 타고난 시인이다. 그는 어렵고 힘들게 언어를 짜 맞추거나 이미지의 연결을 조직하면서 시를 쓰지 않는다. 그의 시는 내면에서 우러나는 자연스러움이 있다. 시집의 표사에서 이재무 시인이 지적하고 있듯이 "언어에 대한 남다른 자의식"을 갖고 능란하게 언어를 구사하는 능력을 가지고 있다. 그러나 그 자연스럽게 흐르는 시적 언어들에는 상처의 흔적이 짙게 투영되어 있으며, 그 상처로 말미암은 고통스러움이 깔려 있다. 다만 그 고통스러움이 정직한 것이기에 지나친 자기애의 나르시시즘이라는 우물에 빠지지 않는 것이어서 안심이다. 그는 정직하다. 그는 자신의 내면에 도사린 모든 약점을 가감 없이 드러내 고백하는 정직함이 있다. 시인은 변명하지 않고 정직하게 자신의 삶과 인간을 바라본다는 점에서 고통을 과장스럽게 노출시키는 피해망상증 환자들의 시와는 분명히 구별된다.

길상호의 시는 시인 스스로 「자서」에서 말하고 있듯이 "깊은 심해로 들어간 물고기"를 꿈꾼다. 그곳에서 부레에 기름을 가득 채우고 불붙여 환하게 밝을 세상을 꿈꾼다. 그의 "시는 언제 심해에 다다를 것인가?" 그는 지금 아마도 그가 꿈꾸는 심해에 들기 위해 "가혹한 수압을 견디"는 중이라 보인다. 여기에 그의 시의 상상력의 빈터가 자리하는 듯하다. 이 빈터에 불안한 인간 존재에 대한 자기 물음과 결국은 절망적으로 파악될 수밖에 없는 존재에 대한 비극적 인식을 돌파해나갈 새로운 변화의 조짐이 싹트고 있는 것은 아닐까.

3. 삶에 대한 긍정과 사랑 : 박영희

박영희의 『즐거운 세탁』(애지, 2007)은 시인의 네 번째 시집이다. 박영희 시인의 이 시집은 삶과 인간에 대한 근본적인 이해와 사랑이 시집의 밑변을 이루고 있다. 시인이 삶을 바라보는 태도는 긍정적이며, 더불어 인간에 대한 깊은 신뢰와 이해가 바탕에 깔려 있다. 그가 집중적으로 포착해내는 인간 삶의 다양한 풍경들은 "제 구실 못할 것 같아 마당 귀퉁이에 내다 버린" "된장 한 사발 담아보지 못한 항아리"(「마니산 옹기집」) 같이 우리가 소위 말하는 소외되고 중심에서 밀려난 변두리의 일상들이다. 시인은 작고 보잘것없는 변두리 삶의 사소한 부분들을 따뜻한 시선으로 감싸 안고 바라본다. 대상을 바라보는 따뜻한 시선, 거기에 담긴 일관된 애정어린 시선이 이 시집을 따뜻한 온기로 느끼게 하는 효과를 창출하고 있다.

박영희 시인에게 삶은 근본적으로 "물고기가 어항 속에 갇혀 있고/너와 나는 쳇바퀴 속에 갇혀 있"(「탈선」)는 것과 같으며, 우리가 처한 세상은 "동정 없는 세상"(「동정 없는 세상」)이다. 그러나 시인은 그 "동정 없는 세상"에서 삶의 아름다움과 진정성을 발견하고자 애쓴다. 시인은 모든 것들이 함께 섞이고 어우러져 "너울너울 춤을 추"(「즐거운 세탁」)는 세상을 꿈꾼다. 이러한 시인의 세상에 대한 애정 어린 태도는 고물을 주워 생계를 잇는 '노인네'나 "밀리고 밀리다 골목 안 어디쯤"(「틈」)에서 간신히 뿌리내린 풀잎에 눈을 주고, 그렇게 버려지고 떠밀려난 대상에 대해 따뜻한 사랑의 눈길을 주기도 한다. 시인에게 있어서 삶은 근본적으로 궁핍하고 서러운 것이지만, 그것을 따뜻하게 감싸 안으려는 휴머니즘이 배어 있다.

> 아, 얼마나 버틸 수 있을까!
>
> 야트막한 언덕배기에도 숨이 가빠 오고
> 아랫도리는 고개 떨군 지 벌써 닷새째
>
> 그 길로 아내가 야반도주하고,
> 카지노 입구 전당포에 잡힌 승용차도
> 반나절 만에 바닥을 드러낸다
> 이제 무엇이 남았는가
>
> 찾아왔던 길 끊기고
> 이 할의 희망마저 바닥이 나고
> 저기, 쥐구멍 하나 보인다
>
> 廢鑛이다.

— 「또 다른 막장」 중에서

박영희 시인에게 삶은 "또 다른 막장"이다. "찾아왔던 길 끊기고" 작은 "희망마저 바닥"난 "廢鑛"이다. 그럼에도 불구하고 시인은 그 폐광에서 희망의 끈을 놓지 않는다. 시인은 어떻게든 그러한 현실에서 사랑을 찾으려 노력한다. 시인이 궁핍한 현실에서도 "참 살맛나는 날들"(「장마가 지나간 옥상」)이라 외칠 수 있는 것은 바로 삶에 대한 긍정에서 비롯하는 것이다. "길 끊기고" "희망마저 바닥"난 폐광의 풍경은 그로테스크하다. 이 폐광의 풍경은 그야말로 막장인데 그 막장을 희망을 가지고 건너려는 시인이 박영희가 아닌가 싶다. 그는 막장의 현실에서 "저어기 저것은 지구의 외아들 다알!/저어기 저것은 우주의 미인 그음성!"(「행복」)을 바라보는 시인이다. 그는 "찬바람 내통하던 흉흉한 빈터" 공사장의 "고개 내민 사내의 낯빛"(「봄소식—철산에게」)에서 환한 표정을 읽을 줄 아는 시인이다.

구도와 상처와 사랑의 체위 249

　　사실 박영희 시인에게 정치경제적 현실에 대한 인식이나 그것을 극복해 보려는 열정은 이 전의 시집에서보다 매우 빈곤하게 나타난다. 가령,「동정 없는 세상」이나「조선족」,「예수가 떠난 십자가」,「유언장 받아쓰기」등과 같은 작품에서 시인의 현실인식이 드러나지 않는 것은 아니지만 단지 우리의 일상을 이루고 있는 소외와 소멸의 아우라 속에서도 희망을 잃지 않고 삶을 꾸려나가고자 하는 강한 의지를 내보인다. 삶의 소소한 부분에서 혹은 궁핍한 삶에서도 시인은 희망의 끈을 놓지 않는다. 시인이 처한 궁핍한 현실에서 희망의 끈을 놓지 않고 삶의 작은 부분에서 행복을 느끼는 이러한 자세는 자칫 삶을 자기충족적으로 누리고 있다는 혹은 자기연민에 빠질 수 있다는 비판을 받을 여지가 있기는 하지만 그것은 삶과 인간에 대한 근본적인 사랑과 이해를 바탕으로 하고 있다는 점에서 그의 시의 특장이 있다. 그것을 생명에 대한 긍정이라 해도 무방하리라.

　　소외된 삶에 대해 혹은 부조리한 현실에 대해 소리를 높이기보다는 차분한 자세를 견지하기는 쉽지 않기 때문에 그의 시는 더욱 가치를 지닌다. 박영희 시인의 초기시는 박남준이 이번 시집의 발문에서 지적하고 있듯이 "어긋난 세상에 대한 격한 목소리"가 짙게 배어 있었다. 또 시인이 80년대 광주에서 '해방시' 동인으로 활동했으며 국가보안법 위반으로 구속되어 옥살이를 한 적이 있다는 전력은 그의 시의 세계를 가늠할 수 있는 준거를 제공해주는 정보이다. 그런데 이제 시인은 예전처럼 목적 지향적인 것을 앞세우지 않고 차분하게 삶을 긍정하고 이해하려는 태도로 변화하였다. 시인은 우리의 현실이 막장이라는 것을 인정하면서도 그러한 현실을 돌파하는 데 있어서 큰 목소리보다는 그것을 묵묵히 지탱하고 견뎌내는 일에 주목하고 있다. 그는 막장 같은 세상에서 수 없이 "그렇게 속았"지만 "틈 하나 보이는 것 같아서" "비구름 안개 속 문 하나 보이는 것 같아서" "질긴 꿈" "질긴 희망"(「질긴 희망」)을 포기하지 않는다.

이날 이때껏

'사랑'이라는 말 한 번도 입 밖으로 흘린 적 없건만

옮겨가는 자리마다 꽃 피어나신다

— 「어머니」 전문

박영희 시인이 이 시집에서 보여주는 생명에 대한 깊은 연민과 사랑은 곧잘 어머니를 추억하는 시에서 잘 드러난다. 어머니의 모성은 근본적으로 생명을 보듬어 안는 포용력을 지닌 존재이다. 그에게 어머니는 "'사랑'이라는 말"을 "한 번도 입 밖으로 흘린 적 없"지만 "옮겨가는 자리마다 꽃"을 피우는 존재이다. 삶은 언제나 쓸쓸히 떠날 수밖에 없는 길이고, 그래서 "가던 길에 짓밟히고/오던 길에 짓밟혀 신음을 깨물고도/아프다는 한 마디 없이/텅 빈 길 홀로 늙어가는" "세상의 모든 역은 어머니를 닮았다"(「추전역에서」)는 것과 같이 어머니의 삶을 통해 현실을 견뎌내려고 한다.

박영희 시인이 삶을 바라보고 또 살아가는 태도는 이제 매우 성숙한 지경에 이르렀다. 시인은 막장 같은 폐광의 동정 없는 세상을 따뜻하게 견인하고자 한다. 그 견인력은 생명에 대한 긍정에서 오는 것이며, 사랑이 파급하는 것이다. 박영희 시인이 내딛는 걸음은 "질긴 희망"과 "질긴 꿈"을 품고 있는 것이어서 따뜻할 것이다. 마치 그에게 길이란 떠나는 것이 아니라 "누군가에게 돌아가는 길"(「청운 스님」)이기 때문에 그에게는 어두운 밤길조차도 따뜻할 것이다.

불이不二의 세계와 사원의 말
— 이은봉의 『책바위』, 송준영의 『습득』

1. 사원의 말과 인식

계몽주의 이전 중세철학은 신본중심이라 해도 과언이 아니다. 세계의 중심에는 신이 있었고, 그것을 깨트리고 인간을 발견하며 탄생한 것이 근대 서구 철학이다. 인간이 세계의 중심에 있는 인본주의적 사유의 중심에는 인간의 이성에 대한 철저한 신뢰를 바탕으로 한다. 이러한 근대 서구의 철학은 한결같이 인간과 세계의 관계에 있어서 항상 인간을 우위에 두고 중시하였다. 이에 대해서는 보다 세세한 논의가 필요하겠지만, 분명한 것은 인간의 이성을 초월해 있는, 혹은 이성과 대립하는 영역에 존재하는 실체나 가치, 현상들에 대해서는 관심을 두지 않은 것은 사실이다. 이성, 의식, 정신, 합리 등의 빗금 저편에 자리한 감성이나 영성, 감정이나 감각과 같은 실체들은 근대철학의 주요 관심사가 아니었다.

인간의 삶에서 가치의 변화는 세계의 중심이 바뀌었다는 것을 의미한다. 그러니까 인간은 신이 중심인 신본주의에서 인간이 중심인 인본주의로, 그리고 어느새 여기에서 물신物神이 중심인 후기자본주의의 물본주의 세계로 옮겨와 살고 있다. 신격이 인격에게 밀려나고, 이제 물격物格이 가치의 중심을 차지하자, 그것을 비판하고 거부하는 철학과 미학적 사유를 추구하게 되었다. 시도 역시 이와 같은 저간의 상황 변화에 자유로울 수 없다. 시인들은 이성중심의 현실원칙을 부정하고 비판하며, 전복하고 위반하는 방식을 통해 현실에 저항한다. 그럼으로써 시인들은 인간중심적인 도구적 이성을 반성적으로 성찰하고 삶의 자유로운 영역을 끊임없이 확장해 나가고자 한다.

이은봉과 송준영 시인의 시집은 인간의 이성과 합리적 정신을 중심으로 하는 철학적 사유체계, 간단히 말해 이성적 현실원칙에 의해 지배되고 있는 현실에 대한 반성적 성찰의 계기를 마련해주고 있다. 두 시인의 시는 일상적·세속적·경험적·현실적 억압과 결핍의 풍경에 대한 반-풍경이다. 송준영 시인은 보다 형식적이고 본질적인 차원에서 언어실험을 통해 돈오頓悟의 순간을 포착하기도 하고, 이것이 무엇인가라는 시심마是甚麼에 대한 답을 찾는데 주력하며, 차이와 분별의 모든 경계를 허물고자 하는 선적 상상력을 보여준다.

이은봉의 시집은 인간중심적이며 이성중심적 사유와 인식, 그리고 자본주의적 질서에 대한 저항의 지점에서 이를 비판하고 새로운 대안을 모색한다. 이은봉 시인은 자본주의의 모순과 부조리, 인간중심적인 사유를 극복하고 돌파할 수 있는 새로운 대안을 불교 철학에 기초한 동양적 사유에서 찾는다. 세계의 중심에는 신이 있었고, 그것을 깨트리고 인간을 발견하며 탄생한 것이 근대 서구 철학이다. 인간이 세계의 중심에 있는 인본주의적 사유의 중심에는 인간의 이성에 대한 철저한 신뢰를 바탕으로 한다. 자본주의적 질서는 여기에 토대를 두고 있다. 따라서 이은봉 시집을 관통하는 시적 사유는 인간중심적이며 이성중심적 경험세계와 현실원칙의 세속적 일상, 특히 자본주의적 논리에 대한 반-논리, 그것이 감추고 있는 정체에 대한 반-정체성이다.

2. 죽음의 정서와 생의 윤리 : 이은봉

이은봉 시인은 분열되고 해체된, 그러니까 시인의 말대로 "죽음의 정서"(「자서」)로 넘실대는 자본주의적 근대의 풍경과 근대적 사유가 낳은 폐해, 그리고 그것을 불교적 상상력을 바탕으로 돌파하려는 강한 의지를 보여준다. 이은봉 시인은 시집 『책바위』(천년의시작, 2008)를 내면서 이번 시집에 대해 자세하게 자신의 시적 의도를 밝힌 바 있다. 자신의 인터넷 홈페이지에 「죽음의 정서들 밖으로 내는 쬐그만 창」이라는 제목으로 게재된 이 글에서 시인은 이 시집의 시론적 입장을 비교적 명료하게 밝히고 있다. 이 글에서 따르면 이 시집은 의도를 가지고 제작된 '쓰는 시'를 지향한 결과이다. 여기에서 의도를 가지고 제작된 '쓰는 시'가 지시하는 바는 바로 자본주의적 사유체계와 가치체계에 대한 비판적 인식이다. 따라서 그의 시는 형상의 시라기보다는 인식의 시로 볼 수 있다. 때문에 그의 시는 서정 주체의 해석하고 판단한 가치나 의미체계를 독자가 적극적으로 인지하기를 요구한다.

시인의 말대로 후기자본주의 시대에 자아는 과잉 조장되어 타자(세계)를 억압하고 있으며, 이러한 인간중심적인 사유는 생명의 통합된 정서보다는 분열되고 해체된 죽음의 정서를 배태하게 마련이다. 시인은 이를 극복하기 위한 방법을 동양적 세계관, 보다 구체적으로는 불교적 세계관에서 찾는다. 이것은 "이 시집을 이루는 기본정신이 불교적"이라 피력하는 데에 잘 나타나 있다. 그래서 시인은 자아를 타자화하고, 타자를 자아화하는 방식으로 세계와 '나'를 바라보고 인식하려 한다. 이러한 인식 태도는 자아/타자, 주체/객체, 인간/세계, 유정/무정 사이의 관계에서 자아, 주체, 인간, 유정중심의 우월적 차이와 분별을 넘어선 전일적 세계관을 지향하는 것이다. 그런 면에서 시인은 모든 존재를 평등하게 바라보는 동체대비同體大悲적 윤리관을 견지한다. 시인은 차이와 분별을 부정하는 한편, 이 세계를 분리되고 파편화된 부분들의 집합체가 아니라 하나의 통합된 전체로 보는 전일적 세계관을 지향한다. 그럼으로써 후기자본주의 시대의 분열되고 해체된 파편화된 정서, 곧 죽음의 정서를 돌파해 나가고자 한다.

> 이미 너는 없다 달리는 핵폭탄이다 너무 위험하다
> 이번 생에는 모두 바퀴 달린 핵폭탄이다
> 절벽을 뚫어 미래를 만드는 너, 너만이 아니다 더러는 식당차의 창밖 풍경이나 내다보고 있는 쭈그러진 내 몰골까지도 달린다
> 너는 달리는 죽음이다 자본주의다
> 달리는 자본주의여 푸른 피를 흘리며 끝내 강물 위에 다리를 놓는 이데올로기여
>
> 다리를 다 놓고 나면 너는 그냥 한줌 재로 미끄러져 내려야 한다
> 핵폭탄이 터지고, 핵폭풍이 일고, 이윽고 스쳐 지나가는 창밖의 황량한 들판이 되어야 한다
> 거기 쓸쓸하게 말라 죽은
> 한 그루 물푸레나무가 되어야 한다 허공을 떠도는 한 점 먼지가 되어야 한다
> 아직 한여름인 줄 알고 온갖 욕망들 자랑이나 하는 나도, 기관차도, 핵폭탄도, 절벽을 뚫는 마음도……

―「달리는 핵폭탄」 중에서

인용 시는 시인의 자본주의적 근대에 대한 현실인식의 척도를 극단적으로 가늠할 수 있는 작품이다. 안드레이 타르코프스키의 영화 「희생」을 떠올리게 하는 위의 시는 그대로 묵시록적 이미지로 가득하다. 마태 수난곡의 아름다운 아리아로 시작해서 끝나는 이 영화의 끝 장면은 시든 고목이 되어버린 '생명의 나무'에 말을 잃어버린 소년의 물주는 모습이다. 여기에서 앙상하게 시든 고목에 물주는 소년의 행위는 우리 시대의 예술과 예술가의 역할이 무엇인가를 잘 보여준다. 우리가 이 영화에서 전달받은 메시지처럼 이 시도 세계는 이미 "달리는 것이 미래"인 "바퀴 달린 핵폭탄"이 언제 터질지 모르는 묵시록적 파멸로 치닫고 있으며, 우리들은 현

재 선택의 기로에 서 있다는 것을 은유적으로 전달한다. 그리고 구원은 다른 데 있지 않고 인간중심주의의 사유방식에서 벗어나 자기희생을 받아들이고 실천할 때만이 가능하다는 것, 우리는 죽은 고목에 물을 주듯 무언가 다시 시작해야 한다는 메시지를 전달하고 있다.

우리 사회는 지난 시대의 정치적 억압과는 다른 형태의 새로운 적과 만나게 되었다. 혁명적 이념이 퇴조한 자리에 대신 들어선 새로운 적은 후기자본주의의 물신의 이데올로기와 자본에 의한 의식의 식민화, 영성의 식민화이다. 후기자본주의의 일상적 풍경은 매혹적이다. 이러한 풍요롭고 매혹적인 외관 밑에 자리한 거대한 동공은 블랙홀과 같아서 우리의 반성적 성찰을 일거에 무력화시키고, 자본의 막강한 지배력은 불가사리처럼 우리의 의식을 점령하여 마비시킨다. 화자는 이러한 자본주의의 매혹적 풍경 이면에 도사리고 있는 죽음과 추락의 공포와 파멸을 감지하고, 이를 반성적으로 성찰하는 것이다. 시인은 이 시를 통해『향수』에서처럼 우리는 물과 불꽃, 그리고 재만 남은 자리에서 소년처럼 고목이 되어버린 '생명의 나무'에 물을 새롭게 주어야 할 때가 지금이라는 것을 말한다. 시인은 그러한 메시지를 '재'의 이미지, 그리고 "핵폭탄이 터지고, 핵폭풍이 일고, 이윽고 스쳐 지나가는 창밖의 황량한 들판"의 "거기 쓸쓸하게 말라 죽은/한 그루 물푸레나무"와 "허공을 떠도는 한 점 먼지"의 묵시록적 이미지를 통해 구현하고 있다.

통제되지 않는 욕망의 무한질주를 달리는 자본주의는 화자의 표현처럼 죽음, 핵폭탄을 싣고 달리는 기관차이다. 자본주의의 매혹은 추락의 공포, 시인이 말하는 '죽음의 정서'를 배면에 거느리고 있다. 죽음의 정서가 기인하는 연원은 자본의 이데올로기와 무한대로 팽창하는 물신적 욕망의 막강한 지배력에서 온다. 자본주의적 근대의 풍경은 풍요와 안락한 이미지의 매혹적인 얼굴로 우리에게 손짓한다. 후기자본주의적 일상이 제공하는 매혹적인 유혹으로부터 우리는 자유로울 수 없으며, 때문에 물신적 욕망에 마비된 의식은 그 밑에 도사리고 있는 환멸의 심연을 인식하지 못한다. 왜냐하면 자본으로 무장한 "제국은 자학과 혐오를 장진한 기관단총, 따르르 따르르 쏘아대"며 "세상 가득 포탄 연기로 덮"(「항복항복」)어 우리의 반성적 성찰을 일거에 무력화시키고 마비시키기 때문이다.

이러한 후기자본주의 특성인 분열되고 해체되었으며, 마비되고 무력한 의식에 뿌리를 내리고 있는 죽음의 정서는 곧잘 의인화, 혹은 주체화된 고독, 소외, 상실, 염증, 피곤, 절망, 불안, 초조, 공포, 설움, 우울, 싫증, 짜증, 권태 등의 감정 상태로 그의 시에 단골 종목으로 등장한다. 가령 이러한 감정이 시의 제목으로 쓰인 사례, 즉 「우울」, 「설움」, 「환멸」, 「지렁이, 슬픔」, 「검은 짜증」, 「권태」, 「싫증」, 「공포에 대한 단장」, 「구역질」, 「호숫가 수치심」 등에서 보기 좋게 드러난다. 그렇다면 시인은 왜 이토록 불온하고 불결한 죽음의 정서, 질병에 가까운 증상을 문제 삼는가에 대해 답해야 할 때이다. 그것은 한마디로 불온하고 불결한 정서적 증상이 후기근대의 사회적 증상이며 질병이라는 인식에서 기인한 것으로, 시인은 이의 형상화를 통해 그러한 질병적 현실에 대한 반성적 사유를 이끌어내려는 의도를 지니고 있다. 왜냐하면 이러한 불온하고 불결한 죽음의 정서란 이상이나 희망, 환상이 사라진 현실을 확인하는 환멸의 경험을 말하기 때문이다. 결국 시인은 불온하고 불결한 질병적 증상의 형상화를 통해 후기근대의 확신에 찬 이념들과 삶의 방식에 대한 부정적 경험을 일깨우고자 하는 것이다. 그것은 후기근대의 이데올로기가 작동하는 풍요와 행복, 안락과 편리의 물신적 욕망의 신비화를 걷어낸다. 그것은 정당성을 상실한 후기근대의 부조리와 모순, 그리고 고통스런 우리의 현재의 얼굴을 직시하게 만든다.

> 그늘 위에 누워 뒹굴고 있는 옹기종기 작은 절집들, 절집들 같은 큰 가슴들,
> 송이송이 연꽃 피우는 일이 어디 쉽니?

쉽지 않아 연꽃은, 생은 아름다운 거니? 곱씹어가며 여기 저기 묻다 보면 진흙
소는 벌써 사르르 녹아버리지 흐르는 물이 되어 흐르지

화들짝 물여울의 피라미 떼로 오르는 노을 속 일찍 뜬 몇 개의 별들, 허리 굽
혀 어느덧 없는 마음 내려다보고 있잖니?

마음 이미 진흙소처럼 죄 녹아 흐르지 않니? 물처럼 죄 녹아 흐르지 않니?
그렇지 않니? 아침 해, 하늘 가득 또다시 진흙소의 둥근 수레바퀴로 떠오르잖
니?

—「진흙소, 그늘」 중에서

시인은 후기자본주의 시대에 팽만한 죽음의 정서를 끊임없이 문제 삼
으며, 그것을 전일적이며 통합된 생명의 정서로 전환하고자 노력한다. 이
시집의 시론적 입장을 밝히고 있는 앞의 글에 따르면 "감정의 주인은 밤
의 정서를 낮의 정서로, 죽음의 감정을 생명의 감정으로 전환시킬 수 있
는 사람"이라고 시인은 말한다. 이때 죽음의 정서가 분리, 분열, 폐쇄, 소
외, 환멸, 결핍의 부정적 정서라면 생명의 정서는 통합된 정서로서 행복,
충만, 기쁨이라는 긍정적인 전일적 생명의 감정이다. 생명의 정서는 충족
의 정서로서 "하나됨의 정서, 곧 일치의 정서이다. 이들 감정의 경우 실제
로는 하나이면서 둘인 형태로, 둘이면서 하나인 형태"로서 불일이불이不一
而不二의 감정세계를 일컫는다. 시인은 이것을 "불이不二의 정서"라 부르는
데, 인용 시는 그러한 시인의 사유의 일면을 엿볼 수 있는 작품들 가운데
하나이다.

'그늘'과 '진흙소'[泥牛], '불타와 나무'(「불타는 나무」), "제 몸 허옇게 태
워" "燒身供養"(「연탄재」)한 연탄재는 끊임없이 연기緣起를 이루는 우주 삼
라만상의 존재원리나 본성을 나타내는 대상이다. 동양적 사고, 특히 불교
의 선종에서는 인간중심주의를 용납하지 않는다. 『잡아함경』의 "이것이
있으므로 저것이 있고, 이것이 없으면 따라서 저것도 없어지며, 이것이 생

겨남에 따라 저것도 생겨나는 것이며, 이것이 없어지면 곧 저것도 없어지게 된다[此有故 彼有 此無故 彼無 此生故 彼生 此滅故 彼滅]"는 선적 인식은 주체와 타자의 차이를 분별하여 사유하는 서구적 사유 태도와는 근본적으로 다르게 자아와 세계를 연기緣起의 관계, 상호의존적이며 호혜적인 관계로 인식하는 태도를 잘 보여준다. 시인은 '진흙소'나 '그늘'을 통해 끊임없이 순환 변전의 연기를 거듭하는 관계로 세계를 이해한다. 시인 스스로도 밝히고 있듯이 이러한 시적 사유와 세계관은 「서산 마애불」이나 「개미들의 집」, 「접는 의자」, 「진흙소」 등의 작품에서도 잘 반영되어 있다.

이와 같이 세계를 불이의 관계성으로 이해하는 것은 이 세상 모든 존재들은 수많은 조건들이 서로 결합하여 발생한다는 상호의존적인 세계관적 원리로 받아들여진다. 이것과 저것, 주체와 타자, 자아와 세계는 서로 독립된 존재가 아니라 '그늘과 햇빛'의 상호의존적 관계에서 생겨난 존재이다. 시간의 변전 순환에 따라 "진흙소는 벌써 사르르 녹아" "흐르는 물이 되어 흐르"는 관계는 곧 이 세상 만물 중에는 영원불변한 고정적 존재가 있을 수 없다는 제행무상諸行無常과 독립된 실체도 있을 수 없다[諸法無我]는 인식을 그대로 드러내는 것이다. 내가 고정적이고 독립적인 존재가 아니라는 생각은 주체와 타자의 절대적 평등을 전제로 한다는 자타불이自他不二의 세계관이 시인이 말하는 '불이不二의 정서'이며, 이 시는 이러한 불이의 정서를 고스란히 담아내고 있다.

자아와 타자가 고정적이고 독립적으로 존재하거나 서로 분리되고 파편화된 상태의 고립된 존재로서 둘이 아니라 하나라는 시인의 인식은 따라서 자아와 세계가 한 뿌리에서 나온 것이라는 물아동근物我同根이라는 인식과 상통한다. 모든 존재를 평등하게 바라보려는 시인의 동체대비적인 윤리관은 이 세계를 분리되고 고립된 존재들의 집합체가 아니라 하나의 통합되고 상호의존적인 전체로 바라보는 전일적 세계관이라 할 수 있다. 이처럼 주체와 타자를 구별하지 않고 평등한 관계로 보는 연기론적 태도의 실천을 이른바 자비慈悲라 할 수 있겠는데, 시인은 인간의 관심이 유정물뿐만 아니라 무정물에까지 두루 미친다는 생명주의적 윤리관을 '불이의 정서'를 통해 내세운다. 이와 같은 전일적holistic이며 생명주의적 세계관을 통해 시인은 후기근대의 죽음과 파멸과 환멸의 정서를 넘어서고자 한다.

3. 사원의 말, 혹은 언어의 경전 : 송준영

시를 파자破字하여 그 뜻을 풀어보면, 사원[寺]에서 쓰는 말[言], 혹은 언어[言]의 경전[寺]이다. 시는 그러므로 사원의 말, 언어의 사원이며, 시인은 그 언어사원의 사제이다. 사원의 수도승들은 묵언默言이라는 수행의 한 방법으로 말을 하지 않는 경우도 있다. 언어를 부리는 시인의 정신도 이와 같아서 압축과 상징, 비약과 역설로 이루어진 비일상적이고 초논리적 양상을 띤다. 시인들은 말하지 않는 역설적 방식으로 말하려 하는 사원의 사제들이다. 언어사원의 사제들은 기존 언어에 대한 부정과 초월, 그리고 직관적 통찰을 통해 일상의 어법과는 전혀 다른 시적 문법을 형성한다.

시인의 이러한 비일상적 어법은 언어를 부정하되 언어로 표현하는 선적 인식과 많이 닮아 있다. 선사들이 법이나 진리를 구하는 것은 이 세계와 삶을 이해할 수 있는 하나의 법칙이나 원리를 찾고자 하는 행위일 것이다. 그런 점에서 본다면 그들은 대부분 철학자들과 마찬가지로 관념론자이다. 다른 점이 있다면 그들은 그 원리나 법칙을 논리나 이성으로 세우지 않고 직관의 언어로 세운다는 점이다. 그래서 그들의 법은 불립문자不立文字의 언어이다. 송준영의 시집 『습득』은 불립문자의 언저리 어디쯤, 시선일여詩禪一如의 경지 어디쯤을 지시한다. 그의 시는 언어실험이나 선적 통찰과 직관의 세계, 개인적 깨달음의 돈오頓悟의 세계를 추구하는 선사의 것에 치우쳐 있다. 그러므로 송준영의 시는 현대시에서 선시의 전통적 맥락을 모범적으로 보여주는 사례라 할 수 있다.

칸나가 있던 남대천 둔치에
칸나가 없고
칸나가 없는 자리엔 낮은 포복을 하던 짙은 구름 한 쪽이
칸나의 불붙는 궁둥이 자국이 난 바위에 걸터앉아
칸나의 작년을 생각하고
칸나는 흔적 없고
칸나가 피던 작년은 흔적 없고
칸나의 생각만 피어 있고
칸나가 핀 자리는 없고
칸나만 피고

— 「칸나」 중에서

인용 시는 송준영 시세계의 전체적인 면모를 한 눈에 파악할 수 있게 해주는 작품이다. 우선 언어에 대한 자의식이다. 그의 시는 모든 언어는 기존하는 상투적인 관념에 물들어 있다는 언어에 대한 자의식으로부터 출발한다. 우리의 시각은 관습화되어 있고, 우리가 사용하는 언어는 관념의 때가 잔뜩 묻어 있다. 우리는 언어를 통해 사물이나 사상, 관념을 드러낸다. 그러나 노자의 전언처럼 이름 붙여진 것은 이미 도道가 아니다. 대상을 언어적 표현으로 드러내는 순간 그것의 진면목, 그러니까 본질 혹은 진리 따위의 본모습은 사라지는 이율배반적인 기능을 하는 것이 언어이다. 송준영은 이러한 인식에 기초하여 언어를 관념으로부터 분리하고, 언어에 덧씌워진 관념의 때를 제거하고자 한다. 위의 시는 '칸나'라 이름 지어진 꽃에 붙은 언어적 관념의 때를 벗긴다. '칸나'는 화자의 관념과는 무관하게 그저 있을 뿐이다. 그것은 자재自在하는 것이다.

어떤 사람이나 사물이든 그것을 이름으로 호명할 때 그것은 비로소 내게 특별한 존재로 다가온다. 그러나 하나의 사상事象에 특정한 이름을 붙이는 행위와 그것의 본질을 정확하게 이해하는 일은 다르다. 가을날의 길가에 피어 있는 칸나는 무수한 꽃과 풀과 나무를, 식물 전체, 아니 살아있

는 우주의 전체를 구성하는 부분으로 한결같이 소중한 존재이다. 우리는 꽃의 색깔이나 모양, 피고 짐, 그 쓰임에 따라 거기에 그럴듯한 이름을 붙이고 그에 걸맞은 꽃말을 지어내고 거기에 그럴듯한 이야기를 꾸며 붙였다. 그것은 무척 아름답고 숭고한, 혹은 슬프고 사랑스런, 혹은 가능성과 희망, 혹은 무상과 덧없음 등등의 상상력의 발현이었을지 몰라도 오랜 시간이 흐르면서 애초에 그 꽃이 가지고 있는 신선하고 충격적인 감동은 사라지고 말았다. 화자가 칸나라는 꽃의 이름을 부르며 끊임없이 그것의 있고 없음을 연상해 나가는 것은 이름에 구속되어 있는 낡은 언어의 관습, 언어의 고정관념, 언어에 묻은 때로부터 그들의 자유를 회복시켜주고자 하는 의도에서 연유한다.

위의 시의 진술은 초현실주의자의 자동기술법을 연상하게 만들며, 역설적인 모순어법, 언어유희을 느끼게 한다. 화자는 "칸나가 있던" 자리엔 "칸나가 없고", "칸나가 없는 자리엔" "구름 한 쪽이" "칸나의 작년을 생각"한다. 하지만 "칸나는 흔적 없고/칸나가 피던 작년"도 "흔적 없고/칸나의 생각만 있고", 또 역설적으로 "칸나가 핀 자리는 없고/칸나만 피고" 있다. 화자는 이와 같이 칸나의 있고 없음을 통해 이 우주 속에 수를 셀 수 없이 무수하게 존재하는 있음의 세계를 보고 있다. 그러나 그 '있음'의 세계는 '없음'의 세계와 동음이의이다. 그는 '있음'의 세계를 보게 하면서 동시에 허공, 무, 빔 등과 같은 세계를 보는 것이다. 있음인 색色이 공空이고, '없음'인 공이 색임을 말하면서 색즉시공 공즉시색色卽是空 空卽是色의 원리를 구현한다. 그것은 곧 '다름'이 '같음'이 되고 '같음'이 '다름'이 되는 만상이 융합하는 불이不二의 세계와 통하는 것이다. 불이의 세계는 이은봉 시에서도 잠깐 언급했듯이 이것과 저것이 다르며, 이것이 저것보다 우월하다는 차이와 분별의 인간중심적 사유가 아니라 우주만물은 수많은 조건들이 서로 결합하여 발생한다는 상호의존적 세계관의 원리를 말한다.

선시가 언어 너머의 궁극적 세계를 지향하듯 모더니즘적 현대시, 특히 아방가르드 경향의 실험성이 강한 시도 역시 언어의 상투적 관념성에 저항하면서 언어 너머의 궁극의 본질적 세계에 다다르고자 한다. 그리고 선시와 아방가르드적 시의 유사성은 이미 제기되어온 문제이기도 한 것을 볼 때, 송준영의 선시가 전위적 성향을 지닌다는 것은 쉬이 알 수 있는 사실이다. 이 점에서 송준영 시는 고전적 선시의 특성을 고수하기보다는 이를 현대적으로 변용하는 데 특성이 있다. 그의 시는 선적 깨달음을 저변에 깔면서 언어적 실험과 파격이라는 선시 본연의 특성을 현대적으로 변용한다. 이와 같은 사실은 이승훈 시인이 시집 표사에 "불교적 상상력 혹은 선적 감각을 토대로 현실을 노래하고 선시의 현대적 수용 문제에도 관심을 기울이고 선시의 대중화에도 남다른 노력을 기울인 시인"이라 평한 데에서도 드러나는 바이다.

가령 인용 시 「칸나」는 시의 전체 5연 가운데 1연이다. 이후 2연의 "칸나가 처음 꽃이 핀 날은 신문이 오지 않았고/칸나가 핀 날은 아무 일도 일어나지 않고 다음 날 소나기가 왔고"는 오규원의 「칸나」 변용이다. 그리고 3연의 "칸나란 제목 아래 까만 겉눈썹도 젖은 눈시울도 이젠 없고/또 너무 많은 하늘이 남의 집 울타리에 하릴없이 다리 하나 걸치고"는 김춘수의 「칸나」 변용이다. 아울러 4연의 "칸나 속에서/칸나와 함께/칸나에 대한 시나 쓰고"는 이승훈의 「칸나」 변용이다. 이를 통해 시인은 다른 시인들의 시를 패러디 혹은 혼성모방하고 있음을 알 수 있다. 그가 포스트모더니즘의 기법인 혼성모방을 통해 인용하고 있는 시인들은 모두 잘 알려져 있듯이 언어에 대한 강한 자의식과 실험적 시정신을 남다르게 소유한 시인들이다. 이런 차원에서 보아도 그의 선적 깨달음이 어디를 향하고 있는지 알 수 있다. 송준영의 시집을 읽으며 육조 혜능의 '不立文字 敎外別傳 直指人心 見性成佛'이라는 문구는 내내 읽는 이의 머릿속을 떠돌아다녔다.

4. 글을 맺으며

인간 이성에 대한 신뢰는 인간과 세계의 관계에서 인간을 우월한 존재로 여기게 하는 배경을 이룬다. 그러나 동양적 사유, 특히 불교나 노장적 사유 등에서는 인간중심주의적이며 이성중심적 사유를 용납하지 않는다. 이에 대한 필자의 견해는 내세울 것이 못된다. 하지만 이들 동양적 사유에서는 이것과 저것이 다르며, 이것이 저것보다 우월하다는 차이와 분별을 용납하지 않으며, 같은 맥락에서 현실과 이상, 꿈과 실재, 의식과 환상을 철저히 분별하는 서구의 이분적 사유와는 다르다는 것만은 분명한 것처럼 보인다. 이러한 맥락에서 이은봉과 송준영의 시는 불교적 세계관을 바탕에 깔고 있다.

이은봉과 송준영의 두 시집은 공히 불교적 세계관을 지향한다. 그러나 이은봉 시집이 보다 현실적으로 자본주의적 근대에 대한 대안적 요소를 불교적 세계관에서 찾고 있다는 측면에서 현실주의자적 풍모를 보인다. 이은봉의 시집이 현실적 사안에 민감하게 반응한다면, 송준영의 시집은 깨달음의 마음 어디쯤에 닿아 있다. 그는 언어실험이나 선적 통찰과 직관의 세계, 개인적 깨달음의 돈오頓悟의 세계를 추구하는 선사의 것에 치우쳐 있다는 점에서 이은봉의 시집과는 다르다. 선사들이 법이나 진리를 구하는 것은 이 세계와 삶을 이해할 수 있는 하나의 법칙이나 원리를 찾고자 하는 행위일 것이다. 그들은 그 원리나 법칙을 논리나 이성으로 세우지 않고 직관의 언어로 세운다는 점이다. 그래서 그들의 법은 불립문자不立文字의 언어이다.

이은봉과 송준영의 시는 불교적 사유와 현대시의 관련양상을 밀도 깊이 관찰할 수 있는 사례를 제시해주고 있다. 특히 후기근대의 인간중심주의적이며 이성중심중적인 사유체계와 가치체계에 대한 반성과 성찰은 불교적 세계관과 같은 동양적 사유의 패러다임을 주목하게 한다. 그것은 서

구 근대를 추동하는 사유체계와는 다르게 동양적 사유가 지니고 있는 전
일주의적이며 전체론적인 세계관에서 비롯한 것이다. 인간의 이성에 대한
철저한 신뢰에 기초한 과학혁명과 산업혁명 이래 근대 자본주의의 기술과
경제 논리는 인간의 자유와 행복, 풍요와 해방을 이루기 위해서 자연의
한계를 극복해야 한다는 이데올로기를 계속적으로 강화해 왔다. 생태론자
들이 말하는 것처럼 인간의 자유와 행복이 자연으로부터의 지속적인 해방
의 과정, 이성과 합리성의 능력으로 자연의 과정으로부터 독립하고 그 과
정을 지배하는 데 달려 있다는 이러한 생각은 인간중심적 가치관과 도구
적 세계관을 가장 잘 보여준다. 따라서 근대가 가져온 전지구적 위기감이
확산된 오늘날 불교적 세계관은 그것을 대체할 수 있는 유효한 방법론이
다. 때문에 한국 현대시에서 불교적 세계관과 상상력, 넓게는 동양적 사유
는 증대할 것으로 보인다.

동일성의 세계와 환상의 윤리학
— 정재영의 『벽과 꽃』, 김백겸의 『비밀정원』

1. 침묵의 형식

인간의 삶과 세계, 존재에 대한 물음은 철학이 사유하는 중심 테마 가운데 하나이다. 하지만 이러한 철학적 문제에 대해 더욱 폭넓게 고민하고 사유하는 양식이 문학이기도 하다. 삶이란 무엇인가. 인간이란 무엇인가. 또 이 세계란 무엇인가. 철학이나 문학은 운명적으로 이러한 물음을 피해 갈 수 없다. 이 물음은 이들에게 주어진 운명이며 영원히 풀리지 않는 수수께끼와 같은 것이다. 이 물음은 인간이 이 세계에 존재하는 한 풀어야 할 숙제이다. 유사 이래 이렇다 저렇다 많은 대답이 있어 왔고, 또 앞으로 많은 대답이 있을 수 있지만, 그러나 정확한 대답은 없을 것이다. 정답은 없다. 우리가 찾는 대답은 이건가 싶더니 다가서면 다시금 저만치 물러서 있는 오아시스처럼, 시지프스의 바위 덩어리처럼 자꾸 미끄러져 내릴 뿐, 좀처럼 제 모습을 드러내 보여주지 않는다.

풀리지 않는 수수께끼, 다가서면 다시금 저만치 물러서는 오아시스, 밀어 올리면 제 무게가 가진 힘의 속도만큼 미끄러져 내리는 시지프스의 바위 덩어리, 그것이 철학이고 문학의 운명이 아닌가 싶다. 이런, 저주받은 운명이라니! 정답 없는 물음 앞에서 이들은 각기 다른 방식으로 답한다. 논리적 사변의 언어와 침묵의 초월언어, 철학은 항상 분명한 하나의 명제를 도출해내고 그것을 증명해내려 애쓴다. 그러나 문학은 그 운명적 물음 앞에서 침묵한다. 이런 면에서 문학은 아주 불친절하게 느껴진다. 기껏 말해 봤자 상징적 제시나 암시에 머물며 유연하게 질문의 중심에서 발을 뺀다. 문학은 특성상 그러한 질문에 대해 정곡을 찔러 명료한 답을 준비하기보다는 오히려 이리저리 돌려 말하거나 아예 생략해버리기 일쑤이다. 이 지점에 철학과 문학의 갈림길이 있고, 문학만이 갖는 고유한 특성과 생명의 근거, 그 존재의 이유가 있다.

전혀 다른 시세계를 가진 두 시인의 시집을 읽었다. 정재영 시인의 『벽과 꽃』(한국문연, 2008)과 김백겸 시인의 『비밀정원』(천년의시작, 2008)은 달라도 너무 다르다. 그것은 어쩌면 당연한 일이다. 누구나 삶과 세계를 받아들이고 이해하는 방식이 다르기 때문이다.

문학이 삶과 세계, 인간과 존재에 대한 근원적 물음에서 출발한다면, 정재영 시인은 그것을 절제된 풍경묘사와 내면에 가라앉은 그리움 같은 것의 형상화를 통해 답한다. 정재영 시인의 시는 서정의 원형을 지향하고, 그 서정의 풍경인 자연과 그리움은 그러한 원형의 중핵을 이룬다. 그러다 보니 그의 노래는 동일성의 시학에서 발원하는 조화로운 화음이 있다.

반면 김백겸 시인은 인간과 세계의 본원적 원형을 지향한다. 그는 삶과 세계의 근원적 비의를 끊임없이 엿듣고자 하는 사제 같다. 그의 본원적 원형이란 역겨운 이성의 현실원칙을 넘어서 만나는 것, 현실원칙의 현재적 경험세계에 가려져 있는 본원적 세계, 현실원칙을 삭제하고 세속적인 것들을 잿더미로 만드는 불꽃의 제의祭儀 같은 것이다.

2. 서정의 세계와 동일성의 시학 : 정재영

　　정재영 시인의 『벽과 꽃』은 서정의 원형을 지향하고, 그리움과 이별, 기다림 따위의 정서적 세목들은 그러한 원형의 중핵을 이룬다. 정재영 시인의 시집은 그리움으로 가득하다. 그의 서정의 원형은 짙은 그리움으로 물들어 있다. 이러한 전통적 서정의 원형이 어떠한 미학적 자질과 내적 함의를 지닌 것이냐에 대해서는 보다 미세한 논의가 필요하겠지만, 거칠게 말해 단형의 시형을 바탕으로 구체적인 사물이나 자연 풍경을 묘사하고 거기에 시적 주체의 해석과 판단을 덧붙여 시적 주체의 내면의식의 형상화 방식을 통해 얻어지는 것임에는 어느 정도 틀림이 없어 보인다. 그런 면에서 정재영 시인의 시는 전형적이면서 전통적인 서정화의 방식, 즉 서경의 서정화, 동화와 투사라는 동일성의 미적 원리를 따른다고 할 수 있다.

> 하늘은 황사 바람이
> 창가엔 노랗게 빛바랜 겨울 햇빛
>
> 멀리 있어 끊어진 소리는
> 잔귀 먹어 들리지 않는 아련한 속삭임

—「그리움·38」 중에서

　　정재영 시의 형상화 방식은 전형적인 서정의 원리에 의존한다. 간명한 언어와 절제된 형식을 통해 그려지는 그리움의 세계는 그의 시의 지배적인 정조이며, 시의 기율을 결정하는 기본적 국면이다. 인용 시는 시의 도입 부분이다. 여기에 나타나듯이 우선 "하늘은 황사 바람이" 일고, 그 황사 바람으로 인해 "창가엔 노랗게 빛바랜 겨울 햇빛"이 가득하다. 이렇게 서경을 묘사하고 난 후, 거기에 시적 주체의 감정을 이입한다. 이러한 감정 이입을 통해 그 풍경에 시적 주체의 내면의식을 투사시킨다. 그 풍경을 바라보는 시적 주체의 시선은 그리움의 정서로 가득하다. "아련한 속삭임"을 들으며 외계와 교섭하는 시적 주체는 그 서경에서 촉발된 감정을 "사랑이라고 굳이 말하지 말자/그립다고도 하지 말자/어차피 만남은 헤어지고/헤어짐은 손닿지 않을 곳에 남을/연주 사이의/간주곡으로 남을 터"라고 체념어린 다짐으로 진술한다. 그의 시의 형상화 방식은 대부분 이런 식이다.

정재영 시인의 마음은 그리움으로 물들어 있고, 이러한 시인의 내면의식을 투과한 외계의 사물이나 존재의 풍경들은 온통 그리움의 세계로 빠져 든다. 풍경이란 시적 주체의 상태와 긴밀한 연관성을 가지며, 시인의 의식 내부의 사고, 기억, 감각을 통해 느끼고 의식한 것이기 때문에 외계의 풍경은 모두 그리움의 대상을 정서적으로 환기한다. 그리움은 원초적으로 그리움의 대상과 합일할 수 없거나, 그 대상과 떨어져 분리되어 있기 때문에 발생하는 정서이다. 그런 면에서 그리움은 결핍에서 비롯하는 정서이다. 그런데 정재영 시인의 시에는 그리움의 대상이 되는 존재와 분리되어 있으나, 분리의식에서 촉발되는 그 어떤 분열이나 갈등, 상처나 고통은 존재하지 않는다.

분열이나 갈등, 상처나 고통이 없기 때문에 그것을 치유하거나 극복하려는 인간적 노력은 그의 시에서 보이지 않는다. 결핍에 순응하고 운명에 체념할 뿐이다. 분열의식이 있다면 시적 자아의 그리움이 어떤 대상에 가닿지 못하는 데 있다. 시적 주체는 항상 그리움의 대상에 닿을 수 없는 거리에 멀리 떨어져 있지만 그것 때문에 갈등하지 않는다. 대상과의 분열은 다만,

헤어져 만든
우리 사이
멀면 멀수록
사랑으로 끌어당겨야 할 거리

마음 깊은 곳에서
물 틀어 올리는 소리를 듣는다

— 「우수 절기 전후 · 4」 중에서

에서처럼 의지적 사랑과 대상에 대한 믿음으로 인식되며, 그러한 거리는 동일성의 원리에 의해 곧 조화롭게 평정되고 안정을 되찾을 뿐이다. 그리움의 대상과는 멀리 떨어져 있지만 화자는 "어차피 만남은 헤어지고/헤어짐은 손닿지 않을 곳에 남을/연주 사이의/간주곡으로 남을 터"(「그리움 · 38」)라고 읊조리는 것과 같이 모든 섭리를 터득한 탓인지, 아니면 인간의 정리를 이미 다 이해한 때문인지, 그것도 아니면 운명에 대한 체념의 미학이 체화된 때문인지 내적으로 그 거리를 지워버린다. 그의 시에서 그리운 대상과 분리된 분열과 갈등은 쉽게 고민 없이 무화되어버린다. 다음의 시도 역시 마찬가지이다. 간명한 서경 묘사에 시적 주체의 감정을 투사한 후 대개는,

달빛 속 앞산의 녹음에
흰 꽃송이를 수놓던 아카시아도
밤꽃 향기에 잠들지 못하는가
달빛이 내준 길을 따라
그리움에 젖는가

진초록 초여름 밤을
하얗게 샌다

— 「유월」 중에서

와 같이 마무리 된다. 이러한 시적 태도는 삶에 대한 긍정, 자연과의 융화의 꿈이라 할 만하다. 절제된 어법과 정제된 정서에 주목하게 하면서도, 여기에서 어떤 현실적 삶의 구체적 실상을 느낄 수 있을지는 의문이다. 그의 시는 삶에 대한 부정보다는 긍정을, 현실보다는 자연을, 어둠보다는

밝음을, 갈등보다는 화해를, 불화보다는 조화를, 절망보다는 희망 같은 것을 지향한다. 현실적 삶의 모습이나, 삶의 구체적인 진면목에서 수행되는 현실주의적 성찰보다는 마음의 움직임이라든가 정신적 안정의 고양으로 일관한다. 그는 시와 현실을 치열하게 맞세우기보다는 삶 위에 정체를 알 수 없는 그리움이란 정서를 놓고 그것을 따라간다.

결국 구체적 현실, 삶의 진면목, 결핍된 삶은 그리움이란 정서로 덧칠되어 미화된다. 이쯤에서 그의 시의 현대성의 결여를 발견되는 것은 이 때문이다. 전통적 서정화의 원리를 폄하할 의도는 없지만, 그리고 자기 동일화가 자기 소외와 존재의 분열, 삶의 결핍을 극복하는 한 방법임을 부정하지는 않지만 적어도 현대시란 삶과 세계에 대한 시인의 치열한 대결 의식이 필요하다. 이때 시적 긴장력이나 진정성이 발생하기 때문이다.

루카치의 해묵은 경구처럼 가야 할 길을 하늘의 별, 별의 빛이 비추어 주는 그런 시대는 행복했다. 밤하늘에 새겨진 빛나는 성좌를 따라가는 길은 행복하다. 자아와 세계가 분열되지 않은 조화로운 세계에서 서정은 자아와 세계, 인간과 자연 사이에서 조화로운 화음으로 울려 퍼지는 본연지성의 노래였다. 분열과 소외가 없이 조화롭게 일치하는 세계, 자아와 세계가 분리되지 않은 동일성의 세계에서 시는 밤하늘을 울려 퍼지는 조화롭고 아름다운 음악이었다. "은하수에 걸린/너의 별자리 얼굴을"(「산수유」) 그리고, "두 손 모아/엎드려 이름들을 불러 보는 밤/굳어버린 혀 탓에 잃어버린 언어로/깊은 침묵에 대신하여 밤을 새"(「기도하는 나무·2」)우는 그리움의 정서는 현실적 삶의 폐부肺腑에서 발생하는 정서와는 거리가 너무 멀게 느껴진다.

끝으로 시인이 듣기에는 거북하겠지만, 시집을 읽는 내내 자연과의 친밀한 화해를 노래하며 삶의 초월과 안정, 현실을 괄호치고 세계와의 조화를 꿈꾸는 시적 전통의 주변에서 그의 시가 맴돌고 있는 듯해서 다소 씁쓸했다. 그리고 무엇보다 아쉬운 것은 시적 긴장감을 발견하기가 어려웠다는 것이다. 시인에게는 어쩌면 시적 긴장감의 확충이 절대적으로 필요한 것처럼 보인다. 관습적인 서정이 구체적 현실과 삶의 광장으로 뛰쳐나오고, 지상의 삶으로 내려오길 기대한다. 현재를 살면서 과거와 현재와 미래를 탐구하는 것, 삶의 갈등과 이상, 소외와 합일, 불화와 화해, 분열과 조화, 현실적 생활에서 배태되는 세계에의 동경, 이런 것들이 서정의 원리로 귀합되기를 희망한다.

3. 밤이 펼치는 환상의 제의祭儀 : 김백겸

김백겸 시인의 『비밀정원』은 이성적 현실에 대한 아주 낯설고 새로운 경험을 통해 세속적인 일상적 현실의 저편에 자리한 꿈과 환상, 신비와 비의의 세계로 우리를 인도한다. 그의 시는 현실원칙의 이성적이며 합리적 논리로는 접근할 수 없는 어떤 초월적이며 종교적이고, 비밀스럽고 신비스런 꿈과 환상, 무의식과 몽환의 영역에 자리한다. 그의 시가 이러한 세계를 지향하는 것은 무엇보다 이 현실과 세계의 미래를 "검은 까마귀가 날아와서 날개 밑으로 어둠을 병풍처럼 펼치리라"(「감나무」)는 불길한 예감과 공포로 인식하는 데서 출발하는 것으로 보인다. 그러한 불길한 예감은 현실을 타락하고 빈곤한 결핍과 불모의 땅이라 여기는 데서 기인하는 것이다. 말하자면 인간 이성의 철저한 신뢰에 바탕을 둔 문명의 과잉, 자본의 과잉, 권력의 과잉, 욕망의 과잉이 그 어느 때보다 팽만해 있으며, 그러한 세계를 시인은 마치 재앙에 가까운 결핍과 부재, 폐허와 불모의 시대로 인식하고 있기 때문인 것처럼 보인다. 그래서 그의 시는 곧잘 밤과 어둠, 꿈과 무의식, 환상과 몽환, 신화와 가상의 현실에 발을 들여 놓는다.

밤이 나에게 눈을 빌려주었다
밤은 눈이었으므로

밤의 숲으로 난 길로 멧돼지들이 바람처럼 다니는 길을
밤의 몸으로 흐르는 핏줄기처럼 보았다
밤이 스며든 수리부엉이의 날개와 늑대들의 발톱이
엑스레이 사진처럼 투명하게 보였다
밤이 나에게 붕새의 눈을 빌려 주었다
내가 용의 비늘 같은 날개를 펴고 한 밤의 숲을 날아가자
숲에서 기는 모든 벌레와 짐승들의 영혼이 흔들렸다

— 「나비침묵」 중에서

낮의 세계는 확실성과 목적성, 효용성과 근면성이 지배하는 세계이다. 반면 밤의 세계는 이성적인 '자아'가 물러난 자리에 찾아드는 고독하고 공허한 세계이다. 밤은 이성적인 자아의 활동을 정지시키고 꿈과 몽상의 경험을 통해 현실을 되돌려 반성하게 하는 공간이다. 밤은 낮의 거울이다. 밤은 이성적 확실성과 현실원칙, 의미와 확실성을 제거하고 그 자리에 환상의 세계를 펼쳐준다. 인용 시 「나비침묵」은 꿈과 무의식, 환상과 가상, 잠과 밤의 세계로의 여행을 통해 현실원칙의 규율과 금지를 제거하고 그 권력과 이성이 허위임을 증언하는 한 사례이다. 그것은 어쩌면 니체가 말하고 있듯이 낮의 세계라 할 수 있는 진리란 하도 많이 써서 무늬가 다 지워진 동전처럼 관습의 산물이요, 그 자체로는 진리가 아닌 담론이 지식에의 의지와 결부되어 세워진 자의적 체계라는 인식으로 볼 수 있다. 시인은 그 낮과 이성, 정신과 의식의 중핵을 차지하는 현실원칙의 진리를 밤의 환상과 꿈을 통해 해체하고 전복한다. '나는 생각한다, 고로 존재한다'라는 데카르트식의 사유체계에서 주체는 환상이 조금도 개입될 수 없는 완벽한 자아일 텐데, 시인은 밤의 꿈과 환상, 무의식을 통해 이성의 명령, 자아의 의식에 저항하는 것이다.

인용 시는 장자의 '나비 꿈'과 같은 의미로 읽히며, 낮과 밤에 대한, 현실과 꿈에 대한 해석처럼 읽힌다. 김백겸 시인의 시집은 꿈과 현실이 길항하는 '환상의 윤리학'이라 할 수 있다. 요컨대 환상은 김백겸 시의 증상

으로 그가 시를 쓰게 하는 동력이다. 증상을 제거하는 것이 아니라 증상과 친해지는 것, 이것이 김백겸 시의 환상의 윤리학이다. 위의 시에서처럼 김백겸 시인의 시는 낮과 이성의 세계를 버리고 잠과 꿈, 밤과 환상, 무의식과 몽환, 신화와 종교적 비의의 세계로의 여행을 감행한다. 밤은 시인에게 "붕새의 눈"과 "날개"를 빌려 준다. 밤의 눈을 통해 시인은 낮의 세계에서 가려져 있었던 실체들을 감각해낸다. 밤은 시인에게 "침묵의 소리를 들려주"고 "침묵의 소리를 듣게" 하는 어떤 '힘'이다. 밤은 시인에게 자신을 "사랑한 여신의 치마 아래처럼 캄캄했으나" 오히려 "영혼은 페니스처럼 발기해서/붕새의 눈처럼 밝아졌으므로" "침묵의 소리"까지 듣게 해주는 힘이다. 밤이 빌려준 붕새의 눈을 통해 밤이 들려주는 침묵의 소리를 감각해내게 한다. 그러한 밤의 감각은 시인의 "배고픈 정신"을 "비로소 깨"닫게 한다. 그것은 장자의 그것과 닮아서 "현실現實이란 고치를 뚫고 나온 커다란 나비침묵"이며, "내 몸은 대낮에 핀 백일홍이었으나 곧 밤과 재회할 운명임"을 인식하는 것이다. 밤과 꿈에 대한 사유는 그를 현실 저편에 자리한 환상의 세계로 이끈다.

> 어느 제왕은 만승의 마차를
> 어느 각자覺者는 대승의 마차를 소유하는 영광을 누리기도 하지만
> 신사가 원하는 것은 언제나 휘파람을 부르면 달려오는 개인소유의 꿈 마차
> 그 마차가 없으면 그는 우물 안의 개구리이며
> 기쁘거나 슬프거나 신기한 세상의 풍경을 보지 못하는 장님이므로
>
> ─「공중마차」 중에서

인용 시는 꿈과 환상을 통해 시인이 무엇을 즐기고 또 얻고 있는지 잘 전달해주는 작품이다. 이 시에 등장하는 "이름을 붙일 수 없는 마음이 만들어낸 신사"는 "밤마다 마차를 타고" "재담을 늘어놓는 음유시인과 가면무도회가 열리는 살롱"이나 "손님들이 모두 좋아 하는 노래와 환상/왕과

거지, 악마와 천사, 로멘스와 모험이 모두 가능한 이상한 파티에/출근을
한다.” 또한 “새로 사귄 정부를 만나거나 사업과 현실이 싫어 은둔을 하
고자 할 때에는” “지상의 사람들은 신사를 보지 못”하는 ‘공중마차’를 타
고 “대낮에도 외출을 한다.” 신사에게 “마차가 없으면 가문이 보장하는
문장과 집도 없”다. 그에게는 “지위와 부와 명예가 네 마리 말이 끄는 마
차의 화려함에 있”으며, 또 “어느 제왕은 만승의 마차를/어느 각자覺者는
대승의 마차를 소유하는 영광을 누리”게 한다. 하지만 그가 소유한 마차
는 현실의 마차가 아니다. “신사가 원하는” 마차는 “언제나 휘파람을 부
르면 달려오는 개인소유의 꿈 마차”이다. 그 꿈의 “마차가 없으면 그는
우물 안의 개구리이며” “기쁘거나 슬프거나 신기한 세상의 풍경을 보지
못하는 장님”일 뿐이다. 김백겸의 시는 “꿈 마차”를 타고 현실을 가볍게
비웃으며 꿈과 환상의 세계로 여행한 기록이다.

이러한 “밤의 뱃속”(「요나처럼」)에서의 사유와 여행은 낮의 이성적 사유
로는 깨달을 수 없는 인식의 세계이다. 이러한 인식은 신화나 종교, 우주
적이며 초월적인 사유, 장자적 사유로 인간과 세계를 바라보고 얻을 수
있는 깨달음의 세계이다. 시인은 이로써 현실을 인식하는 것이다. 시인은
라캉의 신경증 환자처럼 환상을 즐긴다. 환자에게 증상은 살아가는 동력
인 것처럼, 김백겸 시인에게 환상은 시의 동력이며 원천이다. 그것은 시인
이 인식하고 있는 꿈같은 현실을 견디는 일이요, 꿈같이 현실을 살아가는
방법이다. 그 동력이 그가 미쳐버리거나 파괴되지 않고 현실을 견디는 힘
이요, 현실의 허虛와 무無를 이겨내는 힘이다. 결국 시인은 이 꿈의 마차
를 통해 우물이라는 현실이 아닌 우물 너머 바깥의 세계를 본다. 꿈과 환
상, 이러한 것들이 없으면 결국 화자는 우물 안의 개구리일 뿐이며, 세상
을 제대로 볼 수 없는 눈 뜬 장님에 불과하다.

이쯤에서 김백겸 시인은 왜 그토록 이성적 현실과 낮이 아닌 밤과 꿈,
환상에 매혹하는지의 의문에 답해야 한다. 그것은 어쩌면 정신사를 지배

해온 낮의 이성이 지닌 권능의 어두운 이면을 탐사하고자 하는 이유에서
일 것이다. 그의 시에서 빛이 자아의 인식을 가능하게 하는 근거로 보는
빛의 형이상학은 철저히 삭제된다. 빛의 조건이 인간의 이성을 드러내주
는 조건이라면, 김백겸의 시에서는 오히려 밤과 꿈, 어둠과 환상이야말로
세계의 혼돈을 혼돈 그 자체로 보게 하고, 이성의 가면을 벗고 자신의 참
혹한 얼굴을 바라볼 수 있게 한다. 그의 시에서 객관적 세계의 확실성은
허물어져 내린다. 밤과 꿈, 어둠과 환상의 공간은 세속적인 것, 이성적인
것, 과학적인 것, 현실적인 것을 유한하고 사라질 어떤 것으로 만든다. 객
관적이고 불변하는 것처럼 여겨졌던 낮의 문법과 원칙, 규율과 금기는 일
시적이며 유한한 것으로 강등 당한다. 그럼으로써 텅 빈 마음은 모든 것
을 무로 돌려놓으려는 죽음의 논리에 접근하게 된다. 자아 안에 숨죽이던
악마는 낮의 주체가 지닌 근면성과 생산성을 비웃고, 현실의 합리성과 효
용성을 가볍게 비웃는다. 그러면서 시인은 존재의 비극성을 조용히 느끼
면서 생의 허虛와 무無를 불태우는 제의를 펼친다.

　인간과 세계, 삶과 존재에 대한 뚜렷한 정체 없음에 끊임없이 도전하는
자가 시인이다. 우리가 찾는 대답은 이건가 싶더니 다가서면 다시금 저만
치 물러서 있는 오아시스처럼, 시지프스의 바위 덩어리처럼 자꾸 미끄러져
내릴 뿐, 좀처럼 제 모습을 드러내 보여주지 않는다. 김백겸 시인의 운명은
시지프스를 닮아서 비극적이다. 그는 어떤 '비밀정원'에 감춰진 삶과 세계,
현실과 이상의 비의를 끊임없이 엿보고 또 어떻게든 발설하려 한다. 그 결
과 그가 받은 형벌은 시지프스처럼 가혹한 것이다. 시지프스는 온 힘을 다
해 바위를 산꼭대기까지 밀어 올렸다. 그러나 바로 그 순간에 바위는 제
무게만큼의 속도로 굴러 떨어져 버렸다. 다시 굴러 떨어질 것을 뻔히 알면
서도 산 위로 바위를 밀어 올려야 하는 영겁의 형벌! 그 비밀스런 삶의 비
의, 침묵의 세계, 추방된 자로서 그 비밀한 정원의 문을 열려는 시인의 고
통! 끔찍하기 짝이 없다. 시인의 운명이란 저주받은 자가 되어야 한다.

그 정원의 아름다움
비늘구름이 노을을 받아 거대한 붕새의 날개로 불타오르는 변신이나
들판의 잡초였던 풀이 구절초의 꽃을 피워 올리는 둔갑의 순간에서
잠깐 동안 모습을 드러내었던 비밀정원을 놓쳐버렸다
지식과 경험의 울타리에서 문지기로 사는 늙은 역사의 간섭 때문에
내 심장이 황금사과처럼 빛이 나는 피안을 질투한
죽음의 훼방 때문에

— 「비밀정원」 중에서

　　김백겸의 세 번째 시집 『북소리』(2002)에는 "내가 왜 이 길을 잘못 들었
나 생각해 보지만/그 이유는 아마 내가 늘 남과 달리/다른 북소리를 듣고
있었기 때문/홀로 남겨짐을 누구에게 원망할 수도 없네"(「북소리」)라고 노래
한 구절을 만날 수 있다. "늘 남과 달리/다른 북소리를 듣고"자 한다는 시
적 고백에서 알 수 있는 것은 시인은 이성적 현실이 아닌, 그러니까 남들
이 보지 않는 현실 뒤에 숨은 어떤 논리나 비의를 듣고자 한다는 것이다.
이때의 '북소리'는 시인으로 하여금 현실원칙이 지배하는 이성적 세계에
서 눈을 두는 것이 아닌 "밤의 뱃속"(「요나처럼」)에서 사유하는 것이다. 이
것은 이성적 사유로는 간파할 수 없는 신화나 종교, 우주적이며 초월적인
사유로 인간과 세계를 바라보고, 이로써 현실에 맞서려 하는 태도이다.

　　인용 시는 시집의 표제시이다. '비밀정원'은 거대하고 들여다볼 수도 들
어갈 수도, 그 입구를 찾아볼 수도 없는 금지된 성과 같은 느낌을 준다.
시의 전면에 드러나는 정조는 현실원칙으로 금지된 어떤 비밀한 비의나
신비의 세계를 탐하고자 하는 욕망이다. 그것은 자아의 의식으로는 포착
할 수 없는 어떤 숭고한 대상이다. 화자는 현실원칙이 지배하지 않는 무
의식의 세계, 혹은 라캉식으로 말하자면 상상계의 세계로 통하는 문을 열
려는 의식을 가지고 있다. 화자가 열려는 문은 금지된 욕망으로서 비밀정
원이다. 때문에 화자는 그 비밀정원의 문을 들어서지 못한다. 그 비밀정원

안에는 자아의 "신비를 향해 심장이 두근거"리게 만들고 "여신을 향한 욕망처럼 갈증을 불러일으"키는 "황금사과"가 있다. 그 "황금사과"는 화자가 결코 성취할 수 없는 숭고한 대상이다. 화자에게 비밀정원의 그 숭고한 대상은 희열을 불러일으키고, 그것은 흘러넘침으로 결코 포착할 수 없는 실재계의 산물이다. 죽음을 통하지 않고서는 결코 포착할 수 없는 욕망이다.

화자가 욕망하는 것은 현실의 세계가 아닌 '비밀정원' 안으로 표상되는 숭고한 세계이다. 그곳에는 화자의 욕망을 완전히 충족시켜 줄 짝이라 믿을 수 있는 "새벽의 어둠 속에서 빛"나는 "황금사과"(상상계)가 있다. 그러나 화자는 그 "정원의 입구를 그냥 지나"칠 수밖에 없다. "정원의 입구가 드러"나고 상상계의 "황금사과"를 포착하는 순간 그것은 허상이 되고 만다(상징계). 왜냐하면 "지식과 경험의 울타리에서 문지기로 사는" "늙은 역사가 담배를 피우며 죽음의 냄새를 풍"기고 있기 때문이다. 이때 상징계로 들어서며 제외된 부분이 잔여물로 남아 다시 숭고한 대상, 즉 비밀정원 안의 황금사과가 다시 생긴다(실재계). 금지된 욕망은 "황금사과에의 유혹이 여신을 향한 욕망처럼 갈증을 불러 일으"킨다. 그 욕망을 충족시킬 수 있는 유일한 대상은 프로이트의 말대로 죽음뿐이다. 그래서 화자는 "그 정원의 아름다"운 문 앞을 "그냥 지나"칠 수밖에 없다. 왜냐하면 그것은 "죽음의 훼방 때문"이다.

이와 같이 현실원칙과 어긋나 있는 신비하고 비밀스런 정원, 금지된 성 안에 있는 황금사과라는 숭고한 대상에 대한 탐닉은 이성적 사유로는 붙들 수 없는 것이다. 현실원칙이나 이성의 원리에 의해 금지된 세계에 대한 시인의 욕망은 그래서 곧잘 의식(이성)과 무의식, 현실과 꿈, 실재와 환상 사이의 분열의 수사학을 동반한다. 시인은 분열의 수사학을 통해서 현실원칙에 저항한다. 즉 "꿈속의 꿈 같은 이야기 속에서" "천의 영혼을 품은 당신과 술래잡기"(「가면 놀이」)를 하고, "날개를 비벼 거대한 바람을 만드는 붕새처럼 단숨에 십만 리를/날아가"(「텔레파시」)며, "심해 어둠에서 스스로 빛을 내는" "이상한 생각을 하는 물고기"(「빛 물고기」)의 꿈과 몽상, 무의식과 환상, 공포와 불안의 수사학을 통해 현실원칙의 논리에 저항한다. 말하자면 칸트식의 쾌락포기 내지는 쾌락제거에 저항하는 것이다. 그것은 곧 현실원칙 혹은 도덕적이며 이성중심적 법률 내지 윤리학은 파시스트적 이념에 불과하다는 것을 폭로하는 것이다.

왜냐하면 시인에게 현실은 "안개 쐐기풀을 피"우고 "시간은 피 소름을 감은 뱀으로 기어나오는" 끔찍스러운 "자본의 감옥"(「미루나무 꿈속으로」)이며, "황금도시와 거미줄처럼 연결된 컴퓨터가/출입을 관리"하고 "세상의 모든 욕망과 힘을 빨아들이는 자본의 바다"(「황금도시」)이기 때문이다. 그 자본의 바다와 감옥에서는 "페르몬을 통해 몸이 거대한 단일정신으로 피어나는 개미 세계처럼/여왕개미의 뜻과 욕망이 곧 당신의 욕망"이어서 "탐욕을 모두 합친 눈빛은 신들의 몸도 돌로 만"드는 욕망의 "바벨탑들이 다시 세워지"(「텔레파시」)는 곳이다. "풍선처럼 나날이 부풀어 올라 커다란 빵이 되"(「오븐이야기」)어버리는 욕망의 바벨탑으로 세워진 현실에서 "거리의 길들은 생산된 사건과 욕망을 감독하려는 순찰차들이/법과 윤리의 이름으로 돌아다"(「공장」)닌다. 법과 윤리에 의해 지배되는 자본의 바다에서 시인은 "조직사회의 큰 괴물"(「괴물들」)이며 "불을 비치는 법과 권력이 분명하므로" "안심"하는 "국민"으로서 "여왕벌이 있어야 일을 하는 일벌"(「꽃 전등」)과 같은 존재이다. 그래서 시인은 이성이 지배하는 낮의 세계를 물리치고 꿈과 무의식, 환상과 가상의 세계, 잠과 밤의 세계로의 여행을 통해 낮의 부당한 권력과 허위를 거부하고 폭로하고자 한다. 확실성과 효용성의 원리에 의한 낮의 "세계는 당신이 잠을 자는 동안에 꾸는 만화경 같은 꿈의 풍경"(「침상」)에 다름 아니기 때문이다.

김백겸 시인의 "몸은 대낮에 핀 백일홍"일 뿐이고, 그의 운명은 "곧 밤과 재회할 운명"(「나비의 침묵」)이다. 김백겸 시인의 시적 자아는 "추방된 아담의 후예"로서 금지된 영역인 "비밀낙원을" "가슴 두근 거리며 문틈"(「도

지사 관사」)으로 훔쳐보는 관음증 환자이며, 금기를 위반하려는 자아이다. 시인은 금기의 위반을 꿈과 환상에서 찾는다. 그것을 나는 환상의 윤리학이라 부르고 싶다. 앞서 언급했듯 환상은 김백겸 시의 증상으로 그가 시를 쓰게 하는 동력이다. 증상을 제거하는 것이 아니라 증상과 친해지는 것, 이것이 김백겸 시의 환상의 윤리학이다. 그래서 그의 시의 증상은 낮의 세계를 버리고 잠과 꿈, 밤과 환상의 세계로의 여행을 감행하게 한다. 낮의 세계는 확실성과 목적성, 효용성과 근면성이 지배하는 세계이다. 반면 밤의 세계는 이성적인 '자아'가 물러난 자리에 찾아드는 고독하고 공허한 세계, 현실원칙에 의해 금지된 쾌락원칙이 지배하는 세계이다. 밤은 이성적인 자아의 활동을 정지시키고 꿈과 몽상의 경험을 제공한다. 밤은 이성적 확실성과 현실원칙, 의미와 확실성을 제거하고 그 자리에 환상의 세계를 펼쳐준다. 시인은 꿈과 무의식, 환상과 가상, 잠과 밤의 세계로의 여행을 통해 현실원칙의 규율과 금지를 제거하고 그 권력과 이성이 허위임을 증언한다. 이것이 김백겸 시인의 환상의 윤리학이다.

김백겸 시인은 현실원칙과 어긋나 있는, 이성의 눈으로는 볼 수 없는 금지된 성의 신비스런 "비밀정원"(「비밀정원」)을 엿보고자 하는 꿈과 환상의 윤리학을 보여주며, 인간과 세계의 본원적 원형을 지향한다. 이때 본원적 원형은 원형 지향성을, 그러니까 비밀스런 근원이나 본질에의 탐구 내지는 귀소성을 뜻한다. 그것은 초역사적이고 원시적인 사유를 보존하고 있다는 것을 의미하지 않는다. 그는 삶과 세계의 근원적 비의를 끊임없이 엿듣고자 하는 사제 같다. 그의 본원적 원형이란 역겨운 이성의 현실원칙을 넘어서 만나는 것, 현실원칙의 현재적 경험세계에 가려져 있는 본원적 세계, 현실원칙을 삭제하고 세속적인 것들을 잿더미로 만드는 불꽃의 제의祭儀와 같은 환상의 윤리학을 보여준다. 환상의 윤리학은 김백겸 시인이 "잠을 자는 동안에 꾸는 만화경 같은 풍경"(「침상」)의 현실을 견디는 방법이며, 무無를 이겨내는 근본적인 길이다.

슬픈 연대의 내면풍경과 상실의 원적

— 이종진의 『여기 아닌 그곳』, 윤은경의 『검은 꽃밭』,
　박미라의 『안개 부족』

1. 상실의 흔적

문학 작품은 그 작품이 지니고 있는 각각의 고유한 개성적 의미의 자장 안에서 평가되어야 한다. 하나의 근원이나 중심만을 강조하는 평자의 관점은 수많은 중심과 근원을 배척하는 태도일 수밖에 없다. 문학 작품에서 독자적 가치나 의미의 존재성, 그 다양한 타자들의 존재성을 배척하고자 하는 중심주의는 특정한 근원이나 중심이 다른 근원이나 중심보다 배타적으로 우월하다는 이분법적 사유에서 발생한다. 문학 작품에서 절대적이며 유일한 하나만을 중심에 두고 사유하려는 태도보다는 근원과 중심의 상대적 독자성과 개성, 그 독립된 존재로서의 타자성을 존중하는 상대적이며 다원적인 시각이 필요하다. 각각의 개별적인 문학 작품은 자기 나름의 존재 방식과 원리를 지닌다. 우리가 만날 수 있는 다양한 문학적 경향이나 양상들이 존재한다면, 어떤 특정한 중심의 배타적 정당성만을 주장할 것이 아니라, 각각의 개별 작품이 내포한 문학적 진정성을 평자는 평가해주어야 마땅하다.

짙은 서정을 근원으로 하면서 각기 다른 중심을 지닌 세 권의 시집, 이종진의 『여기 아닌 그곳』(종려나무, 2008), 윤은경의 『검은 꽃밭』(애지, 2008), 박미라의 『안개 부족』(애지, 2008)을 읽는다. 나는 이들 세 시집이 지니고 있는 문학적 진정성과 개별적인 특수성을 읽어주려 한다. 그러기 위해서는 이들 시인의 시쓰기를 추동하는 욕망 깊은 곳으로 침투해야 할 것이다. 시인이 왜 그렇게 쓸 수밖에 없었는가를 세밀하게 검토하고 이해한 뒤에 그들만이 지니는 독특한 의미를 밝히는 것이 작품을 올바로 읽는 한 방법이 될 수 있다는 것이 소박한 나의 비평적 입장이기 때문이다. 어떠한 작품이 생산되면 그것은 그 자체로 침범하거나 훼손할 수 없는 자신만의 고유한 세계를 지닌다. 이러한 관점에서 이들 시인들의 시집이 지니는 고유한 의미를 조명하는 작업도 의미 있는 일이라 믿는다. 이름하여 슬픈 연대의 내면풍경 내지는 상실의 원적이라 해두자.

2. '슬픈 연대年代'의 자기 고백 : 이종진

삶과 세계에 대한 희망을 노래하기에 우리의 현재적 상황은 너무 늙고 낡았으며, 미래에 대한 전망을 지시하는 손짓은 너무 허망한 일인가. 그렇다면 그러한 인식의 중심에는 죽음, 종말, 허무, 불안, 상실, 부재 따위의 어사가 함축하는 어떤 불길한 의미가 함축되어 있는 것으로 보아야 할 것이다. 사실 90년대 이후 인식론적 지각변동은 삶과 세계를 바라보는 시각을 불투명하게 만들었다. 그 후 혼돈은 질서를 찾아 정리되고 투명해졌다기보다는, 혼돈은 보다 더 가속적으로 심화되었다고 판단된다. 삶의 전망은 어둡고, 세계는 혼돈 그 자체이다. 삶과 세계에 대한 전망은 흐리고 또 어둡다. 그것은 어쩌면 정치적인 문맥에 연관하여 볼 때, 이념의 깃발을 높이 세웠던 80년대에 문청시절을 보내고 그 연대의 끄트머리에 등단한 시인들에게는 더욱 그러하리라. 이념의 깃발이 철거되고 그들은 지금 혼돈 속에서 저마다 삶과 세계의 의미를 물으며 길을 찾아가고 있지만, 그럼에도 불구하고 그들의 미래학은 전망의 상실인 것처럼 보인다. 그들 앞에 눈은 흐리고 길은 어둡다. 그들을 '슬픈 연대'라 해두자. 그리고 그 슬픈 연대의 인식론적 자장 안에 이종진의 시집 『여기 아닌 그곳』이 자리한다.

　　아이들이 학원에서 돌아와 그 사네에게 아빠라고 부르는 것이, 나는 지금 이 방에 있으되 나의 不在에 대하여 고민을 한다. 저녁을 먹고 소파에 앉아 사내는 아내의 어깨에 손을 걸치고 TV를 보고 있다. 나도 그 옆에서 아내가 깎아 놓은 사과를 깨물며 TV를 곁눈으로 보고 있다. 아이들이 각자 방으로 들어가자 그 사내는 아내와 깊은 섹스를 한다.
　　다시 나의 방에서 나의 不在를 알리는 괘종시계가 바쁘게 타종을 한다. 꽈아앙, 꽝꽝. 이제 나는 내 방의 한구석에 나를 버려둔 채, 중년의 슬픈 연대를 쓰기 시작한다.

— 「슬픈 年代」 중에서

　　불안과 분열은 이 시대의 정신을 구성하는 주요 세목이다. 삶과 세계에 대한 동일성을 상실한 이러한 의식은 삶에 대한 열망뿐만 아니라 미래적 전망의 가능성에 대한 탐색마저 무화시켜버린다. 자기 동일성을 상실한 분열과 불안의 언어란 등대의 불빛을 모독하는 언어이다. 신념의 언어들은 그 현실적 유효성을 상실하고 실존적 주체로서의 "나의 不在에 대하여 고민을" 해야만 한다. "나의 不在"에 대한 고민은 곧 나에 대한 자기 인식, 나의 부재에 대한 확인이다. 그런 점에서 이 시는 '그 사내'를 통해 '나'의 부재하는 자기 정체성을 깊이 성찰하는 작품이다. 이 시에서 현상적으로 '나'와 '그 사내' 사이의 관계에서 '나'의 역할이나 존재는 없고 '그 사내'가 '나'의 역할을 대신한다. '그 사내'는 '나'의 부재성, 혹은 자기 정체성의 상실을 비춰주는 거울이다. '나'에 대한 화자의 진술은 세속 세계에서 패배한 무능하고 무력한 인간이다. 그런 '나'는 "지금까지 먹이를 찾아/어둠의 숲에서 어슬렁거리"(「아차 다, 다시, 가을이」)는 자신에 대해 연민을 느끼기도 한다. 그런 화자는 "썩고 냄새나는 똥통에서 함께 살아"

슬픈 연대의 내면풍경과 상실의 원적　283

(「한여름 밤의 꿈」)온 파리처럼 "한세상 얼얼하게 살았던지/모가지가 부러져 이제 별반/세상살이에 재미없게 되어 있"(「생의 한가운데에」)는 것처럼 너무 일찍 늙어버린 존재이다. 조로早老의 화자는 세상사에 별 흥미를 느끼지 못한다. 그는 너무 일찍 늙고 남루해져버린 자신의 상황에 대해 경멸과 혐오를 느끼기도 하는 자이다.

이종진 시집이 구성하고 있는 시적 의식을 가장 잘 나타내고 있는 이 시에서 시인은 "중년의 슬픈 연대"에 대해 쓰고 있다. 시를 지배하는 정서는 지극한 부재감이다. 행간 어디에서도 나의 실존적 존재감을 느낄 수 없다. 나는 중심에 끼어들 수 없는 이방인이고, 추방된 타자이다. 그러한 화자에 의해 대상화된 '나'는 가족에게조차도 동화될 수 없는 이질적인 존재이다. 화자는 그러한 자신을 "온몸에 심하게 녹이 번지고"(「琉璃, 遊離」)고, "산이 망가져 더 이상 조여지지 않는" 나사로 사물화한다. '나'는 존재감을 상실했으며, 삶의 가장 친밀한 공간이라 할 수 있는 가족이나 내 방에서조차도 소외되어 있다. 그런 '나'는 화자의 진술에 의하면 "들키지 않으려고 방구석 피아노 뒤에 숨어" 있는 존재이다. 세계의 중심에서 나는 부재한다. "내 방의 중심"에서 나는 불확실하고 막연하며 텅 비어 있는 존재이다. 나는 다만 부재로 가득할 뿐이다.

실존적 부재감, 그 지독한 상실감은 이종진 시집을 감싸고 흐르는 기본 가락이다. 우리는 이 시집을 통해 "벌써 중년이 되어 버렸고, 아직 굴의 깊이를 가늠하지 못한 채, 눈곱이 자꾸만 부옇게 끼"(「굴」)이는 전망 없고, 실존적 부재를 느끼는 자의 내면 성찰을 읽는 동시에, 자신의 상처와 운명을 정직하게 바라보는 한 중년 사내와 만날 수 있다. 텅 빈 부재감, 텅 비어 있으나 역설적으로 부재감으로 무겁게 짓눌린 어조로 읊조려지는 위의 시에서처럼 근원적으로 중심을 잃고, 나의 고유한 정체성을 잃고 고민할 수밖에 없는 우리 시대 중년의 보편적인 심리적 정황을 이 시집은 환기한다. 시집 전편에는 이러한 중년의 고비를 넘기고 있는 화자가 자주 등장한다.

이 시에서 화자는 "차안에서 사람들은 쉽게 나를 발견할 수 없"을 만큼 "형편없이 찌그러지고 작아져버려 좀체로 잘 굴러가질 않"는 "小人國 사람들" 가운데 하나이다. 그런 화자는 "난 이미 너무 작아져 사람들이 알아볼 수가 없"는 존재이다. 매일 매일 자신보다 "몇 몇 곱절이나 더 큰 미루나무 같이 생긴 사람들" 앞에서 작아질 수밖에 없는 화자는 "나인지 누구인지" 알 수 없는 혼란을 겪는 인물이기도 하다. 소시민이면 누구나 삶을 살아가면서 경험할 수밖에 없는 소외감은, 그것이 보편적 실감으로 다가오기 때문에 우리를 더욱 고통스럽게 만든다. 실존적 차원에서 소외감이 그러하듯, 역사적 범주에서 화자의 미래 또한 그러하다. 화자는 "더 작아질 수 있거나 굴러갈 힘이 남아 있다는 것이 나에게는 행복한 것"이라 자위하지만, "행복을 아스라히 집 쪽으로 발길질해 대며 골목길을 막 굴러 들어가려고" 하지만 "나의 弔燈 하나 내 스스로 내다 걸어"(「행복한 弔燈」)볼 뿐이다. 세상 속에서 자신이 작아질 수밖에 없는 소외감, 그 존재감의 상실은 그를 계속 작아지게 만들 뿐이다.

이종진의 시에서 화자가 맞닥뜨린 실존적 상실감은 어쩌면 우리 시대의 보편적인 심리적 정황이기도 하다. 슬픈 연대의 자기 고백적 회고는 낙관적 미래에 대한 전망 부재의 기록이다. 회고의 형식은 얼마나 늙고 낡은 태도인가. 자아의 상실이란, 실존적 부재감이란 삶의 상실이고 전망의 상실이다. 그러한 연유에 의하여 무엇보다 시인에겐 역동적 활력과 언어의 상실이 문제적이다. 그것은 개인적 차원의 문맥을 넘어서 이 시대 전체의 보편적 정황을 말하는 것으로 보인다. 그리고 그것은 어쩌면 나의 의지와는 상관없이 "그저 하나의 물방울"로 "원치 않는 곳으로" "기나긴 하수구의 터널을 거쳐" 난폭하게 "뭉뚱그려져 흘러가야만"(「물방울」) 하는 우리 시대의 고통이기도 하다. 그 지독하고도 지극한 부재감이 앞으로 그를 어디로 이끌지 궁금하다.

3. 소멸의 풍경과 치유의 형식 : 윤은경

윤은경의 시집 『검은 꽃밭』을 읽으며 나는 전통적인 서정시의 전형을 만난 것 같아 반가웠다. 대상을 포착하는 진지한 시적 진정성과 서정시 특유의 세련되고 잘 조탁된 언어감각, 그리고 시적 형상성의 탁월함은 그의 시를 빛나게 한다. 나는 믿고 싶다. 시의 예술성은 작품에 드러난 표면적 세계관이나, 어떤 특정한 시적 경향으로 구속될 수 없다는 것을 말이다.

윤은경의 시집은 자연에 시적 영혼의 젖줄을 대고 있다. 시집 어디를 펼쳐도 그의 시에는 "버즘나무가 서 있"고, "버즘나무가 누런 잎을 발밑에 내려 놓"고, "가실볕이 성글어" 있고, "무장무장 산국 핀 언덕"(「바람거울」)의 자연 서경이 자리한다. 그렇다. 예나 지금이나 서정 시인들이 노래하는 시적 형상 가운데 자연이 차지하는 비중이나 위상은 단연 절대적이라 할 만하다. 전통적으로 시에서 자연은 시적 상상력을 촉발하는 중요한 대상 가운데 하나이다. 서정 시인들은 그들 상상력의 중요한 수원水源으로 자연에 빚을 지고 있으며, 자연에 대한 체험으로부터 시를 써 왔다. 윤은경의 시집 또한 자연에 빚을 지고 있으며, 시적 영혼의 젖줄을 자연에 대고 있다. 그러나 그가 바라보는 풍경은 자연의 생명력으로 충일해 있거나 생성의 활력으로 차 있기보다는 저물고 사라져가는 존재들의 낮게 가라앉은 풍경이다. 그것을 소멸의 빛, 저무는 존재의 저녁 풍경이라 할 수 있겠다.

비 오시는 꽃밭이 어두워진다 꽃잎에 맺힌 물방울 속, 산과 하늘과 나무와 꽃
들이 에둘러 있다 세계의 문이 닫히듯 물방울 하나 푹 꺼진다 엷은 빛에 기대어
수천 겹 층을 이룬 만상의 색상, 마침내 얇고 어두운 막을 벗어나 꽃밭으로 녹아
든다 여러번 생을 살아도 거듭, 주저 없이 흘러가는 육체들의 검은 강
　　살붙이여 무변 허공을 질러와 또 점점 부푸는 물방울이여, 더는 매달릴 수 없
을 때 누구도 닦아줄 수 없는 물방울 속으로 소리 없이 낯익은 미움이 지나간다

　　꽃의 발등이 적막하게 물에 잠긴다

— 「검은 꽃밭」 전문

　　윤은경의 시집은 풍경에 조응하는 내면의 짙은 서정으로 채색되어 있
다. 인용 시에서처럼 그의 서정은 "비 오시는 꽃밭"과 "꽃잎에 맺힌 물방
울", "산과 하늘과 나무와 꽃들이 에둘러 있"는 풍경과 맞물려 있다. 그의
시집이 수놓는 서정은, 이 시에서처럼 갖가지 자연 사물들을 계열화하여
거느리면서 시인의 내면적 상황이나 풍경을 투사시킨다. 따라서 선경후정
은 그의 창작상의 주요 기법이라 할 수 있다. 그의 시에 제시된 자연 풍
경이나 사물들은 시인의 의식이라는 옷을 입고 있으며, 따라서 그것들은
시적 자아의 내면적 상황과 내밀하게 반응한 결과물이다. 사물들의 풍경
은 곧 시인의 의식이다. 그의 시에서 계열화되어 나타나는 자연 대상은
모두 시인의 마음을 드러내는 하나의 기호이다. 그 기호가 자아내는 분위
기는 주로 "꽃의 발등이 적막하게 물에 잠"기는 것처럼 대개 적요하고 적
막하며, 소멸과 죽음, 그리움 등과 같은 의미자질들을 환기한다. 그리하여
계열화된 자연 풍경들은 사물이 갖는 객관적인 특징도 아니며, 다만 시인
의 내면화된 의식에 대응하는 암시적 효과라 할 수 있다. 그 암시는 곧
소멸과 상실의 의미를 함축한다.

　　화자의 눈은 지금 비오는 꽃밭의 "꽃잎에 맺힌 물방울"에 있다. 꽃잎에
맺힌 작은 물방울에 비친 "산과 하늘과 나무와 꽃"을 보면서 화자는 생의

적막한 소멸 같은 것을 본다. 그것은 시의 첫 행에서 꽃밭이 밝아지지 않고 '어두워진다'는 어둠의 이미지에서 이미 마련되어 있다. 이와 함께 물방울이 떨어지는 것을 보고는 "푹 꺼진다" "녹아든다"는 소멸의 동사진행형으로 처리되어 연쇄적으로 유발되는 화자의 의식변화의 추이를 따라가면 쉽게 감지할 수 있다. 이와 같은 죽음과 소멸의 의미자질들은 결국 "여러번 생을 살아도 거듭, 주저 없이 흘러가는 육체들의 검은 강"에서처럼 물방울은 하나의 검은 육체가 되어 스러질 수밖에 없다는 이법에 도달한다. 그리고 이어지는 연에서 "살붙이여 무변 허공을 질러와 또 점점 부푸는 물방울이여, 더는 매달릴 수 없을 때 누구도 닦아줄 수 없는 물방울 속으로 소리 없이 낯익은 미움이 지나간다"는 진술에서 알 수 있는 것처럼 그 소멸과 사라짐을 거부하지 않고 담담히 수용한다. 시인은 그 소멸을 따뜻한 서정으로 감싸 안는다. 가령,

> 귀룽나무 꽃더미는 누렇고 칙칙하고 한 송이 꽃 같은 간절한 나의 인연은 뒤섞이고, 두려움도 없이 서두는 법도 없이 가벼운 육체는 다른 세상의 둥근 무거운 문을 열어놓고

—「귀룽나무」 중에서

라고 노래할 때도 역시 마찬가지이다. 꽃의 피고 짐에 따른 사유를 보여주는 이 시는, 핀 꽃이 유발하는 가능성이나 희망 등의 생명의 이미지보다는 지는 꽃의 의미에 가중되어 있다. 그러니까 화자의 의식은 지는 꽃이 불러일으키는 유한성, 소멸 등의 무상과 덧없음이란 죽음의 이미지에 경도되어 있음을 확인할 수 있다. 화자의 시선은 "양묘장 구석 귀룽나무"에 "쟁강쟁강 매달린 흰 꽃"에 가 닿아 있다. 꽃은 "양묘장 구석의 귀룽나무" 한 그루를 "세상의 중심으로 옮겨 놓"고, 또 그것은 "양묘장 구석의 귀룽나무"가 그런 것처럼 사람의 일로 치면 "삶의 끄트머리에 간절함을 매다는 것"이나 다름없다. 그러나 그것은 "그대가" "내게서 떨어져 시"들

고 "무수히 흩날"리는 것처럼 "몸의 낭떠러지", "한 생애가 붙잡는 버거운 슬픔의 부피"일 따름이다. 화자는 "가벼운 육체는 다른 세상의 등근 무거운 문을 열어놓고" "아주 천천히/세상의 중심에서 소리를 거두어 가"는 죽음과 소멸을 예견하는 것이다. 그렇기 때문에 꽃이 하늘과 햇빛의 자유로움 속으로 상승하는 것이 아닌 시간의 흐름에 따라 "누렇고 칙칙"하게 빛이 바래고 "떨어져 시"들 수밖에 없는 하강의 이미지로 표상되고 있다. 꽃은 활짝 핀 꽃의 눈부신 빛과 향기가 상승하는 모습의 아름다운 존재인식에 대한 열망을 표상하는 것이 아니라 빛과 향기를 다한 쓸쓸하고 덧없는 삶을 향해 열려 있다. 그의 시에 나타나는 자연의 시적 대상 가운데 꽃은 빈번하게 나타나는 것 중 하나이다. 그러나 그것들은 대개 시들어 떨어지는 하강의 이미지를 거느리고 있다. 그래서 대개는 상실과 허무, 쓸쓸함과 덧없음이라는 허무 의식이 시의 정조를 이루고 있다. 그래서 존재의 소멸을 의식해가는 시인의 의식은 다소간 감상적으로 보이며 따뜻한 비관주의자처럼 보이기도 한다.

윤은경은 모든 존재의 풍경들을 사라져가는 것으로 돌려놓는다. 그 만큼 그는 소멸과 죽음에의 매혹을 느끼는 시인이다. 이와 같은 생의 소멸과 육체성을 상실해가는 세계는 생의 확실성을 거부하고 일상적 세계의 바깥에 존재하는 세계에로의 이끌림이다. 그 세계는 살아있는 모든 생을 허무와 비애로 돌려놓는 세계이다. 시인은 곧잘 "석양 들녘을 걷다가 문득 아득해져 서 있으면 적막천지 우주 저편에서 무한히 내려와 가만히 눈 맞추는 풀꽃 한 송이"를 바라보며 "어느 생의 몸"이 "몹시도 아프고 떨려 아주 오래 낯익은 이별의 눈빛"(「이 봄엔」)을 감지하기도 하고, "집 없는 고양이 울음 같은 저녁이 오고" "절벽 끝에 걸린 둥글고 뜨거운 마지막 거품"이 "눈이 부시게 아름다웠"지만 끝내는 "나도 당신도 터지기 직전의 연약한 거품"(「거품 이야기」)처럼 속절없이 저물고 사라져가는 존재들의 풍경을 따뜻한 서정성으로 감싸 안는다.

시인은 지금 어쩌면 소멸과 죽음이 가져다줄 수 있는 존재의 허무와 비애, 고독과 절망의 바다를 횡단하는 중인지도 모르겠다. 시인은 소멸의 상상력이라 해도 좋을 만큼 떨어지고 스러져가는 소멸의 이미지를 빈번하게 노출하고 있기 때문이다. 그러나 시인은 그러한 운명을 거부하며 몸부림치거나 통곡하지 않는다. 아니 그러한 운명의 고통과 절망을 내면 깊숙이 가라앉은 풍경으로 제시하며, 투명하고 경건한 명상과 성찰을 통해 상처받는 여린 존재를 감싸 안는다. 시인은 존재의 소멸이 주는 고독과 절망, 허무와 비애를 자기 내면의 잔잔한 목소리와 우주의 비밀스런 소멸의 원리를 전달받고는 따뜻한 서정으로 적을 뿐이다. 그런 면에서 그의 시집에 나타나는 소멸과 죽음의 형식은 상처받은 영혼의 치유이기도 할 것이다.

4. 존재의 흔적, 기억의 형상 : 박미라

기억이란 존재의 흔적이다. 흔적은 존재의 기억들을 되돌아보는 자리이다. 기억의 현존성에 대한 탐구는 이미 지나가버렸거나 사라져가는 것들에 대한 추억이므로 행복의 시학이 되기는 어렵다. 그것은 차라리 누추하고 처참하며, 헐벗고 초라한 인상에 가깝다. 그것들은 대개는 심리적 상처의 기록들로 얼룩져 있기 마련이다. 흔적은 생의 중요한 일부를 이루며, 어쩌면 주체의 존재근거가 되기도 한다. 왜냐하면 진정한 의미에서 현재란 없기 때문이다. 주체는 흔적만으로 이루어져 있고, 주체는 기억의 흔적이다. 흔적은 삶의 지워지지 않는 기원이다. 그렇기 때문에 이때의 시쓰기란 그 깊고 어두운 기억에 대한, 혹은 헐벗고 초라한 흑백사진 같은 인상에 대한 응시이다. 따라서 그 기억의 흔적을 응시하는 시쓰기는 그것을 복원하고 재구성하려는, 그 덧없음과 쓸쓸함을 어떻게든 감싸 안으려는 욕망의 형식이다.

　박미라의 시집 『안개 부족』은 존재의 흔적을 더듬어 가면서, 그 존재의 흔적에서 감지하는 기억과 시간들에 대한 "구구한 기록"(「검은 피 한 잔」)이다. 그에게 "세상에 쓸데없는 추억"(「바다로 가는 길」)이란 없다. 그래서 그의 시집에 현상된 추억의 "뱃속을 뒤지면 수세기 전의 물건들이"(「혀-격포에서」) 즐비하게 쏟아져 나오곤 한다. 수세기 전의 물건 목록에는 백악기의 "공룡 발자국 흔적"(「백악기를 읽다」), "천 년 전의 이야기"(「화순 고인돌」)를 간직한 고인돌, "천 년 동안 제 몸을 지워가는"(「풍장」) 중인 풍장의 나무에서부터 "더 이상 반짝이지 않는"(「오래된 밥솥」) 밥솥으로 은유된 어머니의 몸에 층층으로 각인된 기록들과 "자반이 되고 장아찌가"(「고혈압」) 된 염장의 기록들이 새겨져 있다. 추억과 기억의 기록들이 수놓은 풍경들은 결핍의 풍경, 부재의 풍경, 상처와 상실의 풍경이다. 그의 시집은 말하자면, 시간의 흔적으로 남아 있는 "온갖 것들을 핥으려는" 버릇을 가지고 있으며, 그것은 그의 "아주 오래된 습관"(「혀-격포에서」)처럼 보인다.

　　무엇인가를 담았던 기억은 아득하고 그 사이 몇 마리 거미가 다녀갔다 그 중에 몇몇은 잠깐씩 머물거나 눌러 살고 싶었던 듯 그물을 치던 흔적이 있다

　　바람도 돌팔매도 닿지 못할 장소를 찾아낸 거미의 황홀이 햇살처럼 묻어 있는 빈 항아리
　　잠들 때조차 부릴 곳 없던 제 몸의 무게를 견고한 동굴 속에 던져두고
　　하늘을 등진 채 혹, 자살을 꿈꾸기도 했던
　　죽음의 문턱에서도 물러서지 않는 허기에 나갈까 나가 버릴까
　　그물을 치다가 말다가
　　잘못 날아든 나방을 향해 깔깔 웃기도 했던
　　뱉어낼 수 있는 건 오직 먹이를 위한 그물뿐인 생애를
　　저 혼자 이리저리 짚어보기도 했을
　　빈 항아리에 등을 기대고 지금은 없는 거미의 날들을 생각한다
　　　　　　　　　　　　　　　　　　— 「거미가 지나갔다」 중에서

인용 시에서 화자는 "빈 항아리"에서 거미가 머물다 간 흔적을 읽는다. "하늘을 등진 채" 누워 있던 깜깜한 어둠의 텅 빈 항아리 속의 시간은 "죽음의 문턱에서도 물러서지 않는 허기"와 "자살을 꿈꾸기도 했던" 결핍과 부재의 공간이다. 그곳은 "오직 먹이를 위한 그물뿐인 생애"의 흔적만이 남아 있는 공간이다. "빈 항아리" 속의 "지금은 없는 거미의 날들"은 아득하고 쓸쓸한, 안타깝고 투명한 슬픔이 있는 공간이며, 모든 존재의 스러짐을 보여주는 공간이다. 그곳은 무엇보다 존재의 근원에 대한 결핍으로 가득 찬 공간이다. 이러한 삶과 생명에 대한 극단적인 회의는 삶의 확실성에 대한 회의이다. 그것은 동시에 "부레옥잠 그 여자"와 같이 "터를 잡지 못한" 채 "심한 멀미가 해일처럼 덮"치는 삶의 난폭함에 대한 부정적 인식이다. 부레옥잠과 같이 뿌리내리지 못하는 삶에 대한 인식은 그 자체로 불모성과 황폐성을 띤다. 그것은 때로 삶에 대한 적극적인 부정이라기보다는 피할 수 없는 존재의 조건이다. 그에게 삶은 부레옥잠 같은 어머니의 생애가 그런 것처럼 "물속에서 흔들리는 뿌리"(「부레옥잠 그 여자」)와 같은 것이다.

때문에 '빈 항아리'는 무엇인가. 그곳은 더 이상 생이 깃들지 않는 부재의 공간이며, 헐벗은 어둠의 공간, 죽음의 시간이다. 그 공간에서 "신선한 것들은 모두 죽음을 향한 질주로 헐떡이며"(「病에게」), "활짝 핀다는 건" "죽음을 향해 건네는 악수일 뿐"(「도미 小傳」)인 것에 다름 아니다. 소멸과 죽음은 삶의 유일한 길이다. 이와 같은 헐벗은 생에 대한 다소 비극적인 사유는 곧잘 그의 시에서 늙고 왜소한 어머니를 바라볼 때 더욱 특징적으로 나타난다. 이는 스러져가는 존재, 육체성을 상실해가는 어둡고 적막한 저녁 풍경에 대한 기록, "터지고 깨진 것들의 은신처 같은" "상처의 배후에 대한 기록"(「상처의 배후를 기록하다」)이기도 하다. 그래서 그의 시쓰기란, 상처받은 육체와 영혼에 찍힌 흔적의 기록이 될 수밖에 없다.

박미라의 시는 흔적의 상상력이라 해도 좋을 만큼 무언가 머물다 스러져간 흔적의 이미지를 빈번하게 노출하고 있다. 그러나 그 지난 흔적은 현재나 미래를 밝게 비추어줄 수 있는 어떤 희망, 어떤 아름다움의 메타포를 함축한 것이 아니다. 그렇기 때문에 그 흔적은 현재나 미래에도 고스란히 반복될 뿐이다. 특히 그것은 그의 시집에 자주 등장하여 화자인 '그/녀'가 바라보는 '어머니'를 연민어린 시선과 묘사적 언술로 시화할 때 더욱 두드러지게 표백된다. 이때 어머니는 곧 시적 자아의 자화상이다. 달리 말하면 늙고 병들어 남루하고 초라하고 헐벗은 어머니의 초상은, 어머니의 것이기도 하지만 시적 자아의 초상으로도 보인다. 그의 시에서 어머니에 대한 초상은 시적 자아의 의식을 반영하는 것이다. 그러니까 어머니에 대한 화자의 시선은 대상에 대한 객관적 반영으로 귀결된다기보다는 나에 대한, 나의 생에 대한, 존재에 대한, 세계에 대한, 우주에 대한 인식의 심화로 생각할 수 있다.

박미라는 흔적을 통해서 상처와 상실의 고통을 본다. 그래서 그의 시쓰기는 "母系의 혈통", 그 "묵은 혈통의 발원지를 찾아가는"(「작고 구부러지고 새파란」) 일이라 할 수 있다. 모계의 혈통으로 이어지는 그 헐벗은 인상, "소용돌이 선명한 옹이를 중심으로/빈틈없이 맞물린 어지럼증"(「단풍나무가 있는 풍경」)에서 시인은 떠나지 못한다. 그래서 그의 시는 생의 어지럼증에 대한 기록이기도 하다. 시인의 몸은 멀미와 어지럼증으로 몸살을 앓고 있다. 이러한 몸, 육체에 대한 사유는 관능이나 탄생을 준비하는 생명성을 상징하지 않는다. 병들고 스러져가는 몸은 다만 헐벗은 영혼을 어루만지고, 그러한 생의 비밀을 알아내고, 시인 자신이 세계와 맞설 수 있는 무기를 제공하는 언어의 몸이다.

소리가 지워진 노모의 세계는 새벽 창문처럼 고요하여
천둥도 사랑도 다만 무늬일 뿐인데
자글자글한 주름살 고랑마다
말씀의 무늬가 마른 오이꽃처럼 흔들린다

　　머무르지 않는 것들은 모두 야속하다

―「슬픔」 중에서

　　그의 시에서 "말라버린 자궁"(「목련꽃 어머니」)과 "노각의 껍질"(「낮달2」) 같은 어머니는 한 여자의 한 생애가 지닌 남루와 처참함을 선명하게 양각하고도 남는다. 따라서 그의 시들은 기억 속에 머무는 궁핍하고 왜소한 여자의 삶에 관한 시적 보고로도 읽을 수 있다. 어머니의 생은 일상적인 삶에서 지워버린 슬픔 같은 것을 되돌려준다. 어머니는 "몸속 어딘가에 안개의 늪을 품은 채/날마다 조금씩 지워지는"(「안개 부족」) 존재이다. 존재의 뿌리 없음이나, "소리가 지워진 노모의 세계"나 "말씀의 무늬가 마른 오이꽃처럼 흔들"리는 것은 벗어날 수 없는 존재의 조건인 것이다. 그의 시는 뿌리 없이 흔들리고 지워져가는 존재의 흔적에 대한 연민어린 기록, "머무르지 않는 것들"에 대한 야속하고 애정 어린 보살핌이다. 따라서 인용 시는 병들고 헐벗어 통증의 감각을 간직한 채 스러져가는 어머니의 몸에 대한 시적 사유의 표현이다. 말라버린 어머니의 자궁, 그것은 "마른 오이꽃"과 같이 헐벗고 스러져가는 부재와 황폐성의 자궁이다. 그러한 어머니에게서 화자가 보는 것은 이제 "천둥도 사랑도 다만 무늬일 뿐"이다. 무늬란 무엇인가. "자글자글한 주름살 고랑마다"에 패인 "말씀의 무늬"는 섬세하고 여린 흔적, 폐허와 죽음과 어둠의 공간에 남겨놓은 생의 흔적이다. 아니 그것은 차라리 가득한 부재, 결핍의 내밀성, 죽음의 흔적이다. 시인은 그것을 기억하려 하며, 기억해야 할 슬픔 같은 것들은 마땅히 기억해야 한다. 그것은 어쩌면 잊을 수 없는, 아니 잊어서는 안 되는, 그래서 꼭 기억해야 할 여자의 삶의 쓰라린 원적의 기록과 같은 것이다.

　　그가 '백악기의 책력'을 읽고 기록하는 일로써의 시쓰기는 상실의 경험에 다름 아니다. 그것은 그의 시에서 존재의 어두운 흔적을 밟아가며 적멸의 세계, 어둠의 세계, 죽음의 세계로 접어드는 수많은 이미지들을 통해

서 쉬이 확인할 수 있는 사항들이다. 그러나 그의 시쓰기는 "태아처럼 웅
크린 꽃눈" 속에서 "내 몸의 다음 생"(「연자차」)을 준비하기 위해 "검은 피"
를 바치는 제단祭壇의 "경건한 의식"(「검은 피 한 잔」)의 시간이기도 하다.
이렇게 존재의 결핍과 처연한 상처의 원적原籍을 더듬는 일은 삶과 죽음
에 대한 성찰이라 할 수 있다. 이러한 성찰은 세계는 죽음의 장소이지만
또한 탄생의 장소라는 역설적인 지혜를 함축한다. 마치 "종갓집 대물림
간장처럼 향기 나는 어둠에 닿기 위하여" "이 어둠을 덧칠해야 하는" 것
처럼……. 시인은 밤의 어둠이 "절망에게조차 휴식을 허락하는 너그러운
배후"(「오만과 편견」)를 알고 있다.

동감의 시학, 사람의 절경에 이르는 형식
— 문인수의 『배꼽』

문인수 시인은 1985년 『심상』지를 통해서 문단에 나왔다. 『배꼽』(창비, 2008)은 시인의 일곱 번째 시집이다. 한 시인의 세계를 잘라 말하는 것만큼 어리석은 일은 없겠지만, 그의 시에 대한 세간의 평은 짙은 서정성에 기반한 연민과 비애의 정서를 줄곧 추구해 왔다는 것으로 거칠게 말할 수 있다. 나는 이것을 대상의 고통을 그대로 이해하고 뒤따라 느끼는 동감의 시학이라 부르고 싶다. 문인수 시의 원적原籍으로서 동감의 시학, 연민과 비애의 정서는 오랜 시간 그리움으로 삭인 내면의 깊은 심층에서 발원하며, '사람의 그늘' "연민의 저 어둡고 습한 바닥"(「시인의 말」, 『배꼽』)이라는 존재의 근원적 뿌리에 천착해 있다.

존재의 어둡고 습한 "바닥을 면밀히 탐색"(「막춤」)하고 쓰다듬는 이러한 연민과 비애의 정서는 초기 시 이후 지속적으로 나타나는 현상이며, 이번 시집에서도 예외 없이 시적 지배소로 기능하고 있다. 우선 『배꼽』의 모습을 보다 면밀히 살펴보기 위해 그의 이전 시집들에 대해 잠깐 언급하자면, 그의 초기 시에서 비애와 연민은 시인의 고향이나 가족사, 유년사를 둘러싼 이야기를 자주 동반하며 펼쳐진다. 오랜 세월 동안 내면의 심층에

켜켜이 쌓인 시간의 축축한 단층에 그의 초기 시는 머문다. 네 번째 시집 『홰치는 산』(1999)의 「자서」는 이러한 문인수 시의 원적을 비교적 명료하게 파악할 수 있는 단서를 제공해준다. 즉,

> 인간에게도 나무나 풀의 그것과도 같은 섬세하고도 집요한, 흰 뿌리가 있다면 그것은 바로 고향을 향한 그리움일 것이다.
> 자기 존재의 발원, 고향이란 그러나 멀거나 가까운 어떤 공간이 아니라 이제는 도저히 가 닿을 수 없는, 시간의 아득한 저편일 것이다.
> 이 땅의 神이옵신 그리움은, 그리운 것들은 그런데 왜 하나같이 궁핍한가, 가련한가, 지리멸렬한가, 그러한데도 또 어찌하여 하나같이 아프게 아름다운가.

라고 말할 때, 문인수 시의 원적이 어디에 뿌리를 두고 있는지를 느낄 수 있다. "자기 존재의 발원"으로서의 "고향을 향한 그리움"과 그 고향이 멀거나 가까운 어떤 특정한 공간이 아니라 "시간의 아득한 저편"이라는 말에는 문인수 시를 관류하고 있는 수맥의 원천을 가늠케 한다. 고향은 현재적 삶의 공간이라기보다는 과거의 시간으로서 유년의 기억이 검은 단층으로 켜켜이 쌓여 있는 곳이다. "시간의 아득한 저편", 그 기억의 검은 지층에서 시인은 그리움의 힘으로 '하나같이 궁핍하고, 가련하고, 지리멸렬하고, 그런데도 아프게 아름다운' 이야기나 사물이나 사람들을 불러낸다. 그의 초기 시는 그래서 현재적 삶의 구체성보다는 "시간의 아득한 저편"에 존재하는 기억들을 재구하는 형식을 통해 "삶의 궁기窮氣"(「자서」, 『동강의 높은 새』)를 드러낸다. 그것은 '어둡고 습한 바닥'으로서의 존재의 근원, '존재의 배꼽'에 연관된 '아프게 아름다운' 비애나 연민 같은 것들을 그리움의 힘으로 호명해내는 일에 다름 아니다. 그러니까 그리움의 힘은 존재의 어둡고 습한 바닥, 그 축축하게 젖은 검은 지층을 굴착해 들어가는 동력이다.

그리움의 힘으로 호출한 고향, 그 시간의 단층, 축축하게 젖어 있는 내면의 심층에는 눈물과 울음, 슬픔과 아픔, 그리움과 상실의 흔적 등과 같은 정서적 세목으로 꽉 들어 차 있다. 그의 초기 시는 비와 눈물과 울음

으로 젖어 있다. 첫 시집에서 "천천히 젖는/비의 후렴"(「겨울비」, 『늪이 늪에 젖듯이』)은 이후 연민과 비애의 노래가 되어 그의 시를 감싸 돈다. "낯선 객지에서 젖는 내 여윈 몸"(「실」, 『세상 모든 길은 집으로 간다』)이 부르는 "젖는 것들"(「비」, 『뿔』)과 "비릿한 눈물맛"(「매춘」, 『홰치는 산』)의 향기로 가득한 그의 초기 시의 풍경들은 원초적 비애와 연민을 간직한 시인 내면의 투과 透過를 거친 결과이다. 이것을 가라타니 고진의 말을 고쳐 표현한다면, '풍경이란 시인(개인)의 내면적 상태와 긴밀한 연관성을 가지며, 시인(개인)의 의식 내부의 사고, 기억, 감각을 통해 보여진 것'(『일본근대문학의 기원』)이 풍경이기 때문이다. 문인수 시인의 마음은 축축이 젖어 있고, 젖어 있는 시인의 내면의식을 투과한 외계의 사물이나 존재의 풍경들은 젖은 모습으로 그려진다. 그것은 시인의 말을 빌리면 풍경, 즉 "연민의 저 어둡고 습한 바닥"은 주체의 시선이 풍경에 개입한 결과이기 때문이다. 그래서 시인은 결국 풍경은 "내가 엎질러놓은 경치"라 말한다. 이와 관련하여 시인의 말을 계속 들어보면,

절경은 시가 되지 않는다.
사람의 냄새가 배어 있지 않기 때문이다.
사람이야말로 절경이다. 그래,
절경만이 우선 시가 된다.
시, 혹은 시를 쓴다는 것은 그 대상이 무엇이든 결국
사람 구경일 것이다.

사람의 반은 그늘인 것 같다.
말려야 하리.
연민의 저 어둡고 습한 바닥,
다시 잘 살펴보면 실은 전부 무엇이냐.
내가 엎질러놓은 경치다.

— 「시인의 말」 전문

"절경은 시가 되지 않"고 "사람이야말로 절경"이며, 그 "절경만이 우선

시가 된다”는 시인의 발화는 『배꼽』의 세계가 궁극적으로 지향하고 또 도달하고자 하는 세계를 가늠할 수 있게 해준다. 문인수 시인은 왜 그렇게 ‘젖는 것들’은 말할 것도 없고 ‘젖은 것들’에 관심을 보여 왔을까. 시인은 또 왜 그렇게 ‘사람의 그늘’, ‘연민의 저 어둡고 습한 바닥’에 그토록 집요하게 관심을 두는 것일까. 그것은 “좀더 잘 보이는 세계는 그만큼 널리 젖어 있”(「우포늪, 칠십만 평에 달한다」, 『동강의 높은 새』)고, 또 “젖은 것들의 몸이 잘 보이기”(「비」, 『뿔』) 때문이라는 이전의 진술과 맥이 닿아 있는 것이다. ‘젖어 있는 세계’와 ‘젖은 몸’은 시인으로 하여금 존재의 뿌리를 제대로 볼 수 있게 만들며, 이러한 시인의 인식은 『배꼽』에 이르러서는 “사람의 냄새”, ‘사람의 절경, 그 ‘비릿한 눈물맛’을 제대로 느끼게 해주는 것으로 믿기 때문으로 여겨진다. 이로 미루어볼 때 시인의 마음이 젖어 있을 때 존재의 뿌리, 존재의 바닥, 사람의 절경, 삶의 진경이 제대로 보인다는 의미로 받아들일 수 있겠다. 『배꼽』은 이러한 사람의 냄새, 사람의 절경, 사람의 그늘, “연민의 저 어둡고 습한 바닥”을 쓸쓸하게 느끼고 어루만지며, 대상의 고통을 그대로 이해하고 뒤따라 느끼는 동감의 시학을 동반한다.

　『배꼽』은 “시간의 아득한 저편”에서 ‘하나같이 궁핍하고, 가련하고, 지리멸렬한’ 이야기나 사물이나 사람들을 호명하면서 동시에 자신의 주변을 둘러싼 현재적 삶의 근원, ‘사람의 냄새’, ‘사람의 절경’, ‘사람의 그늘’을 노래한다. 이것은 『쾌치는 산』 이후 더욱 두드러지게 보여주기 시작하는 “혹독한 생의 냄새”(「싯타르를 켜는 노인」, 『쉬!』)와 “찝찔한 비애”, “비릿한 눈물맛 풍”(「매춘」, 『쾌치는 산』)기는 가혹한 삶의 진경을 주시하는 시적 관심의 연장선에 놓여 있는 것이다. 특히 『쾌치는 산』에서 보여주었던 유년의 고향과 가족들과 이웃 사람들의 ‘하나같이 궁핍하고 가련하지만 아프게 아름다운’ 삶에 대한 서사를 설화적으로 절절하게 재구성하는 방식은, 『배꼽』에 이르러서는 이제 ‘꼭지’로 상징되는 현재적 삶의 척박한 현장에서 만나는 수많은 사람들로 변주 확산되며, 이들 ‘꼭지’들의 삶의 ‘꼭지’가 “주전자 꼭다리 떨어져나가듯 저, 어느 한점 시간처럼 새 날아"(「꼭지」)가는 순간을 포착하여 지시한다.

시인은 '꼭지'로 변주되는 다양한 인물들의 보잘것없는 살이, '하나같이 궁핍하고 가련하지만 아프게 아름다운' '꼭지'들의 삶에 농축된 이야기에 시적 관심을 집중한다. 『배꼽』에 등장하는 인물들은 현실세계의 중심에서 밀려나 주변에 위치한 가난하고 소외된 마이너리티들이거나, 생의 중심에서 점차 멀어진 늙고 노쇠한 이들이다. 이들은 저마다 "뒤뚱뒤뚱, 몽땅하게 자꾸 깔아뭉개는 상처"(「비둘기」)를 간직하고 있으며, 시인의 시선은 이들의 깊은 '상처'와 상실에 맞닿아 있다. 시인은 연민어린 시선으로 "궂은 날" "몸을 두고 공전하는" "징그러운 흉터"(「지네」)와 "노후에도 노후해도 썩지 않고 영롱하게 글썽이는" '흉금'(「낡은 피아노의 봄밤」)에 깃들어 있는 '아프게 아름다운' 슬픔과 비애를 쓰다듬는다. "아내와 사별하고" "딸아이 둘을 키우며" 사는 사내의 「저녁이면 가끔」, 박찬 시인의 죽음에 관한 「오후 다섯 시」와 「흰 머플러!」, 아마도 대구 지하철 화재 참사를 그리고 있는 듯한 「없다」, "뇌성마비 중증 지체·언어장애인"의 죽음을 소재로 하고 있는 「이것이 날개다」 등 시집 전편에는 이러한 상실과 죽음과 소멸, 삶의 '꼭지'가 떨어질 듯 붙어있는 이미지로 가득하다.

시집의 전편에 흐르고 있는 마이너리티들의 삶과 애환, 상처와 상실, 죽음과 소멸은 그래서 곧잘 "그 어떤 희망에도 말 걸지 않은 세월"(「배꼽」), 혹은 "시퍼렇게 뒤를 쫓는 식칼 같은 세월"(「기린」) 속에서 그 용도를 잃고 폐기되어 가거나 쓸쓸히 사라져가는, 말하자면 생을 붙들고 있던 '꼭지'가 떨어져나가는 것들, 그것들이 떨어져나갈 듯한 순간에 대한 관심에서도 도드라지게 발견된다. 시인은 "썩은 꽃꽂이 같은 세월" "깜깜 눈감고" "풀썩 무너지고 싶"(「송산서원에서 묻다」)은 폐허의 송산서원, "장맛비 속에" "젖어도 젖을 일 없는" 버려진 "플라스틱 의자"(「식당의자」), "바깥 사방이 흉흉"(「흉가」)한 흉가, "등이 휘도록 늙고" "푸르스름한 풍파의 주름 많은 남루"(「수치포구」)의 수치포구, "한칸, 한칸, 앞이 없는 사람들 먼저 떠"나고 "질긴 세월, 강철 암흑으로 엮어 꿴 악산 한 두릅의 폐선, 정선선"(「다시 정선선」)과 같은 이제는 쓸쓸히 '꼭지'가 떨어져 용도를 잃고 소멸해가는 사물들을 연민어린 시선으로 감싸 안는다.

물론 그 연민의 시선 밑변을 떠받치고 있는 정서의 기둥은 동감이다. 문인수 시의 수원은 역시 근원을 알 수 없는 궁핍과 고통을 담고 있는 비애와 연민의 정서, 그것을 느끼는 동감의 시학이다. 그 중심에 세상의 중심에서 비껴난 다양한 '꼭지'들의 삶이 있으며, 생을 붙들고 있는 삶의 '꼭지'가 불현듯 떨어져나갈 듯한 아슬아슬한 어느 순간에 시적 초점이 모아져 있다. 그리고 중심에서 비껴난 꼭지들의 중심에는 시인이 궁극적으로 '사람의 냄새' '사람의 그늘'을 진정으로 이해하고 느끼는 동감으로서의 "사람 구경"이 자리하고 있다. 여기에 문인수 시인의 시학, 즉 "시, 혹은 시를 쓴다"는 궁극의 이유가 있다. 그에게 "시, 혹은 시를 쓴다는" 행위는 곧 "사람 구경"이다. "사람 구경"은 또한 "연민의 저 어둡고 습한 바닥"에 엎질러진 비릿한 "사람의 냄새"(「시인의 말」)를 맡는 일이다.

독거노인 저 할머니 동사무소 간다. 잔뜩 꼬부라져 달팽이 같다.
그렇게 고픈 배 접어 감추며
여생을 핥는지, 참 애터지게 느리게
골목길 걸어올라간다. 골목길 꼬불꼬불한 끝에 달랑 쪼그리고 앉은 꼭지야,
걷다가 또 쉬는데
전봇대 아래 웬 민들레꽃 한 송이
노랗다. 바닥에, 기억의 끝이

노랗다.

젖배 곯아 노랗다. 이년의 꼭지야 그 언제 하늘 꼭대기도 넘어가랴.
주전자 꼭다리 떨어져나가듯 저, 어느 한점 시간처럼 새 날아간다.

— 「꼭지」 전문

문인수 시인은 대상의 고통을 그대로 이해하고 뒤따라 느끼는 동감의 미덕을 지니고 있다. 그리고 그것은 근원을 알기 어려운 궁핍과 고통을 담고 있는 비애와 연민의 정서에서 비롯하는 것임은 널리 알려진 사실이다. 위의 시에서처럼 “꼬부라져 달팽이 같”은 “독거노인”의 “젖배 곯아” 노란, 배고프고 고달픈 삶에 대한 동감은 궁핍과 고통을 담고 있는 비애와 연민의 세계를 잘 보여주는 것이다. 그러나 시인의 대상에 대한 동감, 즉 삶의 궁핍과 고통, 비애와 연민은 그것을 유발한 원인에 대해 어떤 원망이나 분노, 어떠한 공격적 저의도 동반하지 않는다. 시인은 그것을 결코 부정적으로 받아들이지도 않으며, 또 그렇다고 쉽게 눈물의 홍수에 빠지지도 않는다. 시인은 그것을 어떤 윤리 도덕적 가치로 환원하거나, ‘꼭지’들의 ‘젖배 곯아 노랗게’ 뜬 궁핍의 원인에 대해 비판하지도 저항하지도, 또 원망하지도 않는다. 시인은 다만 그것을 동감의 시선으로 물끄러미 바라보며 담담히 받아들이고 묘사할 뿐이다. 시인은 그들과 조용히 대면하여 “젖배 곯아 노랗”게 뜨고 “잔뜩 꼬부라져 달팽이 같”은 ‘꼭지’의 삶과 대면하여 대화할 뿐이다. 왜냐하면 ‘사람의 절경’은 대상으로부터 분리된 존재가 대상을 위험에 빠뜨림이 없이 대상에게 말을 건네는 데서 발생하기 때문이다.

『배꼽』에는 이와 같은 수없이 많은 ‘꼭지’들의 다양하고도 절절한 이야기들이 절제된 어법으로 펼쳐지고 있다. “독한 파냄새를 계속 뿜어내는”(「파냄새」) 노점상 아주머니, “시커먼 고무치마 두르고 도심 인파 속을 오체투지”(「막춤」)로 기어다니는 불구의 사내, “하루하루 수장되는 길” 같기도 하고 “무슨 엄숙한 식장 같”(「만금이 절창이다」)은 개펄의 여인네들, “일생은 한마디로 똥”(「조묵단전(傳)」)인 조묵단, 「지네」와 「서정춘」의 서정춘 시인 등을 예로 드는 것만으로 족하다. 이들은 모두 한결같이 “시퍼렇게 뒤를 쫓는 식칼 같은 세월!”의 “메마른 초원 같은 한평생”(「기린」)을 살며 “썩어 문드러지도록 저마다 오래 다문 비명들”(「줄서기 — 인도소풍」)과 “짐승 같은 슬픔”을 “작은 몸에다 억눌러, 억눌러”(「흔들리는 무덤」) 두고 있는 인물들이다. 시인은 이들이 가진 '꽉 다문 만수위'의 비명과 억눌러 둔 슬픔을 끄집어낸다.

　시인은 이와 같은 다양한 '꼭지'들의 삶을 통해 "사람의 냄새"가 베어 있는 '사람의 절경'에 이르고자 한다. 이것은 그가 『홰치는 산』, 『동강의 높은 새』, 『쉬!』에서 계속적으로 보여주었던 고향 사람들이나 자신의 주변에 위치한 인물들에 대한 다양하고 절절한 삶의 이야기를 시화하는 연장선에 놓여 있는 것이다. 시인은 구구하고 절절한 '꼭지'들의 삶의 진경을 이번 시집 『배꼽』에서도 더욱 간명한 형식으로 강화하여 전경화한다. 왜냐하면 시인은 "사람이야말로 절경"이고 그러한 "절경만이 우선 시가 된다"는 시론적 믿음을 갖고 있기 때문이다. 문인수 시학의 입장과도 같은 이러한 믿음은 가령,

> 조문객이라곤 휠체어를 타고 온 망자의 남녀 친구들 여남은 명뿐이다.
> 이들의 평균수명은 그 무슨 배려라도 해주는 것인 양 턱없이 짧다.
> 마침, 같은 처지들끼리 감사의 기도를 끝내고
> 점심식사중이다.
> 떠먹여주는 사람 없으니 밥알이며 반찬, 국물이며 건더기가 온데 흩어지고 쏟
> 아져 아수라장, 난장판이다.
>
> 그녀는 어금니를 꽉 깨물었다. 이정은 씨가 그녀를 보고 한껏 반기며 물었다.
> #@%, 0%・$&*%ㅐ#@!$#*?(선생님, 저 죽을 때도 와주실 거죠?)
> 그녀는 더 이상 참지 못하고 왈칵, 울음보를 터트렸다.
> $#・&@＼・%, *&#……(정식이 오빠 좋겠다. 죽어서……)
>
> 입관돼 누운 정식씨는 뭐랄까, 오랜 세월 그리 심하게 몸을 비틀고 구기고 흔
> 들어 이제 비로소 빠져나왔다, 다왔다, 싶은 모양이다. 이 고요한 얼굴,
> 일그러뜨리며 발버둥치며 가까스로 지금 막 펼친 안심, 창공이다.
>
> 　　　　　　　　　　　　　　　　　　　─ 「이것이 날개다」 중에서

라고 노래할 때 이번 시집이 겨냥하고 있는 시적 관심이 무엇인지를 극명하게 지시한다. 시인은 "뇌성마비 중증 지체・언어장애인 마흔 두살 라정

식 씨"의 죽음에 관한 이야기를 펼친다. "뇌성마비 중증 지체·언어장애인"으로서 "마흔 두살"의 나이로 죽은 라정식 씨의 죽음에 대한 시인의 진술은 그러나 의외로 담담하다. "오랜 세월 그리 심하게 몸을 비틀고 구기고 흔들"리는 불우했던 삶과 혹독한 운명, 그리고 "일그러뜨리며 발버둥치며 가까스로" 맞이한 죽음에 대한 눈물이나 슬픈 조사弔詞는 표면적으로 시의 행간에 배려되어 있지 않다. 죽음을 조문한 자로서 가질법한 슬픈 애도나 조사보다는 오히려 그것을 무덤덤하게 묘사할 뿐이다. "아수라장, 난장판"이 된 조문 현장과 "#@%, 0%·$&*%ㅐ#@!$#*(선생님, 저 죽을 때도 와주실 거죠?)"처럼 진술하는 것과 같이 그것을 객관적으로 묘사 전달하는 데 그친다. 그런 다음 시인은 죽음을 "지금 막 펼친 안심, 창공이다"고 해석할 뿐, 그 어떤 순간에도 절제의 미덕을 잃지 않는다.

이와 같이 시인이 발견하는 삶의 절경은 어떤 슬픔이, 비극이, 아픔이, 눈물이 차고차서 결국 '만수위'를 이루고 그것이 끝내 "무너미 무너미 시퍼렇게 넘어가"(「대숲」)는 지점에 있다. 그러나 시퍼렇게 넘어가는 만수위의 무너미는 요란하거나 어떤 거창한 비극의 세계를 지시하는 것이 아니라, "사랑이라는 말조차 묵음"인 "고요"의 "만수위"(「주산지」)인 상태를 지시하거나, "오래 다문 비명들…… 한 장면이 찰칵, 소리도 없이 지나가"(「줄서기」)는 순간을 포착할 뿐이다. 그렇기 때문에 "꼭 다문 인상은 만수위"의 "비극"을 이루고 끝내 "무너미처럼 우"는, 그러나 "눈물 어룽거리면서도 끔벅,/소처럼 소리가 없"(「저수지 풍경」)이 우는 애이불비哀而不悲의 세계를 지향한다. 그는 삶의 '배꼽'이 근원적으로 지닌 슬픔을, 비극을, 아픔을, 눈물을 내비치지 않는 방식으로 내비친다. 그는 '절망의 배꼽', '비애의 배꼽'이 지닌 사연을 구구하게 언급하지 않는다. 역설적으로 "저 짐승 같은 슬픔" "목구멍 이상 올라오지 못하도록" "틀어막"아도 "아무래도 미미한 소리가 얼비"(「흔들리는 무덤」)치는 부분만을 통해서 슬픔을 드러낸다. 시인은 다만 "울부짖음이란 본디 제 것이어서 자디잘게 씹어삼"(「대숲」)킨 후에 남은 그 무엇, 말하자면 존재의 근원에 남은 "잔류독성 같은"(「저수지 풍경」) 슬픔만을 말할 뿐이다. 그런데 그 슬픔은 비릿한 냄새를 풍기는 것이고, 이것이 시인이 말하는 '사람의 냄새'이다.

문인수 시를 읽다보면 유독 '젖은 것'들이 발산하는 '비린내'가 많이 풍긴다. "비릿한 눈물맛"(「매춘」, 『홰치는 산』)에서부터 "비린 물음표"(「5월」, 『동강의 높은 새』), "송글송글 맺히는 피땀의 비린 생시"(「끝」, 『쉬!』) 등등 이전의 많은 시들에서 풍기는 비린내는 이번 시집에까지 그대로 짙게 퍼져 있다. 그 '비린내'는 양가적인 가치를 지니는데, 그것은 삶이 지닌 생명성과 비극성을 동시에 함유한다. 그가 『홰치는 산』의 「매춘」에서 '달빛 비린내, 청보리 냄새, 찝찔한 비애, 비릿한 눈물맛'을 통해 고향 사람들의 궁핍한 가난과 삶의 고달픔을 재구성하여 드러내고자 하는 것과 같은 시적 형질의 것이다. 이때의 비린내가 지닌 냄새의 형질은 삶의 척박함과 궁핍을 표면적으로 지시하면서 동시에 그 이면에는 "오월의 춘궁"에 "몸 팔아 새끼들 먹"여 살릴 수밖에 없는 생명에의 욕망을 함유하는 것과 같은 것이다.

> 그 어떤 절망에게도 배꼽이 있구나.
> 그 어떤 희망에게도 말 걸지 않은 세월이 부지기수다.
> 마당에 나뒹구는 소주병, 그 위를 뒤덮으며 폭우 지나갔다.
> 풀의 화염이 더 오래 지나간다.
> 우거진 풀을 베자 뱀허물이 여럿 나왔으나
> 사내는 아직 웅크린 한 채의 폐가다.
>
> 폐가는 낡은 외투처럼 사내를 품는지.
> 밤새도록 쌈 싸먹은 뒤꼍 토란잎의 빗소리, 삽짝 정낭 지붕 위 조롱박이 시퍼렇게 시퍼런 똥자루처럼
> 힘껏 빠져나오는 아침, 젖은 길이 비리다.
>
> — 「배꼽」 중에서

『배꼽』의 표제시인 위의 시도 역시 마찬가지로 이전에 보여주었던 "삶

과 죽음의 냄새가 완전히 한패거리로 흐르는 통로"(「새」, 『쉬』)를 가로지르고 있는 시적 문맥에 위치해 있다. 그러니까 『배꼽』의 비린내도 삶과 죽음, 생성과 소멸이 한패거리로 흐르는 통로에서 풍기는 비릿한 냄새이다. 이러한 후각적 이미지는 곧잘 "방뇨하기 좋은 포인트"의 방음벽에서 "지린내 같은 것도 삭혀먹"고 "파릇파릇" "새파랗게 쫑긋쫑긋"(「봄」) 싹을 틔우는 봄날의 자잘한 생명과 같은 의미자질의 것이다. 이러한 점은 특히 그 용도를 잃고 버려지거나, 혹은 폐기되어 가거나, 혹은 쓸쓸히 사라져가는, 말하자면 생을 붙들고 있던 마지막 '꼭지'가 떨어져나가는 것들에 대한 관심에서 두드러지게 나타난다. '폐허의 송산서원'(「송산서원에서 묻다」), '사방이 흉흉한 흉가'(「흉가」), '폐선이 된 정선선'(「다시 정선선」), '허공의 폐역'(「고모역의 낮달」), '수익성이 떨어져 찬밥 신세인 공중전화 부스'(「헛간이 서 있다」)와 같은 '폐가' 이미지에 잘 반영되어 있다.

화자는 "외곽지 야산 버려"져 "그 어떤 희망에게도 말 걸지 않은 세월이 부지기수"인 폐가에 '절망의 배꼽'을 가진 한 사내를 겹쳐 놓는다. 즉 "사내는 아직 웅크린 한 채의 폐가"로서 여기에는 오랜 시간이 흘렀다는 표지 외에는 어떤 생명의 기운도 느껴지지 않는다. 시의 초반부, 그러니까 전체 3연 중 1연과 2연에서는 생명의 기운을 느낄 수 없다. "외곽지 야간에 버려진" 폐가에 "한 사내가 들어와 매일 출퇴근"하면서 "전에 없던 길 한 가닥이 무슨 탯줄처럼/꿈틀꿈틀 길게 뽑혀나"올 뿐이다. 그 길은 "그 어떤 희망에게도 말 걸지 않은" 절망의 탯줄이 떨어져 나온 배꼽이다. 그 안에는 "그 어떤 희망에게도 말 걸지 않은 세월이 부지기수"이다. 그러나 화자는 그 절망의 세목들을 일일이 말하지 않는다. 다만 화자는 한 사내의 이미지와 폐가의 풍경 속에 겹쳐진 절망의 깊이, 그 긴 시간의 길이, 그 실존적 원죄의 탈피를 거듭해도 벗어날 수 없는 절망을 잠깐 말할 뿐이다. 여기에는 "마당에 나뒹구는 소주병, 그 위를 뒤덮으며 폭우"와 "풀의 화염이 더 오래 지나"가고 "우거진 풀을 베자 뱀허물이 여럿 나왔"다

말함으로써 무량한 시간의 반복과 거듭되는 원죄의 탈피와 절망스런 삶, 즉 "사내는 아직 웅크린 한 채의 폐가"일 뿐인 운명이 깃들어 있다. 여기에서 폐가와 사내는 곧 허물어질, 이제는 삶의 효용성을 상실할 죽음에 가까이 가 있다.

그러나 마지막 연에 이르면 폐가와 사내를 들여다보는 시인의 눈은 새로운 생명의 힘으로 번져 있다. 시인은 "밤새도록 쌈 싸먹은 뒤꼍 토란잎의 빗소리, 삽짝 정낭 지붕 위 조롱박이 시퍼렇게 시퍼런 똥자루처럼/힘껏 빠져나오는 아침"처럼 폐가를 통해 그 속에서 생명의 뿌리, 어떤 존재의 근원을 본다. 즉 시인은 생명이 다한 듯한 폐가 속에서 역설적으로 "밤새도록 쌈 싸먹은 뒤꼍 토란잎의 빗소리"에 깃든 생명의 소리를 들으며, 또 폐가의 "삽짝 정낭 지붕 위 조롱박이 시퍼렇게 시퍼런 똥자루처럼/힘껏 빠져나오는 아침"이라는 새로운 생명을 발견한다. 결국 시인은 폐가의 지붕 위에서 커가는 조롱박을 통해 소멸과 생성의 역설적 이치를 바라보는 것이다. 그것은 "생사의 숱한 기로를 이제 흐릿하게 천천히 지우"는 "풍금처럼 흐르는 모법母法"(「얼룩말 가죽」)과 같은 것이다. 그래서 삶의 근원, 존재의 바닥은 비린 것이다. 비린 것이 '사람의 냄새'이다.

문인수 시인의 『배꼽』은 비애와 연민의 후각으로 짙은 비린내를 풍기는 사람의 냄새를 맡는 데 주력하고 있다. 나는 이것을 대상의 고통을 그대로 이해하고 뒤따라 느끼는 동감의 시학이라 불렀다. 문인수 시의 원적으로서 동감의 시학, 연민과 비애의 정서는 오랜 시간 그리움으로 삭인 내면의 깊은 심층에서 발원한다. 『배꼽』은 비애와 연민의 정서로 '하나같이 궁핍하고, 가련하고, 지리멸렬한' 시인 자신을 포함한 주변을 둘러싼 현재적 삶의 근원, '사람의 냄새', '사람의 절경', '사람의 그늘'을 노래하는 '만인보'라 할 수 있다. 그의 '만인보'는 '연민의 저 어둡고 습한 바닥'에서 배어 나오는, 짙은 삶의 '젖은 비린내'를 풍기는 삶의 진경, 사람의 절경에 이르는 형식을 보여준다. 『배꼽』에는 사람살이의 비린 냄새로 가득하다.

'낯선 길'을 떠도는 유목의 문법
― 홍일표의 『살바도르 달리風의 낮달』

　　우리의 삶은 길을 따라 여행하는 과정이다. 길을 따라 '여행하는 인간 Homo Viator'의 운명이란 길 위에서 시작하여 길 위에서 맺는다. 길은 삶이고 삶은 길이다. 루카치는 그의 소설론에서 현대의 서사 형식인 소설을 선험적 좌표와 형이상학적 고향을 상실한 문제적 개인이 본래의 정신적 고향과 삶의 의미를 찾아 '길'을 나서는 동경과 모험에 가득 찬 자기 인식에로의 여정을 형상화하는 양식이라고 정의한다(G. 루카치, 반성완 역, 『소설의 이론』). 루카치적인 문맥에서 소설은 총체성을 잃어버린 시대의 정신적 여행자의 이야기라 할 수 있다. 루카치의 소설에 대한 이러한 정의는 장르를 달리 하는 서정 양식으로서의 시에도 얼마만큼 적용되지 않을까 싶다. 왜냐하면 '길'이 인간의 삶과 운명을 비유한다는 의미에서 현대의 많은 시인들은 자신만의 개성적인 '길'을 통해 삶과 존재의 원리를 상상하고 은유하기 때문이다.

　　보통 우리는 삶의 과정을 종종 '길'에 비유하곤 한다. '길'은 삶 또는 운명을 상징하면서 매순간마다 여러 갈래로 우리에게 다가온다. 만약 우리에게 주어진 '길'이 하나만 있다면, 그리고 그 주어진 '길'만 따라가야 한다면 우리의 삶은 얼마나 지루하고 단조로우며 무미하고 건조하겠는가. 어느 시인의 전언처럼 거듭거듭 집에 남아 있기만 한다면 우리는 가축이 될 뿐이다. 가축이 아니라면 적어도 길들여진 사람이 되고 만다(황동규, 『겨울노래』). 그래서 삶이란 여러 갈래로 주어진 '길'을 사유하고 상상함으로써 다양하고 풍부한 그 무엇이 된다. 따라서 여러 갈래의 '길'을 따라 걷고 여행하고 탐색하며 '길' 위에서 마주치는 풍경이나 사물을 관찰하고 해석하거나, '길'의 경험을 내면화하는 행위는 시의 고유한 본질이 된다. 그렇기 때문에 '길'의 이미지는 현대시에서 중요한 재원 가운데 하나이다. 그만큼 '길' 위의 시인들이 펼쳐내는 '길의 시학'은 가장 보편적인 시적 원리의 하나가 되는 것이다.

　'길'을 나선다. 그 '길' 나섬은 곧 하나의 장소에서 다른 장소로의 이동을 의미하며, 그 이동은 현실원칙이 지배하는 '길'의 논리를 거부하고 저항하면서 현실원칙이 지배하는 '길'이 아닌 그 너머의 다른 '길'을 탐색하는 행위이다. 그 이동은 의지적인 행위이다. 여기에는 일상의 무게와 덫, 삶의 무의미함과 권태로움, 현실원칙의 억압을 벗어나려는 주체의 들끓는 초월적 욕망이 숨어 있다. 그 욕망 속에는 현실세계에 못 박힌 자신의 존재를 부정하고, 또 주어진 길을 거부하고 광활한 자유의 영토 위에 자신의 존재를 개방하려는 욕망이 밑변에 깔려 있다. '길' 위의 여행이나 일상의 '길'에서 비켜 선 걸음은 현실적 삶의 폐기를 연습함으로써 일상적 삶에 해방의 순간을 부여하는 행위이다. 그럼으로써 우리의 삶과 세계가 얼마나 강고하고 많은 억압에 짓눌려 있는 것인가를 상징적으로 보여준다. 그것은 죽음을 연습함으로써 삶을 견디고 끈질긴 생의 의지와 삶의 근원을 엿보고 가다듬는 일이다. '길' 위의 시인들은 그래서 일상의 규범을 벗어나 지각의 갱신을 통한 존재의 갱신을 이룩하려는, 그러니까 어떤 초월적 가능성을 실험하려는 자이다. 이와 같은 맥락에 홍일표의 시집 『살바도르 달리風의 낮달』(천년의시작, 2007)이 자리해 있다.

바람은 애당초 집을 짓지 않는다
평생을 땅 한 쪼가리에 목숨 걸지 않는다
머무는 곳이 모두 제 땅이요 제 집이니
그는 지상의 대지주다
걸으면서 꿈꾸고 걸으면서 사랑하고
순간, 순간 반짝이며
길에서 태어나 길에서 죽는다

— 「호모 노마드」 중에서

홍일표의 『살바도르 달리風의 낮달』은 시인의 네 번째 시집이다. 이 시집은 '낯선 길'을 찾아 나선 시인의 고독한 영혼의 순례를 보여주고 있다. 시인이 찾아 나선 '길'은 익숙하게 주어진 자동화된 길이 아니다. 그것은 바람처럼 자유로운 유목민의 경계[差別相] 없는[無相界] 길이며, "오래된 길을 버"(「낯선 길」)리는 날짐승들의 길, 즉 '낯선 길'이다. 바람처럼 자유로운 유목민의 경계 없는 길은 다분히 불교적 세계관에 맞닿아 있다. 그의 시에 등장하는 역설적인 수법이나 모든 현상은 상주불멸하는 것이 없다[諸行無常]거나, 현상의 모든 존재는 고정된 실체를 갖지 않는다[諸法無我]거나, 무명無明의 탈각을 통해 자각적 성찰, 즉 차별상이 없는 궁극적 진실의 세계[無相界]를 사유하는 시적 내용과 형식은 이를 뒷받침하고 있다. 그래서 그의 유목민적 보행은 사물의 경계 없음을 받아들이는 것이 되며, 생성과 소멸의 형식, '길'의 궁극적 지평으로서의 공空의 형식을 상징하는 것이다.

'낯선 길'은 "얼핏 지리멸렬"해 보이지만 "그러나 살아 퍼덕이는 길"(「낯서는 길이 없다」)이다. 그 길은 또한 "낮고 탄탄한 길,/가장 확실한 눈앞의 푯대를/버리고" "황홀하게 피 흘리며 죽어갈/위험한 짐승의"(「칸나꽃으로 걸어가는 어름산이」) '길'이다. 이것은 유목민적 보법步法을 보여주는 것으로써 새로운 영토를 향하는 느릿한 탈각의 여행이다. 그래서 유목민의 보법은 "끝없이 보따리를" 싸고 또 싸며 "동가식서가숙" "머무는 곳이 모두 제

땅이요 제 집"이 된다. 시인이 지향하는 '길'은 거소의 장소로서 집을 지향하거나 목적하지 않는다. 시인은 "호모 노마드"로서 "애당초 집을 짓지 않"고, "걸으면서 꿈꾸고 걸으면서 사랑하고/순간, 순간 반짝이며" 자신이 현현하는 삶을 꿈꾼다. 그의 지향점은 "길에서 태어나 길에서 죽는" 삶이다. 그것은 어쩌면 "무정형의 푸른사상"으로서 "언제나 죽음과 사이좋게 동행한다"(「즐거운 반란」)는 의식을 동반한다.

> 조심해라
> 불나가기 직전 형광등처럼
> 생멸生滅이 깜박깜박,
> 삶과 죽음이 자주 자리를 바꾼다
> 들락날락 몰래 다녀간 시간의 발자국 들여다보면
> 검은 화면 속 죽음을 딛고 점프하는 생
> 화들짝, 붉은 꽃 핀다
>
> ― 「건망증」 중에서

　길과 삶이 하나로 맞물려 있듯이 삶과 죽음도 하나로 맞물려 있는 것이다. 길과 마찬가지로 삶은 이어져 있다고 믿는 순간 끊어져 있고, 끊어져 있다고 믿는 순간 다시 이어져 있는 것이다. 길이 삶의 완벽한 비유인 것처럼, 삶은 죽음의 완벽한 비유이다. 삶에 대해 이야기한다는 것은 길에 대해 이야기하는 것이 듯, 삶에 대해 이야기한다는 것은 죽음에 대해 이야기하는 것이다. 길들은 서로 만났다가 또 헤어지고, 헤어졌다가 다시 만나는 것처럼 삶은 죽음 이외에 아무것에도 연결되거나 확정되어 있지 않다. 길은 대칭적이거나 역설적으로 우리들 삶의 생김새를 비유적으로 드러내 보여주는 것처럼, 삶과 죽음은 서로 대칭적이며 역설적으로 서로를 비추어주는 것이다. 위의 시에서처럼 "삶과 죽음이 자주 자리를 바"꾸는 것이며, 생은 "검은 화면 속 죽음을 딛고" 서 있는 것이다. 그것은 마치 "순순히 죽음의 아가리 속으로/몸을 밀어 넣으며" "두려움 없이" "옆집에

놀러가”거나 “옆으로 슬며시 자리 한번 옮긴 것”(「크릴새우」)에 불과한 것이다. 이러한 자리바꿈은 끊임없이 존재를 변전하는 길의 형식으로 자아와 세계를 성찰하는 사유이다.

이와 같은 문맥에서 홍일표 시인이 보여주는 삶과 죽음에 대한 일상적이면서도 불교적인 탐사는 세속의 무게로부터 존재를 가볍게 하려는 것이다. 길을 통한 삶과 죽음에 대한 인식은 땅으로 관棺을 삼고 하늘로 관棺 뚜껑을 삼겠다는 장자적인 세계관과도 연관되어 있다. 시인은 이를 통해서 삶의 버겁고 둔중한 무게를 덜어내고, 삶과 죽음의 동일성을 자각하여 현실적 자아가 처한 죽음의 불안으로부터 해방되기 위한 염사殮死의 형식이라 할 수 있다. 이러한 염사의 형식은 역설적으로 그의 시의 어법을 경쾌하게 만들고, 삶을 가볍게 만든다. 마치 “지상의 일을 끝낸 철새들”이 “끊임없이 수직의 벼랑을 허물어/수평의 땅을 일으켜 세우”(「새가 나는 법」) 듯 경쾌하고 가볍다. 다시 말해 ‘길’을 통한 홍일표의 삶과 죽음에 대한 인식은, 죽음에 대한 내적 인식을 통해 죽음과 친숙해짐으로써, 삶과 죽음이 대립되는 요소가 아닌 하나임을 확인하는 것이다.

죽음을 삶의 동력으로 만드는 홍일표의 이러한 시적 사유는 허무적이라기보다는 허무의 극복과 맞물려 있다. 즉 ‘길’을 통해 일상적 삶의 억압적 규범을 벗어나 지각의 갱신을 통한 존재의 갱신을 이룩하려는, 그러니까 존재의 어떤 초월적 가능성에 대한 시적 욕망은 현실의 부정이나 거부가 아니라, 욕망의 비워냄을 통해 현실원칙이 지배하는 욕망의 무게에 짓눌린 존재를 가볍게 하려는 것이다. 이것은 시인이 말하는 ‘일방통행의 세계관’(「길 위에서의 명상」)이 안고 있는 현실원칙의 무게를 벗어버리고 자유로운 무위의 정신으로 삶과 세계의 부정성을 감싸 안는 것이다. 이것은 또한 현실적 삶의 억압에 대한 반어적 초월이며, 현실원칙을 넘어선 어떤 정신적 열림의 경지에 그의 시가 이르렀음을 의미하는 것이다.

새로운 영토는 익숙하게 정해져 있는 ‘길’에서 찾아지는 것이 아닌 ‘낮선 길'에서 발견되는 것이다. 그러나 그 길은 "너무 또렷해서 보이지 않는"(「크릴새우」) 역설적인 의미의 길이다. '낯선 길'은 존재의 어떤 초월적 가능성을 가능케 한다. 그것은 왜냐하면 '낯선 길'을 가는 여행의 유용성은 삶과 존재의 새로운 가능성을 열어 보이는 것이기 때문이다. 시인은 현실원칙에 못 박힌 자신의 존재를 부인하고 광활한 자유의 영토에 자신을 풀어 놓는다. 시인에게 그것은 "세상으로 나아가는 길을 스스로 잘라 버"(「수도승」)리는 행위와 "잠시 길 밖으로 나와 신을 벗는"(「길 위에서의 명상」) 행위로써 정해진 길에서의 이탈과 탈주를 통해 가능하다.

> 길이 꺾일 때 잠시 생각도 꺾어진다
> 일방통행으로 치닫는 생각이 자주 꺾여야
> 길눈이 밝아진다
> 아직도 어둡기만 한
> 생의 길눈,
>
> —「길 위에서의 명상」 중에서

  길을 느리게 걷거나 정해진 길에서 비켜 선 걸음은 이 세계의 재빠르고 번거로운 속도전에서 발을 빼는 행위이다. 그런데 이런 속도전에서 발을 뺀다는 것은 삶과 존재에 대한 성찰적 사유를 동반한다. 이러한 성찰적 사유는 현실의 자리에서 떨어져 나와, 그러니까 시인의 표현대로라면 "남루한 삶의 책갈피를"(「불의 양식」) 덮고 어떤 근원의 자리로 걷는 자(사유하는 자)를 이끈다. 현실의 속도를 거부한 시인의 느린 유목민적 보행은 "네 몸이 흐르는 대로/네 발이 닿는 대로/따라가거라"(「그대에게」)라고 우리에게 충고하기도 한다. 유목민적 보행은 삶의 효용성과 생산성을 증대시키는 것은 아니지만, 삶의 거죽 뒤에 숨은 저 어두운 존재의 심연을 응시하도록 만들고, 살아있음의 허술함과 안쓰러움을 불러일으킨다. 그것은 다시 현실원칙이 지배하는 이 세계 속의 삶을 반성적으로 바라보게 만들고,

이 거품 같은 현실세계의 속내를 투시할 수 있도록 기회를 마련해준다. 시인은 지금 길을 걸으면서 명상 중이다. 그 길 위의 명상은 간단없는 탈영토화를 통해 현실세계의 억압에서 벗어나려는 이탈적 행보이다.

위 시에서 보여주는 시적 화자의 보법은 유목민적 보행이다. 시인은 지금 "지하철도 버스도 다 버리고" "남산 한옥마을에서 인사동까지" 걷는 중이다. 걸으며 사유하는 중이다. 그는 지금 도보고행승처럼 도심 한복판을 걸으며 길 위를 순례하며 명상 중이다. 그는 걸으면서 깨닫는다. 그 걷는 행위를 화자는 "발바닥과 길이 직접 내통"하고 "가장 낮은 곳에서 뜨겁게 만"나는 것으로 인식한다. 화자는 "길이 꺾일 때 잠시 생각도 꺾어"지고 "일방통행으로 치닫는 생각이 자주 꺾여야" "생의 길눈"이 밝아짐을 성찰한다. 일방통행의 길은 "삼키면 삼킬수록 배고픈 동굴"이며 "가리고 가려도 금방 마각을 드러내는", "캄캄한 블랙홀 속으로" 무엇이든 빨아들이는 "검은 무덤"(「구두 굽을 갈며」) 같은 욕망의 길이다. 그런 길을 걸어온 구두는 시인에게 "허명에 기대어 내딛다가" "이제는 이름만 남은 쓸쓸한 기호"이다. 시인은 그 "채워지지 않는 슬픈 욕망"(「숟가락과 삽」)의 검은 블랙홀에서 발을 빼고 느릿하게 걸으며 길에 대한 명상을 펼치는 것이다.

> 갑옷투구로 무장한 발,
> 잠시 발이 빌린 것은 튼튼한 심장을 감싸고 있던
> 한때의 질긴 가죽이다
> 이제 이름만 남은 쓸쓸한 기호이다
> 허명虛名에 기대어 내딛다가
> 강골의 길바닥에서 깨어지고 부서져
> 지하 단칸방의 세입자처럼
> 잔뜩 움츠러 든 발,
> 해변에 이르러 비로소 갑옷투구를 벗는다
> 무장 해제다
>
> ― 「구두의 역사」 중에서

블랙홀처럼 무한한 욕망으로 무엇이든 빨아들이고자 하는 "외줄기 생각만 따라가다가/어느새 생의 절반이 지났다"는 반성적 성찰은 시인을 곧잘 신발을 벗고 '길' 밖으로의 이탈을 감행하도록 이끈다. 그래서 시인은 곧잘 삶을 짓이기는 신을 벗고 '맨발'(「맨발의 사내」)의 원초성, 즉 "갑옷투구로 무장한" 현실세계의 억압을 벗어나 "백사장의 모래알"과 "알몸과 알몸"으로 만나고자 하며, "사관의 붓끝에서 흘러나와 확신으로 빛나던/뜨거운 역사"(「지금 어디 계세요?」)를 버리고자 하고, 지정석을 버리고 "이제 가슴 설레는 황무지"(「지성석이 사라졌다」)로 남고자 한다. 그래서 그는 "오래 사용하던" "질질 흘러내리는 말/낡고 지루한 말들을" 버리고 "말의 감옥에서"(「실어증」) 풀려나고자 하며, "그림을 모시던 액자" 속 "풍경 유리를 깨고 뛰쳐나와/뛰어"(「반전」)노는 본원적이며 원초적인 생명과 자유의 세계를 지향한다. 그러니까 홍일표의 시적 '길'은 현실세계의 억압과 관습적으로 규격화된 질서의 틀을 깨고 '낯선 길', 새로운 삶의 형식을 사유하고 모색하는 길이다. 이와 같은 맥락에서 홍일표 시인이 걷고자 하는 길은 사관史官의 확신으로 빛나는 역사가 아닌 오독誤讀의 길이다. 그러나 그 오독은 "가지가 가물치로,/가물치가 가지로", '나'가 '잠자리'(「즐거운 오독誤讀」)로 자리바꿈하는, 사물의 경계[差別相] 없음[無相界]을 읽는 "즐거운 오독"에 다름 아니다.

> 나는 지금 깊이를 모르는 우물 앞에 있다
> 삼백예순 날 태양의 발자국, 초롱초롱한 별빛 한줌
> 울렁거리는 가슴에 담지 못한,
> 이 완벽한 허구 앞에 나는 너무도 당당하다
> 하긴 이 오랜 오독이 나를 살아가게 하는 힘이 아닌가
>
> ― 「오독의 지도」 중에서

그렇기 때문에 오독은 그를 "살아가게 하는 힘"이며, 삶의 "완벽한 허구 앞에"서 "너무도 당당"하다고 진술하게 된다. 삶이란 그 자체로 완벽

한 허구이며 "잘못 읽은 삶의 문장들"(「검부스러기를 모시다」)이다. 그러나 오독에 의해 잘못 읽혀진 세계의 문장들은 "눈앞의 차가운 철문을 여는 열쇠"(「헛것은 유구하니」)이다. "오독의 지도"는 그래서 "푸른 탯줄"이다. 그가 '지정석'이 아닌 '황무지'를, 그림을 모신 액자 속 풍경이 아닌 유리를 깨고 뛰쳐나온 풍경의 해방을, 정착이 아닌 유목nomad의 길을 걷는 것은 특정한 가치와 삶의 방식에 고착되어 있지 않는 정신의 자유로움, 해방의 즐거움을 보여주려는 것으로 이해할 수 있다. 그 시정신은 당연히 간단없이 자기 세계를 탈영토화하고 갱신하려는 창조적 정신에 다름 아니다. 따라서 우리는 홍일표의 이러한 창조적인 시정신을 '낯선 길'을 떠도는 유목의 문법이라 부를 수 있을 것이다.

서정의 깊이와 위반의 불온성 사이
— 나태주의『눈부신 속살』, 강희안의『나탈리 망세의 첼로』,
　강영은의『녹색비단구렁이』

1

　세 권의 시집을 읽으며, 테리 이글턴의 오래된 주장을 떠올린다. 그것은 문학은 이데올로기적이며 상대적이라는 에피그램이다. 즉 문학을 구성하는 가치판단들이 역사적으로 가변적이며, 가치판단 자체도 사회의 이데올로기들과 밀접한 관계를 맺고 있다는 것이다. 문학은 사회 체제에 따라 혹은 세계관에 따라 상대적으로 그 관념적 구성이 다양하게 형성될 수밖에 없다. 나태주의『눈부신 속살』(시학, 2009), 강희안의『나탈리 망세의 첼로』(시작, 2009), 강영은의『녹색비단구렁이』(종려나무, 2009)는 각각 전통 서정성을 추구하는 시가 가져다주는 아름다움과 서정성이 지닌 전통적 속성을 거부하고 그것을 위반하는 불온성, 그리고 시에 대한 심미적 자의식의 세계를 살펴볼 수 있는 계기를 제공해준다. 이들의 시집은 상대적 가치를 지닐 수밖에 없는 문학의 다양성과 개성을 엿볼 수 있게 한다.

　나태주의 시집은 아름다움에 대한 인간의 본능적 동경과 욕망이야말로 서정시의 근간을 이루고 있다는 사실을 새롭게 깨우쳐준다. 그의 시집은 아름다운 것, 서정적인 것에 대한 인간 욕망의 집요함을 드러내준다. 김준오의 논리에 따라 서정시의 가장 중요한 특징은 내적 세계와 외적 세계를 상호 연관시키는 능력이라 말할 때, 인식 주체의 마음이 사물(세계)과 접촉하면서 반응하는 감각의 파동을 아름답게 느끼기에 충분한 시집이다. 그의 시집은 서정시가 본연적으로 지닌 자기 동일성의 세계가 어떠한 아름다움을 발현하는지를 잘 보여준다.

강희안의 시집은 보통 우리가 알고 있는 전통적 서정성에 대한 반미학적 세계로 구성되어 있다. 그의 시집은 서정이 지닌 재래적인 관습적 문법과 규범을 위반하고 모독하는, 다시 말하면 자기 동일성의 양식인 서정시의 화법을 전복하는 전위적인 힘을 내장하고 있다. 그러한 측면은 "시 아닌 시/누구에게도 시적이지 않은/사적인 시", "非詩를 쓰고 싶었다"(「시인의 말」)는 전언에서도 극명하게 드러나는 터이다. 그의 시는 전통적 서정의 원리와는 다소 거리가 있다. 시인의 비시에 대한 강렬한 시론적 입장은 어쩌면 시문학이라는 개념은 선험적으로 주어진 실체가 아니라 역사적이며 개인적인 범주의 개념일 뿐이라는 반성적 사유를 담고 있는 것이다.

강영은의 시집은 시에 대한 심미적 자의식의 세계를 잘 보여준다. 그에게 시는 '꽃'이기도 하고, '집'이기도 하며, '독'(「시인의 말」)이기도 한 존재이다. 말하자면 시는 존재의 아름다움을 드러내는 '꽃'이기도 하며, 한 실존적 주체가 거주하며 그 실존의 존재성을 확인시켜주는 '집'이기도 하고, 존재를 한 순간 무無로 돌릴 수 있는 치명적 '독'이기도 한 것이다. 시 혹은 언어 혹은 존재가 지닌 이러한 이중적이며 다중적 속성에 대한 심미적 인식을 그의 시집은 집요하게 추구하고 있다. 그 심미적 자의식이 자리하는 거점은 '몸'이다.

2

세계를 이루는 사물과 대상과 그것이 발현하는 현상들은 곧 그것을 인식하는 서정적 자아의 내면 현상을 지시하는 것이다. 세계는 그냥 있지만,

그것은 그냥 자재自在하는 것이지만 그것을 인식하는 주체의 의식은 대상에 대한 관념적인 해석의 옷을 입힌다. 객관 대상은 그냥 있는 것이지만 인식주체의 의식의 옷이 입혀짐으로 인해 세계의 현상은 자아와 무관한 것이 아니라 자아의 현상, 자아의 의식, 자아의 정신을 나타내는 표지가 되어버린다. 바흐찐의 전언처럼 나를 타자에게 드러냄으로써만 나 자신을 인식하고 진정한 나 자신이 되는 것이다. 자아는 무수한 타자들로 구성된 세계와 접촉하면서 자신을 드러내고 정체성을 확인한다. 즉 자아의 마음이 사물에 접촉하면서 밖으로 나타나는 것이 인간의 의식이며 정서이다. 이때 동일성의 문제가 출현하는데 자아와 세계가 합일 일체하면서 하나의 연속성으로 인식되느냐 아니면, 자아와 세계가 분리 분열되어 비연속적으로 나타나느냐에 따라 서정의 세계는 크게 달라지게 마련이다.

나태주의 시집은 외계의 사물과 접촉하면서 대상과 자신을 하나의 연속적 관계로 파악하는 동일성의 세계를 보여준다. 그의 시적 자아는 세계와 접촉하면서 갈등하거나 대결하지 않는다. 그의 자아는 세계와 단절되거나 날카롭게 대립하지 않는다. 그의 자아는 조화롭고 이상적이어서 세계와 갈등하거나 대결하지 않는다. 그의 의식은 외계와 조화롭게 융화하면서 접촉한다. 그것은 설령 "많이 암울한 날들"(「시인의 말」)의 투병 생활과 죽음, 그 생사를 넘나드는 상황에서도 마찬가지이다. 시인에게 시는 "가장 확실한/위안이었고 마음의 출구"이다. 그 "마음의 출구"를 따라가면 노시인의 의식의 지향점에 도달할 수 있다. 그곳은 시인이 죽음을 예감케 하는 깊은 병을 앓으면서도 삶과 세계에 대한 깊은 믿음과 사랑과 그리움의 노래로 울려 퍼지는 음역音域이다. 그의 노래는 탄로탄병嘆老嘆病의 형식이 아니라 생에 대한 연가戀歌이다.

날씨 풀리고 따뜻해지니
귓속이 간지럽고
볼따구니가 근질거린다

묵은 나무둥치에 꽃이 피고 새잎 돋듯
내 몸뚱어리에서도 꽃이 피고
새잎이 돋을라나!

코끝이 매캐해진다
새로 오는 봄에는 부디 거짓말을
될수록 하지 말아야지
쓰레기를 덜 남겨야지

어디선 듯 누군가 바라보며
웃고 있을 것만 같다.

— 「이 봄의 일」 전문

　이 시집에 수록된 시들은 주로 병상에서 쓴 작품으로 알고 있다. 깊은 병은 죽음을 예감케 한다. 깊은 병은 사람으로 하여금 삶을 숙연한 진정성으로 받아들이도록 만든다. 그리고 병은 무감각한 일상을 새로운 것으로 감각하도록 만든다. 따라서 그의 시는 대부분 버리고 가는 자의 길 위에서, 죽음에 대한 깊은 사유의 끝에서 얻어진 것이라 해도 과언이 아니다. 그러나 시인은 위의 시에서처럼 죽음에 고뇌하고 슬퍼하는 자의 참담한 포즈를 취하지 않는다. 그는 다만 죽음의 풍경을 봄의 풍경으로 전이시키면서 생의 아름다움에 대한 자각의 세계를 보여줄 뿐이다. 그의 시편에는 버리고 가는 길에서 만나는 생의 소소한 즐거움과 사랑이 자리한다. 그래서 그의 시편에서 우리가 느낄 수 있는 정서의 질감은 버리고 가는 길에서 느끼는 존재의 가벼움이다.

　병과 죽음은 모두 생체험의 가장 중요한 범주이다. 시인은 늙음과 병과 소멸에 대한 고전적 주제에 대한 경쾌한 접근을 보여준다. 이러한 접근법은 일상적 삶과 생명을 새롭게 볼 수 있는 깨달음을 준다. 그러나 그 깨달음이 무언가 대단히 철학적인 사유의 세계를 보여주기보다는 자신이 처한 상황을 투시하고 풀어내어 편안하고 가벼운 마음의 상태에 도달한 정

서적 세계에서 나온 것이다. 시인은 삶과 죽음이라는 무거운 주제의 하중
을 덜어내고 살아있음의 희망과 황홀의 세계를 표백할 뿐이다. 새 봄이
오고 시인은 "묵은 나무둥치에 꽃이 피고 새잎 돋듯" 자신의 "몸뚱어리에
서도 꽃이 피고/새잎이 돋을" 것을 예감하면서 "코끝이 매캐해"지는 감정
의 파동을 체험한다. 그것은 삶과 죽음의 동일성을 자각하면서 죽음의 불
안으로부터 벗어나는 사유이며, 죽음을 삶의 형식으로, 소멸의 형식을 희
망의 원리로 치환하려는 행위이다. 이러한 염사念死의 형식은 '누군가'로
호명되는 알 수 없는 실체인 죽음이 "웃고 있을 것만 같다"는 긍정적 사
유로 전환되는 것이다. 이와 같은 죽음에 대한 내적 체험은 죽음과 친숙
해짐으로써, 삶이 죽음과 절대적으로 대립되는 요소가 아니라는 것을 확
인하는 과정으로 볼 수 있다. 그것은 죽음을 삶의 동력으로, 육체의 병을
정신의 상승 기제로 만드는 사유이다. 그것을 가능케 하는 것은 자연을
비롯한 천지 이웃들과의 거리 없는 합일과 섞임이다. 그것은 그의 시에
자기 동일성을 확보하도록 기능한다.

> 구름아, 나하고 이야기 하자
> 어디를 갔었는지 무엇을 보았는지
> 무척 많이 듣고 싶단다
>
> 풀들아, 꽃들아
> 늬들도 나하고 이야기 하자
> 늬들한테도 들을 애기가 아주 많단다
>
> 아침에 어떤 새들이 지절거렸는지
> 점심때 바람이 무어라 속삭였는지
> 나는 너희들이 무척이나 부러울 때가 있단다.

—「자연과의 인터뷰」 전문

　나태주의 시집은 서정의 원형을 지향하고, 그리움과 기다림, 자연에 대

한 동경과 동화, 생명에 대한 사랑, 삶에 대한 긍정 따위의 정서적 세목들은 그러한 원형의 중핵을 이룬다. 나태주의 시집은 이러한 정서적 세목들로 가득하다. 그의 서정의 원형은 자연에 대한 짙은 동경과 동화, 생에 대한 사랑과 긍정으로 물들어 있다. 이러한 전통적 서정의 원형이 어떠한 미학적 자질과 내적 함의를 지닌 것이냐에 대해서는 보다 미세한 논의가 필요하겠지만, 거칠게 말해 단형의 시형을 바탕으로 구체적인 사물이나 자연 풍경을 묘사하고 거기에 시적 주체의 해석과 판단을 덧붙여 시적 주체의 내면의식의 형상화 방식을 통해 얻어지는 것임에는 어느 정도 틀림이 없어 보인다. 그런 면에서 나태주 시인의 시는 전형적이면서 전통적인 서정화의 방식, 즉 서경의 서정화, 동화와 투사라는 동일성의 미적 원리를 따른다고 할 수 있다.

　나태주 시의 형상화 방식은 전형적인 서정의 원리에 의존한다. 간명한 언어와 절제된 형식을 통해 그려지는 그리움과 생에 대한 긍정적 인식의 세계는 그의 시의 지배적인 정조이며, 시의 기율을 결정하는 기본적 국면이다. 인용 시에서 나타나듯 화자는 자연 대상과의 대화를 통해 자기 동일성을 확보하고 자기 생의 존재 의미를 부여한다. 이렇게 자연 대상에 대한 친화적 사유를 통한 주체의 감정 이입은 그 사물에 시적 주체의 내면의식을 투사시키는 것이다. 대상과 합일하는 동일화의 시선은 생에 대한 확신과 사랑과 긍정, 그리움 등속의 정서로 가득하다. 그것은 늙음이나 병이 주는 육체적 부정성에 대한 반어적인 대응이라 할 수 있다. 그 부정성에 대한 비판이나 부정이 아닌 그것을 담담히 받아들이고, 육체의 늙음, 그 무게에 짓눌린 존재를 가볍게 하려는 것이다. 이러한 생에 대한 사랑이나 자연의 동화라는 형식은 대립적 세계관이 아닌 어떤 정신적 열림의 경지에 이르렀음을 의미하는 것으로 보인다.

3

언젠가 나는 강희안의 두 권의 시집에 대한 서평을 기초로 그에 대한 시인론 비슷한 글을 쓴 적이 있다. 이 글에서 나는 그의 시세계를 짙은 서정의 세계에서 다소 관념적인 존재 탐구로 변화해가는 과정에 있다고 했다. 한 시인의 시세계를 연속적 단절이라는 맥락에서 파악할 때, 그의 시적 편력은 그 단절과 변화의 폭이 크다. 그것은 짙은 서정의 세계에서 존재론적 세계로 변화한 것에서 드러나는 바이다. 따라서 그의 시세계는 연속적 단절이라는 맥락보다는 단절적 연속의 측면이 강하다.

이러한 단절적 연속의 측면은 이번 시집에서도 역시 마찬가지인데, 첫 번째 시집과 두 번째 시집에서 보여주었던 차이만큼이나 크게 다르다. 이 것은 서두에서 밝힌 것처럼 전통적 서정성에 대한 반미학적 세계를 방법 적으로 지향한다는 점에서이다. 이번 시집에서 시인은 시와 시론을 병행 하여 추구하는 듯하다. 시인이 입각하고 있는 시론적 입장은 '비시非詩'이고, 그것을 실천하는 방법은 '환은유'와 '자동연상은유'처럼 보인다.

그는 「시인의 말」에서 "시 아닌 시/누구에게도 시적이지 않은/사적인 시", "非詩를 쓰고 싶"다고 자신의 시론적 입장을 피력하고 있다. 이러한 시론적 입장은 그가 추구하고자 하는 심미적 자의식의 세계를 드러내는 부분이기도 하며, 동시에 기존의 심미적 가치나 체계와는 다른 세계를 방 법적으로 지향한다는 것을 의미한다. '환은유'나 '자동연상은유'는 자신이 내세우고 있는 비시에 대한 시론적 입장을 실천하는 시적 방법론이라 할 수 있다. 따라서 이번 시집은 시적 방법론에 대한 민감한 자의식을 바탕 으로 한다. 가령 다음과 같은 작품은 시인의 방법적 자의식이 민감하게 드러나는데,

그가 시든 남성을 잘라주기 전에는

꽃은 다만
하나의 관념에 지나지 않았다

그가 꽃의 성기로 치환해 주었을 때
꽃은 너에게로 와서
따뜻한 한몸,
은유의 전리품이 되었다

그가 식물의 질에 붙인 수사처럼
이 휘황한 환유의 진열장에 전시된
누가, 너의 호명을 매도해 다오

꽃에게로 가서 나도
여장남자 시코쿠
게이의 항문에 사정하고 싶다

— 「은유의 꽃」 중에서

라고 쓸 때이다. 이 시는 존재론적이고 형이상학적인 인식의 문제를 탐구하는 김춘수의 「꽃」을 패러디한 작품이다. 김춘수의 작품을 패러디한 일련의 작품들이 그러하듯, 이 작품은 원텍스트를 비판적으로 재해석하고 있다. 시인은 시창작상의 전통적인 비유의 원리인 은유와 환유, 상징에 대한 반성적 성찰을 시도하면서 언어에 대한 자의식적 의미를 새롭게 부여하고 있다. 우선 패러디가 원텍스트의 장치를 활용하여 원텍스트와는 다른 자신의 비판적 자의식을 비교적 명료하게 전달하는 효과를 얻고 있다. 여기에는 어떤 목적이 가중되는데, 그것은 전통적 비유의 방식, 그러니까 자동화되고 관습화된 은유, 환유, 상징의 원리, 혹은 고착화되고 관념화된 언어질서를 해체 전복하려는 전략적인 의도이다. 그것은 시인이 말하는 것처럼 '환은유' 내지는 '자동연상은유'(「시인의 말」)라 판단된다. 그것이 무엇인지 쉽게 판단할 수는 없지만, 단순하게 말하여 전통적이고 관습화된 창작상의 문법을 해체하고 그것과는 다른 새로운 실험을 시도하는 것으로 보인다. 이러한 시도는 시집 어디를 펼쳐도 쉽게 발견할 수 있다.

거칠게 말해서 김춘수의 '꽃'은 인식 주체가 대상의 이름을 불러주기 전에는 다만 하나의 불완전한 존재로서의 '몸짓'에 지나지 않지만, 주체가 '이름'을 불러주었을 때 비로소 '꽃'으로서의 존재성을 획득한다는 것으로 해석된다. 그러니까 주체가 의미를 부여하는 명명작용을 통해서 호명해줌으로써 하나의 대상은 참된 의미와 존재 가치를 지닌다는 것이다. 그러나 강희안은 이 원텍스트를 전경화시켜 그것을 해체 전복하는 재구성의 과정을 통해 김춘수의 원텍스트는 물론이거니와 시와 언어에 대한 관습화되고 자동화된 기대지평을 위반하고 배반해버린다. 이러한 과정에서 우리는 두 텍스트 사이에 나타나는 비동일성의 차이가 주는 긴장을 느끼지 않을 수 없다. 그 긴장은 규범화되고 관념화된 언어질서를 해체하고 전복함으로써 기존의 관념과 규범적 체계 내지는 언어질서에 대한 도전과 위반이 주는 효과이다.

도전과 위반, 불온한 정신은 이 작품은 물론 이 시집 전체를 지배하는 기율이다. 서정시는 자기 동일성의 양식이다. 시인은 이러한 전통적인 명제를 탈신비화한다. 탈신비화 내지는 금기와 관습의 위반과 전복은 인용시에 나타나는 것뿐만 아니라 이 시집의 내적 지향을 드러내는 기본 국면이다. 이러한 기본 국면은 자학적인 언술과 야유, 자조와 조롱, 변태적이며 과도한 성적 이미지와 성적 금기나 모럴의 위반과 전복, 비꼼과 빈정거림, 다른 텍스트의 과도한 인유적 편집과 모방 등을 통해서 수행된다. 이러한 어조는 매우 정치적이어서 기존의 미학적 윤리를 철저히 위반하는 것이다. 이것은 일반적으로 우리가 지니고 있는 시에 대한 해묵은 관념, 시는 아름다운 화음으로, 혹은 자기 동일성으로 이루어져야 한다는 자동화된 의식을 전복하는 것이다. 그럼으로써 기존하는 관념의 상투성과 허위, 즉 "시든 남성"으로 상징되는 기존의 지배적 관념에 대한 반성적 성찰을 수행한다.

언술은 일반적으로 의식상 선택과 결합, 의미론적으로 은유와 환유라는 축으로 전개되듯, 어떤 대상에 대한 시인의 언술도 은유와 환유라는 두 개의 축을 가진 체계를 갖는다. 은유는 유사성에 의한 선택과 대치라는 사유의 한 축이며, 환유는 인접성에 의한 결합과 접속이라는 한 축이다. 전통적으로 시는 이러한 방식으로 구성된다. 그러나 시인은 이러한 권위적이며 관습적인 방법과 규범적이며 지배적인 관념의 틀을 "보수적 낭설을 표방하는 클래식 성기"(「나탈리 망세의 첼로」)라 모독하면서 그것이 지닌 모든 지배적 이데올로기를 해체하고자 한다. 가령 전통적으로 시를 구성하는 중요한 원리인 은유는 언어생활에서 필수적인 방법이다. 사물이나 현상을 해석하는 은유의 언어원리는 대치의 원리이다. 그것은 일종의 대체 관념이다. 은유는 관념을 대체하는 또 하나의 대체 관념일 뿐이어서 현상의 본질이나 실체를 드러내기보다는 관념에 관념을 덧씌울 뿐이다. 그것을 의식한 듯 시인은 '꽃을 성기로 치환'하여, 'A=B'라는 은유의 등식을 "따뜻한 한몸"이라 다소 빈정대듯 진술하면서 그것이 지닌 관념적 허위를 해체한다.

은유가 지닌 속성으로서 어떤 하나의 관념을 밝히는 각각의 대치 관념은 무수히 있을 수 있고, 그 무수히 있을 수 있는 대치 관념은 "은유의 전리품"에 불과하다. 이러한 은유의 속성을 성적으로 치환하면서 시인은 은유의 원리가 지닌 절대적 속성을 거부하는 것이다. 이러한 불온성은 환유를 "식물의 질에 붙인 수사"라 진술하면서 환유의 원리로 불러와 "진열장에 전시"한 이름을 매도해 달라거나 '나'도 "게이의 항문에 사정하고 싶다"는 표현을 통해 계속 이어지면서, 끝내는 '꽃'에 붙여져 고정된 "잊혀지지 않"는 "상징의 꼬리표를 떼고 싶다"고 진술하면서 기존의 시를 구성하는 방법이나 원리, 언어질서에서 벗어나고자 한다.

나탈리 망세, 그녀는 다리를 벌리고 그 가랑이 사이에 첼로를 세워 품에 안고 연주한다. 알몸의 창녀가 무릎 꿇은 예수를 품에 안자, 당신의 손은 어디를 질척

거렸던가. 고질적인 몸과 예수, 성경과 외설의 지퍼를 번갈아 더듬어 내리는 첼
로는 권세였다. 보수적 낭설을 표방하는 클래식 성기였다.

　　　　　　　　　　　　　　　　　— 「나탈리 망세의 첼로」 중에서

　강희안 시인이 "누구에게도 시적이지 않은 시" "非詩를 쓰고 싶었다"(「시
인의 말」)고 고백할 때, 그것을 실현하기 위해서는 시에 대한 새로운 인식
과 새로운 방법론이 필요했다. 그것은 앞에서도 언급했듯이 '환은유'나
'자동연상은유'가 될 것이다. 그것은 서정시의 규범과 문법을 반성적으로
해체하는 방식을 택한다. 그가 택한 방법론적 전략은 그러한 규범적 질서
와 문법을 지탱하고 있는 지배 이데올로기가 구성하고 있는 정치적인 미
학적 가치나 윤리 의식에 대한 반성과 파괴를 동반하지 않고서는 실현될
수 없는 범주의 것이다. 그리하여 시인은 고백적이고 자기 동일적인 서정
시의 관습적 문법과 구성방식을 과감하게 해체한다. 그 구체적인 방법들
은 인유적 패러디, 다큐멘터리적 요소, 상품사용설명서의 양식, 시각적 활
자의 구성 등이다.

　이와 함께 인용 시에서 확인할 수 있듯이 억압적 권위나 지배적 관념,
현실의 원칙, 규범적 질서 등에 대한 해체와 풍자와 비판을 통해 현실의
부정성과 억압적 구조를 독자에게 환기시킨다. 모든 사회적 금기는 성적
금기로부터 출발한다. 화자는 그 금기를 깨트려 그것을 첼로로 상징되는
고전적 미학의 전범과 결합시킨다. 나탈리 망세는 누드 첼리스트이다. 첼
로가 상징하는 지배적인 미적 질서와 관습, 권위와 엄숙은 알몸으로 연주
된다는 전위적 실험성으로 말미암아 처참하게 파괴된다. 첼로는 "클래식
성기"에 다름 아니다. 알몸의 첼로 연주는 "알몸의 창녀가 무릎 꿇은 예
수를 품에 안"고 손으로 예수의 신체 어딘가를 질척거리는 성적 행위로
그 권위나 신성성이 무참하게 파괴된다. 여기에서 예수, 성경, 말씀으로
상징되는 권위나 종교적 신성성은 심각하게 훼손되며, 미적 윤리 또한 심
각하게 파괴된다. 이것은 지배적 질서나 관념, 미적 윤리의 가치는 허구라

는 의식을 은연중에 포함하는 것이다. 이러한 허위적 권위를 거부하는 시적 기획은 결국 지배 이데올로기에 대한 전복과 해체의 의지이며, 저항의 산물로서 그것을 탈구축하려는 기획의 산물로 볼 수 있다. 따라서 일정한 규범과 규칙에 의해 유지되고 지속되는 현실원칙의 가치를 해체 전복하고 그것을 파격적으로 재구축하려는 강희안 시의 시적 기획을 엿볼 수 있게 한다. 이러한 전환과 전복, 도전과 해체는 비단 이 시에서뿐만 아니라 이 시집의 밑변을 관류하는 핵심이다.

강희안의 시집은 불온하다. 이러한 불온성은 매우 전위적이고 파괴적이어서 문학적 관습은 물론 자동화된 관념, 나아가 현실의 원칙, 현실의 부정성, 현실의 억압적 구조까지도 환기하는 것으로 보인다. 그의 시편들은 마르쿠제가 말(『이성과 혁명』)하는 것처럼 언어를 지배하고 있는 힘을 깨뜨리고, 사실을 설정하고 강요하며 거기서 이득을 보는 사람들의 언어가 아닌 새로운 언어로 말해보려는 노력이며, 미리 규정된 게임의 규칙에 대한 위반과 전복을 뜻하는 불온한 정신과 부정의 언어의 모색처럼 보인다.

4

강영은의 시집은 시쓰기에 대한 치열한 심미적 자의식의 산물이다. 그에게 시는 '꽃'이기도 하고, '집'이기도 하며, '독'(「시인의 말」)이기도 한 존재이다. 말하자면 시인에게 시는 존재의 아름다움을 드러내는 '꽃'이기도 하며, 한 실존적 주체가 거주하며 그 실존의 존재성을 확인시켜주는 '집'이기도 하고, 존재를 한 순간 무無로 돌릴 수 있는 치명적 '독'이기도 한 것이다. 시 혹은 언어 혹은 존재가 지닌 이러한 이중적이며 다중적 속성에 대한 심미적 인식을 그의 시집은 집요하게 추구하고 있다. 이러한 심미적 자의식이 생산되는 거점은 바로 "몸 속에 오글거리는 빛의 맹독"처럼 번져가는 "내 안의 꽃"(「사막장미」)을 피우려는 시적 욕망이다. 그 시적

욕망은 존재론적 질문, 부재와 결핍의 확인으로부터 출발한다. 가령 다음
과 같은 작품은 그러한 면을 잘 드러내고 있다.

바위나 벽壁을 만나면 아무도 모르게 금이 간 상처에 손 넣고 싶다

단단한 몸에 기대어 허물어진 생의 틈바구니에 질긴 뿌리 내리고 싶다

지상의 무릎 위에 기생寄生하는 모으든 슬픔이여!

벼랑 끝까지 기어오르는 기막힌 한 줄의 문장文章으로
나는 나를 넘고 싶다

— 「담쟁이」 전문

담쟁이 넝쿨이 지닌 속성에 화자 자신을 가탁하고 있는 위의 시는, 시
인이 지향하고 도달하고자 하는 지점이 어디인지를 짐작할 수 있게 해준
다. 담쟁이 넝쿨에서 화자가 발견한 것은 극한 상황에도 벽을 타고 오르
는 생명력에 대한 경외심과 존재의 비극성에 있다. 화자는 존재의 비극성
에 포함된 부재와 결핍을 "한 줄의 문장文章"처럼 간결 명료하게 넘어서
고자 한다. 담쟁이가 벽을 타고 오르는 것은 생명의 현실, 실존적 현실상
황에 대한 첨예한 비극적 인식과 그것을 넘어서고자 하는 예각화된 의식
이다. 자아나 세계는 단단한 "바위나 벽"처럼 견고한 듯하지만, 그것은 실
상 "금이 간 상처"를 지닐 수밖에 없다. 생은 그 "금이 간 상처"의 틈바구
니에 질기게도 뿌리 내린 것에 불과하다. 때문에 "지상의 무릎 위에"는
슬픔이 기생할 수밖에 없다. 화자에게 세계는 "금이 간 상처"이며 그 "틈
바구니에 질"기게 뿌리내린 것이 삶이다. 화자는 그러한 "벼랑 끝"으로
존재의 슬픔을 품고 오르고 싶어 한다. 화자는 단 "한 줄의 문장文章"으로
처리될 수 있는 간결하면서도 명쾌한 삶, 그러한 시를 쓰고 싶어 한다.
　자아나 세계는 단단한 "바위나 벽"처럼 견고한 듯하지만, 그것은 실상

"금이 간 상처"를 지닐 수밖에 없다. 그것은 완강하게 닫혀 있는 듯하지만, 단단한 것은 금이 가기 쉽다. 그에게 이 세계는 금이 간 상처이다. 그 속에서 "지상의 무릎 위에 기생寄生하는 모으든 슬픔"을 품고 사는 것이 삶이다. 상처가 없다면, 금이 간 틈이 없다면 세상은 얼마나 삭막할 것이며, 또 얼마나 단조롭고 무미할 것인가. 상처 속에서 상처에 발을 딛고 상처를 견디며 살아가는 것이 삶이다. 따라서 금이나 상처, 슬픔은 부재와 결핍에 대한 자기 부정이 아니라 삶과 세계의 안과 바깥을 두루 거치고 꿰뚫어본 자만이 획득할 수 있는 통찰이다. 그 통찰은 완벽할 수 없는 사람살이에 대한, 금이 간 상처와 슬픔에 대한 긍정이다. 화자는 담쟁이처럼 상처와 슬픔을 온몸으로 보듬어 안고 이 산문화된 세상과 '나'를 "한 줄의 문장"으로 넘어서고자 한다.

늙은 소나무의 축 늘어진 그것이든
버드나무 휘어진 허리춤이든
낭창낭창 휘감는 붉은 뱀들이
절정으로, 꼭대기로 치닫고 있잖아요?

폭염에 술 취한 딸처럼
주홍빛 얼굴을
울컥울컥 게우고 있잖아요?

그게 나라 구요, 나였다 구요

그러니 엄마, 습한 문 열고 나 장마 지게
꽃다운 나답게 꽃답게
툭, 툭, 모가지를 떨굴 때까지

그냥 피어나게 내버려 두세요

— 「능소화」 중에서

모든 시인은 절대의 언어, 절대의 세계를 꿈꾼다. 이들은 언어를 통하여 인간과 세계의 궁극적인 의미를 직관적으로 포착하고, 이를 해독하고 재현하려는 본능을 지니고 있다. 어떤 절대의 세계에 대한 매혹을 포기하는 순간 시는 사라지고 만다. 자신에게 주어진 가시적인 현실의 지평을 넘어서려는 시인의 시도는 결국 역동적 상향의식을 잉태하게 되는 것이다. 강영은의 시는 '꽃'이기도 하면서 동시에 치명적 '독'이기도 한 절대의 세계에 이르려는 역동적 상향의식이 시를 이끌어 나간다. 이러한 절정의 세계에 도달하고자 하는 역동적 상향의식은 자신에게 주어진 구체적인 욕망이나 고통과 긴밀하게 조응하면서 자신을 새롭게 갱신하고자 한다. 시인에게 자아와 세계는 끊임없이 부정되거나 갈등과 투쟁의 과정을 거쳐 절정의 세계로 나아가면서 자아와 세계를 새롭게 갱신하려는 역동적 상향의식을 바탕으로 존재의 핵심에 도달하려고 한다.

존재의 폐쇄된 영역에 갇혀 있는 화자에게 부재의 경험은 끊임없이 존재의 새로운 경험, 존재의 전환, 존재의 개화를 꿈꾸도록 한다. 강영은 시인의 시는 "눈부신 부재의 중심에서" "몇 겹의 비밀로" "겹겹이 덮인 내력"(「양파론」)과 "내 안의 꽃"(「사막장미」)을 찾아나가는 과정에 있다. 인용 시는 존재의 폐쇄성을 거부하고 절정의 세계를 향한 역동적 상향의식이 잘 나타나 있다. 표면적으로 엄마를 내적 수화자로 상정하고 화자의 심중을 건네는 형식의 이 시는 자신에게 숨겨진 본성을 따라 살고자 하는 화자의 강한 의식이 돋보인다. "내 안의 꽃"을 피우며 절정의 "꼭대기로 치닫"는 향일向日의 상향의식은 "엄마가 내 몸 속에" "꽃씨를 숨겨 놓으셨"기 때문이다. 그것은 사유 이전에 화자의 몸이 가진 본성이며 본능이고 "그게 나"이다. 몸에 주어진 본성은 가장 자연스러운 것이며 순수한 것이다. 그래서 화자는 "습한 문 열고 나 장마 지게/꽃다운 나답게 꽃답게/툭, 툭, 모가지를 떨굴 때까지" 주어진 본성대로 "그냥 피어나게 내버려 두세요"라고 요구하게 되는 것이다. 그럼으로써 "꽃다운 나답게 꽃답게" 자신의 존재성을 획득하고자 하는 것이다.

> 어머니, 녹색비단구렁이 새끼를 부화하는 세상이란 정말이지 음모일 뿐이에
> 요 희망에 희망을 덧칠하는 초록의 음모에서 나를 구해주세요 제발 내 몸의 비
> 단 옷을 벗겨주세요 꼬리에서 머리까지 훌러덩 벗어던지고 도도히 흐르는 검은
> 강, 깊이 모를 슬픔으로 꿈틀대는 한 줄기 물길이고 싶어요
>
> ── 「녹색비단구렁이」 중에서

역시 어머니를 수화자로 상정하고 있는 위의 시는 미당의 '화사花蛇'처럼 뱀이 유발하는 징그러움과 추악함 등의 이미지와 '녹색비단'이 주는 아름다운 이미지의 결합은 이중적 상징성을 포함하고 있다. 화자는 뱀에게 주어진 허울 같은 이름인 "녹색비단"을 벗어버리고 뱀 그 자체로서의 실존성을 회복하고자 한다. 그 징그럽고도 아름다운 뱀이라는 이름을 버리고 그 자체로서의 실존성의 회복은 억압된 생명력의 회복, 뱀에게 덧씌워진 정신적이며 육체적인 온갖 금기가 일체 사라진 자유로운 삶에 대한 희원으로 파악된다.

화자는 "비오는 날이면 비 냄새에 칭칭 감겨 있는 생각을 벗어버리고 몸 밖으로 범람하는 강물", "한 줄기 물길이고 싶"다고 청원한다. 그러나 "내가 건너야 할 몸 밖의 세상은 구름 한 점 없는 하늘"과 "눈부시게 빛나는 햇빛의 징검다리뿐이"다. 여러 의미가 있겠지만, 뱀은 일반적으로 저주받은 짐승으로 어둡고 불길한 악의 상징인데, 그것은 이 시에서처럼 하늘(천상)의 햇빛과 대비됨으로서 얻은 상징이다. 녹색비단구렁이를 구성하는 "연두에서 암록까지 간극을 알 수 없는 초록" 빛에 "눈이 부셔"서 자신의 실존적 정체성은 살해당한다. 그러니까 자신에게 관념적으로 덧씌워진 녹색비단의 색깔에 의하여 자신의 실존적 본성은 제거된 나머지 "밤이면 독니에 찔려 죽는 꿈들만 벌떡벌떡 일어나"게 된다. 구렁이에게 주어진 '녹색비단'은 저주받은 운명에 다름 아니다. 그러나 그것은 "정말이지 음모일" 따름이다. 화자는 그러한 "음모에서 나를 구해" 달라고 청원하며

존재성 회복을 희원하는 것이다. 그는 자신에게 덧입혀진 "내 몸의 비단 옷을 벗"어버리고, 녹색비단으로 덧입혀지기 이전에 이미 몸이 지닌 본원적 존재성을 탈환하고자 꿈꾸는 것이다. 이는 "눈부시게 빛나는 햇빛"으로 상징되는 정신과 이성, 상투적 관념과 편견에 의한 몸에 대한 지배를 거부하고, 이를 반성적 성찰하는 행위로 읽히며, 그 구속과 억압으로부터 벗어나 자유로운 생명에 대한 희원으로 해석된다.

몸에 주어진 본성 그대로 "꽃다운 나답게 꽃답게" "내 안의 꽃"을 찾아 자신의 존재성을 획득하고 실현하고자 하는 욕망은 소재적으로나 주제적으로 그의 시집 곳곳에 편재되어 있다. 몸에 대한 탐구는 곧 존재론적 기반이며 동시에 세계와의 최초 접점인 몸성性을 그대로 받아들이려는 태도이다. 그것은 몸과 마음, 육체와 정신이라는 이원적 접근법에 대한 거부로 읽힌다. 몸을 물질의 덩어리로 보는 태도는 필연적으로 육체를 정신의 가치를 위해 희생해야 하거나 극복해야 할 장애물로 보게 만들고, 하나의 하등한 신체적 기관으로 여기게 만든다.

강영은은 이렇게 몸을 정신이나 마음에 비해 열등한 존재로 치부하게 만드는 사유의 방식을 부정하고 실존적 실체로서의 몸을 회복하고자 한다. 그에게 몸성은 금기적이며 부정적 대상이 아니다. 몸은 존재의 출발점이자 회귀점으로서 삶의 중심에 자리 잡은, 그러니까 인간이 사유하기 이전에 존재하는 하나의 엄연한 실체이다. 아울러 강영은의 시는 "몸매가 상품이 되는 시대"(「소비되는 봄」)에, 그러니까 육체의 물신화에 의한 소비 조작의 코드에 따라 그 실존성을 박탈당한 시대에 그 잃어버린 실재성을 탐구하는 과정에 있다.

가난한 삶의 사랑노래

— 박철의 『불을 지펴야겠다』

한 시인의 세계를 어느 한 범주에 규정하여 귀속하는 어리석음을 굳이 무릅쓰고 박철 시인을 기억한다면 그는 사회성 짙은 시를 써 왔다. 그러나 문학의 사회적 상상력은 이미 많은 논자들의 탁월한 분석에 의하듯 90년을 전후로 하여 크게 퇴조한 것이 사실이다. 80년대 후반 거대담론의 붕괴와 탈이데올로기적 기류는 그동안 주류를 형성했던 민중문학으로 대표되는 문학의 사회적 상상력을 크게 위축시킨 것이 사실이다. 사회적 상상력이 퇴거한 자리를 자본주의적 소비문화에 편승한 상업주의, 문학의 자율성을 강조하는 미학주의, 현실적 삶의 무게를 덜어낸 정신적 초월의 신비주의, 현실의 세부를 진지하게 탐구하지 못하고 일상의 표면만을 나열한 트리비얼리즘, 현실을 소거한 자연 친화적 서정주의, 시대적 감수성이라는 외피를 두른 조악하고 생경한 감각적 이미지즘, 깊이를 느낄 수 없을 뿐더러 환타지에 가까운 실존주의풍의 독백적 내면주의 등이 재빠르게 점령해 나갔다.

이와 같이 문학의 사회적 상상력이 위축되고 문학 환경의 악화된 현실 상황에서 박철 시인은, 시는 사회 현실에 환원되지 않는 자율성을 지니고 있지만, 그것이 현실로부터 절연된 상태로 존재하는 것이 아니라는 사실을 꿋꿋하면서도 담대한 태도도 웅변해주는 시인 가운데 하나이다. 그가 1987년 등단한 이후 이번 시집을 포함한 여덟 권의 시집을 통하여 보여준 시세계는 분단국가의 수립 이후 문학의 사회적 상상력을 가장 민감하고 치열하게 천착하였던 민중시나 분단극복의 시 등과 긴밀한 내적 친연성으로 연계되어 있음은 부정할 수 없다. 시인은 이러한 점을 결코 소홀히 하지 않으며 시의 사회성과 관련된 암중모색을 통해 자기갱신을 지속적으로 펼쳐온 시인이라는 점 또한 부정할 수 없다. 그는 끊임없이 삶과 세계의 패러다임에 대해 반성하고, 우리의 삶을 조건지우는 사회와 우리가 삶을 꾸려나가는 현실에 대해 성찰하면서 자신의 시세계를 확장 갱신해 나가고 있다.

그런데 이번 시집 『불을 지펴야겠다』는 "바람처럼 가볍고 너무나 사소한 일들"에 대한 관심에 집중하면서 "수척한 나무는 바람이 찰수록 껍질과 몸뚱이가 더욱 뜨겁게"(「사소한 기억」) 서로를 껴안는 깊은 사랑과 연대의 따뜻한 온기를 확인하는 데 바쳐진다. 특히 가난하고 소외된 인간과 삶의 그늘, 춥고 어둡고 외진 곳에서의 사람살이의 이모저모를 관찰하고 명상하면서 그것을 "누구나 산다는 일은 저렇게 따뜻한 일"(「두루미」)이라고 아름답게, 때로는 "오호 속계라 프라이팬 속/뒤집는 두붓살이 또 두툼"(「자리」)하다고 긍정하며 유쾌하게 형상화해낸다. 그래서 그의 시가 실존적 내면성이라는 사사로운 일에 관계할 때는 "가난한 사람"(「게으름에 대하여」)으로 자신을 인식하며, 이러한 인식은 개인의 문제에 머무르지 않고 삶의 현장으로 확장하여 외롭고 어둡고 춥고 그늘진 곳의 가난한 삶과 사랑을 담담한 듯 정감이 어리고 배어 있는 어조로, 또한 삶의 구체와 생활실감으로서의 정서를 친근한 말투로 유쾌하게 드러낸다. 가령 다음의 시에서와 같이,

강을 하나 건너니 신시가지 귀퉁이에 철길이 있고
때깔 잃은 역사驛舍가 있고 안방 내준 구닥다리마냥 구㘩일산
거기 구일산 재래시장 골목에 파리도 반기며 버팅기고 앉은

가난한 삶의 사랑노래　335

―「골목길」 중에서

라고 노래할 때이다. 간결하면도 다소 직설적인 화법을 구사하고 있는 이 시는 새롭게 개발된 "신시가지 귀퉁이" 후미진 뒷골목의 퇴락한 모습과 그곳에서 배어 나오는 인간적 정취를 느낄 수 있게 한다. 그곳에는 빛깔 좋게 윤기 흐르는 신시가지에 비하면 "때깔 잃은" 초라하고 남루하여 한 갓 "파리도 반기"는 구닥다리 니나노집의 색 바랜 풍경이 자리하고 있다. 그곳에서 화자는 한물가도 한참 간 니나노집의 "입심 걸은 여자"로 보이는 인물과 육담 섞인 농담을 주고받으며, 그 광경을 재치 있게 펼쳐 보인다. 물론 시가 지닌 다중성과 모호성을 부정하는 것은 아니지만, 무엇인가 알쏭달쏭한 모호한 요소에 난해한 어휘를 양념처럼 곁들여야 맛이 나고, 또 구차하고 남루한 세속적 삶을 초월하는 경지의 정신을 추구하는 작품들이 많은 상황에서 이 작품은 신선하게 읽혀진다. 신선한 충격이라면 충격인 점은 다름 아닌 육담어린 뒷골목 추문醜聞, "해죽해죽 골목길에 꽃웃음만 풀어놓"는 유쾌한 반전을 통하여 새로 유행하는 시류나 도시적 감수성과 이미지를 읽어내는 취향의 시, 추상적 관념 혹은 생활공간에서의 삶의 구체가 배제된 심상이 어울려 지나치게 내면성을 추구하는 시들을 다소간 추문으로 만든다는 관계성에서 유래한다.

가난하고 주변으로 밀려난 힘없는 사람들의 생활 감정의 무늬, 삶의 세목으로서의 편린들에 대한 세심한 배려, 그리고 이것들의 진솔하고 담백한 표현, 소외되고 가난한 삶에서 따뜻한 온기와 사랑의 발견은 이번 박철의 시집이 갖는 특장이다. 시인은 그것을 삶의 사소한 기억과 삶의 편린들에서 발견한다. 이 점은 위의 인용 시에서처럼 신시가지가 숨기고 있는 후미진 뒷골목의 풍경, "지천명 넘은 여인네가" "악다구니를 쓰는"(「걸레」) 거리의 광경, "한나절에 아홉 번까지 입술의 색을 갈아 치우는"(「종점 다방」) 사시斜視의 장언니, "이천오백원짜리 자장면을 먹다가"(「달리세요, 아저씨」) 주차단속에 젓가락 놓고 달려가는 야채장수 아저씨, 김포행 막차의 "어린 차장"(「기록」)에 대한 그리움, 혼혈아 조조에 대한 추억(「향수―봐야 믿는 세상」) 등을 예로 드는 것만으로 족한 듯하다. 그런데 눈여겨보아야 할 점은 그들의 외롭고 쓸쓸하며 그늘진 가난한 삶에서 시인은 삶의 *끈끈한* 생명력과 정서를 읽어낸다는 것이다. 이러한 점은 마치 우리의 전통적 민중 예술에서 특징적으로 보여준 삶의 비애와 슬픔과 한스러움을 드러내면서도 이면에는 삶과 세계에 대한 신명의 낙관성과 역동성을 통해 그 비애와 한스러움의 소극적이며 정태적인 태도를 극복하려는 원리를 생각하게 한다.

오금이 저리지만 떠날 수는 없지요
바다가 말해주니 입 벌릴 필요도 없구요
하늘이 어깨 두드리니 친정 갈 일도 없고
나 포구 같은 여자라 해도 할 말 없어요
물속에 없는 것 빼고 다 있으니
새로이 벗 찾아 그리워할 일 없구요
클 만하면 썩둑썩둑 잘려나가는 언덕의 금강소나무보단 낫지
금강소나무 쓰러져 민둥산을 만들지만
갯비린내 지천으로 풀린 풍진 세상
난 오늘도 포구를 지키는 용사다, 하고 살아요

― 「신대포구의 그물 푸는 아내」 전문

박철 시인에게 있어서 스스로의 삶이나 우리들 모두의 사회적 삶이나 가난하기는 마찬가지이다. 그러나 시인은 "신대포구의 그물 푸는 아내"처

럼 그 가난이 드리운 그늘과 외로움, 그 삶의 풍파와 어둠을 부정하지 않고 그것을 행복으로 여기며 "오금이 저리지만 떠날 수는 없"다고 한다. 그는 주어진 현실을 외면하거나 부정하고 쉽게 정신의 높은 경지로 초극하려 하거나 거칠고 날선 비판의 목청을 돋우지 않는다. 시인은 신대포구의 그물 푸는 여인네처럼 "갯비린내 지천으로 풀린 풍진 세상"에서 "오늘도 포구를 지키는 용사"로서 그런 가난한 삶마저 아름답게 수용하고 사랑하면서 담담하게 "희망에 대해 노래"(「행주강」)할 뿐이다. "마음이 가난하여 평생 가난"(「반올림―수림이에게」)한 시인은 "이역異域이라고는 영 딴전 필 겨를이 없어서/발바닥 붙은 자리 동동 다지며 내 발걸음만 바라보"고 "오히려 지나는 사람들의 안식처가 되거나/잠시 세워둔 쇠잔한 자전거의 연인이 되"(「은행나무」)고픈 은행나무처럼, 쉽사리 현실을 부정하지도 않으며 그 안에서 삶의 아름다움과 사랑을 발견하고 여기에서 삶의 체취와 체온을 강하게 느낀다.

시인은 이 시집의 「自序」에서 "꽃처럼 아름다운" 인간 삶의 '위대'함을 "노래하고 싶었"다고 고백한다. 이러한 고백에서 알 수 있듯이 실존적 개인과 그 관계의 문제들에 많은 관심을 보이면서도 시인은 그것을 원망이나 탄식, 자조나 비애, 슬픔이나 허무, 투쟁이나 탄핵의 형식으로 형상화하지 않는다. 그러기보다 그는 가난한 삶에 대한 조용한 관찰과 응시를 통한 삶의 신명어린 역동성과 희망을 노래한다. 더군다나 그의 시는 황현산의 시집 해설에서처럼 "농촌적 서정시에 해당하는 글을 쓰며, 농경사회적 정서의 끈을 면면하게 쥐고 있지만, 산천초목 앞에서 경탄의 표정을 짓는 일도 드물고, 계절의 순환에서 새삼스러운 깨달음에 이른 사람처럼 경구를 늘어놓지"(「허전한 것의 치열함」)도 않는다. 이처럼 시인은 현실적 삶의 가난이나 고통을 초월하려 하지도 않으며, 자연으로 퇴행하여 위안을 얻고자 하지도 않는다. 따라서 가난한 삶에서 신명의 낙관성과 역동성은 박철 시인의 삶과 세계에 대한 태도의 중요한 한 면모이며, 그의 시 힘의 근원이고 요체라 할 만하다.

　시인은 현재라는 사회적 관계 속에서 살아가는 존재이다. 그런데 현재는 사회 속에서 시인이 맺고 있는 다양한 현실적 관계들을 말한다. 이 현재는 시인 자신이나 시인이 바라보는 각 개체들, 혹은 다양한 사회적 관계들의 사적이며 사회 역사적 과거가 중첩되면서 발생하는 것이다. 따라서 현재의 시인은 개인사적 과거와 사회사적 과거를 통해 현재를 살아가면서 미래를 전망하는 미래의 시인이기도 하다. 그리하여 시인은 무조건식으로 개인의 내면으로만 침잠해 들어가서도 바람직하지 않으며, 사회적 관계들만 주목해서도 그다지 바람직하지 못하다. 시인은 자신의 개인적 내면의 사회화, 다양하고 복잡하게 얽힌 사회적 관계들의 개인화를 통한 변증법적인 통합의 사유가 필요하다. 아울러 현재의 시인은 과거를 통해 현재를 반성할 줄 알아야 하며, 이 과거와 현재를 통해 미래를 바라볼 수 있어야 한다. 시인의 눈은 김수영의 표현대로 미래에 있어야 한다. 박철 시인은 그저 사사로운 내면성을 응시하면서 반성적으로 성찰하고, 또 그 가운데 묵묵히 삶과 세계의 구체를 확인하고, 그 가난한 세상의 어둠과 쓸쓸함, 부재와 결핍 속에서 삶에 대한 사랑과 미래에 대한 희망을 발견한다.

> 저 별빛 속에 조금 더 뒤 어둠 속에
> 당신의 속삭임 속에 다시 피는 꽃잎 속에
> 막차의 운전수 등 뒤에 임진강변 초병의 졸음 속에
> 참중나무 가지 끝에 광장의 입맞춤 속에
> 피뢰침의 뒷주머니에 등굣길 뽑기장수의 연탄불 속에
> 나의 작은 책상을 하나 놓아두어야겠다
> 지우개똥 수북이 주변은 너저분하고
> 나는 외롭게 긴 글을 한 편 써야겠다
> 세상의 그늘에 기름을 부어야겠다
> 불을 지펴야겠다
> 아름다운 가을날 나는 새로운 안식처에서 그렇게
> 의미 있는 일을 한번 해야겠다 가난한 이들을 위해

서설이 내리기 전 하나의 방을 마련해야겠다

—「불을 지펴야겠다」 중에서

　삶과 미래에 대한 희망이 부재하는 것만큼 슬픈 일은 없다. 삶과 세계에 대한 희망은 어쩌면 무의미한 반복과 통속이 지배하는 지금 우리에게 반드시 필요한 것이다. 그런 점에서 박철 시인의 시적 자의식을 느끼기에 충분한 인용 시는 주목을 요한다. 시인은 자신의 내면을 담담히 응시하면서 가난한 삶에 대한 사랑과 미래에 대한 따뜻한 희망을 토로한다. 시인은 "~ 속에 ~ 속에" "나의 작은 책상을 하나 놓아두어야겠다"는 반복되는 나열을 통해 자신의 시안詩眼과 시심詩心이 바라보고 마음을 써야 할 대상이 무엇인지를 드러낸다. 그것은 작고 사소한 대상이며, 어둡고 그늘진 곳이지만 시인에게는 소중하고 아름답게 살피고 마음 써야 할 것들이다. 이러한 응시와 마음 씀은 자신의 시적 자의식의 지향처가 궁극적으로 "가난한 이들을 위"한 것임을 상징적으로 지시한다. 시인은 이런 것들에서 포기할 수 없는 삶에 대한 사랑과 미래에 대한 희망을 느낀다. 시인은 그것을 "~어야겠다"는 의지적 표현의 반복되는 시행의 종결어미를 통해 강화한다. 시인은 "세상의 그늘에 기름을" 붓고 "불을 지펴" "가난한 이들을 위해" 따뜻한 방, 말하자면 삶에 대한 따뜻한 온기의 사랑과 미래에 대한 희망의 '방'을 건설하고자 한다.

　박철 시인에게 삶과 세계는 남루하고 가난하며 어둡고 그늘진 곳이지만 그 속에는 역설적이게도 '천금같이 보석'이 숨겨져 있다. 그의 시는 "일제와 전장에서 돌아온 부모로부터/이념에 초토화된 사회"(「자유로의 간단한 접촉사고」) 역사적 현실과 "마음이 가난하여 평생 가난"(「반올림」)한 "지금 나의 남루 속에"서 천금같이 숨겨져 있는 세상의 아름다운 보석을 찾아나가는 도정에 있다. 그는 "진정 세상 모두를 사랑하였으므로" 세상은 그에게 "반짝이는 옥빛 구슬"이며 "한없이 걸어들어가는 구슬문"이다. 그는 "보석

같은 단 하나의 사랑을 따라가며"(「보석」) 삶에 대한 사랑과 미래에 대한 희망을 확인하는 것이다. 그러나 그 희망이 실현될지 어떨지를 따져 묻는 것은 무의미하다. 꿈꾸고 희망하는 목적이 완전히 실현되는 미래는 오지 않을지도 모른다. 그래서 그러한 꿈꾸기는 궁극적으로 완전한 목적 실현의 관점보다는 무엇을 향한 길가기라는 과정의 관점에서 평가되어야 할 사항이다. 마치 "예기치 않게 한 마리 낙타가 되어/무심히 사막을 건너"(「한 마리 낙타가 되어」)는 것과 같이 걸음걸음의 숱한 희망과 좌절의 발자국이 내포한 실천의 의미를 곱씹어야 한다는 것이다.

『예기』의 「경해편經解篇」에서 공자는 "사람들의 마음 씀씀이가 따뜻하고 부드럽고 두텁고 넉넉하면[溫柔敦厚] 이것은 그 사회에서 시의 감화가 훌륭한 덕분"이라고 했다. 이 온유돈후는 시를 쓰는 데 기교를 부리거나 노골적인 표현이 없는 것을 이르는 말이기도 한데, 전통적으로 동양적인 문학관에서는 이를 시의 본분으로 여기도 하였다. 박철 시인의 시집『불을 지펴야겠다』는 이처럼 온유돈후하다.

지금까지 다소 거칠게 살펴본 것처럼 그의 시는 특별한 수사적 기교나 과장된 허세를 부리지 않는다. 그러면서 그의 시는 마음 씀씀이가 따뜻하고 부드러우며 두텁고 넉넉하다. 그의 시집은 삶의 가난과 세상의 그늘, 어둠과 추위에 "불을 지펴" 그 가난과 그늘, 어둠과 추위를 온기로 따뜻하게 덥히고 빛으로 환하게 밝히고 있다. 그런 점에서 그의 시집은 온유돈후하다 하지 않을 수 없다.

성실한 시적 자의식과 두터운 인정, 부드럽고 온화한 시심, 시를 짓는 데 기묘하기보다 마음에서 우러난 정취가 담백하게 드러난 박철 시인의 시는 온화한 만큼 강하다. 그의 시는 강직하면서 온화하고, 너그러우면서 위엄 있다. 또한 그의 시는 꿋꿋하고 단순하면서 오만하지 않다. 무엇보다 그의 시가 주의를 끄는 요소는 지금 우리에게 필요한 희망을 노래한다는 점이다. 그것은 "궁핍이 사랑을 흔들리게 하고 우리는 오랜 세월 가난을 입어왔지만 어려움이 사람의 흔적을 지워버리지는 못할 것"(「장마―비행장 마을에서」)이라는 인간에 대한 신뢰, 삶과 미래에 대한 희망과 확신, 그리고 "오늘도 당신 없이 꿈을 꾸는 이 길 갈 길 멀다 해도 언젠가는 다시 만나리"(「먼 길」)라는 부재의 확인을 통한 미래에의 전망, 그 길 가기를 멈추지 않는 데서 비롯한다. '당신'의 부재를 알면서도 길 가기를 포기하지 않는 꿈꾸기는 아름다운 것이다. "내가 당신을 기억하기에 당신의 부재는 무의미"(「장마―비행장 마을에서」)한 것처럼, '당신'의 부재와 결핍은 가난한 삶과 사랑에서 꿈꾸기를 추동한다는 점에서 박철 시인의 시집은 매우 유의미한 빛을 발한다.

제4장

실존의 허기와 신생의 꿈

상자 속 인형의 허기와 변신의 꿈

— 강기원

　1977년 『작가세계』 신인상으로 등단한 강기원 시인은 첫 시집 『고양이 힘줄로 만든 하프』(세계사, 2005)와 김수영 문학상 수상 시집인 『바다로 가득한 책』(2006, 민음사)을 선보인 시인이다. 두 권의 시집에서 보여준 그녀의 시세계는 거칠게 말해 신체(몸)의 상처에 민감하게 반응하며 자신의 몸에 세계를 새겨 넣으며 식육의 허기를 채우는 구원의 작업이라 할 수 있다. 그 작업은 곧 자신의 존재를 "상처를 열고 굵은 소금을 뿌리는"(「자반」) 염장鹽藏의 작업이며, 동시에 "피 흘리는 살덩이들이 다져질수록/깊어지는 몸의 상처"에서 "죽어가는 것들의/떨림"(「버섯」)을 감각해내는 일이다. 그녀가 첫 시집에서 보여주는 자신의 상처나고 잘려진 몸에서 나는 소리, 몸 안에서 나는 경전經典 읽는 소리, '고양이 힘줄로 만든 하프'에서 나는 것 같은 몸의 소리는 두 번째 시집에서도 연속된다. 두 번째 시집에서는 신체를 해체하고 파편화시키는, 조각내고 짓이기며, '잡아먹기'와 '먹히기'의 식육의 욕망을 보여준다. 먹고 먹히는 식육의 욕망은 곧 하나의 구원 행위이다. 그것은 하나의 희생제의로서 타자를 먹임으로써 그를 구원하고 동시에 자신이 구원받는 것이다.

　강기원 시인이 그간 두 권의 시집을 통해 보여주는 위와 같은 시세계는 근작 시를 읽는 데도 도움이 된다. 강기원의 시는 허기로 가득 찬 시간의 기록이며, 변질된 자아의 자기 고백이고, 금지된 허기로부터 벗어나고픈 욕망의 기록이다. 시인에게 현실과 자아는 불만족스럽다. 지금까지 흘러온 시간은 자신이 지녔던, 혹은 자신이 꿈꾸는 세계와 가까워지기 위한 운동이 아니라 그 원형적 세계와 자아로부터 변질되고 분리되는 운동의 연속이다. 강기원의 원형적 자아는 아름다운 음악에 맞추어 춤추는 '오르골 상자' 속의 인형과 같은 존재이다.

그러나 그 원형적 순수의 세계는 훼손되고 깨질 수밖에 없으며, 따라서 지금 이곳의 세계는 상실의 세계일 수밖에 없다. 상실의 세계는 결핍과 허기를 불러오고, 허기를 채우기 위한 결핍의 보정작용으로 현실적 자아로부터의 이탈과 변신의 꿈을 꾼다. 세계를 이루는 현실원칙의 힘은 그의 원형적 자질을 변질시키는 효모이다. 시인은 원형적 자아를 변질시키는 현실의 힘에 저항하고, 끊임없이 그 현실의 궤도에서 이탈하고자 한다. 이탈과 변신의 욕망은 강기원 시의 주된 테마로 보인다.

현실이 주는 허기와 결핍은 강기원 시인으로 하여금 이탈과 변신을 꿈꾸게 하고, 현실의 힘에 저항하기 위해서 역설적으로, "아, 이미 회원이라구요?"(「변장」) "아직 살아 있니?"(「케이프산얼룩말」)라고 반문하기도 한다. 강기원 시인에게 허기는 "철저한 순종을 맛보지 못한"(「오래된 허기」) 탓이다. 시인에게 허기는 현재 상태에 대한 불만과 그로 인한 고통으로 인해 탄생한 것으로 보인다. 따라서 허기는 현실적 자아에 대한 분석과 비판적 인식의 끝에 발생하는 의식적인 것이다. 여기에서 변신의 꿈은 현실을 은폐하거나 도피하려는 행위가 아니라 기존의 질서를 부분적으로나마 혹은 전적으로 부정하려는 저항의 의도를 지니며, 그 현실로부터 벗어나 구원받고자 하는 행위이다. 그녀의 시에서 현실적 자아에 대한 부정성은 그래서 「오르골 상자」에서처럼 현실이 아닌 환상이나 아련한 꿈, 혹은 아련하고 몽롱한 기억의 분위기로 연출된다. 시인은 환상, 꿈, 기억의 거울로 지금 여기의 현실과 자아를 되비춘다.

> 족발을 뜯어 먹는다
> 난 수백만 걸음을 우물거린 셈이다
>
> 닭똥집을 발라 먹는다
> 난 덩어리진 굴욕을 곱씹는 셈이다
>
> 토막난 순대를 먹는다, 소주와 함께
> 난 긴 울음의 강을 잘라 먹은 셈이다
>
> 선짓국을 떠 먹는다
> 난 사육의 피를 벌컥 들이켠 셈이다
>
> 보신탕은 아직 먹어보지 못했다
> 철저한 순종을 맛보지 못한 셈이다

— 「오래된 허기」 전문

강기원의 시에서 허기는 현재 주어진 현실에 대한 불만과 결핍으로부터 출발한 것이다. 허기와 결핍은 인용한 시에서처럼 곧잘 그녀의 시에서 아주 빈번하게 식육의 이미지로 등장한다. 먹는다는 행위는 근원적 욕망을 채우는 본능적 행위이다. 그녀는 "철저한 순종을 맛보지 못"했다. 여기에서 순종의 중의성에 주목할 필요가 있다. 순순히 복종한다, 아니면 잡종적이거나 이질적인 것이 없는 순전히 순수한 것. 순순히 복종한다는 뜻으로 해석한다면 문맥상 금지된 것, 또는 부정한 것 등의 뜻으로 현실원칙에 대한 일탈과 위반으로 받아들일 수 있겠다.

화자의 족발도, 닭똥집도, 토막 난 순대도, 선짓국도 다 먹어보았지만 "보신탕은 아직 먹어보지 못했다"는 시적 진술은 개가 지닌 속성으로서 복종하고 순종하여 잘 따른다는 성질을 이어받지 않겠다는 것으로 읽을 수 있다. 그래서 순종을 맛보지 못한 것은 순순히 복종하지 않겠다는 뜻으로 들린다. 왜냐하면 "사육의 피를 벌컥 들이"키는 섭취 행위, 고기를 먹거나 그 피를 먹는다는 행위는 프로이트가 『토템과 터부』에서 밝히고 있듯이 그 먹는 대상과 자신을 동일시하고 그것이 지닌 특성을 자기의 것으로 만드는 행위이기 때문이다. 그것은 하나의 구원 행위이다. 그렇다면 결국 다른 의미로 화자는 순전히 순수한 상태의 구원을 얻지 못했다는 뜻으로도 받아들일 수 있겠다.

프로이트의 말처럼 행복한 사람들은 몽상을 좇지 않는다. 오직 만족을 모르는 자들만이 몽상을 좇는다. 구원도 역시 마찬가지이다. 주어진 현실에 만족하고 안온한 행복감을 느끼는 자는 결코 구원을 꿈꾸지 않는다. 구원은 실존적 한계를 넘어서려고 고통스럽게 현실을 살아가는 자들이 꾸는 꿈이다. 강기원 시인이 보여주는 식육의 허기에서 오는 구원의 행위는 바로 여기에서 오는 것이다. 따라서 위의 시뿐만 아니라 그녀의 시집에서 보아왔던 음식, 특히 고기나 인육 이미지나 그것에 대한 섭취 욕망은 특정의 음식물이나 고기에 대한 욕망이 아니라 금지가 사라진 구원의 상태에 대한 욕망으로 볼 수 있다. 구원은 그녀에게 "오래된 허기"이다. 오래된 허기는 시인으로 하여금 주어진 궤도로부터 항상 탈주하게 만들며 이탈을 감행하게 한다.

아무리 흔들어대도
언제나 제 자리
재미라곤 없는 놈
궤도를 벗어난 적도
비틀거려 보는 적도
거짓말 하는 적도 없이
언제나 또박또박
때로 너의 빈틈 없음
참을 수 없지만
그래도 네 놈이 좋다
나와 한 패는 아니나
늘 어긋나는 나보다야

도무지 길들여지지 않는 나보다야
이탈이 궤도인 나보다야
믿음직스럽지
암,

— 「메트로놈」 중에서

  메트로놈은 시계추의 원리를 응용하여 소리로 박을 새기고 벨을 울려 박
자를 알리는, 말하자면 음악의 템포를 올바르게 나타내는 기계이다. 화자는
메트로놈의 추가 궤도를 벗어나지 않고 일정하게 "언제나 또박또박" 빈틈
없이 운동하는 평균율과 자신을 대비시킨다. 메트로놈은 "궤도를 벗어난 적
도/비틀거려 보는 적도/거짓말 하는 적도" 없다. 메트로놈이 일정한 주기와
평균율로 궤도를 운동함에 비해 자신은 "늘 어긋나"고 "도무지 길들여지지
않는" 예측불가능의 존재이다. 그의 본성적 궤도는 대칭적인 것으로부터의
이탈이다. 그는 현실의 규칙적이고 평균적인 현실원칙, 금지의 계율에 순종
하지 않고 그것을 거부하고 위반하고자 꿈꾸는, 정상으로부터의 일탈을 꿈
꾸는, 존재의 변이를 꿈꾸는 자이다. 그는 궤도를 벗어나는 "어긋남이 마음
에" 드는, "불균형과 부정합, 불편한 비대칭"의 "야성"(「케이프산얼룩말」)을 동
경하는 반항아이며 무정부주의자이다. 그는 야생마이다. 그는 변신을 꿈꾸
는 탈주범이다. 변신의 꿈은 현실원칙의 금지된 것, 부정한 것 등의 속성을
지닌다. 그것은 일종의 금기의 위반, 정상으로부터의 일탈이다. 그것은 현실
원칙의 질서에 대한 도전과 전복, 저항과 위반의 행위이다.

  적도를 통과하는 열 일곱 시간의
  비행에도 녀석은 다소곳했어
  울음 소리 한 번 없이
  대평원에서 뛰놀던 녀석이라곤
  생각할 수 없었다니까
  서울에 도착한 날
  좁은 거실을 거의 차지한 채

모든 걸 체념한 듯
녀석은 큰 대자로 누워버리더군
나의 하루는
그의 등을 타고 오르는 것부터 시작됐어
아름다운 흑백의 등에 바짝 몸을 붙이면
그의 사라진 심장이 헐떡이는 듯 해
없는 눈알로 녀석이 날 무연히 바라보는 날은
두고 온 아프리카의 노을이 생각나
소음과 고속의 이 도시와 난
불균형, 부정합, 불편한 비대칭
야성을 잃고 순하게 엎드린
케이프산얼룩말의 갈기를 쓰다듬으면
그는 점점 어두워져 가는 내 귓속에
속삭이는 거야
아직 살아 있니?

— 「케이프산얼룩말」 중에서

이 금지의 규칙, 현실의 평균적 가치에 순종하지 않는 무정부주의자는 그래서 "멸종 되어 가"는 얼룩말의 가죽을 선뜻 받아 안는다. 그것은 "좌우 얼룩무늬 어긋난 케이프산얼룩말"의 "어긋남이 마음에 들어"서이기 때문이다. 화자는 아프리카에서의 전리품인 듯 얼룩말의 가죽을 받아들고 서울까지 온다. 그러나 아프리카에서 얼룩말이 멸종되어 가는 것처럼, 그래서 가죽으로만 남아 있는 것처럼, 그 역시 야성의 생명력을 잃은 존재이다. 길들여지지 않은 어긋난 야성의 생명을 잃고 얼룩말이 가죽인 채로 "큰 대자로 누워버리"는 것처럼 도시문명 안에서 야성의 꿈 역시 멸종되어 가는 것이다.

"소음과 고속의 이 도시"와 화자는 "불균형, 부정합", "비대칭"의 불편한 관계이다. 화자에게 현실은 순종純種의 야생이 억압된, 야생의 생명력이 상실된 세계이다. 그 순종하지도 복종하지도 않는 야성을 꿈꾸며 비대칭의 어긋난 "얼룩말의 갈기를 쓰다듬"지만, 그것은 다만 "야성을 잃고 순하게"

엎드려 있을 뿐이다. 되려 순하게 엎드린 그놈이 "아직 살아 있니?"라고 속삭이는 것이다. 그러나 그에 대한 대답은 다음과 같은 시에서 볼 수 있는 것처럼 태엽에 감겨 수동적으로 움직이는 것뿐이다. "누군가 뚜껑 열 때까지/깜깜해 깜깜해/외마디 소리도" 지르지 못한 채 "웅크려 있는" 인형이다.

> 상자 속에 내가 있어
>
> 누군가 뚜껑 열 때까지
> 깜깜해 깜깜해
> 외마디 소리도 없이
> 웅크려 있는
>
> 썩은 사과를 먹고도
> 끄떡 없는
>
> 태엽을 감아주지 않아도
> 시계 소리에 맞춰
> 튀어 오르듯 일어나
> 제 자리에서 맴도는
>
> 벙어리에 소경에 귀머거리인
> 그래도 웃는 무희
>
> 벌레 먹은 젖니들은 다 어디로 갔을까
>
> 나의 귀여운 일곱 연인들은
>
> —「오르골 상자」 중에서

　화자는 오르골 상자 안에 있다. 아름다운 음악이 흘러나오던 유년의 오르골 상자, 그리고 그 상자에 포함된 동화와 현실적 자아를 대비하면서 원형을 상실하고 인형처럼 조종되는 자아를 확인한다. 상자 안에는 두 개의 실존적 원형이 존재한다. 하나는 오롯이 보존된 실존의 원형이고, 하나는 왜곡 변질된 실존적 원형이다. 전자는 지켜야 할 순전한 원형이다. 마

치 "다락방 같은 뚜껑을 열면/음악이 흘러나오"고, "새초롬한 무희가/앙증
맞게 춤 추"는, "일곱 난장이들이/요기 조기 숨어 있는" 순전한 원형의
"오르골 상자"의 세계이다. 반면에 후자는 그러한 세계로부터 추방된, 순
전한 원형이 변질 왜곡된 자아이다. 그것은 "썩은 사과를 먹고도/끄떡 없
는", "귀여운 일곱 연인들"이 다 사라진 "오르골 상자"의 세계이다. 그 상
자 속에서 자아는 인형처럼 태엽에 감겨 조종될 뿐이며, "썩은 사과를 먹
고도" 아무렇지도 않게 "끄떡 없는" 무정물일 뿐이다.

시인은 오르골 상자에서 마치 속삭이듯 독백한다. 그 독백은 물론 자신
을 향한 것이다. 나지막이 속삭이듯 들려오는 전언은 유년의 동화를 떠올
리듯 환상적이다. 오르골 상자에서 어느 날 시인은 순전한 원형의 자아가
변해 버린 현실적 자아를 발견한다. 그 현실적 자아는 "태엽을 감아주지
않아도/시계 소리에 맞춰/튀어 오르듯 일어나/제 자리에서 맴도는" "벙어
리에 소경에 귀머거리인/그래도 웃는 무희"이다. 그 무희는 곧 화자 자신
일 텐데, 지난 시간에 대한 향수 혹은 원형적 실존의 회복이라는 의미보
다는 상자 속에 갇혀 타율적 힘에 의해 조종되는 존재의 확인이다. 이러
한 타율적 힘에 의해 조종되어 "태엽을 감아줘도 두 팔을 늘어뜨린" 채
"꼼짝하지 않"는 상자 안의 인형이 지금의 화자 자신, 바로 나이다. 상자
안에 갇힌 인형은 허기에 차 있으며, 그 허기의 결핍은 변신의 꿈을 꾼다.
그 변신의 꿈은 일탈이며 탈주의 욕망이다.

> 나 아닌 나는
> 얼마나 유쾌한가 당돌한가
> 분장 속의 나는
> 말더듬이, 지독한 근시, 사회부적응자
> 내가 코스프레 회원인 건 아무도 모르지
> 쏟아지는 사람들의 시선
> 이건 생의 바리에이션
> 매일 태어나고 매일 죽는 것

의상을 벗고 화장을 지우고
착한 알몸으로 잠들며 다시
내일의 꿈을 꾸는 거야
뱀파이어, 좀비, 가슴 큰 B.B
일탈을 모의하는 분
죽음의, 삶의 축제에 참가하실 분
가입해 보시죠 무료라니까요
(아, 이미 회원이리구요?)

— 「변장」 중에서

위의 시는 동화와 현실, 몽환과 현실이 유동적으로 공존한다. 변신이 지닌 초월과 탈출, 혹은 자기의 정체에서 벗어나고픈, 자신에의 일치를 부정하고픈 변신에 대한 원망과 사고가 시적 사유의 토대를 이루고 있다. 변신은 흔히 자신을 자신이 아닌 다른 무엇으로, 그러니까 위의 시에서 나타나는 것처럼 핑크 바나나, 마녀, 앵무새, 뱀파이어, 좀비, 가슴 큰 B.B 등으로 타화他化시키는 것이다. 자신이 아닌 또는 인간이 아닌 다른 무엇으로의 변신은 우리가 그간 많은 이야기, 예를 들어 카프카나 처용, 이오의 암소나 둔갑 등등에서 보아왔듯이 귀신이나 짐승, 동물과 같은 인간 이외의 비인격적인 대상들로 변하는 것이다. 이와 같은 변신의 욕망과 모티브는 인간이 자신과 짐승을 일치시키는 상상력에 의해서 비롯된다. 그래서 바슐라르는 상상력의 최초의 기능은 짐승의 형태를 창조하는 것이라 하였다. 그 안에는 현실적 삶을 초월하려는 욕망이 도사리고 있다.

강기원 시인의 근작 시에서 화자는 상자 속에 갇혀 있다. 상자 속 인형은 허기에 차 있으며, 그 허기로부터 벗어나고 싶은 욕망은 변신의 꿈을 꾼다. 변신의 꿈은 곧 궤도로부터의 이탈이며 탈주이기도 하다. 변장을 하고 싶다는 것은 자신의 모습을 부정하고 싶은 욕망이 내면에 깔려 있다는 것이다. 어제는 핑크 바니, 또 오늘은 마녀로, 앵무새로 그렇게 매일 매일 내가 아닌 다른 무엇으로 변신함으로써 화자는 감금된 현실과 자아로부터 벗어나려 한다. 나 자신이 아닐 때 유쾌하다는 표현에서 이미 현실을 부정하고 있음을 볼 수 있다. 이 시에서 화자는 매일 매일 나 아닌 다른 나로의 변신을 꿈꾸는 "코스프레 회원"이다.

분장을 하기 전에 나는 평범한 현실의 사회 적응자이지만 분장한 후의 나는 사회적응자도 아니고 평범한 사람도 아니다. 분장한 나는 "나 아닌 나"이며 '유쾌하고 당돌한' 나이다. "말더듬이, 지독한 근시, 사회부적응자"이다. "의상을 벗고 화장을 지"운 나는 "착한 알몸"의 나이지만, 그러나 착한 알몸의 나는 항상 변신을 꿈꾼다. 그것은 "생의 바리에이션"이며, 현실적 자아로부터 벗어나고자 "일탈을 모의"하는 것이고, "매일 태어나고 매일 죽"으며 내일의 다른 '나를 꿈꾸는' 탈주이다. 그러한 변신과 탈주의 욕망은 화자로 하여금 "뱀파이어, 좀비, 가슴 큰 B.B" 등등으로 변하기를 꿈꾸게 한다. 이와 같은 변신의 욕망은 일종의 초월의 욕망이며 자유의 비상이다. 음악이 멈춘 캄캄한 상자에 갇힌, 허기에 가득 찬 인형으로서의 화자는 이 작품에서 동화에서처럼 지팡이를 짚고 빗자루를 타고 현실의 초월과 비상을 꿈꾸는 것이다. 이를 통해 화자는 현실을 탈출하고자 하는 원망을 강하게 드러낸다.

인간은 근원적으로 변신에 대한 욕망을 지니고 있다. 그것은 바로 변신을 통해서 금지되고 억압된 현실적인 삶을 벗어나고픈 욕망의 표현이다. 그럼으로써 인간은 현실을 초월할 수 있다고 믿는다. 그렇기 때문에 우리는 변신에 대한 욕망을 문학사에서 많이 볼 수 있었던 것이기도 하다. 그런 의미에서 강기원의 시들도 이와 같은 계보의 지형에 위치한다. 결국 그녀의 시에서 감금된 현실의 허기와 결핍에서 오는 변신에 대한 욕망은 생활의 규격화나 공포, 폭력, 타율적 지배와 획일화로부터 일탈을 시도하려는 변신 이야기의 논리에 포획되는 것이다. 강기원의 시는 허기와 결핍을 초월하려 변신을 꿈꾸고, 그로부터 근원적 구원을 탐색하는 도정에 있다.

신생을 꿈꾸는 역설의 미학

― 오세영

1965년 목월의 추천을 받아 시단에 나온 오세영은 40여 년이 넘는 시력을 통해 최근까지 십여 권이 넘는 시집을 상재한 시인이다. 그는 첫 시집 『반란하는 빛』(1970)에서 가장 최근에 상재한 『문 열어라 하늘아』(2006)에 이르기까지 시가 지닌 고유한 서정성과 철학적 사유를 통해 삶의 보편적인 존재론적 비의를 탐색해온 시인이다. 이러한 서정성과 철학성의 견고한 통합은 시인의 시세계를 관통하는 핵심 줄기 가운데 하나라 할 수 있다. 그 가운데 존재론적 고뇌와 그것을 극복하고 치유하는 속성으로서의 '불(불빛)', 그리고 채움과 비움, 생성과 적멸, 존재의 완성과 원초적 회귀 가능성 등의 의미 자질을 내포하는 '그릇'의 이미지는 시인의 시세계를 집약적으로 조망할 수 있게 해주는 시적 이미저리 가운데 하나이다. 그것은 결국 '불'의 존재론적 고뇌와 이를 넘어선 생명성, 그리고 '그릇'이 포함하고 있는 채움과 비움, 생성(완성)과 적멸의 역설적 미학을 담고 있는 것이었다.

다소 거칠게 말해서 『적멸의 불빛』(2001) 이후 오세영 시인의 시는 『봄은 전쟁처럼』(2004)이나 『문 열어라 하늘아』(2006)에서 보여주듯이, 고도로 발달한 후기자본주의의 문명사회에서 '봄' 혹은 '자연' 혹은 '생명' 혹은 '영원' 혹은 '사랑'의 원리나 보편적 가치에 대한 탐구로 심도 있게 확장 전개되어 왔다고 할 수 있다. 시인이 신생의 '봄'이나 '하늘'이 지닌 열린 체계로서의 생명에 대한 사랑과 믿음, 그리고 그 대척점에서 펼치는 후기 자본주의 사회에 대한 문명 비판적 사유는 시인이 지속적으로 보여주었던 서정성과 존재에 대한 형이상학적 탐구를 견고하게 통합해 나가는 애초의 연속적 과정에 있는 것으로 볼 수 있다. 이러한 정서와 사상의 통합, 즉 철학성과 미학성의 연금술적 결합은 시인의 시세계를 연속적으로 조망할 수 있게 해준다.

두꺼울수록 더욱 단단히
박히는 못,
오늘 나의 벽에는 무엇을 걸까.
남농南農의 산수山水? 혹은
시간을 알리는 괘종시계?
액자額子는 모난 공간이고
종소리는 단말마斷末魔의 시간이다.
벽에 저항하는 저 시時·공간空間의
시위,
갇힌 자의
데몬스트레이션

— 「액자」 중에서

　　일반적으로 오세영 시인의 시적 상상력은 철학적 인식의 차원에서 집중적으로 전개해 왔다고 할 수 있다. 때문에 그의 시는 묘사보다는 철학적 사색의 에스프리를 비유나 상징의 형태로 빚어내는 시적 연금술을 보여준다. 위의 시는 「모순의 흙」이나 「모래」 등과 같은 80년대 초반부터 나타나기 시작하여 시적 전략으로 쓰이고 있는 이미지, 특히 『사랑의 저쪽』(1990)에서 집중적으로 탐구하기 시작하는 '그릇'에 관한 철학적 사유와 정신을 다시금 음미할 수 있게 해주는 작품이다. 이 시집에는 「액자-그 릇 41」이라는 작품이 실려 있는데, 이 작품과 의미론적으로 아주 유사하 다. 시인이 '빈 그릇'과 '찬[滿] 그릇', '깨진 그릇'과 '성한 그릇'이라는 상 대적 의미 관계가 의미 가치의 우열을 가늠하는 잣대가 아니라 생성과 소 멸, 비움과 채움, 원圓과 각角, 갇힘과 열림 등 상호 변증법적 통합, 혹은 우주론적 존재성에 초점을 두었던 것을 기억할 때, 위의 작품에서 우리는 우리의 삶에서 견고하게 굳은 벽과 갇힌 공간을 깨고 비상하려는 의지를 읽어낼 수 있다. 그것은 갇힘에서 열림, 소멸에서 생성으로, 규격화된 틀 에서 개방으로의 지향성을 띠는 것으로서, 이러한 닫힘과 열림의 변증법 적 통합의 관계는 시인이 가장 절실하게 지향하는 바이기도 하다. '빈 그 릇'이나 '깨진 그릇'에서 보여주었던 공空의 개념이나 원초적 회귀의 개념 은 영원한 자유와 생성과 우주를 향해 존재성을 극대화하는 역설의 의미 를 지닌다.

위의 작품에서 우리는 '벽'이나 '액자'에 갇힌 공간과 괘종시계의 종소 리가 알리는 단발마의 시간이라는 서로 다른 세계가 겹쳐져 있음을 볼 수 있다. 벽에 둘러싸인 공간은 "사방에서 압박하는 검은 사괘四卦"(「시詩로 보 는 태극기」)의 벽처럼 역설적 공간이다. 벽은 닫히고 갇힌 공간으로 '갇힌 자'가 뚫고 나가야 할 저항과 극복의 대상이다. 그렇기 때문에 시인은 그 것을 "갇힌 자"의 "시위"라 표현하고 있다. 시위는 곧 벽에 못을 박고 액 자나 괘종시계를 거는 행위이다. 굳은 벽을 뚫고 깨트리는 것은 결국 액 자인데, 거기에 그려진 그림은 굳은 벽면을 열고 하나의 '산수'의 세계로 화자를 이끌기 때문이다. 그리고 괘종시계의 종소리 또한 닫히고 정지된 공간 속에서 시간이라는 흐름의 세계로 화자를 이끌기 때문이다. 그러나 액자 틀 속의 그림 또한 '모난 공간' 속에 갇힌 세계이고, 괘종시계의 종 소리 또한 벽 속에 갇힌 단발마의 소리일 뿐이다. 때문에 벽은 반드시 깨 고 넘어가야 할 대상이다. 벽과 틀에 갇힌, 그러니까 '모난 공간'과 '단발마의 시간'이라고 한 두꺼운 벽은 깨뜨려야 할 무엇으로 존재를 가두고 규격화하는 무엇이다.

존재를 가두고 규격화하는 그 무엇은 이념이나 이성으로 보아도 무방하리라. 왜냐하면 시인은 오래 전에 자신의 시를 설명하면서 이념이란 '하나의 굳어진 그릇'이라 말하고 있기 때문이다. 유추해 보건대 이념이나 이성을 시인은 규격화된 삶을 구성하는 딱딱하게 굳은 질료로 보는 것이 아닌가 싶다. 따라서 위의 시는 규격화된 삶을 만들어내는 이념의 폭력에 대한 저항의 형식이라 할 수 있겠다. 벽은 견고한 형태로 삶을 구속하고 가두고 있지만, "그것은 항상 깨트리기 위해서 있는 것이다." 마치 '그릇'이 깨어져 원초적 흙으로 되살아나듯이, 술잔을 비우기 위하여 채우듯이 그것은 역설적 의미를 지니는 것이다. 그럴 때 진정한 해방과 자유의 가치를 획득할 수 있다는 의미를 위의 작품은 함유한다고 할 수 있는데, 다음과 같은 시도 이와 같은 범주 안에서 읽을 수 있다.

<blockquote>
짐승들이 이 지상에
코를 박고 먹이를 찾는 동안,
나무는 자신을 쉬임 없이 버릴 줄을 안다.
때가 되면 스스로 잎을
떨어뜨리고, 꽃을
떨어뜨리고,
열매를 떨어뜨리고
가진 것 없음으로 가벼워져 하늘로, 하늘로
쑥쑥 자란다.
</blockquote>

—「자궁子宮」 중에서

위의 시는 비움과 채움, 소멸과 생성, 버림과 가짐의 관계에서 파생하는 역설의 미학을 잘 그려내고 있는 작품이다. 시인은 욕망들이 비워진 후에 남게 되는 '빈 공간'의 생성에 대해 이야기하고 있다. 우리는 이 시에서 시인이 전에 보여주었던 '빈 그릇'이 지닌 빈 공간의 미학, 즉 텅 빈 공간으로 채워진 우주라는 역설의 미학을 다시 한 번 만날 수 있다. 이 시에서 '짐승들'은 "코를 박고 먹이를 찾"는 욕망의 비유가 되고, 나무는 '잎'과 '꽃'과 '열매'를 쉬임 없이 버리고 가벼워진, 그러니까 욕망이 탈수된 비움의 비유이다. 나무는 "가진 것 없음으로 가벼워져 하늘로," "쑥쑥 자란다." 이러한 발상은 연쇄적으로 "가볍다는 것은 곧 비어 있다는 것"이고 "텅 비어 있"음은 곧 강하다는 것이며, "배가 비어 있는 어머니가/남자보다 더 강하다"는 역설적 인식을 불러오고 있다. 여기에서 '남자'는 곧 "코를 박고 먹이를 찾"는 욕망의 '짐승'과 동위소이고, '잎'과 '꽃'과 '열매'를 쉬임 없이 버리는 생성의 '나무'는 '어머니'와 동위소이다. 정리하자면 가벼움, 비움, 강함, 어머니로 연쇄되는 의미의 고리는 곧바로 생성을 머금은 '하늘'이나 '자궁'으로 귀착된다. 그에게 텅 빈 공간으로 채워진 '자궁'은 생명을 잉태한 시원의 공간이다.

텅 빈 공간으로서의 '하늘'이나 '자궁'은 그 자체로 열린 체계이다. 그 빈 공간은 어쩔 수 없이 받아들여야 하는 운명이 아니라 적극적이고 긍정적인 가치를 지니는 것이다. 빈 공간, 무無 혹은 태허太虛로서의 자궁은 하나의 생성을 잉태한 자궁이다. 모든 것을 다 버리고 텅 빈 상태에 대한 의지는 곧 '빈 그릇'에서 보았던 일종의 적극적인 허무주의라 할 수 있다. 이러한 적극적 허무주의는 대개의 다른 시인들처럼 삶의 무의미를 적극적으로 추구하여 어떤 진리의 세계에 도달하기보다는 열려 있는 개방의 형식으로서 기능한다. 그것은 앞의 「액자」에서처럼 벽에 구멍을 뚫고 갇힌 공간에서 영원한 자유와 생성의 공간을 향해 삶의 폭을 극대화하는 열린 체계로서의 역설적 의미를 지니는 것이다. 이 허무주의는 일종의 무에 대한 강력한 의지로 읽히기도 하며, '깨진 그릇'에서 보여주었던 사물의 원초적 회귀로 읽히기도 한다. 이렇게 볼 때 빈 공간의 의미는 모든 삶의 가치를 소유한다는 역설로 귀결된다. 우리는 그것을 '자궁'이 암시하듯이

생성의 공간으로 이해해도 될 것이다. 이러한 '자궁'이 지닌 생성의 미학
은 그래서 생명에 대한 사랑의 시학으로 번지기도 하는데, 가령

> 돌돌돌,
> 졸졸졸,
> 보폭과 보폭을 다잡으며
> 먼 대양을 향해 일렬로 나란히 달리는
> 마라토너들의 저 힘찬 역주力走,
> 양안兩岸에 늘어선 산벚꽃, 진달래가 환호작약,
> 잠에서 막 깨어난 다람쥐, 꽃사슴의
> 갈채가 요란하다.
>
> 구만리인가, 십만리인가.
> 봄은
> 긴 마라톤 코스의 출발점인가.
>
> ─「마라톤」중에서

라고 노래할 때이다. 이러한 생명에 대한 사랑의 시학을 일찍이 우리는
오세영 시인의 근래의 두 시집 『봄은 전쟁처럼』과 『문 열어라 하늘아』에
서 강렬하게 경험한 기억을 갖고 있다. 좀 더 구체적으로 밝히자면 그 경
험은 후기자본주의의 문명사회에서 어김없이 신생의 약동하는 모습을 보
여주는 '봄' 혹은 '자연' 혹은 '생명'에 대한 사랑의 경험이다. 시집의 제목
에서 암시 받을 수 있듯이 "봄은 전쟁처럼" 선명한 이미지를 띠는 것으로
서, 이것은 '봄'으로 표상되는 생명성을 적극적으로 옹호하는 것이다.『봄은
전쟁처럼』에서 시인이 "컴퓨터를 버리고 펜을 잡는다./아직도 펜을 들어야
만 쓰여지는/나의 시"(「꽃씨는 손으로 심는다」)라고 노래할 때, '컴퓨터'나 '트
랙터'로 상징되는 기계나 문명의 이기가 아닌 '펜'이나 '손'으로 상징되는
생명성 혹은 자연적 원초성에 대한 적극적인 옹호는 위의 시에서처럼 봄
이 찾아오는 활달하고 약동하는 모습을 찬미하게 하였다.

이러한 맥락에서 위의 작품도 역시 '봄'이 주는 신생의 약동하는 모습을 노래하는데, 시인은 봄의 시작을 "일순의 정적이 지나"고 "팡"하고 "빙벽 깨지는 소리"로 묘사하고 있다. 그리고 봄의 생명성이 힘차게 약동하는 모습을 스타트라인에 선 마라토너들이 출발을 알리는 신호음을 듣고 "일제히/앞으로 뛰쳐나"가는 "힘찬 역주力走"에 비유하고 있다. '봄'은 "팡"하고 폭발적으로 시작되는 것이며, "돌돌돌,/졸졸졸" 등과 같이 신생의 약동하는 흐름으로 전개되는 것이다. 신생의 흐름, 혹은 봄의 약동하는 모습을 건각들의 역주, 그리고 그들의 보폭과 보폭 사이의 역주를 "돌돌돌,/졸졸졸" 등과 같이 의성어를 동반해 드러냄으로써 봄이 지닌 생명성을 절실하고 구체적인 감각으로 전달하는 시적 효과를 거두고 있다. 더불어 신생의 약동하는 모습을 "산벚꽃, 진달래가 환호작약", "다람쥐, 꽃사슴의/갈채"로 비유하면서 봄이 주는 탄력성을 또한 절묘하게 노래한다. 여기에서 "팡"하고 "빙벽 깨지는 소리"는 봄의 시작을 알리는 자연의 변화를 표상한다. "돌돌돌"이나 "졸졸졸" 역시 우리가 직감적으로 느낄 수 있는 생명의 약동하는 순간을 함유하며, "산벚꽃, 진달래가 환호작약"하고 "다람쥐, 꽃사슴의/갈채가 요란하다"라고 노래하는 것 역시 봄을 맞는 자연의 부산한 움직임을 절실하게 전달하는 데 효과적으로 작용하고 있다.

자동차, 보행자가 함께 뒤엉켜 소란스러운
시청 앞 넓은 광장은 항상
군중집회로 몸살이다.

백두白頭에서 왔을까. 한라漢拏에서 왔을까.
환경파괴 항의하려
광장 가득히 스크럼을 짠 풀잎들의 시위,
처절한 자연의 생존투쟁

— 「잔디밭」 중에서

역설의 미학은 오세영 시를 구축하는 중요한 시적 사유 가운데 하나이다. 앞의 「액자」에서와 같이 이 작품에서도 시인이 절실하게 느끼고 사유하는 것이 무엇인지 고민하는 흔적을 감지할 수 있는 작품이다. "잔디밭 주위를 삥 둘러친/폴리스 라인"은 시인이 여러 차례 밝힌 닫힌 체계로서의 규격화된 '굳어버린 이념'과 동질적인 의미로 읽히기도 하며, 또 한편으로는 이 시 전체를 이데올로기의 횡포에 대한 역설적 비판으로 읽히기도 한다. 우선 "풀잎들"의 "생존투쟁"이라는 역설은 중위적인 층위에서 이 시를 읽도록 요구한다. 그의 시는 열린 체계를 지향하는데, 열림은 닫힌 체계에 대한 회의와 반성을 동반한다. 이러한 태도는 시적 사유에 독특한 역설을 부여하는데, 우리는 위의 시에서 그러한 점을 확인할 수 있다.

"시청 앞 넓은 광장은 항상/군중집회로 몸살이다." 그 몸살은 이념의 깃발을 내세우고 "스크럼을 짠 풀잎들의 시위" 때문이다. 시인은 환경파괴를 항의하기 위한 "풀잎들의 시위"에서 "처절한 자연의 생존투쟁"을 본다. 풀잎으로 상징되는 집회군중과 자연 생명체로서의 순수한 풀잎으로서의 잔디를 중의적으로 겹쳐 놓음으로써 역설이 성립하는데, 환경파괴를 항의하기 위한 집회가 아이러니컬하게도 또 다른 생명을 억압하는 구조를 비판적으로 인식한다. "풀잎들의 시위"는 집회군중의 환경파괴에 대한 항의이면서 동시에 '풀잎들'의 집회군중에 대한 시위로 겹쳐 놓음으로써 역설적으로 이데올로기의 은폐된 억압성과 폭력성을 폭로한다. 또한 화자는 '폴리스 라인'을 "누구를 보호하기 위함일까"라고 의문을 제시함으로써, 그것이 시위대를 보호하기 위함인지 아니면 잔디를 보호하기 위함인지 묻고 있다. 그럼으로써 환경파괴를 항의하는 시위가 또 다른 생명을 짓밟는 현실의 구조에 대한 반성을 요구하고 있다. 이렇게 볼 때 신생의 '봄'이 갖는 생명에 대한 찬미나, 이데올로기의 숨겨진 폭력성에 대한 인식은 역설적으로 생명의 건강하고 보편적 가치가 상실해가는 현실에 대한, 혹은 근원의 결핍에 대한 시인의 인식을 반영하는 것으로 볼 수 있다.

줄곧 철학성과 미학성의 연금술적 결합을 추구하는 오세영은 다양한 시적 상상력의 변주를 통해 그의 시를 지금도 더욱 풍요롭게 개화시켜 나가고 있는 시인이다. 그의 작품이 철학성을 추구한다 하여 그것은 형이상학적인 어떤 철학적 개념으로 환원되거나 국한될 수 있는 성질의 것은 결코 아니다. 그의 시의 미덕은 시인의 시적 입장이라 할 수 있는 '구체적 보편성' 혹은 '구체적 영원성'이라는 언어 예술로서의 심미성을 확보하기 위해 그 긴장의 끈을 놓지 않는다는 데 있다.

애당초 이 글이 몇 편 안 되는 작품에 대한 신작시에 대한 작품론의 성격을 지니고 출발하였기에 이전에 보여주었던 시세계를 간간히 기억하면서 작품을 읽는 데 도움을 받았다. 자칫 이러한 독법이 시인의 시를 단순한 자기복제의 연속으로 비칠 수 있겠으나, 결코 그렇지 않다는 것을 밝히고 싶다. 그의 전체적인 시편을 차곡차곡 읽어보면 알 수 있듯이 오세영 시인은 자신이 쌓아온 시적 세계에 안주하지 않고 부단한 자기갱신을 통해 자신이 구축한 시적 영토를 끊임없이 탈영토화하는 시인임을 확인할 수 있을 것이다. 신생을 위한 그의 시적 모험은 계속될 것이고 부단히 자신이 쌓은 벽을 허물어 나갈 것으로 본다. 우리는 그것을 신생을 꿈꾸는 역설의 미학이라 부를 수 있을 것이다.

일상에서 발견하는 삶의 가치와 진실
— 김광규

　김광규 시인은 1975년 『문학과 지성』을 통해 등단하여 1979년 첫 시집 『우리를 적시는 마지막 꿈』을 상재한 이래 『처음 만나던 때』까지 8권의 시집을 낸 중요한 시인이다. 시를 쓰고 시집을 낸 이력은 물론이거니와 그를 주목하는 평단의 시선, 그리고 독자 대중들이 보여준 반응을 볼 때 그는 우리 시단에서 빼어놓을 수 없는 중요한 시인임에 틀림없다. 가령 돌이켜보건대 시의 시대라 일컬어졌던 80년대에 독자들의 사랑을 받은 시인은 적지 않다. 그러나 그것이 문학 내적인 요소에 의한다거나 진정한 문학성을 담보로 한다기보다는 문학 외적인 요소나 저널리즘의 영향에 의한 것이었다는 점이 짙은 것이었다. 하지만 김광규 시인의 시에 대한 독자들의 사랑과 평단의 주목은 상호 비례하는 것이어서 그 시성詩性의 대중적 감염력이나 시단의 평가는 의심할 바 없는 것이다.

　김광규 시인이 보여준 독특한 시세계는 세속적 일상과 이에 대한 비판 정신의 힘 내지는 삶과 세계에 대한 어떤 윤리적 가치와 진실의 발견, 그리고 깨달음에 있다. 이에 대해서는 이미 많은 평자들이 '시적 대상이나 현실을 어떠한 편견이나 기성관념에 얽매이지 않고 단순하게 바라보는 단순성의 시학'이나 '시민적 자유의지에 기반을 둔 비판적 지성의 시', '일상적 평범함 속에서 찾은 비범함', '통일감과 정직성', '명징성과 맑은 정신'으로 '메마른 삶 속에서 시원의 꿈을 꾸는 시인', '현실주의자의 통일성' 등으로 친절하게 언급되어 왔다. 이러한 평가에 대해 무엇을 더하거나 이의를 제기할 바는 아니다.

덧붙여 말한다면 김광규 시인은 어떤 대단한 명분을 목청껏 소리 높이지도 않고, 또 어떤 거창한 이념을 높이 내세우지도 않는다. 그는 다만 우리 이웃과 주변의 평범한 일과 삶의 모습을 진솔하고 담담하게 보여주면서 동시에 지성적인 비판정신으로 무장한 채 현실을 날카롭게 해부해 그 폐부를 적나라하게 파헤친다. 그의 시가 일상에 천착해 있다는 것은 가령 다음과 같은 시에서 확인할 수 있는 바와 같다.

현대시 강습회 1박 2일
첫날 저녁 때 교육원 숙소
휴게코너 기둥 뒤에서 누군가
전화 거는 젊은 목소리
―오늘은 엄마가 집에 없으니까
아빠하고 자야지
이 닦고 발 씻고…
저 여성 강습생은 조그만 핸드폰 속에
온 가족을 넣고 다니는구나
부럽다 어리고 작아서 따뜻한 가정

― 「핸드폰 가족」 전문

시인은 지금 어느 단체에서 주관하는 "1박 2일" 일정의 "현대시 강습회"에 참석한 모양이다. 그런데 시인은 "첫날 저녁 때 교육원 숙소/휴게코너 기둥 뒤에서 누군가" 집에 남겨 두고 온 아이와 휴대전화로 통화하는 다정한 소리를 우연히 엿듣고는 부러움을 느낀다. 시인은 흔히 접할 수 있는 이와 같은 지극히 사소한 일에서 "어리고 작아서 따뜻한 가정"이 내

포한 삶의 아름다움을 발견한다. 이러한 시적 면모는 다음과 같은 시에서
도 역시 마찬가지로 나타난다.

> 병 구완에 지친 아내에게 그래도
> 자랑스럽게 우리의 돈봉투를 건네주면서 그는
> 우는 얼굴로 웃었다
> 차 한 잔을 되도록 천천히 마시며 우리는
> 환자를 위로했고
> 눈물어린 시선을 주고받았다
> 폐암의 증후와 병세에 관하여 그는 이제
> 전문의처럼 자세하게 알고 있었다
> 우리도 머지않아 저렇게 되겠지
> 하지만 매도 먼저 맞는 것이 낫다는
> 속담을 여기서는 할 수 없었다
> 앞서 가는 친구를 찾아 본 것이
> 마음의 짐을 덜어 주었나
> 돌아오는 길에 우리는 괜히 허튼
> 소리를 지껄이면서 낄낄거렸다
> 그러나 헤어지는 뒷모습은 모두가
> 흰 머리 꾸부정한 노인들이었다

— 「오래된 친구들」 중에서

시인은 지금 "두 차례나 흉곽절개수술을 받고/항암치료 주사와 약물에
시달려/해골과 뼈대만 남은 초췌한 몰골"의 "폐암으로 고생하는 친구를"
친구들과 함께 "돈을 얼마씩 거둬가지고" 병문안하고 돌아오는 길이다.
시의 전편에는 "밟으면 장렬히 터지는/내 청춘의 지뢰도" "슬며시 사라져
버"리고 이제는 "흰 머리 꾸부정한 노인"이 되었다는 생의 비감한 덧없음
이 짙게 배어 있다. 그런데 이 시에서 중요한 것은 "밟으면 장렬히 터지
는" "청춘의 지뢰"가 "슬며시 사라져 버"린 것은 "(여간첩 신고?)/그 이후"
라는 진술에 있다. 그것은 곧 시인이 통과해온 근대사의 질곡을 말한다.

그 냉혹하고 처참했던 질곡의 세월을 견디고 나니 이제는 늙고 병들어 삶을 정리할 단계가 왔다는 것이다. 결국 시인은 늙고 병든 몸에 지난 역사의 간단없는 질곡을 개입시키는 사유를 보여준다. 김광규 시인에게 일상사는 일상 그 자체로 머무는 것이 아니라 거기에서 어떤 역사 사회적인 정치성을 띤 것으로 확대된다.

결국 중요한 점은 그의 시가 지극히 일상적이며 세속적인 평범한 삶의 모습이나 사소한 일에 눈길을 주면서 삶의 슬픔과 아름다움을 발견하면서도 동시에 여기에 내포한 소시민적 의식과 역사 현실을 비판적으로 읽어 낸다는 것이다. 그러니까 일상사를 보여주되, 거기에서 그치지 않고 현실주의자의 비판적 의식이나 사회적 깨달음으로 나아가고 있다는 데에 김광규 시의 장점이 있다. 그는 세속적 일상의 지극히 평범한 삶과 사건 속에서 어떤 명철한 비판적 깨달음의 세계를 보여주며, 그것이 배면에 거느린 사회적 성격과 정치적 성격을 드러낸다. 따라서 아도르노의 표현을 빌리면 그의 세속화된 일상적 소재들이야말로 매우 정치적이고 사회적인 성격을 지니는 것이다.

김광규 시인의 시가 갖는 현실의 탈신비화 내지 탈신화화 때문에 그의 시는 가끔씩 예술에 있어서 "영원히 지속하는 부분"을 사장시킨 채 "변화하는 요소"만을 지향하는 것처럼 보이기도 한다. 그런데 이러한 특성이야말로 그의 시를 가장 그의 시답게 만드는 지배소라 할 만하다. 김광규 시인은 이를 통해서 삶과 세계의 가치와 진실을 밝혀내려 하며, 이러한 맥락에서 그의 시를 '사회시'니 '일상시'니 하는 평판을 낳게 만드는 요소가 된다. 그의 시는 "아무리 개인적이라도 개인적으로 끝날 수 없다는, 즉 그만큼 개인적 삶은 알게 모르게 사회적 문제나 역사의 흐름과 밀접히 관련되어 있다"는 평가는 따라서 타당하며 적절한 지적이다. 근작 시 다섯 편 또한 이와 같은 맥락에서 크게 벗어나 있지 않으며, 성급한 일반화의 오류일 수 있겠지만 그 시적 특성의 일단을 음미해볼 수 있는 하나의 기회라 생각된다. 왜냐하면 근작 시편들에는 그의 시의 미덕으로서 여러 평자들이 주목했던 현실과의 팽팽한 긴장 아래 아직도 살아 움직이고 있는 역동성을 느낄 수 있기 때문이다.

자본주의의 발전에 의해 가속화된 문명은 평균적이며 균일적 일상성으로 현대인의 삶을 근본적 특징으로 규정하게 되었다. 이것은 하이데거의 지적에서도 드러나듯이 대량생산과 도시화, 그리고 대중매체의 발달로 인해 사람들의 삶이 일정한 유형을 반복하게 되면서 일상성이라는 범주가 현대성을 이루는 중요한 개념으로 자리 잡게 된 이유가 있다. 그러나 이와 같은 일상성은 그 동안 세속의 일상적 삶의 속악성과 반복성, 그 타율성과 범속성으로 인해 무시되고 부정되었다. 이것은 자본의 무의식 세계로의 침투가 가속화되고, 그럼으로써 세계의 초월성과 신성성이 사라진 탈이데올로기 사회로 접어든 지금 일종의 억압된 타자로서 세속적 일상성을 재발견하게 되는데, 김광규의 시 또한 이러한 맥락에 포섭된다.

우리의 세속적 삶 한가운데에 일상성이 있고, 김광규 시인의 시적 관심사도 지금 이곳의 일상적 삶과 세계에서 출발한다. 지금 이곳의 일상성은 다름 아닌 현대인이 처한 일반적 생활방식의 준거라 할 수 있다. 그 속에는 물질과 기호의 매혹적인 현란함이 있으며, 이것들이 발산하는 미시권력의 미세한 작용으로 일상인의 무의식과 욕망은 지배당하고 조작된다. 따라서 이것은 앙리 르페브르의 지적처럼 "사회를 알기 위한 실마리"로서 일상이라는 존재에 대한 미시적 접근과 해석의 필요성을 제기하는 것이다. 일상성에 대한 관심과 인식의 재발견이 갖는 의미는 그것을 배태하고 양육한 현대의 사회를 이해하고, 그 곳에 내재하는 '현대성의 무의식'이라는 이데올로기와 정치성을 읽어내는 데 가치를 갖는다. 김광규 시인의 시 또한 이와 같은 범주에 포획되는 것들이다.

> TV가 갑자기 꺼졌다 느닷없는
> 정전 때문에 오래간만에

연속극도 끊어지고 온 집안이
모처럼 캄캄하고 조용한 저녁
코를 높인 탤런트의 인조 눈물 대신
피짜 배달 오토바이가 방정맞게 달려가고
행인들 지껄이는 소리에 섞여
골목길에서 개 짖는 소리
멀리서 들려오는 구급차 사이렌
옆집 아줌마가 퍼부어대는 악다구니
깊어가는 가을 밤 귀뚜라미 노래
오동나무 잎 떨어지는 소리
참으로 오래간만에 이웃과
동네의 소식이 들려 왔다

— 「잠깐 동안 정전」 중에서

위의 시에서 시인은 "TV가 갑자기 꺼"지고 일상을 지배하는 TV라는 매체에 의하여 가려져 있고, 그렇기 때문에 그것으로 인하여 볼 수 없었던 일상 너머의 일들을 새롭게 인식한다. 화자는 "잠깐 동안 정전"으로 "TV가 갑자기 꺼"지고 오래간만에 "캄캄하고 조용한 저녁"을 맞이하고 저녁이 본래 가지고 있었던 소리를 듣는다. 화자는 캄캄하고 조용한 저녁 속에서 "피짜 배달 오토바이가 방정맞게 달려가"는 소리, "행인들 지껄이는 소리", "골목길에서 개 짖는 소리", "옆집 아줌마가 퍼부어대는 악다구니"에서부터 "귀뚜라미 노래", "오동나무 잎 떨어지는 소리"까지 "오래간만에 이웃과/동네의 소식"을 듣는다. 화자는 진부한 일상, 그것을 대표하는 TV, TV가 상징하는 통속적 삶, "코를 높인 탤런트의 인조 눈물"의 껍질을 벗기고 그 안에 본래 자리하고 있지만 그것으로 인해 보지도 듣지도 생각지도 못했던 삶의 다른 진면목을 보는 것이다.

「잠깐 동안 정전」에서 볼 수 있는 것처럼 김광규 시인이 평범하고 당연한 사실들에 대한 관심, 그리고 그것을 통해 어떤 시적 인식에 도달하는 과정, 혹은 그것을 드러내는 시적 방법은 대개 반복과 열거의 방법을 통해 드러내는 것이 특징이다. 가령 의미 단위상 "피짜 배달 오토바이가 방정맞게 달려가"는 소리, "행인들 지껄이는 소리", "골목길에서 개 짖는 소리", "옆집 아줌마가 퍼부어대는 악다구니", "귀뚜라미 노래", "오동나무 잎 떨어지는 소리" 등의 동일한 성질을 포함한 시어와 시행을 반복적으로 중첩하고 열거하면서 독자들로 하여금 평범함 속에 내재한 비평범을 깨닫게 한다.

김광규 시인이 평범함 속에서 발견하는 것은 어떤 천재적인 발견이나 깨달음이 아니라 우리가 주변에서 쉽게 만날 수 있는 지극히 일상적인 것들이다. 그것들은 모두 우리의 생활영역 안에서 구해지는 것들이라는 점에서 일상 혹은 생활의 재발견이라 할 만하다. 곧 동일하다시피 한 비슷한 의미소를 지닌 시어나 시행, 간혹 그의 여러 시집에서 경험할 수 있는 연의 반복과 열거를 통해서 시인은 우리가 평소에는 보통 아무렇지도 않게 보고 듣고 생각했던 일상적 사건과 사물, 그리고 의식들을 다시 주목하고 반성하게 하며 무가치하고 무의미하게 보아 넘겼던 것들을 새롭게 듣고 의미 있게 보도록 한다. 굳이 말하자면 일상적인 것을 비일상적으로 낯설게 만드는 효과를 꾀하고 있다.

김광규 시인이 주목하는 지극히 진부하고 상식적인 일상과 생활은 과거에는 단순히 속악성俗惡性을 대표하는 개념으로 베르그송의 말대로 희극적 대상이 되거나 시인이 금기시해야 하는 소재 거리에 불과했다. 그것은 낯익고 습관화되어 자동적으로 반복되는 것이며, 그래서 관습적이며 기계적인 삶을 말하는 것이었다. 한마디로 현실의 세부로서 세속적 일상성은 미적 대상이 될 수 없는 추하고 무가치한 것으로서 부정되어 왔다. 그러나 김광규 시인이 갖는 일상에 대한 관심, 그것으로부터 출발한 시적 특장은 어떤 치열한 문제의식이나 혹은 경이로운 통찰과 천재적 직관에 있지 않고 그 일상적 삶에 내재한 복잡하고 다단한 정치성, 허위와 가식을 가감 없이 읽어내며 그것을 단순화하여 보여주는 데 있다. 그는 당연한 일상을 아주 낯설게 보여줌으로써 익숙한 일상을 충격하고 그 속에 숨은 정치성을 파헤친다. 그러나 그것은 결국 일상의 표면에 머물지 않고 삶의 진실이나 가치, 존재의 궁극, 역사 현실의 심층을 파고드는 데 매력이 있다. 한마디로 그의 시는 일상에서 출발하되 이것이 지니고 있는 존재의 심연과 역사 현실의 심층을 관통하는 힘에 시적 미덕이 있다.

아직도 더럽혀지지 않은 자연
석유가 쏟아져 나오는 땅
그 많은 인디안 원주민들 모두 죽여 버리고
북아메리카 대륙을 선점한 카우보이들
국내 여행 중에도 몇 차례씩 시간이 바뀌고
분리수거나 재활용이란 말이 낯선 곳
지금은 핵 회담과 무역협상과 쇠고기 때문에 겨루고 있지만
반세기 전에 우리 땅에서 피 흘리며 함께
싸웠던 혈맹 유. 에스. 에이
구호물자 부대에 찍혔던 표지처럼
한 손으로 악수를 해서는 결코
잡을 수 없는 광활한 합중국
비행기를 타지 않고는 오고 갈 수 없는
머나먼 나라
우리의 수많은 친지와 동포들이 외국인처럼
그곳에 살고 있어 언제나 우리와
가까운 나라

—「가깝고 먼 나라」 중에서

김광규 시인의 시편에 우리가 공통적으로 만날 수 있는 것은 지극히 평범한 일상적 삶의 모습들이다. 그것은 이 시대 우리의 삶과 다르게 동떨어진 특별한 무엇도 아니며, 그런 만큼 그 시적 인식 또한 대단한 발견이 아니다. 시인 자신이 두 번째 시집 『아니다 그렇지 않다』의 「반달곰에게」에서 "그리고 하늘 아래 새로운 것은 없다"고 말했던 것처럼 지극히 평범하고 사소하며 세속적인 일과 인식에 대한 관심으로부터 그의 시적

발상은 출발한다. 그의 네 번째 시집 『좀팽이처럼』의 해설에서 이남호가 적절히 지적한 것처럼 그의 관심은 "소박한 일상을 넘어서지 않는다." 그가 이러한 평범한 세속적 삶 속에서 발견하는 것은 삶과 세계의 보편적 가치와 진실이라 할 수 있겠다. 그렇기 때문에 그의 시는 현실과의 조화보다는 불화를 드러내기도 하며 일상을 수용하는 방식으로 일상을 전복하기 때문에 일상을 불편하게 만드는 측면이 강하다. 좋은 시는 대개 일상적 삶과 불화하며, 일상을 불편하게 만들어 낯설게 하는 특징을 갖는다면, 김광규 시인의 시도 역시 그러한 매력을 내장하고 있다 하겠다.

「가깝고 먼 나라」에서 화자는 아마도 미국 여행 중에 있는가 싶다. 보다 구체적으로 말하자면 "보스턴에서 샌프란시스코"로 가는 국내선 비행기 안에 있다. 화자는 비행기 안에서 "창밖으로 시베리아처럼 광막한 풍경"이 끝없이 펼쳐지는 광경을 바라본다. 그곳은 "비행기로 몇 시간을 날아가"도 "인적 없는 대지가 끝없이 펼쳐"지는 "아직도 더럽혀지지 않은 자연"과 "석유가 쏟아져 나오는 땅"이다. 화자는 그 속에서 "인디안 원주민들 모두 죽여 버리고" 선점하여 건국한 미합중국과 우리와의 역사적이며 정치적인 관계성에 대해 진술한다. 그 관계성에 대한 결론은 간단한데, "한 손으로 악수를 해서는 결코/잡을 수 없는" "가깝고 먼 나라"이다. 이러한 간단한 결론에도 불구하고, 명료한 상황서술에도 불구하고 우리를 불편하게 만드는 것은 그 안에 숨은 화자의 정치적 의도성 때문이다. 화자는 "언제나 우리와" 가깝고 먼 나라가 미합중국이라 서술하고 끝맺는데서 우리는 미국이라는 나라가 지닌 선악의 양면성을 직감하게 된다.

이러한 간단한 상황 진술이 내포하고 있는 의미는 순전히 독자가 파악해야 할 몫으로 남겨져 있다. 그 심층에는 어떤 의미가 담겨져 있는데, 그것은 바로 그 관계성의 구조적 모순에 대한 인식이다. 결국 "가깝고 먼 나라"라는 모순된 상황 자체의 서술을 통하여 화자는 그 모순의 의미를 독자 스스로 재발견하고 재인식하기를 바라는 형식이다. 그것은 어쩌면 우리가 지니고 있었던 미국에 대한 일상적이며 보편적인 인식을 새롭게 재고하기를 바라는 전략일 것이며, 또한 우리가 처한 모순된 상황을 그대로 표현하고, 그러한 일상적 인식을 벗어나지 못하고 있는 우리 자신에 대한 자기반성을 요구하는 것이리라.

이러한 차원에서 김광규의 시에는 자아와 사물을 바라보는 정직한 정신이 자리한다. 그간 우리가 그의 여러 시집에서 경험했듯이 일상적 삶과 세계에 위치해 있으면서 정직성과 진정성을 잃지 않으려는 시적 태도는 웅숭깊은 것이다. 그 정직성은 시인이 「간단한 부탁」(『좀팽이처럼』)에서 진술했던 것처럼 "젊은 척 하지" 않는 곳에서도 찾아볼 수 있다. 이 시가 갖는 시적 심층의 의미는 다른 것이기도 하겠지만 표층적으로 받아들여서 시인은 "나이를 먹었으면서" "젊은 척 하지" 않는다. 이러한 측면은 가령 「오래된 친구들」에서 잘 나타나 있으며, 이것이 첨예한 형태로 나아가면서 사회적인 인식으로 확대된 작품이 아래와 같은 시라 생각된다.

땅 속에 뿌리박고 탐스런 통배추
길러낸 배추꼬랑이
그 떼는 순무처럼 날로 깎아 먹었다
이렇게 일제 말기를 견디고
육이오 동란을 거쳐
독재정치 사십 년
춥고 배고프고 괴로운 온갖 세월 겪으면서
지금까지 살아남았지
힘들게 자식들 키우고 가르쳐서
청장년 세대로 길러냈는데
한 평생 고생한 보람 없이
이제 와서 잘못 살았다 욕먹고
환갑도 되기 전에
등 밀려 일자리 떠난 퇴직자들
된장국에도 넣지 않고 요즘은
김장쓰레기로 버려지는

배추꼬랑이 신세가 되고 말았나

— 「배추꼬랑이」 중에서

평범한 주제로 평범하지 않은 주제의식을 드러내는 방식은 김광규 시의 특장임은 앞서 누차 언급했다. 그러한 측면은 위의 시에서도 극명하게 드러나고 있는데, 이러한 평범하고 지극히 일상적 편린의 일들을 모아서 평범하지 않은 사회적이며 역사적인 인식으로 전환시킨 좋은 예가 이 작품이다. 이러한 그의 시적 특성 때문에 한 평론가로부터 '사회시'라는 명칭까지 얻게 만들었으며, 우리의 삶은 "사회적 문제나 역사의 흐름과 밀접히 관련되어 있다는" 평을 듣게 만든 요인이 된다. 「배추꼬랑이」에도 그간 시인이 보여주었던 일상적 소재를 통한 사회적 인식으로의 전환을 잘 보여준다. 거친 풍파의 시대를 다 헤치고 살아왔지만 이제는 쓸모없이 버림받아야 하는 모순된 상황은 곧 그의 시가 갖는 사회성이라 할 수 있겠다.

김광규 시인의 시에는 평범한 일상을 바라보는 시인의 맑은 정신이 있으며, 그 맑은 정신의 시선으로 포착하는 일상적 생활에 숨겨진 진실과 가치가 자리한다. 그 맑은 정신에 의하여 그의 어조는 열띤 감정이 없으며 현란한 수사나 모호한 은유가 없다. 그렇기 때문에 그의 시는 명료하며 읽는 이에게 분명한 의미로 전달되는 것을 특징으로 한다. 명징한 정신의 눈으로 일상을 바라보되 그 일상이 지닌 허위와 가식을 반성하게 하며, 그 속에 잠재한 정치성을 아프게 드러내어 꼬집기도 하고, 그럼으로써 소시민적 속물성을 조롱하고 비판하기도 한다. 그의 시가 추구하는 이러한 면모는 그가 말했듯이 "현실을 있는 그대로 보고 듣고 생각하고 말하는 것은 결코 유보될 수 없는 삶의 권리"이며 "쾌적한 마취 상태보다는 깨어 있는 아픔이 올바른 삶이라 믿는" 까닭에서 연유한 것이리라. 그의 시는 시인이 인식하고 있듯이 "오늘날 우리의 의식과 욕망은 많이 조작되고 통제되는 이것이야말로 진실한 삶을 기만하"는 어리석음, 일상적 상식과 규범적 가치에 억압된 진실을 들추어내고자 한다. 그러면서도 그의 시는 일상의 범속한 차안을 떠나 피안의 세계로 도피하려 하지 않는다. 오히려 그의 시는 지금 이곳에 시적 뿌리를 내리고 "어리고 작아서 따뜻한 가정"(「핸드폰 가족」)이라 노래할 때와 같이 범속한 일상의 세계에서 삶과 인간에 대한 따뜻한 애정으로 빛나고 있다.

우울한 실존이 부르는 생의 비가悲歌

― 신종호

　자아와 세계가 행복하게 일치하는 시대는 말 그대로 황금시대였다. 강력한 이념의 등대에 의해 견인되던 시대 또한 행복했다. 우리 앞에 길은 어둡지만 계몽적 이념의 등대가 환하게 불을 밝혀주고, 내일에 대한 확신과 희망으로 무장한 채 우리는 그 길을 걸었다. 그러나 그 이념의 등대에 불이 꺼진 이후 우리는 혼돈의 시대―혼돈의 시대가 아닌 적이 어디 있겠느냐마는―를 살고 있다. 세계는 총체성을 잃고, 우리 앞에 길은 흐릿하고 전망은 어둡다.

　혼돈의 자장 안에 자기 동일성을 상실하고 소외와 분열, 불안과 죽음, 그리고 실존적 부조리와 결핍에 고통 받는 자아가 서성이고 있다. 이 서성거림 안에 신종호의 근작 시가 있다. 혼돈은 우리에게 절망적으로 세계를 바라보게 하며, 한편으로 새로운 가능성에 대한 기대와 탐색을 불러일으키게 한다는 측면에서 희망적이기도 하다. 그러나 적어도 신종호 시인에게는, 그리고 성급한 일반화의 오류를 무릅쓰고 시인의 시적 세계관에 비추어 보건대 우리 세대에게 전망은 그리 밝지 않은 듯싶다. 아니 그보다는 침울하고 어둡다. 따라서 그 전망 부재의 내일에 대한 실존적 불안과 죽음, 생성 없는 소멸과 상실에 대한 사유는 역설적으로 우리 삶의 마취된 망각을 깨뜨리는 시적 작업으로 보인다. 그의 시는 이런 점에서, 그러니까 소멸에서 생성을 보는 문법의 시와 변별되는 특성을 지니며, 때문에 소중한 시적 정신의 결과로 여겨진다.

신종호 시인의 근작 시를 읽는 일은 우울한 실존의 자폐적 내면세계로의 여행이다. 그러나 여행은 즐겁거나 유쾌한 종류의 것이 아니다. 적막하고 쓸쓸한, 그러면서 어떤 벗어날 수 없는 운명의 올가미에 걸린, 시인의 표현을 빌리자면 "올무에 걸린 고라니의 발목처럼,/덜 잘려 대롱거리는", 말하자면 "산 것도 죽은 것도 아닌"(「질긴 틈」) 가늠할 수 없는, 그야말로 어찌 할 수 없는 실존의 막막하고 처연한 고통을 확인하는 일이기 때문이다. 저주 받은 시인의 운명, "비겁한 영혼"이지만 그냥 "비겁하지 않게 훌륭한 춤을"(「두더지」) 추며 살 것을! 그러나 나는 시인이 그러할 것처럼 그의 저주 받은 운명을 존경하고 사랑한다. 저주 받은 시인의 운명을 확인하기 위해, 아니 지금 우리의 실존적 운명을 확인하기 위해, 다음의 시를 읽으며 글을 시작하자.

방파제 끝, 이제 막 등댓불 켜졌다. 어둡고도 밝은, 낯선 시간의 얼굴이 검푸른 바다에서 솟아나 비릿한 바람을 뿜어댄다. 선착장에 길게 늘어선 간이 횟집 도마에서, 산 것도 죽은 것도 아닌 광어들이 비린 날숨을 몰아쉰다. 목선 한 척이 녹슨 닻을 몸에 감고 파도를 따라 철벅거린다. 떠나려는 것도 돌아오려는 것도 아닌, 틈새. 올무에 걸린 고라니의 발목처럼, 덜 잘려 대롱거리는, 꿈. 뜬 것도 감은 것도 아닌, 심장에 담아두었던 세 번째 눈을 꺼내 이마에 박는다. 세상을 떠돌던 모든 슬픔이 내게로 귀환한다. 너무 많은 것들이 보인다. 눈 한번 감았다 뜨는 사이, 쏟아지는 지옥. 눈이 슬픔을 잉태한다. 접시 위에서, 사지 절단된 낙지들이 초고추장 뒤집어쓰고 생과 사를 토막 내며 꼼지락 거린다. 질긴 것들은 늘 질기다.

—「질긴 틈」 전문

절제된 정신과 응집된 표현력은 이 시를 주목하게 한다. 시인은 유연하고 분방한 어법을 통해 삶과 죽음의 경계, 그 "질긴 틈"에 대해 경쾌하게 접근한다. 시적 화자는 토막 난 "생과 사" 사이에서 고뇌하는 자의 포즈를 취하면서 "산 것도 죽은 것도 아닌" 보잘것없는 생을 투시한다. "생과 사"의 "질긴 틈"바구니에서 발생하는 긴장은 살아있음의 고뇌와 황홀을 동시에 보여주는 것이다. 신종호 시인에게 삶은 '지옥'이나 다름없다. 시인의 진술에 따르면 지옥 속의 삶은 "산 것도 죽은 것도 아"니며 "떠나려는 것도 돌아오려는 것도 아닌", "사지 절단된 낙지들이 초고추장 뒤집어 쓰고 생과 사를 토막 내며 꼼지락 거"리는 것과 다름없다. 화자에게 살아 있음은 "눈 한번 감았다 뜨는 사이"의 지옥이며 고통이기도 하지만 동시에 황홀한 것이기도 하다.

"질긴 것들은 늘 질"긴 생에 질기게 달라붙는 죽음에 대한 인식은 삶이 곧 죽음의 틀 안에 있는 것임을 섬뜩하게 환기시킨다. 그러나 이것은 죽음에 대한 충동으로 이끌리기보다는 삶에 대한 실존적 의식을 더욱 치열하게 만드는 것으로 보인다. 그럼으로써 우리의 일상적 삶의 현실원칙을 전면적으로 뒤흔들어 모순과 부조리로 가득 찬 정서적 현실을 환기한다. 삶은 시인에게 "눈물도 시간도 모두 타"버린 노을빛의 황홀이지만, 또한 지옥이기도 하다. 지옥의 시간은 빛이 몰락하는 어둠의 시간이다. "오후 4시 44분의 해"가 "강물에 꺼"지는 "눈물도 시간도 모두 타버"(「겨울 강 엘레지」)리고 "이제 막 등댓불 켜"지는 저녁이다. 시인은 낮과 밤의 경계에 선 시간에서 저녁은 고통과 절망으로 들끓기보다, 그것은 내면 깊숙이 가라앉아 있다. 그렇기 때문에 "눈 한번 감았다 뜨는 사이"의 순간, 그 긴장의 틈에서 차라리 생은 숙연하다. 이 시에서 순간의 절망감은 생과 사를 처연하게 만든다.

신종호 시에는 빛이 몰락하는 어둠이 있고, 실존적 자아의 불안과 분열이 있으며, 삶과 죽음의 부조리가 있고, 자신의 상처와 운명을 직시하는 시적 자아의 처연한 내면 풍경이 있다. 그의 시는 한마디로 우울한 실존

에 바치는 비가悲歌이다. 그 슬픈 비가에는 삶과 죽음의 부조리와 비극적
운명에 고통 받는 우울한 실존이 어둠 속에 웅크리고 있다. 어둠 속에 밀
폐된 자아의 우울한 내면 풍경에는 슬픈 마음으로 얼룩져 있다. 시인의
시에 드러나는 적요하고 쓸쓸한 마음의 풍경은 어떤 모호하고 불안한 정
서를 유발한다. 우리는 그의 시에 내면화된 실존적 불안과 부조리와 결핍
의 고통을 피해갈 수 없다.

<blockquote>

차가운 겨울 강 노을 진 물 위
방금 만난 듯한
오리 두 마리가 두둥실 떠있네요
강변 선착장에는 지독하게 외로워 보이는
몇몇 사람들이 찬 계단에 일렬로 앉아
물에 젖은 담배를 피우고 있습니다.
오후 4시 44분의 해가 나를 비추고 있는데
生은 왜 이리 모질게
내 곁을 떠나려는 사람들로만 가득한가요.
4시 44분의 나를 남겨두고
서쪽으로 둥둥 떠가는 오리 두 마리의
긴 물살
해가 강물에 꺼졌습니다.
하여,
눈물도 시간도 모두 타버렸습니다.

</blockquote>

—「겨울 강 엘레지」 전문

이 한 편의 시는 밀폐된 자아의 내면 풍경을 잘 보여주고 있다. 시적
화자의 정서는 지극히 외롭고 쓸쓸하고 슬프다. 시의 풍경을 이루는 세목
들 '노을 진 겨울 강'의 '오리 두 마리', '강변 선착장'에서 '젖은 담배를
피우는 사람들', '오후 4시 44분의 해' 등은 시적 자아의 정서적 상태를
암시하는 기호이다. 그 기호들이 연출해내는 풍경은 쓸쓸하고 흐릿하다.
노을의 겨울 강변 풍경은 텅 비어 있고, 다만 소멸을 앞둔 사물들에 대한

시적 화자의 쓸쓸한 정서만으로 가득 채워져 있다. 그 풍경 속의 사람들은 "지독하게 외로워 보이"고 "모질게/내 곁을 떠나려는 사람들로만 가득"하다. 때문에 우리는 시적 자아의 내면이 어떤 소멸과 상실로 인한 슬픔에 쌓여 있다는 것을 암시받을 수 있다. '겨울강', '오리 두 마리', '젖은 담배를 피우는 사람들', '오후 4시 44분의 해' 등의 풍경 속에 제시되는 구체적인 사물들은 현실에 대한 시적 자아의 내면적 반응의 상관물이다. 시는 노을 진 겨울강가의 풍경에 드리워진 마음의 그림자를 찾아간다. 사물의 그림자에 드리워진 마음의 그림자에서 찾은 것은 실존의 우울한 모습이다.

시적 화자의 밀폐된 내면은 외계와의 구체적인 접촉을 통해 반응한다. 우울한 실존이 외계와 접촉하기 때문에 그가 부르는 노래는 슬픈 엘레지일 수밖에 없다. 시적 자아가 마주하고 현상해내는 사물들은 모두 소멸을 앞 둔 것으로 적막하고 쓸쓸한 내면의 언표화이다. 이러한 언표들은 "오후 4시 44분의 해"와 "서쪽으로 둥둥 떠가는 오리" 등에서 알 수 있는 것처럼 죽음이나 소멸, 떠남이나 몰락의 의미 계열을 거느린다. 시적 화자는 노을 진 겨울 강을 노래한다. 그것은 차고 쓸쓸하며, 안타깝고 투명한 슬픔이 있는 공간이며, 모든 존재의 스러짐을 보여주는 시간이다. 이러한 노을 진 겨울 강의 풍경은 말할 것도 없이 슬픔의 세계로 진입하는 중요한 계기가 된다. 그리고 계속 제시되는 "오리 두 마리"와 "지독하게 외로워 보이는" 사람들, 그리고 "오후 4시 44분의 해"는 모두 사라지거나 시적 자아를 떠나려는 것들이다. "하여,/눈물도 시간도 모두 타버"린 소멸의 상태에 이른다.

우울한 실존적 생生은 한결같이 "모질게/내 곁을 떠나려"고만 한다. 이렇게 시에 제시된 풍경이나 사물들, 혹은 시적 상황들은 현실에 대한 시적 자아의 내면적 반응의 상관물이다. 따라서 우울한 실존이 부르는 노을 진 겨울 강의 비가는 어쩌면 고통스런 현실, 혹은 '모진 생'이 지닌 원초적 비극성에 대한 우회적 환기로 볼 수 있다. 그러나 그 참담한 현실이

내일에 대한 희망이나 변화의 가능성에 대한 미학적 탐색으로 이어지고
있지 않기 때문에 우울한 자아가 부르는 슬픈 비가의 곡조는 더욱 우울하
다. 내일에 대한 희망이나 열망을 상실한 시적 자아는 그래서 자주 "노을
에 젖고 젖는"다.

> 내가 나의 敵이다.
> 부러진 뼈에
> 걸터앉아 널 바라보는
> 나는,
> 門 없는 감옥이다.
> 죽은피다.
>
> 꽃이 되지 못하고
> 썩어버린
> 씨앗의 허파에
> 貰들어 사는
> 나는 너의 깊은 몰락.
>
> 뒤늦은 내가
> 앞서간 나의 敵이 되어
> 할복을 한다.
>
> 노을에 젖고 젖는
> 비린 후회.
> 일어나보니 뒤에 남은
> 늦은,

— 「바람 분다」 전문

　　노을빛의, 그러나 황량하고 삭막한, 그러면서 자조 섞인 "비린 후회"의
음색으로 읊조리는 이 시는, 근원적으로 자아를 잃고 고통스러워할 수밖
에 없는 한 실존적 운명에 대해 쓰고 있다. 그 우울한 실존적 자아는 "내

가 나의 敵"이며, "門 없는 감옥"이며, "죽은피"이며, "썩어버린/씨앗의 허파에/貰들어 사는" 존재이다. 어디에도 "門 없는 감옥"의 닫힌 세계를 뚫고 돌파할 출구는 보이지 않는다. 출구를 찾지 못하고 전망을 상실한 채 또 다른 '나'에게서 "너의 깊은 몰락"을 감지하는 시적 자아의 운명은 너무 처연하다. 그는 너무 많이 살았으며, 너무 빨리 늙었고, 운명을 너무 빨리 알아챘다. 우울한 실존의 자폐적 자아가 실행하는 내면 성찰, 그것을 통해 실존적 비극성을 알아채는 일은 그러나 늘 '늦은' 것이다. 남는 것은 "노을에 젖고 젖는/비린 후회"뿐이다. 이것이 그의 운명이다.

"門 없는 감옥"에 갇혀 자신의 "깊은 몰락"을 바라보며 출구를 찾지 못하는 비극적 운명은 개인적 차원의 범주에 가까운 것이다. 신종호 시가 끊임없이 환기하는 내용은 내일에 대한 전망 부재, 더 이상의 미래가 없다는 사실을 확인하는 세계이다. 우울한 실존이 나아간 세계는 미래가 없는 세계, "썩어버린/씨앗의 허파에/貰들어 사는" "깊은 몰락"의 죽음의 세계이다. 따라서 이 시를 읽으며 고통스러운 것은, 삶 가운데 근원적으로 내재하는 죽음을 확인하는 일이다. 이와 같은 삶과 죽음의 불안과 부조리한 측면, 죽음이라는 분명한 육체적 현실을 관념화하는 경우는 다음과 같은 시에서 특징적으로 드러난다.

> 더 걸어가지 말자
> 끝을 알면서
> 가는 길은 슬프다
> 라쿠카라차
> 병정들이 죽어간다
>
> 라쿠카라차
> 먼 산 이마 깨며
> 내리는 꽃비
> 눈물 머물다 간 그 자리에
> 라쿠카라차

병정들이 죽어간다

라쿠카라차
찢어진 바람 펄럭이며
쑥 냉이 자잘한
생의 낮은 언덕으로
라쿠카라차

사랑,
길 없이도 굴러가는 바퀴
에,
깔린
라쿠카라차

—「라쿠카라차」 전문

‘라쿠카라차La Cucaracha’, 독재 정부에 대항하여 싸우는 멕시코 농민들의 슬픈 사연이 깃들어 있는 노래에서 제목을 따온 이 시는, 생의 막막한 끝을 바라본 자의, 혹은 “생의 낮은 언덕으로” 향하는 자의 비극적 세계관이 자리하고 있다. 시적 화자에게 죽음은 가장 확실하며 유일한 내일이다. 미래에 대한 유일한 전망은 죽음이다. “끝을 알면서/가는 길은 슬프”고 ‘병정들은 죽어갈’ 뿐이며, 생은 “낮은 언덕으로” 자꾸 곤두박질 칠 뿐이다. 굶주리고 피 흘리며 부르기 시작한 이 노래, 먹을 것 없고 더 이상 살 수 없는 처절한 사연의 슬픈 노래, 그렇지만 멕시코 농민들은 스스로를 보잘것없지만 끈질긴 생명력을 가진 바퀴벌레에 비유하면서 미래를 꿈꾸었지만, 이 시는 그와 정반대이다. 비극적 운명이지만 그것을 극복하려는 의지나 건강하고 끈질긴 생명력은 찾을 수 없다.

　신종호 시인이 보여주는 노을 진 어둠의 세계 인식은 따라서 미래에 대한 전망 부재에서 기인하는 것이며, 동시에 그 부재를 확인하면서도 그것을 넘어설 가능성의 상실, 생에 대한 가치를 상실한 채 고통스러워하는 자신을 바라보는 일에 관계된 것이다. 그러나 주목해야 할 점은 이러한 개인적 실존을 바라보는 시선은 어쩌면 우리 세대의 보편적인 실존의 운명을 바라보는 일과 겹쳐져 있다는 점이다. 왜냐하면 이러한 비극적 운명의 실존이 "길 없이도 굴러가는 바퀴"로 암시되는 역사적이며 현실적인 경험으로 확대되어도 결국 "바퀴/에,/깔린" 채 죽을 수밖에 없는 바퀴벌레(라쿠카라차)를 노래하기 때문이다. 바퀴벌레를 통한 이러한 실존적 운명의 비극성을 드러내는 방식을 비극적 알레고리라 하자. 시적 화자는 삶의 바깥에 있는 경험적 현실의 세계, 즉 현실적 삶의 역사적 조건에서도 전망의 부재를 확인한다. 따라서 개인적인 실존적 차원의 범주에 가까운 자폐적 우울증은 어쩌면 우리 시대의 보편적인 심리적 정황이 아닌가 싶다. 그것은 어쩌면 참혹한 실존적 운명의 조건과 생에 깃든 죽음을 바라보지 못하는 망각의 삶에 대한 충격이기도 하다.

신종호 시가 노래하는 우울한 실존의 슬픈 비가는 따라서 감성에 호소하는 듯하지만, 사실은 실존적 인식에 기초하고 있으며, 또 독자의 인식에 호소하는 시이다. 시인은 윤택하고 풍성한 비유를 따르기보다는 경쾌한 어법과 건조한 듯한 상징성에 주력한다. 그가 보여주는 알레고적 수법은 삶과 죽음의 부조리와 모순에 관한 우화이다. 그 우화들에는 짙은 비애를 바탕에 깔고 있으며, 때로는 참혹하게 때로는 풍자적으로 삶과 죽음의 부조리한 모순 관계를 드러낸다. 따라서 그의 상상력은 비극적이며, 전망은 어둡다. 낙관적 미래에 대한 전망을 상실한 우울한 실존의 내면 풍경을 여행하는 일은 그래서 고통스럽다. 인간 실존의 미래에 대한 어두운 전망과 탐구는 우리 세대와 보편적 인간 실존이 운명적으로 담지하고 있는 근원적 비극이다.

비겁한 영혼들이, 비겁하지 않게 훌륭한 춤을 춘다. 보이는 것과 보이지 않는 것의 영원한 경계를 넘지 못하는 세상. 나는 두 눈을 찌르고 두더지처럼 제법 산다. 고백이 고백을 용서하고 한계가 한계를 인정하는 맹목의 안개 속에서. 예민

한 코를 킁킁거리며. 땅 속 마그마 냄새를 감식한다. 전 생애를 찰나에 소각시켜
버릴 신성한 불을 찾아. 미약하게. 수직의 잠을 잔다. 뜨거운 영혼들이 솟구쳐,
비열하고 예의 없는 언어들을 태워버릴. 멀고도 가까운. 나에게 없는. 영혼의 구
원救援 뜨거울수록 맑아지는 꿈을 꾸다가. 문득. 태어나지 말았어야할 두더지처
럼. 그러나 행복한. 검은 아침.

— 「두더지」 전문

‘라쿠카라차’, 즉 바퀴벌레가 그러하듯 신종호 시에서 삶에 대한 비극적
알레고리는 창작상의 주요한 방법이다. 광어와 낙지를 시적 소재로 끌어
들이고 있는 「질긴 틈」도 마찬가지이지만 위의 인용 시도 역시 그러한 알
레고리적 수법을 사용하고 있다. 시적 자아는 "보이는 것과 보이지 않는
것의 영원한 경계를 넘지 못하는 세상" "맹목의 안개 속에서" 두더지처럼
"제법 사"는 존재이다. 화자의 진술을 빌리자면 두더지는 "비겁한 영혼"이
지만 "비겁하지 않게 훌륭한 춤을 추"는 대상이다. 시적 화자는 자신을
이러한 두더지와 동일하게 지정한다. 이 우울한 실존은 두더지처럼 빛이
라곤 없는 암흑의 땅 속에 갇혀 사는 지하 인간이다. 황량하고 음울한 음
색으로 자신의 운명을 무섭도록 정직하게 바라보는 화자의 시선은 인간
운명이나 현실적 삶의 검은 지층을 들춰내고 있다.

시적 자아가 처한 현실적 조건은 "두 눈을 찌르고" "맹목의 안개 속에
서" "고백이 고백을 용서하고" "한계가 한계를 인정하"며 "훌륭한 춤을
추"는 암흑 속의 세상이다. 나는 두더지처럼 그 속에서 제법 산다. "전 생
애를 찰나에 소각시켜버릴" 수 있는, "비열하고 예의 없는 언어들을 태워
버릴" "신성한 불을 찾아" "코를 킁킁거리"지만 "영혼의 구원"은 "나에게
는 없"다는 한계, 그 저주받은 운명을 벗어날 수 없다는 절제된 고통과
인식은 우리를 몹시 불편하게 만든다. "태어나지 말았어야" 하다니! 맹목
의 안개 속에서도 "그러나 행복한" 두더지, 그러나 맞이할 아침은 빛이
없는 "검은 아침", 그것이 우리의 내일이라니! 우리의 실존적 운명이라니!

끔찍할 뿐이다.

　신종호 시인이 보여주는 낙관적 전망을 얻지 못하고 고통스러워하는 우울한 실존의 자폐적 목소리는 결코 건강하다고 말할 수 없는 것이다. 우리가 지금까지 살펴본 것처럼 그의 시는 우울하고 슬프다. 생은 활력을 잃었고, 운명은 고통스럽다. 저주받은 시인의 운명, 그러나 그가 지닌 전망 부재와 자폐적 우울증, 어찌 보면 퇴폐적이고 허무적이기도 한 세계관을 비판하고 방향을 선회할 것을 주문하고 싶지는 않다. 왜냐하면 그 우울한 실존의 고통은 더욱 깊어져야 할 것이며, 그런 가운데서 정직한 선택이 가능할 것으로 믿기 때문이다. 그것이 가능할 때 그의 세계가 폭넓고 더 깊이 있게 열릴 것으로 기대하기 때문이다. 그리고 우울한 실존의 비극적 운명은 어쩌면 당대의 우리가 처한 보편적 실존의 운명이기도 하기 때문이다.

직관이 길어 올린 순간 포착의 미학

— 이상옥

한국 시단에서 시와 자신의 시론을 함께 병행하여 추구했던 시인은 그다지 흔치 않은데, 이상옥 시인은 그 가운데 하나이다. 이상옥은 우리 시단에서 다소 낯선 '디카詩'dica-poem나 '포착시'라는 개념을 소개하고, 여기에 맞추어 시적 실천을 이루어가는 시인이다. 그런 면에서 '디카詩'론과 '포착시'론은 그의 시론적 입장으로 볼 수 있다. 이를 통해서 그는 시적 방법론에 매우 민감한 자의식을 가진 시인이라는 점을 짐작할 수 있다. 그는 시를 쓰면서 자신의 시론이라 할 수 있는 '디카詩'론과 '포착시'론을 지속적으로 치밀하게 구축해 나가고 있으며, 여기에 입각해 시를 쓰고, 그에 따라 시적 성취를 확대해 나가고 있는 시인이다. 그는 자신의 시적 방법론을 앞세우고 그것을 실천하는 작업으로 시를 써 왔다. 이상옥의 시창작은 곧 그가 내세우고 있는 시적 방법론의 산물이라 해도 과언이 아니다.

그러나 이상옥 시인이 내세우고 있는 '디카詩'론과 '포착시'론에 대한 필자의 식견은 일천한 것이어서, 불행하게도 이에 대해 깊이 있는 설명을 덧붙일 만한 것이 되지 못한다. 다만 그가 디카 시집이라 이름붙인 『고성가도』(문학의 전당, 2004)의 후기를 통해 "디카詩는 '언어 너머의 시'를 디지털카메라로 찍어 문자로 재현한 시”로 정의한 것을 통해 추론해 보건대, 그것은 어느 순간 언어 너머에 존재하는 시의 형상, 즉 살아있는 시각적 진실을 직관적 인식을 통해 재현해내는 방법으로 이해된다. 이러한 시적 방법론은 이후 같은 연장선에서 다섯번째 시집 『환승역에서』(문학의 전당, 2005)의 자서에서 밝히고 있듯이 ‘포착시’라는 개념으로 진화한다. 시인은 여기에서 “나의 시쓰기는 ‘포착시로 넘어가는 길목’에 있”으며 “근자에 나는 인간의 상상력보다 더 위대한 사물의 상상력, 자연의 상상력, 즉 신의 상상력에 더 주목하게 되었다”고 피력하고 있다. 이러한 설명에서 알 수 있듯이 ‘디카詩’가 자연이나 사물, 혹은 현상 속에 존재하는 살아있는ー시인은 이것을 ‘날시’라 말한다ー 시의 형상을 디카로 포착하는 것이라면, ‘포착시’는 사물이나 자연 혹은 어떤 현상, 그리고 문자 속에 내재하는 시의 형상을 문자로 포착하는 것임을 알 수 있다.

이상옥 시인이 추구하는 ‘디카詩’에서 현상을 순간적으로 포착하여 현상해낸 사진은 일종의 풍경의 의식이다. 사진은 “실존적으로 다시는 되풀이될 수 없는 것을 기계적으로 재생시킨 것”이며, 그것은 그림과는 달리 조직적으로 분배되고 조절되지 않은 “모든 사물들의 거대한 무질서”(롤랑 바르트)를 드러내는 세계의 어떤 기호이다. 그림은 조절 분배되어 코드화된 성격으로 코드 없는 사진과 대립한다. 그런데 바르트가 말하는 것처럼 문학이 “단순한 의사소통의 언어체”에서 문학을 문학이게 하는 미학적 기능을 증가시키는 것과 같이 사진도 시각적 사실의 객관적 재현이라는 기계적 기능에서 시각적 사실의 특징적 강조나 재현의 관점을 강조하는 예술적 문법을 추구함으로써 사진의 미학적 기능을 증가시킨다. 이상옥 시인은 사물이나 자연의 풍경, 어떤 현상을 사진을 통해 특징적으로 재현하고, 그것에 담긴 비밀한 의미, 혹은 시인이 말하는 ‘신의 상상력’을 즉각적으로, 그러니까 순간(직관)적 포착으로 읽어낸다. 즉 바르트의 말처럼 “무엇인가를 즉각적으로 의미하는 형식”이 사진이고, 이상옥 시인은 그 기호화된, 말하자면 시각적 사실의 특징적 강조나 재현의 관점을 강조한 풍경을 순간적으로 포착하여 문자로 읽어내려 힘쓴다. 이것이 그의 '디카詩'인 듯싶고, 그래서 그의 '포착시'는 아래의 시에서처럼 어떤 특징적 풍경이나 현상으로 연상되며, 한 장의 사진으로 쉽게 호환된다. 그에게 사진은 잘 조절되고 분배되고 코드화된 기호체의 풍경이며, 시각적 사실의 특징적 강조나 재현의 관점을 강조하면서 어떤 현상이나 풍경이 안고 있는 비밀한 의식을 포착해낸다.

> 난이 꽃대를 올리더니
> 드디어 꽃망울 터지다
>
> 어느새
> 봄
>
> 연구실은
> 난향으로 평정되다
>
> 나는 머리를 조아리는
> 행복한 백성
>
> — 「문득, Park」 전문

이상옥 시인의 '디카詩시', 말하자면 '디지털카메라로 찍어 문자로 재현한 시'를 지향하다 보니 그의 시는 자연 사물의 풍경을 중시한다. 위의 시에서처럼 시인은 문득 순간적으로 주어진 풍경 속에서 시의 형상을 포착한다. 시제를 "문득, Park"이라 정한 것을 보면 시인은 자신의 연구실에 퍼진 난향을 감지하고는 문득 공원으로 인식하는 것이다. 정리하자면 "어느새/봄"이 오고 문득 시인의 연구실에 "난이 꽃대를 올리"더니, 또 어느 순간 문득 꽃망울이 터지고, 연구실은 난향으로 가득한 공원이 된다. 그러자 시인은 난을 향해 "머리를 조아리"고 향기를 맡으며 행복해한다는 내용이다. 이러한 시상은 어느 한 순간, 말하자면 '극순간' 혹은 '극현상'을 포착한 한 장의 사진을 연상케 한다. 마치 난의 꽃망울에 고개를 숙이고 향기를 맡고 있는 아름다운 풍경의 사진으로 시는 호환된다.

　시에 있어서 서정이란 서사와 구별되면서 대상을 인과적 완결성에 의해 그려내는 것이 아니라 헤겔이 지적한 것처럼 '직관적으로 체험되는 생의 순간을 포착'하는 것이다. 생의 순간 포착, 여기에 시의 상상력이 머무는 것이지만, 그 생의 어느 부분을 바라보느냐, 또는 어떻게 바라보느냐에 따라 시의 양상은 크게 달라진다. 그런데 이상옥 시인이 말하는 '언어 너머의 시'는 개념화되거나 사변화되기 이전의 의미인 살아있는 형상을 직관의 언어로 포착하는 것을 말하는 듯싶다. 그런 차원에서 시적 형상 내지 풍경, 혹은 현상은 인간에 의해 사변화되거나 개념화된 언어라기보다는 어떤 인간적 왜곡이나 변형 없이 세계와 닿은 시각적 진실과 직관적 인식, 순수한 감각을 뜻하는 것으로 해석할 수 있다. 가령,

> 차창 윈도 브러시
> 따스한 햇살
> 나비 한 마리 날아 앉는다
> 환생이다
>
> —「단풍」 전문

라고 노래 할 때, 여기에 더 이상 어떤 비평적 해석을 덧붙일 수 있을까 고민스럽다. 이 시에서 단풍은 곧 나비의 환생이다. 즉 나비는 단풍의 은유이고, 단풍은 나비의 은유이다. 왜냐하면 시인은 단풍잎이 갖는 관념(사물성)을 해명하기 위해 이와 유사한 '나비'를 차용하고 있기 때문이다. 아마도 시의 계절적 배경은 가을인가 보다. 가을 햇살은 따사롭고 "차창 윈도 브러시" 위로 단풍든 낙엽 하나가 홀연히 떨어진다. 그때 시인은 "차창 윈도 브러시"에 떨어지는 낙엽을 순간적으로 포착하여 그것을 "나비 한 마리가 날아 앉는" 것으로 비유한다. 가을 단풍은 곧 봄날 나비의 환

생이다. 굳이 말할 수 있다면 이 뿐인데, 더 써야 한다. 좀 견강부회처럼 들릴지 모르지만 왠지 이후에 언급할 다른 작품 「우주」나 「그리운 외뿔」에서 느낄 수 있는 불교적 색채와 연관시켜 보고 싶다는 욕망이 자꾸 머리를 내밀기 때문이다.

시인이 말하는 '언어 너머의 시'는 사변화되거나 개념화된 언어라기보다는 관념적 때가 묻지 않은 시각적 진실과 직관적 인식을 뜻하는 것으로 받아들일 때, 그것은 불교적 세계관이 내세우는 불립문자의 교리와 통한다. 일상적 어법에 의하면 '단풍'은 '나비'가 될 수 없다. 여기에 논리적 비약이 발생한다. 이러한 비일상적 어법과 논리를 초월하는 불립문자는 언어를 부정하는 태도이지만, 그것은 언어의 불변성에 집착하지 않는다는 뜻으로 받아들여진다. 그것은 언어를 뛰어넘는 초월적 언어이며 무분별의 분별이라는 역설로 언표화된다. 이러한 관점은 "시가 언어 중에서 가장 선지禪旨에 통하는 살아있는 형식이요, 압축·요약된 형식이며 비약과 함축의 최대가능성의 언어"(조지훈)라는 전언은 참고할 만하다. 즉 언어 이전의 사물성을 포착하고자 하는 이상옥 시인의 시적 방법론은 모든 인간적 선입견이 배제된, 말하자면 관념이 탈수된 직관이나 진리의 궁극적 세계로 나가는 길목이라는 것으로 이해할 수 있겠다. 이러한 인식은 불교적 세계관의 인식과 같은 것이다.

이상옥 시인은 언어 이전의 사물, 즉 인간의 어떠한 관념으로도 표백되지 않은 살아있는 날 것으로서의 사물, 그래서 인간의 관념적 때가 묻지 않은 순수 물物 자체를 신의 예언자처럼 직관적으로 드러내려 한다. 그러나 그것이 가능할까? 왜냐하면 모든 은유는 관념의 대체이기 때문이다. 즉 어떤 은유는 관념(사물)을 밝히는 각각의 대치 관념(사물)으로 이때 대치될 수 있는 관념(사물)은 무수히 많을 수 있기 때문이다. 무한한 관념적 해명과 해석의 덧붙임은 화자 개입의 필연적 결과이다. 그것을 인정하듯이 시인은, "단순하게 생각하면 신의 말씀을 듣는 예언자처럼 그대로 기록하고 전파하면 되는 일이다. 그러나 신의 뜻을 전하는 예언자도 자신의 개성이 그 말씀 속에 스며드는 것은 어쩔 수 없는 일이 듯이 '언어 너머 시'(날시, raw poem)를 손상 없이 문자로 재현해야 하지만 경우에 따라서는 '언어 너머 시'에 화자가 개입되어 날시의 외연이 확장되기도 한다"(『고성가도』 후기)고 피력하고 있다. 화자의 개입에 의해 외연뿐만 아니라 내포적 의미가 확장되는 예는 다음과 같은 작품에서이다.

> 생모 장경왕후가 인종을 낳고 칠 일만에 죽어 계비 문정왕후의 손에서 자랐다 문정왕후는 표독하고 사악했다. 문정왕후는 아들 명종이 왕위에 오르도록 하기 위해 몇 번이나 인종을 죽이려고 했다 인종이 세자로 있을 때다 인종이 잠들어 있는데 주위에서 뜨거운 열기가 번져 일어나보니 동국이 불에 타고 있었다 인종은 당황하지 않고 빈궁을 깨워 먼저 나가라고 하고 자신은 조용히 앉아 타 죽겠다고 했다 불을 지른 이가 누구인지 알기에 자신을 죽이려고 하는 이의 뜻대로 죽어주는 것이 효를 행하는 것이라고 생각했다 인종은 조용히 불에 타 죽을 작정이었다 그러나 중종이 애타게 부르는 소리를 듣고 죽는 것은 문정왕후에게 효행이나 부왕에겐 불효이자 불충이라고 말하면서 불길을 헤쳐 나왔다

> 문정왕후의 뜻대로 하늘은 재위에 오른 지 구 개월만에 인종을 부르셨다
> —「인종실록을 읽다가 하늘을 바라보다」 중에서

위의 시는 그가 말하는 "사물이나 자연 속에 내재한 시의 형상 외에 문자(산문) 속에 존재하는 시"의 형상을 주목하여 시화하고 있다. 시인은 인종실록을 읽으며 실록에 적힌 내용을 인용하고 있다. 1연과 2연이 바로 그것인데, 이 인용은 시인의 진술이 아닌 실록에 전해지는 내용일 뿐이다. 그런 면에서 전혀 시적이지 않다. 시인은 비시적으로 보이는 역사적 사실史實의 기록을 인용하고는 1행으로 처리된 마지막 연에서 단지 "문정왕후의 뜻대로 하늘은 재위에 오른 지 구 개월만에 인종을 부르셨다"고, 그것도 사실史實에 기초하여 한마디할 뿐이다. 실록의 인용문이 시 전체를 이루다시피하는 이러한 방법은 인유적引喩的 상상력의 일종이다. 이러한 인

유적 상상력은 허구적이거나 역사적인 인물과 사건, 다른 문학작품들이나 구절들을 넌지시 참조하는데, 이러한 인유는 물론 고전문학에서부터 구사되어 온 방법이며, 이를 이해하기 위해서는 문맥에 포함된 배경 지식을 필요로 하게 된다. 인유적 상상력은 무엇보다 시인이 전달하고자 하는 요점을 강화하고 그 모방적 요소들이 원래의 문맥에서 지닌 의미와 이것들이 인유된 새로운 문맥에서의 변용된 의미가 융합함으로써 의미론적 풍부성을 지니게 된다.

위의 시에서 인용문이 지닌 원래의 의미는 다음과 같이 요약할 수 있다. 인종이 태어나자마자 자신의 생모를 잃은 불행에도 불구하고 우애가 깊었고, 효심이 지극했으며, 또한 총명하고 금욕적이었다. 새로운 계비 문정왕후는 표독하고 사악하여 그런 인종을 끊임없이 죽이려 했다. 그럼에도 불구하고 인종은 문정왕후에 대해 효심이 지극하였다. 그런데 인종은 "재위에 오른 지 구 개월만에" 세상을 떠났다는 것이다. 이와 같은 인종의 인물 성격과 일련의 사건에 대한 시인의 해석은 결과적으로 인종이 "재위에 오른 지 구 개월만에" 죽은 것은 "문정왕후의 뜻대로 하늘"이 "인종을 부르셨"기 때문이라는 것이다. 말하자면 "자신을 죽이려고 하는 이의 뜻대로 죽어주는 것이 효를 행하는 것이라고 생각"할 만큼 인종의 효심은 깊고 지극한 것이었으며, 그러한 효심을 하늘이 알아서 하늘이 부르셨다는 것이다.

시인들이 인유를 사용하는 시적 전략이야 여러 국면이 있겠지만, 문제는 그것이 관습적 진부성을 띠기도 한다는 것이다. 그런데 시인이 굳이 이러한 방법상의 한계를 무릅쓰고 실록을 그대로 인용한 까닭은 문자 속에 포함된 시적 형상을 포착하려는 의도로 보인다. 즉 인종이라는 인물 성격과 그에 관계된 여러 사건에서 나타나듯, 가령 인용문의 문맥에 자신을 시기하고 죽이려 하는 계비에 대한 인종의 극진한 효행과 그의 팔 개월 보름 남짓 되는 짧은 재위 후 죽음에 포함된 시적 함의를 포착하여 해

독한다. 그 해독의 내용은 하늘의 원리, 즉 "하늘을 바라보다"라는 시제에
서 알 수 있듯이 우주의 보편적 원리에 대한 긍정으로 볼 수 있다. 이상
옥 시인은 문자 속에 존재하는 시의 형상을 문자로 포착한다. 문자들에
포함된 시적 함의를 해독한다는 차원에서 위의 시는 메타성을 지닌다 할
수 있겠는데 가령,

> "무소의 뿔처럼 혼자서 가라"
> 불교 최초 경전 숫타니파타에 나오는 구절이다
> 무소는 다름 아닌 인도코뿔소다
> 아프리카코뿔소는 뿔이 두 개지만
> 인도코뿔소는 정신의 뿔을 베어버리고
> 육체의 뿔 달랑 하나다
> 무리 짓지 않고
> 혼자서 길 가는 외뿔이다
>
> 아, 그런데 나는 너무 관념주의자다
> "잎새에 이는 바람에도
> 나는 괴로워했다"

— 「그리운 외뿔」 전문

라고 쓸 때도 마찬가지이다. 누구나 쉽게 알 수 있듯이―웬만한 교양을
갖춘 독자라면 굳이 출전을 밝히거나 주석을 붙이지 않아도 알 수 있는
"무소의 뿔처럼 혼자서 가라"는 불교의 "경전 숫타니파타에 나오는 구절"과
"잎새에 이는 바람에도/나는 괴로워했다"는 윤동주의 「서시」 중에서 두 구
절을 시인은 인용하고 있다. 김준오에 의하면 시에서 이러한 인유적 상상력
의 이점은 경험과 지식, 그리고 가치의 근원으로서 문학적 전통을 시인과
독자가 공유하도록 하는 특성을 지닌다. 위의 작품도 불교의 경전 구절과
윤동주의 시구를 인용하면서 화자가 전달하고자 하는 요점을 강화한다.
　　시상의 전개는 간단하다. 뿔이 외뿔인 인도코뿔소는 "정신의 뿔을 베어

버리고/육체의 뿔 달랑 하나”로 “무리 짓지 않고/혼자서 길”을 간다. 그런데 나는 “잎새에 이는 바람에도” “괴로워하”고 번민하는 “관념주의자”라는 것이다. “무소의 뿔처럼 혼자서 가라”는 불교 경전의 의미는 아마도 모든 현상은 상주불멸하는 것이 없으며[諸行無常], 현상의 모든 존재는 고정된 실체를 지니지 않고[諸法無我], 세계 내의 모든 형체는 공이며[色卽是空 空卽是色], 삶 전체가 괴로움인 것은[一切皆苦] 갈애渴愛와 무명無明 때문이기 때문에 홀로 정진하여 일체의 번민과 집착을 떨치고 탈각하여 해탈하라는 것이다. 화자는 아마도 이러한 궁극적인 진실의 세계를 추구하려 하지만 “잎새에 이는 바람에도” “괴로워하”고 번민하는 “관념주의자”로서의 인간적 갈등을 보여준다.

관념주의자로서의 갈등과 고통은 어쩌면 인간의 실존적 한계에 대한 발견이며 포착이라 할 수 있을 것이다. 시인의 정신은 인간사의 번뇌와 한계를 넘어 만유로 열려 있고 어느 한 생각에 고정되어 있지 않은 세계를 지향한다. 이러한 태도는 나와 우주의 근원을 바라보는 보편적이며 궁극적인 인식의 상태이다. 욕망, 집착, 번뇌, 연민 등이 녹아드는 니르바나의 충만한 인식 상태이다. 그러나 그러한 궁극의 세계, 충만한 세계는 쉬이 도달할 수 있는 세계가 아니다. 시인은 그렇기에 “잎새에 이는 바람에도 괴로워하”고 번민하며 갈등하는 관념주의자로서의 인간의 실존적 한계에 대한 반성적 성찰을 수행하는 것이다. 이렇게 「그리운 외뿔」은 시상의 전개는 간단하지만 형이상학적 깊이와 성찰을 함축하고 있다.

머리카락만 빠지는 게 아니다
손톱 발톱도 사 개월이면 모두 교체되고
피부는 오 주마다 새로운 세포로 바뀌고
위장은 삼 일마다 새로운 내피를 얻고
뼈세포 뇌세포도 매일매일 새롭게 자라고
취장세포는 이십사 시간마다 새로운 세포로 바뀌고
이 년이면 전신이 거의 다 바뀐다

한 생각이 죽고 또 한 생각이 태어난다
천억 개 정도의 별이 사는
은하가 천억 개 정도
지금도 별은 태어나고 성장하고
죽는다

— 「우주」 전문

위의 작품에서 시인은 제목 「우주」에서 알 수 있듯이 우주적 소멸과 생성의 거듭되는 변전을 노래한다. 신체의 일부를 이루는 '머리카락', '손톱 발톱', '피부', '위장', '뼈세포 뇌세포', '취장세포'는 물론이거니와 "한 생각이 죽고 또 한 생각이 태어"나며 "천억 개 정도의 별이 사는/은하가 천억 개 정도/지금도 별은 태어나고 성장하고/죽는" 우주적 순환을 노래한다. 시인에게 우주는 소멸하고 생성하는 몸들이다. 그래서 우주는 사물이나 생각의 경계 없음을 받아들이는 소멸의 형식이며 생성의 법칙이다. 시인이 보기에 그것은 궁극의 지평이다. 그렇다면 우주적 소멸과 생성은 공空의 형식이 아닐까? 아니 형식의 있음과 없음의 구별도 넘어서는 자연 그 자체가 아닐까? 왜냐하면 우주는 끝없이 소멸과 생성을 거듭하고, 연기를 이루며 순환하고, 스스로의 무자성無自性을 드러내 보이기 때문이다.

그렇게 본다면 「그리운 외뿔」에서 보여주는 것처럼 이 작품에서 보여주는 그의 형이상학적인 시적 사유는 불교적이라는 말이 된다. 소멸하고 생성하는 몸으로서의 우주는 불교적 공의 세계와 흐름을 같이 한다. 그것은 곧 소멸하고 생성하는 자연의 순환적 주기 속에서 사물이나 인간 생명의 의미가 우주와 상호 연결되어 있다는 동양적 문맥의 관념으로 볼 수 있다. 이렇게 본다면 시인이 보여주는 형이상학적 사유는 이성중심주의적이며 인간중심주의적인 사유가 아니라 우주와 상호 교류하는 지혜이며 미덕으로 볼 수 있다. 시인의 사유는 모든 사물과 인간사의 번뇌와 한계와 죽음을 넘어 만유로 열려 있고, 현상의 모든 존재는 고정된 실체를 갖지 않으며 어느 한 생각에 고정되어 있지 않다는 것을 말하고 있다. 결국 시인은 소멸의 죽음을 통해서 물질성 혹은 육체성의 한계보다는 죽음을 갱신을 향해 무한히 순환하는 자기 정립의 과정으로 보는 것이다. 동양적 문맥에서 이러한 발상법은 새로운 것이 아니다. 이는 화엄적 인식이며, 모든 생명은 죽음의 현존성을 감추고 끊임없이 존재를 변전해간다는 것이다. 이것이 어쩌면 시인이 말하고 있는 "인간의 상상력보다 더 위대한 사물의 상상력, 자연의 상상력, 즉 신의 상상력"이 아닐까 한다.

■ 김 홍 진(金洪鎭)

— 충남 홍성 출생. 문학박사, 문학평론가. 계간 『시와정신』 편집위원.
  현재 한남대학교 문과대학 문예창작학과 교수
— 저서
  『장편 서술시의 서사 시학』,『부정과 전복의 시학』,『오르페우스의 시선』,
  『계승의 형식, 형식의 위반』 외

현대시와 도시체험의 미적 근대성

2009년 8월 10일 초판 인쇄 2009년 8월 15일 초판 발행
지은이 김홍진
펴낸이 한봉숙 **펴낸곳** 푸른사상
기획 심효정 **편집** 김세영 **디자인** 지순이 **마케팅** 김두천, 강태미
출판등록 1999년 7월 8일 제2-2876호
주소 서울시 중구 을지로3가 296-10 장양B/D 701호
대표전화 02) 2268-8706(7) **팩시밀리** 02) 2268-8708
이메일 prun21c@hanmail.net / prun21c@yahoo.co.kr
홈페이지 http://www.prun21c.com
ⓒ 2009, 김홍진

ISBN 978-89-5640-707-4 93810
값 27,000원

☞ 인지는 저자와의 협의에 의해 생략합니다.
☞ 21세기 출판문화를 창조하는 푸른사상은 좋은 책을 만들기 위해 노력하고 있습니다.